清言小品菁华

诸伟奇
敖堃 主编

深圳出版发行集团
海天出版社

图书在版编目（CIP）数据

清言小品菁华 / 诸伟奇，敖堃主编. — 深圳 : 海天出版
社, 2013.1
（中国古典文学名著名篇）
ISBN 978-7-5507-0595-1

Ⅰ.①清… Ⅱ.①诸…②敖… Ⅲ.①古典散文—散文集—中
国—明清时代 Ⅳ.①I264

中国版本图书馆CIP数据核字(2012)第253251号

清 言 小 品 菁 华
QINGYAN XIAOPIN JINGHUA

出 品 人　尹昌龙
责任编辑　于志斌
　　　　　陈　嫣
责任技编　蔡梅琴

出版发行　海天出版社
地　　址　深圳市彩田南路海天大厦　（518033）
网　　址　www.htph.com.cn
订购电话　0755-83460293(批发)　83460397(邮购)
设计制作　深圳市龙墨文化传播有限公司　Tel:83461000
印　　刷　深圳市华信图文印务有限公司
开　　本　889mm×1194mm　1/32
印　　张　19
字　　数　525千
版　　次　2013年1月第1版
印　　次　2013年1月第1次
定　　价　35.00元

序

诸伟奇

　　小品文，为散文品种之一。"小品"一词在我国始于晋代，原是佛家用语。《世说新语·文学》："殷中军读小品，下二百签，皆是精微，世之幽滞。尝欲与支道林辩之，竟不得，今小品尤存。"刘孝标注："释氏《辩空经》有详者焉，有略者焉，详者为大品，略者为小品。"当时所谓大品，指佛经译本中的详本；所谓小品，指佛经译本中的简本。后遂以"小品"统称那些形式自由、内容多样、篇幅简短的杂记随笔文字。在小品中，有一种类似格言警句式的文字，它们常常以对偶文句出现，篇幅短小精练，议论言简意赅，读来朗朗上口，读后回味无穷，这类文字被称为清言或清言小品，又称嘉言、格言、冰言、清语、韵语、隽语、杂语、冷语、警语、法语、语录等等。清言小品的渊源可以追溯到先秦两汉时期，我们从当时的一些著作中可以清晰地看到后来清言小品的语段。如："学而时习之，不亦说乎？有朋自远方来，不亦乐乎？人不知而不愠，不亦君子乎？"（《论语·学而》）"学而不思则罔，思而不学则殆。"（《论语·为政》）"君子求诸己，小人求诸人。"（《论语·卫灵公》）"老吾老，以及人之老；幼吾幼，以及人之幼。"（《孟子·梁惠王上》）"道可道，非常道；名可名，非常名。无名，天地之始；有名，万物之母。"（《老子》第一章）"天下莫大于秋毫之末，而太山为小；莫寿于殇子，而彭祖为夭。"（《庄子·齐物论》）"不富无以养民情，不教无以理民性。"（《荀子·大略》）"处尊居显，未必贤，遇也；位卑在下，未必愚，不遇也。"（《论衡·逢遇》）其后如《世说新语》和唐宋人的语录、随笔体著作中皆不乏此类范式，但大多数都属于散文中的对偶语句，尚未形成独立的文学体制，清言小品的完整定型乃至繁荣应该是在明代中叶以后。

　　明代隆庆以降，政治日益腐败，社会问题丛集，各种矛盾十分尖锐；同时，新的资本主义经济关系开始萌芽，孕育出一股朦胧要求个性解放的思想潮流,长期被定于一尊的程朱理学受到激烈挑战,以阳明心学为标帜的新思潮日渐漫衍,传统的思想体系、伦理道德、价值观念和处事方法被重新审视和诠释。在文学领域,那种形式自由、内容简短、文字精辟的小品文创作空前活跃和繁荣,其中又以清言小品备受瞩目。一时繁花似锦,佳作如云,涌现了一批风格各异、成就突出的名家,如郑善夫、徐学谟、田艺蘅、吕坤、屠隆、洪应明、郑瑄、陈继儒、吴从先、陆绍珩、赵世显、黄汝亨、祝世禄、彭汝让、李鼎,以及清代的魏禧、申涵光、王晫、张潮、黄钧宰、石成金、齐学培等。正是由于这些作家的努力,将包括清言小品在内的小品文创作推向极致,使明清小品文亦如唐诗、宋词、元曲一般,成为一代文学成就的标志。

与传统的正宗古文相比,晚明小品又有哪些区别和特点呢? 笔者以为主要有以下四点:一是篇幅短小,多则几十字,少则十几字,甚至几个字;二是文句对仗,音调铿锵,句式整饬而灵动;三是题材广泛,社会治乱、国家兴亡、世态炎凉,乃至花鸟虫鱼、山林泉石,无所不论;四是具有格言性,无论是感悟人生,抑或斟酌古今、体认自然,皆独具只眼,一语破的。正如清初余怀所言:"不为经国之大业,而为破道之小言。"(《〈闲情偶寄〉序》) 明清清言小品所追求的"幅短而神遥,墨稀而旨永"(唐显悦《〈文娱〉序》) 的意境,体现了那个时代的审美情趣。

对于今天的读者,笔者尤其要推介清言小品中那些能转换观察角度和思维模式,从而对主、客观世界得出新的体认的文句,如:"人之过误宜恕,而在己则不可恕;己之困辱当忍,而在人则不可忍。"(洪应明《菜根谭》)"以看世之青白眼,转而看书,则圣贤之真见识;以论人之雌黄口,转而论史,则左、狐之真是非。""武士无刀兵气,书生无寒酸气,女郎无脂粉气,山人无烟霞气,僧家无香火气:换出一番世界,便为世上不可少之人。"(吴从先《小窗自纪》)"以患难心居安乐,以贫贱心居富贵,则无往不泰矣;以渊谷视康庄,以疾病视强健,则无往不安矣。"(陈继儒《小窗幽记·醒》)"礼义廉耻,可以律己,不可以绳人。律己则寡过,绳人则寡合。"(陈继儒《小窗幽记·法》)"人不可无道心,不宜有道学气;人不可少利济事,不必居利济名。"(齐学培《见吾随笔》)清言中有些话看似很浅,但意思不浅,如"令不行,禁不止,与无官无政同。""居官有五要:休错问一件事,休屈打一个人,休妄费一分财,休轻劳一夫力,休苟取一文钱。""事在当因,不为后人开无故之端;事在当革,不为后人长不救之惑。"（吕坤《呻吟语·治道》）"富贵家宜学宽,聪明人宜学厚。"（陈继儒《小窗幽记·醒》）"交友之先宜察,交友之后宜信。"（陈继儒《小窗幽记·法》）"锄大奸,不宜轻动;除积弊,不宜太急;立新法,不宜过严;用旧人,不宜屡易。"（齐学培《见吾随笔》）

　　由于清言小品历久弥新的价值和魅力,赢得了广大读者的喜爱,对其选辑工作亦经久不衰,各种单行本和选本不断问世。海天出版社为了弘扬中华优秀传统文化,普及古典文学基本知识,适应读者阅读需求,由我们编刊了这部《清言小品菁华》,全书选录明清作家20人清言小品22部,其中10种为海内外首次校点出版。对选辑、校点中的不足和错误,敬祈读者指正。

目　录

蜩笑偶言

（明）郑瑗　撰

诸伟奇　周挺启　校点

整理说明

《蜩笑偶言》，一卷，明郑瑗撰。

郑瑗，字仲璧，号省斋，福建莆田人。明成化十七年（1481）进士，官至南京礼部郎中，撰有《蜩笑集》、《井观琐言》等。朱彝尊《明诗综》、陈田《明诗纪事》对其人其诗皆有载录，《四库全书总目提要》称其"考辨故实，品骘古今，颇能有所发明"；《莆阳文献》称其"文词浑雄深粹，略无赘语；诗亦稳润，有唐人风致"。

本书为作者的读史随笔，《四库全书总目》将其列入"子部杂家类存目"，为"未经卒业之本"。书中表达了作者对一些历史人物和历史事件的独特看法，反映了经历了靖难和土木之变后的明中期知识分子对历史的多侧面思考和对现实的感知。蜩，即蝉，也就是知了。"蜩笑偶言"是作者对自己著作的一种谦称，意思是微不足道的一些话。

本书被收入明代《百陵学山》、《宝颜堂祕笈》和清代《学海类编》等丛书，民国时商务印书馆《丛书集成初编》据《宝颜堂祕笈》本排印。

本次校点即据《丛集》本为底本，校以《百陵学山》等本。系海内外首次标点面世。郭洁君参加了本书的录校工作。

诸伟奇

2012 年 6 月 4 日

武侯忠汉，能使后主不疑，而周公之勤王家，反不见信于其君；叔子不娆，能使敌国不疑，而曾参之不杀人，反不见谅于其母。谗蔽其明，爱惑其听，无足怪者。古之圣人，有能和万邦，而不能使胤子无傲虐，能来重译，而不能使昆弟无流言，一人之身乃如此冥顽不灵，可畏哉！

季羔避难，而阍者室之；子胥出奔，而渔父渡之；商君亡命，而舍人拒之；项籍败亡，而田父绐之：得人之与失人，何啻千里。

陈琳为袁本初草檄，极诋曹公，及归魏，而曹公不责；骆宾王为徐敬业草檄，极诋武氏，传京师，而武氏不怒。英雄之举措，大抵如此。呜呼！当涂代汉，周纪乱唐，岂偶然哉？

食禄宜却馈遗也，而有时乎受馈遗。故子产受生鱼，不为伤廉；陈戴受生鹅，不为不义。去国非为饮食也，而有时乎为饮食。故鲁膰不至而孔子行，楚醴不至而穆生去。

怀嬴失身重耳，沃盥奉匜，而以不从不言为善处。蔡琰忍辱羌胡，重归董祀，而以授受不亲为知礼。所谓不能三年而缌功是察，放饭流歠而齿决是问者也。虽然，岂直妇人也哉。

袁绍诛宦官，无须多误死；冉闵杀胡羯，多须多滥死。应侯相秦，必杀其辱己者；韩信王楚，反官其辱己者。赵高指鹿为马，阴中其异己者；朱温指大柳宜车毂，反扑杀其佞己者：盖各系其逢也。

周昌以汉高帝比桀纣，而帝不加罪；刘毅以晋武帝比桓灵，而帝以为直。文帝劳军细柳，军尉不奉诏，而帝善之；钱镠微行北城，门吏不启关，而镠赏之：皆帝王盛德之事也。

晋灵公刺客不杀赵宣子，汉阳琳刺客不杀蔡中郎，晋刘裕刺客不杀司马楚之，唐太子承乾刺客不杀于志宁，淮南张颢刺客不杀严可求，西夏刺客不杀韩魏公，苗刘刺客不杀张魏公：孰谓盗贼无义士乎？

《前汉书》表古今人物，其失也混；《新唐书》表宰相世系，其失也滥。备三长如班、欧，犹有此失，矧其他乎？元魏冯后，淫凶弑逆，窃国大柄，而获考终，天网有时而漏也；及胡氏效其尤，则不免于沉河矣。唐之武后，腥秽人纪，冒干历数，而享寿考，天道有时而爽也；及韦氏继其轨，则不免于授首矣：孰谓不善可稔乎？

隋室既受周禅，苏威遁归田里，可谓节矣，而终失身于僭伪之朝；金虏议立异姓，秦桧抗言见执，可谓义矣，而终误国于渡江之后：令终之难也如此。王莽篡汉，其女为孝平后，称疾不起，守志终身；曹丕篡汉，其妹为孝献后，以玺抵轩，涕泣横流；杨坚篡周，其女为天元后，愤惋不平，形于辞色；徐诰篡吴，其女为太子琏妃，闻呼公主，则涕泣而辞；司马炎篡魏，其诸祖安平王孚，自称有魏贞士，不预废立之谋；武曌篡唐，其侄安平王攸绪弃官不受其赐，归隐嵩山之阳；朱温篡唐，其兄广王全昱，责其灭唐社稷，和有覆宗之祸。此三男子四妇人者，不韪其至亲所为如此，可以见天理人心之不泯矣。茧蚕出也，而蚕非茧则不能藏身以形化；网蛛出也，而蛛非网则不能凭虚而觅食。嗟乎！依凭其躯者，乃出自其腹。吾于是乎有感。

猩红之翮、狐白之裘，盛夏被之，不若绨绤之便也；文茵之车、朱幩之马，临流乘之，不若帆缆之利也。故曰虑善以动，动惟厥时；动违其时，虽善奚益。

取凉于箑，不若清风之徐来也，然无风则箑不可缺；激水于槔，不若甘雨之时降也，然无雨则槔不可废。是故三王不兴，不可无五伯之功；二典不作，不可无两汉之制。

刘禅既为安乐公，而侍宴喜笑，无蜀技之感，司马昭哂其无情；李煜既为违命侯，而词章凄惋，有故国之思，马令讥其大愚。噫！国破身辱之人，瞻望故都，思与不思何往而不招诮。古人所以贵死社稷也。

狄仁杰含垢忍耻于伪周，而卒成取日虞渊之功；吕好问辱身污迹于伪楚，而竟就溥天左袒之绩。论者犹呫呫动其喙，则夫受唾之师德，仰药之唐恪，果何为哉。

商后为殷，吕后为甫，唐后为晋，魏后为梁，随地以名，夫何常之有。后世或强袭旧名，或别创美号，失古意矣。

叔孙通为秦二世博士，以巧言面谀见赏，而卒为汉儒宗；孔颖达为王世充博士，以草仪禅代见亲，而卒为唐儒宗。皆所谓小人儒宗，而世儒也焉。此二代之所以无真儒也。

欧阳公一代之伟人也，而小人蔑以房帷之丑；文信公百世之人杰也，而谗夫诬以匿服之罪。则夫妻斐之成贝锦，哆侈之成南箕，又奚怪其然哉。

楚庄不罪绝缨之臣，秦缪不罪食马之盗，赵盾食翳桑之饿，顾荣唉执炙之夫，或得其助以成功，或赖其力以济难。其视华元杀羊，独靳羊斟，而因之丧师；郑灵解鼋，独靳子公，而因之遇弑者远矣。中山君曰：吾以一杯羊羹亡国，以一壶飡得二死士。然则施德之与招怨，岂在大哉。

曾子之妻戏其子，以杀彘而烹彘，以实其戏；孟子之母欺其子，以啖肉而买肉，以明不欺。古人养蒙视幼之法如此。

盗跖以孔子为伪，苏轼以程颐为奸，李傕以董卓为忠，田承嗣以安史为圣。好人之所恶，恶人之所好，古有之矣。跖、傕、承嗣不足道，而轼亦为之君子之不仁，悲夫！

参术以和而起疴，芝兰以馨而熏物，以其昭昭使人昭昭，理之恒也。若夫阿魏以臭而止臭，骨咄以毒而攻毒，以其昏昏而使人昭昭，理固有难喻者矣。

唐明皇好神仙，而张果自称尧侍中；宋章圣悦幻妄，而贺元自称晋水部。皆乘世主耳目壅蔽而售其欺侮也。古之人明目而达聪，视远而听微，彼琐琐迂怪之徒，尚莫逃于造言乱民之刑，矧得而欺侮之。

伊尹之言辟不辟，孔子之言君不君，孟子之言王不王，李云之言帝不谛，其义一也，而云独以是贾奇祸焉。延熹之主，其太甲、齐景、齐宣之罪人哉！

陈、窦谋诛宦官，罹其辛螫，而汉鼎随移；训、注谋诛宦官，遭其反噬，而唐社随屋。社鼹稷狐，熏灌之难如此，履霜灭趾之戒，可不慎乎？

以兆民为兆人，以致治为致理之类，唐人之避讳也；以揖让为揖逊，以惇典为厚典之类，宋人之避讳也。今人或袭而用之，所谓无丧而右拱者也。

六经言道而不遗法，四书言理而不外事。诸国之语，迂缓而不切于事情；战国之策，变诈而不要诸义理。马迁驳而无绪，班固局而不畅。

轩辕崩葬，著于《本纪》，而世有鼎湖骑龙之说；留侯卒谥，见于《世家》，而世有辟谷轻举之说。王子晋十七夭亡，而世有缑氏乘鹤之说；淮南王安谋逆自刭，而世有鸡犬同升之说。汉武曰：天下岂有仙人？尽妖妄耳。亶其然乎。

读书笔记

（明）祝允明　撰

诸伟奇　郭洁　校点

整理说明

《读书笔记》,一卷,明祝允明撰。

祝允明(1460-1527),字希哲,号枝山,因右手六指,自号枝指生,又署枝山老樵、枝指道人等,长洲(今江苏苏州)人。明弘治五年(1492)举人,曾七试不第,谒选授广东兴宁知县,迁应天府通判。后托病辞官,回归故里,贫病以终。能诗文,善书法,狂草尤胜,《明史·文苑传》称其"博览群集,文章有奇气,当筵疾书,思若涌泉",与唐寅、文徵明、徐祯卿有"吴中四才子"之称。著有《怀星堂集》《苏州小纂》《罪知录》《浮物》《志怪录》《读书笔记》诸作。

祝允明小品文清隽流畅,吐词命意多有新声。《读书笔记》撰于明成化二十一年(1485),为作者早年之作。明人王世贞称祝允明"天资颖绝,读书目数行俱下,于古载籍靡所不该浃",本书即其博览群书后的心得体会。连对明人小品多不以为然的四库馆臣也称该书"言颇近理,不似其他书之狂诞",而将其收入《四库全书》"子部杂家类存目"。

本书被收入《宝颜堂祕笈》和《学海类编》,民国时商务印书馆《丛书集成初编》据《宝颜堂祕笈》排印。本次整理即据《丛集》本为校点底本。系海内外首次标点面世。

诸伟奇

2012 年 6 月 11 日

岁乙巳，允明居忧，弗能肆力读书，于事物之理偶有所见，随笔笺记，伺就有道而正焉。

学贵有常，又贵日新。日新若异于有常，然有常日新之本也。

虎狼存父子之仁，蜂蚁有君臣之义，虫盖有时而人也。今人仁不如虎狼，而虐如之；义不如蜂蚁，而毒如之：是人亦有时而虫矣。然虫之人也，进也；人之虫也，退也；人之不如虫也，哀夫。

造化无全功，人类无全才。雨露以生之，雪霜以固之，日月以照临之，雷霆风气以鼓舞而调畅之，彼固各有功焉耳。使求生于霜雪，求固于雨露，求鼓舞于日月，求临照于雷霆风气，得乎？虽谓之废物可也。人之才有巨者，有细者，有高明者，有沉潜者，有宽然而廓以纾、挈然而敛以密者，必欲其令而不颇，天下之人皆废矣。圣人者知其然，故因其才而成就之，斯天地之功也已。於戏！甚哉圣人之似天地也。

见子而欲其孝，不思吾父之欲吾孝乎；临下而猛，不思吾上之不欲其猛乎。触类而为，是思，其过也必寡矣。

鸡司晨，犬徼夜，彼固全其信义之性也，若犹未足贵也。使鸡处无人之地，犬遭箠朴之苦，若可改矣而不改焉，斯尤赋性之坚贞，可贵也。为人而失其性，不失而或改焉者，视鸡犬为何如。

诈人信，敖人孙，非其性然也，丑其称而矫焉尔。然苟欲诈敖，亦何称之足丑。闲官清，丑女贞，非其情然也，势有违而安焉尔。然苟欲污淫，又何势之能违。故君子之于人，取其信，取其孙，取其清，取其贞，它无计焉尔。

人之言也，其犹钟乎，大扣则大应，微扣则微应。如不扣而应，扣而不应也者，人必怪之。

视听持行，耳目四肢，自然之功也。聪明运动，耳目四肢，自然之效也。人惟其自然也，是以功不乱而效自著。至于心乃不任其自然而扰之，欲其虚灵而功效之得也，难矣。

君子之治心也，犹权之称物也，过则损之，不及则克之，斯平矣。然权之取平以人，而心取平即以心耳。不处之重，不内之轻，斯吾心之权乎。

食物各有性，热者不炙手，而寒者不堕指也。至于人食之，则温寒附于中而证于外,不少爽焉。是知果行,不必为食誓,而至信无假于言说。

齐王见颜斶曰斶前,斶亦曰王前;庄光见光武,卧不起,及共卧也,以足加光武之腹。二子者高则高矣,然君臣之礼可废乎?就使在朋友,且不可若是也,盖高而无礼者欤。以是为训,吾恐无礼于君者有以借口也。

魏子击遇田子方于道,下车伏谒,子方不为礼。曰贫贱者骄人耳,夫其不礼亦可矣。而必曰骄,骄果可有者乎?此战国之所谓贤者也。

原思贫而子贡病之,病之者非也,而思何必谆谆然辩之乎。孔子谓其克伐之难有以夫。

郭巨杀子,不孝也;邓攸绝类,不弟也。陈仲子之廉,非廉也,逆也;宗鲁之义,非义也,党也;叶公之党也直,非直也,悖也。尾生信矣,而信非其所信也;仓梧丙让矣,而让非其所让也。

善观人者观己,善观己者观心。

彩色所以养目,亦所以病目;声音所以养耳,亦所以病耳。耳目之视听,所以养心,亦所以病心。中则养,过则病。

攫金于市,见金而不见人;逐兽者趋,知兽而不知险。况重于金、兽者乎?

犬见人衣帽之不扬则吠之,稍整则亦稍戢,盖彼惟知外美之可贵也。人之知宜辩于犬矣。乃亦唯富贵之敬,贫贱之忽,而不计其贤否何如,是真犬耳。

人之覆忧患者,大较有三:上焉者夷险一致,略无乖异;次焉者激厉固守,坚逾平日;下则陨获而已。观人者尤于是乎易见焉。

为文作字,初无意于必佳乃佳。凡事皆然,不但文字也。

心者体之君也,得丧安危之主也。闻以一人治四海,未闻四体而役一心也。人之以四体而役一心,盖惑于大小繁寡之形耳。然不惑于军民之大小繁寡,而独惑于心体,则习之罪也。故知者皆习。

奉亲孝,事君忠,处长孙,出言信,临财廉,兹非所谓仁知贤人矣乎?人之闻仁知贤人之名,则惕然敬慕,而不知亲也君也长也言也财也,随其敬慕而在耳。不能孝焉忠焉孙焉信焉廉焉,而徒慕仁知贤人之名,是束其足而羡趋者之前也,不亦戾乎。

大道之世,无忠臣,无孝子,无君子善人。其无忠臣也,非无忠也,夫人而莫非忠臣也;其无孝子也,非无孝也,夫人而莫非孝子也;其非君子善人也,非无善也,夫人而莫非君子善人也。

高不虚也,卑不污也,明而无耀也,暗而无昧也,张乎其博而非空也,敛乎其约而非隘也,不偏焉不倚焉其中也,而莫过莫不及也。心之本体盖如此。

弦被木而音声发,丝附织而文章显。学焉未用,而责其功能之茂者不可哉。

经世要谈

（明）郑善夫　撰

诸伟奇　杨颖　校点

整理说明

《经世要谈》，一卷，明郑善夫撰。

郑善夫（1485-1523），字继之，号少谷，又号少谷子、少谷山人，闽县（今属福建）人。弘治十八年（1505）进士，历官户部理事、主事，南京吏部郎中。为官刚直不阿，因谏明武宗南巡，曾遭杖罚。郑善夫在诗歌创作上效法杜甫，多忧时戚事之作，有奇雄之思。清初王士祯对他评价很高："宋、明以来，诗人学杜子美者多矣。予谓子瞻得杜气，鲁直得杜意，献吉得杜体，郑继之得杜骨。"（《池北偶谈》）他还兼通历数之学，撰有《奏改历元疏》、《日宿例》、《时宿例》、《序数》、《九章乘除法》、《九归法》等作。入《明史·文苑传》。有《郑少谷全集》传世。

《经世要谈》是一部讲立身治世道理的书，全书虽只有短短的 15 则，每则文字也不多，但作者视野开阔，论述精到，比较深刻地谈了自己在为人处事的认识论、方法论上的一些独特看法，表达了对程朱理学的不满和对阳明心学的推尚。

本书被收入明代的《百陵学山》和清代的《学海类编》，《四库全书总目》将之列入"子部杂家类存目一"，民国商务印书馆《丛书集成初编》据《百陵》本排印。本次整理，以《丛集》本为校点底本。系海内外首次标点面世。

诸伟奇

2012 年 6 月 7 日

应迹以委顺为主。然必明于人情物理,然后能委顺,可以接人处事,无事理之障矣。委者,除事障也,事障只是情欲;顺者,除理障也,理障只是意必。有生皆为物所引,故当委之;有身又安得无事,故又当顺之。委而顺之,则虽应物,实未尝有物也。委顺必先于明理,修身必先于格物也。动若水,静若镜,应若响:委顺也。动若水者,可行则行,可止则止,行止无心也;静若镜者,物来则照,物去则虚,空洞无物也;应若响者,大扣大鸣,小扣小鸣,不扣不鸣也。若镜无意也,若水无必无固也,若响无我也。

静坐养元神,元是吾儒底事。世儒概辟为仙释,却去作下半截工夫,虚劳一生,却无个着落。识者又欲假仙释静养来立脚而后去反到吾儒上,岂是道理!

习气不除,如何了道。习气如蜣蜋,但知有粪丸,坚不肯放也。有物过眼必看,有声入耳必听,小小入意即喜,小小咈意即怒,小小利害即生恐惧:皆习气也。

人只有自爱之私,便自天地闭塞,贤人隐。有气节者,便自爱其气节;有事业者,便自爱其事业;有技能者,便自爱其技能;有文学者,便自爱其文学:如此便狭小了。人莫不自爱,不知自爱,反是自害。人但能看此心与天地一般,便有天地变化草木蕃底意思。则凡气节、事业、技能、文学见之,犹笀篱耳,是之谓大爱其身。

人只是不曾存得真心。真心无一毫气质,才惹气质,便是私意。私意潜伏在内,人多不自觉,只说我能去私去蔽。一旦心不存,便依旧发出来。如人戒酒,不真知酒之决能杀己,才戒一番,它日不觉牵迷将去。

周江郎云:无为名尸,勘破幻妄也;无为谋府,无思也;无为事任,无为也;无为知主,无知也。然须定得性了,方行得四者;不然实行不去。庄子曰:吾以无为为乐矣,又俗之所大苦也。大颠曰:众人而不思不为,则天下之理几乎息矣。应事接物,只是一个情字为累。若无情,则无累矣。故曰圣人无情。

吾辈学问贵包荒。韩魏公一生只是包荒,故能成得相业。吴遣二才士使蜀,武侯甚伟之,后二人伏诛,武侯云:此人只是黑白太分明。吾辈只以天地为吾一心，何所不容？中间自然物各付物。今人才向学便分党相非，抑何见之小也！

元东阳鹿皮子谓秦而下说经而善者不传，传者多未善；淳熙以来，讲说尤与洙泗不类。尝自谓明月之珠失之二千年，乃获之牧竖之手。其言曰：神所知之谓智，知天下殊分之谓礼，知分之宜之谓义，知天地万物一体之谓仁，礼复则和之谓乐。国家天下一枳也，枳一尔而穰十焉，枳有十而一视之，其于人则仁也；发而视之，穰有十，其于人则君臣父子长幼之等，刑赏予夺之殊，所谓礼也。视十为十者，礼之异；视十为一者，仁之同。天下万殊之分，试听言动之宜，所操者礼之柄耳。鹿皮子却是独到之学。

谢显道自负该博，对明道举史书不遗一字。明道曰：贤却记得许多，可谓玩物丧志。谢闻此语，汗出浃背。明道却云：只此便是恻隐之心。及看明道读史，又却定行看过，不差一字，心甚不服。后来省悟，却将此事做话头，接引博学之士。此项意思，极难分别，此便是王霸之分。

古人耻其君不为尧舜，耻其民不为尧舜之民，必有是志，方做得光大事业。孔子谓管仲器小，管仲功非不高，为其元无是志，故所就只如此耳。行义达道，古人多不如志，宁甘死蓬蒿而不悔者，谓何须要识得此义。

人莫不刚愎自信。刚愎自信，即是自绝，谁敢语以至道。凡人有才气而复虚己下问者，实大难得。

防身当若御虏，一跌则全军败没；爱身当若处子，一失则万事瓦裂。涉世甚艰，畜德宜豫。布人以恩而外扬之，则弃；教人以善而外扬之，则仇。

正德十六年，朝中诸君子谏南巡罚跪五日。燕山卫都指挥张云托以黑帝语欲面朝廷云：南巡决有祸。文臣忠谏，不宜加罚。时权奸朱宁遽之，使不得前，遂刺胸以死谏。竟系之狱，论重辟，不协。有旨杖八十，边方编管。杖毕，犹强步出东长安，仆死。朝廷亦竟以南巡大行，如其所托云。於乎！今日权奸何在，张云赫赫有生气矣。

自古刺史镇臣得自辟。其参军、记室择其贤者荐之于朝，然后大用之，此法最美。刺史据声望以辟人，凡部下之贤者鲜不就辟，故多得人，亦乡举里选之遗意也。后世科举之制行，词章之习盛，由是人才混看，古意落尽矣。

君子贵通天下之志，疾恶太严则伤公明之体。旧习一处消，百处消；即致曲一处得，百处可得。学道是意诚，意诚如救头，岂以喧扰中止！

归有园麈谈

（明）徐学谟　撰

诸伟奇　胡芳　校点

整理说明

《归有园麈谈》,一卷,明徐学谟撰。

徐学谟(1512—1593),初名学诗,字恩重,改字叔明,号太室山人,室名归有园,嘉定(今属上海)人。嘉靖二十九年进士,授兵科主事,改中书舍人,以忧归;起礼部郎中,出为荆州知府,以事罢归;再起为南阳知府,进湖广副使,改江西,以右佥都御使巡抚郧阳,擢礼部尚书,加太子少保。徐氏通晓国政,明于吏事,所任皆有声迹。且颇富文才,著述甚丰,撰有《春秋亿》六卷、《世庙识余录》二十六卷、《海隅集》七十七卷、《春明稿》十四卷、《归有园稿》二十九卷等。

《归有园麈谈》系徐学谟解职归里后所撰,书中溶入了作者历经宦海沉浮后的从政心得和人生感悟,一定程度地反映了作者的忧患意识和社会责任意识,这在众多的明代清言小品中,无疑是较有特色的一种。该书被收入明末的《宝颜堂祕笈》,民国时商务印书馆《丛书集成初编》据《宝颜堂祕笈》本排印。本次整理,即据《宝颜堂祕笈》本为校点底本。系海内外首次标点面世。

诸伟奇

2012 年 7 月 28 日

孔子不作,宋儒翻有作,羲画之上,理本无象,而赘著一。鲁史《春秋》,纲目亦《春秋》,获麟以来,权何所托,而讥评万世。

商以前相天下者,实以天下劳之也,故横议不及于阿衡;周以后相天下者,似以天下富之也,故流言遂起于姬旦。

道统之说,孔子不言也,而言之孟子,后儒衍之,乃身其任以继往开来;良知之说,孔子未发也,而发之孟子,近儒摘之,遂专其门以明心见性。

自秦人坑儒之后,纯任法律,故处士之横议稍息于汉唐;自宋人讲学以来,错解《春秋》,故儒者之虚权反加于天子。

典午乘魏弱而篡国,点检乘周弱而篡国,其后子孙夷狄之祸,亦复相当;晋人以名理为清谈,宋人以道学为清谈,其间事功名实之殊,要自有辨。

西周以后,有豪杰无圣贤,凡学圣贤者,常遗诮于豪杰;汉唐而降有才子无文人,凡为文人者,仅可称乎才子。

少年不以宋儒为准,则视规矩绳墨尽属弁髦,学者专以宋儒为师,则举事业文章俱归腐烂。

机有可乘,则邻姬束缊以救妇;势有可胁,则说士结靷以下齐。

水火盗僆之害,必先横被于孤贫;虚赢劳瘵之灾,大率淹缠乎贵介。

文字内为一人而诬诋一人,亦是平生口孽;官府中毁前任以诃谀后任,颇宗伉伉之家风。

《春秋》之书,不见于《鲁论》,故传闻互异,能无起诸儒之妄谈;井田之法,略述于轲书,若井里一分,宁不忧子孙之蕃衍。

荣华富贵,自造化而与之,又自造化而夺之,降鉴不差;功名事业,由自己而成之,又由自己而毁之,始终难保。

古之作者,其人非君子也,而能为君子之言,理明故也;今之作者,其人非小人也,而间作小人之语,才短故也。

虽贵为卿相,必有一篇极丑文字,送归林下:弹章;虽恶如梼杌,必有一篇绝好文字,送归地下:墓志。

以公门为必不可远者,趁时士也,但不当竿牍无节;以公门为必不可进者,洁己士也,但不当崖岸太高。

心源未彻,纵博综群籍,徒号书厨;根气不清,虽诵说三乘,只如木偶。

物情贵货遗,贪得者要以为厚利,辞让者藉以为名高;官盛则近谀,师荆者既不戒于前,随温者复相继于后。

遇沉沉不语之士,切莫输心;见悻悻自好之徒,应须防口。

六卿但知从政,不知执政,是以题覆屡至变更;有司但肯当官,不肯做官,是以施为一切苟且。

苏卿持节而仅承属国之典,旌别自明;博陆赤诛而不废麟阁之图,功罪大著。

读古书者,做不得提学,恐其用《史》、《汉》以饰孔孟之言;谈道学者,做不得提学,恐其讲良知以破传注之说。

地下无衣食之身,而临绝者犹勤嘱付;林下无冠裳之用,而既休者尚事夸张。

一人孤立,以在下者朋党之势成;六逆渐生,为居高者保持之念重。

势利太重,只为前辈自失典刑;关节盛行,盖因有司欲求报效。

分以利昏,故讲五伦易,行五伦难;情因欲蔽,故虚四端有,实四端无。

有形之伎易知,故梓匠轮舆高低自服;无形之伎难辨,故星相风水胜负必争。

灾祸从天降,只怕窟头;富贵逼人来,须防绝板。

听言语太滥,则诸曹开无事生事之端;禁馈遗过严,则大臣受以饱待饥之谤。

廉吏之后不昌,以冬行主敛;冤死之家有后,为天道好还。

男子之力必胜于妇人,若对悍妻,其手自缚;父母之尊素加于卑幼,使遇劣子,其口常噤。

世以不要钱为痴人,故苞苴塞路;世以不谀人为迟货,故诣佞盈朝。

侵匿僧家道家,以至于乐户,全然出侮鳏寡之心;欺凌武官内官,以至于宗派,亦窃不畏强御之迹。

内臣之奴易使,只靠鞭笞;寡妇之子难训,多因姑息。

逆气所乘,有时博忠谏之名,有时贾杀身之祸;任情自放,进则不胜其英雄,退则不胜其憔悴。

清虚之作,如水磨楠瘿,自见光辉;剿袭之文,如油漆盘盂,终嫌气息。

子孙亦是众生,顾恋不可太深,责备不可太重;兄弟原同一体,事亲便至相让,分财便至相争。

倾囊而付子,难承养志之欢;继世以同居,渐有阋墙之隙。

随缘皆可以乞食,而刿刀于腹者,意欲何求;凡业皆可以营生,而为人淘圊者,鼻忘其臭。

文自六经至七大家,而精髓始尽,事剽窃者除却两头;诗自《三百篇》至盛唐,而风雅独存,逞淫夸者别为一体。

任重道远,取必于身,故为仁由己,当仁不让;随俗习非,必要其党,故奸须用介,盗有把风。

为文而使一世之人必不爱,难要谀墓之金;为文而使一世之人必我爱,亦似滥竽之体。

文中诸子,其语不袭孔颜而嘿传其命脉,耳食者安知;昌黎大家,其文不模《史》《汉》而自得其精神,皮相者为诮。

衮衣玉带,不能御之以登床,故虽有万乘之尊,旰荣而宵寂;狗马音乐,不能携之以入椁,故虽有敌国之富,目暖而心灰。

敢捐躯死谏,以犯人主之怒者,孤注之一掷也;借言事去国,以希它日之用者,暗积之双陆也。

饥寒所迫,虽志士未免求人,但求之有道;患难所临,即圣人亦有死地,顾死之有名。

文士而闲骑射,立致边都;武人而躭翰墨,即阶阃帅。

丧心病,狂生于热极;攒目酸鼻,起于恶寒。

妇人之悲,其夫益为之悲,其悲方已;妇人之怒,其夫转为之怒,其怒可乎?

始皇之筑长城,秦之所以致亡也,至今藉之以备虏;叔孙之草绵蕞,汉之所以为陋也,至今袭之以尊君。

人言背恩者为贵相,则施恩之主坐受其弯弓;或谓负债者必廉官,则放债之人忍见其垂橐。

行酒令而必差者,其人难与交,若必不差者,亦难与交;当始仕而即富者,其人无可用,若终不富者,亦无可用。

孔子但欲为乎东周,而孟子以王道致齐梁之庸主;孔子上不得乎狂狷,而孟子以尧舜望食粟之曹交。

杨、墨若在孔门,亦是成章之弟子;由、求不闻圣训,终为季氏之具臣。

乘势作威者，如大人装鬼脸以骇小儿，背地则收下；因事矫廉者，如妓女当筵之不肯举筯，回家则乱吞。

廉于大不廉于小，硕鼠之贪畏也；廉于始不廉于终，老虎之敦蹲也。

穷措大危人主，犯杞人之忧天；草野人说朝廷，传海头之圣旨。

访察不行，如暑月无雷霆，积阴必致伤稼；刑诛或废，如冬天少霜霰，缠疫更能死人。

一手诘盗，一手窃盗贼，故前盗死而后盗生；一面惩奸，一面窥奸妇，故此奸伏而彼奸犯。

魑魅魍魉，岂能作祟，必其气弱而其鬼方灵；星相医卜，本以养生，必鬼运通而其术始验。

当官废法，不如傀儡之登场；考校徇情，不如阄盘之轮拨。

汉法太峻，人情不堪，是柱促而弦危也，宫商犹在；元政不纲，天道所厌，是轸迁而徽慢也，音调何存？

致仕莫问其子，少子犹难；娶妾莫谋于妻，晚妻更忌。

秦皇、汉武、唐宗，领非令主，而大略英风，能别开混沌；留侯、武侯、邺侯，虽非儒者，而仙风道气，自不落尘凡。

政在中书，权由己出，少有臧否，易于责成；名为阁老，政在六卿，稍见从违，自难求备。

男子好色如渴饮浆，处富贵而能自决裂者，犹有丈夫之气；女子好色如热乘凉，居津要而漫无止足者，是真妾妇之心。

毛嫱之色谁不迷恋，得倦始解；赵孟之贵最号浓郁，致淡方休。

耻恶衣食者，未足议道；美其宫室者，必损令名。

呆子之患深于浪子，以其终无转智；昏官之害甚于贪官，以其狼籍及人。

近谀者如受蛊毒，一中之，而耳目必为人移；务博者常被书痴，一挟之，而议论惟知己出。

以道学别为一传者，《宋史》之讹也，若挟孔子而私之矣，何其隘也；以理学独称名世者，本朝之陋也，若外佐命而小之矣，何其浅也。

《大学》十章，关于好恶，若痛痒不关，何以剂量人物；《中庸》一书，本之中和，若嚣呶满世，何以调燮阴阳。

见十金而色变者，不可以治一邑；见百金而色变者，不可以统三军。

颜随势改,升降顿殊;气逐时移,盛衰立见。

蜂目狼声,知为忍人,性逐形生,何谓皆善;深山大泽,必生龙蛇,物以群分,何谓无种。

有谠论而后可以定国是,国是不定,何以秉钧;有远识而后可以决大疑,大疑不决,何以压众。

以德感人,不如以财聚人;以言饵人,不如以食化人。

吝者自能致富,然一有事则为过街之鼠;侠者或致破家,然一有事则为百足之虫。

以财贿遗人者,常人之事;以财贿讦人者,小人之心。

为文而专附带名公者,虽可以佞盲子,而不能博智者之大观;为诗而故厚自夸诩者,虽可以艳少年,而不能当老成之一诮。

炎凉之态,处富贵者更甚于贫贱;嫉妒之念,为兄弟者或狠于外人。

目凝而不动者,中必腐烂;言逊而不出者,内有淫邪。

古于词而不古于意,其文直夏畦之学汉语;先定句而后方凑景,其诗亦斋工之画寿生。

狠暴之性,可以藏贪;柔媚之姿,可以掩拙。

凡中第者中一资质,资质高则中疏可掩;凡作官者作一气识,气识好则瑕疵难见。

食色之性,是良知也,统观人物而无间;食色之外,无良知也,必由学虑而始明。

孩提之童,无不知爱其亲似矣,假令易乳而食,能自识其亲母乎?及其长也,无不知敬其兄似矣,假令从幼出继,能自辨其亲兄乎?

以笑迎人者,淫佞之媒也;以苦求人者,贪谀之圈也。

素富贵,行乎贫贱可以得名;素贫贱,行乎富贵可以得利。

谦,美德也,过谦者多怀诈;默,懿行也,过默者或藏奸。

喜以文字詈人者,巫蛊之见也,代人作呪咀而已;喜以文字谀人者,星相之术也,为人添福禄而已。

面而誉之不如背而誉之,其人之感必深;多而施之不若少而施之,其人之欲易遂。

淫奔之妇,矫而为尼;热中之夫,激而入道。

凶人得志,莫提贫贱之时;宕子成名,必弃糟糠之妇。

受业门生，则门生听先生之差使；投拜门生，则先生听门生之差使。

弈棋擅国，则奴隶可以升堂；度曲绝伦，虽士人夷为优孟。

起身早，见客迟，老人家之行径；嘴头肥，眼孔浅，穷措大之规模。

当得意时，须寻一条退路，然后不死于安乐；当失意时，须寻一条出路，然后可生于忧患。

富贵不随达士，以其无逐尘妄行之心；功名必付狠人，为其有背水决战之气。

暴发财主收买假骨董，眼前已见胡涂；新科进士结识假山人，日后必遭缠累。

《麈谈》者，大宗伯徐太室先生所作也。月旦人伦，雌黄物理，包笼连类，取譬搜奇，自著一家之书，不经人道之语。雅谑兼陈，醇驳互见，使夫挥麈者便尔神怡，抚掌者则不鱼眈矣。

汉陂外史识

玉笑零音

（明）田艺衡　撰

诸伟奇　许晓燕　校点

整理说明

《玉笑零音》,一卷,明田艺蘅撰。

田艺蘅(1524–?),字子艺,钱塘(今浙江杭州)人。田汝成子。曾七应举子试,不中。以岁贡生官休宁县学训导。为人高旷,好酒任侠,能诗擅曲,学问博洽。撰有《留青日札》《大明同文集》《煮泉小品》《田子艺集》,编有《诗女史》。《明史》将其列入田汝成附传。

《玉笑零音》凡134则,文字不多,但所涉内容较广,有写历史故事的,有说自然现象的,有论为政之道的,有谈世道人心的。作者概括力较强,有独到的见解,书中睿语警言,比比皆是,反映了作者对当时现实的不满和对理学的批判。

作者曾将该书编入《留青日札》;其中的20余则又编成另一部书,取名《春雨逸响》。该书被先后收入《广百川学海》《宝颜堂祕笈》《广快书》《说郛续》《古今说部丛书》等丛书。本次整理,以《宝颜堂祕笈》本为校点底本。系海内外首次标点面世。郭洁君参加了本书的录校工作。

诸伟奇

2012 年 6 月 13 日

鹏运扶摇，不知游于天外；虱逃缝絮，不求出乎裈中。居化有宜，适真各得。

华渚流虹，虹非淫气；有穷射日，日岂阳精？

柱梁衣绣，而士寒咎犯，切中晋文之病；鼠壤余粮，而妹弃成绮，奚知李耳之仁。

心全者，以身为朽骨；神超者，以心为死灰。魄玄合者，以神为碍影。

神龙无鰕卵，灵凤无鷿雏。白狗不能产驺虞，黄狼不解变天禄。

御寇好游，壶丘晓之以内观；宋经好游，孟氏语之以尊德。德尊则高而俯物，观内则明而烛人。

酷刑为栉，则虮落黔黎；巧谮为钩，则鱼馁臣妾。故圣王栉之以礼，梳之以乐，钓之以义，网之以仁。

上善若水，有时而作恶；贞心如石，有时而目开。是以怒动情澜，喜开欲窦。

诗人以素餐为讥，商君以荒饱为惧。

使勋华而为巢许，则丹商之恶不彰；使癸辛而为舆台，则禹汤之泽不斩。

雷无偏击，日无私烛。使编首而击之，则丰隆亦亵矣；推户而烛之，则羲和其劳乎？击因邪召，烛以虚来。虚纳天光，邪基天庆。

伊尹亡，而沃丁葬以天子之礼；周公封，而成王赐以天子之乐。弃天下尚为敝屣，假礼乐岂为虚文。生前名器或惜繁缨，死后功勋何难隧道。

心如天运谓之勤，心如地宁谓之慎。天匪勤则不能广运，地匪慎则不能久持。乾之自强，天心也；坤之厚载，地心也。

忘名之士能弃万乘之君，好名之人能轻千乘之国。

阳鱎迎吏，宓子为之长挥；猛狗龁人，韩非因之并叹。

景阳入井丽华逐，狎客何在庭花空；厓山蹈海白鹇从，丞相犹存衍义进。君臣两失，禽色同荒。

士苟洁心，无假浴于江海；女能饬体，何必竞其黛朱！

观文未及李生叹，愈老不休韩子悲。

刘累豢夏后之龙，孔甲醢鳞而龙逝；孟亏驯虞氏之凤，夏民食卵而凤翔。

五府灵而中天之台以建，六府流而方寸之地乃空。

以轩乘鹤，卫国谓之不君；以车载猃，周家名为贤主。

女冠男冠，妹喜亡国；男服女服，何晏丧躯。

子云注情于绵竹，非杨庄无以上宣；相如立誉于《子虚》，非得意莫能自荐。

师开鼓琴，以东方西方之声，而知朝夕之室；子野吹律，以南风北风之辨，而测胜负之军。

女乐归而鲁削，巫音作而楚衰。汉饰伎以祭郊，唐藉倡以供御。

尚父戒罔念，鲁叟悔徒思。惟克乃作圣，非学亦成章。

果有人面之名，仁者不餐其肉；里有狗葬之号，孝子不瘗其亲。

梁山壅河，三日不逝，晋景公素缟哭之而水流；海潮击岸，百里为墟，吴越王强弩射之而潮息。是伯鲧之智，不及于辇夫之言；而神禹之功，仅等乎铁箭之力。

鲍鱼小鲜，吕涓不登于太子；邪蒿恶菜，邢峙不进于储君。为传者，贵谨其几微；养德者，在慎其饮食。

师寒而楚子拊之，三军暖如挟纩；兵渴而曹操谲之，万众津若餐梅。

董仲舒睹重常之鸟，刘子政晓贰负之尸。实沉台台，非郑侨之博物不能言；龙见绛郊，非蔡墨之明占莫能御。虽禀生知之质，亦资好学之功。

隼虽鸷，不能以攫风；虎虽猛，不能以搏麟。

王道通衢也，伯道支径也。三代以上由通衢，其功缓；三代以下由支径，其效速。噫！通衢日荆棘矣！

耕，男之职也，今之业耕者，毁其锄犁，而诲其子以盗；织，妇之事也，今之业织者，弃其机杼，而诲其女以淫。是何也？古之耕织也，得饱暖，而今之耕织也，饥寒因之矣，耕织反不若淫盗。噫！是孰使之然哉！

文王伐崇而袜系解，自结之，而弗役其所与处，君道也；武王伐纣而袜系解，五人在前而莫肯结，臣道也。周之君臣两得之矣。自是而下，君将自结耶，臣将结之耶？一举足而见之矣！

杨朱泣岐路，阮籍泣穷途。一以悲道之多端，一以悲道之不达。

周监于二代，郁郁乎文哉，吾从周；殷已悫，吾从周。然则文果胜悫矣乎？悫悲殷之初也，文非周之末也。

楚庄纳伍胥之谏，而罢淫乐；齐威悟淳于之讽，而行诛赏。《易》曰：

"冥豫成有渝，无咎。"言人君贵信贤而改过也，名之曰庄、威，不亦宜乎？

龙负夏禹之艇，卒治水而窆衣；蛇绕卫君之轮，遂投殿而伏剑。

阳，君道也，故尊而难对；阴，臣道也，故卑而喜应。九畴之凶，生于对奇也；八卦之吉，生于应偶也。

风行天上，动万物者，莫疾乎风；水行地中，润万物者，莫疾乎水。故生者之择居，死者之择穴，皆莫离乎风水也。

治世不能无淫祠，正人未尝有淫祀。

潮汐之盛缩，因月之盈虚，古语如是，谁则验之？吾观于鱼脑之光减而信之矣。盖鱼虾水畜也，水者月之液，月者水之精。阴气之以类相感者也。

《管》《晏》之文，无盐丑女也，虽丑而有益于国；《庄》《列》之文，西施美妇也，虽美而无裨于世。

文胜而周衰，清谈而晋败，道学盛而宋亡，国无实也。

拘儒不可与谈玄，腐儒不可与论道。

鳌戴山而水居，蚁负粒而陆游，大小之乐，均也；蛇委腹而缓步，蚿百足而疾行，有无之势，一也。孰重孰轻，孰多孰寡，孰劳孰逸，理之各足焉耳。

天本明，云蔽之；心本明，欲蔽之。云散欲消，天心同澈；云锢欲钳，天心同闭。

鹳鸹之勇能夺巢，终贻窃位之耻；蛣蜣之智能转丸，卒蒙秽饱之羞。泰伯逃荆，夷齐采薇，丑此故也。以人治人，孔子之教也；以心印心，佛氏之教也。圣人见道不远人，故曰：道不可须臾离，可离非道。至人见道不外心，故曰：离道别觅道，终身不见道。人即心也，心即人也，夫道一而已矣。

禽之集也，翔以择木；兽之走也，挺以择荫；人之处也，审以择居。翔以择木，可以远矰弋；挺以择荫，可以远陷穽；审以择居，可以远刑辟。

恶土虽善，种不生；善土虽恶，种不死。良农择地而种，君子择人而施。

智者之纳言也，如以水沃燥沙也；昏者之拒谏也，如以水泼镕金也。以水沃乎燥沙，吾见其顺受矣；以水泼乎镕金，吾见其腾沸矣。非水之异也，投之非其所也；非辞之殊也，告之非其人也。

有千里之马，而无千里之御，不能独驰也；有千里之御，而无千里之刍豢，不能久良也。善其刍豢者，主也；善其御者，牧也。如是而不千里，非骐骥也。

忍大师曰：死生大事。禹曰：生寄死归。庄周曰：生浮死休。知其为大事,则人固不可轻于生死而忽之;知其为寄归浮休,则人亦不可重于生死而惑之。如是,可为了死生者。

螽斯春黍,虽不足以济饥,而惰农愧矣;莎鸡促织,虽不足以济寒,而懒妇惊矣;丹乌挟火,虽不足以济昏,而暗行惧矣。呜呼!其诸造物者,自然之治乎?沉檀之木,不适用于稗生;豫章之材,不可琢于既朽。何则物有不同,时有所宜也。

虎豹驱羊,孰不怜?豺狼驱民,孰能愍?

罪春秋于当时,仲尼不得已也;期子云于后世,扬雄其如何哉!

虽有金钟,击以金椎,其声必裂;虽有仁主,辅以仁臣,其治必弱。扣金钟必以木槌,佐仁主必以义士。

权会庄诵《易卦》,而却乘驴前后之鬼;徐份诡诵《孝经》,而愈陵父危笃之疾。会,北齐人。份,陈人。

猛虎之势,奋于一扑;三军之气,作于一鼓。

麒麟、麋鹿,有角同也,然麒麟不能为麋鹿之解角;君子、小人,有心同也,然君子不能为小人之易心。

绳之生也曲,其用也必直;人之生也直,其用也或曲。

衣锦食鲜,非所以延年;服粗餐粝,聊可以卒岁。

句践铸金于少伯,君子谓之貌臣;贯休铸金于贾岛,君子谓之心师。

王右军之书,五十三乃成;高常侍之诗,五十外始学。

阮籍之放,见称于司马;嵇康之和,致忤于钟会。晋公之度、征西之祸,于此见之矣。

萝茑依松林,可以延百寻;青蝇附骥尾,可以致千里。其为依附则得矣,而如仰高居后,何哉?

尧、舜之爱身甚于爱天下,故让天下于许由、务光而不吝;许由、务光知其害,故不受天下以完其身。尧、舜之爱天下不如爱子,故不以天下与丹朱、商均,朱、均非不肖也。何以故让天下与舜、禹而不争,不贤而忍之乎?舜、禹不知其害而受之天下,故有苍梧、会稽之祸,不得死于故居,而死于逆旅,不得死于中国,而死于四夷。

展禽忍于三黜,在今人则为之贪位慕禄;屈原甘于九死,在今人则为之病狂丧心。

吴起吮一人之疽,而邻敌却;段颎裹一人之疮,而西羌平;子罕哭一夫之亡,而宋国安。私恩小惠,三代以下,皆是道也。今此之不能,为将之道何如?

晋文公二竖,入于膏肓,扁鹊识之;秦孝王崔妃,入于灵府,许智庄识之。非察其疾也,乃诊其心也。

栾布祠彭越,不忘奴主之情;廉范敛广汉,实切师生之义。

良匠之目,无材弗良;圣主之目,无臣弗圣。非材之尽良也,大小各有所取也;非臣之尽圣也,内外各有所使也。

鸡鹜雄埘,犬猛专牢,强弱之不敌也;蚁勇兼垤,蜂策攻窠,众寡之相凌也。据势以猎,凭力以角,其诸春秋战国之君乎?

孔子以死丧之道为难言,重阴道也;孟子以浩然之气为难言,重阳道也。然则终不可言与,曰原始反终,故知死生之说。

形如槁木,不死之真。心如谷种,长生之仁。死生不测,造化之神。

防细民之口易,防处士之口难;得丘民之心易,得游士之心难。此七国所以惧横议,而暴秦所以令逐客也。

象以齿焚,犀以角毙,猩以血刺,熊以掌亡,貂以毛诛,蛇以珠剖,麈断尾以缨,狐分腋以白,龟钻甲以灵,麝噬脐以香。故曰:禽兽无辜,怀宝其害;匹夫何辜,怀璧其罪。嗟夫!罪在怀璧,固已矣,攘人之璧而自抵于罪者,独何与?

地以海为肾,故水咸;人以肾为海,故溺咸。

以热攻热,药有附子;以凶去凶,治有干戈。善用则生,不善用则死。

若纲在网,掣绳者君;如锥处囊,脱颖者人。

人之初生,以七日为腊;人之初死,以七日为忌。一腊而魄成,故七七四十九日而七魄具矣;一忌而一魂散,故七七四十九日而七魂泯矣。《易》曰:精气为物,游魂为变,故知鬼神之情状。

微言绝耳,颜远叹别于欧阳;鄙吝萌心,仲举思见乎黄叔。

君子之异于人者,道;同于人者,貌。

冬江而夏山,公阅休之安宅也;地棺而天椁,逍遥子之大葬也。

西伯泽及枯骼,而大老双归;燕昭价重死骨,而骏马三至。

白驹过隙,魏豹具感于人生;飞鸟过日,张翰愁思乎瀛海。

大禹入裸国而不衣,泰伯适荆蛮而断发。父母之遗体,有时而自残;衣冠之盛仪,因地而或废。

仲尼击槁而歌焱风,仁可以充饥也;曾参曳履而歌商颂,义可以御寒也。

分人以道谓之神,分人以德谓之圣;分人以功谓之公,分人以利谓之私。

田子见玉食,蹙然曰:"弗饥,斯可矣。"见锦衣,颦然曰:"弗寒,斯可矣。"见华屋,愀然曰:"弗露,斯可矣。"毋玉尔食,而玉尔仪;毋锦尔衣,而锦尔心;毋华尔屋,而华尔德。惟仪之玉,以振天下;惟心之锦,以文天下;惟德之华,以覆天下:故君子去彼取此。

王生以结袜而重廷尉,汲黯以长揖而重将军。

吴雄不择封葬,而三世廷尉;赵兴故犯妖禁,而三叶司隶;陈伯敬终不言死,而年老见杀。

学非诵说之末也,行而已;政非文饰之具也,实而已;王非治安之迹也,化而已。化者其帝乎,皇则神矣。

有一乡一国天下之量,斯能受一乡一国天下之善。故曰:量者,量也,量其多寡而受之也。

田真三人共爨,妇析紫荆之干以图分;刘良四世同居,妻易庭禽以雏以求异。故齐家者,先刑其室;正内者,必绝其私。

仓庚为炙,可止妒妇之心;凤凰为羹,难化忌士之口。

太公诛狂猾华士,周公非之,而下白屋之贤;放勋容骥鲧共苗,重华矫之,而正四裔之罪。

徐景山画生鲻而执白獭,放挫啼悬死鼠而钓大雕。画鲻其冠裳乎,悬鼠其爵禄乎?呜呼悲夫!

孔子历诸侯七十二聘而不遇一主,乃思九夷;老子历流沙八十一国而化被三千,遂忘中夏。

倚墙之木,盗之桥;倚床之仆,奸之招。

周旦作金滕以祈天命,君子以为咒诅之媒;夏禹铸鼎象以辟神奸,后世遂有厌镇之术。

亡国之社,上屋而下柴,绝于天地也;败家之子,覆祀而灭嗣,绝于祖宗也。

心灵匪形,故天地不能役,而人反以利禄役其心;心虚匪气,故阴阳不能运,而人反以喜怒运其气:此心之所以不能不动也。尽心者虚,存心者灵。

祭葬厚而奉养薄,末世之孝子也;承顺过而弼拂微,末世之忠臣也。事生,孝之先;犯颜,忠之大。

琴瑟合调，夫妇之所以谐音；埙篪一节，兄弟之所以同气。鼋鸣而鳖应，兔死则狐悲。

人之为学，《四书》其门墙也，《五经》其堂奥也，子史其廊庑也，九流百家其器用也。居不可以不广，学不可以不博。举业锢而居隘，语录倡而学荒。

有子如龙虎，不须作马牛；有子如豚犬，何须作马牛！

涪水杂江水，蒲元能辨其性，故淬剑精；石城杂南泠，德裕能辨其味，故煮茶美。

京师元帝，为周围尚谈《老子》之旨；海岛宋君，为元逐犹讲《大学》之章。腐臣朽主，自取灭亡；神谟圣训，何裨解禳。

天地施恩于万物，而不望万物之报，吾是以知天地之大；父母施恩于子孙，而不望子孙之报，吾是以知父母之大。天为严父，地慈母；少极吾宗，太极祖。巍巍乎其功德，荡荡乎其难名哉！

腐鼠堕而虞氏亡，獒狗逐而华臣走。孽虽由于自作，衅实起于不虞。

欲治疑狱，鲑鲕解触，咎繇碌碌。若济大师，仓光实危，尚父嘻嘻。光一作咒。

败岁皆莩形菜色之民，而通都有吞花卧柳之司牧；防秋多梦妻哭子之士，而幕府有歌儿舞女之将军。民欲不流，得乎？士求不叛，难矣！

善富者，羞德之不积，不羞金之不积；善贵者，耻德之不夥，不耻禄之不夥。德以聚金，则满不扑；德以居禄，则鼎不颠。

苏子瞻作杀鸡之疏，非吾儒之仁；张乖崖转刲羊之经，乃异端之义。

用良匠者，必胥良材；用大贤者，必胥大位。无良材，则良匠不足以成器；无大位，则大贤不足以成治。临厕而惰容，非颜、闵之德；膺刃而回虑，非关、比之忠。

君子寝义而梦荣，小人寝利而梦辱。是故寝薄冰者，梦溺；寝积薪者，梦焚。

乾盖西旋，故二曜转运；坤舆东转，故百谷马奔。暮没而朝升，同此日也：天不更，则日亦不更；左注而右浮，同此水也：地不耗，则水亦不耗。

民无百里之名，士无千里之名，仲尼所以来凤狗之诮；民无百里之友，士无千里之友，林宗所以丛党锢之灾。友者人之所憎，名者天之所忌。

三皇不期皇而皇，五帝不期帝而帝，三王不期王而王。期皇不皇者，始皇也；期帝不帝者，东帝也；期王不王者，霸王也。

以蛙黾当鼓吹，孔珪之志，初不在于清音；以蟋蟀代箫管，道贲之声，实有契于定慧。

诗因鼓吹发，桓玄耳入而心通；笔以鼓吹神，张旭得心而应手。

珠虽泐，不失为宝；莠虽乔，不失为草。宁为回天，毋为踱老。

江河若决，神禹不能挽其流；井田既开，周公不能复其界。地利有宜，人事有时。

日月不以阴霾，而改其升沉；圣贤不以昏乱，而变其出处。有常度万物仰，有常德万民望。

建律者君，行律者臣，守律者民。

以道为阱，则士游祥麟；以德为笼，则士来瑞凤；以功为罟，则士投猛虎；以利为数，则士奔狂狗。

梓庆镰成而疑鬼，灵芸针妙而惊神。圣道散于游艺，天巧丧于工人。

狂以全身，君子也；狂以杀身，小人也。被发邢子昌，骂坐灌夫亡，接舆陆通免，捶杖正平殃。五子歌不慧，仲尼思中行。

日闲舆卫，何难乎良马之逐；不离辎重，岂忧乎终日之行。利往基于具备，丧握本于持轻。

月不暇照，云火升梯；雨不及施，水轮灌垄。

笑之频者，泣必深；生之急者，亡必疾。

天铸万物，圣人鼓之；天蕴至文，圣人诂之。铸非鼓，则器将监；蕴非诂，则文不宣。

呻吟语

（明）吕坤　撰

诸伟奇　张秋玲　校点

整理说明

《呻吟语》,六卷,明吕坤撰。

吕坤(1536-1618),字叔简,号新吾、心吾,晚号抱独居士、了醒居士,河南宁陵人。一生经历嘉靖、隆庆、万历三朝,为明代著名思想家、政治家。他出生于富裕家庭,早年受理学影响很深。万历二年(1574)中进士,历任山西襄垣知县、大同知县、吏部主事、济南道右参政、山西提刑按察使、陕西布政使、山西提督、巡抚、右佥都御史、刑部侍郎等职。62岁时上《忧危疏》而遭谗,辞官返乡,以讲学著述终老。他"刚介峭直"(《明史·吕坤传》),崇真尚实,为官清正,深受百姓爱戴。他治学"以自得为宗",博宗贯串,"多出新意",撰有《去伪斋集》、《呻吟语》、《实政录》、《四礼疑》、《四礼翼》、《黄帝阴符经注》、《闺范》、《无如》、《交泰韵》、《疹科》诸作,有《吕坤全集》传世。

《呻吟语》始撰于嘉靖四十一年(1562),刊行于万历二十一年(1593),前后凡三十年,是吕坤最为重要的一部著作。作者在序中说:"呻吟,病声也。呻吟语,病时疾痛语也。""三十年来,所志《呻吟语》凡若干卷,携以自药。"本来,病中语未必要公开告诉别人,更没必要连续写三十年。为什么呢?吕坤在序中借友人之口回答了这个问题:"吾人之病大都相同,子既志之矣,盍以公人?盖三益焉:医病者见子呻吟,起将死病;同病者见子呻吟,医各有病;未病者见子呻吟,谨未然病。是子以一身示惩于天下,而所寿者众也。"吕坤写这部书的目的就是为了医世。书中,他对社会、人生,对人性、物理,对时事、政务,乃至宇宙间万事万物所发生的问题,都提出了自己的见解,开出了医治的"药方",以期对世道人心有所匡救。

作者在书中表达了强烈的批判精神和鲜明的独创意识。他宣称:"我不是道学","我不是仙学","我不是释学","我不是老庄申韩之学","我只是我"(《呻吟语·谈道》);反对为学"跟着人家脚跟走",甚至也不必"跟着数圣人走",强调"各人走各人的路"。(《呻吟语·品藻》)他提出"超过六经千圣"的体道方法(《呻吟语·问学》),对汉学、宋学乃至诸子百家之学都有批评:"汉唐而下,议论驳而至理杂。吾师宋儒,宋儒求以明道而多穿凿附会之谈,失乎正通达之旨;吾师先圣之言,先圣之言煨于秦火,杂于百家,莠苗朱紫,使后学尊信之而不敢异同。"(《呻吟语·谈道》)他反对后世儒者对经书的迷信和是古非今的偏见,认为今人自有精于古人之处:"汉以来儒者一件大病痛,只是是古非今。今人见识作为不如古人,此其大都。至风会所宜,势极所变,礼义所起,自有今人精于古人处。二帝者,夏之古也;夏者,殷之古也;殷者,周之古也。其实制度文为三代不相祖述,而达者皆以为是。宋儒泥古,更不考古昔真伪,今世是非。"(《呻吟语·品藻》)他驳斥周敦颐"圣人无欲"说,指出"圣人不能无欲,七情中合下有欲"(《呻吟语·圣贤》),欲只有公私之分,而无有无之别。他甚至认为宋儒讨论最为激烈的那些问题,如无极、太极、理气、性命等不是"今日急务",只不过是在"性理书上添了'某氏曰'一段言语,讲学衙门中多了一宗卷案。后世穷理之人信彼驳此,服此辟彼,百世后汗牛充栋,都是这桩说话,不知于国家之存亡,万姓之生死,身心之邪正,见在得济否?"(《呻吟语·谈道》)

吕坤无论论学,还是从政,最讲究一个"实"字,强调实学致用。他认为"圣学专贵人事,专言实理"(《呻吟语·圣贤》),而"天下万事万物皆要求个实用。实用者,与吾身心关损益者也。愚者甚至丧其实用以求无用,悲夫!是故明君治天下,必先革靡文,而严诛淫巧"(《呻吟语·治道》)。他强烈主张实干实为,反对弄虚作假,欺世盗名:"天下好事,要做必须实做。虚者为之,则文具以扰人;不肖者为之,则济私以害政,不如不做。""把天地间真实道理作虚套子干,把世间虚套子作实事干,吁!所从来久矣。非霹雳手段,变此锢习不得。"(《呻吟语·治道》)为此,他进而强调要把"眼前事"做好:"论眼前事,就要说眼前处置,无追既往,无道远图。此等语虽精,无裨见在也。"(《呻吟语·应务》)

吕坤自县令任至巡按、侍郎,谙熟从地方到中央的各种政务,也深知明王朝的各种弊政和人世间的善恶妍媸。他在《呻吟语》中深刻地揭露了官场的种种陋弊和丑恶,如官府的扰民:"朝廷设官本劳以安民,今也扰民以相奉矣。"(《呻吟语·治道》)又如做官只唯上,而逢迎者荣升,公直者惹祸:"古之居官也,在下民身上做工夫;今之居官也,在上官眼底做工夫。古之居官也尚正直，今之居官也尚媂阿。"（《呻吟语·世运》）"巧于逢迎者，观其颐指意向而极口称道，他日骤得殊荣；激于公直者，知其无益有害而奋色极言，他日中以奇祸。"（《呻吟语·治道》）又如官吏的懒散无能，尸位素餐："太平之时，文武将吏习于懒散，拾前人之唾余，高谈阔论，尽似真才；乃稍稍艰，大事到手，仓皇迷闷，无一干济之术"；"万事废，分毫无益于民，逃不得'尸位素餐'四字"。（《呻吟语·治道》）再如官府的不作为："自家官靠着别人做，只是不肯踏定脚跟挺身自拔，此缙绅第一耻事"，"令不行，禁不止，与无官无政同。"（《呻吟语·治道》）"而今只一个'苟'字支吾世界，万事安得不废弛？"（《呻吟语·应务》）最可怕的是这种弊政早已不是个别和局部的现象，而是形成了积重难返的风气，为此，作者沉重地指出："变民风易，变士风难；变士风易，变仕风难。仕风变，天下治矣。"（《呻吟语·世运》）官风大坏的责任在于谁？根子出在官员选拔和考核制度上。作者进而勇敢地将批判的锋芒指向最高统治者："为一郡邑长，一郡邑皆待命于我者也；为一国君，一国皆待命于我者也；为天下主，天下皆待命于我者也。无以答其望，何以称此职？何以居此位？"而人君的欲望，人君或奋发或安逸，则关系国家的兴衰成败："人君者，天下之所依以欣戚者也。一念怠荒，则四海必有废弛之事；一念纵逸，则四海必有不得其所之民"，"人君有欲，前后左右之幸也。君欲一，彼欲百，致天下乱亡，则一欲者受祸，而百欲者转事他人矣。此古今之明鉴，而有天下者之所当悟也。"（《呻吟语·治道》）他还以分析病情为喻，指出君富民贫的可怕："凡病人，面红如赭、发润如油者不治，盖萃一身之元气血脉尽于面目之上也。呜呼！人君富，四海贫，可以惧矣！"（《呻吟语·广喻》）

最为可贵的是，作者不仅揭示了发生在社会、人性中的病症，分析了致病的原因，还开出了治病的药方。这些药方涉及君道、吏治、士风、人性、治学、处世等方方面面。仅就治国而言，书中讲了很多道理，择其要者有：人君可以定国法，但人君不能临驾于国法之上："法者，御世宰物之神器。人君本天理人情而定之，人君不得与。"人君"第一要爱百姓"，治国之道首在安民："取天下，守天下，只在一种人上加意念，一个字上做工夫。一种人是哪个？曰'民'；一个字是甚么？曰'安'。"安民要选好良吏，选良吏靠好的选拔机制："治病要择良医，安民要择良吏。良吏不患无人，在选择有法而激劝有道耳。"（《呻吟语·治道》)而官员要"无私有识","居官有五要：休错问一件事，休屈打一个人，休妄费一分财，休轻劳一夫力，休苟取一文钱"(《呻吟语·治道》)。为政要因时而进："为政者贵因时。事在当因，不为后人开无故之端；事在当革，不为后人长不救之惑。"对变革，作者是这样论述的："法不欲骤变，骤变虽美，骇人耳目，议论之媒也；法不欲硬变，硬变虽美，拂人心志，矫抗之藉也。故变法欲详审；欲有渐；欲不动声色；欲同民心而与之反覆其议论；欲心迹如青天白日；欲独任躬行，不令左右借其名以行胸臆；欲明且确，不可含糊，使人得持两可以为重轻；欲着实举行，期有成效，无虚文搪塞，反贻实害。必如是而后法可变也。不然，宁仍旧贯而损益修举之。"(《呻吟语·治道》)这里，作者为变法做了精心设计，从中可看出他颇为矛盾的心情：明王朝世风大坏，弊政丛生，不变革不行；但骤变、大变也不行。然而，病入膏肓的明王朝已无药可医，靠其自身动能，骤变或渐变都不可能出现——但巨变还是发生了，就在吕坤逝世二十六年后，在农民起义军和清军的双重打击下，腐朽已极的明王朝终于灭亡了。

在明代清言小品中，《呻吟语》是一部极具思想深度和力度的著作，作者选择用语录的形式来表达。这种表达，好处是能化繁难为简捷，让读者容易接受。如知行问题，往往不大好讲清楚，但作者却将知行关系讲得明明白白："以圣贤之道教人易，以圣贤之道治人难；以圣贤之道出口易，以圣贤之道躬行难；以圣贤之道奋始易，以圣贤之道克终难；以圣贤之道当人易，以圣贤之道慎独难；以圣贤之道口耳易，以圣贤之道心得难；以圣贤之道处常易，以圣贤之道处变难。"(《呻吟语·修身》)"日日行不怕千万里，常常做不怕千万事。"(《呻吟语·应务》)这种表达短处是对那些复杂的理论问题，如作者对程朱理学、陆王心学的质疑，往往只有结论性话语，而缺少令人信服的阐释。

全书精彩之处很多，除以上所引外，书中一些地方见解独特，堪称的论，如作者对音乐于人身心作用的高度评价和对《乐经》失传的遗憾："千载而下，最可恨者《乐》之无传。士大夫视为迂阔无用之物，而不知其有切于身心性命也。"(《呻吟语·谈道》)一些地方振聋发聩，大有石破天惊之势，如作者对要求妇女守贞而男人纵欲双重标准的强烈不满，斥为"圣人之偏"："夫礼也，严于妇人之守贞而疏于男子之纵欲，亦圣人之偏也。今舆隶仆僮皆有婢妾娼女,小童莫不淫狎,以为丈夫之小节而莫之问。凌嫡失所、逼妾殒身者纷纷,恐非圣王之世所宜也,此不可不严为之禁也。"(《呻吟语·治道》)又如作者说:"大凡与人情不近,即行能卓越,道之贼也。圣人之道,人情而已。"(《呻吟语·品藻》)将凡人之情等同圣人之道,这在理学盛行的时代太难能可贵了。一些地方更是写得字字珠玑,让人过目不忘,如"做本色人,说根心话,干近情事"(《呻吟语·修身》);又如"不做讨便宜的学问,便是真儒";再如"一切人为恶犹可言也,惟读书人不可为恶,读书人为恶,更无教化之人矣;一切人犯法犹可言也,做官人不可犯法,做官人犯法,更无禁治之人矣"(《呻吟语·品藻》)。

《呻吟语》中可以采录论述之处俯拾即是,作为中华传统文化的优秀篇章,该书对我们今天的读者显然有着重要的阅读、思考和借鉴作用。

《呻吟语》版本有全本和节本两个系统。全本主要有明万历二十年(1592)刊本,六卷;清康熙二十六年(1687)陆陇其正定刊本,六卷;乾隆五十九年(1794)吕燕昭金陵刊本,六卷;道光二年(1822)鄂山刊本,六卷;道光七年(1827)《吕子遗书》本,六卷;同治十三年(1874)桂松庆木犀山房校刻本;光绪十五年(1889)《吕新吾全集》本,六卷。节本主要有明人叶廷秀辑评本,一卷;清乾隆元年(1736)陈宏谋辑本,四卷,补遗二卷;《呻吟语摘》,二卷;《四库全书》收入"子部儒家类";《呻吟语选》,清人阮承信选,二卷,收入《文选楼丛书》,《丛书集成初编》即据此本刊行。本次校点据《吕子遗书》本为底本,校以中华书局2008年版《吕坤全集》(王国轩、王秀梅整理),《吕子遗书》未收部分,据《全集》本校补。

胡芳、周挺启君参与了本书的录校工作。

诸伟奇

2012年9月16日

序

吕坤

呻吟，病声也。呻吟语，病时疾痛语也。病中疾痛，惟病者知，难与他人道，亦惟病时觉，既愈，旋复忘也。

予小子生而昏弱善病，病时呻吟，辄志所苦以自恨曰："慎疾，无复病。"已而弗慎，又复病，辄又志之。盖世病备经，不可胜志。一病数经，竟不能惩。语曰"三折肱成良医"，予乃九折臂矣！沉痼年年，呻吟犹昨。嗟嗟！多病无完身，久病无完气，予奄奄视息而人也哉！

三十年来，所志《呻吟语》，凡若干卷，携以自药。司农大夫刘景泽摄心缮性，平生无所呻吟，予甚爱之。顷共事雁门，各谈所苦。予出《呻吟语》视景泽。景泽曰："吾亦有所呻吟，而未之志也。吾人之病大都相同，子既志之矣，盍以公人？盖三益焉：医病者见子呻吟，起将死病；同病者见子呻吟，医各有病；未病者见子呻吟，谨未然病。是子以一身示惩于天下，而所寿者众也。即子不愈，能以愈人，不既多乎？"余矍然曰："病语狂，又与其狂者惑人闻听，可乎？"因择其狂而未甚者存之。

呜呼！使予视息苟存，当求三年艾，健此余生，何敢以沉痼自弃？景泽，景泽，其尚医予也夫！

万历癸巳三月，抱独居士宁陵吕坤书。

卷一

内篇

性命

正命者，完却正理，全却初气，未尝以我害之，虽桎梏而死，不害其为正命。若初气凿丧，正理不完，即正寝告终，恐非正命也。

德性以收敛沉着为第一,收敛沉着中又以精明平易为第一。大段收敛沉着人怕含糊,怕深险。浅浮子虽光明洞达,非蓄得之器也。

或问:人将死而见鬼神,真耶,幻耶?曰:人寤则为真见,梦则为妄见,魂游而不附体,故随所之而见物,此外妄也。神与心离合而不安定,故随所交而成景,此内妄也。故至人无梦,愚人无梦,无妄念也。人之将死,如梦然,魂飞扬而神乱于目,气浮散而邪客于心,故所见皆妄,非真有也。或有将死而见人拘系者,尤妄也。异端之语入人骨髓,将死而惧,故常若有见。若死必有召之者,则牛羊蚊蚁之死果亦有召之者耶?大抵草木之生枯,土石之凝散,人与众动之死生、始终、有无,只是一理,更无他说。万一有之,亦怪异也。

气无终尽之时,形无不毁之理。

真机真味要含蓄,休点破,其妙无穷,不可言喻,所以圣人无言。一犯口颊,穷年说不尽,又离披浇漓,无一些咀嚼处矣。

性分不可使亏欠,故其取数也常多,曰穷理,曰尽性,曰达天,曰入神,曰致广大、极高明。情欲不可使赢余,故其取数也常少,曰谨言,曰慎行,曰约己,曰清心,曰节饮食、寡嗜欲。

深沉厚重是第一等资质,磊落英雄是第二等资质,聪明才辨是第三等资质。

六合原是个情世界,故万物以之相苦乐,而圣人不与焉。

凡人光明博大、浑厚含蓄是天地之气,温煦和平是阳春之气,宽纵任物是长夏之气,严凝敛约、喜刑好杀是秋之气,沉藏固啬是冬之气;暴怒是震雷之气,狂肆是疾风之气,昏惑是霾雾之气,隐恨留连是积阴之气,从容温润是和风甘雨之气,聪明洞达是青天朗月之气。有所钟者,必有所似。

先天之气发泄处不过毫厘,后天之气扩充之必极分量。其实分量极处原是毫厘中有底,若毫厘中合下原无,便是一些增不去。万物之形色才情,种种可验也。

蜗藏于壳,烈日经年而不枯,必有所以不枯者在也。此之谓以神用先天造物命脉处。

兰以火而香,亦以火而灭;膏以火而明,亦以火而竭;炮以火而声,亦以火而泄。阴者所以存也,阳者所以亡也,岂独声色气味然哉?世知郁者之为足,是谓万年之烛。

火性发扬，水性流动，木性条畅，金性坚刚，土性重厚。其生物也亦然。

一则见性，两则生情。人未有偶而能静者，物未有偶而无声者。

声无形色，寄之于器；火无体质，寄之于薪；色无着落，寄之草木。故五行惟火无体而用不穷。

人之念头与气血同为消长。四十以前是个进心，识见未定而敢于有为；四十以后是个定心，识见既定而事有酌量；六十以后是个退心，见识虽真而精力不振。未必人人皆此，而此其大凡也。古者四十仕，六、七十致仕，盖审之矣。人亦有少年退缩不任事，厌厌若泉下人者，亦有衰年狂躁妄动喜事者，皆非常理。若乃以见事风生之少年为任事，以念头灰冷之衰夫为老成，则误矣。邓禹沉毅，马援矍铄，古诚有之，岂多得哉？

命本在天，君子之命在我，小人之命亦在我。君子以义处命，不以其道得之不处，命不足道也；小人以欲犯命，不可得而必欲得之，命不肯受也。但君子谓命在我，得天命之本然；小人谓命在我，幸气数之或然。是以君子之心常泰，小人之心常劳。

性者，理气之总名。无不善之理，无皆善之气。论性善者，纯以理言也；论性恶与善恶混者，兼气而言也。故经传言性各各不同，惟孔子无病。

气、习，学者之二障也。仁者与义者相非，礼者与信者相左，皆气质障也。高髻而笑低鬟，长裾而讥短袂，皆习见障也。大道明，率天下气质而归之，即不能归，不敢以所偏者病人矣；王制一，齐天下趋向而同之，即不能同，不敢以所狃者病人矣。哀哉！兹谁任之？

父母全而生之，子全而归之，发肤还父母之初，无些毁伤，亲之孝之也；天全而生之，人全而归之，心性还天之初，无些缺欠，天之孝子也。

虞廷不专言性善，曰"人心惟危，道心惟微"。或曰：人心非性。曰：非性可矣，亦是阴阳五行化生否？六经不专言性善，曰"惟皇上帝，降衷下民，厥有恒性"，又曰"天生蒸民有欲，无主乃乱"。孔子不专言性善，曰："继之者，善也；成之者，性也。"又曰："性相近也"，"惟上智与下愚不移"。才说相近，便不是一个，相远从相近起脚。子思不专言性善，曰"修道之谓教"。性皆善矣，道胡可修？孟子不专言性善，曰"声色、臭味、安佚，性也"。或曰：这性是好性。曰：好性如何君子不谓？又曰"动心忍性"。善性岂可忍乎？犬之性，牛之性，岂非性乎？犬、牛之性亦仁义礼智信之性乎？细推之，犬之性犹犬之性，牛之性犹牛之性乎？周茂叔不专言性善，曰：

"五性想感而善恶分、万事出矣。"又曰："几善恶。"程伯淳不专言性善,曰："恶亦不可不谓之性。"大抵言性善者,主义理而不言气质。盖自孟子之折诸家始,后来诸儒遂主此说,而不敢异同,是未观于天地万物之情也。义理固是天赋,气质亦岂人为? 无论众人,即尧、舜、禹、汤、文、武、周、孔,岂是一样气质哉? 愚僭为之说曰:义理之性有善无恶,气质之性有善有恶。气质亦天命于人而与生俱生者,不谓之性可乎? 程子云:"论性不论气不备,论气不论性不明。"将性气分作两项,便不透彻。张子以善为天地之性,清浊纯驳为气质之性,似觉支离。其实,天地只是一个气,理在气之中,赋于万物,方以性言。故性字从生从心,言有生之心也。设使没有气质,只是一个德性,人人都是生知圣人,千古圣贤千言万语教化刑名,都是多了底,何所苦而如此乎? 这都是降伏气质,扶持德性。立案于此,俟千百世之后驳之。

性,一母而五子。五性者,一性之子也。情者,五性之子也。一性静,静者阴;五性动,动者阳。性本浑沦,至静不动,故曰"人生而静,天之性也"。才说性,便已不是性矣。此一性之说也。

宋儒有功于《孟子》,只是补出一个气质之性来,省多少口吻。

问:"禽兽草木亦有性否?"曰:"有。""其性亦天命否?"曰:"天以阴阳五行化生万物,安得非天命?"

或问:"孔子教人,性非所先。"曰:"圣人开口处都是性。"

水无渣,着土便浊;火无气,着木便烟。性无二,着气质便杂。

满方寸浑成一个德性,无分毫私欲便是一心之仁;六尺浑成一个冲和,无分毫病痛便是一身之仁;满六合浑成一个身躯,无分毫间隔便是合天下以成其仁。仁是全体,无毫发欠缺;仁是纯体,无纤芥瑕疵;仁是天成,无些子造作。众人分一心为胡越,圣人会天下以成其身。愚尝谓"两间无物我,万古一呼吸"。

存心

心要如天平,称物时物忙而衡不忙,物去时即悬空在此。只恁静虚中正,何等自在!

收放心休要如追放豚,既入笠了,便要使他从容闲畅,无拘迫懊恼之状。若恨他难收,一向束缚在此,与放失同,何者? 同归于无得也。故再放便奔逸不可收拾。君子之心如习鹰驯雉，搏击飞腾，主人略不防闲，及上臂归庭，却恁忘机自得，略不惊畏。

学者只事事留心，一毫不肯苟且，德业之进也，如流水矣。

不动气，事事好。

心放不放，要在邪正上说，不在出入上说。且如高卧山林，游心廊庙；身处衰世，梦想唐虞；游子思亲，贞妇怀夫：这是个放心否？若不论邪正，只较出入，却是禅定之学。

或问：放心如何收？余曰：只君此间，便是收了。这放收甚容易，才昏昏便出去，才惺惺便在此。

常使精神在心目间，便有主而不眩。于客感之交，只一昏昏，便是胡乱应酬。岂无偶合？终非心上经历过，竟无长进。譬之梦食，岂能饱哉？

防欲如挽逆水之舟，才歇力便下流；力善如缘无枝之树，才住脚便下坠。是以君子之心无时而不敬畏也。

一善念发，未说到扩充，且先执持住，此万善之囷也。若随来随去，更不操存此心，如驿传然，终身无主人住矣。

千日集义，禁不得一刻不慊于心，是以君子瞬存息养，无一刻不在道义上。其防不义也，如千金之子之防盗，惧馁之故也。

无屋漏工夫，做不得宇宙事业。

君子口中无惯语，存心故也。故曰"修辞立其诚"。不诚，何以修辞？

一念收敛，则万善来同；一念放恣，则百邪乘衅。

得罪于法，尚可逃避；得罪于理，更没处存身。只我底心，便放不过我。是故君子畏理甚于畏法。

或问："鸡鸣而起，若未接物，如何为善？"程子曰："只主于敬，便是善。"愚谓惟圣人未接物时，何思何虑？贤人以下，睡觉时合下便动个念头，或昨日已行事，或今日当行事，便来心上，只看这念头如何。若一念向好处想，便是舜边人；若一念向不好处想，便是跖边人；若念中是善，而本意却有所为，这又是舜中跖，渐来渐去，还向跖边去矣。此是务头工夫。此时克己更觉容易，点检更觉精明，所谓"去恶在纤微，持善在根本"也。

目中有花，则视万物皆妄见也；耳中有声，则听万物皆妄闻也；心中有物，则处万物皆妄意也。是故此心贵虚。

忘是无心之病，助长是有心之病。心要从容自在，活泼于有无之间。

"静"之一字，十二时离不了，一刻才离便乱了。门尽日开阖，枢常静；妍媸尽日往来，镜常静；人尽日应酬，心常静。惟静也，故能张主得动，若逐动而去，应事定不分晓。便是睡时，此念不静，作个梦儿也胡乱。

把意念沉潜得下，何理不可得？把志气奋发得起，何事不可做？今之学者，将个浮躁心观理，将个委靡心临事，只模糊过了一生。

"心平气和"，此四字非涵养不能做。工夫只在个定火，火定则百物兼照，万事得理。水明而火昏。静属水，动属火，故病人火动则躁扰狂越，及其苏定，浑不能记。苏定者，水澄清而火熄也。故人非火不生，非火不死；事非火不济，非火不败。惟君子善处火，故身安而德滋。

当可怨、可怒、可辩、可诉、可喜、可愕之际，其气甚平，这是多大涵养！

天地间真滋味，惟静者能尝得出；天地间真机括，惟静者能看得透；天地间真情景，惟静者能题得破。作热闹人，说孟浪语，岂无一得？皆偶合也。

未有甘心快意而不殃身者。惟理义之悦我心，却步步是安乐境。

问：慎独如何解？曰：先要认住"独"字，"独"字就是"意"字。稠人广坐、千军万马中，都有个"独"，只这意念发出来是大中至正底，这不劳慎，就将这独字做去，便是天德王道。这意念发出来，九分九厘是，只有一厘苟且为人之意，便要点检克治，这便是慎独了。

用三十年心力，除一个"伪"字不得。或曰：君尽尚实矣。余曰：所谓伪者，岂必在言行间哉？实心为民，杂一念德我之心便是伪；实心为善，杂一念求知之心便是伪；道理上该做十分，只争一毫未满足便是伪；汲汲于向义，才有二三心便是伪；白昼所为皆善，而梦寐有非僻之干便是伪；心中有九分，外面做得恰象十分便是伪。此独觉之伪也，余皆不能去，恐渐溃防闲，延恶于言行间耳。

自家好处掩藏几分，这是涵蓄以养深；别人不好处要掩藏几分，这是浑厚以养大。

宁耐，是思事第一法；安详，是处事第一法；谦退，是保身第一法；涵容，是处人第一法；置富贵、贫贱、死生、常变于度外，是养心第一法。

胸中情景，要看得：春不是繁华，夏不是发畅，秋不是寥落，冬不是枯槁，方为我境。

大丈夫不怕人，只是怕理；不恃人，只是恃道。

静里看物欲,如业镜照妖。

"躁心浮气,浅衷狭量",此八字进德者之大忌也。去此八字,只用得一字,曰主静。静则凝重,静中境自是宽阔。

士君子要养心气,心气一衰,天下万事分毫做不得。冉有只是个心气不足。

主静之力大于千牛,勇于十虎。

君子洗得此心净,则两间不见一尘;充得此心尽,则两间不见一碍;养得此心定,则两间不见一怖;持得此心坚,则两间不见一难。

人只是心不放肆,便无过差;只是心不怠忽,便无遗忘。

胸中只摆脱一"恋"字,便十分爽净,十分自在。人生最苦处,只是此心沾泥带水,明是知得,不能断割耳。

盗,只是欺人。此心有一毫欺人,一事欺人,一语欺人,人虽不知,即未发觉之盗也。言如是而行欺之,是行者言之盗也;心如是而口欺之,是口者心之盗也;才发一个真实心,骤发一个伪妄心,是心者心之盗也。谚云"瞒心昧己",有味哉其言之矣!欺世盗名,其过大;瞒心昧己,其过深。

此心果有不可昧之真知,不可强之定见,虽断舌可也,决不可从人然诺。

才要说睡,便睡不着;才说要忘,便忘不得。

举世都是我心。去了这我心,便是四通八达,六合内无一些界限。要去我心,须要时时省察这念头,是为天地万物,是为我。

目不容一尘,齿不容一芥,非我固有也。如何灵台内许多荆榛,却自容得?

手有手之道,足有足之道,耳目鼻口有耳目鼻口之道,但此辈皆是奴婢,都听天君使令。使之以正也顺从,使之以邪也顺从。渠自没罪过,若有罪过,都是天君承当。

心一松散,万事不可收拾;心一疏忽,万事不入耳目;心一执着,万事不得自然。

当尊严之地,大众之前,震怖之景,而心动气慑,只是涵养不定。

久视则熟字不识,注视则静物若动,乃知蓄疑者乱真知,过思者迷正应。

常使天君为主,万感为客便好。只与他平交,已自亵其居尊之体。若跟他走去走来,被他愚弄缀哄,这是小儿童,这是真奴婢,有甚面目来灵台

上坐？役使四肢百骸，可羞可笑。（原注：示儿）

不存心，看不出自家不是。只于动静、语默、接物、应事时，件件想一想，便见浑身都是过失。须动合天则，然后为是。日用间如何疏忽得一时？学者思之。

人生在天地间，无日不动念，就有个动念底道理；无日不说话，就有个说话的道理；无日不处事，就有个处事底道理；无日不接人，就有个接人底道理；无日不理物，就有个理物底道理。以至怨怒笑歌、伤悲感叹、顾盼指示、咳唾涕洟、隐微委曲、造次颠沛、疾病危亡，莫不各有道理。只是时时体认，件件讲求，细行小物尚求合则，彝伦大节岂可逾闲？故始自垂髫，终于属纩，持一个自强不息之心，通乎昼夜，要之于纯一不已之地，忘乎死生。此还本归全之道，戴天履地之宜。不然，恣情纵意而各求遂其所欲，凡有知觉运动者皆然，无取于万物之灵矣。或曰："有要乎？"曰："有。其要只在存心。""心何以存？"曰："只在主静。只静了，千酬万应都在道理上，事事不错。"

迷人之迷，其觉也易；明人之迷，其觉也难。

心相信，则迹者士苴也，何烦语言？相疑，则迹者媒孽也，益生猜贰。故有誓心不足自明，避嫌反成自诬者，相疑之故也。是故心一而迹万。故君子治心不修迹，《中孚》治心之至也。豚鱼且信，何疑之有？

君子畏天，不畏人；畏名教，不畏刑罚；畏不义，不畏不利；畏徒生，不畏舍生。

"忍"、"激"二字，是祸福关。

殃咎之来，未有不始于快心者，故君子得意而忧，逢喜而惧。

一念孳孳，惟善是图，曰正思；一念孳孳，惟欲是愿，曰邪思；非分之福，期望太高，曰越思；先事徘徊，后事懊恨，曰萦思；游心千里，岐虑百端，曰浮思；事无可疑，当断不断，曰惑思；事不涉已，为他人忧，曰狂思；无可奈何，当罢不罢，曰徒思；日用职业，本分工夫，朝惟暮图，期无旷废，曰本思。此九思者，日用之间，不在此则在彼。善摄心者，其惟本思乎？身有定业，日有定务，暮则省白昼之所行，朝则计今日之所事。念兹在兹，不肯一事苟且，不肯一时放过，庶心有着落，不得他适，而德业日有长进矣。

学者只多忻喜心，便不是凝道之器。

小人亦有坦荡荡处，无忌惮是已；君子亦有常戚戚处，终身之忧是已。

只脱尽轻薄心，便可达天德。汉唐以下儒者，脱尽此二字不多人。

斯道这个担子，海内必有人负荷。有能慨然自任者，愿以绵弱筋骨助一肩之力，虽走僵死不恨。

耳目之玩，偶当于心，得之则喜，失之则悲，此儿女子常态也。世间甚物与我相关，而以得喜以失悲耶？圣人看得此身亦不关悲喜，是吾道之一囊橐耳。爱囊橐之所受者，不以囊橐易所受，如之何以囊橐弃所受也？而况耳目之玩又囊橐之外物乎？

寐是情生景，无情而景者，兆也。寤后景生情，无景而情者，妄也。

人情有当然之愿，有过分之欲。圣王者，足其当然之愿，而裁其过分之欲，非以相苦也。天地间欲愿止有此数，此有余而彼不足，圣王调剂而均厘之，裁其过分者以益其当然。夫是之谓至平，而人无淫情无觖望。

恶恶太严，便是一恶；乐善甚亟，便早一善。

投佳果于便溺，濯而献之，食乎？曰：不食。不见而食之，病乎？曰：不病。隔山而指骂之，闻乎？曰：不闻。对面而指骂之，怒乎？曰：怒。曰：此见闻障也。夫能使面而食，闻而不怒，虽入黑海、蹈白刃可也。此炼心者之所当知也。

只有一毫粗疏处，便认理不真，所以说"惟精"，不然众论淆之而必疑；只有一毫二三心，便守理不定，所以说"惟一"，不然利害临之而必变。

种豆，其苗必豆；种瓜，其苗必瓜。未有所存如是，而所发不如是者。心本人欲，而事欲天理；心本邪曲，而言欲正直，其将能乎？是以君子慎其所存。所存是，种种皆是；所存非，种种皆非，未有分毫爽者。

属纩之时，般般都带不得，惟是带得此心，却教坏了，是空身归去矣。可为万古一恨。

吾辈所欠，只是涵养不纯不定。故言则矢口所发，不当事，不循物，不宜人；事则恣意所行，或太过，或不及，或悖理。若涵养得定，如熟视正鹄而后开弓，矢矢中的；细量分寸而后投针，处处中穴。此是真正体验，实用工夫，总来只是个沉静。沉静了，发出来件件都是天则。

定静中境界，与六合一般大，里面空空寂寂，无一个事物，才问他索时，般般足、样样有。

"暮夜无知"，此四字百恶之总根也。人之罪莫大于欺。欺者，利其无知也。大奸大盗皆自无知之心充之。天下大恶只有二种：欺无知，不畏有知。欺无知，还是有所忌惮心，此是诚伪关；不畏有知，是个无所忌惮心，此是死生关。犹知有畏，良心尚未死也。

天地万物之理，出于静入于静；人心之理，发于静归于静。静者，万理之橐籥，万化之枢纽也。动中发出来，与天则便不相似。故虽暴肆之人，平旦皆有良心，发于静也；过后皆有悔心，归于静也。

动时只见发挥不尽，那里觉错？故君子主静而慎动。主静，则动者静之枝叶也；慎动，则动者静之约束也。又何过焉？

童心最是作人一大病，只脱了童心，便是大人君子。或问之，曰：凡炎热念、骄矜念、华美念、欲速念、浮薄念、声名念，皆童心也。

吾辈终日念头离不了四个字，曰"得失毁誉"。其为善也，先动个得与誉底念头；其不敢为恶也，先动个失与毁底念头。总是欲心、伪心，与圣人天地悬隔。圣人发出善念，如饥者之必食，渴者之必饮。其必不为不善，如烈火之不入，深渊之不投，任其自然而已。贤人念头只认个可否，理所当为，则自强不息；所不可为，则坚忍不行。然则得失毁誉之念可尽去乎？曰：胡可去也？天地间惟中人最多。此四字者，圣贤藉以训世，君子藉以检身。曰"作善降之百祥，作不善降之百殃"，以得失训世也；曰"疾没世而名不称"，曰"年四十而见恶"，以毁誉训世也。此圣人待衰世之心也。彼中人者，不畏此以检身，将何所不至哉？故尧、舜能去此四字，无为而善，忘得失毁誉之心也；桀、纣能去此四字，敢于为恶，不得失毁誉之恤也。

心要虚，无一点渣滓；心要实，无一毫欠缺。

只一事不留心，便有一事不得其理；一物不留心，便有一物不得其所。

只大公了，便是包涵天下气象。

士君子作人，事事时时只要个用心。一事不从心中出，便是乱举动；一刻心不在腔子里，便是空躯壳。

古人也算一个人，我辈成底是其什人？若不愧不奋，便是无志。

圣、狂之分，只在苟、不苟两字。

余甚爱万籁无声萧然一室之趣。或曰：无乃大寂灭乎？曰：无边风月自在。

无技痒心，是多大涵养！故程子见猎而痒。学者各有所痒，便当各就痒处搔之。

欲，只是有进气无退气；理，只是有退气无进气。善学者审于进退之间而已。

圣人悬虚明以待天下之感，不先意以感天下之事。其感也，以我胸中道理顺应之；其无感也，此心空空洞洞，寂然旷然。譬之鉴，光明在此，物来则照之，物去则光明自在。彼事未来而意必，是持鉴觅物也。尝谓镜是物之圣人，镜日照万物而常明，无心而不劳故也；圣人日应万事而不累，有心而不役故也。夫惟为物役而后累心，而后应有偏着。

恕心养到极处，只看得世间人都无罪过。

物有以慢藏而失，亦有以谨藏而失者；礼有以疏忽而误，亦有以敬畏而误者。故用心在有无之间。

说不得真知明见，一些涵养不到，发出来便是本象，仓卒之际，自然掩护不得。

一友人沉雅从容，若温而不理者，随身急用之物，座客失备者三人，此友取之袖中，皆足以应之。或难以数物，呼左右取之携中，犁然在也。余叹服曰：君不穷于用哉！曰：我无以用为也。此第二着，偶备其万一耳。备之心，慎之之心也。慎在备先，凡所以需吾备者，吾已先图，无赖于备。故自有备以来，吾无万一，故备常余而不用。或曰：是无用备矣。曰：无万一而犹备，此吾之所以为慎也。若恃备而不慎，则备也者，长吾之怠者也，久之必穷于所备之外；恃慎而不备，是慎也者，限吾之用者也，久之必穷于所慎之外。故宁备而不用，不可用而无备。余叹服曰：此存心之至者也。《易》曰："藉之用茅，又何咎焉？"其斯之谓与？吾识之以为疏忽者之戒。

欲理会七尺，先理会方寸；欲理会六合，先理会一腔。

静者生门，躁者死户。

士君子一出口无反悔之言，一动手无更改之事。诚之于思故也。

只此一念公正了，我于天地鬼神通是一个，而鬼神之有邪气者，且跧伏退避之不暇。庶民何私何怨，而忍枉其是非腹诽巷议者乎？

和气平心，发出来如春风拂弱柳，细雨润新苗，何等舒泰，何等感通！疾风、迅雷、暴雨、酷霜，伤损必多。或曰：不似无骨力乎？余曰：辟之玉，坚刚未尝不坚刚，温润未尝不温润。余严毅多和平少，近悟得此。

俭则约，约则百善俱兴；侈则肆，肆则百恶俱纵。

天下国家之存亡，身之生死，只系"敬"、"怠"两字。敬则慎，慎则百务修举；怠则苟，苟则万事惰颓。自天子以至于庶人，莫不如此。此千古圣贤之所兢兢,而亡人之所必由也。

每日点检,要见这念头自德性上发出,自气质上发出,自习识上发出,自物欲上发出。如此省察,久久自识得本来面目。初学最要知此。

道义心胸发出来,自无暴戾气象,怒也怒得有礼。若说圣人不怒,圣人只是六情?

过差遗忘,只是昏忽,昏忽只是不敬。若小心慎审,自无过差遗忘之病。孔子曰"敬事"。樊迟粗鄙,告之曰"执事敬"。子张意广,告之曰"无小大,无敢慢"。今人只是懒散,过差遗忘安得不多?

吾初念只怕天知,久久来不怕天知,又久久来只求天知。但末到那,何必天知地步耳?

气盛便没涵养。

定静安虑,圣人胸中无一刻不如此。或曰:喜怒哀乐到面前,何如?曰:只恁喜怒哀乐,定静安虑,胸次无分毫加损。

忧世者与忘世者谈,忘世者笑;忘世者与忧世者谈,忧世者悲。嗟夫!六合骨肉之泪,肯向一室胡越之人哭哉?彼且谓我为病狂,而又安能自知其丧心哉?

"得"之一字,最坏此心。不但鄙夫患得,年老戒得为不可,只明其道而计功,有事而正心,先事而动得心,先难而动获心,便是杂霸杂夷。一念不极其纯,万善不造其极,此作圣者之大戒也。

充一个公己公人心,便是吴、越一家;任一个自私自利心,便是父子仇雠。天下兴亡,国家治乱,万姓死生,只争这个些子。

厕牏之中可以迎宾客,床第之间可以交神明,必如此而后谓之不苟。

为人辨冤白谤,是第一天理。

治心之学,莫妙于"瑟"、"僴"二字。瑟,训严审,譬之重关天险,无隙可乘,此谓不疏物欲,自消其窥伺之心;僴,训武毅,譬之将军按剑,见者股栗,此谓不弱物欲,自夺其猖獗之气。而今吾辈,灵台四无墙户,如露地钱财,有手皆取,又孱弱无能,如杀残俘虏,落胆从人。物欲不须投间抵隙,都是他家产业;不须硬迫柔求,都是他家奴婢。更有那个关防,何人喘息?可哭可恨。

沉静非缄默之谓也。意渊涵而态闲正,此谓真沉静。虽终日言语,或千军万马中相攻击,或稠人广众中应繁剧,不害其为沉静,神定故也。一有飞扬动扰之意,虽端坐终日,寂无一语,而色貌自浮;或意虽不飞扬动扰,而昏昏欲睡,皆不得谓沉静。真沉静底自是惺忪,包一段全副精神在里。

明者料人之所避,而狡者避人之所料。以是相与,是贼本真而长奸伪也。是以君子宁犯人之疑,而不贼己之心。

室中之斗,市上之争,彼所据各有一方也。一方之见皆是己非人,而济之以不相下之气,故宁死而不平。呜呼!此犹愚人也。贤臣之争政,贤士之争理亦然。此言语之所以日多,而后来者益莫知所决择也。故为下愚人作法吏易,为士君子所折衷难。非断之难,而服之难也。根本处在不见心而任口,耻屈人而好胜,是室人市儿之见也。

大利不换小义,况以小利坏大义乎?贪者可以戒矣。

杀身者不是刀剑,不是寇仇,乃是自家心杀了自家。

知识,帝则之贼也。惟忘知识以任帝则,此谓天真,此谓自然。一着念便乖违,愈着念愈乖违。乍见之心,歇息一刻,别是一个光景。

为恶惟恐人知,为善惟恐人不知。这是一副甚心肠?安得长进?

或问:"虚"、"灵"二字如何分别?曰:惟虚故灵。顽金无声,铸为钟磬则有声;钟磬有声,实之以物则无声。圣心无所不有而一无所有,故"感而遂通天下之故"。

浑身五脏六腑、百脉千络、耳目口鼻、四肢百骸、毛发甲爪,以至衣裳冠履,都无分毫罪过,都与尧、舜一般,只是一点方寸之心,千过万罪,禽兽不如。千古圣贤只是治心,更不说别个。学者只是知得这个可恨,便有许大见识。

人心是个猖狂自在之物,陨身败家之贼,如何纵容得他?

良知何处来?生于良心。良心何处来?生于天命。

心要实,又要虚。无物之谓虚,无妄之谓实。惟虚故实,惟实故虚。心要小,又要大。大其心能体天下之物,小其心不偾天下之事。

要补必须补个完,要拆必须拆个净。

学术以不愧于心、无恶于志为第一,也要点检这心志是天理,是人欲。便是天理,也要点检是边见,是天则。

尧眉舜目、文王之身、仲尼之步,而盗跖其心,君子不贵也。有数圣贤之心,何妨貌似盗跖!

学者欲在自家心上做工夫,只在人心做工夫。

此心要常适，虽是忧勤惕厉中，困穷抑郁际，也要有这般胸次。

不怕来浓艳，只怕去沾恋。

原不萌芽，说甚生机。

平居时有心切言还容易，何也？有意收敛故耳。只是当喜怒爱憎时发发奋其可，无一厌人语，才见涵养。

口有惯言，身有误动，皆不存心之故也。故君子未事前定，当事凝一。识所不逮，力所不能，虽过无愧心矣。

世人何尝不用心？都只将此心错用了。故学者要知所用心：用于正而不用于邪，用于要而不用于杂，用于大而不用于小。

予尝怒一卒，欲重治之。召之，久不至，减予怒之半。又久而后至，诟之而止。因自笑曰："是怒也，始发而中节耶？中减而中节耶？终止而中节耶？"惟圣人之怒，初发时便恰好，始终只是一个念头不变。

世间好底分数休占多了，我这里消受几何，其余分数任世间人占去。

京师僦宅，多择吉数，有丧者，人多弃之，曰能祸人。予曰：是人为室祸，非室能祸人也。人之死生，受于有生之初，岂室所能移？室不幸而遭当死之人，遂为人所弃耳。惟君子能自信，而付死生于天，则不为往事所惑矣。

不见可欲时，人人都是君子；一见可欲，不是滑了脚跟，便是摆动念头。老子曰："不见可欲，使心不乱。"此是闭目塞耳之学。一入耳目来，便了不得。今欲与诸君在可欲上做工夫，淫声美色满前，但如鉴照物，见在妍媸，不侵镜光；过去妍媸，不留镜里，何嫌于坐怀？何事于闭门？推之可怖可惊、可怒可惑、可忧可恨之事，无不皆然。到此才是工夫，才见手段。把持则为贤者，两忘则为圣人。予尝有诗云：百尺竿头着脚，千层浪里翻身。个中如履平地，此是谁何道人。

一里人事专利己，屡为训说不从。后每每做善事，好施贫救难。予喜之，称曰："君近日作事，每每在天理上留心，何所感悟而然？"曰："近日读司马温公语，有云'不如积阴德于冥冥之中，以为子孙长久之计'。"予笑曰："君依旧是利心，子孙安得受福？"

小人终日苦心，无甚受用处。既欲趋利，又欲贪名；既欲掩恶，又欲诈善。虚文浮礼，惟恐其疏略；消沮闭藏，惟恐其败露。又患得患失，只是求富求贵；畏首畏尾，只是怕事怕人。要之温饱之外，也只与人一般，何苦自令天君无一息宁泰处。

满面目都是富贵,此是市井小儿,不堪入有道门墙,徒令人呕吐而为之羞耳。若见得大时,舜、禹有天下而不与。

读书人只是个气高,欲人尊己;志卑,欲人利己:便是至愚极陋。只看《四书》《六经》千言万语教人是如此不是? 士之所以可尊可贵者,以有道也。这般见识,有甚么可尊贵处? 小子戒之。

第一受用,胸中干净;第二受用,外来不动;第三受用,合家没病;第四受用,与物无竞。

欣喜欢爱处,便藏烦恼机关,乃知雅澹者,百祥之本;怠惰放肆时,都是私欲世界,始信懒散者,万恶之宗。

求道学真传,且高阁百氏诸儒,先看孔、孟以前胸次;问治平要旨,只远宗三皇五帝,洗净汉、唐而下心肠。

看得真幻景,即身不吾有何伤? 况把世情婴肺腑:信得过此心,虽天莫我知奚病? 那教流语恼胸肠。

善根中才发萌蘖,即着意栽培,须教千枝万叶;恶源处略有涓流,便极力壅塞,莫令暗长潜滋。

处世莫惊毁誉,只我是,无我非,任人短长;立身休问吉凶,但为善,不为恶,凭天祸福。

念念可与天知,尽其在我;事事不执己见,乐取诸人。

浅狭一心,到处便招尤悔;因循两字,从来误尽英雄。

斋戒神明其德,洗心退藏于密。

常将半夜萦千岁,只恐一朝便百年。

试心石上即平地,没足池中有隐潭。

心无一事累,物有十分春。

神明七尺体,天地一腔心。

终有归来日,不知到几时。

吾心原止水,事态任浮云。

伦理

宇宙内大情种,男女居其第一。圣王不欲裁割而矫拂之,亦不能裁割矫拂也。故通之以不可已之情,约之以不可犯之礼,绳之以必不赦之法,使纵之而相安相久也。圣人亦不若是之呕也。故五伦中父子、君臣、兄弟、朋友，笃了又笃，厚了又厚，惟恐情意之薄。惟男女一伦是圣人苦心处，故有别先自夫妇始。本与之以无别也，而又教之以有别，况有别者而肯使之混乎？圣人之用意深矣。是死生之衢而大乱之首也，不可以不慎也。

亲母之爱子也，无心于用爱，亦不知其为用爱，若渴饮饥食然，何尝勉强？子之得爱于亲母也，若谓应得习于自然，如夏葛冬裘然，何尝归功？至于继母之慈，则有德色、有矜语矣。前子之得慈于继母，则有感心、有颂声矣。

一家之中，要看得尊长尊，则家治；若看得尊长不尊，如何齐他？得其要在尊长自修。

人子之事亲也，事心为上，事身次之，最下事身而不恤其心，又其下事之以文而不恤其身。

孝子之事亲也，礼卑伏如下仆，情柔婉如小儿。

进食于亲，侑而不劝；进言于亲，论而不谏；进侍于亲，和而不庄。亲有疾，忧而不悲；身有疾，形而不声。

侍疾忧而不食，不如努力而加餐，使此身不能侍疾，不孝之大者也；居丧羸而废礼，不如节哀而慎终，此身不能襄事，不孝之大者也。

朝廷之上，纪纲定而臣民可守，是曰朝常；公卿大夫、百司庶官，各有定法，可使持循，是曰官常；一门之内，父子兄弟、长幼尊卑，各有条理，不变不乱，是曰家常；饮食起居、动静语默，择其中正者守而勿失，是曰身常。得其常则治，失去常则乱，未有苟且冥行而不取败者也。

雨泽过润，万物之灾也；恩宠过礼，臣妾之灾也；情爱过义，子孙之灾也。

人心喜则志意畅达，饮食多进而不伤，血气冲和而不郁，自然无病而体充身健，安得不寿？故孝子之于亲也，终日乾乾，惟恐有一毫不快事到父母心头。自家既不惹起外触，又极防闲，无论贫富、贵贱、常变、顺逆，只是以悦亲为主。盖"悦"之一字，乃事亲第一传心口诀也。即不幸而亲有过，亦须在悦字上用工夫。几谏积诚，耐烦留意，委曲方略，自有回天妙用。若直净以甚其过，暴弃以增其怒，不悦莫大焉。故曰：不顺乎亲，不可以为子。

郊社，报天地生成之大德也。然灾沴有禳，顺成有祈，君为私田则仁，民为公田则忠。不嫌于求福，不嫌于免祸。子孙之祭先祖，以追养继孝也。自我祖父母以有此身也，曰赖先人之泽以享其馀庆也，曰吾朝夕奉养承欢，而一旦不复献杯棬，心悲思而无寄，故祭荐以伸吾情也；曰吾贫贱不足以供菽水，今鼎食而亲不逮，心悲思而莫及，故祭荐以志吾悔也。岂为其游魂虚位能福我而求之哉？求福已非君子之心，而以一饭之设，数拜之勤，求福于先人，仁孝诚敬之心果如是乎？不谋利、不责报、不望其感激，虽在他人犹然，而况我先人乎？《诗》之祭必言福，而《楚茨》诸诗为尤甚，岂可为训耶？吾独有取于《采蘩》《采蘋》二诗，尽物尽志，以达吾子孙之诚敬而已，他不及也。明乎此道，则天下万事万物皆尽我所当为，祸福利害皆听其自至，人事修而外慕之心息，向道专而作辍之念忘矣。何者？明于性分而无所冀幸也。

友道极关系，故与君父并列而为五。人生德业成就，少朋友不得。君以法行，治我者也。父以恩行，不责善者也。兄弟怡怡，不欲以切偲伤爱。妇人主内事，不得相追随规过。子虽敢争，终有可避之嫌。至于对严师，则矜持收敛而过无可见，在家庭，则狎呢亲习而正言不入。惟夫朋友者，朝夕相与，既不若师之进见有时，情理无嫌，又不若父子兄弟之言语有忌。一德亏则友责之，一业废则友责之，美则相与奖劝，非则相与匡救。日更月变，互感交摩，骎骎然不觉其劳且难，而入于君子之域矣。是朋友者，四伦之所赖。嗟夫！斯道之亡久矣。言语嬉媟，樽俎姁煦，无论事之善恶，以顺我者为厚交；无论人之奸贤，以敬我者为君子。蹑足附耳，自谓知心；接膝拍肩，滥许刎颈。大家同陷于小人而不知，可哀也已！是故物相反者相成，见相左者相益。孔子取友曰"直、谅、多闻"。此三友者，皆与我不相附会者也，故曰益。是故，得三友难，能为人三友更难。天地间不论天南地北，缙绅草莽，得一好友，道同志合，亦人生一大快也！

长者有议论，唯唯而听，无相直也；有谘询，謇謇而对，无遽尽也。此卑幼之道也。

阳称其善以悦彼之心，阴养其恶以快己之意。此友道之大戮也。青天白日之下有此魑魅魍魉之俗，可哀也已！

古称君门远于万里，谓情隔也。岂惟君门？父子殊心，一堂远于万里；兄弟离情，一门远于万里；夫妻反目，一榻远于万里。苟情联志通，则万里之外犹同堂共门，而比肩一榻也。以此推之，同时不相知而神交于千百世之上下亦然。是知离合在心期，不专在躬逢；躬逢而心期，则天下至遇也；

君臣之尧、舜,父子之文、周,师弟之孔、颜。

"隔"之一字,人情之大患。故君臣、父子、夫妇、朋友、上下之交务去隔,此字不去,而不怨叛者未之有也。

仁者之家,父子愉愉如也,夫妇雍雍如也,兄弟怡怡如也,僮仆欣欣如也,一家之气象融融如也;义者之家,父子凛凛如也,夫妇嗃嗃如也,兄弟翼翼如也,僮仆肃肃如也,一家之气象栗栗如也。仁者以恩胜,其流也知和而和;义者以严胜,其流也疏而寡恩。故圣人之居家也,仁以主之,义以辅之,洽其太和之情,但不溃其防斯已矣。其井井然,严城深堑,则男女之辨也,虽圣人不敢与家人相忽。

父在居母丧,母在居父丧,以从生者之命为重。故孝子不以死者忧生者,不以小节伤大体,不泥经而废权,不徇名而害实,不全我而伤亲。所贵乎孝子者,心亲之心而已。

天下不可一日无君,故夷、齐非汤、武,明臣道也。此天下之大妨也。不然,则乱臣贼子接踵矣,而难为君。天下不可一日无民,故孔、孟是汤、武,明君道也。此天下之大惧也。不然,则暴君乱主接踵矣,而难为民。

爵禄思宠,圣人未尝不以为荣,圣人非以此为加损也。朝廷重之以示劝,而我轻之以示高,是与君忤也,是穷君鼓舞天下之权也。故圣人虽不以爵禄恩宠为荣,而未尝不荣之,以重帝王之权,以示天下帝王之权之可重,此臣道也。

人子和气、愉色、婉容,发得深时,养得定时,任父母冷面寒铁,雷霆震怒,只是这一腔温意、一面春风,则自无不回之天,自无屡变之天。谗潜何由入,嫌隙何由作?其次莫如敬慎,虁虁斋栗,敬慎之至也。故瞽瞍亦允若。温和示人以可爱,消融父母之恶怒;敬慎示人以可矜,激发父母之悲怜。所谓积诚意以感动之者,养和至敬之谓也。盖格亲之功,惟和为妙、为深、为速、为难,非至性纯孝者不能,敬慎犹可勉强耳。而今人子以凉薄之色、惰慢之身、骄蹇之性,及犯父母之怒,既不肯挽回,又倨傲以甚之,此其人在孝弟之外,故不足论。即有平日温愉之子,当父母不悦而亦愠见,或生疑而迁怒者,或无意迁怒而不避嫌者,或不善避嫌、愈避而愈冒嫌者,积隙成衅,遂致不祥。岂父母之不慈?此孤臣孽子之法戒,坚志熟仁之妙道也。

孝子之事亲也,上焉者先意,其次承志,其次共命。共命则亲有未言之志不得承也,承志则亲有未萌之意不得将也,至于先意而悦亲之道至矣。或曰:安得许多心思能推至此乎?曰:事亲者,以悦亲为事者也。以悦亲为事,则孳孳皇皇无以尚之者,只是这个念头,亲有多少意志,终日体认不得?

或问:"共事一人,未有不妒者,何也?"曰:"人之才能、性行、容貌、辞色,种种不同,所事者必悦其能事我者,恶其不能事我者。能事者见悦,则不能事者必疏。是我之见疏,彼之能事成之也,焉得不妒?既妒,安得不相倾?相倾,安得不受祸?故见疏者妒,妒其形已也;见悦者亦妒,妒其妒已也。""然则奈何?"曰:"居宠则思分而推之以均众,居尊则思和而下之以相忘,人何妒之有?缘分以安心,缘遇以安命,反己而不尤人,何妒人之有?"此入宫入朝者之所当知也。

孝子侍亲不可有沉静态,不可有庄肃态,不可有枯淡态,不可有豪雄态,不可有劳倦态,不可有病疾态,不可有愁苦态,不可有怨怒态。

子弟生富贵家,十九多骄惰淫泆,大不长进。古人谓之豢养,言甘食美服养此血肉之躯,与犬豕等。此辈阘茸,士君子见之为羞,而彼方且志得意满,以此夸人,父兄之孽莫大乎是。

男女远别,虽父女、母子、兄妹、姊弟亦有别嫌明微之礼,故男女八岁不同食。子妇事舅姑,礼也,本不远别,而世俗最严翁妇之礼,影响间即疾趋而藏匿之。其次夫兄弟妇相避。此外一无所避,已乱纲常。乃至叔嫂、姊夫妻妹、妻弟之妻互相嘲谑以为常,不几于夷风乎?不知古者远别,止于授受不亲,非避匿之谓。而男女所包甚广,自妻妾外,皆当远授受之嫌。爱礼者不可不明辨也。

子妇事人者也,未为父兄以前,莫令奴婢奉事,长其骄惰之性。当日使勤劳,常令卑屈,此终身之福,不然,是杀之也。昏愚父母,骄奢子弟,不可不知。

问安问侍者,不问病者。问病者,非所以安之也。

丧服之制,以缘人情,亦以立世教。故有引而致之者,有推而远之者。要不出恩义两字,而不可晓,亦多观会通之。君子当制作之权,必有一番见识。泥古非达观也。

亲没而遗物在眼,与其不忍见而毁之也,不若不忍忘而存之。

示儿云:门户高一尺,气焰低一丈。华山只让天,不怕没人上。

慎言之地，惟家庭为要。应慎言之人，惟妻子、仆隶为要。此理乱之原而祸福之本也，人往往忽之，悲夫！

门户可以托父兄，而丧德辱名非父兄所能庇；生育可以由父母，而求疾蹜险非父母所得由。为人子弟者，不可不知。

继母之虐，嫡妻之妒，古今以为恨者也；而前子不孝，丈夫不端，则舍然不问焉。世情之偏也久矣。怀非母之迹而因似生嫌，借恃父之名而无端造谤，怨讟忤逆，父亦被诬者，世岂无耶？恣淫狎之性而恩重绿丝，挟城社之威而侮及黄里，谷风柏舟，妻亦失所者，世岂无耶？惟子孝夫端，然后继母嫡妻无辞于姻族矣。居宫不可不知。

齐，以刀切物，使参差者就于一致也。家人恩胜之地，情多而义少，私易而公难，若人人遂其欲，势将无极。故古人以父母为严君，而家法要威如，盖对症之治也。

闺门之中少了个礼字，便自天翻地覆。百祸千殃，身亡家破，皆从此起。

家长，一家之君也。上焉者使人欢爱而敬重之；次则使人有所严惮，故曰严君；下则使人慢；下则使人陵；最下则使人恨。使人慢，未有不乱者；使人陵，未有不败者；使人恨，未有不亡者。呜呼！齐家岂小故哉！今之人皆以治生为急，而齐家之道不讲久矣。

儿女辈常着他拳拳曲曲，紧紧恰恰，动必有畏，言必有惊，到自专时尚不可知。若使之快意适情，是杀之也。此愚父母之所当知也。

责人到闭口卷舌、面赤背汗时，犹刺刺不已，岂不快心？然浅隘刻薄甚矣。故君子攻人，不尽其过，须含蓄以余人之愧惧，令其自新，方有趣味，是谓以善养人。

曲木恶绳，顽石恶攻，责善之言，不可不慎也。

恩礼出于人情之自然，不可强致。然礼系体面，犹可责人；恩出于根心，反以责而失之矣。故恩薄可结之使厚，恩离可结之使固，一相责望，为怨滋深。古父子兄弟夫妇之间，使骨肉为寇仇，皆坐"责"之一字耳。

宋儒云："宗法明而家道正。"岂惟家道？将天下之治乱恒必由之。宇宙内无一物不相贯属，不相统摄者。人以一身统四肢，一肢统五指；木以株统干，以干统枝，以枝统叶；百谷以茎统穗，以穗统稃，以稃统粒。盖同根一脉，联属成体，此操一举万之术，而治天下之要道也。天子统六卿，六卿统九牧，九牧统郡邑，郡邑统乡正，乡正统宗子。事则以次责成，恩则以次流布，教则以次传宣，法则以次绳督，夫然后上不劳、下不乱，而政易行。自宗法废，而人各为身，家各为政，彼此如飘絮飞沙，不相维系，是以上劳而无要领可持，下散而无脉胳相贯，奸盗易生而难知，教化易格而难达。故宗法立而百善兴，宗法废而万事弛。或曰：宗子而贱、而弱、而幼、而不肖，何以统宗？曰：古之宗法也如封建，世世以嫡长，嫡长不得人，则一宗受其敝，且豪强得以豚鼠视宗子而鱼肉孤弱，其谁制之？盖宗子又当立家长，宗子以世世长子孙为之，家长以阖族之有德望而众所推服、能佐宗子者为之。胥重其权而互救其失。此二者，宗人一委听焉，则有司有所责成，而纪法易于修举矣。

责善之道，不使其有我所无，不使其无我所有，此古人之所以贵友也。

"母氏圣善，我无令人"，孝子不可不知；"臣罪当诛兮，天王圣明"，忠臣不可不知。

士大夫以上，有祠堂，有正寝，有客位。祠堂，有斋房、神库，四世之祖考居焉，先世之遗物藏焉，子孙立拜之位在焉，牺牲鼎俎盥尊之器物陈焉，堂上堂下之乐列焉，主人之周旋升降由焉。正寝，吉礼则生忌之考妣迁焉，凶礼则尸柩停焉，柩前之食案、香几、衣冠设焉，朝夕哭奠之位容焉，柩旁床帐诸器之陈设、五服之丧次、男女之哭位分焉，堂外吊奠之客、祭器之罗列在焉。客位，则将葬之迁柩宿焉，冠礼之曲折、男女之醮位、宾客之宴飨行焉。此三所者，皆有两阶，皆有位次，故居室宁陋，而四礼之所断乎其不可陋。近见名公有以旋马容膝、绳枢瓮牖为清节高品者，余甚慕之，而爱礼一念甚于爱名。故力可勉为，不嫌弘裕，敢为大夫心上者告焉。

守礼不足愧，亢于礼乃可愧也。礼当下则下，何愧只有？

家人之害，莫大于卑幼各恣其无厌之情，而上之人阿其意而不之禁；尤莫大于婢之子造言而妇人悦之，妇人附会而丈夫信之。禁此二害，而家不和睦者鲜矣。

只拏定一个"是"字做，便是"建诸天地而不悖，质诸鬼神而不疑"底道理，更问甚占卜，信甚星命！或曰：趋吉避凶，保身之道。曰：君父在难，正臣子死忠死孝之时，而趋吉避凶可乎？或曰：智者明义理、识时势，君无乃专明于义理乎？曰：有可奈何时，正须审时因势，时势亦求之识见中，岂于谶纬阴阳家求之耶？或曰：气数自然，亦强做不成。曰：君子所安者义命，故以气数从义理，不以义理从气数。富贵利达则付之天，进退行藏则决于己。或曰：到无奈何时何如？曰：这也看道理，病在膏肓，望之而走，扁鹊之道当如是也。若属纩顷刻，万无一生，偶得良方，犹然忙走灌药，孝子慈孙之道当如是也。

谨言不但外面，虽家庭间，没个该多说底话；不但大宾，虽亲厚友，没个该任口底话。

谈道

大道有一条正路，进道有一定等级。圣人教人只示以一定之成法，在人自理会。理会得一步，再说与一步，其第一步不理会到十分，也不说与第二步。非是苦人，等级原是如此。第一步差一寸，也到第二步不得。孔子于赐，才说与他"一贯"，又先难他"多学而识"一语。至于仁者之事，又说："赐也，非尔所及。"今人开口便讲学脉，便说本体，以此接引后学，何似痴人前说梦？孔门无此教法。

有处常之五常，有处变之五常。处常之五常是经，人所共知；处变之五常是权，非识道者不能知也。不擒二毛，不以仁称，而血流漂杵，不害其为仁。"二子乘舟"，不以义称，而管、霍被戮，不害其为义。由此推之，不可胜数也。嗟夫！世无有识者，每泥于常而不通其变；世无识有识者，每责其经而不谅其权。此两人皆道之贼也，事之所以难济也。噫！非精义择中之君子，其谁能用之？其谁能识之？

谈道者虽极精切，须向苦心人说，可使手舞足蹈，可使大叫垂泣，何者？以求通未得之心，闻了然透彻之语，如饥得珍馐，如旱得霖雨。相悦以解，妙不容言。其不然者，如麻木之肌，针灸终日，尚不能觉，而以爪搔之，安知痛痒哉？吾窃为言者惜也。故大道独契，至理不言，非圣贤之忍于弃人，徒哓哓无益耳。是以圣人待问而后言，犹因人而就事。

庙堂之乐，淡之至也，淡则无欲，无欲之道与神明通；素之至也，素则无文，无文之妙与本始通。

真器不修，修者，伪物也；真情不饰，饰者，伪交也。家人父子之间不让而登堂，非简也；不侑而饱食，非饔也，所谓真也。惟待让而入，而后有让亦不入者矣；惟待侑而饱，而后有侑亦不饱者矣：是两修文也。废文不可为礼，文至掩真，礼之贼也，君子不尚焉。

百姓得所，是人君太平；君民安业，是人臣太平；五谷丰登，是百姓太平；

大小和顺,是一家太平;父母无疾,是人子太平;胸中无累,是一腔太平。

至道之妙,不可意思,如何可言? 可以言皆道之浅也。玄之又玄,犹龙公亦说不破,盖公亦囿于玄玄之中耳。要说,说个甚? 然却只在匹夫匹妇共知共行之中,外了这个,便是虚无。

除了个中字,更定道统不得。傍流之至圣,不如正路之贤人。故道统宁中绝,不以傍流继嗣,何者? 气脉不同也。予尝曰:宁为道统家奴婢,不为傍流家宗子。

或问:圣人有可克之己否? 曰:惟尧、舜、文王、周、孔无己可克,其余圣人都有己。任是伊尹底己,和是柳下惠底己,清是伯夷底己。志向偏于那一边便是己。己者,我也,不能忘我而任意见也,狃于气质之偏而离中也。这己便是人欲,胜不得这己,都不成个刚者。

自然者,发之不可遏,禁之不能止。才说是当然,便没气力。然反之之圣,都在当然上做工夫,所以说勉然。勉然做到底,知之成功,虽一分数境界,到那难题试验处,终是微有不同。此难以形迹语也。

尧、舜、周、孔之道,只是傍人情、依物理,拈出个天然自有之中行将去,不惊人,不苦人,所以难及。后来人胜他不得,却寻出甚高难行之事,玄冥隐僻之言,怪异新奇偏曲幻妄以求胜,不知圣人妙处只是个庸常。看《六经》《四书》,语言何等平易,不害其为圣人之笔,亦未尝有不明不备之道。嗟夫! 贤智者过之,佛、老、杨、墨、庄、列、申、韩是已。彼其意见,才是圣人中万分之一,而漫衍阂肆以至偏重而贼道。后学无识,遂至弃菽粟而餐玉屑,厌布帛而慕火浣,无补饥寒,反生奇病,悲夫!

"中"之一字,是无天于上,无地于下,无东西南北于四方。此是南面独尊,道中底天子,仁、义、礼、智、信都是东西侍立,百行、万善都是北面受成者也。不意宇宙间有此一妙字,有了这一个,别个都可勾销。五常、百行、万善但少了这个,都是一家货,更成甚么道理?

愚不肖者不能任道,亦不能贼道,贼道全是贤智。后世无识之人不察道之本然面目,示天下以大中至正之矩,而但以贤智者为标的。世间有了贤智,便看的中道寻常,无以过人,不起名誉,遂薄中道而不为。道之坏也,不独贤智者之罪,而惟崇贤智,其罪亦不小矣。中庸为贤智而作也。中足矣,又下个庸字,旨深哉! 此难与曲局之士道。

道者,天下古今共公之理,人人都有分的。道不自私,圣人不私道,而儒者每私之，曰"圣人之道"。言必循经，事必稽古，曰卫道。嗟夫！此千古之大防也，谁敢决之？然道无津涯，非圣人之言所能限；事有时势，非圣人之制所能尽。后世苟有明者出，发圣人所未发，而默契圣人欲言之心；为圣人所未为，而吻合圣人为之事：此固圣人之深幸而拘儒之所大骇也。呜呼！此可与通者道，汉唐以来鲜若人矣。

《易》道浑身都是，满眼都是，盈六合都是。三百八四十爻，圣人特拈起三百八十四事来做题目，使千圣作《易》，人人另有三百八十四说，都外不了那阴阳道理。后之学者，求易于《易》，穿凿附会以求通。不知《易》是个活的，学者看做死的；《易》是个无方体的，学者看做有定象的。故论简要，《乾》《坤》二卦已多了；论穷尽，虽万卷书说不尽。《易》的道理，何止三百八十四爻？

"中"之一字，不但道理当然，虽气数，离了中，亦成不得。寒暑灾祥失中，则万物殃；饮食起居失中，则一身病。故四时各顺其序，五脏各得其职，此之谓中，差分毫便有分毫验应。是以圣人执中以立天地万物之极。

学者只看得世上万事万物种种是道，此心才觉畅然。

在举世尘俗中，另识一种意味，又不轻与鲜能知味者尝，才是真趣。守此便是至宝。

五色胜则相掩，然必厚益之，犹不能浑然无迹，维黑一染不可辩矣。故黑者，万事之府也，敛藏之道也。帝王之道黑，故能容保无疆；圣人之心黑，故能容会万理。盖含英采、韬精明、养元气、蓄天机，皆黑之道也，故曰："惟玄惟默"。玄，黑色也。默，黑象也。《书》称舜曰："玄德升闻"。《老子》曰"知其白，守其黑"，得黑之精者也。故外著而不可掩，皆道之浅者也。虽然，儒道内黑而外白，黑为体，白为用；老氏内白而外黑，白安身，黑善世。

道在天地间不限于取数之多。心力勤者得多，心力衰者得少，昏弱者一无所得。假使天下皆圣人，道亦足以供其求，苟皆为盗跖，道之本体自在也，分毫无损。毕竟是世有圣人，道斯有主；道附圣人，道斯有用。

汉唐而下，议论驳而至理杂。吾师宋儒，宋儒求以明道而多穿凿附会之谈，失乎正通达之旨；吾师先圣之言，先圣之言煨于秦火，杂于百家，莠苗朱紫，使后学尊信之而不敢异同；吾师道，苟协诸道而协，则千圣万世无不吻合。何则？道无二也。

或问：中之道，尧、舜传心，必有至去至妙之理？余叹曰：只就我两人眼前说，这饮酒，不为限量，不至过醉，这就是饮酒之中；这说话，不缄默，不狂诞，这就是说话之中；这作揖跪拜，不烦不疏，不疾不徐，这就是作揖跪拜之中。一事得中，就是一事的尧、舜，推之万事皆然。又到那安行处，便是十全的尧、舜。

形神一息不相离，道器一息不相无，故道无精粗。言精粗者，妄也。因与一客共酌，指案上罗列者谓之曰：这安排必有停妥处，是天然自有底道理。那僮仆见一豆上案，将满案樽俎东移西动，莫知措手。那熟底入眼便有定位，未来便有安排。新者近前，旧者退后，饮食居左，匙箸居右，重积不相掩，参错不相乱，布置得宜，楚楚齐齐，这个是粗底。若说神化性命不在此，却在何处？若说这里有神化性命，这个工夫还欠缺否？推之耕耘簸扬之夫，炊爨烹调之妇，莫不有神化性命之理，都能到神化性命之极。学者把神化性命看得太玄，把日用事物看得太粗，原不曾理会。理会得来，这案上罗列得天下古今，万事万物都在这里，横竖推行，扑头盖面，脚踏身坐底，都是神化性命，乃知神化性命极粗浅底。

有大一贯，有小一贯。小一贯，贯万殊；大一贯，贯小一贯。大一贯一，小一贯千百。无大一贯，则小一贯终是零星；无小一贯，则大一贯终是浑沌。

静中看天地万物都无些子。

一门人向予数四穷问无极、太极及理气同异、性命精粗、性善是否。予曰：此等语，予亦能剿先儒之成说及一己之谬见以相发明，然非汝今日急务。假若了悟性命，洞达天人，也只于性理书上添了"某氏曰"一段言语，讲学衙门中多了一宗卷案。后世穷理之人信彼驳此，服此辟彼，百世后汗牛充栋都是这桩话说，不知于国家之存亡，万姓之生死，身心之邪正，见在得济否？我只有个粗法子，汝只把存心制行、处事接物、齐家治国平天下，大本小节都事事心下信得过了，再讲这话不迟。曰：理气性命终不可谈耶？曰：这便是理气性命显设处，除了撒数没总数。

阳为客，阴为主；动为客，静为主；有为客，无为主；万为客，一为主。

理路直截，欲路多岐；理路光明，欲路微暧；理路爽畅，欲路懊烦；理路逸乐，欲路忧劳。

无万，则一何处着落？无一，则万谁为张主？此二字一时离不得。

一只在万中走，故有正一无邪万，有治一无乱万，有中一无偏万，有活一无死万。

天下之大防五，不可一毫溃也，一溃则决裂不可收拾。宇内之大防，上下名分是已；境外之大防，夷夏出入是已；一家之大防，男女嫌微是已；一身之大防，理欲消长是已；万世之大防，道脉纯杂是已。

儒者之末流与异端之末流何异？似不可以相诮也。故明于医，可以攻病人之标本；精于儒，可以中邪说之膏肓。辟邪不得其情，则邪愈肆；攻病不对其症，则病愈剧。何者？授之以话柄而借之以反攻，自救之策也。

人皆知异端之害道，而不知儒者之言亦害道也。见理不明，似是而非，或骋浮词以乱真，或执偏见以夺正，或狃目前而昧万世之常经，或徇小道而溃天下之大防，而其闻望又足以行其学术，为天下后世人心害亦不细。是故，有异端之异端，有吾儒之异端。异端之异端，真非也，其害小；吾儒之异端，似是也，其害大。有卫道之心者，如之何而不辩哉？

天下事皆实理所为，未有无实理而有事物者也。幻家者流，无实用而以形惑人。呜呼！不窥其实而眩于形以求理，愚矣。

公卿争议予朝，曰天子有命，则屏然不敢屈直矣；师儒相辩于学，曰孔子有言，则寂然不敢异同矣。故天地间惟理与势为最尊。虽然，理又尊之尊也。庙堂之上言理，则天子不得以势相夺，即相夺焉，而理则常伸于天下万世。故势者，帝王之权也；理者，圣人之权也。帝王无圣人之理，则其权有时而屈，然则理也者，又势之所恃以为存亡者也。以莫大之权，无僭窃之禁，此儒者之所不辞而敢于任斯道之南面也。

阳道生，阴道养，故向阳者先发，向阴者后枯。

正学不明，聪明才辩之士各枝叶其一隅之见以成一家之说，而道始千岐百径矣。岂无各得？终是偏术。到孔门，只如枉木着绳，一毫邪气不得。

禅家有"理障"之说。愚谓理无障，毕竟是识障，无意识，心何障之有？

道莫要于损己，学莫急于矫偏。

七情总是个欲，只得其正了，都是天理；五性总是个仁，只不仁了，都是人欲。

万籁之声皆自然也，自然皆真也，物各自鸣其真。何天何人，何今何古？《六经》籁道者也，统一圣真。而汉、宋以来，胥执一响以吹之，而曰是外无声矣。观俳谑者，万人粲然皆笑，声不同也而乐同。人各笑其所乐，何清浊高下妍蚩之足云？故见各鸣其自得。语不诡于《六经》,皆吾道之众响也,不必言言同事事同矣。

气者,形之精华;形者,气之渣滓。故形中有气,无气则形不生;气中无形,有形则气不载。故有无形之气,无无气之形。星陨为石者,先感于形也。

天地万物,只到和平处,无一些不好。何等畅快!

庄、列见得道理,原着不得人为,故一向不尽人事。不知一任自然,成甚世界？圣人明知自然,却把自然阁起,只说个当然,听那个自然。

私恩煦感,仁之贼也;直往轻担,义之贼也;足恭伪态,礼之贼也;苛察岐疑,智之贼也;苟约固守,信之贼也。此五贼者,破道乱正,圣门斥之,后世儒者往往称之以训世,无识也与!

道有二然,举世皆颠倒之。有个当然,是属人底,不问吉凶祸福,要向前做去;有个自然,是属天底,任你踯躅咆哮,自勉强不来。举世昏迷,专在自然上错用工夫,是谓替天忙,徒劳无益;却将当然底全不着意,是谓弃人道,成个甚人？圣贤看着自然可得底,果于当然有碍,定不肯受,况未必得乎？只把二"然"字看得真,守得定,有多少受用处。

气用形,形尽而气不尽;火用薪,薪尽而火不尽。故天地惟无能用有,五行惟火为气,其四者皆形也。

气盛便不见涵养。浩然之气虽充塞天地间,其实本体闲定,冉冉口鼻中不足以呼吸。

有天欲,有人欲。吟风弄月,傍花随柳,此天欲也;声色货利,此人欲也。天欲不可无,无则禅;人欲不可有,有则秽。天欲即好底人欲,人欲即不好底天欲。

朱子云:"不求人知而求天知。"为初学言也。君子为善,只为性中当如此,或此心过不去。天知、地知、人知、我知,浑是不求底,有一求心,便是伪,求而不得,此念定是衰歇。

以吾身为内,则吾身之外皆外物也,故富贵利达,可生可荣,苟非道焉,而君子不居;以吾心为内,则吾身亦外物也,故贫贱忧戚,可辱可杀,苟道焉,而君子不辞。

或问敬之道。曰:外面整齐严肃,内面齐庄中正,是静时涵养的敬;读书则心在于所读,治事则心在于所治,是主一无边的敬;出门如见大宾,使民如承大祭,是随事小心的敬。或曰:若笑谈歌咏、宴息造次之时,恐如是则矜持不泰然矣。曰:敬以端严为体,以虚活为用,以不离于正为主。斋日衣冠而寝,梦寐乎所祭者也;不斋之寝,则解衣脱冕矣,未有释衣冕而持敬也。然而心不流于邪僻,事不诡于道义,则不害其为敬矣。君若专去端严上求敬,则荷锄负畚、执辔御车、鄙事贱役,古圣贤皆为之矣,岂能日日手容恭、足容重耶? 又若孔子曲肱指掌,及居,不容点之浴沂,何害其为敬耶? 大端心与正依,事与道合,虽不拘拘于端严,不害其为敬。苟心游千里,意逐百欲,而此身却兀然端严在此,这是敬否? 譬如谨避深藏,秉烛鸣珮,缓步轻声,女教《内则》原是如此,所以养贞信也。若馌妇汲妻,及当颠沛奔走之际,自是回避不得。然而贞信之守与深藏谨避者同,是何害其为女教哉? 是故敬不择人,敬不择事,敬不择时,敬不择地,只要个心与正依,事与道合。

先难后获,此是立德立功第一个张主。若认得先难是了,只一向持循去,任千毁万谤也莫动心,年如是,月如是,竟无效验也只如是,久则自无不获之理。故工夫循序以进之,效验从容以俟之,若欲速,便是揠苗者,自是欲速不来。

造化之精,性天之妙,惟静观者知之,惟静养者契之,难与纷扰者道。故止水见星月,才动便光芒错杂矣。悲夫! 纷扰者昏昏以终身,而一无所见也。

满腔子是侧隐之心,满六合是运恻隐之心处。君子于六合飞潜动植、纤细毫末之物,见其得所则油然而喜,与自家得所一般;见其失所则闵然而戚,与自家失所一般。位育念头,如何一刻放得下?

万物生于性,死于情。故上智去情,君子正情,众人任情,小人肆情。夫知情之能死人也,则当游心于淡泊无味之乡,而于世之所欣戚,趋避漠然不以婴其虑,则身苦而心乐,感殊而应一。其所不能逃者,与天下同;其所了然独得者,与天下异。

此身要与世融液,不见有万物形迹、六合界限,此之谓化;然中间却不模糊,自有各正的道理,此之谓精。

人一生不闻道,真是可怜!

"己欲立而立人,己欲达而达人",便是肫肫其仁,天下一家滋味。然须推及鸟兽,又推及草木,方充得尽。若父子兄弟间便有各自立达、争先求胜的念头,更那顾得别个?

天德只是个无我,王道只是个爱人。

道是第一等,德是第二等,功是第三等,名是第四等。自然之谓道,与自然游谓之道士;体道之谓德,百行俱修谓之德士。济世成物谓之功,一味为天下洁身著世谓之名。一味为自家立言者,亦不出此四家之言。下此不入等矣。

凡动天感物,皆纯气也。至刚至柔与中和之气皆有所感动,纯故也。十分纯里才有一毫杂,便不能感动。无论佳气戾气,只纯了,其应便捷于影响。

万事万物有分别,圣人之心无分别,因而付之耳。譬之日因万物以为影,水因万川以顺流。而日水原无两,未尝不分别,而非以我分别之也。以我分别,自是分别不得。

下学学个什么,上达达个什么?下学者,学其所达也;上达者,达其所学也。

弘毅,坤道也。《易》曰“含弘光大”,言弘也;“利永贞”,言毅也。不毅不弘,何以载物?

《六经》言道而不辨,辨自孟子始;汉儒解经而不论,论自宋儒始;宋儒尊理而不僭,僭自世儒始。

圣贤学问是一套,行王道必本天德;后世学问是两截,不修己只管治人。

自非生知之圣,未有言而不思者。貌深沉而言安定,若蹇若疑,欲发欲留,虽有失焉者,寡矣;神奋扬而语急速,若涌若悬,半跲半晦,虽有得焉者,寡矣。夫一言之发,四面皆渊阱也。喜言之则以为骄,戚言之则以为懦,谦言之则以为诌,直言之则以为陵,微言之则以为险,明言之则以为浮。无心犯讳,则谓有心之讥;无为发端,则疑有为之说。简而当事,曲而当情,精而当理,确而当时,一言而济事,一言而服人,一言而明道,是谓修辞之善者。其要有二:曰澄心,曰定气。余多言而无当,真知病本云云,当与同志者共改之。

知彼知我,不独是兵法,处人处事一些少不得底。

静中真味,至淡至冷,及应事接物时,自有一段不冷不淡天趣。只是众人习染世味,十分浓艳,便看得他冷淡。然冷而难亲,淡而可厌,原不是真味,是谓拨寒灰嚼净蜡。

明体全为适用。明也者，明其所适也，不能适用，何贵明体？然未有明体而不适用者。树有根，自然千枝万叶；水有泉，自然千流万派。

天地人物原来只是一个身体，一个心肠。同了，便是一家；异了，便是万类。而今看着风云雷雨都是我胸中发出，虎豹蛇蝎都是我身上分来，那个是天地，那个是万物？

万事万物都有个一，千头万绪皆发于一，千言万语皆明此一，千体认万推行皆做此一。得此一，则万皆举；求诸万，则一反迷。但二氏只是守一，吾儒却会用一。

三氏传心要法，总之不离一"静"字。下手处皆是制欲，归宿处都是无欲，是则同。

"子欲无言"，非雅言也，言之所不能显者也。"吾无隐尔"，非文辞也，性与天道也。说便说不来，藏也藏不得，然则无言即无隐也，在学者之自悟耳。天地何尝言，何尝隐？以是知不可言传者，皆日用流行于事物者也。

天地间道理，如白日青天；圣贤心事，如光风霁月。若说出一段话，说千解万，解说者再不痛快，听者再不惺憬，岂举世人皆愚哉？此立言者之大病。

罕譬而喻者，至言也；譬而喻者，微言也；譬而不喻者，玄言也。玄言者，道之无以为者也。不理会玄言，不害其为圣人。

正大光明，透彻简易，如天地之为形，如日月之垂象，足以开物成务，足以济世安民，达之天下万世而无弊，此谓天言。平易明白，切近精实，出于吾口而当于天下之心，载之典籍而裨于古人之道，是谓人言。艰深幽僻，吊诡探奇，不自句读不能通其文，通则无分毫会心之理趣，不考音韵不能识其字，识则皆常行日用之形声，是谓鬼言。鬼言者，道之贼也，木之孽也，经生学士之殃也。然而世人崇尚之者，何逃之怪异？足以文凡陋之笔见其怪异，易以骇肤浅之目。此光明平易大雅君子为之汗颜泚颡，而彼方以为得意者也。哀哉！

衰世尚同，盛世未尝不尚同。衰世尚同流合污，盛世尚同心合德。虞廷同寅协恭，修政无异识，圮族者殛之；孔门同道协志，修身无异术，非吾徒者攻之。故曰：道德一，风俗同。二之非帝王之治，二之非圣贤之教，是谓败常乱俗，是谓邪说破道。衰世尚同则异是矣。逐波随风，共撼中流之砥柱，一颓百靡，谁容尽醉之醒人？读《桃园》，诵《板》《荡》，自古然矣。

乃知盛世贵同,衰世贵独。独非立异也,众人皆我之独,即盛世之同矣。

世间物一无可恋,只是既生在此中,不得不相与耳。不宜着情,着情便生无限爱欲,便招无限烦恼。

"安而后能虑",止水能照也。

君子之于事也,行乎其所不得不行,止乎其所不得不止;于言也,语乎其所不得不语,默乎其所不得不默。尤悔庶几寡矣。

发不中节,过不在已发之后。

才有一分自满之心,面上便带自满之色,口中便出自满之声,此有道之所耻也。见得大时,世间再无可满之事,吾分再无能满之时,何可满之有?故盛德容貌若愚。

"相在尔室,尚不愧于屋漏",此是千古严师;"十目所视,十手所指",此是千古严刑。

诚与才合,毕竟是两个,原无此理。盖才自诚出,才不出于诚算不得个才,诚了自然有才。今人不患无才,只是讨一诚字不得。

断则心无累。或曰:断用在何处?曰:谋后当断,行后当断。

道尽于一,二则赘;体道者不出一,二则支。天无二气,物无二本,心无二理,世无二权。一则万,二则不万,道也二乎哉?故执一者得万,求万者失一。水壅万川未必能塞,木滋万叶未必能荣,失一故也。

道有一真,而意见常千百也,故言多而道愈漓;事一有是,而意见常千百也,故议多而事愈偾。

吾党望人甚厚,自治甚疏,只在口吻上做工夫,如何要得长进。

宇宙内原来是一个,才说同,便不是。

周子《太极图》第二圈子是分阴分阳,不是根阴根阳。世间没有这般截然,气化都是互为其根耳。

说自然是第一等话,无所为而为;说当然是第二等话,性分之所当尽,职分之所当为;说不可不然是第三等话,是非毁誉是已;说不敢不然是第四等话,利害祸福是已。

人欲扰害天理,众人都晓得;天理扰害天理,虽君子亦迷,况在众人?而今只说慈悲是仁,谦恭是礼,不取是廉,慷慨是义,果敢是勇,然诺是信。这个念头真实发出,难说不是天理,却是大中至正,天理被他扰害,正是执一贼道。举世所谓君子者,都在这里看不破,故曰"道之不明"也。

"二女同居,其志不同行",见孤阳也。若无阳,则二女何不同行之有?二阳同居,其志同行,不见阴也。若见孤阴,则二男亦不可以同居矣。故曰"一阴一阳之谓道"。六爻虽具阴阳之偏,然各成一体,故无嫌。

利刃斫木绵,迅炮击风帜,必无害矣。

士之于道也,始也求得,既也得得,既也养得,既也忘得。不养得则得也不固,不忘得则得也未融。学而至于忘得,是谓无得。得者,自外之名,既失之名。还我故物,如未尝失,何得之有?心放失,故言得心。从古未言得耳目口鼻四肢者,无失故也。

圣人作用皆以阴为主,以阳为客。阴,所养者也;阳,所用者也。天地亦主阴而客阳。二氏家全是阴:道家以阴养纯阳而啬之,释家以阴养纯阴而宝之。凡人阴多者,多寿多福;阳多者,多夭多祸。

只隔一丝,便算不得透彻之悟,须是入筋内、沁骨髓。

异端者,本无不同而端绪异也。千古以来,惟尧、舜、禹、汤、文、武、孔、孟一脉是正端,千古不异。无论佛、老、庄、列、申、韩、管、商,即伯夷、伊尹、柳下惠,都是异端。子贡、子夏之徒,都流而异端。盖端之初分也,如路之有岐,未分之初都是一处发脚,既出门后,一股向西南走,一股向东南走,走到极处,末路稍头,相去不知几千万里。其始何尝不一本哉?故学问要析同异于毫厘,非是好辨,惧末流之可哀也。

天下之事,真知再没个不行,真行再没个不诚,真诚之行再没个不自然底。自然之行不至其极不止,不死不止,故曰"明则诚"矣。

千万病痛只有一个根本,治千病万痛只治一个根本。

宇宙内主张万物底,只是一块气。气即是理。理者,气之自然者也。

到至诚地位,诚固诚,伪亦诚;未到至诚地位,伪固伪,诚亦伪。

义袭取不得。

信知困穷抑郁、贫贱劳苦是我应得底,安富薄荣、欢欣如意是我倘来底,胸中便无许多冰炭。

事有豫而立,亦有豫而废者。吾曾豫以有待,临事凿柄不成,竟成弃掷者。所谓权不可豫设,变不可先图,又难执一论也。

任是千变万化、千奇万异,毕竟落在平常处歇。

善是性,性未必是善;秤锤是铁,铁不是秤锤。或曰:"孟子道性善,非与?"曰:"余所言孟子之言也,孟子以耳、目、口、鼻、四肢之欲为性,此性善否？"或曰："欲当乎理即是善。"曰："如子所言，'动心忍性'亦忍善性与？"或曰："孔子系《易》，言'继善成性'，非与？"曰："世儒解经，皆不善读《易》者也。孔子云'一阴一阳之谓道'，谓一阴一阳均调而不偏，乃天地中和之气，故谓之道。人继之则为善，继者，禀受之初；人成之则为性，成者，不作之谓。假若一阴则偏于柔，一阳则偏于刚，皆落气质，不可谓之道。盖纯阴纯阳之谓偏，一阴二阳、二阴一阳之谓驳，一阴三四五阳、五阴一三四阳之谓杂。故仁知之见皆落了气质一边，何况百姓？'仁'、'智'两字拈此以见例。礼者见之谓之礼，义者见之谓之义，皆是边见。朱注以继为天，误矣；又以仁智分阴阳，又误矣。抑尝考之，天自有两种天：有理道之天，有气数之天。故赋之于人，有义理之性，有气质之性。二天皆出于太极。理道之天是先天，未着阴阳五行以前，纯善无恶，《书》所谓'惟皇降衷，厥有恒性'，《诗》所谓'天生烝民，有物有则'是也。气数之天是后天，落阴阳五行之后，有善有恶，《书》所谓'天生烝民有欲'，孔子所谓'惟上知与下愚不移'是也。孟子道性善，只言个德性。"

物欲从气质来，只变化了气质，更说甚物欲。

耳、目、口、鼻、四肢有何罪过？尧、舜、周、孔之身都是有底；声色货利、可爱可欲有何罪过？尧、舜、周、孔之世都是有底。千万罪恶都是这点心，孟子"耳目之官不思而蔽于物"，太株连了，只是先立乎其大，有了张主，小者都是好奴婢，何小之敢夺？没了窝主，那怕盗贼？问谁立大，曰大立大。

威仪养得定了，才有脱略，便害羞赧；放肆惯得久了，才入礼群，便害拘束。习不可不慎也。

絜矩是强恕事，圣人不絜矩。他这一副心肠原与天下打成一片，那个是矩，那个是絜？

仁以为己任，死而后已，此是大担当；老者衣帛食肉，黎民不饥不寒，此是大快乐。

内外本末交相培养，此语余所未喻。只有内与本，那外与末张主得甚？

不是与诸君不谈奥妙，古今奥妙不似《易》与《中庸》，至今解说二书不似青天白日，如何又于晦夜添浓云也？望诸君哀此后学，另说一副当言语，须是十指露缝，八面开窗，你见我知，更无躲闪，方是正大光明男子。

形而上与形而下，不是两般道理；下学上达，不是两截工夫。

世之欲恶无穷，人之精力有限。以有限与无穷斗，则物之胜人不啻千万，奈之何不病且死也。

冷淡中有无限受用处。都恋恋炎热，抵死不悟，既悟不知回头，既回头却又羡慕，此是一种依膻附腥底人，切莫与谈真滋味。

处明烛幽，未能见物而物先见之矣。处幽烛明，是谓神照。是故不言者非喑，不视者非盲，不听者非聋。

儒戒声色货利，释戒色声香味，道戒酒色财气，总归之无欲，此三氏所同也。儒衣儒冠而多欲，怎笑得释、道？

敬事鬼神，圣人维持世教之大端也，其义深，其功大。但自不可凿求，不可道破耳。

天下之治乱，只在"相责各尽"四字。

世之治乱，国之存亡，民之死生，只是个我心作用。只无我了，便是天清地宁、民安物阜世界。

惟得道之深者，然后能浅言。凡深言者，得道之浅者也。

以虚养心，以德养身，以善养人，以仁养天下万物，以道养万世。养之义大矣哉！

万物皆能昏人，是人皆有所昏。有所不见，为不见者所昏；有所见，为见者所昏。惟一无所见者不昏，不昏然后见天下。

道非淡不入，非静不进，非冷不凝。

三千三百，便是无声无臭。

天德王道不是两事，内圣外王不是两人。

损之而不见其少者，必赘物也；益之而不见其多者，必缺处也。惟分定者，加一毫不得、减一毫不得。

知是一双眼，行是一双脚。不知而行，前有渊谷而不见，傍有狼虎而不闻，如中州之人适燕而南、之粤而北也，虽乘千里之马，愈疾愈远；知而不行，如痿痹之人数路程、画山水，行更无多说，只用得一"笃"字。知底工夫千头万绪，所谓"匪知之艰，惟行之艰"、"匪苟知之，亦允蹈之"、"知至至之，知终终之"、"穷神知化"、"穷理尽性"、"几深研极"、"探颐索隐"、"多闻多见"。知也者，知所行也；行也者，行所知也。知也者，知此也；行也者，行此也。原不是两个。世俗知行不分，直与千古圣人驳难，以为行即是知。余以为，能行方算得知，徒知难算得行。

有杀之为仁,生之为不仁者;有取之为义,与之为不义者;有卑之为礼,尊之为非礼者;有不知为智,知之为不智者;有违言为信,践言为非信者。

觅物者,苦求而不得,或视之而不见,他日无事于觅也,乃得之。非物有趋避,目眩于急求也。天下之事,每得于从容,而失之急遽。

山峙川流,鸟啼花落,风清月白,自是各适其天,各得其分。我亦然,彼此无干涉也。才生系恋心,便是歆羡,便有沾着。至人淡无世好,与世相忘而已。惟并育而不有情,故并育而不相害。

公生明,诚生明,从容生明。公生明者,不蔽于私也;诚生明者,清虚所通也;从容生明者,不淆于感也。舍是无明道矣。

"喜怒哀乐之未发,谓之中。"自有《中庸》以来,无人看破此一语。此吾道与佛、老异处,最不可忽。

知识,心之孽也;才能,身之妖也;贵宠,家之祸也;富足,子孙之殃也。

只泰了,天地万物皆志畅意得,欣喜欢爱,心、身、家、国、天下无一毫郁阏不平之气,所谓八达四通,千昌万遂,太和之至也。然泰极则肆,肆则不可收拾,而入于否。故《泰》之后继以《大壮》,而圣人戒之曰:"君子以非礼弗履。"用是见古人忧勤惕励之意多,豪雄旷达之心少。六十四卦,惟有《泰》是快乐时,又恁极中极正,且惧且危,此所以致泰保泰而无意外之患也。

今古纷纷辨口,聚讼盈庭,积书充栋,皆起于世教之不明,而聪明才辨者各执意见以求胜。故争轻重者至衡而息,争短长者至度而息,争多寡者至量而息,争是非者至圣人而息。中道者,圣人之权衡度量也。圣人往矣,而中道自在,安用是哓哓强口而逞辨以自是哉?嗟夫!难言之矣。

人只认得"义命"两字真,随事随时在这边体认,果得趣味,一生受用不了。

"夫焉有所倚",此至诚之胸次也。空空洞洞,一无所着,一无所有,只是不倚着。才倚一分,便是一分偏;才着一厘,便是一厘碍。

形用事,则神者亦形;神用事,则形者亦神。

威仪三千,礼仪三百,五刑之属三千,皆法也。法是死底,令人可守;道是活底,令人变通。贤者持循于法之中,圣人变易于法之外,自非圣人而言变易,皆乱法也。

道不可言,才落言诠便有倚着。

礼教大明，中有犯礼者一人焉，则众以为肆而无所容；礼教不明，中有守礼者一人焉，则众以为怪而无所容。礼之于世大矣哉！

良知之说，亦是致曲扩端学问，只是作用大端费力。作圣工夫当从天上做，培树工夫当从土上做。射之道，中者矢也，矢由弦，弦由手，手由心，用工当在心，不在矢；御之道，用者衔也，衔由辔，辔由手，手由心，用工当在心，不在衔。

圣门工夫有两途："克己复礼"，是领恶以全好也，四夷靖则中国安；"先立乎其大者"，是正己而物正也，内顺治则外威严。

"中"，是千古道脉宗；"敬"，是圣学一字诀。

性只有一个，才说五便着情种矣。

敬肆是死生关。

瓜李将熟，浮白生焉。礼由情生，后世乃以礼为情，哀哉！

道理甚明甚浅甚易，只被后儒到今说底玄冥，只似真禅，如何使俗学不一切抵毁而尽叛之？

生成者，天之道心；灾害者，天之人心。道心者，人之生成；人心者，人之灾害。此语众人惊骇死，必有能理会者。

道、器非两物，理、气非两件。成象、成形者器，所以然者道；生物、成物者气，所以然者理。道与理，视之无迹，扪之无物，必分道器、理气为两项，殊为未精。《易》曰："形而上者谓之道，形而下者谓之器。"盖形而上，无体者也，万有之父母，故曰道；形而下，有体者也，一道之凝结，故曰器。理、气亦然。生天、天地、生人、生物，皆气也，所以然者，理也。安得对待而言之？若对待为二，则费隐亦二矣。

先天，理而已矣；后天，气而已矣；天下，势而已矣；人情，利而已矣。理一，而气、势、利三，胜负可知矣。

人事就是天命。

我盛则万物皆为我用，我衰则万物皆为我病。盛衰胜负，宇宙内只有一个消息。

天地间惟无无累，有即为累。有身则身为我累，有物则物为我累。惟至人则有我而无我，有物而忘物，此身如在太虚中，何累之有？故能物我两化。化则何有何无？何非有何非无？故二氏逃有，圣人善处有。

义，合外内之道也。外无感则义只是浑然在中之理，见物而裁制之则为义，义不生于物，亦缘物而后见。告子只说义外，故孟子只说义内，各说一边以相驳，故穷年相辩而不服。孟子若说义虽缘外而形，实根吾心而生，物不是义，而处物乃为义也，告子再怎开口？性，合理气之道也。理不杂气，则纯粹以精，有善无恶，所谓义理之性也；理一杂气，则五行纷揉，有善有恶，所谓气质之性也。诸家所言，皆落气质之后之性；孟子所言，皆未着气质之先之性。各指一边以相驳，故穷年相辩而不服。孟子若说有善有恶者杂于气质之性，有善无恶者上帝降衷之性，学问之道正要变化那气质之性，完复吾降衷之性，诸家再怎开口？

乾与姤，坤与复，对头相接，不间一发。乾坤尽头处，即姤复起头处，如呼吸之相连，无有断续，一断便是生死之界。

知费之为省，善省者也，而以省为省者愚，其费必倍；知劳之为逸者，善逸者也，而以逸为逸者昏，其劳必多。知苦之为乐者，善乐者也，而以乐为乐者痴，一苦不返；知通之为塞者，善塞者也，而以塞为塞者拙，一通必竭。

秦火之后，三代制作湮灭几尽。汉时购书之赏重，故汉儒附会之书多。其幸存者，则焚书以前之宿儒尚存而不死，如伏生口授之类。好古之君子壁藏而石函，如《周礼》出于屋壁之类。后儒不考古今之文，概云先王制作而不敢易，即使尽属先王制作，然而议礼制度考文，沿世道民俗而调剂之，易姓受命之天子皆可变通，故曰刑法世轻重，三王不沿礼袭乐。若一切泥古而求通，则茹毛饮血、土鼓污尊皆可行之今日矣。尧、舜而当此时，其制度文为必因时顺势，岂能反后世而跻之唐虞？或曰：自秦火后，先王制作何以别之？曰：打起一道大中至正线来，真伪分毫不错。

理会得"简"之一字，自家身心、天地万物、天下万事尽之矣。一粒金丹，不载多药；一分银魂，不携钱币。

耳闻底、眼见底、身触头戴足踏底，灿然确然，无非都是这个。拈起一端来，色色都是这个。却向古人千言万语、陈烂葛藤钻研穷究，意乱神昏，了不可得，则多言之误后人也。噫！

鬼神无声无臭，而有声有臭者乃无声无臭之散殊也。故先王以声臭为感格鬼神之妙机。周人尚臭，商人尚声。自非达幽明之故者，难以语此。

三千三百，茧丝牛毛，圣人之精细入渊微矣。然皆自性真流出，非由强作，此之谓天理。

事事只在道理上商量，便是真体认。

使人收敛庄重莫如礼，使人温厚和平莫如乐。德性之有资于礼乐，犹身体之有资于衣食，极重大，极急切。人君治天下，士君子治身，惟礼乐之用为急耳。自礼废，而惰慢放肆之态惯习于身体矣；自乐亡，而乖戾忿恨之气充满于一腔矣。三代以降，无论典秩之本，声气之元，即仪文器数，梦寐不及。悠悠六合，贸贸百年，岂非灵于万物，而万物且能笑之？细思先儒"不可斯须去身"六字，可为流涕长太息矣。

惟平脉无病，七表、八里、九道皆病名也；惟中道无名，五常、百行、万善皆偏名也。

千载而下，最可恨者《乐》之无传。士大夫视为迂阔无用之物，而不知其有切于身心性命也。

一、中、平、常、白、淡、无，谓之七无对。一不对万，万者一之分也。太过不及对，中者太过不及之君也。高下对，平者高下之准也。吉凶、祸福、贫富、贵贱对，常者不增不减之物也。青、黄、碧、紫、赤、黑对，白者青黄碧紫赤之质也。酸、咸、甘、苦、辛对，淡者受和五味之主也。有不与无对，无者万有之母也。

或问："格物之物是何物？"曰："至善是已。""如何格？"曰："知止是已。""《中庸》不言格物，何也？"曰："舜之执两端而问察，回之择一善而服膺，皆格物也。""择善与格物同否？"曰："博学、审问、慎思、明辨，皆格物也；致知、诚正、修、齐、治、平，皆择善也。除了善，更无物；除了择善，更无格物之功。""至善即中乎？"曰："不中不得谓之至善。不明乎善，不得谓之格物。故不明善不能诚身，不格物不能诚意。明了善，欲不诚身不得；格了物，欲不诚意不得。""不格物亦能致知否？"曰："有。佛、老、庄、列皆致知也，非不格物，而非吾之所谓物。""不致知亦能诚意否？"曰："有。尾生、孝己皆诚意也，乃气质之知，而非格物之知。""格物"二字，在宇宙间乃鬼神诃护真灵至宝，要在个中人神解妙悟，不可与口耳家道也。

学术要辩邪正。既正矣，又要辨真伪。既真矣，又要辩念头切不切，向往力不力。无以空言辄便许人也。

百姓冻馁，谓之国穷；妻子困乏，谓之家穷，气血虚弱，谓之身穷；学问空疏，谓之心穷。

人问："君是道学否？"曰："我不是道学。""是仙学否？"曰："我不是仙学。""是释学否？"曰："我不是释学。""是老、庄、申、韩学否？"曰：

"我不是老、庄、申、韩学。""毕竟是谁家门户?"曰:"我只是我。"

与友人论天下无一物无礼乐,因指几上香曰:"此香便是礼,香烟便是乐;坐在此便是礼,一笑便是乐。"

心之好恶不可迷也,耳目口鼻四肢之好恶不可徇也。瞽者不辨苍素,聋者不辨宫商,齆者不辨香臭,狂者不辨辛酸,逃难而追亡者不辨险夷远近,然于我无损也,于道无损也,于事无损也,而有益于世、有益于我者无穷。乃知五者之知觉,道之贼而心之殃也,天下之祸也。

气有三散:苦散,乐散,自然散。苦散、乐散可以复聚,自然散不复聚矣。

悟有顿,修无顿。立志在尧,即一念之尧;一语近舜,即一言之舜;一行师孔,即一事之孔,而况悟乎?若成一个尧、舜、孔子,非真积力充,毙而后已不能。

有人于此,其孙呼之曰祖,其祖呼之曰孙,其子呼之曰父,其父呼之曰子,其舅呼之曰甥,其甥呼之曰舅,其伯叔呼之曰侄,其侄呼之曰伯叔,其兄呼之曰弟,其弟呼之曰兄,其翁呼之曰婿,其婿呼之曰翁,毕竟是几人?曰:一人也。呼之毕竟孰是?曰:皆是也。吁!"仁者见之谓之仁,智者见智谓之智",无怪矣,道二乎哉?

豪放之心非道之所栖也,是故道凝于宁静。

圣人制规矩不制方圆,谓规矩可为方圆,方圆不能为方圆耳。

终身不照镜,终身不认得自家。乍照镜,犹疑我是别人,常磨常照,才认得本来面目。故君子不可以无友。

轻重只在毫厘,长短只争分寸。明者以少为多,昏者惜零弃顿。

天地所以循环无端积成万古者,只是四个字,曰"无息有渐"。圣学亦然,纵使生知之圣,敏则有之矣,离此四字不得。

下手处世自强不息,成就处是至诚无息。

圣学入门先要克己,归宿只是无我。该自私自利之心是立人达人之障,此便是舜、跖关头,死生歧路。

心于淡里见天真,嚼破后许多滋味;学向渊中寻理趣,涌出来无限波澜。

百毒惟有恩毒苦,万味无如淡味长。

总埋泉壤终须白,才露天机便不玄。

横吞八极水,细数九牛毛。

卷二

内篇

修身

六合是我底六合，那个是人？我是六合底我，那个是我？

世上没个分外好底，便到天地位、万物育底功用，也是性分中应尽底事业。今人才有一善，便向人有矜色，便见得世上人都有不是，余甚耻之。若说分外好，这又是贤智之过，便不是好。

率真者无心过，殊多躁言轻举之失；慎密者无口过，不免厚貌深情之累。心事如青天白日，言动如履薄临深，其惟君子乎！

沉静最是美质，盖心存而不放者。今人独居无事，已自岑寂难堪，才应事接人，便任口恣情，即是清狂，亦非蓄德之器。

攻己恶者，顾不得攻人之恶。若哓哓尔雌黄人，定是自治疏底。

大事难事看担当，逆境顺境看襟度，临喜临怒看涵养，群行群止看识见。

身是心当，家是主人翁当，郡邑是守令当，九边是将帅当，千官是冢宰当，天下是天子当，道是圣人当。故宇宙内几桩大事，学者要挺身独任，让不得人，亦与人计行止不得。

作人怕似渴睡汉，才唤醒时睁眼若有知，旋复沉困，竟是寐中人。须如朝兴栉盥之后，神爽气清，泠泠劲劲，方是真醒。

人生得有余气，便有受用处。言尽口说，事尽意做，此是薄命子。

清人不借外景为襟怀，高士不以尘识染情性。

官吏不要钱，男儿不做贼，女子不失身，才有了一分人。连这个也犯了，再休说别个。

才有一段公直之气，而出言做事便露圭角，是大病痛。

讲学论道于师友之时，知其心术之所藏何如也；饬躬励行于见闻之地，知其暗室之所为何知也。然则盗跖非元恶也，彼盗利而不盗名也。世之大盗，名利两得者居其最。

圆融者，无诡随之态；精细者，无苛察之心；方正者，无乖之拂失；沉默者,无阴险之术;诚笃者,无椎鲁之累;光明者,无浅露之病;劲直者,无径情之偏;执持者,无拘泥之迹;敏练者,无轻浮之状。此是全才。有所长而矫其长之失,此是善学。

不足与有为者,自附于行所无事之名;和光同尘者,自附于无可无不可之名。圣人恶莠也以此。

古之士民,各安其业,策励精神,点检心事。昼之所为,夜而思之,又思明日之所为。君子汲汲其德,小人汲汲其业,日累月进,旦兴晏息,不敢有一息惰慢之气。夫是以士无惰德,民无怠行;夫是以家给人足,道明德积,身用康强,不即于祸。今也不然,百亩之家不亲力作,一命之士不治常业;浪谈邪议,聚笑觅欢,耽心耳目之玩,骋情游戏之乐;身衣绮縠,口厌刍豢,志溺骄佚,憒然不知日用之所为,而其室家土田百物往来之费又足以荒志而养其淫,消耗年华,妄费日用。噫!是亦名为人也,无惑乎后艰之踵至也。

世之人,形容人过只象个盗跖,回护自家只象个尧舜。不知这却是以尧舜望人,而以盗跖跞自待也。

孟子看乡党自好看得甚卑,近来看乡党人自好底不多。爱名惜节,自好之谓也。

少年之情,欲收敛不欲豪畅,可以谨德;老人之情,欲豪畅不欲郁阏,可以养生。

广所依不如择所依,择所依不如无所依。无所依者,依天也。依天者有独知之契,虽独立宇宙之内而不谓孤,众倾之众毁之而不为动,此之谓男子。

坐间皆谈笑而我色庄,坐间皆悲感而我色怡,此之谓乖戾,处己处人两失之。

精明也要十分,只须藏在浑厚里作用。古今得祸,精明人十居其九,未有浑厚而得祸者。今之人惟恐精明不至,乃所以为愚也。

分明认得自家是,只管担当直前做去。却因毁言辄便消沮,这是极无定力底,不可以任天下之重。

小屈以求大伸,圣贤不为。吾道必大行之日然后见,便是抱关击柝,自有不可枉之道。松柏生来便直,士君子穷居便正。若曰在下位遇难事姑韬光忍耻,以图他日贵达之时,然后直躬行道,此不但出处为两截人,即既仕之后，又为两截人矣。又安知大任到手不放过耶？

才能技艺，让他占个高名，莫与角胜。至于纲常大节，则定要自家努力，不可退居人后。

处众人中，孤另另的别作一色人，亦吾道之所不取也。子曰："群而不党。"群占了八九分，不党，只到那不可处方用。其用之也，不害其群，才见把持，才见涵养。

今之人只是将"好名"二字坐君子罪，不知名是自好不将去。分人以财者，实费财；教人以善者，实劳心；臣死忠，子死孝，妇死节者，实杀身；一介不取者，实无所得。试着渠将这好名儿好一好，肯不肯？即使真正好名，所为却是道理。彼不好名者，舜乎？跖乎？果舜耶，真加于好名一等矣；果跖耶，是不好美名而好恶名也。愚悲世之人以好名沮君子，而君子亦畏好名之讥而自沮，吾道之大害也，故不得不辨。凡我君子，其尚独复自持，毋为哓哓者所撼哉！

大其心，容天下之物；虚其心，受天下之善；平其心，论天下之事；潜其心，观天下之理；定其心，应天下之变。

古之居民上者，治一邑则任一邑之重，治一郡则任一郡之重，治天下则任天下之重。朝夕思虑其事，日夜经纪其务。一物失所，不遑安席；一事失理，不遑安食。限于才者，求尽吾心；限于势者，求满吾分。不愧于君之付托、民之仰望，然后食君之禄，享民之奉，泰然无所歉，反焉无所愧，否则是食浮于功也，君子耻之。

盗嫂之诬直不疑，挝妇翁之诬第五伦，皆二子之幸也。何者？诬其所无，无近似之迹也，虽不辨而久则自明矣。或曰："使二子有嫂、有妇翁，亦当辨否？"曰："嫌疑之迹，君子安得不辨？'予所否者，天厌之，天厌之。'若付之无言，是与马偿金之类也，君子之所恶也。故君子不洁己以病人，亦不自污以徇世。"

听言不爽，非圣人不能。根以有成之心，螫以近似之语，加之以不避嫌之事，当仓卒无及之际，怀隔阂难辨之恨，父子可以相贼，死亡可以不顾，怒室阋墙，稽唇反目，何足道哉！古今国家之败亡，此居强半。圣人忘于无言，智者照以先觉，资者熄于未着，刚者绝其口语，忍者断于不行。非此五者，无良术矣。

荣辱系乎所立。所立者固，则荣随之，虽有可辱，人不忍加也；所立者废,则辱随之,虽有可荣,人不屑及也。是故君子爱其所自立,惧其所自废。

掩护勿攻,屈服勿怒,此用威者之所当知也;无功勿赏,盛宠勿加,此用爱者之所当知也。反是皆败道也。

称人之善,我有一善,又何妒焉?称人之恶,我有一恶,又何毁焉?

善居功者,让大美而不居;善居名者,避大名而不受。

善者不必福,恶者不必祸,君子稔知之也,宁祸而不肯为恶;忠直者穷,谀佞者通,君子稔知之也,宁穷而不肯为佞。非但知理有当然,亦其心有所不容已耳。

居尊大之位,而使贤者忘其贵重,卑者乐于亲炙,则其人可知矣。

人不难于违众,而难于违己。能违己矣,违众何难?

攻我之过者,未必皆无过之人也。苟求无过之人攻我,则终身不得闻过矣。我当感其攻我之益而已,彼有过无过何暇计哉?

恬淡老成人,又不能俯仰,一世便觉干燥;圆和甘润人,又不能把持,一身便觉脂韦。

做人要做个万全。至于名利地步休要十分占尽,常要分与大家,就带些缺绽不妨。何者?天下无人己俱遂之事,我得人必失,我利人必害,我荣人必辱,我有美名人必有愧色。是以君子贪德而让名,辞完而处缺,使人我一船,不哓哓露头角、立标臬,而胸中自有无限之乐。孔子谦己尝自附于寻常人,此中极有意趣。

"明理省事"甚难,此四字终身理会不尽,得了时,无往而不裕如。

胸中有一个见识,则不惑于纷杂之说;有一段道理,则不挠于鄙俗之见。《诗》云:"匪先民是程,匪大犹是经。惟迩言是争。"平生读圣贤书,某事与之合,某事与之背,即知所适从,知所去取。否则口诗书而心众人也,身儒衣冠而行鄙夫也,此士之稂莠也。

世人喜言无好人,此孟浪语也。今且不须择人,只于市井稠人中聚百人而各取其所长:人必有一善,集百人之善,可以为贤人;人必有一见,集百人之见,可以决大计。恐我于百人中未必人人高出之也,而安可忽匹夫匹妇哉?

学欲博,技欲工,难说不是一长,总较作人只是够了便止。学如班、马,字如钟、王,文如曹、刘,诗如李、杜,铮铮千古知名,只是个小艺习,所贵在作人好。

到当说处，一句便有千钧之力，却又不激不疏，此是言之上乘，除外虽十缄也不妨。

循弊规若时王之制，守时套若先圣之经，侈己自得，恶闻正论，是人也亦大可怜矣。世教奚赖焉？

心要常操，身要常劳。心愈操愈精明，身愈劳愈强健。但自不可过耳。

未适可，必止可；既适可，不过可。务求适可而止。此吾人日用持循，须臾粗心不得。

士君子之偶聚也，不言身心性命，则言天下国家；不言物理人情，则言风俗世道；不规目前过失，则问平生德业。傍花随柳之间，吟风弄月之际，都无鄙俗媟嫚之谈，谓此心不可一时流于邪僻，此身不可一日令之偷惰也。若一相逢，不是亵狎，便是乱讲，此与仆隶下人何异？只多了这衣冠耳。

作人要如神龙屈伸变化，自得自如，不可为势利术数所拘缚。若羁绊随人，不能自决，只是个牛羊。然亦不可哓哓悻悻。故大智上哲看得几事分明，外面要无迹无言，胸中要独往独来，怎被机械人驾驭得。

"财色名位"此四字，考人品之大节目也。这里打不过，小善不足录矣。自古砥砺名节者，兢兢在这里做工夫，最不可容易放过。

古之人非曰位居贵要、分为尊长，而遂无可言之人、无可指之过也；非曰卑幼贫贱之人一无所知识，即有知识而亦不当言也。盖体统名分确然不可易者，在道义之外；以道相成、以心相与，在体统名分之外。哀哉！后世之贵要尊长而遂无过也。

只尽日点检自家，发出念头来果是人心，果是道心？出言行事果是公正，果是私曲？自家人品自家定了几分？何暇非笑人，又何敢喜人之誉己耶？

往见"泰山乔岳以立身"四语，甚爱之，疑有未尽。因推广为"男儿八景"云："泰山乔岳之身，海阔天空之腹，和风甘雨之色，日照月临之目，旋乾转坤之手，磐石砥柱之足，临深履薄之心，玉洁冰清之骨。"此八景予甚愧之，当与同志者竭力从事焉。

求人已不可，又求人之转求；徇人之求已不可，又转求人之徇人；患难求人已不可，又以富贵利达求人。此丈夫之耻也。

文名、才名、艺名、勇名，人尽让得过，惟是道德之名，则妒者众矣；无文、无才、无艺、无勇，人尽谦得起，惟是无道德之名，则愧者众矣。君子以道德之实潜修，以道德之名自掩。

"有诸己而后求诸人,无诸己而后非诸人",固是藏身之恕;有诸己而不求诸人,无诸己而不非诸人,自是无言之感。《大学》为居上者言,若士君子守身之常法,则余言亦蓄德之道也。

乾坤尽大,何处容我不得? 而到处不为人所容,则我之难容也。眇然一身,而为世上难容之人,乃号于人曰:人之不能容我也。吁,亦愚矣哉!

名分者,天下之所共守者也。名分不立,则朝廷之纪纲不尊,而法令不行。圣人以名分行道,曲士恃道以压名分,不知孔子之道视鲁侯奚啻天壤,而《乡党》一篇何等尽君臣之礼。乃知尊名分与诒时势不同。名分所在,一毫不敢傲惰;时势所在,一毫不敢阿谀。固哉! 世之腐儒以尊名分为诒时势也;卑哉! 世之鄙夫以诒时势为尊名分也。

圣人之道,太和而已。故万物皆育。便是秋冬不害其为太和,况太和又未尝不在秋冬宇宙间哉! 余性褊,无弘度、平心、温容、巽语,愿从事于太和之道以自广焉。

只竟夕点检今日说得几句话关系身心,行得几件事有益世道,自慊自愧,恍然独觉矣。若醉酒饱肉,恣谈浪笑,却不错过了一日;乱言妄动,昧理从欲,却不作孽了一日。

只一个俗念头,错做了一生人;只一双俗眼目,错认了一生人。

少年只要想我见在干些甚么事,到头成个甚么人,这便有多少恨心,多少愧汗,如何放得自家过?

明镜虽足以照秋毫之末,然持以照面不照手者何? 面不自见,借镜以见,若手则吾自见之矣。镜虽明不明于目也,故君子贵自知自信。以人言为进止,是照手之识也。若耳目识见所不及,则匪天下之见闻不济矣。

义、命、法,此三者,君子之所以定身,而众人之所妄念者也。从妄念而巧邪,图以幸其私,君子耻之。夫义不当为,命不能为,法不敢为,虽欲强之,岂惟无获? 所丧多矣。即获亦非福也。

避嫌者,寻嫌者也;自辨者,自诬者也。心事重门洞达,略不回邪;行事八窗玲珑,毫无遮障:则见者服,闻者信。稍有不白之诬,将家家为吾称冤,人人为吾置喙矣。此之谓洁品,不自洁而人洁之。

善之当为,如饮食衣服然,乃吾人日用常行事也。人未闻有以祸福废衣食者,而为善则以祸福为行止;未闻有以毁誉废衣食者,而为善则以毁誉为行止。惟为善心不真诚之故耳。果真果诚,尚有甘死饥寒而乐于趋善者。

有象而无体者,画人也,欲为而不能为;有体而无用者,塑人也,清净尊严,享牺牲香火,而一无所为;有运动而无知觉者,偶人也,待提掇指使而后为。此三人者,身无血气,心无灵明,吾无责矣。

我身原无"贫富贵贱、得失荣辱"字,我只是个我,故富贵贫贱、得失荣辱,如春风秋月,自去自来,与心全不牵挂,我到底只是个我。夫如是,故可贫可富,可贵可贱,可得可失,可荣可辱。今人惟富贵是贪,其得之也必喜,其失之也如何不悲?其得之也为荣,其失之也如何不辱?全是靠着假景作真身,外物为分内,此二氏之所笑也,况吾儒乎?吾辈做工夫,这个是第一。吾愧不能,以告同志者。

"本分"二字,妙不容言。君子持身,不可不知本分,知本分则千态万状一毫加损不得;圣王为治,当使民得其本分,得本分则荣辱死生一毫怨望不得。子弑父,臣弑君,皆由不知本分始。

两柔无声,合也;一柔无声,受也。两刚必碎,激也;一刚必损,积也。故《易》取一刚一柔,是谓平中以成天下之务,以和一身之德。君子尚之。

毋以人誉而遂谓无过。世道尚浑厚,人人有心史也。人之心史真,惟我有心史而后无畏人之心史矣。

淫怒是大恶,里面御不住气,外面顾不得人,成其涵养?或曰:涵养独无怒乎?曰:圣贤之怒自别。

凡智愚无他,在读书与不读书;祸福无他,在为善与不为善;贫富无他,在勤俭与不勤俭;毁誉无他,在仁恕与不仁恕。

古人之宽大,非直为道理当如此,然煞有受用处。弘器度以养德也,省怨怒以养气也,绝仇雠以远祸也。

平日读书,惟有做官是展布时。将穷居所见闻及生平所欲为者,一一试尝之,须是所理之政事各得其宜,所治之人物各得其所,才是满了本然底分量。

只见得眼前都不可意,便是个碍世之人。人不可我意,我必不可人意。不可人意者我一人,不可我意者千万人。呜呼!未有不可千万人意而不危者也。是故智者能与世宜,至人不与世碍。

性分、职分、名分、势分,此四者,宇内之大物。性分、职分在己,在己者不可不尽;名分、势分在上,在上者不可不守。

初看得我污了世界，便是个盗跖；后看得世界污了我，便是个伯夷；最后看得世界也不污我、我也不污世界，便是个老子。

心要有城池，口要有门户。有城池则不出，有门户则不纵。

士君子作人不长进，只是不用心、不着力。其所以不用心、不着力者，只是不愧不奋。能愧能奋，圣人可至。

有道之言，得之心悟；有德之言，得之躬行。有道之言弘畅，有德之言亲切。有道之言如游万货之肆，有德之言如发万货之商。有道者不容不言，有德者无俟于言，虽然，未尝不言也。故曰：有德者必有言。

学者说话要简重从容，循物傍事，这便是说话中涵养。

或问：不怨不尤了，恐于事天处人上更要留心不？曰：这天人两项，千头万绪，如何照管得来？有个简便之法，只在自家身上做，一念一言一事都点检得，没我分毫不是，那祸福毁誉都不须理会。我无求祸之道而祸来，自有天耽错；我无致毁之道而毁来，自有人耽错，与我全不干涉。若福与誉是我应得底，我不加喜；是我幸得底，我且惶惧赧愧。况天也有力量不能底，人也有知识不到底，也要体悉他。却有一件紧要，生怕我不能格天动物。这个稍有欠缺，自怨自尤且不暇，又那顾得别个？孔子说个"上不怨、下不尤"，是不愿乎其外道理；孟子说个"仰不愧、俯不怍"，是素位而行道理。此二意常相须。

天理本自廉退，而吾又处之以疏；人欲本善黄缘，而吾又狎之以亲。小人满方寸，而君子在千里之外矣，欲身之修，得乎？故学者与天理处，始则敬之如师保，既而亲之如骨肉，久则浑化为一体。人欲虽欲乘间而入也，无从矣。

气忌盛，心忌满，才忌露。

外劘敌五：声色、贷利、名位、患难、晏安。内劘敌五：恶怒、喜好、牵缠、褊急、积惯。士君子终日被这个昏惑凌驾，此小勇者之所纳款，而大勇者之所务克也。

玄奇之疾，医以平易；英发之疾，医以深沉；阔大之疾，医以充实。不远之复，不若未行之审也。

奋始怠终，修业之贼也；缓前急后，应事之贼也；躁心浮气，畜德之贼也；疾言厉色，处众之贼也。

名心盛者必作伪。

做大官底，是一样家数；做好人底，是一样家数。

见义不为，又托之违众，此力行者之大戒也。若肯务实，又自逃名，不患于无术，吾窃以自恨焉。

"恭敬谦谨"，此四字有心之善也；"狎侮傲凌"，此四字有心之恶也。人所易知也。至于"怠忽惰慢"，此四字乃无心之失耳，而丹书之戒，怠胜敬者凶，论治忽者，至分存亡。《大学》以"傲、惰"同论，曾子以"暴、慢"连语者，何哉？盖天下之祸患皆起于四字，一身之罪过皆生于四字。怠则一切苟且，忽则一切昏忘，惰则一切疏懒，慢则一切延迟，以之应事则万事皆废，以之接人则众心皆离。古人临民如驭朽索，使人如承大祭，况接平交以上者乎？古人处事不泄迩，不忘远，况目前之亲切重大者乎？故曰"无众寡，无大小，无敢慢"，此九字即"毋不敬"。"毋不敬"三字，非但圣狂之分，存亡、治乱、死生、祸福之关也，必然不易之理也。沉心精应者，始真知之。

人一生大罪过，只在"自是自私"四字。

古人慎言，每云"有余不敢尽"。今人只尽其余还不成大过，只是附会支吾，心知其非而取辨于口，不至屈人不止，则又尽有余者之罪人也。

真正受用处，十分用不得一分，那九分都无些干系，而拼死忘生忍辱动气以求之者，皆九分也。何术悟得他醒？可笑可叹！

贫不足羞，可羞是贫而无志；贱不足恶，可恶是贱而无能；老不足叹，可叹是老而虚生；死不足悲，可悲是死而无闻。

圣人之闻善言也，欣欣然惟恐尼之，故和之以同言，以开其乐告之诚；圣人之闻过言也，引引然惟恐拂之，故内之以温色，以诱其忠告之实。何也？进德改过为其有益于我也。此之谓至知。

古者招隐逸，今也奖恬退，吾党可以愧矣！古者隐逸养道，不得已而后出，今者恬退养望，邀虚名以干进，吾党可以戒矣！

喜来时一点检，怒来时一点检，怠惰时一点检，放肆时一点检，此是省察大条款。人到此多想不起，顾不得，一错了，便悔不及。

治乱系所用事。天下国家，君子用事则治，小人用事则乱；一身，德性用事则治，气习用事则乱。

难管底是任意，难防底是惯病。此处着力，便是穴上着针、痒处着手。

试点检终日说话，有几句恰好底，便见所养。

业刻木如锯齿,古无文字,用以记日行之事数也。一事毕则去一刻,事俱毕则尽去之,谓之修业。更事则再刻如前。大事则大刻,谓之大业;多事则多刻,谓之广业;士农工商所业不同,谓之常业;农为士则改刻,谓之易业。古人未有一生无所业者,未有一日不修业者,故古人身修事理,而无怠惰荒宁之时,常有忧勤惕励之志。一日无事则一日不安,惧业之不修而旷日之不可也。今也昏昏荡荡,四肢不可收拾,穷年终日无一猷为,放逸而入于禽兽者,无业之故也。人生两间,无一事可见,无一善可称,资衣借食于人而偷安惰行以死,可羞也已。

古之谤人也,忠厚诚笃,《株林》之语,何等浑涵;舆人之谣,犹道实事。后世则不然,所怨在此,所谤在彼。彼固知其所怨者未必上之非,而其谤不足以行也,乃别生一项议论,其才辨附会足以泯吾怨之之实,启人信之之心,能使被谤者不能免谤之之祸,而我逃谤人之罪。呜呼!今之谤,虽古之君子且避忌之矣。圣贤处谤无别法,只是自修,其祸福则听之耳。

处利则要人做君子,我做小人;处名则要人做小人,我做君子,斯惑之甚也。圣贤处利让利,处名让名,故淡然恬然,不与世忤。

任教万分矜持、千分点检,里面无自然根本,仓卒之际、忽突之顷,本态自然露出。是以君子慎独。独中只有这个,发出来只是这个,何劳回护?何用支吾?

力有所不能,圣人不以无可奈何者责人;心有所当尽,圣人不以无可奈何者自诿。

或问:孔子"缁衣羔裘、素衣麑裘、黄衣狐裘",无乃非俭素之义与?曰:公此问甚好。慎修君子,宁失之俭素不妨。若论"大中至正"之道,得之为有财,却俭不中礼,与无财不得而侈然自奉者相去虽远,而失中则均。圣贤不讳奢之名,不贪俭之美,只要道理上恰好耳。

寡恩曰薄,伤恩曰刻,尽事曰切,过事曰激。此四者,宽厚之所深戒也。

《易》称"道济天下",而吾儒事业,动称行道济时,济世安民。圣人未尝不贵济也。舟覆矣,而保得舟在,谓之济可乎?故为天下者,患知有其身,有其身不可以为天下。

万物安于知足,死于无厌。

足恭过厚,多文密节,皆名教之罪人也。圣人之道自有中正。彼乡原者,徼名惧讥,希进求荣,辱身降志,皆所不恤,遂成举世通套。虽直道清节之君子，稍无砥柱之力，不免逐波随流，其砥柱者旋以得罪。嗟夫！佞风谀俗不有持衡当路者一极力挽回之，世道何时复古耶？

时时体悉人情，念念持循天理。

愈进修，愈觉不长；愈点检，愈觉有非。何者？不留意作人，自家尽看得过；只日日留意向上，看得自家都是病痛。那有些好处？初头只见得人欲中过失，到久久又见得天理中过失，到无天理过失则中行矣，又有不自然、不浑化、着色吃力过失。走出这个边境，才是圣人能立无过之地。故学者以有一善自多，以寡一过自幸，皆无志者也。急行者，只见道远而足不前；急耘者，只见草多而锄不利。

礼义之大防，坏于众人一念之苟。譬如由径之人，只为一时倦行几步，便平地踏破一条蹊径，后来人跟寻旧迹，踵成不可塞之大道。是以君子当众人所惊之事略不动容，才干碍礼义上些须，便愕然变色，若触大刑宪然，惧大防之不可溃，而微端之不可开也。嗟夫！此众人之所谓迂，而不以为重轻者也。此开天下不可塞之衅者，自苟且之人始也。

大行之美以孝为第一，细行之美以廉为第一，此二者，君子之所务敦也。然而不辨之申生不如不告之舜，井上之李不如受馈之鹅，此二者，孝廉之所务辨也。

吉凶祸福是天主张，毁誉予夺是人主张，立身行己是我主张。此三者不相夺也。

不得罪于法易，不得罪于理难。君子只是不得罪于理耳。

凡在我者都是分内底，在天在人者都是分外底。学者要明于内外之分，则在内缺一分便是不成人处，在外得一分便是该知足处。

听言观行，是取人之道；乐其言而不问其人，是取善之道。今人恶闻善言，便诋诋曰："彼能言而行不逮言，何足取？"是弗思也。吾之听言也，为其言之有益于我耳。苟益于我，人之贤否奚问焉。衣敝袅者市文绣，食糟糠者市粱肉，将以人弃之乎？

取善而不用，依旧是寻常人，何贵于取？譬之八珍方丈而不下箸，依然饿死耳。

有德之容，深沉凝重，内充然有余，外阒然无迹。若面目都是精神，即不出诸口而漏泄已多矣，毕竟是养得浮浅。譬之无量人，一杯酒便达于面目。

人人各有一句终身用之不尽者，但在存心着力耳。或问之，曰：只是对症之药便是。如子张只消得"存诚"二字,宰我只消得"警惰"二字,子路只消得"择善"二字,子夏只消得"见大"二字。

言一也,出由之口,则信且从;出跖之口,则三令五申而人且疑之矣。故有言者,有所以重其言者。素行孚人,是所以重其言者也。不然,且为言累矣。

世人皆知笑人,笑人不妨,笑到是处便难,到可以笑人时则更难。

毁我之言可闻,毁我之人不必问也。使我有此事也,彼虽不言,必有言之者。我闻而改之,是又得一不受业之师也。使我无此事耶,我虽不辨,必有辨之者。若闻而怒之,是又多一不受言之过也。

精明世所畏也,而暴之;才能世所妒也,而市之:不没也夫!

只一个贪爱心,第一可贱可耻。羊马之于水草,蝇蚁之于腥膻,蜣螂之于积粪,都是这个念头。是以君子制欲。

清议酷于律令,清议之人酷于治狱之吏。律令所冤,赖清议以明之,虽死犹生也;清议所冤,万古无反案矣。是以君子不轻议人,惧冤之也。惟此事得罪于天甚重,报必及之。

权贵之门,虽系通家知己,也须见面稀、行踪少就好。尝爱唐诗有"终日帝城里,不识五侯门"之句,可为新进之法。

闻世上有不平事,便满腔愤懑,出激切之语,此最浅夫薄子,士君子之大戒。

仁厚刻薄,是修短关;行止语默,是祸福关;勤惰俭奢,是成败关;饮食男女,是死生关。

言出诸口,身何与焉,而身亡;五味宜于口,腹何知焉,而腹病。小害大,昭昭也,而人每纵之徇之,恣其所出,供其所入。

浑身都遮盖得,惟有面目不可掩。面目者,心之证也。即有厚貌者,卒然难做预备,不觉心中事都发在面目上。故君子无愧心则无怍容。中心之达,达以此也;肺肝之视,视以此也。此修己者之所畏也。

韦弁布衣,是我生初服,不愧此生,尽可以还。大造轩冕,是甚物事?将个丈夫来做坏了,有甚面目对那青天白日?是宇宙中一腐臭物也,乃扬眉吐气,以此夸人,而世人共荣慕之,亦大异事。

多少英雄豪杰,可与为善而卒无成,只为拔此身于习俗中不出。若不恤群谤,断以必行,以古人为契友,以天地为知己,任他千诬万毁何妨。

为人无复扬善者之心，无实称恶者之口，亦可以语真修矣。

身者，道之舆也。身载道以行，道非载身以行也。故君子道行则身从之以进，道不行则身从之以退。道不行而求进不已，辟之大贾，百货山积不售，不载以归，而又以空舆雇钱也，贩夫笑之，贪鄙孰甚焉？故出处之分只有二语，道行则仕，道不行则卷而怀之。舍是皆非也。

世间至贵，莫如人品。与天地参，与古人友，帝王且为之屈，天下不易其守。而乃以声色、财货、富贵、利达，轻轻将个人品卖了，此之谓自贱。商贾得奇货亦须待价，况士君子之身乎？

修身，以不护短为第一长进。人能不护短，则长进至矣。

世有十态，君子免焉：无武人之态粗豪，无妇人之态柔懦，无儿女之态娇稚，无市井之态贪鄙，无俗子之态庸陋，无荡子之态儇佻，无伶优之态滑稽，无闾阎之态村野，无堂下人之态局迫，无婢子之态卑谄，无侦谍之态诡暗，无商贾之态衒售。

做本色人，说根心话，干近情事。

君子有过不辞谤，无过不反谤，共过不推谤。谤无所损于君子也。

惟圣贤终日说话无一字差失，其余都要拟之而后言，有余不敢尽，不然未有无过者。故惟寡言者寡过。

心无留言，言无择人，虽露肺肝，君子不取也。彼固自以为光明矣，君子何尝不光明？自不轻言，言则心口如一耳。

保身底是德义，害身底是才能。德义中之才能。呜呼！免矣。

恒言"疏懒勤谨"，此四字每相因。懒生疏，谨自勤。圣贤之身岂生而恶逸好劳哉？知天下皆惰慢则百务废弛，而乱亡随之矣。先正云：古之圣贤未尝不以息惰荒宁为惧，勤励不息自强。曰惧曰强，而圣贤之情见矣。所谓"忧勤惕励"者也，惟忧故勤，惟惕故励。

谑非有道之言也。孔子岂不戏？竟是道理上脱洒。今之戏者媟矣，即有滑稽之巧，亦近俳优之流，凝静者耻之。

无责人，自修之第一要道；能体人，养量之第一要法。

予不好走贵公之门，虽情义所关，每以无谓而止。或让之予曰："奔走贵公，得不谓其喜乎？"或曰："惧彼以不奔走为罪也。"予叹曰："不然。贵公之门奔走如市，彼固厌苦之，甚者见于颜面，但浑厚忍不发于声耳。徒输自己一勤劳，徒增贵公一厌恶。且入门一揖之后，宾主各无可言，此面愧赧已无发付处矣。"予恐初入仕者狃于众套而不敢独异,故发明之。

亡我者,我也。人不自亡,谁能亡之?

沾沾煦煦,柔润可人,丈夫之大耻也。君子岂欲与人乖戾?但自有正情真味,故柔嘉不是软美。自爱者不可不辨。

士大夫一身,斯世之奉弘矣。不蚕织而文绣,不耕畜而膏粱,不雇贷而车马,不商贩而积蓄,此何以故也?乃于世分毫无补,惭负两间。人又以大官诧市井儿,盖棺有余愧矣。

且莫论身体力行,只听随在聚谈间,曾几个说天下国家、身心性命正经道理?终日哓哓刺刺,满口都是闲谈乱谈。吾辈试一猛省,士君子在天地间可否如此度日?

君子慎求人。讲道问德,虽屈己折节,自是好学者事。若富贵利达向人开口,最伤士气,宁困顿没齿也。

言语之恶,莫大于造诬;行事之恶,莫大于苛刻;心术之恶,莫大于深险。

自家才德,自家明白底。才短德微,即卑官薄禄已为难称。若已逾涘分而觖望无穷,却是难为了造物。孔孟身不遇,又当如何?

不善之名每成于一事,后有诸长不能掩也,而惟一不善传。君子之动可不慎与?

一日与友人论身修道理,友人曰:"吾老矣。"某曰:"公无自弃。平日为恶,即属纩时干一好事,不失为改过之鬼,况一息尚存乎?"

既做人在世间,便要劲爽爽、立铮铮底。若如春蚓秋蛇、风花雨絮,一生靠人作骨,恰似世上多了这个人。

有人于此,精密者病其疏,靡绮者病其陋,繁缛者病其简,谦恭者病其倨,委曲者病其直,无能可于一世之人,奈何?曰:一身怎可得一世之人?只自点检吾身,果如所病否?若以一身就众口,孔子不能。即能之,成个甚么人品?故君子以中道为从违,不以众言为忧喜。

夫礼非徒亲人,乃君子之所以自爱;非徒尊人,乃君子之所以敬身也。

君子之出言也,如啬夫之用财;其见义也,如贪夫之趋利。

古之人勤励,今之人惰慢。勤励故精明而德日修,惰慢故昏蔽而欲日肆,是以圣人贵"忧勤惕励"。

先王之礼文用以饰情,后世之礼文用以饰伪。饰情则三千三百,虽至繁也,不害其为率真;饰伪则虽一揖一拜,已自多矣。后之恶饰伪者乃一切苟简决裂，以溃天下之防，而自谓之率真，将流于伯子之简而不可行，又礼之贼也。

清者，浊所妒也，而又激之，浅之乎其为量矣。是故君子于己讳美，于人藏疾。若有激浊之任者，不害其为分晓。

处世以讥讪为第一病痛。不善在彼，我何与焉？

余待小人不能假辞色，小人或不能堪。年友王道源危之曰："今世居官切宜戒此，法度是朝廷底，财货是百姓底，真借不得人情。至于辞色，却是我底，假借些儿何害？"余深感之，因识而改焉。

刚、明，世之碍也。刚而婉，明而晦，免祸也夫！

君子之所持循只有两条路：非先圣之成规，则时王之定制。此外悉邪也、俗也，君子不由。

非直之难，而善用其直之难；非用直之难，而善养其直之难。

处身不妨于薄，待人不妨于厚；责己不妨于厚，责人不妨于薄。

坐于广众之中，四顾而后语。不先声，不扬声，不独声。

苦处是正容谨节，乐处是手舞足蹈。这个乐又从那苦处来。

滑稽诙谐，言毕而左右顾，惟恐人无笑容，此所谓巧言令色者也。小人侧媚皆此态耳。小子戒之。

人之视小过也，愧作悔恨如犯大恶，夫然后能改。"无伤"二字，修己者之大戒也。

有过是一过，不肯认过又是一过。一认则两过都无，一不认则两过不免。彼强辩以饰非者，果何为也？

一友与人争而历指其短。予曰："于十分中，君有一分不是否？"友曰："我难说没一二分。"予曰："且将这一二分都没了，才好责人。"

余二十年前曾有心迹双清之志，十年来有四语云："行欲清，名欲浊；道欲进，身欲退；利欲后，害欲前；人欲丰，己欲约。"近看来，太执着，大矫激，只以无心任自然求当其可耳。名迹一任去来，不须照管。

君子之为善也，以为理所当为，非要福，非干禄；其不为不善也，以为理所不当为，非惧祸，非远罪。至于垂世教，则谆谆以祸福刑赏为言，此天地圣王劝惩之大权，君子不敢不奉若而与众共守也。

茂林芳树，好鸟之媒也；污池浊渠，秽虫之母也。气类之自然也。善不与福期，恶不与祸招。君子见正人而合，邪人见憸夫而密。

吾观于射,而知言行矣。夫射,审而后发,有定见也;满而后发,有定力也。夫言能审满,则言无不中;行能审满,则行无不得。今之言行皆乱放矢也,即中,幸耳。

蜗以涎见觅,蝉以声见粘,萤以光见获。故爱身者,不贵赫赫之名。

大相反者大相似,此理势之自然也。故怒极则笑,喜极则悲。

敬者,不苟之谓也。故反苟为敬。

多门之室生风,多口之人生祸。

磨砖砌壁不涂以垩,恶掩其真也。一垩则人谓粪土之墙矣。凡外饰者,皆内不足者。至道无言,至言无文,至文无法。

苦毒易避,甘毒难避。晋人之璧马,齐人之女乐,越人之子女玉帛,其毒甚矣,而愚者如饴,即知之亦不复顾也。由是推之,人皆有甘毒不必自外馈而眈眈求之者,且众焉。岂独虞人、鲁人、吴人愚哉?知味者可以惧矣!

好逸恶劳,甘食悦色,适己害群,择便逞忿,虽鸟兽亦能之。灵于万物者,当求有别,不然,类之矣。且凤德麟仁,鹤清乌直,乌孝雁贞,苟择鸟兽之有知者而效法之,且不失为君子矣,可以人而不如乎?

万事都要个本意,宫室之设,只为安居;衣之设,只为蔽体;食之设,只为充饥;器之设,只为利用;妻之设,只为有后。推此类不可尽穷。苟知其本意,只在本意上求,分外底都是多了。

士大夫殃及子孙者有十:一曰优免太侈;二曰侵夺太多;三曰请托灭公;四曰恃势凌人;五曰困累乡党;六曰要结权贵,损国病人;七曰盗上剥下,以实私橐;八曰簧鼓邪说,摇乱国是;九曰树党报复,阴中善人;十曰引用邪昵,虐民病国。

儿辈问立身之道。曰:本分之内,不欠纤微;本分之外,不加毫末。今也本分弗图,而加于本分之外者不啻千万矣,内外之分何处别白?况敢问纤微毫末间耶?

智者不与命斗,不与法斗,不与理斗,不与势斗。

学者事事要自责,慎无责人。人不可我意,自是我无量;我不可人意,自是我无能。时时自反,才德无不进之理。

气质之病小,心术之病大。

童心、俗态,此二者士人之大耻也。二耻不脱,终不可以入君子之路。

习成仪容止,甚不打紧,必须是瑟僩中发出来,才是盛德光辉。那个不严厉，不放肆？庄重不为矜持，戏谑不为媟慢，惟有道者能之，惟有德者识之。

容貌要沉雅自然，只有一些浮浅之色、作为之状，便是屋漏少工夫。

德不怕难积，只怕易累。千日之积不禁一日之累，是故君子防所以累者。

枕席之言，房闼之行，通乎四海。墙卑室浅者无论，即宫禁之深严，无有言而不知、动而不闻者。士君子不爱名节则已，如有一毫自好之心，幽独盲动可不慎与？

富以能施为德，贫以无求为德；贵以下人为德，贱以忘势为德。

入庙不期敬而自敬，入朝不期肃而自肃，是以君子慎所入也；见严师则收敛，见狎友则放恣，是以君子慎所接也。

《氓》之诗，悔恨之极也。可为士君子殷鉴，当三复之。唐诗有云："雨落不上天，水覆难再收。"又近世有名言一偶云："一失脚为千古恨，再回头是百年身。"此语足道《氓》诗心事，其曰"亦已焉哉"。所谓何嗟及矣，无可奈何之辞也。

平生所为，使怨我者得以指摘，爱我者不能掩护，此省身之大惧也，士君子慎之。故我无过，而谤语滔天不足惊也，可谈笑而受之；我有过，而幸不及闻，当寝不贴席、食不下咽矣。是以君子贵无恶于志。

谨言慎动，省事清心，与世无碍，与人无求，此谓小跳脱。

身要严重，意要安定，色要温雅，气要和平，语要简切，心要慈祥，志要果毅，机要缜密。

善养身者，饥渴、寒暑、劳役，外感屡变，而气体若一，未尝变也；善养德者，死生、荣辱、夷险，外感屡变，而意念若一，未尝变也。夫藏令之身至发扬时而解体，长令之身至收敛时而郁阏，不得谓之定气。宿称镇静，至仓卒而色变；宿称淡泊，至纷华而心动，不得谓之定力。斯二者皆无养之过也。

里面要活泼，于规矩之中无令怠忽；外面要摆脱，于礼法之中无令矫强。

四十以前养得定，则老而愈坚；养不定，则老而愈坏。百年实难，是以君子进德修业贵及时也。

涵养如培脆萌，省察如搜田蠹，克治如去盘根。涵养如女子坐幽闺，省察如逻卒缉奸细，克治如将军战劲敌。涵养用勿忘勿助工夫，省察用无怠无荒工夫，克治用是绝是忽工夫。

世上只有个道理是可贪可欲底，初不限于取数之多，何者？所性分定原是无限量底，终身行之不尽。此外都是人欲，最不可萌一毫歆羡心。天之生人各有一定底分涯，圣人制人各有一定底品节，辟之担夫欲肩舆，丐人欲鼎食，徒尔劳心，竟亦何益？嗟夫！篡夺之所由生，而大乱之所由起，皆耻其分内之不足安，而惟见分外者之可贪可欲故也。故学者养心先要个知分，知分者心常宁、欲常得，所欲得自足以安身利用。

心术以光明笃实为第一，容貌以正大老成为第一，言语以简重真切为第一。

学者只把性分之所固有、职分之所当为，时时留心，件件努力，便骎骎乎圣贤之域。非此二者，皆是外物、皆是妄为。

进德莫如不苟，不苟先要个耐烦。今人只为有躁心而不耐烦，故一切苟且，卒至破大防而不顾、弃大义而不为，其始皆起于一念之苟也。

不能长进，只为"昏弱"两字所苦。昏宜静以澄神，神定则渐精明；弱宜奋以养气，气壮则渐强健。

一切言行，只是平心易气就好。

恣纵既成，不惟礼法所不能制，虽自家悔恨，亦制自家不得。善爱人者，无使恣纵；善自爱者，亦无使恣纵。

天理与人欲交战时，要如百战健儿，九死不移，百折不回，其奈我何！如何堂堂天君，却为人欲臣仆？内款受降，腔子中成甚世界？

有问密语者，嘱曰："望以实心相告！"余笑曰："吾内有不可瞒之本心，上有不可欺之天日，在本人有不可掩之是非，在通国有不容泯之公论，一有不实，自负四愆矣。何暇以貌言诳门下哉！"

士君子澡心浴德，要使咳唾为玉，便溺皆香，才见工夫圆满。若灵台中有一点污浊，便如瓜蒂藜芦，入胃不呕吐尽不止，岂可使一刻容留此中耶？夫如是，然后溷厕可沉，缁泥可入。

与其抑暴戾之气，不若养和平之心；与其裁既溢之恩，不若绝分外之望；与其为后事之厚，不若施先事之薄；与其服延年之药，不若守保身之方。

猥繁拂逆，生厌恶心，奋宁耐之力；柔艳芳浓，生沾惹心，奋跳脱之力；推挽冲突，生随逐心，奋执持之力；长途末路，生衰歇心，奋鼓舞之力；急遽疲劳，生苟且心，奋敬慎之力。

进道入德，莫要于有恒。有恒则不必欲速，不必助长，优优渐渐自到神圣地位。故天道只是个恒，每日定准是三百六十五度四分度之一，分毫不损不加，流行不缓不急，而万古常存，万物得所。只无恒了，万事都成不得。余最坐此病。古人云"有勤心，无远道"，只有人胜道，无道胜人之理。

士君子只求四真：真心，真口，真耳，真眼。真心，无妄念；真口，无杂语；真耳，无邪闻；真眼，无错识。

愚者人笑之，聪明者人疑之。聪明而愚，其大智也夫。《诗》云"靡哲不愚"，则知不愚非哲也。

以精到之识，用坚持之心，运精进之力，便是金石可穿，豚鱼可格，更有甚么难做之事功、难造之圣神？士君子碌碌一生，百事无成，只是无志。

其有善而彰者，必其有恶而掩者也。君子不彰善以损德，不掩恶以长慝。

余日日有过，然自信过发吾心如清水之鱼，才发即见，小发即觉，所以卒不得遂其豪悍至流浪不可收拾者，胸中是非原先有以照之也。所以常发者何也？只是心不存，养不定。

才为不善，怕污了名儿，此是徇外心，苟可瞒人，还是要做；才为不善，怕污了身子，此是为己心，即人不知或为人疑谤，都不照管。是故欺大庭易，欺屋漏难；欺屋漏易，欺方寸难。

吾辈终日不长进处，只是个"怨尤"两字，全不反己。圣贤学问，只是个自责自尽，自责自尽之道原无边界，亦无尽头。若完了自家分数，还要听其在天在人，不敢怨尤。况自家举动又多鬼责人非底罪过，却敢怨尤耶？以是知自责自尽底人，决不怨尤；怨尤底人，决不肯自责自尽。吾辈不可不自家一照看，才照看，便知天人待我原不薄恶，只是我多惭负处。

果是瑚琏，人不忍以盛腐殡；果是荼蓼，人不肯以荐宗祊。履也，人不肯以加诸首；冠也，人不忍以籍其足。物犹然，而况于人乎？荣辱在所自树，无以致之，何由及之？此自修者所当知也。

无以小事动声色，亵大人之体。

立身行己，服人甚难，也要看甚么人不服。若中道君子不服，当夙夜省惕；其意见不同、性术各别、志向相反者，只要求我一个是，也不须与他别自理会。

其恶恶不严者，必有恶于己者也；其好善不亟者，必无善于己者也。仁人之好善也，不啻口出，其恶恶也，进诸四夷，不与同中国。孟子曰："无羞恶之心，非人也。"则恶恶亦君子所不免者。但恐为己私作恶，在他人非可恶耳。若民之所恶而不恶，谓为民之父母，可乎？

世人糊涂，只是抵死没自家不是，却不自想我是尧舜乎？果是尧舜，真是没一毫不是？我若是汤武，未反之前也有分毫错误，如何盛气拒人，巧言饰己，再不认一分过差耶？

"懒散"二字，立身之贼也。千德万业，日怠废而无成；千罪万恶，日横恣而无制：皆此二字为之。西晋仇礼法而乐豪放，病本正在此安肆日偷。安肆，懒散之谓也。此圣贤之大戒也。甚么降伏得此之字？曰"勤慎"。勤慎者，敬之谓也。

不难天下相忘，只怕一人窃笑。夫举世之不闻道也久矣，而闻道者未必无人。苟为闻道者所知，虽一世非之可也；苟为闻道者所笑，虽天下是之，终非纯正之学。故曰：众皆悦之，其为士者笑之，有识之君子必不以众悦博一笑也。

以圣贤之道教人易，以圣贤之道治人难；以圣贤之道出口易，以圣贤之道躬行难；以圣贤之道奋始易，以圣贤之道克终难；以圣贤之道当人易，以圣贤之道慎独难；以圣贤之道口耳易，以圣贤之道心得难；以圣贤之道处常易，以圣贤之道处变难。过此六难，真到圣贤地步。区区六易，岂不君子路上人，终不得谓笃实之士也。

山西臬司书斋，余新置一榻，铭其上，左曰：尔醋余梦，得无有宵征露宿者乎？尔炙重衾，得无有抱肩裂肤者乎？古之人卧八埏于襁褓，置万姓于衽席，而后爽然得一夕之安。呜呼！古之人亦人也夫，古之民亦民也夫。右曰：独室不触欲，君子所以养精；独处不交言，君子所以养气；独魂不着碍，君子所以养神；独寝不愧衾，君子所以养德。

慎者之有余，足以及人；不慎者之所积，不能保身。

近世料度人意常向不好边说去，固是衰世人心无忠厚之意，然士君子不可不自责。若是素行孚人，便是别念头人亦向好边料度，何者？所以自立者足信也。是故君子慎所以立。

人不自爱，则无所不为；过于自爱，则一无可为。自爱者先占名，实利于天下国家而迹不足以白其心则不为；自爱者先占利，有利于天下国家而有损于富贵利达则不为。上之者即不为富贵利达，而有累于身家妻子则不为。天下事待其名利两全而后为之，则所为者无几矣。

与其喜闻人之过，不若喜闻己之过；与其乐道己之善，不若乐道人之善。

要非人，先要认的自家是个甚么人；要认的自家，先看古人是个甚么人。

口之罪大于百体，一进去百川灌不满，一出来万马追不回。

家长不能令人敬，则教令不行；不能令人爱，则心志不孚。

自心得者，尚不能必其身体力行。自耳目入者，欲其勉从而强改焉，万万其难矣。故三达德：不恃知也，而又欲其仁；不恃仁也，而又欲其勇。

合下作人自有作人道理，不为别个。

认得真了，便要不俟终日，坐以待旦，成功而后止。

人生惟有说话是第一难事。

或问修己之道。曰："无鲜克有终。"问治人之道。曰："无忿疾于顽。"

人生天地间，要做有益于世底人。纵没这心肠、这本事，也休作有损于世底人。

说话如作文，字字在心头打点过，是心为草稿而口誊真也，犹不能无过；而况由易之言，真是病狂丧心者。

心不坚确，志不奋扬，力不勇猛，而欲徒义改过，虽千悔万悔，竟无补于分毫。

人到自家没奈自家何时，便可恸哭。

福莫美于安常，祸莫危于盛满。天地间万物万事，未有盛满而不衰者也。而盛满各有分量，惟智者能知之，是故卮以一勺为盛满，瓮以数石为盛满。有瓮之容而怀勺之惧，则庆有余矣。

祸福是气运，善恶是人事，理常相应，类亦相求。若执福善祸淫之说而使之不爽，则为善之心衰矣。大段气运只是偶然，故善获福、淫获祸者半，善获祸、淫获福者亦半，不善不淫而获祸获福者亦半，人事只是个当然。善者获福，吾非为福而修善；淫者获祸，吾非为祸而改淫。善获祸而淫获福，吾宁善而处祸，不肯淫而要福。是故君子论天道不言祸福，论人事不言利害。自吾性分当为之外，皆不庸心，其言祸福利害，为世教发也。

自天子以至于庶人，未有无所畏而不亡者也。天子者，上畏天，下畏民，畏言官于一时，畏史官于后世。百官畏君，群吏畏长吏，百姓畏上，君子畏公议，小人畏刑，子弟畏父兄，卑幼畏家长。畏则不敢肆而德以成，无畏则从其所欲而及于祸。非生知，安行之？圣人未有无所畏而能成其德者也。

物忌全盛，事忌全美，人忌全名。是故天地有欠缺之体，圣贤无快足之心。而况琐屑群氓，不安浅薄之分，而欲满其难厌之欲，岂不妄哉？是以君子见益而思损，持满而思溢，不敢恣无涯之望。

静定后，看自家是甚么一个人。

少年大病，第一怕是气高。

余参政东藩日，与年友张督粮临碧在座。余以朱判封，笔浓字大。临碧曰："可惜！可惜！"余擎笔举手曰："年兄此一念，天下受其福矣。判笔一字所费丝毫硃耳，积日积岁，省费不知几万倍。克用硃之心，万事皆然。天下各衙门积日积岁，省费又不知几万倍。且心不侈然自放，足以养德；财不侈然浪费，足以养福。不但天物不宜暴殄，民膏不宜慢弃而已。夫事有重于费者，过费不为奢；省有不废事者，过省不为吝。"余在抚院日，不俭于纸，而戒示吏书片纸皆使有用。比见富贵家子弟用财货如泥沙，长余之惠既不及人，有用之物皆弃于地，胸中无"不忍"一念，口中无"可惜"两字。人或劝之，则曰："所值几何？"余尝号为沟壑之鬼，而彼方侈然自快，以为大手段，不小家势。痛哉！儿曹志之。

言语不到千该万该，再休开口。

今人苦不肯谦，只要拿得架子定，以为存体。夫子告子张从政，以"无小大、无众寡、无敢慢"为不骄，而周公为相，吐握、下白屋，甚者父师有道之君子，不知损了甚体？若名分所在，自是贬损不得。

过宽杀人，过美杀身。是以君子：不纵民情，以全之也；不盈己欲，以生之也。

闺门之事可传，而后知君子之家法矣；近习之人起敬，而后知君子之身法矣。其作用处只是无不敬。

宋儒纷纷聚讼语且莫理会，只理会自家，何等简径！

各自责，则天清地宁；各相责，则天翻地覆。

不逐物是大雄力量，学者第一工夫全在这里做。

手容恭，足容重，头容直，口容止，坐如尸，立如斋，俨若思，目无狂视，耳无倾听，此外景也。外景是整齐严肃，内景是斋庄中正，未有不整齐严肃而能斋庄中正者。故检束五宫百体，只为收摄此心。此心若从容和顺于礼法之中，则曲肱指掌、浴沂行歌、吟风弄月、随柳傍花，何适不可？所谓登彼岸无所事筏也。

天地位，万物育，几千年有一会，几百年有一会，几十年有一会。故天地之中和甚难。

敬对肆而言。敬是一步一步收敛向内，收敛至无内处，发出来自然畅四肢，发事业，弥漫六合。肆是一步一步放纵外面去，肆之流祸不言可知。所以千古圣人只一"敬"字为允执底关捩子。尧钦明允恭，舜温恭允塞，禹之安汝止，汤之圣敬日跻，文之朗恭，武之敬胜，孔子之恭而安。讲学家不讲这个，不知怎么做工夫。

窃叹近来世道，在上者积宽成柔，积柔成怯，积怯成畏，积畏成废；在下者积慢成骄，积骄成怨，积怨成横，积横成敢：吾不知此时治体当如何反也？"体面"二字，法度之贼也。体面重，法度轻；法度弛，纪纲坏。昔也，病在法度；今也，病在纪纲。名分者，纪纲之大物也。今也，在朝小臣藐大臣，在边军士轻主帅，在家子妇蔑父母，在学校弟子慢师、后进凌先进，在乡里卑幼轧尊长，惟贪肆是恣，不知礼法为何物。渐不可长，今已长矣；极之必乱必亡，势已重矣，反已难矣！无识者犹然甚之，奈何？

祸福者，天司之；荣辱者，君司之；毁誉者，人司之；善恶者，我司之。我只理会我司，别个都莫照管。

吾人终日最不可悠悠荡荡作空躯壳。

业有不得不废时，至于德，则自有知以至无知时，不可一息断进修之功也。

清无事澄，浊降则自清；礼无事复，己克则自复。去了病，便是好人；去了云，便是晴天。

七尺之躯，戴天覆地，抵死不屈于人。乃自落草以至盖棺，降志辱身，奉承物欲，不啻奴隶，到那魂升于天之上，见那维皇上帝，有何颜面？愧死！愧死！

受不得诬谤，只是无识度。除是当罪临刑，不得含冤而死，须是辩明。若污蔑名行，闲言长语，愈辩则愈加，徒自愤懑耳。不若付之忘言，久则明也得，不明也得，自有天在耳。

作一节之士，也要成章，不成章便是苗而不秀。

不患无人所共知之显名，而患有人所不知之隐恶。显明虽著远迩，而隐恶获罪神明。省躬者惧之。

蹈邪僻，则肆志抗颜略无所顾忌；由义礼，则羞头愧面若无以自容。

此愚不肖之恒态，而士君子之大耻也。

物欲生于气质。

要得富贵福泽，天主张，由不得我；要做贤人君子，我主张，由不得天。

为恶再没个勉强底，为善再没个自然底。学者勘破此念头，宁不愧奋？

不为三氏奴婢，便是两间翁主。三氏者何？一曰气质氏，生来气禀在身，举动皆其作使，如勇者多暴戾，懦者多退怯是已。二曰习俗氏，世态既成，贤者不能自免，只得与世浮沉，与世依违，明知之而不能独立。三曰物欲氏，满世皆可殢之物，每日皆殉欲之事，沉痼流连，至死不能跳脱。魁然七尺之躯，奔走三家之门，不在此则在彼。降志辱身，心安意肯，迷恋不能自知，即知亦不愧愤，大丈夫立身天地之间，与两仪参，为万物灵，不能挺身自竖而倚门傍户于三家，轰轰烈烈，以富贵利达自雄，亦可怜矣。予即非忠臧义获，亦豪奴悍婢也，咆哮踯躅，不能解黏去缚，安得挺然脱然独自当家为两间一主人翁乎？可叹可恨。

自家作人，自家十分晓底，乃虚美薰心，而喜动颜色，是谓自欺；别人作人，自家十分晓底，乃明知其恶，而誉侈口颊，是谓欺人。二者皆可耻也。

"知觉"二字，奚翅天渊。致了知才觉，觉了才算知，不觉算不得知。而今说疮痛，人人都知，惟病疮者谓之觉。今人为善去恶不成，只是不觉，觉后便由不得不为善不去恶。

顺其自然，只有一毫矫强，便不是；得其本有，只有一毫增益，便不是。

度之于长短也，权之于轻重也，不爽毫发，也要个掌尺提秤底。

四端自有分量，扩充到尽处，只满得原来分量，再增不得些子。

见义不为，立志无恒，只是肾气不足。

过也，人皆见之，乃见君子。今人无过可见，岂能贤于君子哉？缘只在文饰弥缝上做工夫，费尽了无限巧回护，成就了一个真小人。

自家身子，原是自己心去害他，取祸招尤，陷于危败，更不干别个事。

《六经》《四书》，君子之律令。小人犯法，原不曾读法律。士君子读圣贤书，而一一犯之，是又在小人下矣。

慎言动于妻子仆隶之间，检身心于食息起居之际，这工夫便密了。

休诿罪于气化，一切责人之事；休过望于世间，一切求之我身。

常看得自家未必是，他人未必非，便有长进。再看得他人皆有可取，吾身只是过多，更有长进。

理会得"义""命"两字,自然不肯做低人。

稠众中一言一动,大家环向而视之,口虽不言,而是非之公自在。果善也,大家同萌爱敬之念;果不善也,大家同萌厌恶之念。虽小言动,不可不谨。

或问:傲为凶德,则谦为吉德矣?曰:谦真是吉,然谦不中礼,所损亦多。在上者为非礼之谦,则乱名分、紊纪纲,久之法令不行;在下者为非礼之谦,则取贱辱、丧气节,久之廉耻扫地。君子接人未尝不谨饬,持身未尝不正大。有子曰:"恭近于礼,远耻辱也。"孔子曰:"恭而无礼则劳。"又曰:"巧言令色足恭,某亦耻之。"曾子曰:"胁肩谄笑,病于夏畦。"君子无众寡,无小大,无敢慢,何尝贵傲哉?而其羞卑佞也又如此,可为立身行己者之法戒。

凡处人,不系确然之名分,便小有谦下不妨。得为而为之,虽无暂辱,必有后忧。即不论利害,论道理,亦云居上不骄民,可近不可下。

只人情世故熟了,甚么大官做不到?只天理人心合了,甚么好事做不成?

士君子常自点检,昼思夜想,不得一时间,却思想个甚事?果为天下国家乎?抑为身家妻子乎?飞禽走兽,东骛西奔,争食夺巢;贩夫竖子,朝出暮归,风餐水宿。他自食其力,原为温饱,又不曾受人付托,享人供奉,有何不可?士君子高官厚禄,上藉之以名分,下奉之以尊荣,为汝乎?不为汝乎?乃资权势而营鸟兽市井之图,细思真是愧死。

古者乡有缙绅,家邦受其庇荫,士民视为准绳。今也乡有缙绅,增家邦陵夺劳费之忧,开士民奢靡浮薄之俗。然则乡有缙绅,乡之殃也,风教之蠹也,吾党可自愧自恨矣。

俗气入膏肓,扁鹊不能治。为人胸中无分毫道理,而庸调卑职、虚文滥套认之极真,而执之甚定,是人也,将欲救药,知不可入,吾党戒之。

士大夫居乡,无论大有裨益,只不违禁出息、倚势侵陵、受贿嘱托、讨占夫役,无此四恶,也还算一分人。或曰:家计萧条,安得不治生?曰:治生有道,如此而后治生,无势可藉者死乎?或曰:亲族有事,安得不伸理?曰:官自有法,有讼必藉请谒,无力可通者死乎?士大夫无穷饿而死之理,安用寡廉丧耻若是。

学者视人欲如寇仇,不患无攻治之力,只缘一向姑息他如骄子,所以养成猖獗之势,无可奈何,故曰识不早,力不易也。制人欲,在初发时极易剿捕,到那横流时,须要奋万夫莫当之勇,才得济事。

宇宙内事,皆备此身,即一种未完,一毫未尽,便是一分破绽;天地间生,莫非吾体,即一夫不获,一物失所,便是一处疮痍。

克一分、百分、千万分,克得尽时,才见有生真我;退一步、百步、千万步,退到极处,不愁无处安身。

事到放得心下,还慎一慎何妨? 言于来向口边,再思一步更好。

万般好事说为,终日不为;百种贪心要足,何时是足?

回着头看,年年有过差;放开腿行,日日见长进。

难消客气衰犹壮,不尽尘心老尚童。

但持铁石同坚志,那有金刚不坏身。

问学

学必相讲而后明,讲必相宜而后尽。孔门师友不厌穷问极言,不相然诺承顺,所谓审问明辨也。故当其时,道学大明,如拨云披雾,白日青天,无纤毫障蔽。讲学须要如此,无坚自是之心,恶人相直也。

"熟思审处",此四字德业之首务;"锐意极力",此四字德业之要务;"有渐无已",此四字德业之成务;"深忧过计",此四字德业之终务。

静是个见道的妙诀,只在静处潜观,六合中动底机括都解破若见了。还有个妙诀以守之,只是一。一是大根本,运这一却要因时通变。

学者只该说下学,更不消说上达。其未达也,空劳你说;其既达也,不须你说。故一贯惟参、赐可语,又到可语地位才语,又一个直语之,一个启语之,便见孔子诲人妙处。

读书人最怕诵底是古人语,做底是自家人。这等读书,虽闭户十年,破卷五车,成甚么用!

能辨真假,是一种大学问。世之所抵死奔走者,皆假也。万古惟有真之一字磨灭不了,盖藏不了。此鬼神之所把握,风雷之所呵护;天地无此不能发育,圣人无此不能参赞;朽腐得此可为神奇,鸟兽得此可为精怪。道也者,道此也;学也者,学此也。

或问:孔子素位而行,非政不谋,而儒者著书立言,便谈帝王之略,何也? 曰:古者十五而入大学,修齐治平,此时便要理会。故陋巷而问为邦,布衣而许南面。由、求之志富强,孔子之志三代,孟子乐"中天下而立,定四海之民"何曾便到手？但所志不得不然。所谓"如或知尔，则何以哉"，要知"以"个甚么；"苟有用我者，执此以往"，要知"此"是甚么；"大人之事备矣"，要知"备"个甚么。若是平日如醉梦，一不讲求，到手如痴呆，胡乱了事，如此作人，只是一块顽肉，成甚学者！即有聪明材辨之士，不过学眼前见识，作口头话说，妆点支吾，亦足塞责，如此作人，只是一场傀儡，有甚实用！修业尽职之人，到手未尝不学，待汝学成，而事先受其敝，民已受其病，寻又迁官矣。譬之饥始种粟，寒始纺绵，怎得奏功？此凡事所以贵豫也。

不由心上做出，此是喷叶学问；不在独中慎起，此是洗面工夫：成得甚事！

尧、舜事功，孔、孟学术：此八字是君子终身急务。或问：尧、舜事功，孔、孟学术，何处下手？曰：以天地万物为一体，此是孔、孟学术；使天下万物各得其所，此是尧、舜事功。总来是一个念头。

上吐下泻之疾，虽日进饮食，无补于憔悴；入耳出口之学，虽日事讲究，无益于身心。

天地万物只是个"渐"，理气原是如此，虽欲不渐不得。而世儒好讲一"顿"字，便是无根学问。

只人人去了我心，便是天清地宁世界。

塞乎天地之间，尽是浩然了。愚谓根荄须栽入九地之下，枝梢须插入九天之上，横拓须透过八荒之外，才是个圆满工夫、无量学问。

我信得过我，人未必信得过我，故君子避嫌。若以正大光明之心如青天白日，又以至诚恻怛之意如火热水寒，何嫌之可避？故君子学问第一要体信，只信了，天下无些子事。

要体认，不须读尽古今书，只一部《千字文》，终身受用不尽。要不体认，即三坟以来卷卷精熟，也只是个博学之士，资谈口、侈文笔、长盛气、助骄心耳。故君子贵体认。

悟者，吾心也。能见吾心，便是真悟。

"明理省事"，此四字学者之要务。

今人不如古人，只是无学无识。学识须从三代以上来，才正大，才中平。今只将秦、汉以来见识抵死与人争是非，已自可笑，况将眼前闻见、自己聪明，翘然不肯下人，尤可笑也。

学者大病痛，只是器度小。

识见议论，最怕小家子势。

默契之妙，越过《六经》千圣，直与天地谈，又不须与天交一语，只对越仰观，两心一个耳。

学者只是气盈，便不长进。含六合如一粒，觅之不见；吐一粒于六合，出之不穷：可谓大人矣。而自处如庸人，初不自表异；退让如空夫，初不自满足。抵掌攘臂而视世无人，谓之以善服人则可。

心术、学术、政术，此三者不可不辨也。心术要辨个诚伪，学术要辨个邪正，政术要辨个王伯。总是心术诚了，别个再不差。

圣门学问心诀，只是不做贼就好。或问之，曰：做贼是个自欺心、自利心，学者于此二心，一毫摆脱不尽，与做贼何异？

脱尽"气习"二字，便是英雄。

理以心得为精，故当沉潜，不然，耳边口头也；事以典故为据，故当博洽，不然，臆说杜撰也。

天是我底天，物是我底物。至诚所通，无不感格，而乃与之扞隔抵牾，只是自修之功未至。自修到格天动物处，方是学问，方是工夫。未至于此者，自愧自责不暇，岂可又萌出个怨尤底意思？

世间事，无巨细，都有古人留下底法程。才行一事，便思古人处这般事如何；才处一人，便思古人处这般人如何。至于起居言动语默，无不如此，久则古人与稽，而动与道合矣。其要在存心，其工夫又只在诵诗读书时，便想曰："此可以为我某事之法，可以药我某事之病。"如此则临事时触之即应，不待思索矣。

扶持资质，全在"学问"，任是天资近圣，少此二字不得。三代而下无全才，都是负了在天底、欠了在我底，纵做出掀天揭地事业来，仔细看他，多少病痛！

劝学者歆之以名利，劝善者歆之以福样。哀哉！

道理书尽读，事务书多读，文章书少读，闲杂书休读，邪妄书焚之可也。

君子知其可知，不知其不可知。不知其可知则愚，知其不可知则凿。

余有责善之友，既别两月矣，见而问之曰："近不闻仆有过？"友曰："子无过。"余曰："此吾之大过也。有过之过小，无过之过大，何者？拒谏自矜而人不敢言，饰非掩恶而人不能知，过有大于此者乎？使余即圣人也,则可;余非圣人,而人谓无过,余其大过哉!"

工夫全在冷清时,力量全在浓艳时。

万仞峻嶒而呼人以登,登者必少,故圣人之道平,贤者之道峻;穴隙迫窄而招人以入,入者必少。故圣人之道博,贤者之道狭。

以是非决行止,而以利害生悔心,见道不明甚矣。

自天子以至于庶人,自尧、舜以至于途之人,必有所以汲汲皇皇者,而后其德进、其业成。故曰鸡鸣而起,舜、跖之徒皆有所孳孳也。无所用心,孔子忧之曰:"不有博奕者乎?"惧无所孳孳者,不舜则跖也。今之君子纵无所用心,而不至于为跖,然饱食终日,惰慢弥年,既不作山林散客,又不问庙堂急务,如醉如痴,以了日月。《易》所谓"君子进德修业,欲及时也",果是之谓乎?如是而自附于清品高贤,吾不信也。孟子论历圣道统心传,不出"忧勤惕励"四字。其最亲切者,曰"仰而思之,夜以继日,幸而得之,坐以待旦"。此四语不独作相,士、农、工、商皆可作座右铭也。

怠惰时看工夫,脱略时看点检,喜怒时看涵养,患难时看力量。

今之为举子文者,遇为学题目,每以知行作比。试思知个甚么,行个甚么?遇为政题目,每以教养作比。试问做官养了那个,教了那个?若资口舌浮谈,以自致其身,以要国家宠利,此与诬骗何异?吾辈宜惕然省矣。

圣人以见义不为属无勇,世儒以知而不行属无知。圣人体道有三达德,曰智、仁、勇。世儒曰知行。只是一个不知,谁说得是?愚谓自道统初开,工夫就是两项:曰"惟精",察之也;曰"惟一",守之也。千圣授受,惟此一道。盖不精则为孟浪之守,不一则为想象之知。曰"思",曰"学"。曰"致知",曰"力行"。曰"至明",曰"至健"。曰"问察",曰"用中"。曰"择乎中庸,服膺勿失"。曰"非知之艰,惟行之艰"。曰"非苟知之,亦允蹈之"。曰"知及之,仁守之"。曰"不明乎善,不诚乎身"。

自德性中来,生死不变;自识见中来,则有时而变矣。故君子以识见养德性,德性坚定则可生可死。

"昏弱"二字,是立身大业障,去此二字不得,做不出一分好人。

学问之功,生知圣人亦不敢废。不从学问中来,任从有掀天揭地事业,都是气质作用。气象岂不炫赫可观,一入圣贤秤尺,坐定不妥贴。学问之要如何?随事用中而已。

学者穷经博古,涉事筹今,只见日之不足,惟恐一登荐举,不能有所建树；仕者修政立事，淑世安民，只见日之不足，惟恐一旦升迁，不获竟其施为。此是确实心肠，真正学问，为学、为政之得真味也。

进德修业在少年，道明德立在中年，义精仁熟在晚年。若五十以前德性不能坚定，五十以后愈懒散愈昏弱，再休说那中兴之力矣。

世间无一件可骄人之事。才艺不足骄人，德行是我性分事，不到尧、舜、周、孔便是欠缺，欠缺便自可耻，如何骄得人？

有希天之学，有达天之学，有合天之学，有为天之学。

圣学下手处，是无不敬；住脚处，是恭而安。

小家学问不可以语广大，涸障学问不可以语易简。

天下至精之理、至难之事，若以潜玩沉思求之，无厌无躁，虽中人以下未有不得者。

为学第一工夫，要降得浮躁之气定。

学者万病，只一个"静"字治得。

学问以澄心为大根本，以慎口为大节目。

读书能使人寡过，不独明理。此心日与道俱，邪念自不得乘之。

"无所为而为"，这五字是圣学根源，学者入门念头就要在这上做。今人说话第二三句便落在有所为上来，只为毁誉利害心脱不去，开口便是如此。

己所独知，尽是方便；人所不见，尽得自由。君子必兢兢然细行，必谨小物不遗者，惧工夫之间断也，惧善念之停息也，惧私欲之乘间也，惧自欺之萌蘖也，惧一事苟而其余皆苟也，惧闲居忽而大庭亦忽也。故广众者，幽独之证佐；言动者，意念之枝叶。意中过，独处疏，而十目十手能指视之者，枝叶证佐上得之也。君子奈何其慢独？不然，苟且于人不见之时，而矜持于视尔友之际，岂得自然？岂能周悉？徒尔劳心，而慎独君子已见其肺肝矣。

古之学者在心上做工夫，故发之外面者为盛德之符；今之学者在外面做工夫，故反之于心则为实德之病。

事事有实际，言言有妙境，物物有至理，人人有处法，所贵乎学者，学此而已。无地而不学，无时而不学，无念而不学，不会其全，不诣其极不止，此之谓学者。今之学者果如是乎？留心于浩瀚博杂之书，役志于靡丽刻削之辞，耽心于凿真乱俗之技，争胜于烦劳苟琐之仪，可哀矣。而醉梦者又贸贸昏昏,若痴若病,华衣甘食而一无所用心,不尤可哀哉!是故学者贵好学,尤贵知学。

天地万物,其情无一毫不与吾身相干涉,其理无一毫不与吾身相发明。

凡字不见经传,语不根义理,君子不出诸口。

古之君子病其无能也,学之;今之君子耻其无能也,讳之。

无才无学,士之羞也;有才有学,士之忧也。夫才学非有之难,而降伏之难。君子贵才学以成身也,非以矜己也;以济世也,非以夸人也。故才学如剑,当可试之时一试,不则藏诸室,无以衒弄,不然,鲜不为身祸者。自古十人而十,百人而百,无一幸免,可不忧哉!

人生气质都有个好处,都有个不好处。学问之道无他,只是培养那自家好处,救正那自家不好处便了。

道学不行,只为自家根脚站立不住。或倡而不和,则势孤;或守而众挠,则志惑;或为而不成,则气沮;或夺于风俗,则念杂。要挺身自拔,须是有万夫莫当之勇,死而后已之心。不然,终日三五聚谈,焦唇敝舌,成得甚事?

役一己之聪明,虽圣人不能智;用天下之耳目,虽众人不能愚。

涵养不定底,自初生至盖棺时凡几变,即知识已到,尚保不定毕竟作何种人,所以学者要德性坚定。到坚定时,随常变、穷达、生死只一般,即有难料理处,亦自无难。若平日不遇事时尽算好人,一遇个小小题目便考出本态,假遇着难者大者,知成个甚么人!所以古人不可轻易笑,恐我当此未便在渠上也。

屋漏之地可服鬼神,室家之中不厌妻子,然后谓之真学真养。勉强于大庭广众之中,幸一时一事不露本象,遂称之曰贤人君子,恐未必然。

这一口呼吸去,万古再无复返之理。呼吸暗积,不觉白头,静观君子,所以抚髀而爱时也。然而爱时不同:富贵之士叹荣显之未极,功名之士叹事业之未成,放达之士恣情于酒以乐余年,贪鄙之士苦心于家以遗后嗣。然犹可取者,功名之士耳。彼三人者,何贵于爱时哉?惟知道君子忧年数之日促,叹义理之无穷,天生此身无以称塞,诚恐性分有缺不能全归,错过一生也。此之谓真爱时。所谓此日不再得,此日足可惜者,皆救火追亡之念,践形尽性之心也。呜呼!不患无时,而患弃时。苟不弃时,而此心快足,虽夕死何恨?不然,即百岁,幸生也。

身不修而惴惴焉，毁誉之是恤；学不进而汲汲焉，荣辱之是忧。此学者之通病也。

冰见烈火，吾知其易易也。然而以炽炭铄坚冰，必舒徐而后尽；尽为寒水，又必待纡徐而后温；温为沸汤，又必待舒徐而后竭。夫学岂有速化之理哉？是故善学者无躁心，有事勿忘从容以俟之而已。

学问大要，须把天道、人情、物理、世故识得透彻，却以胸中独得中正底道理消息之。

与人为善，真是好念头。不知心无理路者，淡而不觉；道不相同者，拂而不入。强聒杂施，吾儒之戒也。孔子启愤发悱，复三隅，中人以下不语上，岂是倦于诲人？谓两无益耳。

故大声不烦奏，至教不苟传。

罗百家者，多浩瀚之词；工一家者，有独诣之语。学者欲以有限之目力，而欲竟其津涯；以卤莽之心思，而欲探其蕴奥，岂不难哉？故学贵有择。

讲学人不必另寻题目，只将《四书》《六经》发明得圣贤之道，精尽有心得，此心默契千古，便是真正学问。

善学者如闹市求前，摩肩重足得一步便紧一步。

有志之士要百行兼修，万善俱足。若只作一种人，硁硁自守，沾沾自多，这便不长进。

《大学》一部书，统于"明德"两字；《中庸》一部书，统于"修道"两字。

学识一分不到，便有一分遮障，譬之掘河分隔，一界土不通，便是一段流不去，须是冲开，要一点碍不得；涵养一分不到，便有一分气质，譬之烧炭成熟，一分木未透，便是一分烟不止，须待灼透，要一点烟也不得。

除了"中"字，再没道理；除了"敬"字，再没学问。

心得之学，难与口耳者道；口耳之学，到心得者前，如权度之于轻重短长，一毫掩护不得。

学者只能使心平气和，便有几分工夫。心平气和人遇事却执持担当，毅然不挠，便有几分人品。

学莫大于明分。进德要知是性分；修业要知是职分；所遇之穷通，要知是定分。

一率作，则觉有意味，日浓日艳，虽难事，不至成功不休；一间断，则渐觉疏离，日畏日怯，虽易事，再使继续甚难。是以圣学在无息，圣心曰不已。

一息一已，难接难起，此学者之大惧也。余平生德业无成，正坐此病。《诗》曰："日就月将，学有缉熙于光明。"吾党日宜三复之。

尧、舜、禹、汤、文、武全从"不自满假"四字做出。至于孔子，平生谦退冲虚，引过自责，只看着世间有无穷之道理，自家有未尽之分量，圣人之心盖如此。孟子自任太勇，自视太高，而孜孜向学，欿欿自歉之意似不见有。宋儒口中谈论都是道理，身所持循亦不着世俗，岂不圣贤路上人哉？但人非尧、舜，谁无气质稍偏、造诣未至、识见未融、体验未到、物欲未忘底过失？只是自家平生之所不足者再不肯口中说出，以自勉自责；亦不肯向别人招认，以求相劝相规。所以自孟子以来，学问都似登坛说法，直下承当，终日说短道长，谈天论性，看着自家便是圣人，更无分毫可增益处。只这见识，便与圣人作用已自不同，如何到得圣人地位？

性躁急人，常令之理纷解结；性迟缓人，常令之逐猎追奔。推此类，则气质之性无不渐反。

恒言"平稳"二字极可玩。盖天下之事，惟平则稳，行险亦有得底，终是不稳。故君子居易。

二分，寒暑之中也，昼夜分停，多不过七八日；二至，寒暑之偏也，昼夜偏长，每每二十三日。始知中道难持，偏气易胜，天且然也。故尧舜毅然曰"允执"，盖以人事胜耳。

里面五分，外面只发得五分，多一厘不得；里面十分，外面自发得十分，少一厘不得。诚之不可掩如此夫！故曰"不诚无物"。

休蹑着人家脚跟走，此是自得学问。

正门学脉切近精实，旁门学脉奇特玄远；正门工夫戒慎恐惧，旁门工夫旷大逍遥；正门宗指渐次，旁门宗指径顿；正门造诣俟其自然，旁门造诣矫揉造作。

或问：仁、义、礼、智发而为恻隐、羞恶、辞让、是非，便是天则否？曰：圣人发出来便是天则，众人发出来都落气质，不免有太过不及之病。只如好生一念，岂非恻隐？至以面为牺牲，便非天则。

学问博识强记易，会通解悟难。会通到天地万物为一，解悟到幽明古今无间，为尤难。

"强恕"是最拙底学问，"三近"人皆可行，下此无工夫矣。

王心斋每以乐为学，此等学问是不会苦底甜瓜。入门就学乐，其乐也，逍遥自在耳,不自深造真积、忧勤惕励中得来。孔子之乐以忘忧,由于发愤忘食;颜子之不改其乐,由于博约克复。其乐也,优游自得,无意于欢欣,而自不忧;无心于旷达,而自不闷。若觉有可乐,还是乍得心;着意学乐,便是助长心。几何而不为猖狂自恣也乎?

余讲学只主六字,曰"天地万物一体"。或曰:公亦另立门户耶? 曰:否。只是孔门一个"仁"字。

无慎独工夫,不是真学问;无大庭效验,不是真慎独。终日哓哓,只是口头禅耳。

体认要尝出悦心真味工夫,更要进到百尺竿头,始为真儒。向与二三子暑月饮池上,因指水中莲房以谈学问。曰:"山中人不识莲,于药铺买得干莲肉,食之称美。后入市买得久摘鲜莲,食之更称美也。"余叹曰:"渠食池上新摘,美当何如? 一摘出池,真味犹漓,若卧莲舟,挽碧筒,就房而裂食之,美更何如? 今之体认,皆食干莲肉者也。又如这树上胡桃,连皮吞之,不可谓之不吃,不知此果须去厚肉皮,不则麻口;再去硬骨皮,不则损牙;再去瓤上粗皮,不则涩舌;再去薄皮内萌皮,不则欠细腻。如是而渍以蜜,煎以糖,始为尽美。今之工夫,皆囫囵吞胡桃者也。如此体认,始为'精义入神';如此工夫,始为'义精仁熟'。"

上达无一顿底。一事有一事之上达,如洒扫应对,食息起居,皆有精义入神处。一步有一步上达,到有恒处达君子,到君子处达圣人,到汤、武圣人达尧、舜。尧、舜自视,亦有上达,自叹不如无怀、葛天之世矣。

学者不长进,病根只在护短。闻一善言,不知不肯问;理有所疑,对人不肯问,恐人笑己之不知也。孔文子不耻下问,今也,耻上问;颜子以能问不能,今也,以不能不问能。若怕人笑,比德山棒、临济喝、法坛对众,如何承受? 这般护短,到底成个人笑之人。一笑之耻,而终身之笑顾不耻乎?儿曹戒之。

学问之道,便是正也,怕杂。不一则不真,不真则不精。入万景之山,处处堪游,我原要到一处,只休乱了脚;入万花之谷,朵朵堪观,我原要折一枝,只休花了眼。

日落赶城门,迟一脚便关了,何处止宿? 故学贵及时;悬崖抱孤树,松一手便脱了,何处落身? 故学贵着力。故悲伤于老大,要追时除是再生;既失于将得,要仍前除是从头。

学问要诀只有八个字:涵养德性,变化气质。守住这个,再莫向迷津问渡。

点检将来,无愧心,无悔言,无耻行,胸中何等快乐! 只苦不能,所以君子有终身之忧。常见王心斋《学乐歌》,心颇疑之,乐是自然养盛所致,如何学得?

除不了我,算不得学问。

"学问"二字原自外面得来。盖学问之理虽全于吾心,而学问之事则皆古今名物,人人而学,事事而问,攒零合整,融化贯串,然后此心与道方浃洽畅快。若怠于考古,耻于问人,聪明只自己出,不知怎么叫做学者。

圣贤千言万语,经史千帙万卷,都是教人学好,禁人为非。若以先哲为依归,前言为律令,即一二语受用不尽。若依旧作世上人,或更污下,即将仓颉以来书读尽,也只是个没学问底人。

万金之贾,货虽不售不忧;贩夫闭门数日,则愁苦不任矣。凡不见知而惛,不见是而闷,皆中浅狭而养不厚者也。

善人无邪梦,梦是心上有底。男不梦生子,女不梦娶妻,念不及也。只到梦境,都是道理上做,这便是许大工夫,许大造诣。

天下难降伏、难管摄底,古今人都做得来,不谓难事。惟有降伏管摄自家难,圣贤做工夫只在这里。

吾友杨道渊常自叹恨,以为学者读书,当失意时便奋发,曰:"到家却要如何。"及奋发数日,或倦怠,或应酬,则曰:"且歇下一时,明日再做。""且"、"却"二字循环过了一生。予深味其言。士君子进德修业皆为"且"、"却"二字所牵缚,白首竟成浩叹。果能一旦奋发有为,鼓舞不倦,除却进德是毙而后已工夫,其余事业,不过五年七年,无不成就之理。

君子言见闻,不言不见闻;言有益,不言无益。

对左右言,四顾无愧色;对朋友言,临别无戒语,可谓光明矣,胸中何累之有?

学者常看得为我之念轻,则欲念自薄,仁心自达。是以为仁工夫曰"克己",成仁地位曰"无我"。

天下事皆不可溺,惟是好德欲仁不嫌于溺。

把矜心要去得毫发都尽,只有些须意念之萌,面上便带着。圣贤志大心虚,之见得事事不如人,只见得人人皆可取,矜念安从生？此念不忘,只一善便自足,浅中狭量之鄙夫耳。

师无往而不在也,乡国天下古人师善人也,三人行则师恶人矣。予师不止此也,鹤之父子,蚁之君臣,鸳鸯之夫妇,果然之朋友,乌之孝,驺虞之仁,雉之耿介,鸠之守拙,则观禽兽而得吾师矣。松柏之孤直,兰芷之清芳,蘋藻之洁,桐之高秀,莲之淄泥不染,菊之晚节愈芳,梅之贞白,竹之内虚外直、圆通有节,则观草木而得吾师矣。山之镇重,川之委屈而直,石之坚贞,渊之涵蓄,土之浑厚,火之光明,金之刚健,则观五行而得吾师矣。鉴之明,衡之直,权之通变,量之有容,概之平,度之能较短长,篑之卷舒,盖之张弛,纲之纲纪,机之经纶,则观杂物而得吾师矣。嗟夫！能自得师,则盈天地间皆师也。不然,尧、舜自尧、舜,朱、均自朱、均耳。

圣贤只在与人同欲恶。"己欲立而立人,己欲达而达人","我不欲人之加诸我也,吾亦欲无加诸人",便是圣人。能近取譬,施诸己而不愿,亦勿施于人,便是贤者。专所欲于己,施所恶于人,便是小人。学者用情,只在此二字上体认,最为吃紧,充得尽时,六合都是一个,有甚人己。

人情只是个好恶,立身要在端好恶,治人要在同好恶。故好恶异,夫妻、父子、兄弟皆寇仇；好恶同,四海、九夷、八蛮皆骨肉。

"好学近乎知,力行近乎仁,知耻近乎勇",有志者事竟成,那怕一生昏弱；"内视之谓明,反听之谓聪,自胜之谓强",外求则失愈远,空劳百倍精神。

寄讲学诸友云：白日当天,又向蚁封寻爝火；黄金满室,却穿鹑结丐藜羹。

岁首桃符：新德随年进,昨非与岁除。

纵作神仙,到头也要尽；莫言风水,何地不堪埋？

卷三

内篇

应务

闲暇时留心不成，仓卒时措手不得。胡乱支吾，任其成败，或悔或不悔，事过后依然如昨。世之人如此者，百人而百也。"凡事豫则立"，此五字极当理会。

道眼在是非上见；情眼在爱憎上见；物眼无别白，浑沌而已。

实见得是时，便要斩钉截铁，脱然爽洁，做成一件事，不可拖泥带水，靠壁倚墙。

人定真足胜天。今人但委于天，而不知人事之未定耳。夫冬气闭藏不能生物，而老圃能开冬花，结春实；物性蠢愚不解人事，而鸟师能使雀奕棋，蛙教书。况于能为之人事而可委之天乎？

责善要看其人何如，其人可责以善，又当自尽长善救失之道。无指摘其所忌，无尽数其所失，无对人，无峭直，无长言，无累言。犯此六戒，虽忠告，非善道矣。其不见听，我亦且有过焉，何以责人？

余行年五十，悟得五不争之味。人问之，曰：不与居积人争富，不与进取人争贵，不与矜饰人争名，不与简傲人争礼节，不与盛气人争是非。

众人之所混同，贤者执之；贤者之所束缚，圣人融之。

做天下好事，既度德量力，又审势择人。"专欲难成，众怒难犯"，此八字者，不独妄动人宜慎。虽以至公无私之心，行正大光明之事，亦须调剂人情，发明事理，俾大家信从，然后动有成，事可久。盘庚迁殷，武王伐纣，三令五申，犹恐弗从。盖恒情多暗于远识，小人不便于己私，群起而坏之，虽有良法，胡成胡久？自古皆然，故君子慎之。

辨学术，谈治理，直须穷到至处，让人不得。所谓"宗庙朝廷便便言"者，盖道理古今之道理，政事国家之政事，务须求是乃已。我两人皆置之度外，非求伸我也，非求胜人也，何让人之有？只是平心易气，为辨家第一法，才声高色厉，便是没涵养。

五月缫丝，正为寒时用；八月绩麻，正为暑时用；平日涵养，正为临时用。若临时不能驾御气质、张主物欲，平日而曰"我涵养"，吾不信也。夫涵养工夫岂为涵养时用哉？故马蹶而后求辔，不如操持之有常；辐折而后为轮，不如约束之有素。其备之也若迂，正为有时而用也。

肤浅之见、偏执之说，傍经据传，也近一种道理，究竟到精处都是浮说陂辞。所以知言必须胸中有一副极准秤尺，又须在堂上，而后人始从。不然，穷年聚讼，其谁主持耶？

纤芥，众人能见，置纤芥于百里外，非骊龙不能见；疑似，贤人能辨，精义而至入神，非圣人不解辨。夫以圣人之辨语贤人，且滋其惑，况众人乎？是故微言不入世人之耳。

理直而出之以婉，善言也，善道也。

"因"之一字，妙不可言。因利者无一钱之费，因害者无一力之劳，因情者无一念之拂，因言者无一语之争。或曰："不几于徇乎？"曰："此转入而徇我者也。"或曰："不几于术乎？"曰："此因势而利导者也。"故惟圣人善用因，智者善用因。

处世常过厚无害，惟为公持法则不可。

天下之物，纤徐柔和者多长，迫切躁急者多短。故烈风骤雨，无崇朝之威；暴涨狂澜，无三日之势。催拍促调，非百板之声；疾策紧衔，非千里之辔。人生寿夭祸福无一不然，褊急者可以思矣。

干天下事无以期限自宽。事有不测，时有不给，常有余于期限之内，有多少受用处。

将事而能弭，当事而能救，既事而能挽，此之谓达权，此之谓才；未事而知其来，始事而要其终，定事而知其变，此之谓长虑，此之谓识。

凡祸患，以安乐生，以忧勤免；以奢肆生，以谨约免；以觖望生，以知足免；以多事生，以慎动免。

任难任之事，要有力而无气；处难处之人，要有知而无言。

撼大摧坚，要徐徐下手，久久见功，默默留意。攘臂极力，一犯手自家先败。

昏暗难谕之识，优柔不断之性，刚愎自是之心，皆不可与谋天下之事。智者一见即透，练者触类而通，困者熟思而得。三者之所长，谋事之资也，奈之何其自用也。

事必要其所终，虑必防其所至，若见眼前快意便了，此最无识。故事有当怒，而君子不怒；当喜，而君子不喜；当为，而君子不为，当已，而君子不已者。众人知其一，君子知其他也。

柔而从人于恶，不若直而挽人于善；直而挽人于善，不若柔而挽人于善之为妙也。

激之以理法，则未至于恶也，而奋然为恶；愧之以情好，则本不徙义也，而奋然向义。此游说者所当知也。

善处世者要得人自然之情，得人自然之情则何所不得？失人自然之情则何所不失？不惟帝王为然，虽二人同行，亦离此道不得。

"察言观色，度德量力"，此八字处世处人一时少不得底。

人有言不能达意者，有其状非其本心者，有其言貌诬其本心者。君子观人，与其过察而诬人之心，宁过恕以逃人之情。

人情，天下古今所同，圣人防其肆，特为之立中以的之。故立法不可太激，制礼不可太严，责人不可太尽，然后可以同归于道。不然，是驱之使畔也。

天下之事，有速而迫之者，有迟而耐之者，有勇而劫之者，有柔而折之者，有愤而激之者，有喻而悟之者，有奖而歆之者，有甚而淡之者，有顺而缓之者，有积诚而感之者，要在相机因时，舛施未有不败者也。

论眼前事，就要说眼前处置，无追既往，无道远图。此等语虽精，无裨见在也。

我益智，人益愚；我益巧，人益拙。何者？相去之远而相责之深也。惟有道者，智能谅人之愚，巧能容人之拙，知分量不相及而人各有能不能也。

天下之事，只定了便无事。物无定主而争，言无定见而争，事无定体而争。

至人无好恶，圣人公好恶，众人随好恶，小人作好恶。

仆隶下人，昏愚者多，而理会人意，动必有合，又千万人不一二也。后上者往往以我责之，不合则艴然怒，甚者继以鞭笞，则彼愈惶惑而错乱愈甚。是我之过大于彼也，彼不明而我当明也，彼无能事上而我无量容下也，彼无心之失而我有心之恶也。若忍性平气，指使而面命之，是两益也。彼我无苦而事有济，不亦可乎？《诗》曰"匪怒伊教"，《书》曰"无忿疾于顽"，此学者涵养气质第一要务也。

或问：士大夫交际，礼与？曰：礼也。古者，睦邻国有享礼，有私觌，士大夫相见各有所贽，乡党亦然，妇人亦然，何可废也？曰：近者严禁之，何也？曰：非禁交际，禁以交际行贿赂者也。夫无缘而交，无处而馈，其馈也过情，谓之贿可也。岂惟严禁，即不禁，君子不受焉。乃若宿在交，知情犹骨肉，数年不见，一饭不相留，人情乎？数千里来，一揖而告别，人情乎？则彼有馈遗，我有赠送，皆天理人情之不可已者也。士君子立身行己自有法度，绝人逃世，情所不安。余谓秉大政者贵持平，不贵一切，持平则有节，一切则愈溃。何者？势不能也。

古人爱人之意多，今日恶人之意多。爱人，故人易于改过而视我也常亲，我之教常易行；恶人，故人甘于自弃而视我也常仇，我之言益不入。

观一叶而知树之死生，观一面而知人之病否，观一言而知识之是非，观一事而知心之邪正。

论理要精详，论事要剀切，论人须带二三分浑厚。若切中人情，人必难堪。故君子不尽人之情，不尽人之过，非直远祸，亦以留人掩饰之路，触人悔悟之机，养人体面之余，亦天地涵蓄之气也。

"父母在难，盗能为我救之，感乎？"曰："此不世之恩也，何可以弗感？""设当用人之权，此人求用，可荐之乎？"曰："何可荐也？天命有德，帝王之公典也。我何敢以私恩奸之？""设当理刑之职，此人在狱，可纵之乎？"曰："何可纵也？天讨有罪，天下之公法也。我何敢以私恩徇之？"曰："何以报之？"曰："用吾身时，为之死可也；用吾家时，为之破可也。其他患难与之共可也。"

凡有横逆来侵，先思所以取之之故，即思所以处之之法。不可便动气。两个动气，一对小人，一般受祸。

喜奉承是个愚障。彼之甘言卑辞、隆礼过情，冀得其所欲，而免其可罪也；而我喜之、感之，遂其不当得之欲，而免其不可已之罪。以自蹈于废公党恶之大咎，以自犯于难事易悦之小人，是奉承人者智巧，而喜奉承者愚也。乃以为相沿旧规责望于贤者，遂以不奉承恨之，甚者罗织而害之，其获罪国法圣训深矣，此居要路者之大戒也。虽然，奉承人者未尝不愚也，使其所奉承而小人也则可，果君子也，彼未尝不以此观人品也。

疑心最害事。二则疑，不二则不疑也。然则圣人无疑乎？曰：圣人只认得一个理，因理以思，顺理以行，何疑之有？贤人有疑，惑于理也；众人多疑，惑于情也。或曰：不疑而为人所欺，奈何？曰：学到不疑时自然能先觉。况不疑之学，至诚之学也，狡伪亦不忍欺矣。

以时势低昂理者，众人也；以理低昂时势者，贤人也；惟理是视，无所低昂者，圣人也。

贫贱以傲为德，富贵以谦为德，皆贤人之见耳。圣人只看理当何如，富贵贫贱除外算。

成心者，见成之心也。圣人胸中洞然清虚，无个见成念头，故曰"绝四"。今人应事宰物都是成心，纵使聪明照得破，毕竟是意见障。

凡听言，先要知言者人品，又要知言者意向，又要知言者识见，又要知言者气质，则听不爽矣。

不须犯一口说，不须着一意念，只恁真真诚诚行将去，久则自有不言之信，默成之孚。薰之善良，遍为尔德者矣。碱蓬生于碱地，燃之可碱；盐蓬生于盐地，燃之可盐。

世人相与，非面上则口中也。人之心固不能掩于面与口，而不可测者则不尽于面与口也。故惟人心最可畏，人心最不可知，此天下之陷阱，而古今生死之衢也。予有一拙法，推之以至诚，施之以至厚，持之以至慎，远是非，让利名，处后下，则夷狄鸟兽可骨肉而腹心矣。将令深者且倾心，险者且化德，而何陷阱之予及哉？不然，必予道之未尽也。

处世只一"恕"字，可谓以己及人，视人犹己矣。然有不足以尽者：天下之事，有己所不欲而人欲者，有己所欲而人不欲者。这里还须理会，有无限妙处。

宁开怨府，无开恩窦。怨府难充，而恩窦易扩也；怨府易闭，而恩窦难塞也。闭怨府为福，而塞恩窦为祸也。怨府一仁者能闭之，恩窦非仁义礼智信备不能塞也。仁者布大德，不干小誉；义者能果断，不为姑息；礼者有等差节文，不一切以苦人情；智者有权宜运用，不张皇以骇闻听；信者素孚人，举措不生众疑：缺一必无全计矣。

君子与小人共事必败，君子与君子共事亦未必无败，何者？意见不同也。今有仁者、义者、礼者、智者、信者五人焉，而共一事，五相济则事无不成，五有主则事无不败。仁者欲宽，义者欲严，智者欲巧，信者欲实，礼者欲文，事胡以成？此无他，自是之心胜而相持之势均也。历观往事，每有以意见相争至亡人国家、酿成祸变而不顾，君子之罪大矣哉！然则何如？

曰：势不可均。势均则不相下，势均则无忌惮而行其胸臆。三军之事，卒伍献计，偏裨谋事，主将断一，何意见之敢争？然则善天下之事，亦在乎通者当权而已。

万弊都有个由来，只救枝叶，成得甚事？

与小人处，一分计较不得，须要放宽一步。

处天下事，只消得"安详"二字。虽兵贵神速，也须从此二字做出。然安详非迟缓之谓也，从容详审，养奋发于凝定之中耳。是故不闲则不忙，不逸则不劳。若先急缓，则后必急躁，是事之殃也。十行九悔，岂得谓之安详？

果决人似忙，心中常有余闲；因循人似闲，心中常有余累。君子应事接物，常赢得心中有从容闲暇时便好。若应酬时劳扰，不应酬时牵挂，极是吃累底。

为善而偏于所向，亦是病。圣人之为善，度德量力，审势顺时，且如发棠不劝，非忍万民之死也，时势不可也。若认煞民穷可悲，而枉己徇人，便是欲矣。

分明不动声色，济之有余，却露许多痕迹，费许大张皇，最是拙工。

天下有两可之事，非义精者不能择。若到精处，毕竟只有一可耳。

圣人处事，有变易无方底，有执极不变底，有一事而所处不同底，有殊事而所处一致底，惟其可而已。自古圣人适当其可者，尧、舜、禹、文、周、孔数圣人而已。当可而又无迹，此之谓至圣。

圣人处事，如日月之四照，随物为影；如水之四流，随地成形。己不与也。

使气最害事，使心最害理。君子临事，平心易气。

昧者知其一不知其二，见其所见而不见其所不见，故于事鲜克有济。惟智者能柔能刚，能圆能方，能存能亡，能显能藏。举世惧且疑，而彼确然为之，卒如所料者，见先定也。

字到不择笔处，文到不修句处，话到不检口处，事到不苦心处，皆谓之自得。自得者，与天遇。

无用之朴，君子不贵。虽不事机械变诈，至于德慧术知，亦不可无。

神清人无忽语，机活人无痴事。

非谋之难，而断之难也。谋者尽事物之理，达时势之宜，意见所到，不思其不精也。然众精集而两可，断斯难矣。故谋者较尺寸，断者较毫厘；

谋者见一方至尽,断者会八方取中。故贤者皆可与谋,而断非圣人不能也。

人情不便处,便要回避。彼虽难于言而心厌苦之,此慧者之所必觉也。是以君子体悉人情。悉者,委曲周至之谓也。恤其私,济其愿,成其名,泯其迹,体悉之至也,感人沦于心骨矣。故察言观色者,学之粗也;达情会意者,学之精也。

天下事只怕认不真,故依违观望,看人言为行止。认得真时,则有不敢从之君亲,更那管一国非之、天下非之。若作事先怕人议论,做到中间,一被谤诽,消然中止,这不止无定力,且是无定见。民各有心,岂得人人识见与我相同?民心至愚,岂得人人意思与我相信?是以作事,君子要见事后功业,休恤事前议论,事成后众论自息。即万一不成,而我所为者合下便是当为也,论不得成败。

审势量力,固智者事,然理所当为而值可为之地,圣人必做一番,计不得成败。如围成不克,何损于举动,竟是成当堕耳。孔子为政于卫,定要下手正名,便正不来,去卫也得,只事这个事定姑息不过。今人做事只计成败,都是利害心害了是非之公。

或问:虑以下人,是应得下他不?曰:若应得下他,如子弟之下父兄,这何足道?然亦不是卑谄而徇人以非礼之恭,只是无分毫上人之心,把上一着、前一步,尽着别人占,天地间惟有下面底最宽、后面底最长。

士君子在朝则论政,在野则论俗,在庙则论祭礼,在丧则论丧礼,在边国则论战守。非其地也,谓之羡谈。

处天下事,前面常长出一分,此之谓豫;后面常余出一分,此之谓裕。如此则事无不济,而心有余乐。若扣杀分数做去,必有后悔处。人亦然:施在我,有余之恩则可以广德;留在人,不尽之情则可以全好。

非首任,非独任,不可为祸福先。福始祸端,皆危道也。士君子当大事时,先人而任,当知"慎果"二字;从人而行,当知"明哲"二字。明哲非避难也,无裨于事而只自没耳。

养态,士大夫之陋习也。古之君子养德,德成而见诸外者有德容。见可怒则有刚正之德容,见可行则有果毅之德容。当言则终日不虚口,不害其为默;当刑则不宥小故,不害其为量。今之人,士大夫以宽厚浑涵为盛德,以任事敢言为性气,销磨忧国济时者之志,使之就文法走俗状,而一无所展布。嗟夫!治平之世宜尔,万一多故,不知张眉吐胆奋身前步者谁也！此前代之覆辙也。

处事先求大体，居官先厚民风。

临义莫计利害，论人莫计成败。

一人覆屋以瓦，一人覆屋以茅，谓覆瓦者曰："子之费十倍予，然而蔽风雨一也。"覆瓦者曰："茅十年腐，而瓦百年不碎，子百年十更，而多以工力之费、屡变之劳也。"嗟夫！天下之患，莫大于有坚久之费，贻屡变之劳，是之谓工无用，害有益。天下之愚，亦莫大于狃朝夕之近，忘久远之安，是之谓欲速成见小利。是故朴素浑坚，圣人制物利用之道也。彼好文者，惟朴素之耻而靡丽夫易败之物，不智甚矣。或曰：靡丽其浑坚者可乎？曰：既浑坚矣，靡丽奚为？苟以靡丽之费而为浑坚之资，岂不尤浑坚哉？是故君子作有益则轻千金，作无益则惜一介。假令无一介之费，君子亦不作无益，何也？不敢以耳目之玩，启天下民穷财尽之祸也。

遇事不妨详问广问，但不可有偏主心。

轻言骤发，听言之大戒也。

君子处事，主之以镇静有主之心，运之以圆活不拘之用，养之以从容敦大之度，循之以推行有渐之序，待之以序尽必至之效，又未尝有心勤效远之悔。今人临事，才去安排，又不耐踌躇，草率含糊，与事拂乱，岂无幸成？竟不成个处事之道。

君子与人共事，当公人己而不私。苟事之成，不必功之出自我也；不幸而败，不必咎之归诸人也。

有当然，有自然，有偶然。君子尽其当然，听其自然，而不惑于偶然；小人泥于偶然，拂其自然，而弃其当然。噫！偶然不可得，并其当然者失之，可哀也。

不为外撼，不以物移，而后可以任天下之大事。彼悦之则悦，怒之则怒，浅衷狭量，粗心浮气，妇人孺子能笑之，而欲有所树立，难矣。何也？其所以待用者无具也。

"明白简易"，此四字可行之终身。役心机，扰事端，是自投剧网也。

水之流行也，碍于刚则求通于柔；智者之于事也，碍于此则求通于彼。执碍以求通，则愚之甚也，徒劳而事不济。

计天下大事，只在紧要处一着留心用力，别个都顾不得。譬之奕棋，只在输赢上留心，一马一卒之失，浑不放在心下。若观者以此预计其高低，奕者以此预乱其心目，便不济事。况善筹者以与为取，以丧为得；善奕者饵之使吞，诱之使进。此岂寻常识见所能策哉？乃见其小失而遽沮挠之，摈斥之，英雄豪杰可为窃笑矣，可为恸惋矣。

夫势，智者之所借以成功，愚者之所逆以取败者也。夫势之盛也，天地圣人不能裁；势之衰也，天地圣人不能振，亦因之而已。因之中寓处之权，此善用势者也，乃所以裁之振之也。

士君子抱经世之具，必先知五用。五用之道未得，而漫尝试之，此小丈夫技痒童心之所为也，事必不济。是故贵择人：不择可与共事之人，则不既厌心，不堪其任。或以虚文相欺，或以意见相倾，譬以玉杯付小儿，而奔走于崎岖之峰也。是故贵达时：时者，成事之期也。机有可乘，会有可际，不先不后，则其道易行。不达于时，譬投种于坚冻之候也。是故贵审势：势者，成事之藉也。登高而招，顺风而呼，不劳不费而其易就。不审于势，譬行舟于平陆之地也。是故贵慎发：左盼右望，长虑却顾，实见得利矣，又思其害；实见得成矣，又虑其败，万无可虞则执极而不变。不慎所发，譬夜射仪的也。是故贵宜物：夫事有当蹈常袭故者，有当改弦易辙者，有当兴废举坠者，有当救偏补敝者，有以小弃大而卒以成其大者，有理屈于势而不害其为理者，有当三令五申者，有当不动声色者。不宜于物，譬苗莠兼存而玉石俱焚也。嗟夫！非有其具之难，而用其具者之难也。

腐儒之迂说，曲士之拘谈，俗子之庸识，躁人之浅见，谲者之异言，憸夫之邪语，皆事之贼也，谋断家之所忌也。

智者之于事，有言之而不行者，有所言非所行者，有先言而后行者，有先行而后言者，有行之既成而始终不言其故者，要亦为国家深远之虑而求以必济而已。

善用力者就力，善用势者就势，善用智者就智，善用财者就财，夫是之谓乘。乘者，知几之谓也。失其所乘，则倍劳而力不就；得其所乘，则与物无忤，于我无困，而天下享其利。

凡酌量天下大事，全要个融通周密，忧深虑远。营室者之正方面也，远视近视，曰有近视正而远视不正者；较长较短，曰有准于短而不准于长者；应上应下，曰有合于上而不合于下者；顾左顾右，曰有协于左而不协于右者。既而远近、长短、上下、左右之皆宜也，然后执绳墨，运木石，鸠器用，以定万世不拔之基。今之处天下事者，粗心浮气，浅见薄识，得其一方而固执以求胜。以此图久大之业，为治安之计，难矣！

字经三书，未可遽真也；言传三口，未可遽信也。

巧者，气化之贼也，万物之祸也，心术之蠹也，财用之灾也，君子不贵焉。

君子之处事有真见矣，不遽行也。又验众见，察众情，协诸理而协，协诸众情众见而协，则断以必行。果理当然，而众情众见之不协也，又委曲以行吾理，既不贬理，又不骇人，此之谓理术。噫！惟圣人者能之，猎较之类是也。

干天下大事，非气不济。然气欲藏不欲露，欲抑不欲扬。掀天揭地事业，不动声色，不惊耳目，做得停停妥妥，此为第一妙手，便是入神。譬之天地当春夏之时，发育万物，何等盛大流行之气，然视之不见，听之不闻，岂无风雨雷霆，亦只时发间出，不显匠作万物之迹，这才是化工。

疏于料事而拙于谋身，明哲者之所惧也。

实处着脚，稳处下手。

姑息依恋，是处人大病痛，当义处，虽处骨肉亦要果断；卤莽径直，是处事大病痛，当紧要处，虽细微亦要检点。

正直之人，能任天下之事，其才其守小事自可见。若说小事且放过，大事到手才见担当，这便是饰说，到大事定然也放过了。松柏生小便直，未有始曲而终直者也。若用权变时另有较量，又是一副当说话。

无损损，无益益，无通通，无塞塞，此调天地之道，理人物之宜也。然人君自奉无嫌于损损，于百姓无嫌于益益；君子扩理路无嫌于通通，杜欲窦无嫌于塞塞。

事物之理有定，而人情意见千歧万径，吾得其定者而行之，即形迹可疑，心事难白，亦付之无可奈何。若惴惴畏讥，琐琐自明，岂能家置一喙哉！且人不我信，辩之何益？人若我信，何事于辩？若事有关涉，则不当以缄默妨大计。

处人、处己、处事，都要有余，无余便无救性，此里甚难言。

悔前莫如慎始，悔后莫如改图，徒悔无益也。

居乡而囿于数十里之见，硁硁然守之也，百攻不破，及游大都，见千里之事，茫然自失矣；居今而囿于千万人之见，硁硁然守之也，百攻不破，及观坟典，见千万年之事，茫然自失矣。是故囿见不可狃，狃则狭，狭则不足以善天下之事。

事出于意外，虽智者亦穷，不可以苛责也。

天下之祸，多隐成而卒至，或偶激而遂成。隐成者贵预防，偶激者贵坚忍。

当事有四要：际畔要果决，怕是绵；执持要坚耐，怕是脆；机括要深沉，怕是浅；应变要机警，怕是迟。

君子动大事，十利而无一害，其举之也必矣。然天下无十利之事，不得已而权其分数之多寡，利七而害三，则吾全其利而防其害。又较其事势之轻重，亦有九害而一利者为之，所利重而所害轻也，所利急而所害缓也，所利难得而所害可救也，所利久远而所害一时也。此不可与浅见薄识者道。

当需莫厌久，久时与得时相邻。若愤其久也而决绝之，是不能忍于斯须而甘弃前劳，坐失后得也。此从事者之大戒也。若看得事体审，便不必需，即需之久，亦当速去。

朝三暮四，用术者诚诈矣。人情之极致，有以朝三暮四为便者，有以朝四暮三为便者，要在当其所急。猿非愚，其中必有所当也。

天下之祸非偶然而成也，有辏合，有搏激，有积渐。辏合者，杂而不可解，在天为风雨雷电，在身为多过，在人为朋奸，在事为众恶遭会，在病为风寒暑湿，合而成痹。搏激者，勇而不可御，在天为迅雷大雹，在身为忿狠，在人为横逆卒加，在事为骤感成凶，在病为中寒暴厥。积渐者，极重而不可反，在天为寒暑之序，在身为罪恶贯盈，在人为包藏待逞，在事为大敝极坏，在病为血气衰羸、痰火蕴郁，奄奄不可支。此三成者，理势之自然，天地万物皆不能外，祸福之来，恒必由之。故君子为善，则籍众美而防错履之多，奋志节而戒一朝之怒，体道以终身，孜孜不倦，而绝不可长之欲。

再之略不如一之详也，一之详不如再之详也，再详无后忧矣。

有余，当事之妙道也。故万无可虑之事备十一，难事备百一，大事备千一，不测之事备万一。

在我有余，则足以当天下之感，以不足当感，未有不困者。识有余，理感而即透；才有余，事感而即辩；力有余，任感而即胜；气有余，变感而不震；身有余，内外感而不病。

语之不从，争之愈劢，名之乃惊。不语不争，无所事名，忽忽冥冥，吾事已成，彼亦懵懵。昔人谓不动声色而措天下于泰山，予以为动声色则不能措天下于泰山矣。故曰："默而成之，不言而信，存乎德行。"

天下之事，在意外者常多。众人见得眼前无事都放下心，明哲之士只在意外做工夫，故每万全而无后忧。

不以外至者为荣辱，极有受用处，然须是里面分数足始得。今人见人敬慢，辄有喜愠心，皆外重者也。此迷不破，胸中冰炭一生。

有一介必吝者，有千金可轻者，而世之论取与动，曰所直几何，此乱语耳。

才犹兵也，用之伐罪吊民，则为仁义之师；用之暴寡凌弱，则为劫夺之盗。是故君子非无才之患，患不善用才耳。故惟有德者能用才。

藏莫大之害，而以小利中其意；藏莫大之利，而以小害疑其心。此愚者之所必堕，而智者之所独觉也。

今人见前辈先达作事，不自振拔，辄生叹恨，不知渠当我时也会叹恨人否？我当渠时能免后人叹恨否？事不到手，责人尽易，待君到手时，事事努力不轻放过便好。只任哓哓责人，他日纵无可叹恨，今日亦浮薄子也。

区区与人较是非，其量与所较之人相去几何？

无识见底人，难与说话；偏识见底人，更难与说话。

两君子无争，相让故也；一君子一小人无争，有容故也。争者，两小人也。有识者奈何自处于小人？即得之未必荣，而况无益于得，以博小人之名，又小人而愚者。

方严是处人大病痛。圣贤处世离一温厚不得，故曰“泛爱众”，曰“和而不同”，曰“和而不流”，曰“群而不党”，曰“周而不比”，曰“爱人”，曰“慈样”，曰“岂弟”，曰“乐只”，曰“亲民”，曰“容众”，曰“万物一体”，曰“天下一家，中国一人”。只惫踽踽凉凉，冷落难亲，便是世上一个碍物。即使持正守方，独立不苟，亦非用世之才，只是一节狷介之士耳。

谋天下后世事最不可草草，当深思远虑。众人之识，天下所同也，浅昧而狃于目前；其次有众人看得一半者；其次豪杰之士与练达之人得其大概者；其次精识之人有旷世独得之见者；其次经纶措置，当时不动声色、后世不能变易者，至此则精矣尽矣，无以复加矣。此之谓大智，此之谓真才。若偶得之见，借听之言，翘能自喜而攘臂直言天下事，此老成者之所哀而深沉者之所惧也。

而今只一个“苟”字支吾世界，万事安得不废弛？

天下事要乘势待时，譬之决痈待其将溃，则病者不苦而痈自愈。若虺蝮毒人，虽即砭手断臂，犹迟也。

饭休不嚼就咽，路休不看就走，人休不择就交，话休不想就说，事休不思就做。

参苓归芪，本益人也，而与身无当，反以益病；亲厚恳切，本爱人也，而与人无当，反以速祸。故君子慎焉。

两相磨荡，有皆损无俱全，特大小久近耳。利刃终日断割，必有缺折之时；砥石终日磨砻，亦有亏消之渐。故君子不欲敌人，以自全也。

见前面之千里，不若见背后之一寸。故达观非难，而反观为难；见见非难，而见不见为难。此举世之所迷，而智者之独觉也。

誉既汝归，毁将安辞？利既汝归，害将安辞？巧既汝归，罪将安辞？

上士会意，故体人也以意，观人也亦以意。意之感人也深于骨肉，意之杀人也毒于斧钺。鸥鸟知渔父之机，会意也，可以人而不如鸥乎？至于征色发声而不观察，则又在色斯举矣之下。

士君子要任天下国家事，先把本身除外，所以说"策名委质"，言自策名之后身已非我有矣，况富贵乎？若营营于富贵身家，却是社稷苍生委质于我也，君之贼臣乎？天之僇民乎？

圣贤之量空阔，事到胸中如一叶之泛沧海。

圣贤处天下事，委曲纡徐，不轻徇一己之情，以违天下之欲，以破天下之防。是故道有不当直，事有不必果者，此类是也。譬之行道然，循曲从远，顺其成迹，而不敢以欲速适己之便者，势不可也。若必欲简捷直遂，则两京程途，正以绳墨，破城除邑，塞河夷山，终有数百里之近矣，而人情事势不可也。是以处事要逊以出之，而学者接物怕径情直行。

热闹中空老了多少豪杰，闲淡滋味惟圣贤尝得出，及当热闹时也只以这闲淡心应之。天下万事万物之理都是闲淡中求来，热闹处使用，是故静者动之母。

胸中无一毫欠缺，身上无一些点染，便是羲皇以上人，即在夷狄患难中，何异玉烛春台上？

圣人掀天揭地事业只管做，只是不费力；除害去恶只管做，只是不动气；蹈险投艰只管做，只是不动心。

圣贤用刚，只够济那一件事便了；用明，只够得那件情便了：分外不剩分毫。所以作事无痕迹，甚浑厚，事既有成而亦无议。

圣人只有一种才：千通万贯，随事合宜。譬如富贵只积一种钱，贸易百货都得。众人之才如货,轻縠虽美,不可御寒;轻裘虽温,不可当暑。又养才要有根本,则随遇不穷;运才要有机括,故随感不滞;持才要有涵蓄,故随事不败。

坐疑似之迹者,百口不能自辨;狃一见之真者,百口难夺其执。此世之通患也。唯圣虚明通变,吻合人情,如人之肝肺在其腹中,既无遁情,亦无诬执。故人有感泣者,有愧服者,有欢悦者,故曰惟圣人为能通天下之志。不能如圣人,先要个虚心。

圣人处小人,不露形迹,中间自有得已处。高崖陡堑,直气壮顔,皆褊也,即不论取祸,近小丈夫矣。孟子见乐正子从王驩,何等深恶,及处王驩,与行而不与比,虽然,犹形迹矣。孔子处阳货,只是个给法;处向魋,只是个躲法。

君子所得不同,故其所行亦异。有小人于此,仁者怜之,义者恶之,礼者处之不失体,智者处之不取祸,信者推诚以御之而不计利害,惟圣人处小人得当可之宜。

被发于乡邻之斗,岂是恶念头?但类于从井救人矣。圣贤不为善于性分之外。

仕途上只应酬无益人事,工夫占了八分,更有甚精力时候修正经职业?我尝自喜行三种方便,甚于彼我有益:不面谒人,省其疲于应接;不轻寄书,省其困于裁答;不乞求人看顾,省其难于区处。

士君子终身应酬不止一事,全要将一个静定心酌量缓急轻重为后先。若应辊轇情,处纷杂事,都是一味热忙,颠倒乱应,只此便不见存心定性之功、当事处物之法。

儒者先要个不俗,才不俗又怕乖俗。圣人只是和人一般,中间自有妙处。

处天下事,先把我字阁起;千军万马中,先把人字阁起。

处毁誉,要有识有量。今之学者,尽有向上底:见世所誉而趋之,见世所毁而避之,只是识不定;闻誉我而喜,闻毁我而怒,只是量不广。真善恶在我,毁誉于我无分毫相干。

某平生只欲开口见心,不解作吞吐语。或曰:"恐非'其难其慎'之义。"予瞿然惊谢曰:"公言甚是。"但其难其慎在未言之前,心中择个是字才脱口,更不复疑,何吞吐之有?吞吐者,半明半暗,似于"开诚心"三字碍。

接人要和中有介,处事要精中有果,认理要正中有通。

天下之事，常鼓舞不见罢劳，一衰歇便难振举。是以君子提醒精神，不令昏眊；役使筋骨，不令急惰：惧振举之难也。

实言、实行、实心，无不孚人之理。

当大事，要心神定，心气足。

世间无一处无拂意事，无一日无拂意事，惟度量宽弘有受用处。彼局量褊浅者，空自懊恨耳。

听言之道，徐审为先，执不信之心与执必信之心，其失一也。惟圣人能先觉，其次莫如徐审。

君子之处事也，要我就事，不令事就我；其长民也，要我就民，不令民就我。

上智不悔，详于事先也；下愚不悔，迷于事后也。惟君子多悔。虽然，悔人事不悔天命，悔我不悔人。我无可悔，则天也人也听之矣。

某应酬时，有一大病痛：每于事前疏忽，事后点检，点检后辄悔吝；闲时慵懒，忙时迫急，迫急后辄差错。或曰："此失先后着耳。"肯把点检心放在事前，省得点检，又省得悔吝；肯把急迫心放在闲时，省得差错，又省得牵挂。大率我辈不是事累心，乃是心累心。一谨之不能，而谨无益之谨；一勤之不能，而勤无及之勤。于此心倍苦，而于事反不详焉，昏懦甚矣。书此以自让。

无谓人唯唯，遂以为是我也；无谓人默默，遂以为服我也；无谓人煦煦，遂以为爱我也；无谓人卑卑，遂以为恭我也。

事到手且莫急，便要缓缓想；想得时切莫缓，便要急急行。

我不能宁耐事而令事如吾意，不则躁烦；我不能涵容人而令人如吾意，不则谴怒。如是则终日无自在时矣。而事卒以偾，人卒以怨，我卒以损，此谓至愚。

有由衷之言，有由口之言；有根心之色，有浮面之色。各不同也，应之者贵审。

富贵，家之灾也；才能，身之殃也；声名，谤之媒也；欢乐，悲之藉也。故惟处顺境为难。只是常有惧心，退一步做，则免于祸。

语云：一错二误，最好理会。凡一错者必二误，盖错必悔怍，悔怍则心凝于所悔，不暇他思，又错一事。是以无心成一错，有心成二误也。礼节应对间最多此失。苟有错处，更宜镇定，不可忙乱，一忙乱则相因而错者无穷矣。

冲繁地,顽钝人,纷杂事,迟滞期,拂逆时,此中最好养火。若决裂愤激,悔不可言,耐得过时,有无限受用。

当繁迫事,使聋瞽人;值追逐时,骑瘦病马;对昏残烛,理烂乱丝,而能意念不躁,声色不动,亦不后事者,其才器吾诚服之矣。

义所当为,力所能为,心欲有为,而亲友挽得回,妻孥劝得止,只是无志。

妙处先定不得,口传不得。临事临时,相几度势,或只须色意,或只须片言,或用疾雷,或用积阴,务在当可。不必彼觉,不必人惊,却要善持善发,一错便是死生关。

意主于爱,则诟骂扑击皆所以亲之也;意主于恶,则奖誉绸缪皆所以仇之也。

养定者,上交则恭而不迫,下交则泰而不忽;处亲则爱而不狎,处疏则真而不厌。

有进用,有退用;有虚用,有实用;有缓用,有骤用;有默用,有不用之用。此八用者,宰事之权也,而要之归于济义,不义虽济,君子不贵也。

责人要含蓄,忌太尽;要委婉,忌太直;要疑似,忌太真。今子弟受父兄之责也,尚有所不堪,而况他人乎?孔子曰:"忠告而善道之,不可则止。"此语不止全交,亦可养气。

祸莫大于不仇人而有仇人之辞色,耻莫大于不恩人而诈恩人之状态。

柔胜刚,讷止辩,让愧争,谦伏傲。是故退者得常倍,进者失常倍。

余少时曾泄当密之语,先君责之。对曰:"已戒闻者,使勿泄矣。"先君曰:"子不能必子之口,而能必人之口乎?且戒人与戒己孰难?小子慎之。"

中孚,妙之至也。格天动物不在形迹言语。事为之末,苟无诚以孚之,诸皆糟粕耳,徒勤无益于义。鸟抱卵曰孚,从爪从子,血气潜入而子随母化,岂在声色?岂事造作?学者悟此,自不怨天尤人。

应万变,索万理,惟沉静者得之。是故水止则能照,衡定则能称。世亦有昏昏应酬而亦济事,梦梦谈道而亦有发明者,非资质高,则偶然合也,所不合者何限?

祸莫大于不体人之私而又苦之,仇莫深于不讳人之短而又讦之。

肯替别人想,是第一等学问。

不怕千日密,只愁一事疏。诚了再无疏处,小人掩着,徒劳尔心矣。

譬之于物,一毫欠缺,久则自有欠缺承当时;譬之于身,一毫虚弱,久则自有虚弱承当时。

置其身于是非之外,而后可以折是非之中;置其身于利害之外,而后可以观利害之变。

余观察晋中,每升堂,首领官凡四人,先揖堂官,次分班对揖;将退,则余揖手,四人又一躬而行。一日,三人者以公出,一人在堂,偶忘对班之无人,又忽揖下,起,愧不可言,群吏忍口而笑。余揖手谓之曰:"有事不妨先退。"揖者退,其色顿平。昔余令大同日,县丞到任,余让笔揖手,丞他顾而失瞻,余面责簿吏曰:"奈何不以礼告新官?"丞愧谢,终公宴不解容,余甚悔。偶此举能掩人过,可补前失矣。因识之,以充忠厚之端云。

善用人底,是个人都用得;不善用人底,是个人用不得。

以多恶弃人,而以小失发端,是藉弃者以口实而自取不韪之讥也。曾有一隶,怒挞人,余杖而恕之;又窃同舍钱,又杖而恕之,且戒之曰:"汝慎,三犯不汝容矣!"一日在燕,醉而寝,余既行矣,而呼之不至,既至,托疾,实醉也。余逐之出。语人曰:"余病不能从,遂逐我。"人曰:"某公有德器,乃以疾逐人耶?"不知余恶之也,以积愆而逐之也,以小失则余之拙也。虽然,彼藉口以自白,可为他日更主之先容,余拙何悔?

手段不可太阔,太阔则填塞难完;头绪不可太繁,太繁则照管不到。

得了真是非,才论公是非。而今是非不但捉风捕影,且无风无影,不知何处生来,妄听者遽信为实,以定是非,曰"我无私也"。噫!固无私矣,采苓止棘、暴公巷伯、孰为辩之?

固可使之愧也,乃使之怨;固可使之悔也,乃使之怒;固可使之感也,乃使之恨。晓人当如是耶?

不要使人有过。

谦忍皆居尊之道,俭朴皆居富之道。故曰:卑不学恭,贫不学俭。

豪雄之气,虽正多粗,只用他一分,便足济事,那九分都多了,反以愤事矣。

君子不受人不得已之情,不苦人不敢不从之事。

教人十六字:诱掖,奖劝,提撕,警觉,涵育,薰陶,鼓舞,兴作。

水激逆流,火激横发,人激乱作,君子慎其所以激者。愧之,则小人可使为君子;激之,则君子可使为小人。

事前忍易，正事忍难；正事悔易，事后悔难。

说尽有千说，是却无两是。故谈道者必要诸一是而后精，谋事者必定于一是而后济。

世间事各有恰好处，慎一分者得一分，忽一分者失一分，全慎全得，全忽全失。小事多忽，忽小则失大；易事多忽，忽易则失难。存心君子自得之体验中耳。

到一处问一处风俗，果不大害，相与循之，无与相忤。果于义有妨，或不言而默默转移，或婉言而徐徐感动，彼将不觉而同归于我矣。若疾言厉色，是己非人，是激也，自家取祸不惜，可惜好事做不成。

事有可以义起者，不必泥守旧例；有可以独断者，不必观望众人。若旧例当，众人是，莫非胸中道理而彼先得之者也。方喜旧例免吾劳，方喜众见印吾是，何可别生意见以作聪明哉？此继人之后者之所当知也。

善用明者，用之于暗；善用密者，用之于疏。

你说底是，我便从，我不是从你，我自从是，仍私之有？你说底不是，我便不从，不是不从你，我自不从不是，何嫌之有？

日用酬酢，事事物物要合天理人情。所谓合者，如物之有底盖然，方者不与圆者合，大者不与小者合，欹者不与正者合。覆诸其上而不广不狭，旁视其隙而若有若无。一物有一物之合，不相苦窳；万物各有其合，不相假借。此之谓天则，此之谓大中，此之谓天下万事万物各得其所，而圣人之所以从容中，贤者之所以精一求，众人之所以醉心梦意错行乱施者也。

事有不当为而为者，固不是；有不当悔而悔者，亦不是。圣贤终始无二心，只是见得定了。做时原不错，做后如何悔？即有凶咎，亦是做时便大拚如此。

心实不然而迹实然，人执其然之迹，我辨其不然之心，虽百口不相信也。故君子不示人以可疑之迹，不自诬其难辨之心。何者？正大之心孚人有素，光明之行无所掩覆也。倘有疑我者，任之而已，晓晓何为？

大丈夫看得生死最轻，所以不肯死者，将以求死所也。死得其所，则为善用死矣。成仁取义，死之所也，虽死贤于生也。

将祭而齐其思虑之不齐者，不惟恶念，就是善念也是不该动的。这三日里，时时刻刻只在那所祭者身上，更无别个想头，故曰"精白一心"。才一毫杂，便不是精白；才二，便不是一心。故君子平日无邪梦，齐日无杂梦。

彰死友之过，此是第一不仁。生而告之也，望其能改；彼及闻之也，尚能自白。死而彰之，夫何为者？虽实过也，吾为掩之。

争利起于人各有欲，争言起于人各有见。惟君子以淡泊自处，以知能让人，胸中有无限快活处。

吃这一箸饭，是何人种获底？穿这一匹帛，是何人织染底？大厦高堂，如何该我住居？安车驷马，如何该我乘坐？获饱暖之休，思作者之劳；享尊荣之乐，思供者之苦：此士大夫日夜不可忘情者也。不然，其负斯世斯民多矣。

只大公了，便是包涵天下气象。

定、静、安、虑、得，此五字时时有，事事有，离了此五字便是孟浪做。

公人易，公己难；公己易，公己于人难；公己于人易，忘人己之界而不知我之为谁难。公人处，人能公者也；公己处，己亦公者也。至于公己于人，则不以我为嫌，时当贵我富我；泰然处之，而不嫌于尊己，事当逸我利我；公然行之，而不嫌于厉民，非富贵我、逸利我也。我者，天下之我也。天下名分纪纲于我乎寄，则我者名分纪纲之具也。何嫌之有？此之谓公己于人。虽然，犹未能忘其道未化也。圣人处富贵逸利之地，而忘其身；为天下劳苦卑困，而亦忘其身。非曰我分当然也，非曰我志欲然也。譬痛者之必呻吟，乐者之必谈笑，痒者之必爬搔，自然而已；譬蝉之鸣秋，鸡之啼晓，草木之荣枯，自然而已。夫如是，虽负之使灰其心，怒之使薄其意，不能也。况此分不尽，而此心少怠乎？况人情未孚，而惟人是责乎？夫是之谓忘人己之界，而不知我之为谁；不知我之为谁，则亦不知人之为谁矣；不知人我之为谁，则六合混一，而太和元气塞于天地之间矣。必如是而后谓之仁。

才下手便想到究竟处。

理、势、数皆有自然。圣人不与自然斗，先之不敢于之，从之不敢迎之，待之不敢奈之，养之不敢强之。功在凝精，不撄其锋；妙在默成，不揭其名。夫是以理、势、数皆为我用，而相忘于不争。噫！非善济天下之事者，不足以语此。

心一气纯，可以格天动物，天下无不成之务矣。

握其机使自息，开其窍使自噢，发其萌使自峥，提其纲使自张，此老氏之术乎？曰：非也。二帝三王御世之大法不过是也。解其所不得不动，投其所不能不好，示其所不得不避。天下固有抵死而惟吾意指者，操之有要而战殴其心故也。化工无他术，亦只是如此。

对忧人勿乐，对哭人勿笑，对失意人勿矜。

与禽兽奚择哉？于禽兽又何难焉！此是孟子大排遣。初爱敬人时，就安排这念头，再不生气。余因扩充排遣横逆之法，此外有十：一曰与小人处，进德之资也。彼侮愈甚，我忍愈坚，于我奚损哉？《诗》曰："他山之石，可以攻玉。"二曰不遇小人，不足以验我之量。《书》曰："有容，德乃大。"三曰彼横逆者至于自反而忠，犹不得免焉，其人之顽悖甚矣，一与之校，必起祸端。《兵法》云："求而不得者，挑也无应。"四曰始爱敬矣，又自反而仁礼矣，又自反而忠矣，我理益直，我过益寡。其卒也，乃不忍于一逞以掩旧善，而与彼分恶，智者不为。太史公曰："无弃前修而崇新过。"五曰是非之心，人皆有之。彼固自昧其天而责我无已，公论自明，吾亦付之不辩。古人云："桃李不言，下自成蹊。"六曰自反无阙。彼欲难盈，安心以待之，缄口以听之，彼计必穷。兵志曰："不应不动，敌将自静。"七曰可避则避之，如太王之去邠；可下则下之，如韩信之胯下。古人云："身愈诎，道愈尊。"又曰："终身让畔，不失一段。"八曰付之天。天道有知，知我者其天乎？《诗》曰："投畀有昊。"九曰委之命。人生相与，或顺或忤，或合或离；或疏之而亲，或厚之而疑；或偶遭而解，或久构而危。鲁平公将出而遇臧仓，司马牛为弟子而有桓魋，岂非命耶？十曰外宁必有内忧。小人侵陵，则惧患防危、长虑却顾，而不敢侈然有肆心，则百祸潜消。《孟子》曰："出则无敌国外患者，国恒亡。"三自反后，君子存心犹如此。彼爱人不亲，礼人不答而遽怒，与夫不爱人、不敬人而望人之爱敬己也，其去横逆能几何哉？

过责望人，亡身之念也。君子相与，要两有退心，不可两有进心。自反者，退心也。故刚两进则碎，柔两进则屈，万福皆生于退反。

施者不知，受者不知，诚动于天之南，而心通于海之北，是谓神应；我意才萌，彼意即觉，不俟出言，可以默会，是谓念应；我以目授之，彼以目受之，人皆不知，两人独觉，是谓不言之应；我固强之，彼固拂之，阳异而阴同，是谓不应之应。明乎此者，可以谈兵矣。

卑幼有过，慎其所以责让之者：对众不责，愧悔不责，暮夜不则，正饮食不责，正欢庆不责，正悲忧不责，疾病不责。

举世之议论有五：求之天理而顺，即之人情而安，可揆圣贤，可质神明,而不必于天下所同,曰公论;情有所便,意有所拂,逞辩博以济其一偏之说,曰私论;心无私曲,气甚豪雄,不察事之虚实、势之难易、理之可否,执一隅之见,狃时俗之习,既不正大,又不精明,蝇哄蛙噭,通国成一家之说,而不可与圣贤平正通达之识,曰妄论;造伪投奸,论訑诡秘,为不根之言,播众人之耳,千口成公,久传成实,卒使夷由为蹰跖,曰诬论;称人之善,胸无秤尺,惑于小廉曲谨,感其照意象恭,喜一激之义气,悦一霎之道言,不观大节,不较生平,不举全体,不要永终,而遽许之,曰无识之论。呜呼!议论之难也久矣,听之者可弗察与?

简静沉默之人发用出来不可当,故停蓄之水一决不可御也,蛰处之物其毒不可当也,潜伏之兽一猛不可禁也。轻泄骤举,暴雨疾风耳,智者不惧焉。

平居无事之时,则丈夫不可绳以妇人之守也,及其临难守死,则当与贞女烈妇比节;接人处众之际,则君子未尝示人以廉隅之迹也,及其任道徙义,则当与壮士健卒争勇。

祸之成也必有渐,其激也奋于积。智者于其渐也绝之,于其积也消之,甚则决之。决之必须妙手,譬之疡然:郁而内溃,不如外决;成而后决,不如早散。

涵养不定底,恶言到耳,先思驭气,气平再没错底。一不平,饶你做得是,也带着五分过失在。

疾言遽色、厉声怒气,原无用处。万事万物只以心平气和处之,自有妙应。余褊,每坐此失,书以自警。

尝见一论人者云:"渠只把天下事认真做,安得不败?"余闻之甚惊讶,窃意天下事尽认真做去还做得不象,若只在假借面目上做工夫,成甚道理?天下事只认真做了,更有甚说?何事不成?方今大病痛,正患在不肯认真做,所以大纲常、正道理无人扶持,大可伤心。嗟夫!武子之愚,所谓认真也与?

人人因循昏忽,在醉梦中过了一生,坏废了天下多少事!惟忧勤惕励之君子常自惺惺爽觉。

明义理易,识时势难;明义理腐儒可能,识时势非通儒不能也。识时易,识势难;识时见者可能,识势非早见者不能也。识势而早图之,自不至于极重,何时之足忧?

只有无迹而生疑，再无有意而能掩者，可不畏哉？

令人可畏，未有不恶之者，恶生毁；令人可亲，未有不爱之者，爱生誉。

先事体息神昏，事到手忙脚乱，事过心安意散。此事之贼也，兵家尤不利此。

善用力者，举百钧若一羽；善用众者，操万旅若一人。

没这点真情，可惜了繁文侈费；有这点真情，何嫌于二篡一掬？

百代而下，百里而外，论人只是个耳边纸上，并迹而诬之，那能论心？呜呼！文士尚可轻论人乎哉！天谴鬼责所系，慎之。

或问："怨尤之念，底是难克，奈何？"曰："君自来怨尤，怨尤出甚底？天之水旱为虐，不怕人怨，死自死耳，水旱自若也；人之贪残无厌，不怕你尤，恨自恨耳，贪残自若也。此皆无可奈何者。今且不望君自修自责，只将这无可奈何事恼乱心肠，又添了许多痛苦，不若淡然安之，讨些便宜。"其人大笑而去。

见事易，任事难。当局者只怕不能实见得，果实见得，则死生以之，荣辱以之，更管甚一家非之，全国非之，天下非之。

人事者，事由人生也。清心省事，岂不在人！

闭户于乡邻之斗，虽有解纷之智、息争之力，不为也，虽忍而不得谓之杨朱；忘家于怀襄之时，虽有室家之忧、骨肉之难，不顾也，虽劳而不得谓之墨翟。

流俗污世中真难做人，又跳脱不出，只是清而不激就好。

恩莫到无以加者：情薄易厚，爱重成隙。

欲为便为，空言何益？不为便不为，空言何益？

以至公之耳听至私之口，舜、跖易名矣；以至公之心行至私之闻，黜、陟易法矣。故兼听则不蔽，精察则不眩，事可从容，不必急遽也。

某居官，厌无情者之多言，每裁抑之。盖无厌之欲、非分之求，若以温颜接之，彼恳乞无已，烦琐不休，非严拒则一日之应酬几何？及部署日看得人有不尽之情，抑不使通，亦未尽善。尝题二语于私署云："要说底尽着都说，我不嗔你；不该从未敢轻从，你休怪我。"或曰："毕竟往日是。"

同途而遇，男避女，骑避步，轻避重，易避难，卑幼避尊长。

势之所极，理之所截，圣人不得而毫发也。故保辜以时刻分死生，名次以相邻分得失。引绳之绝，堕瓦之碎，非必当断当敝之处，君子不必如此区区也。

制礼法以垂万世绳天下者,须是时中之圣人斟酌天理人情之至而为之。一以立极,无一毫矫拂心,无一毫惩创心,无一毫一切心,严也而于人情不苦,宽也而于天则不乱,俾天下肯从而万世相安。故曰"礼之用,和为贵"。"和"之一字,制礼法时合下便有,岂不为美?《仪礼》不知是何人制作,有近于迂阔者,有近于迫隘者,有近于矫拂者,大率是个严苛繁细之圣人所为,胸中又带个惩创矫拂心,而一切之。后世以为周公也,遂相沿而守之,毕竟不便于人情者,成了个万世虚车。是以繁密者激人躁心,而天下皆逃于阔大简直之中;严峻者激人畔心,而天下皆逃于逍遥放恣之地。甚之者乃所驱之也。此不可一二指。余读《礼》,盖心不安而口不敢道者不啻百余事也,而宋儒不察《礼》之情,又于节文上增一重锁钥,予小子何敢言?

礼无不报,不必开多事之端怨;怨无不酬,不可种难言之恨。

舟中失火,须思救法。

象箸夹冰丸,须要夹得起。

想嫌之敬慎,不若相忘之怒詈。

士君子之相与也,必求协诸礼义,将世俗计较一切脱尽。今世号为知礼者,全不理会圣贤本意,只是节文习熟,事体谙练。灿然可观,人便称之,自家欣然自得,泰然责人。嗟夫!自繁文弥尚而先王之道湮没,天下之苦相责、群相逐者,皆末世之靡文也。求之于道,十九不合,此之谓习尚。习尚坏人,如饮狂泉。

学者处事处人,先要识个礼义之中。正这个中正处,要析之无毫厘之差,处之无过不及之谬,便是圣人。

当急遽冗杂时,只不动火,则神有余而不劳,事从容而就理。一动火,种种都不济。

予平生处人处事,激切之病十居其九,一向在这里克,只恁消磨不去。始知不美之质变化甚难,而况以无恒之志、不深之养,如何能变化得?若志定而养深,便是下愚也移得一半。

予平生做事发言,有一大病痛,只是个"尽"字,是以无涵蓄,不浑厚,为终身之大戒。

凡当事,无论是非邪正,都要从容蕴藉。若一不当意,便忿恚而决裂之,此人终非远器。

以激而发者,必以无激而废,此不自涵养中来,算不得有根本底学者。涵养中人,遇当为之事,来得不陡,若懒若迟;持得甚坚,不移不歇。彼攘臂抵掌而任天下之事,难说不是义气,毕竟到尽头处不全美。

天地万物之理,皆始于从容,而卒于急促。急促者尽气也,从容者初气也。事从容则有余味,人从容则有余年。

凡人应酬多不经思,一向任情做去,所以动多有悔。若心头有一分检点,便有一分得处,智者之忽固不若愚者之详也。

日日行不怕千万里,常常做不怕千万事。

事见到无不可时便斩截做,不要留恋,儿女子之情不足以语办大事者也。

断之一事,原谓义所当行,却念有牵缠,事有掣碍,不得脱然爽洁。才痛煞煞下一个"断"字,如刀斩斧齐一般。总然只在大头脑处成一个"是"字,第二义都放下,况儿女情、利害念,那顾得他?若待你百可意、千趁心,一些好事做不成。

先众人而为,后众人而言。

在邪人前发正论,不问有心无心,此是不磨之恨。见贪者谈廉道,已不堪闻;又说某官如何廉,益难堪;又说某官贪,愈益难堪;况又劝汝当廉,况又责汝如何贪,彼何以当之?或曰:当如何?曰:位在,则进退在我,行法可也。位不在,而情意相关,密讽可也。若与我无干涉,则钳口而已。礼入门而问讳,此亦当讳者。

天下事,最不可先必而豫道之,已定矣,临时还有变更,况未定者乎?故宁有不知之名,无贻失言之悔。

举世嚣嚣兢兢不得相安,只是抵死没自家不是耳。若只把自家不是都认,再替别人认一分,便是清宁世界,两忘言矣。

人人自责自尽,不直四海无争,弥宇宙间皆太和之气矣。

担当处,都要个自强不息之心;受用处,都要个有余不尽之意。

只一个耐烦心,天下何事不得了?天下何人不能处?

规模先要个阔大,意思先要个安闲,古之人约己而丰人,故群下乐为之用,而所得常倍。徐思而审处,故己不劳而事极精详。"褊急"二字,处事之大碍也。

凡人初动一念是如此,及做出来却不是如此,事去回顾又觉不是如此，只是识见不定。圣贤才发一念，始终如一，即有思索，不过周详此一念耳。盖圣贤有得于豫养，故安闲；众人取办于临时，故眩惑。

处人不可任己意，要悉人之情；处事不可任己见，要悉事之理。

天下无难处之事，只消得两个"如之何"；天下无难处之人，之消得三个"必自反"。

人情要耐心体他，体到悉处，则人可寡过，我可寡怨。

事不关系都歇过，到关系时悔之何及？事幸不败都饶过，到败事时惩之何益？是以君子不忽小，防其败也；不恕败，防其再也。

人只是怕当局，当局者之十，不足以当旁观者之五。智虑以得失而昏也，胆气以得失而夺也，只没了得失心，则志气舒展。此心与旁观者一般，何事不济？

世道、人心、民生、国计，此是士君子四大责任。这里都有经略，都能张主，此是士君子四大功业。

情有可通，莫于旧有者过裁抑，以生寡恩之怨；事在得己，莫于旧无者妄增设，以开多事之门。若理当革、时当兴，合于事势人情，则非多拘矣。

毅然奋有为之志，到手来只做得五分；确然矢不为之操，到手来只守得五分。渠非不自信，未临事之志向虽笃，既临事之力量不足也。故平居观人以自省，只可信得一半。

办天下大事，要精详，要通变，要果断，要执持。才松软怠弛，何异鼠头蛇尾？除天下大奸，要顾虑，要深沉，要突卒，要洁绝，才张皇疏慢，是撄虎鬓龙鳞。

利害生死间有毅然不夺之介，此谓大执持；惊急喜怒事无卒然遽变之容，此谓真涵养。

力负丘山未足雄，地负万山，此身还负地；量包沧海不为大，天包四海，吾量欲包天。

天不可欺，人不可欺，何处瞒藏些子？性分当尽，职分当尽，莫教欠缺分毫。

何是何非，何长何短，但看百忍之图；不痦不聩，不痴不聋，自取一朝之忿。

植万古纲常，先立定自家地步；做两间事业，先推开物我藩篱。

捱不过底事，莫如早行；悔无及之言，何似休说。

苟时不苟真不苟,忙处无忙再无忙。

《谦》六爻,画画皆吉;"恕"一字,处处可行。

才逢乐处须知苦,既没闲时那有忙,

生来不敢拂吾发,义到何妨断此头。

量嫌六合隘,身拂五岳轻。

休买贵后贱,休逐众人见。

难乎能忍,妙在不言。

休忙休懒,不懒不忙。

养生

夫水,遏之乃所以多之;泄之,乃所以竭之。惟仁者能泄。惟智者知泄。

天地间之祸人者,莫如多;令人易多者,莫如美。美味令人多食,美色令人多欲,美声令人多听,美物令人多贪,美官令人多求,美室令人多居,美田令人多置,美寝令人多逸,美言令人多入,美事令人多恋,美景令人多留,美趣令人多思,皆祸媒也。不美则不令人多,不多则不令人败。予有一室,题之曰"远美轩",而扁其中曰"冷淡"。非不爱美,惧祸之及也。夫鱼见饵不见钩,虎见羊不见阱,猩猩见酒不见人,非不见也,迷于所美而不暇顾也。此心一冷,则热闹之景不能入;一淡,则艳冶之物不能动。夫能知困穷抑郁、贫贱坎坷之为详,则可与言道矣。

以肥甘爱儿女而不思其伤身,以姑息爱儿女而不恤其败德,甚至病以死,患大辟而不知悔者,皆妇人之仁也。噫!举世之自爱而陷于自杀者又十人而九矣。

五闭,养德养生之道也。或问之曰:视、听、言、动、思,将不启与? 曰:常闭而时启之,不弛于事可矣。此之谓夷夏关。

今之养生者,饵药、服气、避险、辞难、慎时、寡欲,诚要法也。嵇康善养生,而其死也却在所虑之外,乃知养德尤养生之第一要也。德在我,而蹈白刃以死,何害其为养生哉?

愚爱谈医,久则厌之。客言及者,告之曰:以寡欲为四物,以食淡为二陈,以清心省事为四君子。无价之药,不名之医,取诸身而已。

仁者寿,生理完也;默者寿,元气定也;拙者寿,元神固也。反此皆妖道也。其不然,非常理耳。

盗为男戒，色为女戒。人皆知盗之劫杀为可畏，而忘女戒之劫杀。悲夫！

太朴，天地之命脉也。太朴散而天地之寿夭可卜矣，故万物蕃则造化之元精耗散。木多实者根伤，草出茎者根虚，费用广者家贫，言行多者神竭，皆夭道也。老子受用处，尽在此中看破。

饥寒痛痒，此我独觉，虽父母不之觉也；衰老病死，此我独当，虽妻子不能代也。自爱自全之道不自留心，将谁赖哉？

气有为而无知，神有知而无为。精者，无知无为，而有知有为之母也。精，天一也，属水，水生气；气，纯阳也，属火，火生神；神，太虚也，属无，而丽于有。精盛则气盛，精衰则气衰，故甄陶而不蒸；气存则神存，气亡则神亡，故烛尽而火灭。

气只够喘息底，声只够听闻底，切莫长余分毫，以耗无声无臭之真体。

语云"纵欲忘身"，"忘"之一字最宜体玩。昏不省记谓之忘，欲迷而不悟，情胜而不顾也。夜气清明时，都一一分晓，着迷处，便思不起，沉溺者可以精心回首矣。

在箧香韫，在几香损，在炉香烬。

书室联：曙枕酣余梦，旭窗闲展书。

卷四

外篇

天地

湿温生物，湿热长物，燥热成物，凄凉杀物，严寒养物。湿温，冲和之气也；湿热，蒸发之气也；燥热，燔灼之气也；凄凉，杀气，阴壮而阳微也；严寒，敛气，阴外激而阳内培也。五气惟严寒最仁。

浑厚，天之道也，是故处万物而忘言。然不能无日月星辰以昭示之，是寓精明于浑厚之中。

精存则生神，精散则生形。太乙者，天地之神也；万物者，天地之形也。太乙不尽而天地存，万物不已而天地毁。人亦然。

天地只一个光明，故不言而人信。

天地不可知也，而吾知天地之所生，观其所生，而天地之性情形体俱见之矣。是故观子而知父母,观器而知模范。天地者,万物之父母而造物之模范也。

天地之气化,生于不齐,而死于齐。故万物参差,万事杂揉,势固然耳,天地亦主张不得。

观七十二候者,谓物知时。非也,乃时变物耳。

天地盈虚消息是一个套子,万物生长收藏是一副印板。

天积气所成,自吾身以上皆天也。日月星辰去地八万四千里,囿于积气中,无纤隔微障,彻地光明者,天气清甚,无分毫渣滓耳,故曰太清。不然,虽薄雾轻烟,一里外有不见之物矣。

地道,好生之至也,凡物之有根种者必与之生。尽物之分量,尽己之力量,不至寒凝枯败不止也,故曰坤称母。

四时惟冬是天地之性,春夏秋皆天地之情。故其生万物也,动气多而静气少。

万物得天地之气以生,有宜温者,有宜微温者,有宜太温者;有宜温而风者,有宜温而湿者,有宜温而燥者,有宜温而时风时湿者。何气所生则宜何气,得之则长养,失之则伤病。气有一毫之爽,万物阴受一毫之病,其宜凉宜寒宜暑无不皆然,飞潜、动植、蠕蠓之物无不皆然。故天地位则万物育,王道平则万民遂。

六合中洪纤动植之物,都是天出气、地出质,熔铸将出来,都要消磨无迹,还他故物。不怕是金石,也要归于无。盖从无中生来,定要都归无去。譬之一盆水,打搅起来大小浮沤以千万计,原是假借成底,少安静时,还化为一盆水。

先天立命处,是万物自具底,天地只是个生息培养。只如草木,原无个生理,天地好生,亦无如之何。

天地间万物,都是阴阳两个共成底。其独得于阴者,见阳必避,蜗牛、壁藓之类是也;其独得于阳者,见阴必枯,夏枯草之类是也。

阴阳合时只管合,合极则离;离时只管离,离极则合。不极则不离不合,极则必离必合。

定则水,燥则火,吾心自有水火;静则寒,动则热,吾身自有冰炭。然则天地之冰炭谁为之?亦动静为之。一阴生而宇宙入静,至十月闭塞而成寒;一阳生而宇宙入动,至五月薰蒸而成暑。或曰:五月阴生矣,而六月大暑;十一月阳生矣,而十二月大寒。何也?曰:阳不极则不能生阴,阴不极则不能生阳,势穷则反也。微阴激阳,则阳不受激而愈炽;微阳激阴,则阴不受激而愈溢,气逼则甚也。至七月、正月则阴阳相战,客不胜主,衰不胜旺,过去者不胜方来。故七月大火西流,而金渐生水;正月析木用事,而水渐生火。盖阴阳之气续接非直接,直接则绝,父母死而子始生,有是理乎?渐至非骤至,骤至则激,五谷种而能即熟,有是理乎?二气万古长存,万物四时咸遂,皆续与渐为之也。惟续,故不已;惟渐,故无迹。

既有个阴气,必有聚结,故为月;既有个阳气,必有精华,故为日。晦是月之体,本是纯阴无光之物,其光也映日得之,客也,非主也。

天地原无昼夜,日出而成昼,日入而成夜。星常在天,日出而不显其光,日入乃显耳。古人云"星从日生",细看来星不借日之光以为光。嘉靖壬寅日食,既满天有星。当是时,日且无光,安能生星之光乎?

水静柔而动刚,金动柔而静刚,木生柔而死刚,火生刚而死柔。土有刚有柔,不刚不柔,故金、木、水、火皆从钟焉,得中故也,天地之全气也。

嘘气自内而之外也,吸气自外而之内也。天地之初嘘为春,嘘尽为夏,故万物随嘘而生长;天地之初吸为秋,吸尽为冬,故万物随吸而收藏。嘘者上升,阳气也,阳主发;吸者下降,阴气也,阴主成。嘘气温,故为春夏;吸气寒,故为秋冬。一嘘一吸,自开辟以来,至混沌之后,只这一丝气,有毫发断处,万物灭、天地毁。万物,天地之子也,一气生死无不肖之。

风惟知其吹拂而已,雨惟知其淋漓而已,雪惟知其严凝而已,水惟知其流行而已,火惟知其燔灼而已。不足则屏息而各藏其用,有余则猖狂而各恣其性,卒然而感则强者胜,若两军交战,相下而后已。是故久阴则权在雨,而日月难为明;久旱则权在风,而云雨难为泽:以至水火霜雪莫不皆然。谁为之?曰:阴阳为之。阴阳谁为之?曰:自然为之。

阴阳征应,自汉儒穿凿附会,以为某灾样应某政事,最迂。大抵和气致祥,戾气致妖,与作善降样,作恶降殃,道理原是如此。故圣人只说人事,只尽道理,应不应、在我不在我都不管。若求一一征应,如鼓答桴,尧、舜其犹病矣。大段气数有一定底,有偶然底,天地不能违,天地亦顺之而已。旱而雩,水而荥,彗孛而禳,火而祓,日月食而救,君子畏天威谨天戒当如是尔。若云随祷辄应,则日月盈亏岂系于救不救之间哉?大抵阴阳之气,一偏必极,势极必反。阴阳乖戾而分,故孤阳亢而不下阴则旱无其极,阳极必生阴,故久而雨;阴阳和合而留,故淫阴升而不舍阳则雨无其极,阴极必生阳,故久而晴。草木一衰不至遽茂,一茂不至遽衰;夫妇朋友失好不能遽合,合不至遽乖。天道、物理、人情自然如此是一定底,星陨、地震、山崩、雨血、火见、河清此是偶然底。吉凶先见,自非常理。故臣子以修德望君,不必以灾异恐之。若因灾而惧,固可修德,一有祥瑞,便可谓德已足而罢修乎?乃若至德回天,灾祥立应,桑谷枯,彗星退,冤狱释而骤雨,忠心白而反风,亦间有之,但曰必然事,吾不能确确然信也。

气化无一息之停,不属进,就属退。动植之物其气机亦无一息之停,不属生,就属死,再无不进不退而止之理。

形生于气。气化没有底,天地定然没有;天地没有底,万物定然没有。

生气醇浓浑浊,杀气清爽澄澈;生气牵恋优柔,杀气果决脆断;生气宽平温厚,杀气峻隘凉薄。故春气细缊,万物以生:夏气薰蒸,万物以长;秋气严肃,万物以入;冬气闭藏,万物以亡。

一呼一吸,不得分毫有余,不得分毫不足;不得连呼,不得连吸;不得一呼无吸,不得一吸无呼。此盈虚之自然也。

水,质也,以万物为用;火,气也,以万物为体。及其化也,同归于无迹。水性徐,火性疾,故水之入物也,因火而疾。水有定气,火无定气,故火附刚则刚,附柔则柔,水则入柔不入刚也。

阳不能藏,阴不能显。才有藏处,便是阳中之阴:才有显处,便是阴中之阳。

水能实虚,火能虚实。

乾坤是毁底,故开辟后必有混沌,所以主宰;乾坤是不毁底,故混沌还成开辟,主宰者何? 元气是已。元气亘万亿岁年终不磨灭,是形化气化之祖也。

天地全不张主,任阴阳;阴阳全不摆布,任自然。世之人趋避祈禳,徒自苦耳。其夺自然者,惟至诚。

天地发万物之气到无外处,止收敛之气到无内处。止不至而止者,非本气不足,则客气相夺也。

静生动长,动消静息。息则生,生则长,长则消,消则息。

万物生于阴阳,死于阴阳。阴阳于万物原不相干,任其自然而已。雨非欲润物,旱非欲熯物,风非欲挠物,雷非欲震物,阴阳任其气之自然,而万物因之以生死耳。《易》称"鼓之以雷霆,润之以风雨",另是一种道理。不然,是天地有心而成化也。若有心成化,则寒暑灾祥得其正,乃见天心矣。

天极从容,故三百六十日为一嘘吸;极次第,故温暑凉寒不蓦越而杂至;极精明,故昼有容光之照而夜有月星;极平常,寒暑旦夜、生长收藏,万古如斯而无新奇之调;极含蓄,并包万象而不见其满塞;极沉默,无所不分明而无一言;极精细,色色象象条分缕析而不厌其繁;极周匝,疏而不漏;极凝定,风云雷雨变态于胸中、悲欢叫号怨德于地下而不恶其扰;极通变,普物因材,不可执为定局;极自然,任阴阳气数理势之所极所生而已不与;极坚耐,万古不易而无欲速求进之心、消磨曲折之患;极勤敏,无一息之停;极聪明,亘古今无一人一事能欺罔之者;极老成,有亏欠而不隐藏;极知足,满必损,盛必衰;极仁慈,雨露霜雪无非生物之心;极正直,始终计量,未尝养人之奸、容人之恶;极公平,抑高举下,贫富贵贱一视同仁;极简易,无琐屑曲局示人以繁难;极雅淡,青苍自若更无炫饰;极灵爽,精诚所至,有感必通;极谦虚,四时之气常下交;极正大,擅六合之恩威而不自有;极诚实,无一毫伪妄心、虚假事;极有信,万物皆任之而不疑。故人当法天。人,天所生也。如之者存,反之者亡,本其气而失之也。

春夏后,看万物繁华,造化有多少淫巧,多少发挥,多少张大!元气安得不斫丧?机缄安得不穷尽?此所以虚损之极成否塞,成浑沌也。

形者,气之橐囊也;气者,形之线索也。无形,则气无所凭借以生;无气,则形无所鼓舞以为生。形须臾不可无气,气无形则万古依然在宇宙间也。

要知道雷、霆、霜、雪,都是太和。

浊气醇,清气漓;浊气厚,清气薄;浊气同,清气分;浊气温,清气寒;浊气柔,清气刚;浊气阴,清气阳;浊气丰,清气啬;浊气甘,清气苦;浊气喜,清气恶;浊气荣,清气枯;浊气融,清气孤;浊气生,清气杀。

一阴一阳之谓道,二阴二阳之谓驳,阴多阳少、阳多阴少之谓偏,有阴无阳、有阳无阴之谓孤。一阴一阳,乾、坤两卦,不二不杂,纯粹以精,此天地中和之气,天地至善也。是道也,上帝降衷,君子衷之。是故继之即善,成之为性,更无偏驳,不假修为,是一阴一阳属之君子之身矣。故曰君子之道。"仁者见之谓之仁,智者见之谓之智",此之谓偏;"百胜日用而不知",此之谓驳。至于孤气所生,大乖常理。孤阴之善,慈悲如母,恶则险毒如虺；孤阳之善，嫉恶如仇，恶则凶横如虎。此篇夫子论性纯以善者言之，与"性相近"稍稍不同。

天地万物只是一个渐，故能成，故能久。所以成物悠者，渐之象也；久者，渐之积也。天地万物不能顿也，而况于人乎？故悟能顿，成不能顿。

盛德莫如地，万物于地，恶道无以加矣。听其所为而莫之憾也，负荷生成而莫之厌也。故君子卑法地，乐莫大焉。

日正午，月正圆，一呼吸间耳。呼吸之前，未午未圆；呼吸之后，午过圆过。善观中者，此亦足观矣。

中和之气，万物之所由以立命者也，故无所不宜；偏盛之气，万物之所由以盛衰者也，故有宜有不宜。

禄位名寿，康宁顺适，子孙贤达，此天福人之大权也。然尝轻以与人，所最靳而不轻以与人者，惟名。福善祸淫之言，至名而始信。大圣得大名，其次得名，视德无分毫爽者。恶亦然。禄位寿康在一身，名在天下；禄位寿康在一时，名在万世。其恶者备有百福，恶名愈著；善者备尝艰苦，善誉日彰。桀、纣、幽、厉之名，孝子慈孙百世不能改。此固天道报应之微权也。天之以百福予人者，恃有此耳。彼天下万世之所以仰慕钦承、疾恶笑骂，其祸福固不小也。

以理言之，则当然者谓之天，命命有德讨有罪，奉三尺无私是已；以命言之，则自然者谓之天，莫之为而为，莫之致而至，定于有生之初是已；以数言之，则偶然者谓之天，会逢其适，偶值其际是已。

造物之气有十：有中气，有纯气，有杂气，有戾气，有似气，有大气，有细气，有间气，有变气，有常气，皆不外于五行。中气，五行均调，精粹之气也，人钟之而为尧、舜、禹、文、周、孔，物得之而为鳞凤之类是也；纯气，五行各具纯一之气也，人得之而为伯夷、伊尹、柳下惠，物得之而为龙虎之类是也；杂气，五行交乱之气也；戾气，五行粗恶之气也；似气，五行假借之气也；大气，磅礴浑沦之气也；细气，纤蒙浮渺之气也；间气，积久充溢会合之气也；变气，偶尔遭逢之气也；常气，流行一定之气也。万物各有所受以为生，万物各有所属以为类，万物不自由也。惟有学问之功，变九气以归中气。

火性发扬，水性流动，木性条畅，金性坚刚，土性重厚，其生物也亦然。

太和在我，则天地在我，何动不臧，何往不得？

弥六合皆动气之所为也,静气一粒伏在九地之下以胎之。故动者静之死乡,静者动之生门。无静不生,无动不死。静者常施,动者不还。发大造之生气者,动也;耗大造之生气者,亦动也。圣人主静以涵元理,道家主静以留元气。

万物发生,皆是流于既溢之余;万物收敛,皆是劳于既极之后。天地一岁一呼吸,而万物随之。

天地万物到头来皆归于母,故水、火、金、木有尽,而土不尽。何者?水火金木,气尽于天,质尽于地,而土无可尽。故真气无归,真形无藏,万古不可磨灭,灭了更无开辟之时。所谓混沌者,真气与真形不分也。形气混而生天地,形气分而生万物。

天欲大小人之恶,必使其恶常得志。彼小人者,惟恐其恶之不遂也,故贪天祸以至于亡。

自然谓之天,当然谓之天,不得不然谓之天。阳亢必旱,久旱必阴,久阴必雨,久雨必晴,此之谓自然;君尊臣卑,父坐子立,夫唱妇随,兄友弟恭,此之谓当然;小役大,弱役强,贫役富,贱役贵,此之谓不得不然。

心就是天,欺心便是欺天,事心便是事天,更不须向苍苍上面讨。

天者,未定之命;命者,已定之天。天者,大家之命;命者,各物之天。命定而吉凶祸福随之也,由不得天,天亦再不照管。

天地万物只是一气聚散,更无别个。形者气所附,以为凝结;气者形所托,以为运动。无气则形不存,无形则气不住。

天地既生人、物,则人、物各具一天地。天地之天地由得天地,人物之天地由不得天地。人各任其气质之天地至于无涯,牿其降衷之天地几于澌尽,天地亦无如之何也已。其吉凶祸福率由自造,天何尤乎而怨之?

吾人浑是一天。故日用、起居、食息,念念时时事事,便当以天自处。

朱子云:天者,理也。余曰:理者,天也。

有在天之天,有在人之天。有在天之先天,太极是已;有在天之后天,阴阳五行是已;有在人之先天,元气、元理是已;有在人之后天,血气、心知是已。

问:"天地开辟之初,其状何似?"曰:"未易形容。"因指斋前盆沼,令满贮带沙水一盆,投以瓦砾数小块,杂谷豆升许,令人搅水浑浊,曰:"此是混沌未分之状。待三日后再来看开辟。"至日而浊者清矣,轻清上浮,曰:

"此是天开于子。沉底浑泥,此是地辟于丑;中间瓦砾出露,此是山陵。是时谷豆芽生月余,而水中小虫浮沉奔逐,此是人与万物生于寅;彻底是水,天包乎地之象也。地从上下,故山上锐而下广,象粮谷堆也。气化日繁华,日广侈,日消耗,万物毁而生机微,天地虽不毁,至亥而又成混沌之世矣。"

雪非薰蒸之化也。天气上升,地气下降,是干涸世界矣。然阴阳之气不交则绝,故有留滞之余阴,始生之嫩阳,往来交结,久久不散,而迫于严寒,遂为雪为霰。白者,少阴之色也,水之母也,盛则为雪,微则为霜。冬月片瓦半砖之下着湿地皆有霜,阴气所呵也,土干则否。

两间气化,总是以副大蒸笼。

天地之于万物,因之而已,分毫不与焉。

世界虽大,容不得千万人忍让,容不得一两个纵横。

天地之于万物,院士一贯。

轻清之气为霜露,浓浊之气为云雨。春雨少者,薰蒸之气未浓也,春雨多则泄夏之气,而夏雨必少;夏多雨者,薰蒸之气有余也,夏少雨则积气之余,而秋雨必多。此谓气之常耳。至于有霖潦之年,必有亢阳之年,则数年总计也。蜀中之漏天,四时多雨;云中之高地,四时多旱;吴下之水乡,黄梅之雨为多,则四方互计也。总之,一个阴阳,一般分数,先有余则后不足,此有余则彼不足。均则各足,是谓太和。太和之岁,九有皆丰。

冬者,万物之夜,所以待劳倦养精神者也。春生、夏长、秋成,而不培养之以冬,则万物之灭久矣。是知大冬严寒,所以仁万物也。愈严凝则愈收敛,愈收敛则愈精神,愈精神则生发之气愈条畅。譬之人须要安歇,今夜能熟睡,则明日必精神。故曰冬者万物之所以归命也。

世运

势之所在,天地圣人不能违也。势来时,即摧之未必遽坏;势去时,即挽之未必能回。然而圣人每与势忤,而不肯甘心从之者,人事宜然也。

世人贱老,而圣王尊之;世人弃愚,而君子取之;世人耻贫,而高士清之;世人厌淡,而智者味之;世人恶冷,而幽人宝之;世人薄素,而有道者尚之。悲夫!世之人难与言矣。

坏世教者,不是宦官宫妾,不是农工商贾,不是衙门市井,不是夷狄。

古昔盛时,民自饱暖之外无过求,自利用之外无异好,安身家之便而不恣耳目之欲。家无奇货,人无玩物,余珠玉于山泽而不知宝,赢茧丝于箧篚而不知绣。偶行于途而知贵贱之等,创见于席而知隆杀之理。农于桑麻之外无异闻,士于礼义之外无羡谈,公卿大夫于劝深训迪之外无簿书。知官之贵,而不知为民之难;知贫之可忧,而不知人富之可嫉。夜行不以兵,远行不以粮,施人者非欲其我德,施于人者不疑其欲我之德。欣欣浑浑,其时之春乎?其物之胚孽乎?吁!可想也已。

伏羲以前是一截世道,其治任之而已,己无所与也;五帝是一截世道,其治安之而已,不扰民也;三王是一截世道,其治正之而已,不使纵也;秦以后是一截世道,其治劫之而已、愚之而已,不以德也。

世界一般是唐虞时世界,黎民一般是唐虞时黎民,而治不古,若非气化之罪也。

终极与始接,困极与亨接。

三皇是道德世界,五帝是仁义世界,三王是礼义世界,春秋是威力世界,战国是智巧世界,汉以后是势利世界。

士鲜衣美食,浮淡怪说,玩日愒时,而以农工为村鄙;女傅粉簪花,冶容学态,袖手乐游,而以勤俭为羞辱;官盛从丰供,繁文缛节,奔逐世态,而以教养为迂腐:世道可为伤心矣。

喜杀人是泰,愁杀人也是泰。泰之人昏惰侈肆,泰之事废坠宽罢,泰之风纷华骄蹇。泰之前如上水之篙,泰之世如高竿之顶,泰之后如下坂之车。故否可以致泰,泰必至于否。故圣人忧泰不忧否,否易振,泰难持。

世之衰也,卑幼贱微气高志肆而无上,子弟不知有父母,妇不知有舅姑,后进不知有先达,士民不知有官师,郎署不知有公卿,偏稗军士不知有主帅:目空空而气勃勃,耻于分义而敢于陵驾。呜呼!世道至此,未有不乱不亡者也。

节文度数,圣人之所以防肆也。伪礼文不如真爱敬,真简率不如伪礼文。伪礼文犹足以成体,真简率每至于逾闲;伪礼文流而为象恭滔天,真简率流而为礼法扫地。七贤八达,简率之极也,举世牛马而晋因以亡。近世士风崇尚简率,荡然无检。嗟嗟!吾莫知所终矣。

天下之势,顿可为也,渐不可为也。顿之来也骤,骤多无根;渐之来也深,深则难撼。顿着力在终,渐着力在始。

造物有涯而人情无涯,以有涯足无涯,势必争,故人人知足则天下有余；造物有定而人心无定，以无定撼有定，势必败，故人人安分则天下无事。

天地有真气，有似气。故有凤皇则有昭明，有粟谷则有稂莠；兔葵似葵，燕麦似麦，野菽似菽，槐蓝似槐之类。人亦然。皆似气之所钟也。

六合是个情世界，万物生于情死于情。至人无情，圣人调情，君子制情，小人纵情。

变民风易，变士风难；变士风易，变仕风难。仕风变，天下治矣。

古之居官也，在下民身上做工夫；今之居官也，在上官眼底做工夫。古之居官也尚正直，今之居官也尚婙阿。

任侠气质皆贤者也，使入圣贤绳墨，皆光明俊伟之人。世教不明，纪法陵替，使此辈成此等气习，谁之罪哉？

世界毕竟是吾儒世界，虽二氏之教杂出其间，而纪纲法度、教化习俗，都是二帝三王一派家数。即百家并出，只要主仆分明，所谓元气充实，即风寒入肌，疮疡在身，终非危症也。

一种不萌芽，六尘不缔构，何须度万众成罗汉三千；九边无夷狄，四海无奸雄，只宜销五兵铸金人十二。

圣贤

孔子是五行造身，两仪成性。其余圣人得金气多者则刚明果断，得木气多者则朴素质直，得火气多者则发扬奋迅，得水气多者则明彻圆融，得土气多者则镇静浑厚，得阳气多者则光明轩豁，得阴气多者则沉默精细。气质既有所限，虽造其极，终是一偏底圣人。此七子者，共事多不相合，共言多不相入，所同者大根本、大节目耳。

孔、颜穷居，不害其为仁覆天下，何则？仁覆天下之具在我，而仁覆天下之心未尝一日忘也。

圣人不落气质，贤人不浑厚便直方，便着了气质色相；圣人不带风土，贤人生燕、赵则慷慨，生吴、越则宽柔，就染了风土气习。

性之圣人，只是个与理相忘，与道为体，不待思，惟横行直撞，恰与时中吻合。反之，圣人常常小心，循规蹈矩，前望后顾，才执得"中"字，稍放松便有过不及之差。是以希圣君子心上无一时任情恣意处。

圣人一，圣人全。一则独诣其极，全则各臻其妙。惜哉！至人有圣人之功而无圣人之全者，囿于见也。

所贵乎刚者,贵其能胜己也,非以其能胜人也。子路不胜其好勇之私,是为勇字所伏,终不成个刚者。圣门称刚者谁? 吾以为恂恂之颜子,其次鲁钝之曾子而已,余无闻也。

天下古今一条大路,曰"大中至正",是天造地设的。这个路上,古今不多几人走,曰尧、舜、禹、汤、文、武、周、孔、颜、曾、思、孟,其余识得底周、程、张、朱,虽走不到尽头,毕竟是这路上人。将这个路来比较古今人,虽伯夷、伊、惠也是异端,更那说那佛、老、杨、墨、阴阳术数诸家。若论个分晓,伯夷、伊、惠是旁行底,佛、老、杨、墨是斜行底,阴阳星数是歧行底。本原处都从正路起,却念头一差,走下路去,愈远愈缪。所以说异端,言本原不异,而发端异也。何也? 佛之虚无,是吾道中寂然不动差去;老之无为,是吾道中守约施博差去;为我,是吾道中正静自守差去;兼爱,是吾道中万物一体差去;阴阳家,是吾道中敬授人时差去;术数家,是吾道中至诚前知差去。看来大路上人时为佛,时为老,时为杨,时为墨,时为阴阳术数,是合数家之所长。岔路上人佛是佛,老是老,杨是杨,墨是墨,阴阳术数是阴阳术数,殊失圣人之初意。譬之五味不适均,不可以专用也;四时不错行,不可以专今也。

圣人之道不奇,才奇便是贤者。

战国是个惨酷的气运,巧伪底世道。君非富强之术不讲,臣非功利之策不行,六合正气独钟在孟子身上。故在当时疾世太严,忧民甚切。

清任和时,是孟子与四圣人议定的谥法。"祖术尧、舜,宪章文、武,上律天时,下袭水土",是子思作仲尼的赞语。

圣贤养得天所赋之理完,仙家养得天所赋之气完。然出阳脱壳,仙家未尝不死,特留得此气常存。性尽道全,圣贤未尝不死,只是为此理常存。若修短存亡,则又系乎气质之厚薄,圣贤不计也。

贤人之言视圣人未免有病,此其大较耳。可怪俗儒见说是圣人语,便回护其短而推类以求通;见说是贤人之言,便洗索其疵而深文以求过。设有附会者从而欺之,则阳虎、优孟皆失其真,而不免徇名得象之讥矣。是故儒者要认理,理之所在,虽狂夫之言不异于圣人,圣人岂无出于一时之感而不可为当然不易之训者哉?

尧、舜功业如此之大,道德如此之全,孔子称赞不啻口出。在尧、舜心上有多少缺然不满足处! 道原体不尽,心原趁不满,势分不可强,力量不可勉,圣人怎放得下？是以圣人身囿于势分力量之中,心长于势分力量之外,才觉足了,便不是尧、舜。

伊尹看天下人无一个不是可怜底,伯夷看天下人无一个不是可恶底,柳下惠看天下人无个不是可与底。

浩然之气,孔子非无,但用底妙耳。孟子一生受用全是这两字。我尝云：孟子是浩然之气,孔子是浑然之气,浑然是浩然底归宿,浩然是浑然底作用。惜也！孟子未能到浑然耳。

圣学专责人事,专言实理。

二女试舜,所谓书不可尽信也。且莫说玄德升闻,四岳共荐,以圣人遇圣人,一见而人品可定,一语而心理相符,又何须试？即帝艰知人,还须一试,假若舜不能谐二女,将若之何？是尧轻视骨肉,而以二女为市货也,有是哉？

自古功业,惟孔、孟最大且久。时雍风动,今日百姓也没受用处,赖孔、孟与之发挥,而尧、舜之业至今在。

尧、舜、周、孔之道,如九达之衢,无所不通；如代明之日月,无所不照。其余有所明必有所昏,夷、尹、柳下惠昏于清、任、和,佛氏昏于寂,老氏昏于啬,杨氏昏于义,墨氏昏于仁,管、商昏于法。其心有所向也,譬之鹈鸼知南；其心有所厌也,譬之蛊旦恶夜。岂不纯然成一家人物？竟是偏气。

尧、舜、禹、文、周、孔,振古圣人无一毫偏倚。然五行所钟,各有所厚,毕竟各人有各人气质。尧敦大之气多,舜精明之气多,禹收敛之气多,文王柔嘉之气多,周公文为之气多,孔子庄严之气多,熟读经史自见。若说"天纵圣人",如太和元气流行,略不沾着一些四时之气,纯是德性用事,不落一毫气质,则六圣人须索一个气象无毫发不同方是。

读书要看圣人气象性情。《乡党》见孔子气象十九至其七情,如回非助我牛刀割鸡,见其喜处；由之瑟,由之使门人为臣,怃然于沮、溺之对,见其怒处；丧予之恸,获麟之泣,见其哀处；侍侧言志之问,与人歌和之时,见其乐处；山梁雌雉之叹,见其爱处；斥由之佞,答子贡"君子有恶"之语,见其恶处；周公之梦,东周之想,见其欲处。便见他发而皆中节处。

费宰之辞,长府之止,看闵子议论,全是一个机轴,便见他和悦而诤。处人论事之法,莫妙于闵子,天生底一段中平之气。

圣人妙处在转移人不觉,贤者以下便露圭角,费声色做出来,只见张皇。

或问：孔、孟周流，到处欲行其道，似技痒底？曰：圣贤自家看的分数真，天生出我来，抱千古帝王道术，有旋乾转坤手段，只兀兀家居，甚是自负，所以遍行天下以求遇夫可行之君。既而天下皆无一遇，犹有九夷、浮海之思，公山、佛肸之往。夫子岂真欲如此？只见吾道有起死回生之力，天下有垂死欲生之民，必得君而后术可施也。譬之他人孺子入井与己无干，既在井畔，又知救法，岂忍袖手？

明道答安石能使愧屈，伊川答子由遂激成三党，可以观二公所得。

休作世上另一种人，形一世之短。圣人也只是与人一般，才使人觉异样，便不是圣人。

平生不作圆软态，此是丈夫。能软而不失刚方之气，此是大丈夫。圣贤之所以分也。

圣人于万事也，以无定体为定体，以无定用为定用，以无定见为定见，以无定守为定守。贤人有定体，有定用，有定见，有定守。故圣人为从心所欲，贤人为立身行己，自有法度。

圣贤之私书，可与天下人见；密事，可与天下人知；不意之言，可与天下人闻；暗室之中，可与天下人窥。

好问好察时，着一"我"字不得，此之谓能忘；执两端时，着一"人"字不得，此之谓能定；欲见之施行，略无人己之嫌，此之谓能化。

无过之外，更无圣人；无病之外，更无好人。贤智者于无过之外求奇，此道之贼也。

积爱所移，虽至恶不能怒，狃于爱故也；积恶所习，虽至感莫能回，狃于恶故也。惟圣人之用情不狃。

圣人有功于天地，只是"人事"二字。其尽人事也，不言天命，非不知回天无力，人事当然，成败不暇计也。

或问：狂者动称古人，而行不掩言，无乃行本顾言乎？孔子奚取焉？曰：此与行不顾言者人品悬绝。譬之于射，立拱把于百步之外，九矢参连，此养由基能事也。屠夫拙射，引弦之初，亦望拱把而从事焉，即发，不出十步之远，中不近方丈之鹄，何害其为志士？又安知日关弓，月抽矢，白首终身，有不为由基者乎？是故学者贵有志，圣人取有志。狷者言尺行尺，见寸守寸，孔子以为次者，取其守之确而恨其志之隘也。今人安于凡陋，恶彼激昂，一切以行不顾言沮之，又甚者以言是行非谤之，不知圣人岂有一蹴可至之理？希圣人岂有一朝径顿之术？只有有志而废于半途，未有无志而能行跬步者。或曰：不言而躬行，何如？曰：此上智也，中人以下须要讲求，博学、审问、明辩，与同志之人相砥砺奋发，皆所以讲求之也，安得不言？若行不顾言，则言如此而行如彼，口古人而心衰世，岂得与狂者同日语哉！

君子立身行己自有法度，此有道之言也。但法度自尧、舜、禹、汤、文、武、周、孔以来只有一个，譬如律令一般，天下古今所共守者。若家自为律，人自为令，则为伯夷、伊尹、柳下惠之法度。故以道为法度者，时中之圣；以气质为法度者，一偏之圣。

圣人是物来顺应，众人也是物来顺应。圣人之顺应也，从廓然太公来，故言之应人如响，而吻合乎当言之理；行之应物也，如取诸宫中，而吻合乎当行之理。众人之顺应也，从任情信意来，故言之应人也，好莠自口，而鲜与理合；事之应物也，可否惟欲，而鲜与理合。君子则不然，其不能顺应也，不敢以顺应也。议之而后言，言犹恐尤也；拟之而后动，动犹恐悔也。却从存养省察来。噫！今之物来顺应者，人人是也，果圣人乎？可哀也已！

圣人与众人一般，只是尽得众人底道理。其不同者，乃众人自异于圣人也。

天道以无常为常，以无为为为；圣人以无心为心，以无事为事。

万物之情，各求自遂者也。惟圣人之心，则欲遂万物而忘自遂。

为宇宙完人甚难，自初生以至属纩，彻头彻尾无些子破绽尤难，恐亘古以来不多几人。其余圣人都是半截人，前面破绽后来修补，以至终年晚岁才得干净，成就了一个好人，还天付本来面目。故曰"汤、武反之也"，曰反，则未反之前便有许多欠缺处。今人有过便甘自弃，以为不可复入圣人境域，不知盗贼也许改恶从善，何害其为有过哉？只看归宿处成个甚人，以前都饶得过。

圣人低昂气化，挽回事势，如调剂气血，损其侈不益其强，补其虚不甚其弱，要归于平而已。不平则偏，偏则病，大偏则大病，小偏则小病。圣人虽欲不平，不可得也。

圣人绝四，不惟纤尘微障无处着脚，即万理亦无作用处，所谓顺万事而无情也。

圣人胸中万理浑然，寂时则如悬衡鉴，感之则若决江河，未有无故自发一善念。善念之发,胸中不纯善之故也。故惟旦昼之梏亡,然后有夜气之清明。圣人无时不夜气,是以胸中无无,故自见光景。

法令所行,可以使土偶奔趋;惠泽所浸,可以使枯木萌蘖;教化所孚,可以使鸟兽伏驯;精神所极,可以使鬼神感格。吾必以为圣人矣。

圣人不强人以太难,只是拨转他一点自然底肯心。

参赞化育底圣人,虽在人类中,其实是个活天,吾尝谓之人天。

孔子只是一个通,通外更无孔子。

圣人不随气运走,不随风俗走,不随气质走。

圣人平天下不是夷山填海,高一寸还他一寸,低一分还他一分。

"圣而不可知之之谓神"。不可知,可知之祖也。无不可知做可知不出,无可知则不可知何所附属。

只为多了这知觉,便生出许多情缘,添了许多苦恼。落花飞絮岂无死生?他只恁委和委顺而已。或曰:圣学当如是乎?曰:富贵、贫贱、寿夭、宠辱,圣人未尝不落花飞絮之耳,虽有知觉,心不为知觉苦。

圣人心上再无分毫不自在处。内省不疚,既无忧惧,外至之患,又不怨尤,只是一段不释然,却是畏天命悲人穷也。

定静安虑,圣人无一刻不如此。或曰:喜怒哀乐到面前,何如?曰:只恁喜怒哀乐,定静安虑胸次无分毫加损。

有相予者,谓面上部位多贵,处处指之。予曰:所忧不在此也。汝相予一心要包藏得天下理,相予两肩要担当得天下事,相予两脚要踏得万事定,虽不贵,予奚忧?不然,予有愧于面也。

物之入物者染物,入于物者染于物。惟圣人无所入,万物亦不得而入之。惟无所入,故无所不入。惟不为物入,故物亦不得而离之。

人于吃饭穿衣,不曾说我当然不得不然,至于五常百行,却说是当然不得不然,又竟不能然。

孔子七十而后从心,六十九岁未敢从也。众人一生只是从心,从心安得好?圣学战战兢兢,只是降伏一个"从"字,不曰"戒慎恐惧",则曰"忧勤惕励",防其从也。岂无乐时?乐也只是乐天。众人之乐则异是矣。任意若不离道,圣贤性不与人殊,何苦若此!

日之于万形也,鉴之于万象也;风之于万籁也,尺度权衡之于轻重长短也;圣人之于万事万物也,因其本然,付以自然,分毫我无所与焉。然后感者常平,应者常逸,喜亦天,怒亦天,而吾心之天如故也。万感劻勷,众动轇轕,而吾心之天如故也。

平生无一事可瞒人,此是大快乐。

尧、舜虽是生知安行,然尧、舜自有尧、舜工夫学问。但聪明睿智千百众人,岂能不资见闻,不待思索?朱文公云:"圣人生知安行,更无积累之渐。"圣人有圣人底积累,岂儒者所能测识哉!

圣人不矫。

圣人一无所昏。

孟子谓文王"取之而燕民不悦,则勿取",虽非文王之心,最看得时势定。文王非利天下而取之,亦非恶富贵而逃之,顺天命之予夺,听人心之向背,而我不与焉。当是时,三分天下才有其二,即武王亦动手不得,若三分天下有其三,即文王亦束手不得。《勺》之诗曰:"遵养时晦,时纯熙矣,是用大介。"天命人心,一毫假借不得。商家根深蒂固,须要失天命人心到极处;周家积功累仁,须要收天命人心到极处:然后得失界限决绝洁净,无一毫粘带。如瓜熟自落,栗熟自坠,不待剥摘之力。且莫道文王时动得手,即到武王时,纣又失了几年人心,武王又收了几年人心,《牧誓》、《武成》取得何等费唇舌!《多士》、《多方》守得何等耽惊怕!则武王者,生摘劲剥之所致也。又譬之疮落痂、鸡出卵,争一刻不得。若文王到武王时定不犯手,或让位微、箕为南河、阳城之避,徐观天命人心之所属,属我我不却之使去,不属我我不招之使来,安心定志,任其自去来耳。此文王之所以为至德。使安受二分之归,不惟至德有损,若纣发兵而问叛人,即不胜,文王将何辞?虽万万出文王下者,亦不敢安受商之叛国也。用是见文王仁熟智精,所以为宣哲之圣也。

汤祷桑林,以身为牺,此史氏之妄也。按汤世十八年旱,至二十三年祷桑林,责六事,于是旱七年矣,天乃雨。夫农事冬旱不禁三月,夏旱不禁十日,使汤待七年而后祷,则民已无孑遗矣,何以为圣人?即汤以身祷而天不雨,将自杀与?是绝民也;将不自杀与?是要天也。汤有一身能供几祷?天虽享祭,宁欲食汤哉?是七年之间,岁岁有旱,未必不祷;岁岁祷雨,未必不应。六事自责,史臣特纪其一时然耳。以人祷,断断乎其无也。

伯夷见冠不正,望望然去之,何不告之使正?柳下惠见袒裼裸裎,而由由与偕,何不告之使衣?故曰:不夷不惠,君子居身之珍也。

亘古五帝三王不散之精英铸成一个孔子,余者犹成颜、曾以下诸贤,至思、孟而天地纯粹之气索然一空矣。春秋战国君臣之不肖也,宜哉! 后乎此者无圣人出焉,靳孔、孟诸贤之精英而未尽泄与?

周子谓:"圣可学乎? 曰无欲。"愚谓圣人不能无欲,七情中合下有欲。孔子曰己欲立欲达。孟子有云"广土众民,君子欲之"。天欲不可无,人欲不可有。天欲,公也;人欲,私也。周子云"圣无欲",愚云:不如圣无私。此二字者,三氏之所以异也。

圣人没自家底见识。

对境忘情,犹分彼我,圣人可能入尘不染,则境我为一矣。而浑然无点染,所谓"入水不溺,入火不焚",非圣之至者不能也。若尘为我役,化而为一,则天矣。

圣人学问只是人定胜天。

圣人之私,公;众人之公,私。

圣人无夜气。

"衣锦尚绚",自是学者作用,圣人无尚。

圣王不必天而必我,我之天定而天之天随之。

生知之圣人不长进。

学问到孔子地位才算得个通,通之外无学问矣。

圣人尝自视不如人,故天下无有如圣人者,非圣人之过虚也,四海之广,兆民之众,其一才一智未必皆出圣人下也。以圣人无所不能,岂无一毫之未至;以众人之无所能,岂无一见之独精。以独精补未至,固圣人之所乐取也。此圣人之心日歉然不自满足,日汲汲然不已于取善也。

圣人不示人以难法,其所行者,天下万世之可能者也;其所言者,天下万世之可知者也。非圣人贬以徇人也,圣人虽欲行其所不能,言其所不知,而不可得也。道本如是,其易知易从也。

品藻

独处看不破,忽处看不破,劳倦时看不破,急遽仓卒时看不破,惊忧骤感时看不破,重大独当时看不破。吾必以为圣人。

圣人做出来都是德性,贤人做出来都是气质,众人做出来都是习俗,小人做出来都是私欲。

汉儒杂道,宋儒隘道。宋儒自有宋儒局面,学者若入道,且休着宋儒横其胸中,只读《六经》《四书》而体玩之,久久胸次自是不同。若看宋儒,先看濂溪、明道。

一种人难悦亦难事,只是度量褊狭,不失为君子;一种人易事亦易悦,这是贪污软弱,不失为小人。

为小人所荐者,辱也;为君子所弃者,耻也。

小人有恁一副邪心肠,便有一段邪见识;有一段邪见识,便有一段邪议论;有一段邪议论,便引一项邪朋党,做出一番邪举动。其议论也,援引附会,尽成一家之言,攻之则圆转迁就而不可破;其举动也,借善攻善,匿恶济恶,善为骑墙之计,击之则疑似牵缠而不可断。此小人之尤,而借君子之迹者也;此藉君子之名,而济小人之私者也。亡国败家,端是斯人。若明白小人,刚戾小人,这都不足恨。所以《易》恶阴柔,阳只是一个,惟阴险伏而多端,变幻而莫测,驳杂而疑似。譬之光天化日,黑白分明,人所共见,暗室晦夜,多少埋伏,多少类象,此阴阳之所以别也。虞廷黜陟,惟曰幽明,其以是夫?

富于道德者不矜事功,犹矜事功,道德不足也;富于心得者不矜闻见,犹矜闻见,心得不足也。文艺自多浮薄之心也,富贵自雄卑陋之见也。此二人者,皆可怜也,而雄富贵者更不数于丈夫。行彼其冬烘盛大之态,皆君子之所欲呕者也,而彼且志骄意得,可鄙孰甚焉?

士君子在尘世中,摆脱得开,不为所束缚;摆脱得净,不为所污蔑:此之谓天挺人豪。

藏名远利,夙夜汲汲乎实行者,圣人也;为名修,为利劝,夙夜汲汲乎实行者,贤人也;不占名标,不寻利孔,气昏志惰,荒德废业者,众人也。炫虚名,渔实利,而内存狡狯之心,阴为鸟兽之行者,盗贼也。

圈子里干实事,贤者可能;圈子外干大事,非豪杰不能。或曰:圈子外可干乎?曰:世俗所谓圈子外,乃圣贤所谓性分内也。人守一官,官求一称,内外皆若人焉,天下可庶几矣,所谓圈子内干实事者也。心切忧世,志在匡时,苟利天下,文法所不能拘;苟计成功,形迹所不必避,则圈子外干大事者也。识高千古,虑周六合,挽末世之颓风,还先王之雅道,使海内复尝秦汉以前之滋味,则又圈子以上人矣。世有斯人乎?吾将与之共流涕矣。乃若硁硁狃众见,惴惴循弊规,威仪文辞灿然可观,勤慎谦默居然寡过。是人也，但可为高官耳，世道奚赖焉？

达人落叶穷通，浮云生死；高士睥睨古今，玩弄六合；圣人古今一息，万物一身；众人尘弃天真，腥集世味。

阳君子取祸，阴君子独免；阳小人取祸，阴小人得福。阳君子刚正直方，阴君子柔嘉温厚；阳小人暴庆放肆，阴小人奸回智巧。

古今士率有三品：上士不好名，中士好名，下士不知好名。

上士重道德，中士重功名，下士重辞章。斗筲之人重富贵。

人流品格，以君子小人定之，大率有九等：有君子中君子，才全德备，无往不宜者也；有君子，优于德而短于才者也；有善人，恂雅温朴，仅足自守，识见虽正而不能自决，躬行虽力而不能自保；有众人，才德识见俱无足取，与世浮沉，趋利避害，禄禄风俗中无自表异；有小人，偏气邪心，惟己私是殖，苟得所欲，亦不害物；有小人中小人，贪残阴狠，恣意所极，而才足以济之，敛怨怙终，无所顾忌；外有似小人之君子，高峻奇绝，不就俗检，然规模弘远，小疵常类，不足以病之；有似君子之小人，老诈浓文，善藏巧借，为天下之大恶，占天下之大名，事幸不败当时，后世皆为所欺而竟不知者；有君子小人之间，行亦近正而偏，语亦近道而杂，学圆通便近于俗，尚古朴则入于腐，宽便姑息，严便猛鸷，是人也，有君子之心，有小人之过者也，每至害道，学者戒之。

有俗检，有礼检。有通达，有放达。君子通达于礼检之中，骚士放达于俗检之外。世之无识者，专以小节细行定人品，大可笑也。

上才为而不为，中才只见有为，下才一无所为。

心术平易，制行诚直，语言疏爽，文章明达，其人必君子也；心术微暧，制行诡秘，语言吞吐，文章晦涩，其人亦可知矣。

有过不害为君子，无过可指底，真则圣人，伪则大奸，非乡愿之媚世，则小人之欺世也。

从欲则如附膻，见道则若嚼蜡，此下愚之极者也。

有涵养人心思极细，虽应仓卒，而胸中依然暇豫，自无粗疏之病。心粗便是学不济处。

功业之士，清虚者以为粗才，不知尧、舜、禹、汤、皋、夔、稷、契功业乎？清虚乎？饱食暖衣而工骚墨之事，话玄虚之理，谓勤政事者为俗吏，谓工农桑者为鄙夫，此敝化之民也，尧、舜之世无之。

　　观人括以五品：高、正、杂、庸、下。独行奇识曰高品，贤智者流；择中有执曰正品，圣贤者流；有善有过曰杂品，劝惩可用；无短无长曰庸品，无益世用；邪伪二种曰下品，慎无用之。

　　气节信不过人。有出一时之感慨，则小人能为君子之事；有出于一念之剽窃，则小人能盗君子之名；亦有初念甚力、久而屈其雅操，当危能奋、安而丧其平生者：此皆不自涵养中来。

　　若圣贤学问，至死更无破绽。

　　无根本底气节，如酒汉殴人，醉时勇，醒时索然无分毫气力；无学问底识见，如庖人炀灶，面前明，背后左右无一些照顾。而无知者赏其一时，惑其一偏，每击节叹服，信以终身。吁！难言也。

　　众恶必察，是仁者之心。不仁者闻人之恶，喜谈乐道；疏薄者闻人之恶，深信不疑。惟长者知恶名易以污人，而作恶者之好为诬善也。既察为人所恶者何人，又察言者何心，又察致恶者何由，耐心留意，独得其真。果在位也，则信任不疑；果不在位也，则举辟无贰；果为人所中伤也，则扶救必力。呜呼！此道不明久矣。

　　党锢诸君，只是褊浅无度量。身当浊世，自处清流，譬之泾渭，不言自别。正当遵海滨而处，以待天下之清也。却乃名检自负，气节相高，志满意得，卑视一世而践踏之，讥谤权势而狗嚣之，使人畏忌，奉承愈炽愈骄。积津要之怒，溃权势之毒，一朝而成载胥之凶，其死不足惜也。《诗》称"明哲保身"，孔称"默足有容"，"免于刑戮"，岂贵货清市直，甘鼎镬如饴哉？申、陈二子得之郭林宗几矣，"顾"、"厨"、"俊"及吾道中之罪人也，仅愈于卑污耳。若张俭则又李膺、范滂之罪人，可诛也夫！

　　问：严子陵何如？曰：富贵利达之世，不可无此种高人。但朋友不得加于君臣之上，五臣与舜同僚友，今日比肩，明日北面而臣之，何害其为圣人？若有用世之才，抱忧世之志，朋时之所讲求，正欲大行，竟施以康天下，孰君孰臣正不必尔。如欲远引高蹈，何处不可藏身？便不见光武也得，既见矣，犹友视帝而加足其腹焉，恐道理不当如是。若光武者则大矣。

　　见是贤者，就着意回护，虽有过差，都向好边替他想；见是不贤者，就着意搜索，虽有偏长，都向恶边替他想——自宋儒以来率坐此失。大段都是个偏识见，所谓"好而不知其恶，恶而不知其美者"。惟圣人便无此失，只是此心虚平。

蕴藉之士深沉，负荷之士弘重，斡旋之士圆通，康济之士精敏。反是皆凡才也，即聪明辩博无补焉。

君子之交怕激，小人之交怕合。斯二者，祸人之国，其罪均也。

圣人把得定理，把不得定势。是非，理也；成败，势也。有势不可为而犹为之者，惟其理而已。知此，则三仁可与五臣比事功，孔子可与尧、舜较政治。

未试于火，皆纯金也；未试于事，皆完人也。惟圣人无往而不可。下圣人一等皆有所不足，皆可试而败。夫三代而下人物，岂甚相远哉？生前所短不遇于所试，则全名定论，可以盖棺；不幸而偶试其所不足，则不免为累。夫试、不试之间，不可以定人品也。故君子观人不待试，而人物高下终身事业不爽分毫，彼其神识自在世眼之外耳。

世之颓波，明知其当变，狃于众皆为之而不敢动；事之义举，明知其当为，狃于众皆不为而不敢动。是亦众人而已。提抱之儿得一果饼未敢辄食，母尝之而后入口，彼不知其可食与否也。既知之矣，犹以众人为行止，可愧也夫！惟英雄豪杰不徇习以居非，能违俗而任道，夫是之谓独复。呜呼！此庸人智巧之士，所谓生事而好异者也。

士气不可无，傲气不可有。士气者，明于人己之分，守正而不诡随；傲气者，昧于上下之等，好高而不素位。自处者每以傲人为士气，观人者每以士气为傲人。悲夫！故惟有士气者能谦己下人，彼傲人者昏夜乞哀或不可知矣。

体解神昏，志消气沮，天下事不是这般人干底；攘臂抵掌，矢志奋心，天下事也不是这般人干底。干天下事者，智深勇沉，神闲气定，有所不言、言必当，有所不为、为必成，不自好而露才，不轻试以侥功。此真才也，世鲜识之。近世惟前二种人，乃互相讥，识者胥笑之。

贤人君子，那一种人里没有？鄙夫小人，那一种人里没有？世俗都在那爵位上定人品，把那邪正却作第二着看。今有仆隶乞丐之人，特地做忠孝节义之事，为天地间立大纲常，我当北面师事之。环视达官贵人，似俛首居其下矣。论到此，那富贵利达与这忠孝节义比来，岂直太山鸿毛哉？然则匹夫匹妇未可轻，而下士寒儒其自视亦不可渺然小也。故论势分，虽抱关之吏亦有所下以伸其尊；论性分，则尧、舜与途人可揖让于一堂。论心谈道，孰贵孰贱？孰尊孰卑？故天地间惟道贵，天地间人惟得道者贵。

山林处士常养一个傲慢轻人之象，常积一腹痛愤不平之气，此是大病痛。

好名之人充其心，父母兄弟妻子都顾不得，何者？名无两成，必相形而后显。叶人证父攘羊，陈仲子恶兄受鹅，周泽奏妻破戒，皆好名之心为之也。

世之人常把好事让与他人做，而甘居己于不肖，又要掠个好名儿在身上，而诋他人为不肖。悲夫！是益其不肖也。

理圣人之口易，理众人之口难。圣人之口易为众人，众人之口难为圣人。岂直当时之毁誉，即千古英雄豪杰之士、节义正直之人，一人议论之家，彼臧此否，各骋偏执，互为雌黄，譬之舞文吏出入人罪，惟其所欲，求其有大公至正之见，死者复生而响服者几人？是生者肆口，而死者含冤也。噫！使臧否人物者而出于无闻之士，犹昔人之幸也。彼擅著作之名，号为一世人杰，而立言不慎，则是狱成于廷尉，就死而莫之辩也，不仁莫大焉。是故君子之论人，与其刻也宁恕。

正直者必不忠厚，忠厚者必不正直。正直人植纲常，扶世道；忠厚人养和平，培根本。然而激天下之祸者，正直之人；养天下之祸者，忠厚之过也。此四字兼而有之，惟时中之圣。

露才是士君子大病痛，尤莫甚于饰才。露者，不藏其所有也；饰者，虚剽其所无也。

士有三不顾：行道济时人顾不得爱身，富贵利达人顾不得爱德，全身远害人顾不得爱天下。

其事难言而于心无愧者，宁灭其可知之迹，故君子为心受恶，太伯是已；情有所不忍而义不得不然者，宁负大不韪之名，故君子为理受恶，周公是已；情有可矜而法不可废者，宁自居于忍以伸法，故君子为法受恶，武侯是已；人皆为之而我独不为，则掩其名以分谤，故君子为众受恶，宋子罕是已。

不欲为小人，不能为君子。毕竟作甚么人？曰：众人。既众人，当与众人伍矣，而列其身名于士大夫之林，可乎？故众人而有士大夫之行者荣，士大夫而为众人之行者辱。

天之生人，虽下愚亦有一窍之明。听其自为用而极致之，亦有可观，而不可谓之才。所谓才者，能为人用，可圆可方，能阴能阳，而不以己用者也。以己用皆偏才也。

心平气和而有强毅不可夺之力,秉公持正而有圆通不可拘之权,可以语人品矣。

从容而不后事,急遽而不失容,脱略而不疏忽,简静而不凉薄,真率而不鄙俚,温润而不脂韦,光明而不浅浮,沉静而不阴险,严毅而不苛刻,周匝而不烦碎,权变而不谲诈,精明而不猜察,亦可以为成人矣。

厚德之士能掩人过,盛德之士不令人有过。不令人有过者,体其不得已之心,知其必至之情,而预遂之者也。

烈士死志,守士死职,任士死怨,忿士死斗,贪士死财,躁士死言。

知其不可为而遂安之者,达人智士之见也;知其不可为而犹极力以图之者,忠臣孝子之心也。

无识之士有三耻:耻贫,耻贱,耻老。或曰:君子独无耻与?曰:有耻。亲在而贫,耻;用贤之世而贱,耻;年老而德业无闻,耻。

初开口便是煞尾语,初下手便是尽头着。此人大无含蓄,大不济事,学者戒之。

一个俗念头,一双俗眼目,一口俗话说,任教聪明才辩,可惜错活了一生。

或问:君子小人,辩之最难?曰:君子而近小人之迹,小人而为君子之态,此诚难辩。若其大都,则如皂白不可掩也。君子容貌敦大老成,小人容貌浮薄琐屑。君子平易,小人跷蹊;君子诚实,小人奸诈;君子多让,小人多争;君子少文,小人多态。君子之心正直光明,小人之心邪曲微暧。君子之言雅淡质直,惟以达意;小人之言鲜秾柔泽,务于可人。君子与人亲而不昵,宜谅而不养其过;小人与人狎而致情,谀悦而多济其非。君子处事可以盟天质日,虽骨肉而不阿;小人处事低昂世态人情,虽昧理而不顾。君子临义,慷慨当前,惟视天下、国家、人物之利病,其祸福毁誉了不关心;小人临义,则观望顾忌,先虑爵禄、身家、妻子之便否,视社稷苍生漫不属己。君子事上,礼不敢不恭,难使枉道;小人事上,身不知为我,侧意随人。君子御下,防其邪而体其必至之情;小人御下,遂吾欲而忘彼同然之愿。君子自奉节俭恬雅,小人自奉汰侈弥文。君子亲贤爱士,乐道人之善;小人嫉贤妒能,乐道人之非。如此类者,色色顿殊。孔子曰"患不知人",吾以为终日相与,其类可分,虽善矜持,自有不可掩者在也。

今之论人者,于辞受,不论道义,只以辞为是,故辞宁矫廉而避贪爱之嫌；于取与，不论道义，只以与为是，故与宁伤惠而避吝啬之嫌；于怨怒，不论道义，只以忍为是，故礼虽当校而避无量之嫌。义当明分，人皆病其谀，而以倨傲矜陵为节概；礼当持体，人皆病其倨，而以过礼足恭为盛德。惟俭是取者，不辩礼有当丰；惟默是贵者，不论事有当言。此皆察理不精，贵贤知而忘其过者也。噫！与不及者诚有间矣，其贼道均也。

狃浅识狭闻，执偏见曲说，守陋规格套。斯人也，若为乡里常人，不足轻重；若居高位有令名，其坏世教不细。

以粗疏心看古人亲切之语，以烦躁心看古人静深之语，以浮泛心看古人玄细之语，以浅狭心看古人博洽之语，便加品骘，真孟浪人也。

文姜与弑桓公，武后灭唐子孙，更其国庙，此二妇者，皆国贼也，而祔葬于墓，祔祭于庙，礼法安在？此千古未反一大案也。或曰："子无废母之义。"噫！是言也，闾阎市井儿女之识也。以礼言，三纲之重等于天地，天下共之。子之身，祖庙承继之身，非人子所得而有也；母之罪，宗庙君父之罪，非人子所得而庇也。文姜、武后，庄公、中宗安得而私之？以情言，弑吾身者与我同丘陵，易吾姓者与我同血食，祖、父之心悦乎？怒乎？对子而言则母尊，对祖、父而言则吾母臣妾也。以血属而言，祖、父我同姓，而母异姓也。子为母忘身可也，不敢仇；虽杀我可也，不敢仇。宗庙也，父也，我得而专之乎？专祖、父之庙以济其私，不孝；重生我之恩而忘祖、父之仇，亦不孝；不体祖、父之心，强所仇而与之共土同牢，亦不孝。二妇之罪当诛，吾为人子不忍行，亦不敢行也；有为国讨贼者，吾不当闻，亦不敢罪也。不诛不讨，为吾母者逋戮之元凶也。葬于他所，食于别宫，称后夫人而不系于夫，终身哀悼以伤吾之不幸而已。庄公、中宗皆昏庸之主，吾无责矣。吾恨当时大臣陷君于大过而不顾也。或曰"葬我小君文姜"，夫子既许之矣。子何罪焉？曰：此胡氏失仲尼之意也。仲尼盖伤鲁君臣之昧礼，而特著其事以示讥尔。曰"我"言不当我而我之也，曰"小君"言不成小君而小君之也。与历世夫人同书而不异其词，仲尼之心岂无别白至此哉？不然，姜氏会齐侯，每行必书其恶，恶之深如此，而肯许其为"我小君"耶？或曰：子狃于母重而不敢不尊，授狃于君命而不敢不从，是亦权变之礼耳。余曰：否！否！宋桓夫人出耳，襄公立而不敢迎其母，圣人不罪襄公之薄恩而美夫人之守礼，况二妇之罪弥漫宇宙，万倍于出者。臣子忘祖、父之重，而尊一罪大恶极之母，以伸其私，天理民彝灭矣。道之不明一至是哉！

余安得而忘言？

平生无一人称誉，其人可知矣；平生无一人诋毁，其人亦可知矣。大如天，圣如孔子，未尝尽可人意。是人也，无分君子小人皆感激之，是在天与圣人上，贤耶？不肖耶？我不可知矣。

寻行数墨是头巾见识，慎步矜趋是钗裙见识，大刀阔斧是丈夫见识，能方能圆、能大能小是圣人见识。

春秋人计可否，畏礼义，惜体面。战国人只是计利害，机械变诈，苟谋成计得，顾甚体面？说甚羞耻？

太和中发出，金石可穿，何况民物，有不孚格者乎？

自古圣贤孜孜汲汲，惕励忧勤，只是以济世安民为己任，以检身约己为先图。自有知以至于盖棺，尚有未毕之性分，不了之心缘，不惟孔、孟，虽佛、老、墨翟、申、韩皆有一种毙而后已念头，是以生不为世间赘疣之物，死不为幽冥浮荡之鬼。乃西晋王衍辈一出，以身为懒散之物，百不经心，放荡于礼法之外，一无所忌，以浮谈玄语为得圣之清，以灭理废教为得道之本，以浪游于山水之间为高人，以衔杯于糟曲之林为达士。人废职业，家尚虚无，不止亡晋，又开天下后世登临题咏之祸，长惰慢放肆之风，以至于今。追原乱本，盖开衅于庄、列，而基恶于巢、由。有世道之责者，宜所戒矣。

微子抱祭器归周，为宗祀也。有宋之封，但使先王血食，则数十世之神灵有托，我可也，箕子可也，但属子姓者一人亦可也。若曰："事异姓以苟富贵而避之嫌，则浅之乎其为识也，惟是箕子可为夷齐，而洪范之陈、朝鲜之封，是亦不可以已乎？曰：系累之臣，释囚访道，待以不臣之礼而使作宾，固圣人之所不忍负也。此亦达节之一事，不可为后世宗臣借口。

无心者公，无我者明。当局之君子不如旁观之众人者，有心、有我之故也。

君子豪杰战兢惕励，当大事勇往直前；小人豪杰放纵恣睢，拼一命横行直撞。

"老子犹龙"不是尊美之辞，盖变化莫测，渊深不露之谓也。

乐要知内外。圣贤之乐在心，故顺逆穷通随处皆泰；众人之乐在物，故山溪花鸟遇境才生。

可恨读底是古人书，作底是俗人事。

言语以不肖而多,若皆上智人,更不须一语。

能用天下而不能用其身,君子惜之。善用其身者,善用天下者也。

粗豪人也自正气,但一向恁底便不可与人道。

学者不能徙义改过,非是不知,只是积慵久惯,自家由不得自家,便没一些指望。若真正格致了,便由不得自家,欲罢不能矣。

孔、孟以前人物只是见大,见大便不拘挛。小家势人寻行数墨,使杀了只成就个狷者。

终日不歇口,无一句可议之言,高于缄默者百倍矣。

越是聪明人越教诲不得。

强恕,须是有这恕心才好。勉强推去,若视他人饥寒痛楚漠然通不动心,是恕念已无,更强个甚? 还须是养个恕出来,才好与他说强。

盗莫大于瞒心昧己,而窃劫次之。

明道受用处,阴得之佛、老;康节受用处,阴得之庄、列。然作用自是吾儒,盖能奴仆四氏而不为其所用者。此语人不敢道,深于佛、老、庄、列者自然默识得。

乡原是“似”不是“伪”,孟子也只定他个“似”字。今人却把“似”字作“伪”字看,不惟欠确,且未减了他罪。

不当事,不知自家不济。才随遇长,识以穷精。坐谈先生只好说理耳。

沉溺了,如神附,如鬼迷,全由不得自家,不怕你明见真知。眼见得深渊陡涧,心安意肯底直前撞去,到此翻然跳出,无分毫粘带,非天下第一大勇不能。学者须要知此。

巢父、许由,世间要此等人作甚? 荷蒉晨门,长沮、桀溺知世道已不可为,自有无道则隐一种道理。巢、由一派有许多人皆污浊尧、舜,啰吐皋、夔,自谓旷古高人,而不知不仕无义洁一身以病天下,吾道之罪人也。且世无巢、许不害其为唐、虞,无尧、舜、皋、夔,巢、许也没安顿处,谁成就你个高人?

而今士大夫聚首时,只问我辈奔奔忙忙、熬熬煎煎,是为天下国家,欲济世安民乎? 是为身家妻子,欲位高金多乎? 世之治乱,民之死生,国之安危,只于这两个念头定了。嗟夫!

吾辈日多而世益苦,吾辈日贵而民日穷,世何贵于有吾辈哉!

只气盛而色浮,便见所得底浅。邃养之人安详沉静,岂无慷慨激切、发强刚毅时？毕竟不轻怎底。

以激为直，以浅为诚，皆贤者之过。

评品古人，必须胸中有段道理，如权平衡直，然后能称轻重。若执偏见曲说，昧于时不知其势，责其病不察其心，未尝身处其地，未尝心筹其事，而曰某非也，某过也，是瞽指星、聋议乐，大可笑也。君子耻之。

小勇嗷燥，巧勇色笑，大勇沉毅，至勇无气。

为善去恶是，趋吉避凶惑矣。阴阳异端之说也，祀非类之鬼，禳自致之灾，祈难得之福，泥无损益之时，曰宗趋避之邪术。悲夫！愚民之抵死而不悟也。即悟之者，亦狃天下皆然，而不敢异。至有名公大人，尤极信尚。呜呼！反经以正邪慝，将谁望哉？

夫物愚者真，智者伪；愚者完，智者丧。无论人，即鸟之返哺，雎之秋介，鸣鸠均平专一，睢鸠和而不流，雁之贞静自守，驺虞之仁，獬豸之秉正嫉邪，何尝有矫伪哉？人亦然，人之全其天者皆非智巧者也。才智巧则其天漓矣，漓则其天可夺，惟愚者之天不可夺。故求道真，当求之愚；求不二心之臣以任天下事，亦当求之愚。夫愚者何尝不智哉？愚者之智，纯正专一之智也。

面色不浮，眼光不乱，便知胸中静定，非久养不能。《礼》曰："俨若思，安定辞。"善形容，有道气象矣。

于天理汲汲者，于人欲必淡；于私事耽耽者，于公务必疏；于虚文烨烨者，于本实必薄。

圣贤把持得"义"字最干净，无分毫"利"字干扰。众人才有义举，便不免有个"利"字来扰乱。"利"字不得，便做"义"字不成。

道自孔、孟以后，无人识三代以上面目。汉儒无见于精，宋儒无见于大。

有忧世之实心，泫然欲泪；有济世之实才，施处辄宜。斯人也，我愿为曳履执鞭。若聚谈纸上微言，不关国家治忽；争走尘中众辙，不知黎庶死生。即品格有清浊，均于宇宙无补也。

安重深沉是第一美质。定天下之大难者，此人也；办天下之大事者，此人也。刚明果断次之。其他浮薄好任，翘能自喜，皆行不逮者也。即见诸行事而施为无术，反以偾事，此等只可居谈论之科耳。

任有七难：繁任要提纲挈领，宜综核之才；重任要审谋独断，宜镇静之才；急任要观变会通，宜明敏之才；密任要藏机相可，宜周慎之才；独任要担当执持,宜刚毅之才;兼任要任贤取善,宜博大之才;疑任要内明外朗,宜驾驭之才。天之生人,各有偏长。国家之用人,备用群长。然而投之所向辄不济事者,所用非所长,所长非所用也。

操进退用舍之权者,要知大体。若专以小知观人,则卓荦奇伟之士都在所遗。何者?敦大节者不为细谨,有远略者或无小才,肩巨任者或无捷识,而聪明材辩敏给圆通之士、节文习熟闻见广洽之人,类不能裨缓急之用。嗟夫!难言之矣。士之遇不遇,顾上之所爱憎也。

居官念头有三用:念念用之君民,则为吉士;念念用之套数,则为俗吏;念念用之身家,则为贼臣。

小廉曲谨之士,循涂守辙之人,当太平时,使治一方、理一事,尽能奉职。若定难决疑,应卒蹈险,宁用破绽人,不用寻常人。虽豪悍之魁,任侠之雄,驾御有方,更足以建奇功、成大务。噫!难与曲局者道。

圣人悲时悯俗,贤人痛世疾俗,众人混世逐俗,小人败常乱俗。呜呼!小人坏之,众人从之,虽悯虽疾,竟无益矣。故明王在上,则移风易俗。

观人只谅其心,心苟无他,迹皆可原。如下官之供应未备,礼节偶疏,此岂有意简傲乎?简傲上官以取罪,甚愚者不为也。何怒之有?供应丰溢,礼节卑屈,此岂敬我乎?将以悦我为进取之地也。何感之有?

今之国语乡评,皆绳人以细行,细行一亏,若不可容于清议。至于大节都脱略废坠,浑不说起。道之不明亦至此乎?可叹也已!

凡见识,出于道理者第一,出于气质者第二,出于世俗者第三,出于自私者为下。道理见识,可建天地,可质鬼神,可推四海,可达万世,正大公平,光明易简,此尧、舜、禹、汤、文、武、周、孔相与授受者是也。气质见识,仁者谓之仁,智者谓之智。刚气多者为贤智、为高明,柔气多者为沉潜、为谦忍。夷、惠、伊尹、老、庄、申、韩各发明其质之所近是已。世俗见识,狃于传习之旧,不辩是非;安于耳目之常,遂为依据。教之则藐不相入,攻之则牢不可破,浅庸卑陋而不可谈王道。自秦、汉、唐、宋以来,创业中兴,往往多坐此病。故礼乐文章,因陋就简;纪纲法度,缘势因时。二帝三王旨趣漫不曾试尝,邈不入梦寐,可为流涕者,此辈也已。私见识,利害荣辱横于胸次,是非可否迷其本真,援引根据亦足成一家之说,附会扩充尽可眩众人之听。秦皇本游观也,而托言巡狩四岳;汉武本穷兵也,而托言张皇六师。道自多歧,事有两端,善辩者不能使服,不知者皆为所惑。是人也,设使旁观,未尝不明,惟是当局,便不除己。其流之弊,至于祸国家乱世道而不顾,岂不大可忧、大可惧哉！故圣贤蹈险履危,把自家搭在中间；定议决谋,把自家除在外面,即见识短长不敢自必,不害其大公无我之心也。

凡为外所胜者,皆内不足也；为邪所夺者,皆正不足也。二者如持衡然,这边低一分,那边即昂一分,未有毫发相下者也。

善为名者,借口以掩真心；不善为名者,无心而受恶名。心迹之间,不可以不辩也。此观人者之所忽也。

自中庸之道不明,而人之相病无终已。狷介之人病和易者为熟软,和易之人病狷介者为乖戾；率真之人病慎密者为深险,慎密之人病率真者为粗疏；精明之人病浑厚者为含糊,浑厚之人病精明者为苛刻。使质于孔子,吾知其必有公案矣。孔子者,合千圣于一身,萃万善于一心,随事而时出之,因人而通变之,圆神不滞,化裁无端,其所自为不可以教人者也。何也？难以言传也。见人之为,不以备责也,何也？难以速化也。

观操存在利害时,观精力在饥疲时,观度量在喜怒时,观存养在纷华时,观镇定在震惊时。

人言之不实者十九,听言而易信者十九,听言而易传者十九。以易信之心,听不实之言,播喜传之口,何由何踞？而流传海内,纪载史册,冤者冤,幸者幸。呜呼！难言之矣。

孔门心传,惟有颜子一人,曾子便属第二等。

名望甚隆,非大臣之福也。如素行无愆,人言不足仇也。

尽聪明底是尽昏愚,尽木讷底是尽智慧。

透悟天地万物之情,然后可与言性。

僧道、宦官、乞丐,未有不许其为圣贤者。我儒衣儒冠且不类儒,彼顾得以嗤之,奈何以为异类也而鄙夷之乎？

盈山宝玉,满海珠玑,任人恣意采取,并无禁厉榷夺,而束手裹足,甘守艰难,愚亦至此乎！

告子许大力量,无论可否,只一个不动心,岂无骨气人所能？可惜只是没学问,所谓"其至尔力也"。

千古一条大路,尧、舜、禹、汤、文、武、孔、孟由之。此是官路古路,乞人、盗跖都有分,都许由,人自不由耳。或曰：须是跟着数圣人走？曰：各人走各人路。数圣人者走底是谁底路？肯实在走,脚踪儿自是暗合。

功士后名，名士后功。三代而下，其功名之士绝少。圣人以道德为功名者也，贤人以功名为功名者也，众人以富贵为功名者也。

建天下之大事功者，全要眼界大。眼界大则识见自别。

谈治道，数千年来只有个唐、虞、禹、汤、文、武，作用自是不侔。衰周而后，直到于今，高之者为小康，卑之者为庸陋。唐、虞时光景，百姓梦也梦不着。创业垂统之君臣，必有二帝五臣之学术而后可。若将后世眼界立一代规模，如何是好！

一切人为恶犹可言也，惟读书人不可为恶，读书人为恶，更无教化之人矣；一切人犯法犹可言也，做官人不可犯法，做官人犯法，更无禁治之人矣。

自有书契以来，穿凿附会，作聪明以乱真者，不可胜纪。无知者借信而好古之名，以误天下后世苍生。不有洞见天地万物之性情者出而正之，迷误何有极哉！虚心君子，宁阙疑可也。

君子当事，则小人皆为君子，至此不为君子，真小人也；小人当事，则中人皆为小人，至此不为小人，真君子也。

小人亦有好事，恶其人则并疵共事；君子亦有过差，好其人则并饰其非，皆偏也。

无欲底有，无私底难。二氏能无情欲，而不能无私。无私无欲，正三教之所分也。此中最要留心理会，非狃于闻见、章句之所能悟也。

道理中作人，天下古今都是一样；气质中作人，便自千状万态。

论造道之等级，士不能越贤而圣，越圣而天；论为学之志向，不分士、圣、贤，便要希天。

颜渊透彻，曾子敦朴，子思缜细，孟子豪爽。

多学而识，原是中人以下一种学问。故夫子自言"多闻择其善而从之，多见而识之"；教子张"多闻阙疑"，"多见阙殆"；教人"博学于文"；教颜子"博之以文"。但不到一贯地位，终不成究竟。故顿渐两门，各缘资性。今人以一贯为入门，上等天资，自是了悟，非所望于中人，其误后学不细。

无理之言，不能惑世诬人。只是他聪明才辩，附会成一段话说，甚有滋味，无知之人欣然从之，乱道之罪不细。世间此种话十居其六七，既博且久，非知道之君子，孰能辩之？

间中都不容发，此智者之所乘，而思者之所昧也。

明道在朱、陆之间。

明道不落尘埃，多了看释、老；伊川终是拘泥，少了看庄、列。

迷迷易悟，明迷难醒。明迷愚，迷明智。迷人之迷，一明则跳脱；明人之迷，明知而陷溺。明人之明，不保其身；迷人之明，默操其柄。明明可与共太平，明迷可与共患忧。

巢、由披卷佛、老、庄、列，只是认得"我"字真，将天地万物只是成就我；尧、舜、禹、汤、文、武、孔、孟，只是认得"人"字真，将此身心性命只是为天下国家。

闻毁不可遽信，要看毁人者与毁于人者之人品。毁人者贤，则所毁者损；毁人者不肖，则所毁者重。考察之年，闻一毁言如获珙璧，不暇计所从来，枉人多矣。

是众人，即当取其偏长；是贤者，则当望以中道。

士君子高谈阔论，语细探玄，皆非实际，紧要在适用济事。故今之称拙钝者曰"不中用"，称昏庸者曰"不济事"。此虽谚语口头，余尝愧之。同志者盍亦是务乎？

秀雅温文，正容谨节，清庙明堂所宜。若蹈汤火，衽金革，食牛吞象之气，填海移山之志，死孝死忠，千捶百折，未可专望之斯人。

不做讨便宜底学问，便是真儒。

千万人吾往，赫杀老子。老子是保身学问。

亲疏生爱憎，爱憎生毁誉，毁誉生祸福。此智者之所耽耽注意，而端人正士之所脱略而不顾者也。此个题目，考人品者不可不知。

精神只顾得一边，任你聪明智巧，有所密必有所疏。惟平心率物，无毫发私意者，当疏当密，一准予道，而人自相忘。

读书要看三代以上人物是甚学识，甚气度，甚作用。汉之粗浅，便着世俗；宋之局促，使落迂腐，如何见三代以前景象？

真是真非，惟是非者知之，旁观者不免信迹而诬其心。况门外之人，况千里之外、百年之后乎？其不虞之誉，求全之毁，皆爱憎也；其爱憎者，皆恩怨也。故公史易，信史难。

或问："某公如何？"曰："可谓豪杰英雄，不可谓端人正士。"问："某公如何？"曰："可谓端人正士，不可谓达节通儒。"达节通儒，乃端人正士中豪杰英雄者也。

名实如形影。无实之名，造物所忌，而矫伪者贪之，暗修者避之。

"遗葛牛羊,亳众往耕",似无此事。圣人虽委曲教人,未尝不以诚心直道交邻国。桀在则葛非汤之属国也,奚问其不祀? 即知其无牺牲矣。亳之牛羊,岂可以常遗葛伯耶? 葛岂真无牛羊耶? 有亳之众,自耕不暇,而又使为葛耕,无乃后世市恩好名沾沾煦煦者之所为乎? 不然,葛虽小,亦先王之建国也,宁至无牛羊粢盛哉? 即可以供而不祭,当劝谕之矣,或告之天子,以明正其罪矣。何至遗牛羊往为之耕哉? 可以不告天子而灭其国,顾可以不教之自供祭事而代之劳且费乎? 不然,是多彼之罪,而我得以藉口也。是伯者,假仁义济贪欲之所为也。孟子此言,其亦公刘、太王好货好色之类与?

汉以来儒者一件大病痛,只是是古非今。今人见识作为不如古人,此其大都。至于风会所宜,势极所变,礼义所起,自有今人精于古人处。二帝者,夏之古也;夏者,殷之古也;殷者,周之古也。其实制度文为三代不相祖述,而达者皆以为是。宋儒泥古,更不考古昔真伪,今世是非。只如祭祀一节,古人席地不便于饮食,故尚笾簋笾豆,其器皆高。今祭古人用之,从其时也。子孙祭祖考,只宜用祖考常用所宜,而笾簋笾豆是设,可乎? 古者墓而不坟,不可识也,故不墓祭。后世父母体魄所藏,巍然丘垅,今欲舍人子所睹记者,而敬数寸之木,可乎? 则墓祭似不可已也。诸如此类甚多,皆古人所笑者也。使古人生于今,举动必不如此。

儒者惟有建业立功是难事。自古儒者成名多是讲学著述,人未尝尽试所言,恐试后纵不邪气,其实成个事功不狼狈以败者,定不多人。

而今讲学不为明道,只为角胜,字面词语间拿住一点半点错,便要连篇累牍辨个足。这是甚么心肠? 讲甚学问?

得人不敢不然之情易,得人自然之情难。秦、汉而后皆得人不敢不然之情者也。

众人但于义中寻个利字,再没于利中寻个义字。

性分、名分不是两项,尽性分底不傲名分。召之见,不肯见之;召之役,往执役之事。今之讲学者,陵犯名分自谓高洁,孔子乘田委吏何尝不折腰屈膝于大夫之庭乎? 噫! 道之不明久矣。

中高第,做美官,欲得愿足,这不是了却一生事。只是作人不端,或无过可称,而分毫无补于世,则高第美官反以益吾之耻者也。而世顾以此自多,予不知其何心。

　　隐逸之士只优于贪荣恋势人，毕竟在行道济时者之下。君子重之，所以羞富贵利达之流也。若高自标榜，尘视朝绅而自谓清流，傲然独得，则圣世之罪人也。夫不仕无义，宇宙内皆儒者事，奈之何洁身娱己岂天下离乱于不闻，而又非笑尧、舜、稷、契之俦哉？使天下而皆我也，我且不得有其身，况有此乐乎？予无用世具，行将老桑麻间，故敢云。

　　古之论贤不肖者，不曰幽明则曰枉直，则知光明洞达者为贤，隐伏深险者为不肖；真率爽快者为贤，斡旋转折者为不肖。故贤者如白日青天，一见即知其心事；不肖者如深谷晦夜，穷年莫测其浅深。贤者如疾矢急弦，更无一些回护；枉者如曲钩盘绳，不知多少机关。故虞廷曰"黜陟幽明"，孔子曰"举直错枉"。观人者之用明，舍是无所取矣。

　　品第大臣率有六等：上焉者宽厚深沉，远识兼照，造福于无形，消祸于未然，无智明勇功，而天下阴受其赐；其次刚明任事，慷慨敢言，爱国如家，忧时如病，而不免太露锋芒，得失相半；其次恬静逐时，动循故事，利不能兴，害不能除；其次持禄养望，保身固宠，国家安危，略不介怀；其次贪功启衅，怙宠张威，愎是任情，扰乱国政；其次奸险凶淫，煽虐肆毒，贼伤善类，蛊惑君心，断国家命脉，失四海人望。

　　极宽过厚足恭曲谨之人，乱世可以保身，治世可以敦俗。若草昧经纶，仓促筹画，荷天下之重，襄四海之难，永百世之休，旋乾转坤，安民阜物，自有一等英雄豪杰，渠辈当束之高阁。

　　弃此身操执之常而以圆软沽俗誉，忘国家远大之患而以宽厚市私恩，巧趋人所未见之利，善避人所未识之害，立身于百祸不侵之地，事成而我有功，事败而我无咎，此智巧士也，国家奚赖焉！

　　委罪掠功，此小人事；掩罪夸功，此众人事；让美归功，此君子事；分怨共过，此盛德事。

　　士君子立身难，是不苟；识见难，是不俗。

　　十分识见人与九分者说，便不能了悟，况愚智相去不翅倍蓰，而一不当意辄怒而弃之，则皋、夔、稷、契、伊、傅、周、召弃人多矣。所贵乎有识而居人上者，正以其能就无识之人，因其微长而善用之也。

　　大凡与人情不近，即行能卓越，道之贼也。圣人之道，人情而已。

　　以林皋安乐懒散心做官，未有不荒怠者。以在家治生营产心做官，未有不贪鄙者。

守先王之大防，不为苟且人开蹊窦，此儒者之操尚也。敷先王之道而布之宇宙，此儒者之事功也。

士君子须有三代以前一副见识，然后可以进退古今、权衡道法，可以成济世之业，可以建不世之功。

矫激之人加卑庸一等，其害道均也。吴季札、陈仲子、时苗、郭巨之类是也。君子矫世俗只到恰好处便止，矫枉只是求直，若过直则彼左枉而我右枉也。故圣贤之心如衡，处事与事低昂，分毫不得高下，使天下晓然知大中至正之所在，然后为不诡于道。

曲如炼铁钩，直似脱弓弦，不觅封侯贵，何为死道边。

雅士无奇名，幽人绝隐慝。

题汤阴庙末联：千古形销骨已朽，丹心犹自血鲜鲜。

寄所知云：道高毁自来，名重身难隐。

卷五

外篇

治道

庙堂之上，以养正气为先；海宇之内，以养元气为本。能使贤人君子无郁心之言，则正气培矣；能使群黎百姓无腹诽之语，则元气固矣。此万世帝王保天下之要道也。

六合之内，有一事一物相凌夺假借，而不各居其正位，不成清世界；有匹夫匹妇冤抑愤懑，而不得其分愿，不成平世界。

天下万事万物皆要求个实用。实用者，与吾身心关损益者也。凡一切不急之物，供耳目之玩好，皆非实用也。愚者甚至丧其实用以求无用，悲夫！是故明君治天下，必先尽革靡文，而严诛淫巧。

当事者若执一簿书，寻故事，循弊规，只用积年书手也得。

兴利无太急，要左视右盼；革弊无太骤，要长虑却顾。

苟可以柔道理，不必悻直也；苟可以无为理，不必多事也。

经济之士一居言官，便一建白，此是上等人，去缄默保位者远。只是治不古若，非前人议论不精，乃今人推行不力。试稽旧牍，今日我所言，昔人曾道否？若只一篇文章了事，虽牍如山，只为纸笔作孽障，架阁上添鼠食耳。夫士君子建白，岂欲文章奕世哉？冀谏行而民受其福也。今诏令刊布遍中外，而民间疾苦自若，当求其故。故在实政不行而虚文搪塞耳。综核不力，罪将谁归？

为政之道，以不扰为安，以不取为与，以不害为利，以行所无事为兴废起敝。

从政自有个大体。大体既立，则小节虽牴牾，当别作张弛，以辅吾大体之所未备，不可便改弦易辙。譬如待民贵有恩，此大体也，即有顽暴不化者，重刑之，而待民之大体不变；待士有礼，此大体也，即有淫肆不检者，严治之，而待士之大严不变。彼始之宽也，既养士民之恶，终之猛也，概及士民之善，非政也，不立大体故也。

为政先以扶持世教为主。在上者一举措间，而世教之隆污、风俗之美恶系焉。若不管大体何如，而执一时之偏见，虽一事未为不得，而风化所伤甚大，是谓乱常之政。先王慎之。

人情之所易忽，莫如渐；天下之大可畏，莫如渐。渐之始也，虽君子不以为意。有谓其当防者，虽君子亦以为迂。不知其极重不反之势，天地圣人亦无如之奈何，其所由来者渐也。周、郑交质，若出于骤然，天子虽孱懦甚，亦必有恚心，诸侯虽豪横极，岂敢生此念？迨积渐所成，其流不觉至是。故步视千里为远，前步视后步为近。千里者，步步之积也。是以骤者举世所惊，渐者圣人独惧。明以烛之，坚以守之，毫发不以假借，此慎渐之道也。

君子之于风俗也，守先王之礼而俭约是崇，不妄开事端以贻可长之渐。是故漆器不至金玉，而刻镂之不止；黼黻不至庶人，而锦绣被墙屋不止。民贫盗起不顾也，严刑峻法莫禁也。是故君子谨其事端，不开人情窦而恣小人无厌之欲。

著令甲者，凡以示天下万世，最不可草率，草率则行时必有滞碍；最不可含糊，含糊则行者得以舞文；最不可疏漏，疏漏则出于吾令之外者无以凭藉，而行者得以专辄。

筑基树枲者，千年之计也；改弦易辙者，百年之计也；兴废补敝者，十年之计也；垩白黝青者，一时之计也。因仍苟且，势必积衰；助波覆倾，反以裕蛊。先天下之忧者，可以审矣。

气运怕盈，故天下之势不可使之盈。既盈之势，便当使之损。是故不测之祸、一朝之忿，非目前之积也，成于势盈。势盈者，不可不自损。捧盈巵者，徐行不如少挹。

微者正之，甚者从之。从微则甚，正甚愈甚。天地万物、气化人事，莫不皆然。是故正微从甚，皆所以禁之也。此二帝三王之所以治也。

圣人治天下，常令天下之人精神奋发，意念敛束。奋发则万民无弃业，而兵食足、义气充，平居可以勤国，有事可以捐躯；敛束则万民无邪行，而身家重、名检修，世治则礼法易行，国衰则奸盗不起。后世之民怠惰放肆甚矣。臣民而怠惰放肆，明主之忧也。

能使天下之人者，惟神、惟德、惟惠、惟威。神则无言无为，而妙应如响；德则共尊共亲，而归附自同；惠则民利其利；威则民畏其法。非是则动众无术矣。

只有不容己之真心，自有不可易之良法。其处之未必当者，必其思之不精者也；其思之不精者，必其心之不切者也。故有纯王之心，方有纯王之政。

《关雎》是个和平之心，《麟趾》是个仁厚之德。只将和平仁厚念头行政，则仁民爱物，天下各得其所。不然，周官法度以虚文行之，岂但无益，且以病民。

"民胞物与"，子厚胸中合下有这段着痛着痒，心方说出此等语。不然，只是做戏底一般，虽是学哭学笑，有甚悲喜？故天下事只是要心真。二帝三王亲亲、仁民、爱物，不是向人学得来，亦不是见得道理当如此。曰亲、曰仁、曰爱，看是何等心肠，只是这点念头恳切殷浓，至诚恻怛，譬之慈母爱子，由不得自家，所以有许多生息爱养之政。悲夫！可为痛哭也已。

为人上者，只是使所治之民个个要聊生，人人要安分，物物要得所，事事要协宜。这是本然职分。遂了这个心，才得畅然一霎欢，安然一觉睡。稍有一民一物一事不妥贴，此心如何放得下。何者？为一郡邑长，一郡邑皆待命于我者也；为一国君，一国皆待命于我者也；为天下主，天下皆待命于我者也。无以答其望，何以称此职？何以居此位？夙夜汲汲图惟之不暇，而暇于安富尊荣之奉，身家妻子之谋，一不遂心而淫怒是逞耶？夫付之以生民之寄，宁为盈一己之欲哉？试一反思，便当愧汗。

王法上承天道，下顺人情，要个大中至正，不容有一毫偏重偏轻之制；行法者，要个大公无我，不容有一毫故出故入之心：则是天也。君臣以天行法，而后下民以天相安。

人情天下古今所同，圣人惧其肆，特为之立中以防之，故民易从。有乱道者从而矫之，为天下古今所难为之事，以为名高，无识者相与骇异之、崇奖之，以率天下。不知凡于人情不近者，皆道之贼也。故立法不可太激，制礼不可太严，责人不可太尽，然后可以同归于道。不然，是驱之使畔也。

振玩兴废，用重典；惩奸止乱，用重典；齐众摧强，用重典。

民情有五，皆生于便。见利则趋，见色则爱，见饮食则贪，见安逸则就，见愚弱则欺，皆便于己故也。惟便，则术不期工而自工；惟便，则奸不期多而自多。君子固知其难禁也，而德以柔之，教以谕之，礼以禁之，法以惩之，终日与便为敌而竟不能衰止。禁其所便，与强其所不便，其难一也。故圣人治民如治水，不能使不就下，能分之使不泛溢而已。堤之使不决，虽尧、舜不能。

尧、舜无不弊之法，而恃有不弊之身，用救弊之人，以善天下之治，如此而已。今也不然，法有九利不能必其无一害，法有始利不能必其不终弊。嫉才妒能之人，惰身利口之士，执其一害终弊者讪笑之。谋国不切而虑事不深者，从而附和之，不曰"天下本无事，安常袭故何妨"，则曰"时势本难为，好动喜事何益"。至大坏极弊，瓦解土崩，而后付之天命焉。呜呼！国家养士何为哉？士君子委质何为哉？儒者以宇宙为分内何为哉？

官多设而数易，事多议而屡更，生民之殃未知所极。古人慎择人而久任，慎立政而久行。一年如是，百千年亦如是。不易代不改政，不弊事不更法。故百官法守一，不敢作聪明以擅更张；百姓耳目一，不至乱听闻以乖政令。日渐月渍，莫不遵上之纪纲法度以淑其身，习上之政教号令以成其俗。譬之寒暑不易，而兴作者岁岁有持循焉；道路不易，而往来者年年知远近焉。何其定静！何其经常！何其相安！何其易行！何其省劳费！或曰：法久而弊，奈何？曰：寻立法之本意而救偏补弊耳。善医者，去其疾不易五脏，攻本脏不及四脏；善补者，缝其破不剪余完，浣其垢不改故制。

圣明之世，情、礼、法三者不相忤也。末世，情胜则夺法，法胜则夺礼。

汤、武之《诰》《誓》，尧、舜之所悲，桀、纣之所笑也。是岂不示信于民，而白己之心乎？尧、舜曰："何待哓哓尔示民，民不忍不从！"桀、纣曰：

"何待哓哓尔示民,民不敢不从!"观《书》之《诰》、《誓》,而知王道之衰矣。世道至汤、武,其势必桀、纣,又其势必至有秦、项、莽、操也。是故维持世道者,不可不虑其流。

圣人能用天下,而后天下乐为之用。圣人以心用,天下以形用。心用者,无用者也。众用之所恃,以为用者也。若与天下竞智勇、角聪明,则穷矣。

后世无人才,病本只是学政不修。而今把作万分不急之务,才振举这个题目,便笑倒人。官之无良,国家不受其福,苍生且被其祸,不知当何如处?

圣人感人心于患难处更验。盖圣人平日仁渐义摩,深思厚泽,入于人心者化矣。及临难处仓卒之际,何暇思图,拿出见成的念头来,便足以捐躯赴义,非曰我以此成名也,我以此报君也。彼固亦不自知其何为,而迫切至此也。其次捐躯而志在图报,其次易感而终难,其次厚赏以激其感。噫!至此而上下之相与薄矣,交孚之志解矣。嗟夫!先王何以得此于人哉!

圣人在上,能使天下万物各止其当然之所,而无陵夺假借之患,夫是之谓各安其分,而天地位焉;能使天地万物各遂其同然之情,而无抑郁倔强之态,夫是之谓各得其愿,而万物育焉。

民情既溢,裁之为难。裁溢如割骈拇赘疣,人甚不堪。故裁之也欲令民堪,有渐而已矣。安静而不震激,此裁溢之道也。故圣王在上,慎所以溢之者,不生民情。礼义以驯之,法制以防之,不使潜滋暴决,此慎溢之道也。二者,帝王调剂民情之大机也,天下治乱恒必由之。

创业之君,当海内属目倾听之时,为一切雷厉风行之法,故令行如流,民应如响。承平日久,法度疏阔,人心散而不收,惰而不振,顽而不爽。譬如熟睡之人,百呼若聋;久倦之身,两足如跛。惟是盗贼所追,水火所迫,或可猛醒而急奔。是以诏令废格,政事颓靡,条上者纷纷,中伤者累累,而听之者若罔闻知,徒多书发之劳、纸墨之费耳。即杀其尤者一人以号召之,未知肃然改视易听否。而迂腐之儒,犹曰"宜崇长厚,勿为激切"。嗟夫!养天下之祸,甚天下之弊者,必是人也。故物垢则浣,甚则改为;室倾则支,甚则改作。中兴之君,综核名实,整顿纪纲,当与创业等而后可。

先王为政,全在人心上用工夫。其体人心,在我心上用工夫。何者?同然之故也。故先王体人于我,而民心得,天下治。

天下之患，莫大于"苟可以"而止。养颓靡不复振之习，成尫重不可反之势，皆"苟可以"三字为之也。是以圣人之治身也，勤励不息；其治民也，鼓舞不倦。不以无事废常规，不以无害忽小失。非多事，非好劳也。诚知夫天下之事，尘未然之忧者，尚多或然之悔；怀太过之虑者，犹贻不及之忧；兢慎始之图者，不免怠终之患故耳。

天下之祸，成于忽忽者居其半，成于激迫者居其半。惟圣人能销祸于未形，弭思于既著。夫是之谓"知微知彰"。知微者，不动声色，要在能察几；知彰者，不激怒涛，要在能审势。呜呼！非圣人之智，其谁与于此？

精神爽奋，则百废俱兴；肢体怠弛，则百兴俱废。圣人之治天下，鼓舞人心，振作士气，务使天下之人如含露之朝叶，不欲如久旱之午苗。

而今不要掀揭天地，惊骇世俗，也须拆洗乾坤，一新光景。

无治人，则良法美意反以殃民；有治人，则弊习陋规皆成善政。故有文武之政，须待文武之君臣。不然，青萍结绿，非不良剑也；乌号繁弱，非不良弓矢也，用之非人，反以资敌。予观放赈、均田、减粜、检灾、乡约、保甲、社仓、官牛八政而伤心焉。不肖有司，放流有余罪矣。

振则须起风雷之《益》，欲则须奋刚健之《乾》，不如是，海内大可忧矣。

一呼吸间，四肢百骸无所不到；一痛痒间，手足心知无所不通：一身之故也。无论人生即偶，提一线而浑身俱动矣，一脉之故也。守令者，一郡县之线也；监司者，一省路之线也；君相者，天下之线也。心知所及，而四海莫不精神；政令所加，而万姓莫不鼓舞者何？提其线故也。令一身有痛痒而不知觉，则为痴迷之心矣；手足不顾，则为痿痹之手足矣。三代以来，上下不联属久矣。是人各一身，而家各一情也，死生欣戚不相感，其罪不在下也。

夫民怀敢怒之心，畏不敢犯之法，以待可乘之衅。众心已离，而上之人且恣其虐以甚之，此桀、纣之所以亡也。是以明王推自然之心，置同然之腹，不恃其顺我者之迹，而欲得其无怨我者之心。体其意欲而不忍拂，知民之心不尽见之于声色，而有隐而难知者在也。此所以固结深厚，而子孙终必赖之也。

圣主在上，只留得一种天理民彝经常之道在，其余小道曲说、异端横议斩然芟除，不遗余类。使天下之人易耳改目、洗心濯虑于一切乱政之术，如再生，如梦觉，若未尝见闻。然后道德一而风俗同，然后为纯王之治。

治世莫先无伪，教民只是不争。

任是权奸当国，也用几个好人做公道，也行几件好事收人心。继之者欲矫前人以自高，所用之人一切罢去，所行之政一切更张，小人奉承以干进，又从而巧言附和，尽改良法而还弊规焉。这个念头为国为民乎？为自家乎？果曰为国为民，识见已自聋瞽；果为自家，此之举动二帝三王之所不赦者也，更说甚么事业？

至人无奇名，太平无奇事，何者？皇锡此极，民归此极，道德一，风俗同，何奇之有？

势有时而穷。始皇以天下全盛之威力受制于匹夫，何者？匹夫者，天子之所恃以成势者也。自倾其势反为势所倾，故明王不恃萧墙之防御，而以天下为藩篱。德之所渐，薄海皆腹心之兵；怨之所结，衽席皆肘腋之寇。故帝王虐民是自虐其身者也，爱民是自爱其身者也。覆辙满前而驱车者接踵，可恸哉！

如今天下人，譬之骄子，不敢热气，唐突便艴然起怒。缙绅稍加综核，则曰苛刻；学校稍加严明，则曰寡恩；军士稍加敛戢，则曰凌虐；乡官稍加持正，则曰践踏。今纵不敢任怨，而废公法以市恩，独不可已乎？如今天下事，譬之敝屋，轻手推扶，便愕然咋舌。今纵不敢更张，而毁拆以滋坏，独不可已乎？

"公"、"私"两字，是宇宙的人鬼关。若自朝堂以至闾里，只把持得"公"字定，便自天清地宁，政清讼息；只一个"私"字，扰攘底不成世界。

王道感人处，只在以我真诚恻怛之心，体其委曲必至之情。是故不赏而劝，不激而奋，出一言而能使人致其死命，诚故也。

人君者，天下之所依以欣戚者也。一念怠荒，则四海必有废弛之事；一念纵逸，则四海必有不得其所之民。故常一日之间，几运心思于四海，而天下尚有君门万里之叹。苟不察群情之向背，而惟己欲之是恣。呜呼！可惧也。

天下之存亡系两字，曰"天命"；天命之去就系两字，曰"人心"。

耐烦则为三王，不耐烦则为五霸。

一人忧，则天下乐；一人乐，则天下忧。

圣人联天下为一身，运天下于一心。今夫四肢百骸、五脏六腑皆吾身也，痛痒之微，无有不觉，无有不顾。四海之痛痒，岂帝王所可忽哉！夫一指之疔如粟，可以致人之死命。国之存亡不在耳目闻见时，闻见时则无及矣。此以利害言之耳。一身麻木若不是我，非身也。人君者，天下之人君；天下者，人君之天下。而血气不相通，心知不相及，岂天立君之意耶？

无厌之欲，乱之所自生也；不平之气，乱之所由成也。皆有国者之所惧也。

用威行法，宜有三豫：一曰上下情通，二曰惠爱素孚，三曰公道难容。如此则虽死而人无怨矣。

第一要爱百姓。朝廷以赤子相付托，而士民以父母相称谓。试看父母之于赤子是甚情怀，便知长民底道理。就是愚顽梗化之人，也须耐心渐渐驯服。王者必世而后仁，揣我自己德教有俄顷过化手段否，奈何以积习惯恶之人，而遽使之帖然我顺，一教不从而遽赫然武怒耶？此居官第一戒也。有一种不可驯化之民，有一种不教而杀之罪。此特万分一耳，不可以立治体。

天下所望于圣人，只是个"安"字；圣人所以安天下，只是个"平"字。平则安，不平则不安矣。

三军要他轻生，万姓要他重生。不轻生不能勘乱，不重生易于为乱。

太古之世，上下相忘，不言而信。中古上下求相孚。后世上下求相胜：上用法胜下，下用欺以避法；下以术胜上，上用智以防术。以是而欲求治，胡可得哉？欲复古道，不如一待以至诚。诚之所不孚者，法以辅之，庶几不死之人心尚可与还三代之旧乎？

治道尚阳，兵道尚阴；治道尚方，兵道尚圆。是惟无言，言必行；是惟无行，行必竟。易简明达者，治之用也。有言之不必行者，有言之即行者，有行之后言者，有行之竟不言者，有行之非其所言者。融通变化，信我疑彼者，兵之用也。二者杂施，鲜不败矣。

任人不任法，此惟尧、舜在上，五臣在下可矣。非是而任人，未有不乱者。二帝三王非不知通变宜民、达权宜事之为善也，以为吾常御天下，则吾身即法也。何以法为？惟夫后世庸君具臣之不能兴道致治，暴君邪臣之敢于恣恶肆奸也，故大纲细目备载具陈，以防检之，以诏示之。固知夫今日之画一，必有不便于后世之推行也，以为圣子神孙自能师其意而善用于不穷，且尤足以济吾法之所未及，庸君具臣相与守之而不敢变，亦不失为半得。暴君邪臣即欲变乱，而弁髦之犹必有所顾忌，而法家拂士亦得执祖宗之成宪,以匡正其恶而不苟从,暴君邪臣亦畏其义正事核也,而不敢遽肆,则法之不可废也明矣。

善用威者不轻怒,善用恩者不妄施。

居上之患,莫大于赏无功、赦有罪,尤莫大于有功不赏而罚及无罪。是故王者任功罪,不任喜怒;任是非,不任毁誉。所以平天下之情而防其变也,此有国家者之大戒也。

事有知其当变而不得不因者,善救之而已矣;人有知其当退而不得不用者,善驭之而已矣。

下情之通于上也,如婴儿之于慈母,无小弗达;上德之及于下也,如流水之于间隙,无微不入。如此而天下乱亡者,未之有也。故壅蔽之奸,为亡国罪首。

不齐,天之道也,数之自然也。故万物生于不齐而死于齐,而世之任情厌事者乃欲一切齐之,是益以甚其不齐者也。夫不齐其不齐,则简而易治;齐其不齐,则乱而多端。

宇宙有三纲,智巧者不能逃也。一王法,二天理,三公论。可畏哉!

《诗》云:"乐只君子,民之父母。"又曰:"岂弟君子,民之父母。"君子观于《诗》而知为政之道矣。

既成德矣,而诵其童年之小失;既成功矣,而笑其往日之偶败,皆刻薄之见也。君子不为。

任是最愚拙人,必有一般可用,在善用之者耳。

公论,非众口一词之谓也。满朝皆非而一人是,则公论在一人。

为政者,非谓得行即行,以可行则行耳。有得行之势,而昧可行之理,是位以济其恶也。君子谓之贼。

使众之道,不分职守,则分日月,然后有所责成而上不劳,无所推委而下不奸。混呼杂命,概怒偏劳,此不可以使二人,况众人乎?勤者苦,惰者逸,讷者冤,辩者欺,贪者饱,廉者饥,是人也,即为人下且不能,而使之为人上,可叹也夫!

世教不明,风俗不美,只是策励士大夫。

治病要择良医,安民要择良吏。良吏不患无人,在选择有法而激劝有道耳。

孔子在鲁,中大夫耳,下大夫僚侪也,而犹侃侃。今监司见属吏,煦煦沾沾,温之以儿女子之情。才正体统,辄曰示人以难堪;才尚综核,则曰待人以苛刻。上务以长厚悦下官心,以树他日之桃李;下务以弥文涂上官耳目,以了今日之簿书。吏治安得修举? 民生安得辑宁? 忧时者,伤心恸之。

据册点选,据俸升官,据单进退,据本题覆,持至公无私之心,守画一不二之法,此守常吏部也。选人严于所用,迁官定于所宜,进退则出精识于抚按之外,题覆则持定见于科道之中,此有数吏部也。外而与士民同好恶,内而与君相争是非,铨注为地方不为其人,去留为其人不为其出身与所恃,品材官如辨白黑,果黜陟不论久新,任宇宙于一肩,等富贵于土苴,庶几哉其称职矣。呜呼! 非大丈夫孰足以语此? 乃若用一人则注听宰执口吻,退一人则凝视相公眉睫,借公名以济私,实结士口而灰民心,背公市誉,负国殖身——是人也,吾不忍道之。

藏人为君守财,吏为君守法,其守一也。藏人窃藏以营私谓之盗,吏以法市恩不曰盗乎? 卖公法以酬私德,剥民财以树厚交,恬然以为当然,可叹哉! 若吾身家慨以许人,则吾专之矣。

弭盗之末务,莫如保甲;弭盗之本务,莫如教养。故斗米十钱,夜户不闭,足食之效也;守遗待主,始于盗牛,教化之功也。夫盗,辱名也;死,重法也。而人犹为之,此其罪岂独在民哉? 而惟城池是恃,关键是严,巡缉是密,可笑也已。

整顿世界,全要鼓舞天下人心;鼓舞人心,先要振作自家神气。而今提纲挈领之人,奄奄气不足以息,如何教海内不软手折脚、零骨懈髓底!

事有大于劳民伤财者,虽劳民伤财亦所不顾;事有不关利国安民者,虽不劳民伤财亦不可为。

足民,王政之大本。百姓足,万政举;百姓不足,万政废。孔子告子贡以"足食",告冉有以"富之"。孟子告梁王以"养生送死无憾",告齐王以"制田里、教树畜"。尧、舜告此无良法矣。哀哉!

百姓只干正经事,不怕衣食不丰足;君臣只干正经事,不怕天下不太平。试问百司庶府,所职者何官? 终日所干者何事? 有道者可以自省矣。

法至于平,尽矣,君子又加之以恕。乃知平者,圣人之公也;恕者,圣人之仁也。彼不平者加之以深,不恕者加之以刻,其伤天地之和多矣。

化民成俗之道,除却身教,再无巧术;除却久道,再无顿法。

礼之有次第也,犹堂之有阶,使人不得骤僭也。故等级不妨于太烦。

阶有级,虽疾足者不得阔步;礼有等,虽倨傲者不敢凌节。

人才邪正,世道为之也;世道污隆,君相为之也。君人者何尝不费富贵哉? 以正富贵人,则小人皆化为君子;以邪富贵人,则君子皆化为小人。

满目所见,世上无一物不有淫巧。这淫巧耗了世上多少生成底财货,误了世上多少生财底工夫! 淫巧不诛,而欲讲理财,皆苟且之谈也。

天地之财,要看他从来处,又要看他归宿处。从来处要丰要养,归宿处要约要节。

将三代以来陋习敝规一洗而更之,还三代以上一半古意,也是一个相业。若改正朔,易服色,都是腐儒作用;葺倾厦,逐颓波,都是俗吏作用:于苍生奚补? 噫! 此可与有识者道。

御戎之道,上焉者德化心乎,其次讲信修睦,其次远驾长驱,其次坚壁清野,其次阴符智运,其次接刃交锋,其下叩关开市,又其下纳币和亲。

为政之道,第一要德感诚服乎,第二要令行禁止。令不行,禁不止,与无官无政同,虽尧、舜不能治一乡,而况天下乎!

防奸之法,毕竟疏于作奸之人。彼作奸者,拙则作伪以逃防,巧则就法以生弊,不但去害,而反益其害。彼作者十而犯者一耳,又轻其罪以为未犯者劝,法奈何得行? 故行法不严,不如无法。

世道有三责:责贵,责贤,责坏纲乱纪之最者。三责而世道可回矣。贵者握风俗教化之权而首坏,以为庶人倡,则庶人莫不象之;贤者明风俗教化之道而自坏,以为不肖者倡,则不肖者莫不象之。责此二人,此谓治本。风教既坏,诛之不可胜诛,故择其最甚者以令天下,此谓治末。本末兼治,不三年而四海内光景自别。乃今贵者、贤者为教化风俗之大蠹,而以体面宽假之,少严则曰苛刻以伤士大夫之体,不知二帝三王曾有是说否乎? 世教衰微,人心昏醉,不知此等见识何处来? 所谓淫朋比德相为庇护,以藏其短,而道与法两病矣。天下如何不敝且乱也!

印书先要个印板真,为陶先要个模子好。以邪官举邪官,以俗士取俗士,国欲治,得乎?

不伤财,不害民,只是不为虐耳。苟设官而惟虐之虑也,不设官其谁虐之? 正为家给人足,风移俗易,兴利除害,转危就安耳。设廉静寡欲,分毫无损于民;而万事废弛,分毫无益于民也。逃不得"尸位素餐"四字。

天地所以信万物,圣人所以安天下,只是一个"常"字。常也者,帝王所以定民志者也。常一定,则乐者以乐为常,不知德;苦者以苦为常,不知怨。若谓当然,有趋避而无恩仇,非有大奸臣凶,不敢辄生厌足之望、忿恨之心。何则?狃于常故也。故常不至大坏极敝,只宜调适,不可轻变。一变则人人生觊觎心;一觊觎则大家引领垂涎,生怨起纷,数年不能定。是以圣人只是慎常,不敢轻变。必不得已,默变不敢明变,公变不敢私变,分变不敢溷变。

纪纲法度整齐严密,政教号令委曲周详,原是实践躬行,期于有实用,得实力。今也自贪暴者奸法,昏惰者废法,延及今日万事虚文,甚者迷制作之本意而不知,遂欲并其文而去之。只今文如学校,武如教场,书声军容,非不可观可听,将这二途作养人用出来,令人哀伤愤懑欲死。推之万事,莫不皆然,安用缙绅簪缨塞破世间哉!明王不大振作,不苦核实,势必乱亡而后已。

安内攘外之略,须责之将吏。将吏不得其人,军民且不得其所,安问夷狄?是将吏也,养之不善则责之文武二学校,用之不善则责吏兵两尚书。或曰:养有术乎?曰:何患于无术?儒学之大坏极矣,不十年不足以望成材;武学之不行久矣,不十年不足以求名。将至于遴选于未用之先,条责于方用之际,综核于既用之后,黜陟于效不效之时,尽有良法可旋至而立有验者。

而今举世有一大迷,自秦、汉以来,无人悟得。官高权重,原是投大遗艰。譬如百钧重担,须寻乌获来担;连云大厦,须用大木为柱。乃朝廷求贤才,借之名器以任重;非朝廷市私恩,假之权势以荣人也。今也崇阶重地,用者以为荣人,重以予其所爱,而固以吝于所疏,不论其贤不贤。其用者以为荣己,未得则眼穿涎流以干人,既得则捐身镂骨以感德,不计其胜不胜。旁观者不论其官之称不称,人之宜不宜,而以资浅议骤迁,以格卑议冒进,皆视官为富贵之物,而不知富贵之也欲以何用。果朝廷为天下求人耶?抑君相为士人择官耶?此三人者,皆可怜也。叔季之世生人其识见固如此可笑也!

汉始兴,郡守某者御州兵,常操之内免操二月,继之者罢操,又继之者常给之外冬加酒银人五钱,又继之者加肉银人五钱,又继之者加花布银人一两。仓库不足,括税给之;犹不足,履亩加赋给之。兵不见德也而民怨。又继之者曰:"加,吾不能;而损,吾不敢。"竟无加。兵相与鼓譟曰:"郡长无恩。"率怨民以叛,肆行攻掠。元帝命刺史按之。报曰:"郡守不职,不能抚镇军民,而致之叛。"竟弃市。嗟夫!当弃市者谁耶?识治体者为之伤心矣。

人情不论是非利害,莫不乐便己者,恶不便己者。居官立政,无论殃民,即教养谆谆,禁令惓惓,何尝不欲其相养相安、免祸远罪哉?然政一行,而未有不怨者。故圣人先之以躬行,浸之以口语,示之以好恶,激之以赏罚,日积月累,耐意精心,但尽薰陶之功,不计俄顷之效。然后民知善之当为,恶之可耻,默化潜移,而服从乎圣人。今以无本之令,责久散之民,求旦夕之效,逞不从之怒,忿疾于顽,而望敏德之治,即我且亦愚不肖者,而何怪乎蚩蚩之氓哉?

嘉靖间,南京军以放粮过期、减短常例,杀户部侍郎,散银数十万以安抚之。万历间,杭州军以减月粮,又给以不通行之钱,欲杀巡抚不果,既而军骄,散银万余乃定。后严火夫夜巡之禁,宽免士夫而绳督市民,既而民变,杀数十人乃定。郧阳巡抚以风水之故,欲毁参将公署为学宫,激军士变,致殴兵备副使几死,巡抚被其把持,奏疏上,必露章明示之乃得行。陕西兵以冬操太早,行法太严,再三请宽不从,谋杀抚按总兵,不成。论者曰:兵骄卒悍如此,奈何?余曰:不然,工不信度而乱常规,恩不下究而犯众怒,罪不在军也。上人者,体其必至之情,宽其不能之罪,省其烦苛之法,养以忠义之教,明约束,信号令,我不负彼而彼奸,吾令即杀之,彼有愧惧而已。鸟兽来必无知觉,而谓三军之士无良心,可乎?乱法坏政,以激军士之暴,以损国家之威,以动天下之心,以开无穷之衅,当事者之罪不容诛矣。裴度所谓"韩洪舆疾讨贼,承宗敛手削地,非朝廷之力能制其死命,特以处置得宜,能服其心故耳"。"处置得宜"四字,此统大众之要法也。

霸者,豪强威武之名,非奸盗诈伪之类。小人之情,有力便挟力,不用伪;力不足而济以谋,便用伪。若力量自足以压服天下,震慑诸侯,直恁做将去,不怕他不从,便靠不到智术上,如何肯伪?王霸以诚伪分,自宋儒始。其实误在"五伯假之""以力假仁"二"假"字上,不知这"假"字只是"借"字。二帝三王以天德为本,便自能行仁,夫焉有所倚?霸者要做好事,原没本领,便少不得借势力以行之。不然,令不行、禁不止矣,乃是借威力以行仁义。故孟子曰:"以力假仁者霸。"以其非身有之,故曰"假借"耳。人之服之也,非为他智能愚人,没奈他威力何,只得服他。服人者,以强;

服于人者,以伪。管、商都是霸佐,看他作用都是威力制缚人,非略人略卖人者,故夫子只说他"器小",孟子只说他"功烈如彼其卑"。而今定公孙鞅罪,只说他惨刻,更不说他奸诈。如今官府教民迁善远罪,只靠那刑威,全是霸道,他有甚诈伪?看来王霸考语自有见成公案,曰以德以力所行底,门面都是一般仁义,如五禁之盟,二帝三王难道说他不是?难道反其所为?他只是以力行之耳。"德""力"二字最确,"诚""伪"二字未稳,何也?王霸是个粗分别,不消说到诚伪上。若到细分别处,二帝三王便有诚伪之分,何况霸者?

骤制则小者未必贴服,以渐则天下豪杰皆就我羁靮矣。明制则愚者亦生机械,默制则天下无智巧皆入我范围矣。此驭夷狄待小人之微权,君子用之则为术知,小人用之则为智巧,舍是未有能济者也。或曰:何不以至诚行之?曰:此何尝不至诚?但不浅露轻率耳。孔子曰:"机事不密,则害成。"此之谓与?

迂儒识见,看得二帝三王事功,只似阳春雨露,呕煦可人,再无一些冷落严肃之气。便是慈母,也有诃骂小儿时,不知天地只恁阳春,成甚世界。故雷霆霜雪不备,不足以成天;威怒刑罚不用,不足以成治。只五臣耳,还要一个皋陶。而二十有二人,犹有四凶之诛。今只把天德王道看得恁秀雅温柔,岂知杀之而不怨,便是存神过化处。目下作用,须是汗吐下后服四君子四物百十剂才是治体。

三公示无私也,三孤示无党也,九卿示无隐也。事无私曲,心无闭藏,何隐之有?呜呼!顾名思义,官职亦少称矣。

要天下太平,满朝只消三个人,一省只消两个人。

贤者只是一味,圣人备五味。一味之人,其性执,其见偏,自有用其一味处,但当因才器使耳。

天之气运有常,人依之以事作,而百务成;因之以长养,而百病少。上之政体有常,则下之志趋定,而渐可责成;人之耳目一,而因以寡过。

君子见狱囚而加礼焉。今以后皆君子人也,可无敬与?噫!刑法之设,明王之所以爱小人而示之以君子之路也。然则囹圄者,小人之学校与!

小人只怕他有才,有才以济之,流害无穷;君子只怕他无才,无才以行之,斯世何补?

事有便于官吏之私者,百世常行,天下通行,或日盛月新,至弥漫而不可救。若不便于己私,虽天下国家以为极便,屡加申饬,每不能行,即暂行亦不能久。负国负民,吾党之罪大矣。

恩威当使有余,不可穷也。天子之恩威,止于爵三公、夷九族。恩威尽,而人思以胜之矣。故明君养恩不尽,常使人有余荣;养威不尽,常使人有余惧。此久安长治之道也。

封建自五帝已然,三王明知不便,势与情不得不用耳。夏继虞,而诸侯无罪,安得废之?汤放桀,费征伐者十一国,余皆服从,安得而废之?武伐纣,不期而会者八百,其不会者或远或不闻,亦在三分有二之数,安得而废之?使六国尊秦为帝,秦亦不废六国,缘他不肯服,势必毕六王而后已。武王兴灭继绝,孔子之继绝举废,亦自其先世曾有功德,及灭之,不以其罪言之耳。非谓六师所移及九族无血食者,必求复其国也。故封建不必是,郡县不必非。郡县者,无定之封建;封建者,有定之郡县也。

刑、礼非二物也,皆令人迁善而去恶也,故远于礼则近于刑。

上德默成,示意而已;其次示观,动其自然;其次示声色;其次示是非,使知当然;其次示毁誉,使不得不然;其次示祸福;其次示赏罚;其次示生杀,使不敢不然。盖至于示生杀,而御世之术穷矣。叔季之世,自生杀之外无示也。悲夫!

权之所在,利之所归也。圣人以权行道,小人以权济私。在上者慎以权与人。

太平之时,文武将吏习于懒散,拾前人之唾余,高谈阔论,尽似真才。乃稍稍艰,大事到手,仓皇迷闷,无一干济之术。可叹可恨!士君子平日事事讲求,在在体验,临时只办得三五分,若全然不理会,只似纸舟尘饭耳。

圣人之杀,所以止杀也。故果于杀而不为姑息,故杀者一二而所全活者千万。后世之不杀,所以滋杀也。不忍于杀一二,以养天下之奸,故生其可杀,而生者多陷于杀。呜呼!后世民多犯死,则为人上者妇人之仁为之也。世欲治,得乎?

天下事不是一人做底,故舜五臣,周十乱,其余所用皆小德小贤,方能兴化致治。天下事不是一时做底,故尧、舜相继百五十年,然后黎民于变;文、武、周公相继百年,然后教化大行。今无一人谈治道,而孤掌欲鸣。一人倡之，众人从而诋訾之；一时作之，后人从而倾记之。呜呼，世道终不三代耶！振教铎以化吾侪，得数人焉相引而在事权，庶几或可望乎？

两精、两备、两勇、两智、两愚、两意，则多寡强弱在所必较。以精乘杂，以备乘疏，以勇乘怯，以智乘愚，以有余乘不足，以有意乘不意，以决乘二三，以合德乘离心，以锐乘疲，以慎乘怠，则多寡强弱非所论矣。故战之胜负无他，得其所乘与为人所乘，其得失不啻百也。实精也，而示之以杂；实备也，而示之以疏；实勇也，而示之以怯；实智也，而示之以愚；实有余也，而示之以不足；实有意也，而示之以不意；实有决也，而示之以二三；实合德也，而示之以离心；实锐也，而示之以疲；实慎也，而示之以怠，则多寡强弱亦非所论矣。故乘之可否无他，知其所示，知其无所示，其得失亦不啻百也。故不藏其所示，凶也；误中于所示，凶也。此将家之所务审也。

守令于民，先有知疼知热如儿如女一副真心肠，甚么爱养曲成事业做不出？只是生来没此念头，便与说绽唇舌，浑如醉梦。

兵、士二党，近世之隐忧也。士党易散，兵党难驯，看来亦有法处。我欲三月而令可杀，杀之可令心服而无怨，何者？罪不在下故也。

或问："宰相之道？"曰："无私有识。""冢宰之道？"曰："知人善任使。"

当事者，须有贤圣心肠，英雄才识。其谋国忧民也，出于恻怛至诚；其图事揆策也，必极详慎精密。蹰躇及于九有，计算至于千年，其所施设安得不事善功成、宜民利国。今也怀贪功喜事之念，为孟浪苟且之图，工粉饰弥缝之计，以遂其要荣取贵之奸，为万姓造殃不计也，为百年开衅不计也，为四海耗蠹不计也，计吾利否耳。呜呼，可胜叹哉！

为人上者，最怕器局小、见识俗，吏胥舆皂尽能笑人，不可不慎也。

为政者立科条、发号令，宁宽些儿，只要真实行、永久行。若法极精密而督责不严，综核不至，总归虚弥，反增烦扰。此为政者之大戒也。

民情不可使不便，不可使甚便。不便则壅阏而不通，甚者令之不行，必溃决而不可收拾；甚便则纵肆而不检，甚者法不能制，必放溢而不敢约束。故圣人同其好恶，以体其必至之情；纳之礼法，以防其不可长之渐。故能相安相习，而不至于为乱。

居官只一个快性，自家讨了多少便宜，左右省了多少负累，百姓省了多少劳费。

　　自委质后，终日做底是朝廷官，执底是朝廷法，干底是朝廷事。荣辱在君，爱憎在人，进退在我。吾辈而今错处把官认作自家官，所以万事顾不得，只要保全这个在，扶持这个尊。此虽是第二等说话，然见得这个透，还算五分人。

　　铦矛而秫挺，金矢而秸弓，虽有《周官》之法度而无奉行之人，典训谟诰何益哉！

　　二帝三王功业原不难做，只是人不曾理会。譬之遥望万丈高峰，何等巍峨，他地步原自逶迤，上面亦不陡峻，不信只小试一试便见得。

　　洗漆以油，洗污以灰，洗油以腻，去小人以小人，此古今妙手也。昔人明此意者几？故以君子去小人，正治之法也。正治是堂堂之阵，妙手是玄玄之机。玄玄之机，非圣人不能用也。

　　吏治不但错枉，去慵懦无用之人，清仕路之最急者。长厚者误国蠹民，以相培植，奈何？

　　余佐司寇日，有罪人情极可恨而法无以加者，司官曲拟重条，余不可。司官曰："非私恶也，以惩恶耳。"余曰："谓非私恶，诚然；谓非作恶，可乎？君以公恶轻重法，安知他日无以私恶轻重法者乎？刑部只有个'法'字，刑官只有个'执'字，君其慎之！"

　　有圣人于此，与十人论争，圣人之论是矣，十人亦各是己论以相持，莫之能下。旁观者至有是圣人者，有是十人者，莫之能定。必有一圣人至，方是圣人之论，而十人者、旁观者，又未必以后至者为圣人，又未必是圣人之是圣人也，然则是非将安取决哉？昊天诗人，怨王惑于邪谋，不能断以从善。噫！彼王也，未必不以邪谋为正谋，为先民之经，为大犹之程。当时在朝之臣又安知不谓大夫为邪谋，为迩言乎？是故执两端而用中，必圣人在天子之位，独断坚持；必圣人居父师之尊，诚格意孚。不然人各有口，人各有心，在下者多指乱视，在上者蓄疑败谋，孰得而禁之，孰得而定之？

　　易衰歇而难奋发者，我也；易懒散而难振作者，众也；易坏乱而难整饬者，事也；易蛊敝而难久常者，物也。此所以治日常少而乱日常多也。故为政要鼓舞不倦，纲常张，纪常理。

　　滥准、株连、差拘、监禁、保押、淹久、解审、照提，此八者，狱情之大忌也，仁人之所隐也。居官者慎之。

　　养民之政，孟子云："老者衣帛食肉，黎民不饥不寒。"韩子云："鳏寡孤独废疾者皆有养也。"教民之道,孟子云:"使契为司徒,教以人伦,父子有亲,君臣有义,夫妇有别,长幼有序,朋友有信。放勋曰:'劳之来之,匡之直之,辅之翼之,使自得之,又从而振德之。'"《洪范》曰:"无偏无陂,遵王之义;无有作好,遵王之道;无有作恶,遵王之路;无偏无党,王道荡荡;无党无偏,王道平平;无反无侧,王道正直。会其有极,归其有极。"予每三复斯言,汗辄浃背;三叹斯语,泪便交颐。嗟夫!今之民非古之民乎?今之道非古之道乎?抑世变若江河,世道终不可反乎?抑古人绝德后人终不可及乎?吾耳目口鼻视古人有何缺欠?爵禄事势视古人有何斳啬?俾六合景象若斯,辱此七尺之躯,腼面万民之上矣。

智慧长于精神,精神生于喜悦,喜悦生于欢爱。故责人者,与其怒之也,不若教之;与其教之也,不若化之。从容宽大,谅其所不能而容其所不及,恕其所不知而体其所不欲,随事讲说,随时开谕。彼乐接引之诚而喜于所好,感督责之宽而愧其不材,人非木石,无不长进。故曰"敬敷五教在宽",又曰"无忿疾于顽",又曰"匪怒伊教",又曰"善诱人"。今也不令而责之豫,不言而责之意,不明而责之喻,未及令人,先怀怒意,梃诟恣加,既罪矣而不详其故,是两相仇、两相苦也。智者之所笑而有量者之所羞也。为人上者切宜戒之。

德立行成了,论不得人之贵贱、家之富贫、分之尊卑。自然上下格心,大小象指。历山耕夫有甚威灵气焰?故曰:"默而成之,不言而信,存乎德行。"

宽人之恶者,化人之恶者也;激人之过者,甚人之过者也。

五刑不如一耻,百战不如一礼,万劝不如一悔。

举大事,动众情,必协众心而后济。不能尽协者,须以诚意格之,恳言入之。如不格不入,须委曲以求济事。不然彼其气力智术足以撼众而败吾之谋,而吾又以直道行之,非所以成天下之务也。古之人神谋鬼谋,以卜以筮,岂真有惑于不可知哉?定众志也。此济事之微权也。

世间万物皆有欲,其欲亦是天理人情。天下万世公共之心,每怜万物有多少不得其欲处。有余者盈溢于所欲之外而死,不足者奔走于所欲之内而死,二者均,俱生之道也。常思天地生许多人物,自足以养之,然而不得其欲者,正缘不均之故耳。此无天地不是处,宇宙内自有任其责者。是以圣王治天下不说均就说平,其均平之术只是絜矩。絜矩之方,只是个同好恶。

做官都是苦事,为官原是苦人,官职高一步,责任便大一步,忧勤便增一步。圣人胼手胝足,劳心焦思,惟天下之安而后乐,是乐者,乐其所苦者也;众人快欲适情,身尊家润,惟富贵之得而后乐,是乐者,乐其所乐者也。

法有定而持循之不易,则下之耳目心志习而上逸;无定,则上之指授口颊烦而下乱。

世人作无益事常十九,论有益惟有暖衣、饱食、安居、利用四者而已。臣子事君亲,妇事夫,弟事兄,老慈幼,上惠下,不出乎此。《豳风》一章,万世生人之大法,看他举动,种种皆有益事。

天下之事,要其终而后知君子之用心;君子之建立,要其成后见事功之济否。可奈庸人俗识,谗夫利口,君子才一施设辄生议论,或附会以诬其心,或造言以甚其过,是以志趣不坚、人言是恤者辄灰心丧气,竟不卒功。识见不真、人言是听者辄罢君子之所为,不使终事。呜呼!大可愤心矣。古之大建立者,或利于千万世而不利于一时,或利于千万人而不利于一人,或利于千万事而不利于一事。其有所费也似贪,其有所劳也似虐,其不避嫌也易以招摘取议。及其成功而心事如青天白日矣!奈之何铄金销骨之口夺未竟之施,诬不白之心哉?呜呼!英雄豪杰冷眼天下之事,袖手天下之敝,付之长吁冷笑,任其腐溃决裂而不之理,玩日愒月,尸位素餐,而苟且目前以全躯保妻子者岂得已哉?盖惧此也。

变法者变时势不变道,变枝叶不变本。吾怪夫后之议法者偶有意见,妄逞聪明,不知前人立法千思万虑而后决。后人之所以新奇自喜,皆前人之所熟思而弃者也,岂前人之见不及此哉!

鳏寡孤独、疲癃残疾、颠连无告之失所者,惟冬为甚。故凡咏红炉锦帐之欢,忘雪夜呻吟之苦者,皆不仁者也。

天下之财,生者一人,食者九人;兴者四人,害者六人。其冻馁而死者,生之人十九,食之人十一;其饱暖而乐者,害之人十九,兴之人十一。呜呼!可为伤心矣。三代之政行,宁有此哉!

居生杀予夺之柄,而中奸细之术,以陷正人君子,是受顾之刺客也。伤我天道,殃我子孙,而为他人快意,愚亦甚矣。愚尝戏谓一友人曰:"能辱能荣,能杀能生,不当为人作荆卿。"友人谢曰:"此语可为当路药石。"

秦家得罪于万世,在变了井田上。春秋以后井田已是十分病民了,但当复十一之旧,正九一之界,不当一变而为阡陌。后世厚取重敛,与秦自不相干。至于贫富不均,开天下奢靡之俗,生天下窃劫之盗,废比闾族党之法,使后世十人九贫,死于饥寒者多有,则坏井田之祸也。三代井田之法,能使家给人足、俗俭伦明、盗息讼简,天下各得其所。只一复了井田,万事俱理。

赦何为者? 以为冤耶,当罪不明之有司;以为不冤耶,当报无辜之死恨。圣王有大庆,虽枯骨罔不蒙恩。今伤者伤矣,死者死矣,含愤郁郁莫不欲仇我者速罹于法以快吾心,而乃赦之,是何仁于有罪而不仁于于无辜也! 将残贼幸赦而屡逞,善良闻赦而伤心,非圣王之政也。故圣王眚灾宥过不待庆时,其刑故也不论庆时,夫是之谓"大公至正之道",而不以一时之喜滥恩,则法执而小人惧,小人惧则善良得其所。

庙堂之上聚议者,其虚文也。当路者持不虚之成心,循不可废之故事,特借群在以示公耳。是以尊者嗫嚅,卑者唯诺,移日而退。巧于逢迎者,观其颐指意向而极口称道,他日骤得殊荣;激于公直者,知其无益有害而奋色极言,他日中以奇祸。

近世士风大可哀已。英雄豪杰本欲为宇宙树立大纲常、大事业,今也,驱之俗套,绳以虚文,不俯首吞声以从,惟有引身而退耳。是以道德之士远引高蹈,功名之士以屈养伸。彼在上者倨傲成习,看下面人皆王顺长息耳。

今四海九州之人,郡异风,乡殊俗,道德不一故也。故天下皆守先王之礼,事上接下,交际往来,揆事宰物,率遵一个成法,尚安有诋笑者乎? 故惟守礼可以笑人。

凡名器服饰,自天子而下庶人而上,各有一定等差,不可僭逼。上太杀是谓逼下,下太隆是谓僭上。先王不裁抑以逼下也,而下不敢僭。

礼与刑,二者常相资也。礼先刑后,礼行则刑措,刑行则礼衰。

官贵精不贵多,权贵一不贵分。大都之内,法令不行,则官多权分之故也,故万事俱弛。

名器于人无分毫之益,而国之存亡、民之死生于是乎系。是故衮冕非暖于纶巾,黄瓦非坚于白屋,别等威者非有利于身,受跪拜者非有益于己,然而圣王重之者,乱臣贼子非此无以防其渐而示之殊也。是故虽有大奸恶,而以区区之名分折之,莫不失辞丧气。吁! 名器之义大矣哉!

今之用人,只怕无去处,不知其病根在来处;今之理财,只怕无来处,不知其病根在去处。

用人之道，贵当其才；理财之道，贵去其蠹。人君以识深虑远者谋社稷，以老成持重者养国脉，以振励明作者起颓敝，以通时达变者调治化，以秉公持正者寄钧衡，以烛奸嫉邪者为按察，以厚下爱民者居守牧，以智深勇沉者典兵戎，以平恕明允者治刑狱，以廉静综核者掌会计，以惜耻养德者司教化，则用人当其才矣。宫妾无慢弃之帛，殿廷无金珠之玩，近侍绝贿赂之通，宠幸无不赀之赏，臣工严贪墨之诛，迎送惩威福之滥，工商重淫巧之罚，众庶谨僭奢之戒，游惰杜幸食之门，缁黄示诳诱之罪，倡优就耕织之业，则理财得其道矣。

古之官人也择而后用，故其考课也常恕。何也？不以小过弃所择也。今之官人也用而后择，却又以姑息行之，是无择也，是容保奸回也。岂不浑厚？哀哉万姓矣！

世无全才久矣，用人者各因其长可也。夫目不能听，耳不能视，鼻不能食，口不能臭，势也。今之用人，不审其才之所堪，资格所及，杂然授之。方司会计，辄理刑名；既典文铨，又握兵柄。养之不得其道，用之不当其才，受之者但悦美秩而不自量。以此而求济事，岂不难哉！夫公绰但宜为老，而裨谌不可谋邑，今之人才岂能倍蓰古昔？愚以为学校养士，科目进人，便当如温公条议，分为数科，使各学其才之所近，而质性英发能备众长者特设全才一科，及其授官，各任所长。夫资有所近，习有所通，施之政事，必有可观。盖古者以仕学为一事，今日分体用为两截。穷居草泽，止事词章；一入庙廊，方学政事。虽有明敏之才、英达之识，岂能观政数月便得每事尽善？不免卤莽施设，鹘突支吾。苟不大败，辄得迁升。以此用人，虽尧、舜不治。夫古之明体也，养适用之才，致君泽民之术，固已熟于畎亩之中，苟能用我者，执此以往耳。今之学校，可为流涕矣。

官之所居曰任，此意最可玩。不惟取责任负荷之义；任者，任也，听其便宜信任而责成也。若牵制束缚，非任矣。

厮隶之言直彻之九重，台省以之为藏否，部院以之为进退，世道大可恨也。或讶之。愚曰：天子之用舍托之吏部，吏部之贤不肖托之抚按，抚按之耳目托之两司，两司之心腹托之守令，守令之见闻托之皂快，皂快之采访托之他邑别邵之皂快。彼其以恩仇为是非，以谬妄为情实，以前令为后官，以旧愆为新过，以小失为大辜，密报密收，信如金石，愈伪愈详，获如至宝，谓夷、由污，谓蹻、跖廉，往往有之。而抚按据以上闻，吏部据以黜陟。

一吏之荣辱不足惜，而夺所爱以失民望，培所恨以滋民殃，好恶拂人甚矣。

居官有五要：休错问一件事，休屈打一个人，休妄费一分财，休轻劳一夫力，休苟取一文钱。

吴越之战利用智，羌胡之战利用勇。智在相机，勇在养气。相机者务使鬼神不可知，养气者务使身家不肯顾，此百姓之道也。

兵以死使人者也。用众怒，用义怒，用恩怒。众怒仇在万姓也，汤武之师是已；义怒以直攻曲也，三军缟素是已；恩怒感泪思奋也，李牧犒三军、吴起同甘苦是已。此三者，用人之心，可以死人之身，非是皆强驱之也。猛虎在前，利兵在后，以死殴死，不战安之？然而取胜者幸也，败与溃者十九。

寓兵于农，三代圣王行之甚好。家家知耕，人人知战，无论即戎，亦可弭盗，且经数十百年不用兵。说用兵，才用农十分之一耳。何者？有不道之国，则天子命曰："某国不道，某方伯连师讨之。"天下无与也，天下所以享兵农未分之利。春秋以后，诸侯日寻干戈，农胥变而为兵，舍穑不事则吾国贫，因粮于敌则他国贫。与其农胥变而兵也，不如兵农分。

凡战之道，贪生者死，忘死者生，狃胜者败，耻败者胜。

疏法胜于密心，宽令胜于严主。

天下之事，倡于作俑而滥于助波鼓焰之徒，至于大坏极敝，非截然毅然者不能救。于是而犹曰循旧安常，无更张以拂人意，不知其可也。

在上者能使人忘其尊而亲之，可谓盛德也已。

因偶然之事，立不变之法；惩一夫之失，苦天下之人。法莫病于此矣。近日建白，往往而然。

礼繁则难行，卒成废阁之书；法繁则易犯，益甚决裂之罪。

为尧、舜之民者，逸于尧、舜之臣，唐、虞世界全靠四岳、九官、十二牧，当时君民各享无为之业而已。臣劳之系于国家也，大哉！是故百官逸则君劳，而天下不得其所。

治世用端人正士，衰世用庸夫俗子，乱世用憸夫佞人。憸夫佞人盛，而英雄豪杰之士不伸。夫惟不伸也，而奋于一伸，遂至于亡天下。故明主在上必先平天下之情，将英雄豪杰服其心志，就我羁靮，不蓄其奋而使之逞。

天下之民皆朝廷之民，皆天地之民，皆吾民。

愈上则愈聋瞽，其壅蔽者众也；愈下则愈聪明，其见闻者真也。故论见闻则君之知不如相，相之知不如监司，监司之知不如守令，守令之知不如民。论壅蔽则守令蔽监司，监司蔽相，相蔽君。惜哉！愈下之真情不能使愈上者闻之。

周公是一部活《周礼》，世只有周公不必有《周礼》。使周公而生于今，宁一一用《周礼》哉？愚谓有周公，虽无《周礼》，可也；无周公，虽无《周礼》，可也。

民鲜耻可以观上之德，民鲜畏可以观上之威，更不须求之民。

民情甚不可郁也。防以郁水，一决则漂屋推山；炮以郁火，一发则碎石破木。桀、纣郁民情而汤、武通之，此存亡之大机也。有天下者之所夙夜孜孜者也。

天之生民非为君也，天之立君以为民也，奈何以我病百姓？夫为君之道无他，因天地自然之利而为民开导撙节之，因人生固有之性而为民倡率裁制之，足其同欲，去其同恶，凡以安定之使无失所，而后立君之意终矣。岂其使一人肆于民上而剥天下以自奉哉？呜呼！尧舜其知此也夫。

三代之法，井田、学校，万世不可废；世官、封建，废之已晚矣。此难与不思者道。

圣王同民心而出治道，此成务者之要言也。夫民心之难同久矣。欲多而见鄙，圣王识度岂能同之？噫！治道以治民也，治民而不同之，其何能从？即从，其何能久？禹之戒舜曰："罔咈百姓以从己之欲。"夫舜之欲岂适己自便哉？以为民也，而曰"罔咈"。盘庚之迁殷也，再四晓譬；武王之伐纣也，三令五申。必如此而后事克有济。故曰"专欲难成，众怒难犯"。我之欲未必非，彼之怒未必是，圣王求以济事，则知专之不胜众也，而不动声色以因之，明其是非以悟之，陈其利害以动之，待其心安而意顺也，然后行之。是谓以天下人成天下事，事不劳而底绩。虽然，亦有先发后闻者，亦有不谋而断者，有拟议已成、料度已审、疾雷迅电而民不得不然者。此特十一耳、百一耳，不可为典则也。

人君有欲，前后左右之幸也。君欲一，彼欲百，致天下乱亡，则一欲者受祸，而百欲者转事他人矣。此古今之明鉴，而有天下者之所当悟也。

"平"之一字极有意味，所以至治之世只说个"天下平"。或言：水无高下，一经流注无不得平。曰：此是一味平了。世间千种人，万般物，百样事，各有分量，各有差等，只各安其位而无一毫拂戾不安之意，这便是太平。如君说则是等尊卑贵贱小大而齐之矣，不平莫大乎是。

国家之取士以言也，固将曰言如是行必如是也。及他日效用，举背之矣。今闾阎小民立片纸，凭一人，终其身执所书而责之不敢二，何也？我之所言，昭然在纸笔间也，人已据之矣。吁！执卷上数千言，凭满闱之士大夫，且播之天下，视小民片纸何如？奈之何吾资之以进身，人君资之以进人，而自处于小民之下也哉？噫！无怪也。彼固以空言求之，而终身不复责券也。

漆器之谏，非为舜忧也，忧天下后世极欲之君自此而开其萌也。天下之势，无必有，有必文，文必靡丽，靡丽必亡。漆器之谏，慎其有也。

矩之不可以不直方也，是万物之所以曲直斜正也。是故矩无言而万物则之无毫发违，直方故也。哀哉！为政之徒言也。

暑之将退也先燠，天之将旦也先晦。投丸于壁，疾则内射，物极则反，不极则不反。故愚者惟乐其极，智者先惧其反。然则否不害于极，泰极其可惧乎！

余每食虽无肉味，而蔬食菜羹尝足。因叹曰："嗟夫！使天下皆如此，而后盗可诛也。"枵腹菜色，盗亦死，不盗亦死。夫守廉而俟死，此士君子之所难也。奈何以不能士君子之行而遂诛之乎？此富民为王道之首务也。

穷寇不可追也，遁辞不可攻也，贫民不可威也。

无事时埋藏著许多小人，多事时识破了许多君子。

法者，御世宰物之神器。人君本天理人情而定之，人君不得与；人臣为天下万世守之，人臣不得与。譬之执圭捧节，奉持惟谨而已。非我物也，我何敢私？今也不然，人藉之以济私，请托公行；我藉之以市恩，听从如响。而辩言乱政之徒又借曰长厚、曰慈仁、曰报德、曰崇尊。夫长厚慈仁当施于法之所不犯，报德崇尊当求诸己之所得为，奈何以朝廷公法徇人情、伸己私哉？此大公之贼也。

治世之大臣不避嫌，治世之小臣无横议。

姑息之祸甚于威严，此不可与长厚者道。

卑卑世态，袅袅人情，在下者工不以道之悦，在上者悦不以道之工。奔走揖拜之日多，而公务填委；简书酬酢之文盛，而民事阃闻。时光只有此时光，精神只有此精神，所专在此，则所疏在彼。朝廷设官本劳己以安民，今也忧民以相奉矣。

天下存亡系人君喜好,鹤乘轩,何损于民?且足以亡国,而况大于此者乎?

动大众,齐万民,要主之以慈爱,而行之以威严。故曰"威克厥爱",又曰"一怒而安天下之民"。若姑息宽缓,煦煦沾沾,便是妇人之仁,一些事济不得。

为政以徇私、弭谤、违道、干誉为第一耻,为人上者自有应行道理,合则行,不合则去。若委曲迁就,计利虑害,不如奉身而退。孟子谓枉尺直寻,不可推起来。虽枉一寸,直千尺,恐亦未可也。或曰:处君亲之际,恐有当枉处。曰:当枉则不得谓之枉矣,是谓权以行经,毕竟是直道而行。

"与其杀不辜,宁失不经",此舜时狱也。以舜之圣,皋陶之明,听比屋可封之民,当淳朴未散之世,宜无不得其情者,何疑而有不经之失哉?则知五听之法不足以尽民,而疑狱难决自古有之,故圣人宁不明也而不忍不仁。今之决狱辄耻不明而以臆度之见、偏主之失杀人,大可恨也。夫天道好生,鬼神有知,奈何为此?故宁错生了人,休错杀了人。错生则生者尚有悔过之时,错杀则我亦有杀人之罪。司刑者慎之。

大纛高牙,鸣金奏管,飞旌卷盖,清道唱驺,舆中之人志骄意得矣。苍生之疾苦几何?职业之修废几何?使无愧于心焉,即匹马单车,如听钧天之乐。不然,是益厚吾过也。妇人孺子岂不惊炫,恐有道者笑之。故君子之车服仪从足以辨等威而已,所汲汲者固自有在也。

徇情而不废法,执法而不病情,居官之妙悟也。圣人未尝不履正奉公,至其接人处事大段圆融浑厚,是以法纪不失而人亦不怨。何者?无躁急之心,而不狃一切之术也。

"宽简"二字,为政之大体。不宽则威令严,不简则科条密。以至严之法,绳至密之事,是谓烦苛暴虐之政也。困己忧民,明王戒之。

世上没个好做底官,虽抱关之吏,也须夜行早起,方为称职。才说做官好,便不是做官底人。

罪不当笞,一朴便不是;罪不当怒,一叱便不是。为人上者慎之。

君子之事君也,道则直身而行,礼则鞠躬而尽,诚则开心而献,祸福荣辱则顺命而受。

弊端最不可开,弊风最不可成。禁弊端于未开之先易,挽弊风于既成之后难。识弊端而绝之,非知者不能;疾弊风而挽之,非勇者不能。圣王在上，诛开弊端者以徇天下，则弊风自革矣。

避其来锐，击其惰归，此之谓大智，大智者不敢常在我。击其来锐，避其惰归，此之谓神武，神武者心服常在人。大智者可以常战，神武者无俟再战。

御众之道，赏罚其小者赏罚小则大者劝惩、甚者赏罚甚者费省而人不惊、明者人所共知、公者不以己私，如是，虽百万人可为一将用，不然必劳、必费、必不行，徒多赏罚耳。

为政要使百姓大家相安，其大利害当兴革者不过什一，外此只宜行所无事，不可有意立名建功以求烜赫之誉。故君子之建白，以无智名勇功为第一。至于雷厉风行，未尝不用。譬之天道然，以冲和镇静为常，疾风迅雷间用之而已。

罚人不尽数其罪，则有余惧；赏人不尽数其功，则有余望。

匹夫有不可夺之志，虽天子亦无可奈何。天子但能令人死，有视死如饴者，而天子之权穷矣。然而竟令之死，是天子自取过也。不若容而遂之，以成盛德。是以圣人体群情，不敢夺人之志，以伤天下之心，以成己之恶。

临民要庄谨，即近习门吏起居常侍之间，不可示之以可慢。

圣王之道以简为先，其繁者，其简之所不能者也。故惟简可以清心，惟简可以率人，惟简可以省人己之过，惟简可以培寿命之原，惟简可以养天下之财，惟简可以不耗天地之气。

圣人不以天下易一人之命，后世乃以天下之命易一身之尊，悲夫！吾不知得天下将以何为也。

圣君贤相在位，不必将在朝小人一网尽去之，只去元恶大奸，每种芟其甚者一二，示吾意向之所在。彼群小众邪与中人之可恶者，莫不回心向道，以逃吾之所去，旧恶掩覆不暇，新善积累不及，而何敢怙终以自溺邪？故举皋陶，不仁者远；去四凶，不仁者亦远。

有一种人，以姑息匪人市宽厚名；有一种人，以毛举细故市精明名，皆偏也。圣人之宽厚不使人有所恃，圣人之精明不使人无所容，敦大中自有分晓。

申、韩亦王道之一体，圣人何尝废刑名不综核？四凶之诛，舜之申、韩也；少正卯之诛，侏儒之斩，三都之堕，孔子之申、韩也。即雷霆霜雪，天亦何尝不申、韩哉？故慈父有挺诟，爱肉有针石。

三千三百,圣人非靡文是尚而劳苦是甘也。人心无所存属则恶念潜伏,人身有所便安则恶行滋长。礼之繁文使人心有所用而不得他适也,使人观文得情而习于善也,使人劳其筋骨手足而不偷慢以养其淫也,使彼此相亲相敬而不伤好以起争也,是范身联世制欲已乱之大防也。故旷达者乐于简便,一决而溃之则大乱起。后世之所谓礼者则异是矣,先王情文废无一,在而乃习容止:多揖拜,媚颜色,柔声气,工颂谀,艳交游,密附耳蹑足之语,极笾豆筐之费,工书刺候问之文。君子所以深疾之,欲一洗而入于崇真尚简之归,是救俗之大要也。虽然,不讲求先王之礼而一入于放达,乐有简便,久而不流于西晋者几希。

在上者无过,在下者多过。非在上者之无过,有过而人莫敢言;在下者非多过,诬之而人莫敢辩。夫惟使人无心言,然后为上者真无过;使人心服,而后为下者真多过也。

为政者贵因时。事在当因,不为后人开无故之端;事在当革,不为后人长不救之祸。

夫治水者,通之乃所以穷之,塞之乃所以决之也。民情亦然。故先王引民情于正,不裁于法。法与情不俱行,一存则一亡。三代之得天下,得民情也;其守天下也,调民情也。顺之而使不拂,节之而使不过,是谓之调。

治道之衰,起于文法之盛;弊蠹之滋,始于簿书之繁。彼所谓文法簿书者,不但经生黔首懵不见闻,即有司专职,亦未尝检阅校勘。何者?千宗百架,鼠蠹雨浥,或一事反覆异同,或一时互有可否。后欲遵守,何所适从?只为积年老猾媒利市权之资耳。其实于事体无裨,弊蠹无损也。呜呼!百家之言不火而道终不明,后世之文法不省而世终不治。

六合都是情世界,惟朝堂官府为法世界,若也只徇情,世间更无处觅公道。进贤举才而自以为恩,此斯世之大惑也。退不肖之怨,谁其当之?失贤之罪,谁其当之?奉君之命,尽己之职,而公法废于私恩,举世迷焉,亦可悲矣。

进言有四难:审人、审己、审事、审时。一有未审,事必不济。

法不欲骤变,骤变虽美,骇人耳目,议论之媒也;法不欲硬变,硬变虽美,拂人心志,矫抗之藉也。故变法欲详审;欲有渐;欲不动声色;欲同民心而与之反覆其议论;欲心迹如青天白日;欲独任躬行,不令左右借其名以行胸臆;欲明且确,不可含糊,使人得持两可以为重轻;欲着实举行,期有成效,无虚文搪塞,反贻实害。必如是而后法可变也。不然,宁仍旧贯而损益修举之。无喜事,喜事人上者之儌也。

新法非十有益于前,百无虑于后,不可立也;旧法非于事万无益,于理大有害,不可更也。要在文者实之,偏者救之,敝者补之,流者反之,怠废者申明而振作之。此治体调停之中策,百世可循者也。

用三代以前见识而不迂,就三代以后家数而不俗,可以当国矣。

善处世者,要得人自然之情。得人自然之情,则何所不得?失人自然之情,则何所不失?不惟帝王为然,虽二人同行,亦离此道不得。

夫坐法堂,厉声色,侍列武卒,错陈严刑,可生可杀,惟吾所欲为而莫之禁,非不泰然得志也。俄而有狂士直言正色,诋过攻失,不畏尊严,则王公贵人为之夺气。于斯时也,威非不足使之死也,理屈而威以劫之,则能使之死而不能使之服矣。大盗昏夜持利刃而加人之颈,人焉得而不畏哉?伸无理之威以服人,盗之类也,在上者之所耻。彼以理伸,我以威伸,则彼之所伸者盖多矣。故为上者之用威,所以行理也,非以行势也。

“礼”之一字,全是个虚文,而国之治乱、家之存亡、人之死生、事之成败罔不由之。故君子重礼,非谓其能厚生利用人,而厚生利用者之所必赖也。

兵革之用,德化之衰也。自古圣人亦甚盛德,即不过化存神,亦能久道成孚,使彼此相安于无事。岂有四夷不可讲信修睦作邻国邪?何至高城深池以为卫,坚甲利兵以崇诛,佟万乘之师,靡数百万之财以困民,涂百万生灵之肝脑以角力,圣人之智术而止于是邪?将至愚极拙者谋之,其计岂出此下哉?若曰“无可奈何、不得不尔”,无为贵圣人矣。将干羽苗格,因垒崇降,尽虚语矣乎?夫无德化可恃,无恩信可结,而曰去兵,则外夷交侵,内寇啸聚,何以应敌?不知所以使之不侵不聚者,亦有道否也?古称“四夷来王”,八蛮通道,“越裳重译”,日月霜露之所照堕者莫不尊亲,断非虚语。苟于此而岁岁求之,日日讲之,必有良法,何至因天下之半,而为此无可奈何之策哉!

事无定分,则人人各诿其劳,而万事废;物无定分,则人人各满其欲,而万物争。分也者,物各付物,息人奸懒贪得之心,而使事得其理、人得其情者也。分定,虽万人不须交一言。此修齐治平之要务,二帝三王之所不能外也。

骄惯之极，父不能制子，君不能制臣，夫不能制妻，身不能自制。视死如饴，何威之能加？视恩为玩，何惠之能益？不祸不止。故君子情盛不敢废纪纲，兢兢然使所爱者知恩而不敢肆，所以生之也，所以全之也。

物理人情，自然而已。圣人得其自然者以观天下，而天下之人不能逃圣人之洞察；握其自然者以运天下，而天下之人不觉为圣人所斡旋。即其轨物所绳于矫拂，然拂其人欲自然之私，而顺其天理自然之公。故虽有倔强锢蔽之人，莫不憬悟而驯服，则圣人触其自然之机而鼓其自然之情也。

监司视小民蔼然，待左右肃然，待寮寀温然，待属官侃然，庶几乎得体矣。自委质后，此身原不属我。朝廷名分，为朝廷守之，一毫贬损不得，非抗也；一毫高亢不得，非卑也。朝廷法纪为朝廷执之，一毫徇人不得，非固也；一毫任己不得，非恚也。

未到手时，嫌于出位而不敢学；既到手时，迫于应酬而不及学。一世业官苟且，只于虚套搪塞，竟不嚼真味，竟不见成功，虽位至三公，点检真足愧汗。学者思之。

今天下一切人、一切事，都是苟且做，寻不着真正题目。便认了题目，尝不着真正滋味。欲望三代之治甚难。

凡居官，为前人者，无干誉矫情，立一切不可常之法以难后人；为后人者，无矜能露迹，为一朝即改革之政以苦前人。此不惟不近人情，政体自不宜尔。若恶政弊规，不防改图，只是浑厚便好。

将古人心信今人，真是信不过。若以古人至诚之道感今人，今人未必在豚鱼下也。

泰极必有受其否者，否极必有受其泰者。故水一壅必决，水一决必涸。世道纵极必有操切者出，出则不分贤愚，一番人受其敝；严极必有长厚者出，出则不分贤愚，一番人受其福。此非独人事，气数固然也。故智者乘时因势，不以否为忧，而以泰为惧。审势相时，不决裂于一惩之后，而骤更以一切之法。昔有猎者入山，见驺虞以为虎也，杀之，寻复悔；明日见虎以为驺虞也，舍之，又复悔。主时势者之过于所惩也，亦若是夫。

法多则遁情愈多，譬之逃者，入千人之群则不可觅，入三人之群则不可藏矣。

兵，阴物也；用兵，阴道也。故贵谋，不好谋不成。我之动定，敌人不闻；

敌之动定,尽在我心:此万全之计也。

取天下,守天下,只在一种人上加意念,一个字上做工夫。一种人是那个?曰"民"。一个字是甚么?曰"安"。

礼重而法轻,礼严而法恕,此二者常相权也。故礼不得不严,不严则肆而入于法;法不得不恕,不恕则激而法穷。

夫礼也,严于妇人之守贞而疏于男子之纵欲,亦圣人之偏也。今舆隶仆僮皆有婢妾娼女,小童莫不淫狎,以为丈夫之小节而莫之问。凌嫡失所、逼妾殒身者纷纷,恐非圣王之世所宜也,此不可不严为之禁也。

西门疆尹河西,以赏劝民。道有遗羊,值五百,一人守而待。失者谢之,不受。疆曰:"是义民也。"赏之千。其人喜,他日谓所知曰:"汝遗金,我拾之以还。"所知者从之。以告疆曰:"小人遗金一两,某拾而还之。"疆曰:"义民也。"赏之二金。其人愈益喜,曰:"我贪,每得利则失名,今也名利两得,何惮而不为?"

笃恭之所发,事事皆纯王,如何天下不平?或曰:才说所发,不动声色乎?曰:日月星辰皆天之文章,风雷雨露皆天之政令,上天依旧笃恭在那里。笃恭,君子之无声无臭也。无声无臭,天之笃恭也。

君子小人调停,则势不两立,毕竟是君子易退,小人难除。若攻之太惨,处之太激,是谓土障狂澜,灰埋烈火。不若君子秉成而择才以使之,任使不效,而次第裁抑之。我悬富贵之权而示之底曰:"如此则富贵,不如此则贫贱。"彼小人者,不过得富贵耳,其才可以偾天下之事,亦可以成天下之功,可激之酿天下之祸,亦可养之兴天下之利。大都中人十居八九,其大奸凶、极顽悍者亦自有数。弃人于恶而迫之自弃,俾中人为小人,小小人为大小人,甘心抵死而不反顾者,则吾党之罪也。噫!此难与君子道。三代以还,覆辙一一可鉴。此品题人物者所以先器识也。

当多事之秋,用无才之君子,不如用有才之小人。

肩天下之任者全要个气,御天下之气者全要个理。

无事时惟有丘民好蹂践,自吏卒以上,人人得而鱼肉之;有事时惟有丘民难收拾,虽天子亦无躲避处,何况衣冠?此难与诵诗读书者道也。

余居官有六自:簿均徭先令自审,均地先令自丈,未完令其自限,纸赎令其自催,干证催词讼令其自拘,干证拘小事令其自处。乡约亦往往行得去,官逸而事亦理,欠之可省刑罚。当今天下之民极苦官之繁苛,一与宽仁，其应如响。

自井田废而窃劫始多矣。饱暖无资，饥寒难耐，等死耳。与其瘠僵于沟壑无人称廉，不若苟活于旦夕未必即犯。彼义士廉夫尚难责以饿死，而况种种贫民半于天下乎？彼膏粱文绣坐于法堂，而严刑峻法以正窃劫之罪者，不患无人，所谓"哀矜而勿喜"者谁与？余以为，衣食足而为盗者，杀无赦；其迫于饥寒者，皆宜有以处之。不然罪有所由而独诛盗，亦可愧矣。

余作《原财》一篇，有六生、十二耗。六生者何？曰垦荒闲之田，曰通水泉之利，曰教农桑之务，曰招流移之民，曰当时事之宜，曰详积贮之法。十二耗者何？曰严造饮之禁，曰惩淫巧之工，曰重游手之罚，曰绝倡优剧戏，曰限在官之役，曰抑僭奢之俗，曰禁寺庙之建，曰戒坊第游观之所刻无益之书，曰禁邪教之倡，曰重迎送供张之罪，曰定学校之额、科举之制，曰诛贪墨之吏。语多愤世，其文不传。

太和之气虽贯彻于四时，然炎徼以南常热，朔方以北常寒，姑无论。只以中土言之，纯然暄燠而无一毫寒凉之气者，惟是五月半后、八月半前九十日耳。中间亦有夜用袷绵时。至七月而暑已处，八月而白露零，九月寒露霜降，亥子丑寅其寒无俟言矣。二三月后犹未脱绵，谷雨以后始得断霜。四月已夏，犹谓清和，大都严肃之气岁常十八，而草木二月萌芽，十月犹有生意，乃生育长养不专在于暄燠，而严肃之中，正所以操纵冲和之机者也。圣人之为政也法天，当宽则用春夏，当严则用秋冬，而常持之体，则于严威之中施长养之惠。何者？严不匮，惠易穷，威中之惠鼓舞人群，惠中之惠骄弛众志。子产相邻，铸刑书，诛强宗，伍田畴，褚衣冠。及语子太叔，犹有莫如猛之言，可不谓严乎？乃孔子之评子产则曰"惠人也"。他日又曰"子产，众人之母"。孔子之为政可考矣。彼沾沾煦煦，尚姑息以养民之恶，卒至废弛玩愒，令不行，禁不止，小人纵恣，善良吞泣，则孔子之罪人也。故曰"居上，以宽为本"，未尝以宽为政。严也者，所以成其宽也。故怀宽心不宜任宽政，是以懦主杀臣，慈母杀子。

余息而在沟壑，斗珠不如升糠；裸裎而卧冰雪，败絮重于绣縠。举世用人，皆珠縠之贵也，有甚高品，有甚清流？不适缓急之用，即真非所急矣。

盈天地间只靠二种人为命，曰农夫、织妇。却又没人重他，是自戕其命也。

一代人才自足以成一代之治，既养无术而用之者又非其人，无怪乎万事不理也。

三代之后，治天下只求个不敢。不知其不敢者，皆苟文以应上也。真敢在心，暗则足以蛊国家，明之足以亡社稷，乃知不敢不足恃也。

古者国不易君，家不易大夫，故其治因民宜俗，立纲陈纪。百姓与己相安，然后从容渐渍，日新月盛，而治功成。故曰"必世后仁"，曰"久道成化"。譬之天地，不悠久便成物不得。自封建变而为郡县，官无久暖之席，民无尽识之官，施设未竟而谗毁随之，建官未久而黜陟随之。方脯熊蹯而夺之薪，方缲茧丝而截其绪。一番人至，一度更张。各有性情，各有识见。百姓闻其政令，半不及理会，听其教化尚未及信从，而新者卒至，旧政废阁。何所信从，何所遵守？况加以监司之掣肘，制一帻而不问首之大小，都使之冠；制一衣而不问时之冬夏，必使之服。不审民情便否，先以簿书督责，即高才疾足之士，俄顷措置之功，亦不过目前小康，一事小补，而上以此为殿最，下以此为欢虞。呜呼！伤心矣。先正有言，人不里居，田不井授，虽欲言治，皆苟而已。愚谓建官亦然，政因地而定之，官择人而守之，政善不得更张，民安不得易法。其多事扰民，任情变法，与惰政慢法者斥逐之，更其人不易其治，则郡县贤于封建远矣。

法之立也，体其必至之情，宽以自生之路，而后绳其逾分之私，则上有直色而下无心言。今也小官之俸不足供饔飧，偶受常例而辄以贪法罢之，是小官终不可设也。识体者欲广其公而闭之私，而当事者又计其私，某常例、某从来也。夫宽其所应得而后罪其不义之取，与夫因有不义之取也遂俭于应得焉孰是？盖仓官月粮一石而驿丞俸金岁七两云。

顺心之言易入也，有害于治；逆耳之言裨治也，不可于人。可恨也！夫惟圣君以逆耳者顺于心，故天下治。

使马者知地险，操舟者观水势，驭天下者察民情，此安危之机也。

宇内有三权：天之权曰祸福，人君之权曰刑赏，天下之权曰褒贬。祸福不爽，曰天道之清平，有不尽然者，夺于气数；刑赏不忒，曰君道之清平，有不尽然者，限于见闻，蔽于喜怒；褒贬不诬，曰人道之清平，有不尽然者，偏于爱憎，误于声响。褒贬者，天之所恃以为祸福者也，故曰"天视自我民视，天听自我民听"；君之所恃以为刑赏者也，故曰"好人之所恶，恶人之所好,是谓拂人之性"。褒贬不可以不慎也,是天道、君道之所用也。一有作好作恶,是谓天之罪人,君之戮民。

而今当民穷财尽之时,动称矿税之害,以为事干君父,谏之不行,总付无可奈何。吾且就吾辈安民节用以自便者言之。饮食入腹,三分银用之不尽,而食前方丈,总属暴殄,要他何用?仆隶二人,无三十里不肉食者,下程饭卓,要他何用?轿扛人夫,吏书马匹,宽然有余,而鼓吹旌旗,要他何用?下莞下簟,公座围裙,尽章物采矣,而满房铺毡,要他何用?上司新到,须要参谒,而节寿之日,各州县币帛下程,充庭盈门,要他何用?前呼后拥,不减百人,巡捕听事,不缺官吏,而司道府官交界送接,到处追随,要他何用?随巡司道,拜揖之外,张筵互款,期会不遑,而带道文卷尽取抬随,带道书吏尽人跟随,要他何用?官吏如此,在在如此,民间节省,一岁尽多,此岂朝廷令之不得不如此耶,吾辈可以深省矣。

酒之为害不可胜纪也,有天下者而不知严酒紧,虽谈教养,皆苟道耳。此可与留心治道者道。

簿书所以防奸也,簿书愈多而奸愈黠,何也?千册万簿,何官经眼?不过为左右开打点之门,广刁难之计,为下司增纸笔之孽,为百姓添需索之名。举世昏迷,了不经意,以为当然,一细思之,可为大笑。有识者裁簿书十分之九而上下相安,弊端自清矣。

养士用人,国家存亡第一紧要事,而今只当故事。

臣是皋、夔、稷、契,君自然是尧、舜,民自然是唐、虞。士君子当自责,我是皋、夔、稷、契否?终日悠悠泄泄,只说吾君不尧、舜,弗俾厥后惟尧、舜,是谁之愧耻?吾辈高爵厚禄,宁不皇汗?

惟有为上底难,今人都容易做。

听讼者要如天平,未称物先须是对针,则称物不爽。听讼之时心不虚平,色态才有所着,中证便有趋向,况以辞示之意乎?当官先要慎此。

天下之势,顿可为也,渐不可为也。顿之来也骤,渐之来也远。顿之着力在终,渐之着力在始。

屋漏尚有十目十手,为人上者,大庭广众之中,万手千目之地,譬之悬日月以示人,分毫掩护不得,如之何弗慎?

事休问大家行不行,旧规有不有,只看义上协不协。势不在我,而于义无害,且须勉从;若有害于义,即有主之者,吾不敢从也。

有美意，必须有良法乃可行；有良法，又须有良吏乃能成。良吏者，本真实之心，有通变之才，厉明作之政者也。心真则为民恳至，始终如一；才通则因地宜民，不狃于法。明作则禁止令行，察奸厘弊，如是而民必受福。故天下好事，要做必须实做。虚者为之，则文具以扰人；不肖者为之，则济私以害政。不如不做，无损无益。

把天地间真实道理作虚套子干，把世间虚套子作实事干，吁！所从来久矣。非霹雳手段，变此锢习不得。

自家官靠着别人做，只是不肯踏定脚跟挺身自拔，此缙绅第一耻事。若铁铮铮底做将去，任他如何，亦有不颠踬僵仆时，纵教颠踬僵仆，也无可奈何，自是照管不得。

作"焉能为有无"底人，以之居乡，尽可容得。只是受一命之寄，便是旷一命之官；在一日之职，便是废一日之业。况碌碌苟苟，久居高华。唐、虞三代课官是如此否？今以其不贪酷也而容之，以其善夤缘也而进之，国一无所赖，民一无多裨，而俾之贪位窃禄，此人可足责？用人者无辞矣。

近日居官，动说旧规，彼相沿以来，不便于己者悉去之，便于己者悉存之，如此，旧规百世不变。只将这念头移在百姓身上，有利于民者悉修举之，有害于民者悉扫除之，岂不是居官真正道理。噫！利于民生者皆不便于己，便于己者岂能不害于民？从古以来，民生不遂，事故日多，其由可知已。

古人事业精专，志向果确，一到手便做，故孔子治鲁三月而教化大行。今世居官，奔走奉承，簿书期会，不紧要底虚文，先占了大半工夫。况平日又无修政立事之心、急君爱民之志，蹉跎因循，但以浮泛之精神了目前之俗事。即有志者，亦不过将正经职业带修一二足矣。谁始此风？谁甚此风？谁当责任而不易此风？此三人之罪不止于罢黜矣。

做上官底只是要尊重，迎送欲远，称呼欲尊，拜跪欲恭，供具欲丽，酒席欲丰，驺从欲都，伺候欲谨。行部所至，万人负累，千家愁苦，即使于地方有益，苍生所损已多。及问其职业，举是虚文滥套，纵虎狼之吏胥骚扰传邮，重琐尾之文移督绳郡县，括奇异之货币交接要津，习圆软之容辞网罗声誉。至生民疾苦，若聋瞽然。岂不骤贵蹴迁，然而显负君恩，阴触天怒，吾党耻之。

士君子到一个地位，就理会一个地位底职分，无逆料时之久暂而苟且其行，无期必人之用否而怠忽其心。入门就心安志定，为久远之计。即使不久于此，而一日在官，一日尽职，岂容一日苟禄尸位哉！

水以润苗，水多则苗腐；膏以助焰，膏重则焰灭。为治一宽，非民之福也。故善人百年，始可去杀；天有四时，不能去秋。

古之为人上者，不虐人以示威，而道法自可畏也；不卑人以示尊，而德容自可敬也。脱势分于堂阶，而居尊之体未尝亵；见腹心于词色，而防检之法未尝疏。呜呼！可想矣。

为政以问察为第一要，此尧、舜治天下之妙法也。今人塞耳闭目，只凭独断，以为宁错勿问，恐蹈耳软之病，大可笑。此不求本原耳。吾心果明，则择众论以取中，自无偏听之失。心一愚暗，即询岳牧刍荛，尚不能自决，况独断乎？所谓独断者，先集谋之谓也。谋非集众不精，断非一己不决。

治道只要有先王一点心，至于制度文为，不必一一复古。有好古者，将一切典章文物都要反太古之初，而先王精意全不理会，譬之刻木肖人，形貌绝似，无一些精神贯彻，依然是死底。故为政不能因民随时，以寓潜移默化之机，辄纷纷更变，惊世骇俗，绍先复古，此天下之拙夫愚子也。意念虽佳，一无可取。

赏及淫人，则善者不以赏为荣；罚及善人，则恶者不以罚为辱。是故君子不轻施恩，施恩则劝；不轻动罚，动罚则惩。

在上者当慎无名之赏。众皆藉口以希恩，岁遂相沿为故事。故君子恶苟恩。苟恩之人，顾一时，市小惠，徇无厌者之情，而财用之贼也。

要知用刑本意原为弼教，苟宽能弼教，更是圣德感人，更见妙手作用。若只恃雷霆之威、霜雪之法，民知畏而不知愧，待无可畏时，依旧为恶，何能成化？故畏之不如愧之，忿之不如训之，远之不如感之。

法者，一也。法曹者，执此一也。以贫贱富贵二之，则非法矣。或曰：亲贵难与疏贱同法。曰：是也，八议已别之矣。八议之所不别而亦二之，将何说之辞？夫执天子之法而顾忌己之爵禄，以徇高明而虐茕独，如国法天道何？裂纲坏纪，摧善长恶，国必病焉。

治人治法不可相无。圣人竭耳目力，此治人也；继之以规矩准绳、六律五音，此治法也。说者犹曰有治人无治法。然则治人无矣，治法可尽废乎？夫以藏在盟府之空言，犹足以伏六百年后之霸主，而况法乎？故治天下者以治人立治法，法无不善；留治法以待治人，法无不行。

君子有君子之长，小人有小人之长。用君子易，用小人难，惟圣人能用小人。用君子在当其才，用小人在制其毒。

只用人得其当，委任而责成之，不患天下不治。二帝三王急亲贤，作当务之急第一事。

古之圣王不尽人之情，故下之忠爱尝有余。后世不然，平日君臣相与仅足以存体面而无可感之恩，甚或拂其心而怀待逞之志，至其趋大事、犯大难，皆出于分之不得已。以不得已之心供所不欲之役，虽临时固结犹恐不亲，而上之诛求责望又复太过，故其空名积势不足以镇服人心而庇其身国。呜呼！民无自然之感而徒迫于不得不然之势，君无油然之爱而徒劫之不敢不然之威，殆哉！

古之学者，穷居而筹兼善之略。今也同为僚寀，后进不敢问先达之事，右署不敢知左署之职。在我避侵职之嫌，在彼生望蜀之议。是以未至其地也不敢图，既至其地也不及习，急遽苟且，了目前之套数而已，安得树可久之功，张无前之业哉？

百姓宁贱售而与民为市，不贵直而与官为市。故物满于廛，货充于肆，官求之则不得，益价而求之亦不得。有一官府欲采缯，知市直，密使吏增直，得之。既行，而商知其官买也。追之，已入公门矣。是商也，明日逃去。人谓商曰："此公物不亏直。"曰："吾非为此公。今日得我一缯，他日责我无极。人人未必皆此公，后日未必犹此公也。减直何害？甚者经年不予直。迟直何害？甚者竟不予直。一物无直何害？甚者数取皆无直，吏卒因而附取亦无值。无值何害？甚者无是货也而责之有，捶楚乱加。为之遍索而不得，为之远求而难待。诛求者非一官，逼取者非一货，公差之需索，公门之侵扣，价银之低假又不暇论也。嗟夫！宁逢盗劫，无逢官赊。盗劫犹申冤于官，官赊则无所赴愬矣。"予闻之，谓僚友曰："民不我信，非民之罪也。彼固求货之出手耳，何择于官民？又何亲于民而何仇于官哉？无轻取，无多取，与民同直而即日面给焉，年年如是，人人如是，又禁府州县之不如是者。百姓独非人哉？无彼尤也。"

"公正"二字是撑持世界底，没了这二字，便塌了天。

人臣有二愆，曰私，曰伪。私则利己徇人而公法坏，伪则弥缝粉饰而实政隳。公法坏则豪强得以横恣，贫贱无所控诉而愁怨多；实政隳则视国民不啻越、秦，逐势利如同商贾而身家肥。此乱亡之渐也，何可不惩？

"与上大夫言，訚訚如也"。朱注云："訚訚，和悦而诤。"只一"诤"字，十分扶持世道。近世见上大夫，少不了和悦，只欠一"诤"字。

古今观人，离不了好恶，武叔毁仲尼，伯寮愬子路，臧仓沮孟子，从来圣贤未有不遭谤毁者，故曰：其不善者恶之，不为不善所恶，不成君子。后世执进退之柄者，只在乡人皆好之上取人，千人之誉不足以敌一人之毁，更不察这毁言从何处来，更不察这毁人者是小人是君子。是以正士伤心，端人丧气。一入仕途，只在弥缝涂抹上做工夫，更不敢得罪一人。呜呼！端人正士叛中行而惟乡愿是师，皆由是非失真、进退失当者驱之也。

图大于细，不劳力，不费财，不动声色，暗收百倍之功；用柔为刚，愈涵容，愈愧屈，愈契腹心，化作两人之美。

铨署楹帖：直者无庸我力，枉者我无庸力，何敢贪天之功；恩则以奸为贤，怨则以贤为奸，岂能逃鬼之责。

公署楹帖：只一个志诚，任从你千欺百罔；有三尺明法，休犯他十恶五刑。

公署楹帖：皇王下鉴此心，敢不光明正直；赤子来游吾腹，愿言岂弟慈祥。

按察司署楹帖：光天化日之下，四方阴邪休行；大冬严雪之中，一点阳春自在。

发示驿递：痛苍赤食草饭沙，安忍吸民膏以纵口腹；睹闾阎卖妻鬻子，岂容穷物力而拥车徒。

发示州县：悯其饥，念其寒，谁不可怜子女，肯推毫发与苍生，不枉为民父母；受若直，急若事，谁能放过仆童，况糜膏脂无治状，也应念及儿孙。

襄垣县署楹帖：百姓有知，愿教竹头生笋；三堂无事，任从门外张罗。

莫以勤劳怨辛苦，朝廷觅你做奶母。

城门四联：东延和门：青帝布阳春，郁郁葱葱，生气溢沙随之外；黄堂流德泽，融融液液，太和在梁苑之西。南文明门：万丈文光，北射斗牛通魁柄；三星物采，东联箕尾上台躔。西宝成门：万宝告成，耕夫织妇白叟黄童年年歌大有；五征来备，东舍西邻南村北疃处处乐同人。北钟祥门：洪涛来万里恩波，远抱崇墉浮瑞霭；玄女注千年圣水，潜滋环海护生灵。

卷六

外篇

人情

无所乐，有所苦，即父子不相保也，而况民乎？有所乐，无所苦，即戎狄且相亲也，而况民乎？

世之人，闻人过失，便喜谈而乐道之，见人规己之过，既掩护之，又痛疾之；闻人称誉，便欣喜而夸张之，见人称人之善，既盖藏之，又搜索之。试思这个念头是君子乎，是小人乎？

乍见之患，愚者所惊；渐至之殃，智者所忽也。以愚者而当智者之所忽，可畏哉！

论人情只往薄处求，说人心只往恶边想，此是私而刻底念头，自家便是个小人。古人责人，每于有过中求无过，此是长厚心，盛德事。学者熟思，自有滋味。

人说己善则喜，人说己过则怒，自家善恶，自家真知，待祸败时欺人不得；人说体实则喜，人说体虚则怒，自家病痛自家独觉，到死亡时欺人不得。

一巨卿还家，门户不如做官时，悄然不乐曰："世态炎凉如是，人何以堪？"余曰："君自炎凉，非独世态之过也。平常淡素是我本来事，热闹纷华是我倘来事。君留恋富贵以为当然，厌恶贫贱以为遭际，何炎凉如之而暇叹世情哉！"

迷莫迷于明知，愚莫愚于用智，辱莫辱于求荣，小莫小于好大。

两人相非，不破家忘身不止，只回头任自家一句错，便是无边受用；两人自是，不反面稽唇不止，只温语称人一句好，便是无限欢欣。

将好名儿都收在自家身上，将恶名儿都推在别人身上，此天下通情。不知此两个念头都揽个恶名在身，不如让善引过。

露己之美者恶，分人之美者尤恶，而况专人之美、窃人之美乎？吾党戒之。

守义礼者,今人以为倨傲;工谀佞者,今人以为谦恭。举世名公达宦自号儒流,亦迷乱相贵而不悟,大可笑也。

爱人以德而令之仇,人以德爱我而仇之,此二人者皆愚也。

无可知处,尽有可知之人而忽之,谓之瞀;可知处,尽有不可知之人而忽之,亦谓之瞀。

世间有三利衢坏人心术,有四要路坏人气质,当此地而不坏者,可谓定守矣。君门,士大夫之利衢也;公门,吏胥之利衢也;市门,商贾之利衢也。翰林、吏部、台、省,四要路也。有道者处之,在在都是真我。

朝廷法纪做不得人情,天下名分做不得人情,圣贤道理做不得人情,他人事做不得人情,我无力量做不得人情。以此五者徇人,皆妄也。君子慎之。

古人之相与也,明目张胆,推心置腹。其未言也,无先疑;其既言也,无后虑。今人之相与也,小心屏息,藏意饰容。其未言也,怀疑畏;其既言也,触祸机。哀哉! 安得心地光明之君子而与之披情愫、论肝膈也? 哀哉! 彼亦示人以光明而以机阱陷人也。

古之君子不以其所能者病人,今人却以其所不能者病人。

古人名望相近则相得,今人名望相近则相妒。

福莫大于无祸,祸莫大于求福。

言在行先,名在实先,食在事先,皆君子之所耻也。

两悔无不释之怨,两求无不合之交,两怒无不成之祸。

己无才而不让能,甚则害之;己为恶而恶人之为善,甚则诬之;己贫贱而恶人之富贵,甚则倾之。此三妒者,人之大戮也。

以患难时心居安乐,以贫贱时心居富贵,以屈局时心居广大,则无往而不泰然。以渊谷视康庄,以疾病视强健,以不测视无事,则无往而不安稳。

不怕在朝市中无泉石心,只怕归泉石时动朝市心。

积威与积恩,二者皆祸也。积威之祸可救,积恩之祸难救。积威之后,宽一分则安,恩一分则悦;积恩之后,止而不加则以为薄,才减毫发则以为怨。恩极则穷,穷则难继;爱极则纵,纵则难堪。不可继则不进,其势必退。故威退为福,恩退为祸;恩进为福,威进为祸。圣人非靳恩也,惧祸也。湿薪之解也易,燥薪之束也难。圣人之靳恩也,其爱人无己之至情,调剂人情之微权也。

人皆知少之为忧,而不知多之为忧也。惟智者忧多。

众恶之必察焉,众好之必察焉,易;自恶之必察焉,自好之必察焉,难。

有人情之识,有物理之识,有事体之识,有事势之识,有事变之识,有精细之识,有阔大之识。此皆不可兼也,而事变之识为难,阔大之识为贵。

圣人之道,本不拂人,然亦不求可人。人情原无限量,务可人不惟不是,亦自不能。故君子只务可理。

施人者虽无已,而我常慎所求,是谓养施;报我者虽无已,而我常不敢当,是谓养报。此不尽人之情而全交之道也。

攻人者,有五分过恶只攻他三四分,不惟彼有余惧,而亦倾心引服,足以塞其辩口。攻到五分已伤浑厚,而我无救性矣。若更多一分,是贻之以自解之资,彼据其一而得五,我贪其一而失五矣。此言责家之大戒也。

见利向前,见害退后,同功专美于己,同过委罪于人,此小人恒态,而丈夫之耻行也。

任彼薄恶,而吾以厚道敦之,则薄恶者必愧感,而情好愈笃。若因其薄恶也,而亦以薄恶报之,则彼我同非,特分先后耳,毕竟何时解释?此庸人之行,而君子不由也。

恕人有六:或彼识见有不到处,或彼听闻有未真处,或彼力量有不及处,或彼心事有所苦处,或彼精神有所忽处,或彼微意有所在处。先此六恕,而命之不从,教之不改,然后可罪也已。是以君子教人而后责人,体人而后怒人。

直友难得,而吾又拒以讳过之声色;佞人不少,而吾又接以喜谀之意态。呜呼!欲不日入于恶也,难矣。

笞、杖、徒、流、死,此五者小人之律令也;礼、义、廉、耻,此四者君子之律令也。小人犯律令刑于有司,君子犯律令刑于公论。虽然,刑罚滥及,小人不惧,何也?非至当之刑也。毁谤交攻,君子不惧,何也?非至公之论也。

情不足而文之以言,其言不可亲也;诚不足而文之以貌,其貌不足信也。是以天下之事贵真,真不容掩,而见之言貌,其可亲可信也夫!

势、利、术、言,此四者公道之敌也。炙手可热,则公道为屈;贿赂潜通,则公道为屈;智巧阴投,则公道为屈;毁誉肆行,则公道为屈。世之冀幸受诬者不啻十五也,可慨夫!

圣人处世只于人情上做工夫,其于人情,又只于未言之先、不言之表上做工夫。

美生爱,爱生狎,狎生玩,玩生骄,骄生悍,悍生死。

礼是圣人制底,情不是圣人制底。圣人缘情而生礼;君子见礼而得情;众人以礼视礼,而不知其情。由是礼为天下虚文,而崇真者思弃之矣。

人到无所顾惜时,君父之尊不能使之严,鼎镬之威不能使之惧,千言万语不能使之喻,虽圣人亦无如之何也已。圣人知其然也,每养其体面,体其情私,而不使至于无所顾惜。

称人以颜子,无不悦者,忘其贫贱而夭;称人以桀、纣、盗跖,无不怒者,忘其富贵而寿。好善恶恶之同然如此,而作人却与桀、纣、盗跖同归,何恶其名而好其实耶?

今人骨肉之好不终,只为看得"尔我"二字太分晓。

圣人制礼,本以体人情,非以拂之也。圣人之心,非不因人情之所便而各顺之,然顺一时便一人,而后天下之大不顺便者因之矣。故圣人不敢恤小便拂大顺,徇一时弊万世,其拂人情者乃所以宜人情也。

好人之善,恶人之恶,不难于过甚。只是好己之善,恶己之恶,便不如此痛切。

诚则无心,无心则无迹,无迹则人不疑,即疑,久将自消。我一着意,自然着迹,着迹则两相疑,两相疑则似者皆真,故着意之害大。三五岁之男女终日谈笑于市,男女不相嫌,见者亦无疑于男女,两诚故也。继母之慈,嫡妻之惠,不能脱然自忘,人未必脱然相信,则着意之故耳。

一人运一蒉,其行疾;一人运三蒉,其行迟;又二人共舆十蒉,其行又迟。比暮而较之,此四人者其数均。天下之事苟从其所便而足以济事,不必律之使一也,一则人情必有所苦。先王不苦人所便以就吾之一而又病于事。

人之情,有言然而意未必然,有事然而意未必然者,非勉强于事势,则束缚于体面。善体人者要在识其难言之情,而不使其为言与事所苦,此圣人之所以感人心而人乐为之死也。

人情愈体悉愈有趣味,物理愈玩索愈有入头。

不怕多感,只怕爱感。世之逐逐恋恋,皆爱感者也。

人情之险也，极矣。一令贪，上官欲论之而事泄，彼阳以他事得罪，上官避嫌，遂不敢论，世谓之"箝口计"。

"有二三道义之友，数日别便相思，以为世俗之念一别便生，亲厚之情一别便疏。"余曰："君此语甚有趣，向与淫朋狎友滋味迥然不同，但真味未深耳。孔、孟、颜、思，我辈平生何尝一接？只今诵读体认间，如朝夕同堂对语，如家人父子相依，何者？心交神契，千载一时，万里一身也。久之，彼我且无，孰离孰合、孰亲孰疏哉？若相与而善念生，相违而欲心长，即旦暮一生，济得甚事？"

受病于平日，而归咎于一旦；发源于脏腑，而求效于皮毛。太仓之竭也，责穷于囷底；大厦之倾也，归罪于一霖。

世之人，闻称人之善辄有妒心，闻称人之恶辄有喜心，此天理忘而人欲肆者也。孔子所恶，恶称人之恶；孔子所乐，乐道人之善。吾人岂可另有一副心肠。

人欲之动，初念最炽，须要迟迟，就做便差了；天理之动，初念最勇，须要就做，迟迟便歇了。

凡人为不善，其初皆不忍也，其后忍不忍半，其后忍之，其后安之，其后乐之。呜呼！至于乐为不善而后良心死矣。

闻人之善而掩覆之，或文致以诬其心；闻人之过而播扬之，或枝叶以多其罪。此皆得罪于鬼神者也，吾党戒之。

"恕"之一字，是个好道理，看那推心者是甚么念头。好色者恕人之淫，好货者恕人之贪，好饮者恕人之醉，好安逸者恕人之惰慢，未尝不以己度人，未尝不视人犹己，而道之贼也。故行恕者，不可以不审也。

心怕二三，情怕一。

别个短长作己事，自家痛痒问他人。

休将烦恼求恩爱，不得恩爱将烦恼。

利算无余处，祸防不意中。

物理

鸱鸦其本声也如鹊鸠，然第其声可憎，闻者以为不祥，每弹杀之。夫物之飞鸣何尝择地哉？集屋鸣屋，集树鸣树。彼鸣屋者，主人疑之矣，不知其鸣于野树，主何人不祥也？至于犬人行，鼠人言，豕人立，真大异事，然不祥在物,无与于人。即使于人为凶,然亦不过感戾气而呈兆,在物亦莫知所以然耳。盖鬼神爱人,每示人以趋避之几,人能恐惧修省,则可转祸为福。如景公之退荧星,高宗之枯桑谷,妖不胜德,理气必然。然则妖异之呈兆,即蓍龟之告,繇是吾师也,何深恶而痛去之哉?

春夏秋冬不是四个天,东西南北不是四个地,温凉寒热不是四个气,喜怒哀乐不是四个面。

临池者不必仰观,而日月星辰可知也;闭户者不必游览,而阴晴寒暑可知也。

有国家者要知真正祥瑞。真正祥瑞者,致祥瑞之根本也。民安物阜,四海清宁,和气薰蒸,而样瑞生焉,此至治之符也。至治已成,而应征乃见者也,即无祥瑞,何害其为至治哉?若世乱而祥瑞生焉,则祥瑞乃灾异耳。是故灾祥无定名,治乱有定象。庭生桑谷未必为妖,殿生玉芝未必为瑞。是故圣君不惧灾异,不喜祥瑞,尽吾自修之道而已。不然,岂后世祥瑞之主出二帝三王上哉!

先得天气而生者,本上而末下,人是已;先得地气而生者,本下而末上,草木是已。得气中之质者飞,得质中之气者走。得浑沦磅礴之气质者,为山河,为巨体之物;得游散纤细之气质者,为蠛蠓、蚊蚁蠢动之虫,为苔藓、萍蓬藻荇之草。

入钉惟恐其不坚,拔钉惟恐其不出。下锁惟恐其不严,开锁惟恐其不易。

以恒常度气数,以知识定窈冥,皆造化之所笑者也。造化亦定不得,造化尚听命于自然,而况为造化所造化者乎! 堪舆星卜诸书,皆屡中者也。

古今载藉,莫滥于今日。括之有九:有全书,有要书,有赘书,有经世之书,有益人之书,有无用之书,有病道之书,有杂道之书,有败俗之书。《十三经注疏》《二十一史》,此谓全书;或撮其要领,或类其隽腴,如《四书》《六经》集注、《通鉴》之类,此谓要书;当时务,中机宜,用之而物阜民安,功成事济,此谓经世之书;言虽近理而掇拾陈言,不足以羽翼经史,是谓赘书;医技农卜,养生防患,劝善惩恶,是谓益人之书;无关于天下国家,无益于身心性命,语不根心,言皆应世,而妨当世之务,是谓无用之书;又不如赘佛、老、庄、列,是谓病道之书;迂儒腐说,贤智偏言,是谓杂道之书;淫邪幻诞,机械夸张,是谓败俗之书。有世道之责者,不毅然沙汰而芟锄之,其为世教人心之害也不小。

火不自知其热,冰不自知其寒,鹏不自知其大,蚁不自知其小,相忘于所生也。

声无形色,寄之于器;火无体质,寄之于薪;色无着落,寄之草木。故五行惟火无体而用不穷。

大风无声,湍水无浪,烈火无焰,万物无影。

万物得气之先。

无功而食,雀鼠是已;肆害而食,虎狼是已。士大夫可图诸座右。

薰香莸殈,莸固不可有,薰也是多了的,不如无臭。无臭者,臭之母也。

圣人因蛛而知网罟,蛛非学圣人而布丝也;因蝇而悟作绳,蝇非学圣人而交足也。物者,天能;圣人者,人能。

执火不焦指,轮圆不及下者,速也。

柳炭松弱无力,见火即尽;榆炭稍强,火稍烈;桑炭强,山栗炭更强,皆逼人而耐久。木死成灰,其性自在。

莫向落花长太息,世间何物无终尽。

广喻

剑长三尺,用在一丝之铦刃;笔长三寸,用在一端之锐毫:其馀皆无用之羡物也。虽然,使剑与笔但有其铦者锐者焉,则其用不可施。则知无用者,有用之资;有用者,无用之施。易牙不能无爨子,欧冶不能无砧手,工输不能无钻厥。苟不能无,则与有用者等也,若之何而可以相病也?

坐井者不可与言一度之天,出而四顾,则始觉其大矣。虽然,云木碍眼,所见犹拘也,登泰山之巅,则视天莫知其际矣。虽然,不如身游八极之表,心通九垓之外。天在胸中如太仓一粒,然后可以语通达之识。

着味非至味也,故玄酒为五味先;着色非至色也,故太素为五色主;着象非至象也,故无象为万象母;着力非至力也,故大块载万物而不负;着情非至情也,故太清生万物而不亲;着心非至心也,故圣人应万事而不有。

凡病人,面红如赭、发润如油者不治,盖萃一身之元气血脉尽于面目之上也。呜呼!人君富,四海贫,可以惧矣。

有国家者,厚下恤民,非独为民也。譬之于塘,广其下,削其上,乃可固也;譬之于木,溉其本,剔其末,乃可茂也。夫塘未有上丰下狭而不倾,木未有露本繁末而不毙者。可畏也夫!

天下之势，积渐成之也。无忽一毫，舆羽折轴者，积也；无忽寒露，寻至坚冰者，渐也。自古天下国家身之败亡，不出"积渐"二字，积之微渐之始，可为寒心哉！

火之大灼者无烟，水之顺流者无声，人之情平者无语。

风之初发于谷也，拔木走石，渐远而减，又远而弱，又远而微，又远而尽，其势然也。使风出谷也，仅能振叶拂毛，即咫尺不能推行矣。京师号令之首也，纪法不可以不振也。

背上有物，反顾千万转而不可见也，遂谓人言不可信，若必待自见，则无见时矣。

人有畏更衣之寒而忍一岁之冻，惧一针之痛而甘必死之疡者。一劳永逸，可与有识者道。

齿之密比，不嫌于相逼，固有故也。落而补之，则觉有物矣。夫惟固有者，多不得，少不得。

婴珠珮玉，服锦曳罗，而饿死于室中，不如丐人持一升之粟。是以明王贵用物，而诛尚无用者。

元气已虚而血肉未溃，饮食起居不甚觉也，一旦外邪袭之，溘然死矣。不怕千日，怕一旦；一旦者，千日之积也。千日可为，一旦不可为矣。故慎于千日，正以防其一旦也。有天下国家者，可惕然惧矣。

以果下车驾骐骥，以盆池水养蛟龙，以小廉细谨绳英雄豪杰，善官人者笑之。

水千流万派，始于一源；木千枝万叶，出于一本；人千酬万应，发于一心；身千病万症，根于一脏。眩于千万，举世之大迷也；直指原头，智者之独见也。故病治一，而千万皆除；政理一，而千万皆举矣。

水鉴、灯烛、日、月、眼，世间惟此五照，宜谓五明。

毫厘之轻，斤钧之所藉以为重者也；合勺之微，斛斗之所赖以为多者也；分寸之短，丈尺之所需以为长者也。

人中黄之秽，天灵盖之凶，人人畏恶之矣。卧病于床，命在须臾，片脑、苏合、玉屑、金箔，固有视为无用之物，而唯彼之哑哑者，时有所需也。胶柱用人于缓急之际，良可悲矣！

长戟利于锥，而戟不可以为锥；猛虎勇于狸，而虎不可以为狸。用小者无取于大，犹用大者无取于小，二者不可以相诮也。

夭乔之物利于水泽,土燥烈,天暵干,固枯稿矣。然沃以卤水则黄,沃以油浆则病,沃以沸汤则死,惟井水则生,又不如河水之王。虽然,倘浸渍汪洋,泥淖经月,惟水物则生,其他未有不死者。用思顾不难哉!

鉴不能自照,尺不能自度,权不能自称,囿于物也。圣人则自照自度自称,成其为鉴为尺为权,而后能妍媸、长短、轻重天下。

冰凌烧不熟,石砂蒸不黏。

火性空,故以兰麝投之则香,以毛骨投之则臭;水性空,故烹茶清苦,煮肉则腥膻:无我故也。无我故能物物,若自家有一种气味杂于其间,则物矣。物与物交,两无宾主,同归于杂,如煮肉于茶,投毛骨于兰麝,是谓浑淆驳杂。物且不物,况语道乎?

大车满载,蚊蚋千万集焉,其去其来,无加于重轻也。

苍松古柏与夭桃秾李争妍,重较鸾镳与冲车猎马争步,岂直不能,亦可丑矣。

射之不中也,弓无罪,矢无罪,鹄无罪;书之弗工也,笔无罪,墨无罪,纸无罪。

锁钥各有合,合则开,不合则不开。亦有合而不开者,必有所以合而不开之故也;亦有终日开、偶然抵死不开,必有所以偶然不开之故也。万事必有故,应万事必求其故。

窗间一纸,能障拔木之风;胸前一瓠,不溺拍天之浪。其所托者然也。

人有馈一木者,家僮曰:"留以为梁。"余曰:"木小不堪也。"僮曰:"留以为栋。"余曰:"木大不宜也。"僮笑曰:"木一也,忽病其大,又病其小。"余曰:"小子听之,物各有宜用也,言各有攸当也,岂惟木哉!"他日为余生炭满炉烘人。余曰:"太多矣。"乃尽湿之,留星星三二点,欲明欲灭。余曰:"太少矣。"僮怨曰:"火一也,既嫌其多,又嫌其少。"余曰:"小子听之,情各有所适也,事各有所量也,岂惟火哉!"

海投以污秽,投以瓦砾,无所不容;取其宝藏,取其生育,无所不与。广博之量足以纳,触忤而不惊;富有之积足以供,采取而不竭。圣人者,万物之海也。

镜空而无我相,故照物不爽分毫。若有一丝痕,照人面上便有一丝;若有一点瘢,照人面上便有一点。差不在人面也,心体不虚而应物亦然。故禅家尝教人空诸有,而吾儒惟有喜怒哀乐未发之中,故有发而中节之和。

人未有洗面而不闭目，撮红而不虑手者，此犹爱小体也；人未有过檐滴而不疾走，践泥涂而不揭足者，此直爱衣履耳。七尺之躯顾不如一履哉？乃沉之滔天情欲之海，拼于焚林暴怒之场，粉身碎体甘心焉而不顾，悲夫！

恶言如鸱枭之噭，闲言如燕雀之喧，正言如狻猊之吼，仁言如鸾凤之鸣。以此思之，言可弗慎欤！

左手画圆，右手画方，是可能也。鼻左受香，右受恶；耳左听丝，右听竹；目左视东，右视西，是不可能也。二体且难分，况一念而可杂乎？

掷发于地，虽乌获不能使有声；投核于石，虽童子不能使无声。人岂能使我轻重哉？自轻重耳。

泽、潞之役，余与僚友并肩舆。日莫矣，僚友问舆夫："去路几何？"曰："五十里。"僚友怅然。少间又问："尚有几何？"曰："四十五里。"如此者数问，而声愈厉，意迫切不可言，甚者怒骂。余少憩车中，既下车，戏之曰："君费力如许，到来与我一般。"僚友笑曰："余口津且竭矣，而咽若火，始信兄讨得便宜多也。"问卜筮者亦然。天下岂有儿不下迫而强自催生之理乎？大抵皆揠苗之见也。

进香叫佛某不禁，同僚非之。余怅然曰："王道荆榛而后蹊径多。彼所为诚非善事，而心且福利之，为何可弗禁？所赖者缘是以自戒而不敢为恶也。故岁饥不禁草木之实，待年丰彼自不食矣。善乎孟子之言曰'君子反经而已矣'，'而已矣'三字，旨哉妙哉！涵蓄多少趣味。"

日食脍炙者，日见其美，若不可一日无。素食三月，闻肉味只觉其腥矣。今与脍炙人言腥，岂不讶哉！

钩吻、砒霜也，都治病，看是甚么医手。

家家有路到长安，莫辨东西与南北。

一薪无焰，而百枝之束燎原；一泉无渠，而万泉之会溢海。

钟一鸣，而万户千门有耳者莫不入其声，而声非不足。使钟鸣于百里无人之野，无一人闻之，而声非有余。钟非人人分送其声而使之入，人人非取足于钟之声以盈吾耳，此一贯之说也。

未有有其心而无其政者，如渍种之必苗，爇兰之必香；未有无其心而有其政者，如塑人之无语，画鸟之不飞。

某尝与友人论一事，友人曰："我胸中自有权量。"某曰："虽妇人孺子未尝不权量,只怕他大斗小秤。"

觩觩惊邻,而睡者不闻;垢污满背,而负者不见。

爱虺蝮而抚摩之,鲜不受其毒矣;恶虎豹而搏之,鲜不受其噬矣。处小人在不远不近之间。

玄奇之疾,医以平易;英发之疾,医以深沉;阔大之疾,医以充实。

不远之复,不若未行之审也。

千金之子,非一日而贫也。日朘月削,损于平日,而贫于一旦。不咎其积,而咎其一旦,愚也。是故君子重小损,矜细行,防微敝。

上等手段用贼,其次拿贼,其次躲着贼走。

曳新屦者,行必择地。苟择地而行,则屦可以常新矣。

被桐以丝,其声两相借也。道不孤成,功不独立。

坐对明灯不可以见暗,而暗中人见对灯者甚真。是故君子贵处幽。

无涵养之功,一开口动身便露出本象,说不得你有灼见真知;无保养之实,遇外感内伤依旧是病人,说不得你有真传口授。

磨墨得省身克己之法,膏笔得用人处事之法,写字得经世宰物之法。

不知天地观四时,不知四时观万物。四时分成是四截,总是一气呼吸,譬如釜水寒温热凉,随火之有无而变,不可谓之四水;万物分来是万种,总来一气薰陶,譬如一树花,大小后先,随气之完欠而成,不可谓之殊花。

阳主动,动生燥,有得于阳,则祖袆可以卧冰雪;阴主静,静生寒,有得于静,则盛暑可以衣裘褐。君子有得于道焉,往而不裕如哉!外若可挠,必内无所得者也。

或问:士希贤,贤希圣,圣希天,何如?曰:体味之不免有病。士贤圣皆志于天,而分量有大小,造诣有浅深者也。譬之适长安者,皆志于长安,其行有疾迟,有止不止耳。若曰跬步者希百里,百里者希千里,则非也。故造道之等必由贤而后能圣,志之所希则合下便欲与圣人一般。

言教不如身教之行也,事化不如意化之妙也。事化信,信则不劳而教成;意化神,神则不知而俗变。螟蛉语生,言化也;鸟孚生,气化也;鳖思生,神化也。

天道渐则生,骤则杀。阴阳之气皆以渐,故万物长养而百化昌遂。冬燠则生气散,夏寒则生气收,皆骤也,故圣人举事,不骇人听闻。

只一条线,把紧要机括提掇得醒,满眼景物都生色,到处鬼神都响应。

一法立而一弊生,诚是。然因弊生而不立法,未见其为是也。夫立法以禁弊,犹为防以止水也,堤薄土疏而乘隙决溃诚有之矣,未有因决而废防者。无弊之法,虽尧舜不能,生弊之法亦立法者之拙也。故圣人不苟立法,不立一事之法,不为一切之法,不惩小弊而废良法,不为一时之弊而废可久之法。

庙堂之上最要荡荡平平,宁留有余不尽之意,无为一着快心之事。或者不然予言,予曰:君见悬坠乎?悬坠者,以一线系重物下垂,往来不定者也。当两壁之间,人以一手撼之,撞于东壁重则反于西壁亦重,无撞而不反之理,无撞重而反轻之理。待其定也,中悬而止。君快于东壁之一撞,而不虑西壁之一反乎?国家以无事为福,无心处事,当可而止,则无事矣。

地以一气嘘万物,而使之生。而物之受其气者,早暮不同,则物之性殊也。气无早暮,夭乔不同,物之体殊也;气无夭乔,甘苦不同,物之味殊也;气无甘苦,红白不同,物之色殊也;气无红白,荣悴不同,物之禀遇殊也;气无荣悴,尽吾发育之力,满物各足之分量,顺吾生植之道,听其取足之多寡,如此而已。圣人之治天下也亦然。

口塞而鼻气盛;鼻塞而口气盛;鼻口俱塞,胀闷而死。治河者不可不知也。故欲其力大而势急,则塞其旁流;欲其力微而势杀也,则多其支派;欲其蓄积而有用也,则节其急流。治天下之于民情也亦然。

木钟撞之也有木声,土鼓击之也有土响,未有感而不应者,如何只是怨尤?或曰:"亦有感而不应者。"曰:"以发击鼓,以羽撞钟,何应之有?"

四时之气,先感万物,而万物应。所以应者何也?天地万物一气也。故春感而粪壤气升,雨感而础石先润,磁石动而针转,阳燧映而火生,况有知乎?格天动物,只是这个道理。

积衰之难振也,如痿人之不能起然。若久痿,须补养之,使之渐起;若新痿,须针砭之,使之骤起。

器械与其备二之不精,不如精其一之为约。二而精之,万全之虑也。

我之子我怜之;邻人之子邻人怜之;非我非邻人之子而转相鞠育,则不死为恩矣。是故公廨不如私舍之坚,驿马不如家骑之肥,不以我有视之也。苟扩其无我之心,则垂永逸者不惮今日之一劳,惟民财与力之可惜耳,奚必我居也?怀一体者,当使刍牧之常足,惟造物生命之可悯耳,奚必我乘也?呜呼!天下之有我久矣,不独此一二事也。学者须要打破这藩篱,才成大世界。

脍炙之处，蝇飞满几，而太羹玄酒不至；脍炙日增，而欲蝇之集太羹玄酒，虽驱之不至也；脍炙彻而蝇不得不趋于太羹玄酒矣。是故返朴还淳，莫如崇俭而禁其可欲。

驼负百钧，蚁负一粒，各尽其力也；象饮数石，鼹饮一勺，各充其量也。君子之用人，不必其效之同，各尽所长而已。

古人云："声色之于以化民，末也。"这个末，好容易底。近世声色不行，动大声色；大声色不行，动大刑罚；大刑罚才济得一半事，化不化全不暇理会。常言三代之民与礼教习，若有奸宄，然后丽刑，如腹与菽粟偶一失调，始用药饵。后世之民与刑罚习，若德化不由，日积月累，如孔子之"三年"，"王者之必世"，骤使欣然向道，万万不能。譬之刚肠硬腹之人，服大承气汤三五剂始觉，而却以四物君子补之，非不养人，殊与疾悖而反生他症矣。却要在刑政中兼德礼，则德礼可行。所谓兼攻兼补，以攻为补，先攻后补，有宜攻，有宜补，惟在剂量。民情不拂不纵始得。噫！可与良医道。

得良医而挠之，与委庸医而听之，其失均。

以莫耶授婴儿而使之御房，以繁弱授蒙瞍而使之中的，其不胜任，授者之罪也。

道途不治，不责妇人；中馈不治，不责仆夫。各有所官也。

齐有南北官道，洿下者里余，雨多行潦，行者不便，则傍西踏人田行，行数日而成路。田家苦之，断以横墙，十步一堵，堵数十焉。行者避墙，更西踏田愈广，数日又成路。田家无计，乃蹲田边且骂且泣，欲止欲讼，而无如多人何也。或告之曰："墙之所断已成弃地矣，胡不仆墙而使之通，犹得省于墙之更西者乎？"予笑曰："更有奇法，以筑墙之土垫道，则道平矣。道平人皆由道，又不省于道之西者乎。安用墙为？"越数日道成，而道旁无一人迹矣。

瓦砾在道，过者皆弗见也；裹之以纸，人必拾之矣；十袭而椟之，人必盗之矣。故藏之，人思亡之；掩之，人思检之；围之，人思窥之；障之，人思望之。惟光明者不令人疑。故君子置其身于光天化日之下。丑好在我，我无饰也；爱憎在人，我无与也。

稳卓脚者于平处着力，益甚其不平。不平有二，有两隅不平，有一隅不平，于不少处着力，必致其欹斜。

极必反,自然之势也。故绳过绞则反转,掷过急则反射。无知之物尚尔,势使然也。

是把钥匙都开底锁,只看投簧不投簧。

蜀道不难,有难于蜀道者,只要在人得步。得步则蜀道若周行,失步则家庭皆蜀道矣。

未有冥行疾走于断崖绝壁之道而不倾跌者。

张敬伯常经山险,谓余曰:"天下事常震于始而安于习。某数过栈道,初不敢移足,今如履平地矣。"余曰:"君始以为险,是不险;近以为不险,却是险。"

君子之教人也,能妙夫因材之术,不能变其各具之质。譬之地然,发育万物者,其性也。草得之而为柔,木得之而为刚,不能使草之为木,而木之为草也。是故君子以人治人,不以我治人。

无星之秤,公则公矣,而不分明;无权之秤,平则平矣,而不通变。君子不法焉。

羊肠之隘,前车覆而后车协力,非以厚之也。前车当关,后车停驾,匪惟同缓急,亦且共利害。为人也,而实自为也。呜呼!士君子共事而忘人之急,无乃所以自孤也夫。

万水自发源处入百川容不得,入江、淮、河、汉容不得,直流至海,则浩浩恢恢,不知江、淮几时入,河、汉何处来,兼收而并容之矣。闲杂懊恼,无端谤讟,偿来横逆,加之众人不受,加之贤人不受,加之圣人则了不见其辞色,自有道以处之。故圣人者,疾垢之海也。

两物交必有声,两人交必有争。有声,两刚之故也,两柔则无声,一柔一刚亦无声矣;有争,两贪之故也,两让则无争,一贪一让亦无争矣。抑有进焉,一柔可以驯刚,一让可以化贪。

石不入水者,坚也;磁不入水者,密也。人身内坚而外密,何外感之能入?物有一隙,水即入一隙;物虚一寸,水即入一寸。

人有兄弟争长者,其一生于甲子八月二十五日,其一生于乙丑二月初三日。一曰:"我多汝一岁。"一曰:"我多汝月与日。"不决,讼于有司,有司无以自断,曰:"汝两人者,均平不相兄,更不然,递相兄可也。"

挞人者梃也,而受挞者不怨梃;杀人者刃也,而受杀者不怨刃。

人间等子多不准,自有准等儿,人又不识。我自是定等子底人,用底是时行天平法马。

颈擎一首，足荷七尺，终身由之而不觉其重，固有之也。使他人之首枕我肩，他人之身在我足，则不胜其重矣。

不怕炊不熟，只愁断了火。火不断时，炼金煮砂可使为水作泥。而今冷灶清锅，却恁空忙作甚？

王酒者，京师富店也。树百尺之竿，揭金书之帘，罗玉相之器，绘五楹之室，出十石之壶，名其馆曰"五美"。饮者争趋之也。然而酒恶，明日酒恶之名遍都市。又明日，门外有张罗者。予叹曰："嘻！王酒以'五美'之名而彰一恶之实，自取穷也。夫京师之市酒者不减万家，其为酒恶者多矣，必人人尝之，人人始知之，待人人知之，已三二岁矣。彼无所表著以彰其恶，而饮者亦无所指记以名其恶也，计所获视王酒亦百倍焉。朱酒者，酒美亦无所表著，计所获视王酒亦百倍焉。"或曰："为酒者将掩名以售其恶乎？"曰："二者吾不居焉，吾居朱氏。夫名为善之累也，故藏，修者恶之。彼朱酒者无名，何害其为美酒哉！"

有脍炙于此，一人曰咸，一人曰酸，一人曰淡，一人曰辛，一人曰精，一人曰粗，一人曰生，一人曰熟，一人曰适口，未知谁是。质之易牙而味定矣。夫明知易牙之知味，而未必已口之信从，人之情也。况世未必有易牙，而易牙又未易识，识之又来必信从已。呜呼！是非之难一久矣。

余燕服长公服少许，余恶之，令差短焉。或曰："何害？"余曰："为下者出其分寸长，以形在上者之短，身之灾也，害孰大焉！"

水至清不掩鱼鲔之细，练至白不藏蝇点之缁。故"清白"二字，君子以持身则可，若以处世，道之贼而祸之薮也。故浑沦无所不包，幽晦无所不藏。

一人入饼肆，问："饼直几何？"馆人曰："饼一钱一。"食数饼矣，钱如数与之，馆人曰："饼不用面乎？应面钱若干。"食者曰，"是也。"与之。又曰："不用薪水乎？应薪水钱若干。"食者曰："是也。"与之。又曰："不用人工为之乎？应工钱若干。"食者曰："是也。"与之。归而思于路曰："吾愚也哉！出此三色钱，不应又有饼钱矣。"

一人买布一匹，价钱百五十，令染人青之。染人曰："欲青，钱三百。"既染矣，逾年而不能取。染人牵而索之曰："若负我钱三百，何久不与？吾讼汝。"买布者惧，踧而恳之曰："我布值已百五十矣，再益百五十，其免我乎？"染人得钱而释之。

无盐而脂粉，犹可言也；西施而脂粉，不仁甚矣。

昨见一少妇行哭甚哀，声似贤节，意甚怜之。友人曰："子得无视妇女乎？"曰："非视也，见也。大都广衢之中，好丑杂沓，情态缤纷，入吾目者千般万状，不可胜数也。吾何尝视，吾何尝不见？吾见此妇亦如不可胜数者而已。夫能使聪明不为所留，心志不为所引，如风声日影然，何害其为见哉？子欲入市而闭目乎，将有所择而见乎？虽然，吾犹感心也，见可恶而恶之，见可哀而哀之，见可好而好之。虽惰性之正犹感也，感则人，无感则天。感之正者圣人，感之杂者众人，感之邪者小人。君子不能无感，慎其所以感之者。此谓动处试静，乱中见治，工夫效验都在这里。"

尝与友人游圃，品题众芳，渠以艳色浓香为第一。余曰："浓香不如清香，清香不若无香之为香；艳色不如浅色，浅色不如白色之为色。"友人曰："既谓之花，不厌浓艳矣。"余曰："花也，而能淡素，岂不尤难哉？若松柏本淡素，则不须称矣。"

服砒霜巴豆者，岂不得肠胃一时之快？而留毒五脏以贼元气，病者暗受而不知。养虎以除豺狼，豺狼尽而虎将何食哉？主人亦可寒心矣。是故梁冀去而五侯来，宦官灭而董卓起。

以佳儿易一跛子，子之父母不从，非不辨美恶也，各有所爱也。

一人多避忌。家有庆贺，一切尚红而恶素。客有乘白马者，不令入厩间。有少年面白者，善谐谑，以朱涂面入，主人惊问，生曰："知翁之恶素也，不敢以白面取罪。"满座大笑，主人愧而改之。

有过彭泽者，值盛夏，风涛拍天。及其反也，则隆冬矣，坚冰可履。问旧馆人："此何所也？"曰："彭泽。"怒曰："欺我哉？吾始过彭泽可舟也，而今可车。始也水活泼，而今坚结，无一似昔也，而君曰彭泽，欺我哉！"

人有夫妇将他出者，托仆守户。爱子在床，火延寝室。及归，妇人震号，其夫环庭追仆而杖之。当是时也，汲水扑火，其儿尚可免与！

发去木一段，造神椟一，镜台一，脚桶一；锡五斤，造香炉一，酒壶一，溺器一。此造物之象也。一段之木，五斤之锡，初无贵贱荣辱之等，赋畀之初无心，而成形之后各殊，造物者亦不知莫之为而为耳。木，造物之不还者，贫贱忧戚，当安于有生之初；锡，造物之循环者，富贵福泽，莫恃为固有之物。

某尝人一富室，见四海奇珍山积，曰："某物予取诸蜀，某物予取诸越,不远数千里,积数十年以有今日。"谓予:"公有此否?"曰:"予性无所嗜,设有所嗜,则百物无足而至前。"问:"何以得此?"曰:"我只是积钱。"

弄潮于万层波面,进步于百尺竿头。

人之手无异于己之手也,腋肋足底,己摸之不痒,而人摸之则痒;补之齿不大于己之齿也,己之齿不觉塞,而补之齿觉塞。

四脚平稳不须又加揩垫。

只见倒了墙,几曾见倒了地。

无垢子浴面,拭之以巾,既而洗足,仍以其巾拭之。弟子曰:"舛矣!先生之用物也,即不为物分清浊,岂不为身分贵贱乎?"无垢子曰:"嘻!汝何太分别也。足未濯时,面洁于足;足既濯时,何殊于面?面若不浴,面同于足,洁足污面,孰贵孰贱?"予谓弟子曰:"此禅宗也。分别与不分别,此孔、释之所以殊也。"

两家比舍而居,南邻墙颓,北邻为之涂垲丹垩而南邻为归德;南邻失火,北邻为之焦头烂额而南邻不谢劳。

喜者大笑,而怒者亦大笑;哀者痛哭,而乐者亦痛哭;欢畅者歌,而忧思者亦歌;逃亡者走,而追逐者亦走:岂可以行论心哉。

抱得不哭孩儿易,抱得孩儿不哭难。

疥癣虽小疾,只不染在身上就好,一到身上,难说是无病底人。

一滴多于一斝,一分长似一寻,谁谓细微可忽?死生只系滴分。

四版筑墙,下面仍为上面;两杆推磨,前头即是后头。

白花菜,掐不尽,一股掫十头,一夜生三寸。

钻脑既滑忙扯索,轧头才转紧蹬杆。

谁见八珍能半饱,我欲一捷便收兵。

水银岂可荡漾,沐猴更莫教调。

赋蚕一联:苟丝纶之既尽,虽鼎镬其奚辞。

咏舆夫一联:倒垂背上珍珠树,高起肩头玛瑙峰。

词章

《六经》之文不相师也,而后世不敢轩轾。后之为文者,吾惑矣。拟韩临柳,效马学班,代相祖述,窃其糟粕,谬矣。夫文以载道也,苟文足以明道,谓吾之文为"六经"可也。何也?与《六经》不相叛也。否则,发明申、韩之学术,饰以《六经》之文法,有道君子以之覆瓿矣。

诗词文赋,都要有个忧君爱国之意,济人利物之心,春风舞雩之趣,达天见性之精;不为赘言,不袭馀绪,不道鄙迂,不言幽僻,不事刻削,不徇偏执。

一先达为文示予,令改之,予谦让。先达曰:"某不护短,即令公笑我,只是一人笑;若为我回护,是令天下笑也。"予极服其诚,又服其智。嗟夫!恶一人面指,而安受天下之背笑者,岂独文哉,岂独一二人哉?观此可以悟矣。

议论之家,旁引根据。然而,据传莫如据经,据经莫如据理。

古今载籍之言率有七种:一曰天分语,身为道铸,心是理成,自然而然,毫无所为,生知安行之圣人;二曰性分语,理所当然,职所当尽,务满分量,毙而后已,学知利行之圣人;三曰是非语,为善者为君子,为恶者为小人,以劝贤者;四曰利害语,作善降之百祥,作不善降之百殃,以策众人;五曰权变语,托词画策以应务;六曰威令语,五刑以防淫;七曰无奈语,五兵以禁乱。此语之外,皆乱道之谈也。学者之所务辨也。

疏狂之人多豪兴,其诗雄,读之令人洒落,有起懦之功;清逸之人多芳兴,其诗俊,读之令人自爱,脱粗鄙之态;沉潜之人多幽兴,其诗淡,读之令人寂静,动深远之思;冲淡之人多雅兴,其诗老,读之令人平易,消童稚之气。

愁红怨绿,是儿女语;对白抽黄,是骚墨语;叹老嗟卑,是寒酸语;慕膻附腥,是乞丐语。

艰语深辞,险句怪字,文章之妖而道之贼也,后学之殃而木之灾也。路本平,而山溪之;日月本明,而云雾之。无异理有异言,无深情有深语,是人不诚而是书不焚,有世教之责者之罪也。若曰其人学博而识深,意奥而语奇,然则孔孟之言浅鄙甚矣。

圣人不作无用文章,其论道则为有德之言,其论事则为有见之言,其叙述歌咏则为有益世教之言。

真字要如圣人燕居危坐,端庄而和气自在;草字要如圣人应物,进退存亡,辞受取予,变化不测,因事异施而不失其中。要之,同归于任其自然,不事造作。

圣人作经,有指时物者,有指时事者,有指方事者,有论心事者,当时精意与身往矣。话言所遗,不能写心之十一,而儒者以后世之事物、一己之意见度之,不得则强为训诂。呜呼!汉、宋诸儒不生,则先圣经旨后世诚不得十一,然以牵合附会而失其自然之旨者,亦不少也。

圣人垂世则为持衡之言,救世则有偏重之言。持衡之言,达之天下万世者也,可以示极;偏重之言,因事因人者也,可以矫枉。而不善读书者,每以偏重之言垂训,乱道也夫!诬圣也夫!

言语者,圣人之糟粕也。圣人不可言之妙,非言语所能形容。汉、宋以来,解经诸儒泥文拘字,破碎牵合,失圣人天然自得之趣,晦天下本然自在之道,不近人情,不合理物,使后世学者无所适从。且其负一世之高名,系千古之重望,遂成百世不刊之典。后学者岂无千虑一得,发前圣之心传而救先儒之小失?然一下笔开喙,腐儒俗士不辨是非,噬指而惊,掩口而笑,且曰:"兹先哲之明训也,安得妄议?"噫!此诚信而好古之义也。泥传离经,勉从强信,是先儒阿意曲从之子也。昔朱子将终,尚改《诚意》注说,使朱子先一年而卒,则《诚意》章必非精到之语;使天假朱子数年,所改宁止《诚意》章哉!

圣人之言,简淡明直中有无穷之味,大羹玄酒也;贤人之言,一见便透而理趣充溢,读之使人爽然,脍炙珍羞也。

圣人终日信口开阖,千言万语,随事问答,无一字不可为训。贤者深沉而思,稽留而应,平气而言,易心而语,始免于过出此二者,而恣口放言,皆狂迷醉梦语也,终日言无一字近道,何以多为?

诗低处在觅故事寻对头,高处在写胸中自得之趣,说眼前见在之景。

自孔子时,便说"史不阙文",又曰"文胜质则史",把"史"字就作了一伪字看。如今读史,只看他治乱兴亡,足为法戒,至于是非真伪,总是除外底。譬之听戏文一般,何须问他真假,只是足为感创,便于风化有关。但有一桩可恨处:只缘当真看,把伪底当真;只缘当伪看,又把真底当伪。这里便宜了多少小人,亏枉了多少君子。

诗辞要如哭笑,发乎情之不容已,则真切而有味。果真矣,不必较工拙。后世只要学诗辞,然工而失真,非诗辞之本意矣。故诗辞以情真切、语自然者为第一。

古人无无益之文章,其明道也,不得不形而为言;其发言也,不得不成而为文。所谓因文见道者也,其文之古今工拙无论。唐、宋以来,渐尚文章,然犹以道饰文,意虽非古,而文犹可传。后世则专为文章矣,工其辞语,涣其波澜,炼其字句,怪其机轴,深其意指,而道则破碎支离、晦盲否塞矣。是道之贼也,而无识者犹以文章崇尚之,哀哉!

文章有八要:简、切、明、尽、正、大、温、雅。不简则失之繁冗,不切则失之浮泛,不明则失之含糊,不尽则失之疏遗,不正则理不足以服人,不大则失冠冕之体,不温则暴厉刻削,不雅则鄙陋浅俗。庙堂文要有天覆地载,山林文要有仙风道骨,征伐文要有吞象食牛,奏对文要有忠肝义胆。诸如此类,可以例求。

学者读书,只替前人解说,全不向自家身上照一照。譬之小郎替人负货,努尽筋力,觅得几文钱,更不知此中是何细软珍重。

《太玄》虽终身不看亦可。

自乡举里选之法废,而后世率尚词章。唐以诗赋求真才,更为可叹。宋以经义取士,而我朝因之。夫取士以文,已为言举人矣。然犹曰:言,心声也。因文可得其心,因心可知其人。其文爽亮者,其心必光明,而察其粗浅之病;其文劲直者,其人必刚方,而察其豪悍之病;其文藻丽者,其人必文采,而察其靡曼之病;其文庄重者,其人必端严,而察其寥落之病;其文飘逸者,其人必流动,而察其浮薄之病;其文典雅者,其人必质实,而察其朴钝之病;其文雄畅者,其人必挥霍,而察其弛跅之病;其文温润者,其人必和顺,而察其巽软之病;其文简洁者,其人必修谨,而察其拘挛之病;其文深沉者,其人必精细,而察其阴险之病;其文冲淡者,其人必恬雅,而察其懒散之病;其文变化者,其人必圆通,而察其机械之病;其文奇巧者,其人必聪明,而察其怪诞之病;其文苍老者,其人必不俗,而察其迂腐之病。有文之长而无文之病,则其人可知矣,文即未纯,必不可弃。今也但取其文而已,见欲深邃,调欲新脱,意欲奇特,句欲钉饾,锻炼欲工,态度欲俏,粉黛欲浓,面皮欲厚,是以业举之家弃理而工辞,忘我而徇世。剽窃凑泊,全无自己神情;口语笔端,迎合主司好尚。沿习之调既成,本然之天不露,而校文者亦迷于世调,取其文而忘其人,何异暗摸而辨苍黄,隔壁而察妍媸?欲得真才,岂不难哉!隆庆戊辰,永城胡君格诚登第三场,文字皆涂抹过半,西安郑给谏大经所取士也,人皆笑之。后余阅其卷,乃叹曰:"涂抹即尽,弃掷不能,何者?其荒疏狂诞,绳之以举业,自当落第,而一段雄伟器度、爽朗精神,英英然一世豪杰,如对其面,其人之可收自在文章之外耳。胡君不羁之才，难挫之气，吞牛食象，倒海冲山，自非寻常庸众人。惜也以不合世调，竟使沉沦。"余因拈出，以为取士者不专在数篇工拙，当得之牝牡骊黄之外也。

万历丙戌而后，举业文字如晦夜浓阴封地穴，闭目蒙被灭灯光；又如墓中人说鬼话，颠狂人说风话，伏章人说天话；又如楞严孔雀，咒语真言，世道之大妖也。其名家云："文到人不省得处才中，到自家不省得处才高中。"不重其法，人心日趋于魑魅魍魉矣。或曰："文章关甚么人心世道？"嗟嗟！此醉生梦死语也。国家以文取士，非取其文，因文而知其心，因心而知其人，故取之耳。言若此矣，谓其人曰光明正大之君子，吾不信也。且录其人曰中式，进呈其文曰中式之文，试问其式安在？乃高皇帝所谓文理平通、明顺典实者也，今以编造晦涩妄诞放恣之辞为式，悖典甚矣。今之选试官者必以高科，其高科所中，便非明顺典实之文。其典试也，安得不黜明顺典实之士乎？人心巧伪，皆此文为之祟耳。噫！是言也，向谁人道？不过仰屋长太息而已。使礼曹礼科得正大光明、执持风力之士，无所畏徇，重一惩创，一两科后，无刘几矣。

《左传》《国语》《战国策》，春秋之时文也，未尝见春秋时人学三代。《史记》《汉书》，西汉之时文也，未尝见班、马学《国》《左》。今之时文，安知非后世之古文？而不拟《国》《左》则拟《史》《汉》，陋矣，人之弃己而袭人也。《六经》《四书》，三代以上之古文也，而不拟者何？习见也。甚矣，人之厌常而喜异也！余以为文贵理胜，得理，何古何今？苟理不如人而摹仿于句字之间，以希博洽之誉，有识者耻之。

诗家无拘鄙之气，然令人放旷；词家无暴戾之气，然令人淫靡。道学自有泰而不骄、乐而不淫气象，虽寄意于诗词，而缀景言情皆自义理中流出，所谓吟风弄月，有"吾与点也"之意。

娑罗馆清言

（明）屠隆　撰

敖堃　郭洁　校点

整理说明

《娑罗馆清言》二卷，《续娑罗馆清言》一卷，明屠隆撰。

屠隆（1542—1605），字长卿，又字纬真，号赤水、溟涬子、庚桑子、广桑子、由拳山人、一衲道人、蓬莱仙客、鸿苞居士等，鄞县（今属浙江）人。万历五年进士，历任颍上知县、青浦知县、礼部主事，后被劾罢归。为人豪放不羁，一生著作宏富，有《白榆集》、《由拳集》、《栖真馆集》、《采真集》、《绛雪楼集》、《鸿宝集》等文集及《昙花记》、《修文记》、《彩毫记》等传奇三种。名列《明史·文苑传》。

《娑罗馆清言》、《续娑罗馆清言》系屠隆晚年所作。"娑罗"，梵语音译，其树高大挺拔，质地优良，相传释迦牟尼寂灭之所即在娑罗树间。娑罗馆为屠隆书斋名。作者在书中阐释人生哲理，抒发生活感慨，反映了他在经历了隆（庆）万（历）时期社会深刻变化和自我人生际遇巨大反差后，对佛学禅理的参悟和个性解放的追求。二书近 200 则清言，妙语迭出，言简意长，为明代清言小品之佳构。其中，《续清言》在思想深度和艺术感染力上都逊于《清言》。

二书被收入明代的《广百川学海》和《宝颜堂祕笈》等丛书，民国时商务印书馆《丛书集成初编》据《宝颜堂祕笈》本排印。本次整理，据《宝颜堂祕笈》本为校点底本。

诸伟奇

2012 年 7 月 24 日

自 序

屠隆

夫掩室摩竭，杜口毗耶，不二法门，从无言入，奈何呶呶？鸯公训敕谆谆，以饶舌见戒，余终不能改。如萧寥松篁，风来则响；闲关林鸟，春至则鸣，谁得而禁之？余于诗文外，纂一书，谭大人之际，命曰《鸿苞》，积二十卷。吴郡管登之遗书，规我必无远播通都，姑庋之箧笥。古至人著书，多自道成名。根尽后，子期未至，何急而击鼓以求亡羊为？余受其戒，秘焉。园居无事，技痒不能抑，则以蒲团销之。跏趺出定，意兴偶到，辄命墨卿。《昙花》、《彩毫》，纷然并作，游戏之语，复有《清言》。今而始伏，习气难除，清障难断。鸯公真神人，早见及此矣。虽然，余之为《清言》，能使愁人立喜，热夫就凉，若披惠风，若饮甘露，即令鸯公见之，亦或为一解颐。昔鸠摩示遗命荼毗，而留舌不毁以为验。余舌端隐隐现青莲花一片矣。

庚子秋八月书于包氏旧草堂。

清言叙

章载道

夫大道之旨，书不尽言。西方以来，教亦多术。然而谛文害义，则失鱼何取忘荃；挥里晤言，则一日便当千载。故知见斗生悟，绝照由心；顾影兴言，精思出要。用以化诱愚俗，何须万论千经。若夫指点沉沦，只取单词只语。此纬真先生《清言》所由作也。

先生积思玄通，孤情直上，每于松风云月，禅坐相偶。研思因果，证彻圆明。痛延门作活者，认六贼为己身；嗔到岸寻船者，执菩提为实相。以致欲坑堕落，皆缘心念纷飞。用揭善诱之门，著情迁之训，拟诸甘露，比于惠风。维时诵习之者,如枢密透关,麾扇便知脱洒;若中丞大悟,看火幡然拨衣。先生自序云:"能使愁人立喜,热天就凉。"良不虚矣。庭有坊刻,矜慎不传,于是守拙上人,复寿诸梨枣。上人乘佛理以御心,假斯文为宗录,谓变化物由心作,受想宜除;而行尔不在多言,提撕贵约。故有能了清语之意者,将金面棋盘,一时拍碎,而吉祥妙喜,虚室洞明。先生实普度乎来兹,上人岂小补于禅定?可谓克明明德,无忝徽音者矣。嗟夫!渊源淡泊,则释门不异于禅;宗旨神光,则儒道本通于佛。倘指掌而意喻,则目击而道存。如其将心觅心,不免因我丧我,几失清言之意矣。守拙名性能,广陵人。

古鄞后学章载道纂。

卷上

子房虎啸,安期生豹隐于海滨;药师龙骧,魏先生蠖屈于岩穴。繄岂异才?实命不同。

三九大老,紫绶貂冠,得意哉,黄粱公案;二八佳人,翠眉蝉鬓,销魂也,白骨生涯。

口中不设雌黄,眉端不挂烦恼,可称烟火神仙;随宜而栽花竹,适性以养禽鱼,此是山林经济。

风晨月夕,客去后,蒲团可以双跏;烟岛云林,兴来时,竹杖何妨独往。

覆雨翻云何险也,论人情只合杜门;嘲风弄月忽颓然,全天真且须对酒。

道上红尘,江中白浪,饶他南面百城;花间明月,松下凉风,输我北窗一枕。

净几明窗,好香苦茗,有时与高衲谈禅;豆棚菜圃,暖日和风,无事听闲人说鬼。

老去自觉万缘都尽,哪管人是人非;春来尚有一事关心,只在花开花谢。

甜苦备尝好丢手,世味浑如嚼蜡;生死事大急回头,年光疾于跳丸。

无物能牢,何况蠢兹皮袋;有形皆坏,不闻烂却虚空。

坐禅而不明心,取骨头为工课,马祖戒于磨砖;谈经而不见性,钻故纸作生涯,达摩所以面壁。

草色花香,游人赏其有趣;桃开梅谢,达士悟其无常。

修净土者,自净其心,方寸居然莲界;学坐禅者,达禅之理,大地尽作蒲团。

立心而认骨肉太亲,则人缘难遣;学道而求形神俱在,则我相未融。

饧粘油腻,牵缠最是爱河;瞎引盲趋,展转投于苦海。非大雄氏,谁能拯之?

知事理原有顿渐,则南北之宗门不废;知升坠分于情想,则过现之因果昭然。

若无后来报应,则造物何以谢颜回;除却永劫灾殃,则上帝胡独私曹操?

秃须黄面揣骨法,岂有如许公侯;道气文心标风流,亦是可儿措大。

招客留宾,为欢可喜,未断尘世之攀缘;浇花种树,嗜好虽清,亦是道人之魔障。

角弓玉剑,桃花马上春衫,犹忆少年侠气;瘿瓢胆瓶,贝叶斋中夜衲,独存老去禅心。

宝篆祈仙,金呕礼佛,造物尚不得牢笼;褐衣披体,破帽蒙头,君相又安能陶铸。

临池独照,喜看鱼子跳波;绕径闲行,忽见兰芽出土:亦小有致,时复欣然。

盘餐一菜,永绝腥膻,饭僧宴客,何烦六甲行厨;茅屋三楹,仅蔽风雨,扫地焚香,安用数童缚帚? 未见元放翛然,尚觉右丞多事。

菜甲初肥,美于热酪;莼丝既长,润比羊酥。

杨柳岸,芦苇汀,池边须有野鸟,方称山居;香积饭,水田衣,斋头才著比丘,便成幽趣。

竹风一阵,飘扬茶灶疏烟;梅月半弯,掩映书窗残雪。真使人心骨俱冷,体气欲仙。

登华子冈,月夜犬声若豹;游赤壁矶,秋江鹤影如人。但想前贤,神明开涤。

山河天眼里,不知山河即是天眼;世界法身中,不知世界即是法身。

如来为凡夫说空,以凡夫著有故;为二乘人说有,以二乘人沉空故。著有则入轮转之途,沉空则碍普度之路。是故大圣人销有以入空,一法不立,从空以出有,万法森然。

黄齑淡饭，允宜山泽之臞；曲几匡床，久绝华清之梦。

棺则朽于木，裸则朽于土，土木何劳分别；沉则化于水，焚则化于火，火水安用商量。

红润凝脂，花上才过微雨；翠匀浅黛，柳边乍拂轻风。问妇索酿，瓮有新刍；呼童煮茶，门临好客。先生此时，情兴何如？

痴矣狂客，酷好宾朋；贤哉细君，无违夫子。醉人盈座，簪裾半尽酒家；食客满堂，瓶瓮不离米肆。灯独莹莹，且耽夜酌；爨烟寂寂，安问晨炊？生来不解攒眉，老去弥堪鼓腹。

若想钱而钱来，何故不想？若愁米而米至，人固当愁。晓起依旧贫穷，夜来徒多烦恼。

白仲奇穷，悍妇同于冯衍；德园高隐，孤居颇似王维。我固当胜之！

明霞可爱，瞬眼而辄空；流水堪听，过耳而不恋。人能以明霞视美色，则业障自轻；人能以流水听弦歌，则性灵何害？

诗堪适性，笑子美之苦吟；酒可怡情，嫌渊明之酷嗜。若诗而嫉妒争名，岂云适性；若酒而猖狂骂座，安取怡情？

铄金玷玉，从来不乏彼谗人；沉垢索瘢，尤好求多于佳士。止作疾风过耳，何妨微云点空。

学道历千魔而莫退，遇辱坚百忍以自持，到底无损毫毛，转使人称盛德。当时之神气不乱，入夜之魂梦亦清。

金吾厚享千钟，命悭于豆酱；学士御食二器，数定于橘汤。余幼丁贫贱，每藜藿之饭不充；壮忽持斋，想肉食之簿已尽。

大臣雅度，嫌王勃之恃才；明主知人，想李白之薄福。

盈庭满座，断结驷于贵人；累牍连篇，绝八行于政府。

情尘既尽，心镜遂明，外影何如内照；幻泡一消，性珠自朗，世瑶原是家珍。

善谑浪，好诙谐，吐语伤于过绮，取快佐觞，亦无大害；扬隐微，谈中冓，为德无乃太凉，积怨消福，吾党戒之。

人生于五行，亦死于五行，恩里由来生害；道坏于六贼，亦成于六贼，妙处只在转关。

云栖莲老，佛陇灯公，岭表憨山，湖南穷介，有西方美人之思；碧浪朱生，西泠虞氏，湘灵逸客，镜水隐鳞，有天际真人之想。

聪明而修洁，上帝固录清虚；文采而贪残，冥官不爱词赋。

凡夫迷真而逐妄，智慧化为识神，譬之水涌为波，不离此水；圣人悟妄而归真，识神转为智慧，譬之波平为水，当体无波。

楼前桐叶，散为一院清阴；枕上鸟声，唤起半窗红日。

一泓濠上，便同庄叟之观；片石林间，堪下米颠之拜。

天上两轮逐电，昼夜不休；人间二鼠啮藤，刹那欲断。

立雪断臂，只缘艺压当行；擘面拦胸，直是酒逢知己。

啖饭着衣，生世无补；饰巾待圹，顾影多惭。庶几哉！白鱼蠹简，食奇字于腹中；黄鸟度枝，遗好音于世上。

比丘鼻臭荷香，来池神见斥，童子乃以香严而圆通；元卿目玩宫卉，为天神所呵，古德有因桃花而悟道。

茶熟香清，有客到门可喜；鸟啼花落，无人亦是悠然。

翠微僧至，衲衣全染松云；斗室经残，石磬半沉蕉雨。

水色澄鲜，鱼排荇而径度；林光潋荡，鸟拂阁以低飞。

曲径烟深，路接杏花酒舍；澄江日落，门通杨柳渔家。

催租吏只问家僮，知主人之不理生产；收稼奴迳达主母，笑先生之向如外宾。

八关斋久，何敢然寄兴于持螯；五斗量悭，聊复尔托名于泛蚁。

侣猿猴，友虎豹，不能孙登之穴居；驯鸟雀，畜凫鱼，颇似何点之野逸。

高人品格，既有愧井丹洁身；名士风流，亦不至相如慢世。

天讨有罪，生来幸免马驴；世弃不才，隐去敢云鸿豹？

有分有限，耗星临宫顾我，论万事总不如人；无虑无忧，天喜坐命赢人，只一筹至要在我。

持论绝无鬼神，见怪形而惊怖；平居力诋仙佛，遇疾病而修斋：儒者可笑如此。称柴数米，时翻名理于广筵；媚灶乞墦，日挂山林于齿颊：高人其可信乎？

为龙为蛇，生既谢阳秋于太史；呼牛呼马，死亦一任彼月旦于时人。

以文章为游戏，将希刘勰逃禅；看齿发之衰颓，自信鲍照才尽。

荆扉才掩，便逢客过扫门；饭粟一空，辄有人求誉墓。万事从来是命，一毫夫岂由人？

家坐无聊，不念食力担夫，红尘赤日；汝官不达，尚有高才秀士，白首青襟。

峰峦窈窕，一拳便是名山；花竹扶疏，半亩何如金谷。

少文五岳兴，聊托于卧游；元亮一园趣，果成于日涉。

月出青松，光映琉璃夜火；风摇翠条，寒生窣堵秋烟。

虚空不拒诸相，至人岂畏万缘。是非场里，出入逍遥；逆顺境中，纵横自在。竹密何妨水过，山高不碍云飞。

孔孟以经常治世，不欲炫奇怪以骇时；释老以妙道度人，故每现神通以耸众。

凡情自缚，则抟沙捻土，一身缠为葛藤；空观一成，则割水吹毛，四大等于枯木。

薰蒸德香，则果未成，而灵根渐长；熬煎欲火，则目未瞑，而恶趣现前。

吃菜而生美好拣择，则吃菜不异吃荤；作善而求自高胜人，则作善还同作恶。

人若知道，则随境皆安；人不知道，则触涂成滞。人不知道，则居闹市生嚣杂之心，将荡无定止；居深山起岑寂之想，或转忆炎嚣。人若知道，则履喧而灵台寂若，何有迁流；境寂而真性冲融，不生枯槁。

英雄降服劲敌，未必能降一心；大将调御诸军，未必能调六气。故姬亡楚帐，霸主未免情哀；疽发彭城，老翁终以愤死。

来鸣禽于嘉树，音闻两寂，悟圆通耳根；印朗月于澄波，色相俱空，领清虚眼界。

雨过天清，会妙用之无碍；鸟来云去，得自性之真如。

卷下

栴檀之形，能出门而迎佛；虎丘之石，解听法而点头。故知山河大地，咸见真如；瓦砾泥沙，并存佛性。

酬应将迎，世人奔其膻行；消磨折损，造物畏其虚名。

世界极于大千，不知大千之外，更有何物；天宫极于非想，不知非想之上，毕竟何穷。吾尝于此茫然，安得问之大觉。

衰年岭表余生，相传仙去；邻媪夜哭还券，垂老无家。每想斯人，潸然欲涕。

云长香火,千载遍于华夷;坡老姓名,至今口于妇孺。意气精神,不可消灭如此。

慧远临终,检戒于食蜜;萨真济渡,留钱于空舟。古德慎行至此,使人心志凛然。

三径竹间,日华澹澹,固野客之良辰;一编窗下,风雨潇潇,亦幽人之好景。

春衣杜陵,急管平乐,真称名士之风流;雨中山果,灯下草虫,想见高人之胸次。

好散阿堵,亦复不能积书;趣在个中,平生只爱种树。

醇醪百斛,不如一味太和之汤;良药千包,不如一服清凉之散。

积想情坚,思女因而化石;磨砻功久,铁杵且会成针。今人才学修行,便希得证,稍不见效,辄退初心,道其可几乎?

不是邺侯着眼,懒残只一丐者;若非丰干饶舌,寒拾两个火头。

篱边杖履送僧,花须胃于巾角;石上壶觞坐客,松子落我衣裾。

待月看云,偶见鹤形之使;焚香扫室,时迎鸟爪之姑。

鸣驺呵殿,歌儿挈傀儡于场中;揭地掀天,童子弄形影于灯下。

张三不是他,李四亦不是他,总认邮亭为本宅;长卿不是我,纬真亦不是我,莫把并州作故乡。

风翻贝叶,绝胜北阙除书;水滴莲花,何以华清宫漏?

一室经行,贤于九衢奔走;六时礼佛,清于五夜朝天。

鸣琴流水,疑鲂鲔之来听;散帙当轩,喜藤竹之交翳。

娟娟月露,下檐卜而生香;袅袅山风,入松篁而成韵。

闲情清旷,未解习锻之机;野性萧疏,耻作投梭之达。

负耒而骂庖牺,凿开浑沌;采薇而薄周武,决裂堤防。

善星腹笥部藏,不免泥犁;云光口坠天花,难逃阎老。所以初祖来自迦毗,尽扫文字;室利往参摩诘,悉杜语言。

太原则哲,几畜疑于掇煤;琅琊故知,竟因谗而投杼。呜呼,知己难哉!吾欲挽九原而起鲍叔,取千金以铸子期。

陈思逸藻,仅朱邸于遮须;庾信高才,乃皤形于地府。身后结局如此,眼前文兴索然。

观号千秋,吾愧贺老之舍宅;楼高三级,复惭都水之栖真。物在亦不苦留，期到翛然便去。

周璈营产，原从车子而偿逋；韩相卜居，乃为木工而定砑。凡事前定如斯，世人计较可息。

灵运才高，不入白莲之社；裴休诗好，何关黄檗之宗。故子昂、杜甫韵语，骋意气于枕林；寒山、船子吟哦，写性灵于天籁。写性灵者，佛祖来印；骋意气者，道人指呵。

室无长物，心本宅乎清虚；门多杂宾，性不近乎狷介。行谊虽无大损，净业未免有妨。

据床嗒尔，听豪士之谭锋；把盏醒然，看酒人之醉态。

大臣赫赫，甫丘墓便已就荒；文士沾沾，问姓名多云不识。名利至此，使人心灰。

夫人有绝技必传，有至性不朽。灵心巧思，鲁班以木匠千秋；报主存孤，李善以佣奴百世。

核人贵实，浮论难凭，从古圣贤，不能无谤。试问释迦于移山之口，佛云乎哉；叩宣尼于伐木之夫，何圣之有？

道人好看花竹，寄托聊以适情；居士偶听弦歌，不染何妨入道。情旷亦自有致，寂寞无令太枯。

眉睫才交，梦里便不能主张；眼光落地，死去又安得分明？故学道之法无多，只在一心不乱。

戴发含齿，生幸托于中华；方袍圆冠，名复缀于下士。田园虽少负郭，妻孥尚免饥寒；荣期之乐已多，老氏之学知足。

若富贵贫穷，由我力取，则造物为无权；若毁誉嗔喜，随人脚根，则谀夫愈得志。

世法须从身试，大道不在口谭；暇日清言有味，恐于实际无当。猝然遇境不挠，此是学问得力。袁盎报十世之仇，不知虽经万劫而必报；师子偿杀命之债，不知虽逋小债而必偿。萌芽各认根苗，点滴不茖檐溜。罪在则福不集，福少则行难圆，此圣贤之所以慎作业也。

口奉清斋，过客时供粱肉；身衣短褐，儿童或曳罗衫。固知供奉之绮裤，不富于公孙之布被。

冤家恩爱，心常作平等之观；上帝悲田，眼不见可憎之物。性鲜贪嗔，六时畏作恶趣；心能领略，四季都是良辰。昔人不云乎：此老终当以乐死！青溪白石，倏生潇洒之怀；黑雾黄埃，便起炎嚣之念。此是心依境转，恐于学道无当，必也。月随云走，月竟不移；岸逐舟行，岸终自若，则几矣。

醒时思作佳梦，梦去未必如所思。生前念佛修行，死后犹恐忘初念。何也？众生奔驰情识，一往易昏；学人积累熏修，务求根熟。

隔壁闻钗钏声，比丘名为破戒，比丘之心入故也；同室与妇人处，罗什不碍成真，罗什之心不入故也。固知染净在心，何关形迹。

方外偶过僧道，倒双屐，急开竹户迎来；座中倘及市朝，掩两耳，辄敕松风吹去。

楼窥睥睨，窗中隐隐江帆，家在半村半郭；山倚精庐，松下时时清梵，人称非俗非僧。

华屋朱门，过王侯而掉臂；黄头历齿，对儿子而伤心。高人之轻富贵也易，断恩爱也难。

观上虞《论衡》，笑中郎未精玄赏；读临川《世说》，知晋人果善清言。

王重阳阑入卧内，马钰内子能知；戒阇黎金甲传餐，太守夫人觑破。

美人傅粉涂香，终沦于粪土；猛士格虎抟象，死制于蝼蚁。古簇锈刀，旧日战争之地；蚀钗灰袄，昔时歌舞之场。英雄漠漠精灵，秦晋茫茫岁月。

娑罗居士，酿酒治蔬，无日不延宾客；杜门禁足，经年懒过邻家。白香山云："丘墅有泉石花竹者靡不游，人家有美酒鸣琴者靡不过。"吾甚愧其言。

永明禅师云："向不迁境上，虚受轮回；于无碍法中，自生系缚。"

瞑目跏趺，落花飘而满儿；冥心入定，鼯鼠出而行阶。

扫有扫无，即"扫"字而亦扫；忘形忘物，并"忘"字而亦忘。斯能所之双泯，会灵心于绝代。

杨德祖家惟弱柳，我则杂种名花；殷仲文庭只枯槐，余乃多栽茂树：不啻过矣。

宰相匡时，懒残豫占李泌；英雄救火，图南早识乖崖。故龙翔豹隐，大冶之鼓铸由天；雌伏雄飞，至人之把柄在我。

跋

　　纬真先生尝以方麴书《娑罗馆清言》数条示余,得未曾有,则又恨不获尽发其枕中秘也。已薄游南州,从丁右武座右见之,淋漓满纸,便如坐我清凉界中,顿还无住观矣。遂次第于录,归而勒之萧爽斋中。庚子五月廿日秀州包衡题识。

续娑罗馆清言

（明）屠隆　撰

敖堃　郭洁　校点

整理说明

详见《娑罗馆清言》之 "整理说明"。

　　饥乃加餐,菜食美于珍味;倦然后卧,草荐胜似重裀。

　　流水相忘游鱼,游鱼相忘流水,即此便是天机;太空不碍浮云,浮云不碍太空,何处别有佛性?

　　皮囊速坏,神识常存,杀万命以养皮囊,罪卒归于神识;佛性无边,经书有限,穷万卷以求佛性,得不属于经书?

　　入市而叹过路客,纷纷扰扰,总是行尸;反观而照主人翁,灵灵莹莹,无非活佛。

　　仕宦能登甲第,方免官府差徭;学道未出阴阳,终受阎君约束。

　　暗室贞邪谁见,忽而万口喧传;自心善恶炯然,凛于十王考校。

　　香花幢盖,显本性之弥陀;罗刹夜叉,现心中之魔鬼。

　　性源既湛,则铁面铜头化为诸佛;心垢未除,则玉毫金相亦是群魔。

　　至人除心不除境,境在而心常寂然;凡人除境不除心,境去而心犹牵绊。

　　万缘皆假,一性惟真。圣人借假以修真,愚夫丧真而逐假。

　　入道场而随喜,则修行之念勃兴;登丘墓而徘徊,则名利之心顿尽。故一念不清,宜以佛性而淘洗;六根未净,可取戒香而薰蒸。

　　天堂人乐,乐尽则苦趣至,故其成佛也难;阎浮人苦,苦极则创心生,故其成佛也易。

　　形同木石,未免委运而销亡;神同虚空,岂得随形而陨灭?形有销亡,故愚蒙止知现在;神无陨灭,故圣智照见多生。

　　六道轮转,如江帆日夜乘潮,乘潮未有栖泊;一证菩提,若海艘须臾登岸,登岸岂复漂流。

　　富室多藏万宝,夜深犹自持筹,愈积愈吝,窖中时见精光;老夫第得一钱,宵卧何能贴席,不散不休,箧里如闻嘷吼。

　　名华芳草,春园风日洵饶;红树青霜,秋林景色逾胜。

　　条风既匾,细草茸生,嫩柳韶姿,红药齐含葩藿,芳春景大殢人;清露晨流,碧梧初放,新篁爽气,绿阴映入帘帏,首夏时尤堪赏。

　　常想病时,则尘心渐灭;常防死日,则道念自生。风流得意之事,一过辄生悲凉;清真寂寞之乡,愈久转增意味。

万缘虚幻,总属心生;六道轮回,皆由自作。目翳除,则空华陟灭;心障撤,则妄业全消。

今日骑狮坐象,众生之境界过来;饶他带角披毛,佛祖之真性自若。譬如小水汇为巨流,入流原是小水;真金煅于猛火,出火还是真金。

释迦曾作众生,身经乎多劫,其他诸佛菩萨,谁不来自众生?阐提亦有佛性,语载于圣经,其他蠢动含灵,谁不具有佛性?若佛祖天然佛祖,修行之法何为?若众生则是众生,向善之途遂绝。

今生根钝,是前世之行未修;今行苦修,则来世之根当利。勿以无缘而自弃,力办肯心而不回。今世既种善因,来生必成胜果。列圣皆累劫修成,大道岂一世便了。

古德云:"尘劳中尝应着力,生死上不须用心。"尘劳不著力,安得行圆;生死若用心,恐为心障。

非灾横祸,世人常叹无因;分付安排,皇天必自有说。若现在隐微无据,恐过去夙行有亏。彼既不差,我当顺受。

成仙作佛,必是善人;至孝真忠,自然度世。张仲文昌,未始从师授道,关君天帅,不闻得诀何人。故求道勿急寻师,积功且须修德。

苦恼世上,意气须温;嗜欲场中,肝肠欲冷。

士大夫禅机迅利,何锋不摧;制行秽污,无业不作。扬言度世,冥司之勾帖忽来;开口乞哀,幽部之铁鞭已下。

理超教外,胡僧所以如愚;道越言筌,獦獠何尝识字。世智纷纷,名利场中伶俐;识神扰扰,生死路上糊涂:亦可哀矣。

死汉鞭挞不疼,觉疼原非形壳;僵尸爬搔不痒,知痒自是性灵。人奈何轻性灵而重形壳乎?

形骸非亲,何况形骸外之长物;大地亦幻,何况大地内之微尘?人能知足,则随地可以自安;若复无厌,则求望曷其有极?富堪敌国,叹一命之不沾;贵极人臣,恨九锡之未至。为子之造物者,不亦难乎?

有待而修,终日且图安乐;无常若到,问君何以支吾。

来今往古,逝者如斯。贵贱贤愚,谁能免此?三尺红罗,过客而吊过客;一堆黄土,死人而哭死人。兴言及此,哀哉,当下修行晚矣!

针水不投,亦徒猜乎哑谜;机锋未到,莫浪用乎盲拳。

参悟久则心花顿开,若莲萼之舒瓣;机缘来则性地忽朗,如日月之放光。

持论绝无鬼神，见怪形而惊怖；平居力诋仙佛，遇疾病而修斋，儒者可笑如此。称柴数米，时翻名理于广筵；媚灶乞墦，日挂山林于齿颊，高人其可信乎。

世人伤我皮毛，嗡嗡难辞阳过；天日下照肝胆，冥冥庶免阴愆。

三寸枯毫，欲饶未忍；千金敝帚，自飨知惭。论非仲任，敢希藏帐于中郎；文谢班生，终取覆瓿于傅毅。

人若知道，随境皆安；道不在人，应缘即碍。故得道者，履喧而灵台寂若，何有迁流；地僻而真性冲融，奚生枯槁；不得道者，居闹市则生尘杂之心，将荡无定止；居空山则起岑寂之想，或转忆炎嚣。

时来则建勋业于天壤，玉食衮衣，是亦丈夫之事；时失则守穷约于山林，藜羹卉服，是亦豪杰之常。故子房封侯，不以富贵而骄商皓；严陵垂钓，不以贫贱而慕云台。

衣服岂有鬼，乃本人识神之所成；鬼病犹生前，此亦鬼意中之所带。

病风狂而谵语，多是平日之愆；梦受挞而身疼，可悟地狱之报。

时近恶缘，如皂染衣而衣皂；日修净行，若香薰室而室香。

度尽众生，乃如来之本愿；众生难尽，则世界之业因。慈父不以顽子之难教，而忘教子之念；如来不以众生之难度，而懈度生之心。

世人日与蝼蚁相接，蝼蚁无知；如来日与众生周旋，众生不见。障重故也。

耳耽淫声，曷闻金石之响；目昏邪色，安见玉毫之光？遗民清净，则大士拥幢幡而现形；闻喜灵莹，则文殊坐狮子而显相。

童子之目稍净，或见鬼神；道士之心渐清，能召灵爽。众生以不见佛，而遂谓无佛；则蝼蚁以不见人，而遂谓无人耶？

人当溷扰，则心中之境界何堪；稍尔清宁，则眼前之气象自别。

对境安心，则清净之体小露；止观成熟，则真如之理森然。

昏散者，凡夫之病根；惺寂者，对症之良药。寂而常惺，寂寂之境不扰；惺而常寂，惺惺之念不驰。

居处必先精勤，乃能闲暇；凡事务求停妥，然后逍遥。平时只自悠然，遇境未免扰乱。

迹类卑污，有损身以利物；形同邋遢，或混俗以埋光。世人皮相失真，天眼鉴观不谬。

李青莲仙才凤禀,白香山道骨天成。

皎皎时名,心源不净;昭昭谈道,密行多亏。何益超升?只深沦堕。

疾忙今日,转盼已是明日;才到明朝,今日已成陈迹。算阎浮之寿,谁登百年;生呼吸之间,勿作久计。

太乙窥人,阁下然藜之火;云林寄信,架藏倒薤之书。

一念已横,将死冤家出现;三昧既熟,临终诸佛来迎。

木削方可造庐,玉琢才能成器。高明性多疏脱,须学精严;狷行常苦拘时,当思圆转。

三春丽日,催开上苑千花;一夜金风,颠落罗浮万树。

童子智少,愈少而愈完;成人智多,愈多而愈散。绝代聪明,尽是鬼家生活;拍天簸弄,无非石上精魂。

一目十行,难超生死之路;心持半偈,径入涅槃之门。道在真修,非关质美。

春去秋来,徐察阴阳之变;水穷云起,默观元化之流。

纵心独往,内颇解乎天戮;守礼自防,外敢逾乎世法。

筚门圭窦,形拘一室之中;气马尻轮,神游八极之外。

凡夫有己,只隔一膜。何关大圣度生,不论三途接引。法性原周沙界,含灵总属自身。

众生本来是佛,因迷自作众生;寻求向外空驰,得来原是己物。

从身上求佛,则无常幻泡之身,如何作佛?当求之我心。从心上求佛,则今日缘虑不实之心,亦非汝心。佛性不在是。逐经纶而生解,则经纶即是障缘;了文字而悟心,则文字便是般若。诸佛所宣,乃是宣其般若;初祖所扫,乃是扫其障缘。

人生,命也;命者,报也;报者,业也。如龙王散雨于诸天,同是诸天而雨实异;天人日享乎美味,同是天人而味实殊。彼此自有定数,美恶皆由业因。但言命数而不言业报,谬矣。

菜 根 谭

（明） 洪自诚　撰

诸伟奇　胡芳　校点

整理说明

在我国浩如烟海的典籍中,有一部书显得特别奇特,它的文字不足二万,但却融汇了儒、释、道三家的菁萃,具有丰厚的文化容量;它长期为国内主流学术界所漠视,但在东瀛日本却广受赞誉,被有关业界奉若圭臬;它在存世的四百年间一直少有刊刻,但近二十年来却大红大紫,遍地开花,刊本不下百种。这部书就是《菜根谈》。

《菜根谈》,明洪应明撰。洪应明史籍无传,生平不详。其生平线索主要来源于其另一部书《仙佛奇踪》所涉及的材料。《四库全书总目·子部·小说类存目二》:"《仙佛奇踪》,四卷,明洪应明撰。应明字自诚,号还初道人,其里贯未详,是编成于万历壬寅。"该书《喜咏轩丛书》本卷首收有明人袁黄的《仙引》和冯梦桢的《佛引》。《仙引》曰:"洪生自诚氏,新都弟子也。"《佛引》曰:"洪生自诚氏,幼慕纷华,晚栖禅寂。"作者在书中自记曰:"万历壬寅季冬朔,还初道人洪应明书于秦淮小邸。"综此可知,洪应明字自诚,号还初道人,四川新都人(一说"新都弟子",非指其里贯,乃其师从祖籍新都的杨慎之谓)。其早年热衷仕途,与袁黄(字了凡,曾官兵部主事)、冯梦桢(字开之,曾官南都国子监祭酒)、于孔兼(字天时,官礼部郎中,曾为《菜根谈》题词)相交往,万历三十年(1602)前后曾居住南京,后潜心佛理,隐居著述。有《仙佛奇踪》《菜根谭》等传世。

洪应明所生活的明代万历时期,政治日益腐败,社会问题丛集,各种矛盾日益尖锐,不仅社会底层百姓倍受煎熬,统治阶级内部也矛盾重重,一些知识分子或仕途困顿,或宦海沉浮,多身心俱疲。同时,长期被定于一尊作为社会指导思想的程朱理学受到激烈挑战,释、道二家以及以阳明心学为标帜的新思潮日见漫衍,传统的思想体系、伦理道德、价值观念和处世方法被重新审视和诠释。在文学领域,那种形式自由、内容简短、文字精粹的小品文创作空交活跃和繁荣,其中又以充满智慧和哲理的格言式或语录体的清言小品最受瞩目,它既为创作者所重视,又为阅读者所欢迎。《菜根谭》就是当时清言小品的翘楚之编。

本书书名为何冠以"菜根谭"?"谭"者,谈也。"菜根"之意,据说源自宋人汪革语:"人咬得菜根,则百事可做。"明人于孔兼《〈菜根谭〉题词》:"谭以菜根名,固自清苦历练中来,亦自栽培灌溉里得,其颠顿风波,备尝险阻可想矣。洪子曰:'天劳我以形,吾逸吾心以补之;天厄我以遇,吾高吾道以通之。'其所自警自力者又可思矣。"于氏是作者友人,其说是可信的。"布衣暖,菜根香,读书滋味长。"一个人只要坚定信念,坚守清贫,"自警自力",就一定能有所收获、有所成就。《菜根谭》冠名之旨恐在于斯。

《菜根谭》是一部讲述修身、处世、待人、接物、任事的格言集,与同时代的其他清言小品相比,它在思想内涵、艺术手法,尤其在所揭示哲理的深度和文字表达的精准上显得十分突出,以下略作说明:

一、注重道德,强调修为

作者在书中非常重视人的道德、品行,反复强调人只有通过长期坚韧不拨的修养、锤炼乃至历经磨难,才能达到真正的道德完善和品行美好。如:"欲做精金美玉的人品,定从烈火中煅来;思立掀天揭地的事功,须从薄冰上履过。"又如:"德者,事业之基,未有基不固而栋宇坚久者;心者,修行之根,未有根不植而枝叶荣茂者。"进而认为不道德的名誉财富不可取,纵取亦不长久。如:"富贵名誉,自道德来,如山林中花,自是舒徐繁衍;自功业来者,如盆槛中花,便有迁徙废兴;若以权力得者,其根不植,其萎可立等矣。"又如:"栖守道德,寂寞一时;依阿权势者,凄凉万古。达人观物外之物,思身后之身,宁受一时之寂寞,毋取万古之凄凉。"

二、主张"平情"、"寡欲",反对过份的物欲索求

作者在书中强烈反对以名、利为核心的对物质欲望的过分追求和疯狂占有,认为人的贪欲是一切罪恶之源、灾祸之本。他将人对贪欲的追求比作飞蛾扑火:"蛾扑火,火焦蛾,莫谓祸生无本;果种花,花结果,须知福至有因。"指出这种贪欲是对人一生人品的为害:"人只一念贪私,便销刚为柔,塞智为

昏，变恩为惨，染洁为污，坏了一生人品。故古人以不贪为宝，所以度越一世。"
因此要减除物累，名利之心轻淡一些："作人无甚高远的事业，摆脱得俗情，便
入名流；为学无甚增益的工夫，减除得物累，便臻圣境。""仕途虽赫奕，常思
林下的风味，则权势之念自轻；世途虽纷华，常思泉下的光景，则利欲之心自
淡。"必须强调的是，作者并没有把对贪欲的反对归结为对物欲的否定。他说：
"情之同处即为性，舍情则性不可欲；见之公处即为理，舍欲则理不可明。故
君子不能反情，惟事平情而已；不能绝欲，惟期寡欲而已。"这里明确指出"君
子不能灭情"、"不能绝欲"，强调的是"平情"、"寡欲"，而决非性理和佛理的禁
欲或无欲。"舍欲则理不能明"，在当时更有石破天惊的份量。

三、通达的人生态度，智慧的处世方法

书中涉及人生之感和处世之道的内容比比皆是，精彩处举不胜举。作者
强调为人处世既要讲原则，又要重方法，如："操存要有真宰，无真宰，则遇事
便倒，何以植顶天立地之砥柱？ 应用要有圆机，无圆机，则触物有碍，何以成旋
转乾坤之经纶？"又如："当是非邪正之交，不可少迁就，少迁就则失从违之正；
值利害得失之会，不可太分明，太分明则起趋避之私。"尤其要注意不同情况
下的处理方法，如："处治世宜方，处乱世当圆，处叔季之世，当方圆并用；待善
人宜宽，待恶人当严，待庸众之人，宜宽严互存。"要以平常心看待自己的境遇：
"有一乐境界，就有一不乐的相对待；有一好光景，就有一不好的相乘除。只是
寻常家饭、素位风光，才是安乐窝巢。"在处理人己关系上，应该"我有功于人
不可念，而过则不可不念；人有恩于我不可忘，而怨则不可不忘。"同样，"人之
过误宜恕，而在己则不可恕；己之困辱宜忍，而在人则不可忍。"还要"毋偏信
而为奸所欺，毋自任而为气所使；毋以己之长而形人之短，毋因己之拙而忌人
之能"。对人要宽厚、谦让："处世让一步为高，退步即进步的张本；待人宽一
分是福，利人实利己的根茎。"要想自己过得好，就必须别人也过得好："路径
窄处，留一步与人行；滋味浓的，减三分让人食：此是涉世一极乐法。"在教育
别人、批评别人时，更要讲究方法："攻人之恶毋太严，要思其堪受；教人之善
毋过高，当使其可从。"有时，还应该换个角度去思考人生，处理问题："事稍拂
逆，便思不如我的人，则怨尤自消；心稍怠荒，便思胜似我的人，则精神自奋。"

四、深刻的哲理,精准的表述

由于作者所处的时代及生平遭际等原因,《菜根谭》一书所透露出的哲理融汇了儒、释、道三家的思想,书中两次直接引用了宋儒邵雍(康节)和明儒陈献章(白沙)的话, 一次化用了王阳明的话("耳目见闻为外贼,情欲意识为内贼"),而更多的内容体现了禅宗的思想。如:"世事如棋局,不着的才是高手;人生似瓦盆,打破了方见真空。""人之有生也,如太仓之粒米,如灼目之电光,如悬崖之朽木,如逝海之巨波。知此者如何不悲,如何不乐? 如何看他不破,而怀贪生之虑? 如何看他不重,而贻虚生之羞?" 如仅仅只是这类看破、顿悟的文字,那它与同时或先后的其他清言小品也就没有什么高下之别了。《菜根谭》的高明之处在于,它不仅在涉及生、死、有、无、理、欲、情、识、祸、福、成、败、强、弱、清、廉、出世、入世等人生重大问题上有独到的见解,而且在揭示这些哲理时,虽然每则只有短短的百十字,但却力避简单化的论述。这类例子很多。作者在论证某一事理时,往往能从相反的两个概念说起,如:"士人有百折不回之真心,才有万变不穷之妙用。立业建功,事事要从实地著脚,若少慕声闻,便成伪果;讲道修德,念念要从虚处立基,若稍计功效,便落尘情。"又如:"思入世而有为者,须先领得世外风光,否则无以脱垢浊之尘缘;思出世而无染者,须先谙尽世中滋味,否则无以持空寂之苦趣。"再如:"宇宙内事,要力担当,又要善摆脱。不担当,则无经世之事业;不摆脱,则无出世之襟期。"或从多重关系来论说,如:"出世之道,即在涉世中,不必绝人以逃世;了心之功,即在尽心内,不必绝欲以灰心。"或着重从事物的另一面去观察、论证,如:"勤者敏于德义,而世人借勤以济其贪;俭者淡于货利,而世人假俭以饰其吝。君子持身之符,反为小人营私之具矣,惜哉!"或进一步说事,即深入到事物的另一个层面去剖析问题,得出真知。如:"能轻富贵,不能轻一轻富贵之心;能重名义,又复重一重名义之念。是事境之尘氛未扫,而心境之芥蒂未忘。此处拔除不净,恐石去而草复生矣。"凡此,都体现了作者对事物观察领悟的深刻、辨证分析的睿智和文字表达的精确,这也是《菜根谭》最能打动历代读者的地方。

五、优美的文笔，饱满的情感

本书另一深受读者喜爱的特点就是文笔好。全书格言都是骈体或骈散结合体，不仅具有清言小品辞藻雅洁、偶对协韵、文约义丰的特点，而且较之更加平实畅达，更加言简意深。该书成于作者晚年，此时作者饱经沧桑，胸中万千情愫都化作笔下云烟，书中所言都是人生大彻大悟后的心声，自然会在读者中产生深切的共鸣。作者的文字表达也极其讲究，书中一些看似不经意的地方，往往都经过字斟句酌，然而又不着痕迹，手法臻于炉火纯青。此类例子触目皆是，读者自可赏析。

由于《菜根谭》中涉及的文化与清代主流文化相距甚远，故而该书长期被冷落，除一些寺院印为劝善之书外，一直无声无息，更少刊刻。民国时，虽有版本大家陶湘序刻《还初道人著书二种》，收入《菜根谭》，但此后的五十多年依然少人问津。然而，此书在日本的命运却迥异本土。《菜根谭》问世不久，即传入日本，之后一直刊行不断，深受欢迎。上世纪六、七十年代，日本经济腾飞时，日本企业界更视此书为企业管理、用人制度、市场开拓、产品营销、个人修养等方面的好教材，成为从业人员的必读之书。我国近二十年来的《菜根谭》热即直接受日本的影响。一样的书两样的命运，恐怕不止是"墙内开花墙外香"可做解释的。

《菜根谭》版本比较复杂。简言之，该书有两个系统：一个系统的版本分前、后集，或按前、后集为分二卷。这一系统最早的版本为书前有三峰主人于孔兼题词的明刊本。另一个系统为一卷本，或分前、后集，前集再分《修省》、《应酬》、《评议》、《闲适》四编，后集为《概论》一编；或不分前、后集，而分《修省》、《应酬》、《评议》、《闲适》、《概论》五编。这一系统现存最早的版本是清乾隆三十三年 (1768) 常州天宁寺刊本。

鉴于这两个版本系统差别甚大，为便于读者阅读比较，我们将明刻本和清刻本都予以校点刊出。杨颖君参加了本书的录校工作。

诸伟奇

2012 年 9 月 25 日

序

于孔兼

逐客孤踪,屏居蓬舍。乐与方以内人游,不乐与方以内人游也。妄与千古圣贤置辩于《五经》同异之间,不妄与二三小子浪迹于云山变幻之麓也。日与渔父田夫朗吟唱和于五湖之滨、绿野之坳,不日与竞刀锥、荣升斗者交臂抒情于冷热之场、腥膻之窟也。间有习濂洛之说者牧之,习竺、乾之业者辟之,为谭天雕龙之辩者远之,此足以毕予山中伎俩矣。

适有友人洪自诚者,持《菜根谭》示予,且丐予序。予始诡诡然视之耳,既而彻几上陈编,屏胸中杂虑,手读之,则觉其谭性命直入玄微,道人情曲尽岩险。俯仰天地,见胸次之夷犹;尘芥功名,知识趣之高远。笔底陶铸,无非绿树青山;口吻化工,尽是鸢飞鱼跃。此其自得何如?固未能深信,而据所摭词,悉砭世醒人之吃紧,非入耳出口之浮华也。谭以"菜根"名,固自清苦历练中来,亦自栽培灌溉里得,其颠顿风波,备尝险阻可想矣。洪子曰:"天劳我以形,吾逸吾心以补之;天天厄我以遇,吾高吾道以通之。"其所自警自力者,又可思矣。由是以数语弁之,俾公诸人人知菜根中有真味也。

三峰主人于孔兼题。

《菜根谭》明刻本

前集

栖守道德者,寂寞一时;依阿权势者,凄凉万古。达人观物外之物,思身后之身,宁受一时之寂寞,毋取万古之凄凉。

涉世浅,点染亦浅;历事深,机械亦深。故君子与其练达,不若朴鲁;

与其曲谨，不若疏狂。

君子之心事，天青日白，不可使人不知；君子之才华，玉韫珠藏，不可使人易知。

势利纷华，不近者为洁，近之而不染者为尤洁；智巧机械，不知者为高，知之而不用者为尤高。

耳中常闻逆耳之言，心中常有拂心之事，才是进德修行的砥石。若言言悦耳，事事快心，便把此生埋在鸩毒中矣。

疾风怒雨，禽鸟戚戚；霁日光风，草木欣欣。可见天地不可一日无和气，人心不可一日无喜神。

醲肥辛甘非真味，真味只是淡；神奇卓异非至人，至人只是常。

天地寂然不动，而气机无一息少停；日月昼夜奔驰，而贞明则万古不易。故君子闲时要有吃紧的心思，忙处要有悠闲的趣味。

夜深人静，独坐观心。始觉妄穷而真独露，每于此中得大机趣；既觉真现而妄难逃，又于此中得大惭忸。

恩里由来生害，故快意时，须早回头；败后或反成功，故拂心处，莫便放手。

藜口苋肠者，多冰玉清洁；衮衣玉食者，甘婢膝奴颜。盖志以澹泊明，而节从肥甘丧也。

面前的田地要放得宽，使人无不平之叹；身后的惠泽要流得长，使人有不匮之思。

径路窄处，留一步与人行；滋味浓的，减三分让人嗜。此是涉世一极安乐法。

作人无甚高远事业，摆脱得俗情，便入名流；为学无甚增益工夫，减除得物累，便超圣境。

交友须带三分侠气，做人要存一点素心。

宠利毋居人前，德业毋落人后；受享毋逾分外，修为毋减分中。

处世让一步为高，退步即进步的张本；待人宽一分是福，利人实利己的根基。

盖世功劳，当不得一个"矜"字；弥天罪过，当不得一个"悔"字。

完名美节，不宜独任，分些与人，可以远害全身；辱行污名，不宜全推，引些归己，可以韬光养德。

事事留个有余不尽的意思，便造物不能忌我，鬼神不能损我。若业必求满，功必求盈者，不生内变，必召外忧。

家庭有个真佛，日用有种真道。人能诚心和气，愉色婉言，使父母兄弟间，形骸两释，意气交流，胜于调息观心万倍矣。

好动者，云电风灯；嗜寂者，死灰槁木。须定云止水中，有鸢飞鱼跃气象，才是有道的心体。

攻人之恶，毋太严，要思其堪受；教人以善，毋过高，当使其可从。

粪虫至秽，变为蝉而饮露于秋风；腐草无光，化为萤而耀采于夏月。固知洁常自污出，明每从晦生也。

矜高倨傲，无非客气，降伏得客气下，而后正气伸；情欲意识，尽属妄心，消杀得妄心尽，而后真心现。

饱后思味，则浓淡之境都消；色后思淫，则男女之见尽绝。故人常以事后之悔悟，破临事之痴迷，则性定而动无不正。

居轩冕之中，不可无山林的气味；处林泉之下，须要怀廊庙的经纶。

处世不必邀功，无过便是功；与人不求感德，无怨便是德。

忧勤是美德，太苦则无以适性怡情；澹泊是高风，太枯则无以济人利物。

事穷势蹙之人，当原其初心；功成行满之士，要观其末路。

富贵家宜宽厚，而反忌刻，是富贵而贫贱其行矣，如何能享？聪明人宜敛藏，而反炫耀，是聪明而愚懵其病矣，如何不败？

居卑而后知登高之为危，处晦而后知向明之太露；守静而后知好动之过劳，养默而后知多言之为躁。

放得功名富贵之心下，便可脱凡；放得道德仁义之心下，才可入圣。

利欲未尽害心，意见乃害心之蟊贼；声色未必障道，聪明乃障道之藩屏。

人情反复，世路崎岖。行不去处，须知退一步之法；行得去处，务加让三分之功。

待小人，不难于严，而难于不恶；待君子，不难于恭，而难于有礼。

宁守浑噩而黜聪明，留些正气还天地；宁谢纷华而甘澹泊，遗个清名在乾坤。

降魔者，先降自心，心伏，则群邪退听；驭横者，先驭此气，气平，则外横不侵。

教弟子，如养闺女，最要严出入，谨交游。若一接近匪人，是清净田中，下一不净种子，便终身难植嘉禾矣。

欲路上事，毋乐其便而姑为染指，一染指便深入万仞；理路上事，毋惮其难而稍为退步，一退步便远隔千山。

念头浓者，自待厚，待人亦厚，处处皆浓；念头淡者，自待薄，待人亦薄，事事皆淡。故君子居常嗜好，不可太浓艳，亦不宜太枯寂。

彼富我仁，彼爵我义，君子固不为君相所牢笼；人定胜天，志一动气，君子亦不受造物之陶铸。

风恬浪静中，见人生之真境；味淡声希处，识心体之本然。

立身不高一步立，如尘里振衣，泥中濯足，如何超达？处世不退一步处，如飞蛾投烛，羝羊触藩，如何安乐？

学者要收拾精神，并归一路。如修德而留意于事功名誉，必无实诣；读书而寄兴于吟咏风雅，定不深心。

人人有个大慈悲，维摩屠刽无二心也；处处有种真趣味，金屋茅檐非两地也。只是欲蔽情封，当面错过，便咫尺千里矣。

进德修道，要个木石的念头，若一有欣羡，便趋欲境；济世经邦，要段云水的趣味，若一有贪着，便堕危机。

吉人无论作用安详，即梦寐神魂，无非和气；凶人无论行事狠戾，即声音笑语，浑是杀机。

肝受病，则目不能视；肾受病，则耳不能听；病受于人所不见，必发于人所共见。故君子欲无得罪于昭昭，先无得罪于冥冥。

福莫福于少事，祸莫祸于多心。唯苦事者，方知少事之为福；唯平心者，始知多心之为祸。

处治世宜方，处乱世宜圆，处叔季之世，当方圆并用；待善人宜宽，待恶人宜严，待庸众之人，当宽严互存。

我有功于人不可念，而过则不可不念；人有恩于我不可忘，而怨则不可不忘。

施恩者，内不见己，外不见人，则斗粟可当万钟之惠；利物者，计己之施，责人之报，虽百镒难成一文之功。

人之际遇，有齐有不齐，而能使己独齐乎？己之情理，有顺有不顺，而能使人皆顺乎？以此相观对治，亦是一方便法门。

心地干净，方可读书学古。不然，见一善行，窃以济私；闻一善言，假以覆短,是又藉寇兵而赍盗粮矣。

奢者富而不足,何如俭者贫而有余;能者劳而府怨,何如拙者逸而全真。

读书不见圣贤,为铅椠佣;居官不爱子民,为衣冠盗;讲学不尚躬行,为口头禅;立业不思种德,为眼前花。

人心有一部真文章,都被残编断简封锢了;有一部真鼓吹,都被妖歌艳舞湮没了。学者须扫除外物,直觅本来,才有个真受用。

苦心中,常得悦心之趣;得意时,须防失意之悲。

富贵名誉,自道德来者,如山林中花,自是舒徐繁衍;自功业来者,如盆槛中花,便有迁徙废兴;若以权力得者,如瓶钵中花,其根不值,其萎可立而待矣。

春至时和,花尚铺一段好色,鸟且啭几句好音。士君子幸值清时,复遇温饱,不思立好言,行好事,虽是在世百年,恰似未生一日。

学者有段竞业的心思,又要有段潇洒的趣味。若一味敛束清苦,是有秋杀,无春生,何以发育万物。

真廉无廉名,图名者正所以为贪;大巧无巧术,用术者乃所以为拙。

欹器以满覆,扑满以空全。故君子宁居无不居有,宁处缺不处完。

名根未拔者,纵轻千乘甘一瓢,总堕尘情;客气未融者,虽泽四海利万世,终为剩技。

心体光明,暗室中有青天;念头暗昧,白日下生厉鬼。

人知名位为乐,不知无名无位之乐为最真;人知饥寒为忧,不知不饥不寒之忧为更甚。

为恶而畏人知,恶中犹有善路;为善而急人知,善处即是恶根。

天之机缄不测。抑而伸,伸而抑,皆是播弄英雄,颠倒豪杰处。君子只是逆来顺受,居安思危,天亦无所施其伎俩矣。

燥性者火炽,遇物则焚;寡恩者冰清,逢物必杀;凝滞固执者,如死水腐木,生机已绝。俱难建功业而延福祉。

福不可徼,养喜神,以为召福之本而已;祸不可避,去杀机,以为远祸之方而已。

十语九中,未必称奇,一语不中,则愆尤骈集;十谋九成,未必归功,一谋不成,则訾议丛兴。君子所以宁默毋躁,宁拙毋巧。

天地之气,暖则生,寒则杀。故性气清冷者,受享亦凉薄。唯和气热心之人，其福亦厚，其泽亦长。

天理路上甚宽，稍游心，胸中便觉广大宏朗；人欲路上甚窄，才寄迹，眼前俱是荆棘泥涂。

一苦一乐相磨练，练极而成福者，其福始久；一疑一信相参勘，勘极而成知者，其知始真。

心不可不虚，虚则义理来居；心不可不实，实则物欲不入。

地之秽者多生物，水之清者常无鱼。故君子当存含垢纳污之量，不可持好洁独行之操。

泛驾之马可就驰驱，跃冶之金终归型范。只一优游不振，便终身无个进步。白沙云："为人多病未足羞，一生无病是吾忧。"真确论也。

人只一会贪私，便销刚为柔，塞智为昏，变恩为惨，染洁为污，坏了一生人品。故古人以不贪为宝，所以度越一世。

耳目闻见为外贼，情欲意识为内贼。只是主人翁惺惺不昧，独坐中堂，贼便化为家人矣。

图未就之功，不如保已成之业；悔既往之失，不如防将来之非。

气象要高旷，而不可疏狂；心思要缜密，而不可琐屑；趣味要冲淡，而不可偏枯；操守要严明，而不可激烈。

风来疏竹，风过而竹不留声；雁度寒潭，雁去而潭不留影。故君子事来而心始现，事去而心随空。

清能有容，仁能善断；明不伤察，直不过矫。是谓蜜饯不甜，海味不咸，才是懿德。

贫家净扫地，贫女净梳头，景色虽不艳丽，气度自是风雅。士君子一当穷愁寥落，奈何辄自废弛哉。

闲中不放过，忙处有受用；静中不落空，动处有受用；暗中不欺隐，明处有受用。

念头起处，才觉向欲路上去，便挽从理路上来。一起便觉，一觉便转，此是转祸为福，起死回生的关头，切莫轻易放过。

静中念虑澄澈，见心之真体；闲中气象从容，识心之真机；淡中意趣冲夷，得心之真味。观心证道，无如此三者。

静中静非真静，动处静得来，才是性天之真境；乐处乐非真乐，苦中乐得来，才见心体之真机。

舍己毋处其疑，处其疑，即所舍之志多愧矣；施人无责其报，责其报，并所施之心俱非矣。

天薄我以福，吾厚吾德以迓之；天劳我以形，吾逸吾心以补之；天厄我以遇，吾亨吾道以通之。天且奈我何哉！

贞士无心徼福，天即就无心处牖其衷；憸人着意避祸，天即就着意中夺其魄。可见天之机权最神，人之智巧何益。

声妓晚景从良，一世之烟花无碍；贞妇白头失守，半生之清苦俱非。语云："看人只看后半截。"真名言也。

平民肯种德施惠，便是无位的公相；士夫徒贪权市宠，竟成有爵的乞人。

问祖宗之德泽，吾身所享者是，当念其积累之难；问子孙之福祉，吾身所贻者是，要思其倾覆之易。

君子而诈善，无异小人之肆恶；君子而改节，不及小人之自新。

家人有过，不宜暴扬，不宜轻弃。此事难言，借他事隐讽之；今日不悟，俟来日再警之。如春风解冻，如和气消冰，才是家庭的型范。

此心常看得圆满，天下自无缺陷之世界；此心常放得宽平，天下自无险侧之人情。

澹泊之士，必为浓艳者所疑；检饰之人，多为放肆者所忌。君子处此，固不可少变其操履，亦不可露其锋芒。

居逆境中，周身皆针砭药石，砥节励行而不觉；处顺境内，满前尽兵刃戈矛，销膏靡骨而不知。

生长富贵丛中的，嗜欲如猛火，权势如烈焰。若不带些清冷气味，其火焰不至焚人，必将自烁矣。

人心一真，便霜可飞，城可摧，金石可贯。若伪妄之人，行骸徒具，真己已亡，对人则面目可憎，独居则形影自愧。

文章做到极处，无有他奇，只是恰好；人品做到极处，无有他异，只是本然。

以幻迹言，无论功名富贵，即肢体亦属委形；以真境言，无论父母兄弟，即万物皆吾一体。人能看得破，认得真，才可以任天下之负担，亦可脱世间之缰锁。

爽口之味，皆烂肠腐骨之药，五分便无殃；快心之事，悉败身丧德之媒,五分便无悔。

不责人小过,不发人阴私,不念人旧恶。三者可以养德,亦可以远害。

士君子持身不可轻,轻则物能挠我,而无悠闲镇定之趣;用意不可重,重则我为物泥,而无潇洒活泼之机。

天地有万古,此身不再得;人生只百年,此日最易过。幸生其间者,不可不知有生之乐,亦不可不怀虚生之忧。

怨因德彰,故使人德我,不若德怨之两忘;仇因恩立,故使人知恩,不若恩仇之俱泯。

老来疾病,都是壮时招的;衰后罪孽,都是盛时作的。故持盈履满,君子尤兢兢焉。

市私恩,不如扶公议;结新知,不如敦旧好;立荣名,不如种隐德;尚奇节,不如谨庸行。

公平正论,不可犯手。一犯,则贻羞万世;权门私窦,不可着脚,一着,则点污终身。

曲意而使人喜,不若直躬而使人忌;无善而致人誉,不若无恶而致人毁。

处父兄骨肉之变,宜从容,不宜激烈;遇朋友交游之失,宜剀切,不宜优游。

小处不渗漏,暗处不欺隐,末路不怠荒,才是个真正英雄。

千金难结一时之欢,一饭竟致终身之感。盖爱重反为仇,薄极反成喜也。

藏巧于拙,用晦而明;寓清之浊,以屈为伸。真涉世之一壶,藏身之三窟也。

衰飒的景象,就在盛满中;发生的机缄,即在零落内。故君子居安,宜操一心以虑患;处变,当坚百忍以图成。

惊奇喜异者,无远大之识;苦节独行者,非恒久之操。

当怒火欲水正腾沸处,明明知得,又明明犯着。知的是谁,犯的又是谁,此处能猛然转念,邪魔便为真君矣。

毋偏信而为奸所欺,毋自任而为气所使;毋以己之长而形人之短,毋因己之拙而忌人之能。

人之短处,要曲为弥缝,如暴而扬之,是以短攻短;人有顽的,要善为化诲,如忿而疾之,是以顽济顽。

遇沉沉不语之士,且莫输心;见悻悻自好之人,尤须防口。

念头昏散处,要知提醒;念头吃紧时,要知放下。不然恐去昏昏之病,又来憧憧之扰矣。

霁日青天,倏变为迅雷震电;疾风怒雨,倏转为朗月晴空。气机何尝一毫凝滞,太虚何常一毫障塞,人心之体,亦当如是。

胜私制欲之功,有曰识不早、力不易者;有曰识得破、忍不过者。盖识是一颗照魔的明珠,力是一把斩魔的慧剑,两不可少也。

觉人之诈,不形于言;受人之侮,不动于色。此中有无穷意味,亦有无穷受用。

横逆困穷是煅炼豪杰的一副炉锤,能受其煅炼,则身心交益;不受其煅炼,则身心交损。

吾身一小天地也,使喜怒不愆,好恶有则,便是燮理的工夫;天地一大父母也,使民无怨咨,物无氛疹,亦是敦睦的气象。

害人之心不可有,防人之心不可无,此戒疏于虑也;宁受人之欺,毋逆人之诈,此儆伤于察也。二语并存,精明而浑厚矣。

毋因群疑而阻独见,毋任己意而废人言,毋私小惠而伤大体,毋借公论以快私情。

善人未能急亲,不宜预扬,恐来谗谮之奸;恶人未能轻去,不宜先发,恐遭媒蘖之祸。

青天白日的节义,自暗室屋漏中培来;旋乾转坤的经纶,自临深履薄处操出。

父慈子孝,兄友弟恭,纵做到极处,俱是合当如此,着不得一毫感激的念头。如施者任德,受者怀恩,便是路人,便成市道矣。

有妍必有丑为之对,我不夸妍,谁能丑我;有洁必有污为之仇,我不好洁,谁能污我。

炎凉之态,富贵更甚于贫贱;妒忌之心,骨肉尤狠于外人。此处若不当以冷肠,御以平气,鲜不日坐烦恼障中矣。

功过不容少混,混则人怀惰堕之心;恩仇不可太明,明则人起携贰之志。

爵位不宜太盛,太盛则危;能事不宜尽毕,尽毕则衰;行谊不宜过高,过高则谤兴而毁来。

恶忌阴,善忌阳。故恶之显者祸浅,而隐者祸深;善之显者功小,而隐者功大。

德者才之主,才者德之奴。有才无德,如家无主而奴用事矣,几何不魍魉猖狂。

锄奸杜幸,要放他一条去路。若使之一无所容,譬如塞鼠穴者,一切去路都塞尽,则一切好物俱咬破矣。

当与人同过,不当与人同功,同功则相忌;可与人共患难,不可与人共安乐,共安乐则相仇。

士君子,贫不能济物者,遇人痴迷处,出一言提醒之;遇人急难处,出一言解救之,亦是无量功德。

饥则附,饱则飏,燠则趋,寒则弃,人情通患也。君子宜净拭冷眼,慎毋轻动刚肠。

德随量进,量由识长。故欲厚其德,不可不弘其量;欲弘其量,不可不大其识。

一灯荧然,万籁无声,此吾人初入宴寂时也;晓梦初醒,群动未起,此吾人初出混沌处也。乘此而一念回光,炯然返照,始知耳目口鼻皆桎梏,而情欲嗜好悉机械矣。

反己者,触事皆成药石;尤人者,动念即是戈矛。一以辟众善之路,一以导诸恶之源,相去霄壤矣。

事业文章随身销毁,而精神万古如新;功名富贵逐世转移,而气节千载一日。君子信不当以彼易此也。

鱼网之设,鸿则罹其中;螳螂之贪,雀又乘其后。机里藏机,变外生变,智巧何足恃哉!

作人无点真恳念头,便成个花子,事事皆虚;涉世无段圆活机趣,便是个木人,处处有碍。

水不波则自定,鉴不翳则自明。故心无可清,去其混之者,而清自现;乐不必寻,去其苦之者,而乐自存。

有一念犯鬼神之禁,一言而伤天地之和,一事而酿子孙之祸者,最宜切戒。

事有急之不白者,宽之或自明,毋躁急以速其忿;人有操之不从者,纵之或自化,毋操切以益其顽。

节义傲青云,文章高白雪,若不以德性陶镕之,终为血气之私、技能之末。

谢事当谢于正盛之时，居身宜居于独后之地；谨德须谨于至微之事，施恩务施于不报之人。

交市人，不如友山翁；谒朱门，不如亲白屋。听街谈巷语，不如闻樵歌牧咏；谈今人失德过举，不如述古人嘉言懿行。

德者事业之基，未有基不固而栋宇坚久者；心者后裔之根，未有根不植而枝叶荣茂者。

前人云："抛却自家无尽藏，沿门持钵效贫儿。"又云："暴富贫儿休说梦，谁家灶里火无烟？"一箴自昧所有，一箴自夸所有，可为学人切戒。

道是一重公众物事，当随人而接引；学是一个寻常家饭，当随事而讲求。

信人者，人未必尽诚，己则独诚矣；疑人者，人未必皆诈，己则先诈矣。

念头宽厚的，如春风煦育，万物遭之而生；念头忌刻的，如朔雪阴凝，万物遭之而死。

为善不见其益，如草里东瓜，自应暗长；为恶不见其损，如庭前春雪，势必潜消。

遇故旧之交，意气要愈新；处隐微之地，心迹宜愈显；待衰朽之人，恩礼当愈隆。

勤者敏于德义，而世人借勤以济其贫；俭者淡于货利，而世人假俭以饰其吝。君子持身之符，反为小人营私之具矣。惜哉！

凭意兴作为者，随作则随止，岂是不退之轮；从情识解悟者，有悟则有迷，终非常明之灯。

人之过误宜恕，而在己则不可恕；己之困辱当忍，而在人则不可忍。

能脱俗便是奇，作意尚奇者，不为奇而为异；不合污便是清，绝俗求清者，不为清而为激。

恩宜自淡而浓，先浓后淡者，人忘其惠；威宜自严而宽，先宽后严者，人怨其酷。

心虚则性现，不息心而求见性，如拨波觅月；意净则心清，不了意而求明心，如索镜增尘。

我贵而人奉之，奉此峨冠大带也；我贱而人侮之，侮此布衣草履也。然则原非奉我，我胡为喜？原非侮我，我胡为怒？

"为鼠常留饭，怜蛾不点灯"，古人此等念头，是吾人一点生生之机。无此，便所谓土木形骸而已。

心体便是天体：一念之喜，景星庆云；一念之怒，震雷暴雨；一念之慈，和风甘露；一念之严，烈日秋霜。何者所感，只要随起随灭，廓然无碍，便与太虚同体。

无事时，心易昏冥，宜寂寂而照以惺惺；有事时，心易奔逸，宜惺惺而主以寂寂。

议事者，身在事外，宜悉利害之情；任事者，身居事中，当忘利害之虑。

士君子处权门要路，操履要严明，心气要和易，毋诡随而近腥膻之党，亦毋过激而犯蜂虿之毒。

标节义者，必以节义受谤；榜道学者，常因道学招尤。故君子不近恶事，亦不立善名，只浑然和气，才是居身之珍。

遇欺诈的人，以诚心感动之；遇暴戾的人，以和气薰蒸之；遇倾邪私曲的人，以名义气节激砺之。天下之人，无不入我陶冶中矣。

一念慈祥，可以酝酿两间和气；寸心洁白，可以昭垂百代清芬。

阴谋怪习，异行奇能，俱是涉世的祸胎。只一个庸德庸行，便可以完混沌而召和平。

语云："登山耐侧路，踏雪耐危桥。"一"耐"字极有意味。如倾险之人情，坎坷之世道，若不得一"耐"字撑持过去，几何不堕入榛莽坑堑哉！

夸逞功业，炫耀文章，皆是靠外物做人。不知心体莹然，本来不失，即无寸功只字，亦自有堂堂正正做人处。

忙里要偷闲，须先向闲时讨个把柄；闹中要取静，须先从静里立个根基。不然，未有不因境而迁，随时而靡者。

不昧己心，不尽人情，不竭物力，三者可以为天地立心，为生民立命，为子孙造福。

居官有二语，曰：惟公则生明，惟廉则生威。居家有二语，曰：惟恕则情平，惟俭则用足。

处富贵之地，要知贫贱的痛痒；当少壮之时，须念衰老的辛酸。

持身不可太皎洁，一切污辱垢秽，要茹纳得；与人不可太分明，一切善恶贤愚，要包容得。

休与小人仇仇，小人自有对头；休向君子谄媚，君子原无私惠。

纵欲之病可医，而执理之病难医；事物之障可除，而义理之障难除。

磨砺当如百炼之金，急就者非邃养；施为宜似千钧之弩，轻发者无宏功。

宁为小人所忌毁,毋为小人所媚悦;宁为君子所责备,毋为君子所包容。

好利者,逸出于道义之外,其害显而浅;好名者,窜入于道义之中,其害隐而深。

受人之恩,虽深不报,怨则浅亦报之;闻人之恶,虽隐不疑,善则显亦疑之。此刻之极,薄之尤也,宜切戒之。

谗夫毁士,如寸云蔽日,不久自明;媚子阿人,似隙风侵肌,无疾亦损。

山之高峻处无木,而溪谷回环则草木丛生;水之湍急处无鱼,而渊潭停蓄则鱼鳖聚集。此高绝之行,褊急之衷,君子重有戒焉。

建功立业者,多圆融之士;偾事失机者,必执拗之人。

处世不必与俗同,亦不宜与俗异;作事不必令人厌,亦不可令人喜。

日既暮而犹烟霞绚烂,岁将晚而更橙橘芳馨。故末路晚年,君子更宜精神百倍。

鹰立如睡,虎行似病,正是他攫鸟噬人手段处。故君子要聪明不露,才华不逞,才有肩鸿任巨的力量。

俭,美德也,过则为悭吝,为鄙啬,反伤雅道;让,懿行也,过则为足恭,为曲谨,多出机心。

毋忧拂意,毋喜快心,毋恃久安,毋惮初难。

宴饮之乐多,不是个好人家;声华之习胜,不是个好士子;名位之念重,不是个好臣工。

世人以心惬处为乐,却被乐心引在苦处;达士以心拂处为乐,终由苦心换得乐来。

居盈满者,如水之将溢未溢,切忌再加一滴;处危急者,如木之将折未折,切忌再加一搦。

冷眼观人,冷耳听语,冷情当感,冷心思理。

仁人心地宽舒,便福厚而庆长,事事成个宽舒气象;鄙夫念头迫促,便禄薄而泽短,事事得个迫促规模。

闻恶不可就恶,恐为谗夫泄怒;闻善不可急亲,恐引奸人进身。

性躁心粗者,一事无成;心和气平者,百福自集。

用人不宜刻,刻则思效者去;交友不宜滥,滥则贡谀者来。

风斜雨急处,要立得脚定;花浓柳艳处,要着得眼高;路危径险处,要回得头早。

节义之人济以和衷,才不启忿争之路;功名之士承以谦德,方不开嫉妒之门。

士大夫居官,不可竿牍无节,要使人难见,以杜幸端;居乡不可崖岸太高,要使人易见,以敦旧好。

大人不可不畏,畏大人则无放逸之心;小民亦不可不畏,畏小民则无豪横之名。

事稍拂逆,便思不如我的人,则尤怨自消;心稍怠荒,便思胜似我的人,则精神自奋。

不可乘喜而轻诺,不可因醉而生嗔,不可乘快而多事,不可因倦而鲜终。

善读书者,要读到手舞足蹈处,方不落筌蹄;善观物者,要观到心融神洽时,方不泥迹象。

天贤一人,以诲众人之愚,而世反逞所长,以形人之短;天富一人,以济众人之困,而世反挟所有,以凌人之贫。真天之戮民哉!

至人何思何虑,愚人不识不知,可与论学亦可与建功。唯中材的人,多一番思虑知识,便多一番臆度猜疑,事事难与下手。

口乃心之门,守口不密,泄尽真机;意乃心之足,防意不严,走尽邪蹊。

赤子者,原无过于有过之中,则情平;责己者,求有过于无过之内,则德进。

赤子者,大人之胚胎;秀才者,宰相之基础。此时若火力不到,陶铸不纯,他日涉世立朝,终难成个令器。

君子处患难而不忧,当宴游而惕虑;遇权豪而不惧,对茕独而惊心。

桃李虽艳,何如松苍柏翠之坚贞;梨杏虽甘,何如橙黄橘绿之馨冽。信乎,浓夭不及淡久,早秀不如晚成也。

后集

谭山林之乐者,未必真得山林之趣;厌名利之谈者,未必尽忘名利之情。

钓水逸事也,尚持生杀之柄;奕棋清戏也,且动战争之心。

莺花茂而山浓谷艳,总是乾坤之幻境;水木落而石瘦崖枯,才见天地之真吾。

岁月本长,而忙者自促;天地本宽,而鄙者自隘;风花雪月本闲,而劳攘者自冗。

得趣不在多。盆池拳石间,烟霞具足;会景不在远,蓬窗竹屋下,风月自赊。

听静夜之钟声,唤醒梦中之梦;观澄潭之月影,窥见身外之身。

鸟语虫声,总是传心之诀;花英草色,无非见道之文。学者要天机清彻,胸次玲珑,触物皆有会心处。

人解读有字书,不解读无字书;知弹有弦琴,不知弹无弦琴。以迹用,不以神用,何以得琴书之趣?

心无物欲,即是秋空霁海;座有琴书,便成石室丹丘。

宾朋云集,剧饮淋漓乐矣。俄而漏尽烛残,香销茗冷,不觉反成呕咽,令人索然无味。天下事率类此,人奈何不早回头也。

会得个中趣,五湖之烟月,尽入寸里;破得眼前机,千古之英雄,尽归掌握。

山河大地,已属微尘,而况尘中之尘;血肉身躯,且归泡影,而况影外之影。非上上智,无了了心。

石火光中,争长竞短,几何光阴;蜗牛角上,较雌论雄,许大世界。

寒灯无焰,敝裘无温,总是播弄光景;身如槁木,心似死灰,不免堕落顽空。

人肯当下休,便当下了。若要寻个歇处,则婚嫁虽完,事亦不少。僧道虽好,心亦不了。前人云:"如今休去便休去,若觅了时无了时。"见之卓矣。

从冷视热,然后知热处之奔驰无益;从冗入闲,然后觉闲中之滋味最长。

有浮云富贵之风,而不必岩栖穴处;无膏肓泉石之癖,而常自醉酒耽诗。竞逐听人,而不嫌尽醉;恬淡适己,而不夸独醒。此释氏所谓不为法缠,不为空缠,身心两自在者。

延促由于一念,宽窄系之寸心。故机闲者,一日遥于千古;意广者,斗室宽若两间。

损之又损,栽花种竹,尽交还乌有先生;忘无可忘,焚香煮茗,总不问白衣童子。

都来眼前事,知足者仙境,不知足者凡境;总出世上因,善用者生机,不善用者杀机。

趋炎附势之祸,甚惨亦甚速;栖恬守逸之味,最淡亦最长。

松涧边,携杖独行,立处云生破衲;竹窗下,枕书高卧,觉时月侵寒毡。

色欲火炽,而一念及病时,便兴似寒灰;名利饴甘,而一想到死地,便味如嚼蜡。故人常忧死虑病,亦可消幻业而长道心。

争先的径路窄,退后一步自宽平一步;浓艳的滋味短,清淡一分自悠长一分。

忙处不乱性,须闲处心神养得清;死时不动心,须生时事物看得破。

隐逸林中无荣辱,道义路上无炎凉。

热不必除,而除此热恼,身常在清凉台上;穷不可遣,而遣此穷愁,心常居安乐窝中。

进步处,便思退步,庶免触藩之祸;着手时,先图放手,才脱骑虎之危。

贪得者,分金恨不得玉,封公怨不受侯,权豪自甘乞丐;知足者,藜羹旨于膏粱,布袍暖于狐貉,编民不让王公。

矜名,不若逃名趣;练事,何如省事闲。

嗜寂者,观白云幽石而通玄;趋荣者,见清歌妙舞而忘倦。唯自得之士,无喧寂,无荣枯,无往非自适之天。

孤云出岫,去留一无所系;朗镜悬空,静躁两不相干。

悠长之趣,不得于酦醨,而得于啜菽饮水;惆怅之怀,不生于枯寂,而生于品竹调丝。固知浓处味常短,淡中趣独真也。

禅宗曰:"饥来吃饭倦来眠。"诗旨曰:"眼前景致口头语。"盖极高寓于极平,至难出于至易,有意者反远,无心者自近也。

水流而境无声,得处喧见寂之趣;山高而云不碍,悟出有入无之机。

山林是胜地,一营恋便成市朝;书画是雅事,一贪痴便成商贾。盖心无染着,欲界是仙都;心有系恋,乐境成苦海矣。

时当喧杂,则平日所记忆者,皆漫然忘去;境在清宁,则夙昔所遗忘者,又恍尔现前。可见静躁稍分,昏明顿异也。

芦花被下,卧雪眠云,保全得一窝夜气;竹叶杯中,吟风弄月,躲离了万丈红尘。

衮冕行中,着一藜杖的山人,便增一段高风;渔樵路上,著一衮衣的朝士,转添许多俗气。固知浓不胜淡,俗不如雅也。

出世之道，即在涉世中，不必绝人以逃世；了心之功，即在尽心内，不必绝欲以灰心。

此身常放在闲处，荣辱得失，谁能差遣我？此心常安在静中，是非利害，谁能瞒昧我？

竹篱下，忽闻犬吠鸡鸣，恍似云中世界；芸窗中，雅听蝉吟鸦噪，方知静里乾坤。

我不希荣，何忧乎利禄之香饵；我不竞进，何畏乎仕官之危机。

徜徉于山林泉石之间，而尘心渐息；夷犹于诗书图画之内，而俗气潜消。故君子虽不玩物丧志，亦常借境调心。

春日气象繁华，令人心神骀荡。不若秋日云白风清，兰芳桂馥，水天一色，上下空明，使人神骨俱清也。

一字不识，而有诗意者，得诗家真趣；一偈不参，而有禅味者，悟禅教玄机。

机重的，弓影疑为蛇蝎，寝石视为伏虎，此中浑是杀气；念息的，石虎可作海鸥，蛙声可当鼓吹，触处俱见真机。

身如不系之舟，一任流行坎止；心似既灰之木，何妨刀割香涂。

人情听莺啼则喜，闻蛙鸣则厌，见花则思培之，遇草则欲去之。俱是以形气用事。若以性天视之，何者非自鸣其天机，非自畅其生意也。

发落齿疏，任幻形之雕谢；鸟吟花笑，识自性之真如。

欲其中者，波沸寒潭，山林不见其寂；虚其中者，凉生酷暑，朝市不知其喧。

多藏者厚亡，故知富不如贫之无虑；高步者疾颠，故知贵不如贱之常安。

读《易》晓窗，丹砂研松间之露；谭经午案，宝磬宣竹下之风。

花居盆内，终乏生机；鸟入笼中，便减天趣。不若山间花鸟，错杂成文，翱翔自若，自是悠然会心。

世人只缘认得我字太真。故多种种嗜好，种种烦恼。前人云："不复知有我，安知物为贵。"又云："知身不是我，烦恼更何侵。"真破的之言也。

自老视少，可以消奔驰角逐之心；自瘁视荣，可以绝纷华靡丽之念。

人情世态，倏忽万端，不宜认得太真。尧夫云："昔日所云我，而今却是伊。不知今日我，又属后来谁。"人常作是观，便可解却胸中罥矣。

热闹中，着一冷眼，便省许多苦心思；冷落处，存一热心，便得许多真趣味。

有一乐境界，就有一不乐的相对待；有一好光景，就有一不好的相乘除。只是寻常家饭，素位风光，才是个安乐的窝巢。

帘栊高敞，看青山绿水吞吐云烟，识乾坤之自在；竹树扶疏，任乳燕鸣鸠送迎时序，知物我之两忘。

知成之必败，则求成之心不必太坚；知生之必死，则保生之道不必过劳。

古德云：竹影扫阶尘不动，月轮穿沼水无痕。吾儒云：水流任急境常静，花落虽频意自闲。人常持此立，必以应事接物，身心何等自在。

林间松韵，石上泉声，静里听来，识天地自然鸣佩；草际烟光，水心云影，闲中观去，见乾坤最上文章。

眼看西晋之荆榛，犹矜白刃；身属北邙之狐兔，尚惜黄金。语云："猛兽易伏，人心难降；溪壑易填，人心难满。"信哉！

心地上无风涛，随在皆青山绿树；性天中有化育，触处见鱼跃鸢飞。

峨冠大带之士，一旦睹轻蓑小笠飘飘然逸也，未必不动其咨嗟；长筵广席之豪，一旦遇疏帘净几悠悠焉静也，未必不增其缱绻。人奈何驱以火牛，诱以风马，而不思自适其性哉。

鱼得水逝，而相忘乎水；鸟乘风飞，而不知有风。识此可以超物累，可以乐天机。

狐眠败砌，兔走荒台，尽是当年歌舞之地；露冷黄花，烟迷衰草，悉属旧时争战之场。盛衰何常，强弱安在？念此令人心灰。

宠辱不惊，闲看庭前花开花落；去留无意，漫随天外云卷云舒。

晴空朗月，何天不可翱翔，而飞蛾独投夜烛；清泉绿卉，何物不可饮啄，而鸱鸮偏嗜腐鼠。噫！世之不为飞蛾、鸱鸮，几何人哉？

才就筏便思舍筏，方是无事道人；若骑驴又复觅驴，终为不了禅师。

权贵龙骧，英雄虎战，以冷眼视之，如蚁聚膻，如蝇竞血；是非蜂起，得失猬兴，以冷情当之，如冶化金，如汤消雪。

羁锁于物欲，觉吾生之可哀；夷犹于性真，觉吾生之可乐。知其可哀，则尘情立破；知其可乐，则圣境自臻。

胸中既无半点物欲，已如雪消炉焰冰消日；眼前自有一段空明，时见月在青天影在波。

诗思在灞陵桥上，微吟就，林岫便已浩然；野兴在镜湖曲边，独往时，山川自相映发。

伏久者，飞必高；开先者，谢独早。知此，可以免蹭蹬之忧，可以消躁急之念。

树木至归根，而后知华萼枝叶之徒荣；人事至盖棺，而后知子女玉帛之无益。

真空不空，执相非真，破相亦非真，问世尊如何发付；在世出世，徇欲是苦，绝欲亦是苦，听吾侪善自修持。

烈士让千乘，贪夫争一文，人品星渊也，而好名不殊好利；天子营家国，乞人号饔飧，位分霄壤也，而焦思何异焦声？

饱谙世味，一任覆雨翻云，总慵开眼；会尽人情，随教呼牛唤马，只是点头。

今人专求无念，而念终不可无。只是前念不滞，后念不迎，但将现在的随缘，打发得去，自然渐渐入无。

意所偶会，便成佳境；物出天然，才见真机。若加一分调停布置，趣味便减矣。白氏云："意随无事适，风逐自然清。"有味哉！其言之也。

性天澄彻，即饥餐渴饮，无非康济身心；心地沉迷，纵谭禅演偈，总是播弄精魂。

人心有个真境，非丝非竹而自恬愉，不烟不茗而自清芬。须念净境空，虑忘形释，才得以游衍其中。

金自矿出，玉从石生，非幻无以求真；道得酒中，仙遇花里，虽雅不能离俗。

天地中万物，人伦中万情，世界中万事，以俗眼观，纷纷各异，以道眼观，种种是常。何烦分别，何用取舍？

神酣，布被窝中，得天地冲和之气；味足，藜羹饭后，识人生澹泊之真。

缠脱只在自心，心了，则屠肆糟廛居然净土。不然，纵一琴一鹤，一花一卉，嗜好虽清，魔障终在。语云："能休尘境为真境，未了僧家是俗家。"信夫。

斗室中，万虑都捐，说甚画栋飞云，珠帘卷雨；三杯后，一真自得，唯知素琴横月，短笛吟风。

万籁寂寥中，忽闻一鸟弄声，便唤起许多幽趣；万卉摧剥后，忽见一枝擢秀，便触动无限生机。可见，性天未常枯槁，机神最宜触发。

白氏云："不如放身心，冥然任大造。"晁氏云："不如收身心，凝然归寂定。"放者流为猖狂，收者入于枯寂。唯善操身心的，把柄在手，收放自如。

当雪夜月天，心境便尔澄彻，遇春风和气，意界亦自冲融。造化人心，混合无间。

文以拙进，道以拙成。一"拙"字有无限意味。如桃源犬吠，桑间鸡鸣，何等淳庞。至于寒潭之月，古木之鸦，工巧中便觉有衰飒气象矣。

以我转物者，得固不喜，失亦不忧，大地尽属逍遥；以物役我者，逆固生憎，顺亦生爱，一毛便生缠缚。

理寂则事寂，遗事执理者，似去影留形；心空则境空，去境存心者，如聚膻却蚋。

幽人清事总在自适。故酒以不劝为欢，棋以不净为胜，笛以无腔为适，琴以无弦为高，会以不期约为真率，客以不迎送为坦夷。若一牵文泥迹，便落尘世苦海矣。

试思未生之前有何象貌，又思既死之后作何景色，则万念灰冷，一性寂然，自可超物外而游像先。

遇病而后思强之为宝，处乱而后思平之为福，非早智也；幸福而知其为祸之本，贪生而先知其为死之因，其卓见乎。

优人傅粉调朱，效妍丑于毫端，俄而歌残场罢，妍丑何在？弈者争先竞后，较雌雄于着子，俄而局尽子收，雌雄安在？

风花之潇洒，雪月之空清，唯静者为之主；水木之荣枯，竹石之消长，独闲者操其权。

田父野叟，语以黄鸡白酒，则欣然喜，问以鼎养食，则不知；语以缊袍裋褐，则油然乐，问以衮服，则不识。其天全，故其欲淡，此是人生第一个境界。

心无其心，何有于观。释氏曰："观心者，重增其障，物本一物，何待于齐？"庄生曰："齐物者，自剖其同。"

笙歌正浓处，便自拂衣长往，羡达人撒手悬崖；更漏已残时，犹然夜不休，笑俗士沉身苦海。

把握未定，宜绝迹尘嚣，使此心不见可欲而不乱，以澄吾静体；操持既坚，又当混迹风尘，使此心见可欲而亦不乱，以养吾圆机。

喜寂厌喧者，往往避人以求静，不知意在无人便成我相，心着于静便是动根。如何到得人我一视,动静两忘的境界?

山居胸次清洒,触物皆有佳思。见孤云野鹤,而起超绝之想;遇石涧流泉,而动澡雪之思;抚老桧寒梅,而劲节挺立;侣沙鸥麋鹿,而机心顿忘。若一走入尘寰,无论物不相关,即此身亦属赘旒矣。

兴逐时来,芳草中撒履闲行,野鸟忘机时作伴;景与心会,落花下披襟兀坐,白云无语漫相留。

人生福境祸区,皆念想造成。故释氏云:"利欲炽然,即是火坑;贪爱沉溺,便为苦海。一念清净,烈焰成池;一念警觉,船登彼岸。"念头稍异,境界顿殊。可不慎哉!

绳锯木断,水滴石穿,学道者须加力索;水到渠成,瓜熟蒂落,得道者一任天机。

机息时,便有月到风来,不必苦海人世;心远处,自无车尘马迹,何须痼疾丘山。

草木才零落,便露萌颖于根底;时序虽凝寒,终回阳气于飞灰。肃杀之中,生生之意,常为之主。即此可以见天地之心。

雨余观山色,景象更觉新妍;夜静听钟声,音响尤为清越。

登高使人心旷,临流使人意远。读书于雨雪之夜,使人神清;舒啸于丘阜之岭,使人兴迈。

心旷则万钟如瓦缶,心隘则一发似车轮。

无风月花柳,不成造化;无情欲嗜好,不成心体。只以我转物,不以物役我,则嗜欲莫非天机,尘情即是理境矣。

就一身了一身者,方能以万物付万物;还天下于天下者,方能出世间于世间。

人生太闲,则别念窃生,太忙则真性不现。故士君子不可不抱身心之忧,亦不可不耽风月之趣。

人心多从动处失真。若一念不生,澄然静坐,云兴而悠然共逝,雨滴而冷然俱清,鸟啼而欣然有会,花落而潇然自得。何地非真境,何物无真机?

子生而母危,镪积而盗窥,何喜非忧也;贫可以节用,病可以保身,何忧非喜也。故达人当顺逆一视,而欣戚两忘。

耳根似飙谷投响,过而不留,则是非俱谢;心境如月池浸色,空而不着,则物我两忘。

世人为荣利缠缚，动曰尘世苦海。不知云白山青，川行石立，花迎鸟笑，谷答樵讴。世亦不尘，海亦不苦，彼自尘苦其心尔。

花看半开，酒饮微醉，此中大有佳趣。若至烂漫酕醄，便成恶境矣。履盈满者，宜思之。

山肴不受世间灌溉，野禽不受世间拳养，其味皆香而且冽。吾人能不为世法所点染，其臭味不迥然别乎？

栽花种竹，玩鹤观鱼，亦要有段自得处。若徒留连光景，玩弄物华，亦吾儒之口耳、释氏之顽空而已。有何佳趣？

山林之士，清苦而逸趣自饶；农野之夫，鄙略而天真浑具。若一失身市井侩侩，不若转死沟壑，神骨犹清。

非分之福，无故之获，非造物之钓饵，即人世之机阱。此处着眼不高，鲜不堕彼术中矣。

人生原是一傀儡，只要根蒂在手，一线不乱，卷舒自由，行止在我，一毫不受他人提掇，便超出此场中矣。

一事起则一害生，故天下常以无事为福。读前人诗云："劝君莫话封侯事，一将功成万骨枯。"又云："天下常令万事平，匣中不惜千年死。"虽有雄心猛气，不觉化为冰霰矣。

淫奔之妇，矫而为尼；热中之人，激而入道。清净之门，常为淫邪之渊薮也如此。

波浪兼天，舟中不知惧，而舟外者寒心；猖狂骂坐，席上不知警，而席外者咋舌。故君子身虽在事中，心要超事外也。

人生减省一分便超脱一分。如交游减便免纷扰，言语减便寡愆尤，思虑减则精神不耗，聪明减则混沌可完。彼不求日减而求日增者，真桎梏此生哉！

天运之寒暑易避，人世之炎凉难除；人世之炎凉易除，吾心之冰炭难去。去得此中之冰炭，则满腔皆和气，自随地有春风矣。

茶不求精而壶亦不燥，酒不求冽而樽亦不空；素琴无弦而常调，短笛无腔而自适。纵难超越羲皇，亦可匹俦嵇、阮。

释氏"随缘"，吾儒"素位"，四字是渡海的浮囊。盖世路茫茫，一念求全，则万绪纷起；随寓而安，则无入不得矣。

童子心虚而雉驯，海翁机息而鸥下，唯藏机挟诈之人，神形两相猜疑，肝胆自为胡越。岂惟物不能动,抑且身自为仇?

草木之芳菲,鱼鸟之飞跃,烟云风月之逸宕而光霁,皆吾性的生机。若被尘劳羁锁,物欲翳障,触目不见一点趣味,吾性亦索然槁矣。

世态有炎凉,而我无嗔喜;世味有浓淡,而我无欣厌。一毫不落世情窠臼,便是一在世出世法也。

宁为璞玉,毋为圭璋;宁为素丝,毋为黄裳。凡事不受人益,此心便与天游。

人心一有粘滞,便鸿毛重若泰山。唯因物付物,洒然自得,则尧舜逊让不过三杯酒,汤武征诛真是一局棋矣。

奔走风尘者,心冗意迫,百年恍若一瞬;栖迟泉石者,念息机闲,一日真如小年。

《菜根谭》清刻本

修身

欲做精金美玉的人品,定从烈火中煅来;思立掀天揭地的事功,须向薄冰上履过。

一念错,便觉百行皆非,防之当如渡海浮囊,勿容一针之罅漏;万善全,始得一生无愧。修之当如凌云宝树,须假众木以撑持。

忙处事为,常向闲中先检点,过举自稀;动时念想,预从静里密操持,非心自息。

为善而欲自高胜人,施恩而欲要名结好,修业而欲惊世骇俗,植节而欲标异见奇,此皆是善念中戈矛,理路上荆棘,最易夹带,最难拔除者也。须是涤尽渣滓,斩绝萌芽,才见本来真体。

能轻富贵,不能轻一轻富贵之心;能重名义,又复重一重名义之念。是事境之尘氛未扫,而心境之芥蒂未忘。此处拔除不净,恐石去而草复生矣。

纷扰固溺志之场,而枯寂亦槁心之地。故学者当栖心玄默,以宁吾真体;亦当适志恬愉,以养吾圆机。

昨日之非不可留,留之则根烬复萌,而尘情终累乎理趣;今日之是不可执,执之则渣滓未化,而理趣反转为欲根。

无事便思有闲杂念想否,有事便思有粗浮意气否;得意便思有骄矜辞色否,失意便思有怨望情怀否。时时检点,到得从多入少、从有入无处,才是学问的真消息。

士人有百折不回之真心,才有万变不穷之妙用。

立业建功,事事要从实地着脚,若少慕声闻,便成伪果;讲道修德,念念要从虚处立基,若稍计功效,便落尘情。

身不宜忙,而忙于闲暇之时,亦可傲惕惰气;心不可放,而放于收摄之后,亦可鼓畅天机。

钟鼓体虚,为声闻而招击撞;麋鹿性逸,因豢养而受羁縻。可见名为招祸之本,欲乃散志之媒。学者不可不力为扫除也。

一念常惺,才避去神弓鬼矢;纤尘不染,方解开地网天罗。

一点不忍的念头,是生民生物之根芽;一段不为的气节,是撑天撑地之柱石。故君子于一虫一蚁不忍伤残,一缕一丝勿容贪冒,便可为万物立命、天地立心矣。

拨开世上尘氛,胸中自无火炎冰竞;消却心中鄙吝,眼前时有月到风来。

学者动静殊操、喧寂异趣,还是锻炼未熟,心神混淆故耳。须是操存涵养,定云止水中,有鸢飞鱼跃的景象;风狂雨骤处,有波恬浪静的风光,才见处一化齐之妙。

心是一颗明珠。以物欲障蔽之,犹明珠而混以泥沙,其洗涤犹易;以情识衬贴之,犹明珠而饰以银黄,其洗涤最难。故学者不患垢病,而患洁病之难治;不畏事障,而畏理障之难除。

躯壳的我要看得破,破则万有皆空而其心常虚,虚则义理来居;性命的我要认得真,真则万理皆备而其心常实,实则物欲不入。

面上扫开十层甲,眉目才无可憎;胸中涤去数斗尘,语言方觉有味。

完得心上之本来,方可言了心;尽得世间之常道,才堪论出世。

我果为洪炉大冶,何患顽金钝铁之不可陶熔。我果为巨海长江,何患横流污渎之不能容纳。

白日欺人,难逃清夜之愧赧;红颜失志,空贻皓首之悲伤。

以积货财之心积学问,以求功名之念求道德,以爱妻子之心爱父母,以保爵位之策保国家。出此入彼,念虑只差毫末;而超凡入圣,人品且判星渊矣。人胡不猛然转念哉!

立百福之基,只在一念慈祥;开万善之门,无如寸心挹损。

塞得物欲之路,才堪辟道义之门;驰得尘俗之肩,方可挑圣贤之担。

容得性情上偏私,便是一大学问;消得家庭内嫌隙,便是一大经纶。

功夫自难处做去者,如逆风鼓棹,才是一段真精神;学问自苦中得来者,似披沙获金,才是一个真消息。

执拗者福轻,而圆融之人其禄必厚;操切者寿夭,而宽厚之士其年必长。故君子不言命,养性即所以立命;亦不言天,尽人自可以回天。

才智英敏者，宜以学问摄其躁；气节激昂者，当以德性融其偏。

云烟影里现真身，始悟形骸为桎梏；禽鸟声中闻自性，方知情识是戈矛。

人欲从初起剪除，便似新刍遽斩，其工夫极易；天理自乍明时充拓，便如尘镜复磨，其光彩更新。

一勺水，便具四海水味，世法不必尽尝；千江月，总是一轮月光，心珠宜当独朗。

得意处，论地谈天，俱是水底捞月；拂意时，吞冰啮雪，才为火内栽莲。

事理因人言而悟者，有悟还有迷，总不如自悟之了了；意兴从外境而得者，有得还有失，总不如自得之休休。

情之同处即为性，舍情，则性不可见；欲之公处即为理，舍欲，则理不可明。故君子不能灭情，惟事平情而已；不能绝欲，惟期寡欲而已。

欲遇变而无仓忙，须向常时念念守得定；欲临死而无贪恋，须向生时事事看得轻。

一念过差，足丧生平之善；终身检饬，难盖一事之愆。

从五更枕席上参勘心体，气未动，情未萌，才见本来面目；向三时饮食中谙练世味，浓不欣，淡不厌，方为切实工夫。

应酬

操存要有真宰，无真宰则遇事便倒，何以植顶天立地之砥柱；应用要有圆机，无圆机则触物有碍，何以成旋乾转坤之经纶。

士君子之涉世，于人不可轻为喜怒，喜怒轻，则心腹肝胆皆为人所窥；于物不可重为爱憎，爱憎重，则意气精神悉为物所制。

倚高才而玩世，背后须防射影之虫；饰厚貌以欺人，面前恐有照胆之镜。

心体澄彻，常在明镜止水之中，则天下自无可厌之事；意气和平，常在丽日光风之内，则天下自无可恶之人。

当是非邪正之交，不可少迁就，少迁就则失从违之正；值利害得失之会，不可太分明，太分明则起趋避之私。

苍蝇附骥，捷则捷矣，难辞处后之羞；茑萝依松，高则高矣，未免仰攀之耻。所以君子宁以风霜自挟,毋为鱼鸟亲人。

好丑心太明,则物不契;贤愚心太明,则人不亲。士君子须是内精明而外浑厚,使好丑两得其平,贤愚共受其益,才是生成的德量。

伺察以为明者,常因明而生暗,故君子以恬养智;奋迅以为速者,多因速而致迟,故君子以重持轻。

士君子济人利物,宜居其实,不宜居其名,居其名则德损;士大夫忧国为民,当有其心,不当有其语,有其语则毁来。

遇大事矜持者,小事必纵弛;处明庭检饰者,暗室必放逸。君子只是一个念头持到底,自然临小事如临大敌,坐密室若坐通衢。

使人有面前之誉,不若使其无背后之毁;使人有乍交之欢,不若使其无久处之厌。

善启迪人心者,当因其所明而渐通之,毋强开其所闭;善移风化者,当因其所易而渐及之,毋轻矫其所难。

彩笔描空,笔不落色,而空亦不受染;利刀割水,刀不损锷,而水亦不留痕。得此意以持身涉世,感与应俱适,心与境两忘矣。

己之情欲不可纵,当用逆之之法以制之,其道只在一“忍”字;人之情欲不可拂,当用顺之之法以调之,其道只在一“恕”字。今人皆恕以适己,而忍以制人,毋乃不可乎!

好察非明,能察能不察之谓明;必胜非勇,能胜能不胜之谓勇。

随时之内善救时,若和风之消酷暑;混俗之中能脱俗,似淡月之映轻云。

思入世而有为者,须先领得世外风光,否则无以脱垢浊之尘缘;思出世而无染者,须先谙尽世中滋味,否则无以持空寂之苦趣。

与人者,与其易疏于终,不若难亲于始;御事者,与其巧持于后,不若拙守于前。

酷烈之祸,多起于玩忽之人;盛满之功,常败于细微之事。故语云:人人道好,须防一人着恼;事事有功,须防一事不终。

功名富贵,直从灭处观究竟,则贪恋自轻;横逆困穷,直从起处究由来,则怨尤自息。

宇宙内事要力担当,又要善摆脱。不担当,则无经世之事业;不摆脱,则无出世之襟期。

待人而留有余,不尽之恩礼,则可以维系无厌之人心;御事而留有余,不尽之才智,则可以提防不测之事变。

了心自了事,犹根拔而草不生;逃世不逃名,似膻存而蚋仍集。

仇边之弩易避,而恩里之戈难防;苦时之坎易逃,而乐处之阱难脱。

膻秽则蝇蚋丛嘬,芳馨则蜂蝶交侵。故君子不作垢业,亦不立芳名,只是元气浑然,圭角不露,便是持身涉世一安乐窝也。

从静中观物动,向闲处看人忙,才得超尘脱俗的趣味;遇忙处会偷闲,处闹中能取静,便是安身立命的工夫。

邀千百人之欢,不如释一人之怨;希千百事之荣,不如免一事之丑。

落落者,难合亦难分;欣欣者,易亲亦易散。是以君子宁以刚方见惮,毋以媚悦取容。

意气与天下相期,如春风之鼓畅庶类,不宜存半点隔阂之形;肝胆与天下相照,似秋月之洞彻群品,不可作一毫暧昧之状。

仕途虽赫奕,常思林下的风味,则权势之念自轻;世途虽纷华,常思泉下的光景,则利欲之心自淡。

鸿未至先援弓,兔已亡再呼犬,总非当机作用;风息时休起浪,岸到处便离船,才是了手工夫。

从热闹场中出几句清冷言语,便扫除无限杀机;向寒微路上用一点赤热心肠,自培植许多生意。

随缘便是遣缘,似舞蝶与飞花共适;顺事自然无事,若满月偕盂水同圆。

淡泊之守,须从浓艳场中试来;镇定之操,还向纷纭境上勘过。不然,操持未定,应用未圆,恐一临机登坛,而上品禅师又成一下品俗士矣。

廉所以戒贪,我果不贪,又何必标一"廉"名,以来贪夫之侧目;让所以戒争,我果不争,又何必立一"让"的,以致暴客之弯弓。

无事常如有事时提防,才可以弭意外之变;有事常如无事时镇定,方可以消局中之危。

处世而欲人感恩,便为敛怨之道;遇事而为人除害,即是导利之机。

持身如泰山九鼎,凝然不动,则愆尤自少;应事若流水落花,悠然而逝,则趣味常多。

君子严如介石,而畏其难亲,鲜不以明珠为怪物,而起按剑之心;小人滑如脂膏，而喜其易合，鲜不以毒螫为甘饴，而纵染指之欲。

遇事只一味镇定从容，纵纷若乱丝，终当就绪；待人无半毫矫伪欺隐，虽狡如山鬼，亦自献诚。

肝肠煦若春风，虽囊乏一文，还怜茕独；气骨清如秋水，纵家徒四壁，终傲王公。

讨了人事的便宜，必受天道的亏；贪了世味的滋益，必招性分的损。涉世者宜审择之，慎毋贪黄雀而坠深井，舍隋珠而弹飞禽也。

费千金而结纳贤豪，孰若倾半瓢之粟，以济饥饿之人；构千楹而招来宾客，孰若葺数椽之茅，以庇孤寒之士。

解斗者助之以威，则怒气自平；惩贪者济之以欲，则利心反淡。所谓因其势而利导之，亦救时应变一权宜法也。

市恩不如报德之为厚，雪忿不若忍耻之为高，要誉不如逃名之为适。矫情不若直节之为真。

救既败之事者，如驭临崖之马，休轻策一鞭；图垂成之功者，如挽上滩之舟，莫少停一棹。

先达笑弹冠，休向侯门轻曳裾；相知犹按剑，莫从世路暗投珠。

杨修之躯，见杀于曹操，以露己之长也；韦诞之墓，见伐于钟繇，以秘己之美也。故哲士多匿采以韬光，至人常逊美而公善。

少年的人，不患其不奋迅，常患以奋迅而成卤莽，故当抑其躁心；老成的人，不患其不持重，常患以持重而成退缩，故当振其惰气。

望重缙绅，怎似寒微之颂德；朋来海宇，何如骨肉之孚心。

舌存常见齿亡，刚强终不胜柔弱；户朽未闻枢蠹，偏执岂能及圆融。

评议

物莫大于天地日月，而子美云："日月笼中鸟，乾坤水上萍。"事莫大于揖逊征诛，而康节云："唐虞揖逊三杯酒，汤武征诛一局棋。"人能以此胸襟眼界，吞吐六合，上下千古，事来如沤生大海，事去如影灭长空，自经纶万变而不动一尘矣。

君子好名，便起欺人之念；小人好名，犹怀畏人之心。故人而皆好名，则开诈善之门；使人而不好名，则绝为善之路。此训好名者，当严责君子，不当过求于小人也。

大恶多从柔处伏，哲士须防绵里之针；深仇常自爱中来，达人宜远刀头之蜜。

持身涉世，不可随境而迁。须是大火流金而清风穆然，严霜杀物而和气蔼然，阴霾翳空而慧日朗然，洪涛倒海而砥柱屹然，方是宇宙内的真人品。

爱是万缘之根，当知割舍；识是众欲之本，要力扫除。

作人要脱俗，不可存一矫俗之心；应世要随时，不可起一趋时之念。

宁有求全之毁，不可有过情之誉；宁有无妄之灾，不可有非分之福。

毁人者不美，而受人毁者，遭一番讪谤便加一番修省，可释冤而增美；欺人者非福，而受人欺者，遇一番横逆便长一番器宇，可以转祸而为福。

梦里悬金佩玉，事事逼真，睡去虽真觉后假；闲中演偈谈玄，言言酷似，说来虽是用时非。

天欲祸人，必先以微福骄之，所以福来不必喜，要看他会受；天欲福人，必先以微祸儆之，所以祸来不必忧，要看他会救。

荣与辱共蒂，厌辱何须求荣；生与死同根，贪生不必畏死。

作人只是一味率真，踪迹虽隐还显；存心若有半毫未净，事为虽公亦私。

鹪占一枝，反笑鹏心奢侈；兔营三窟，转嗤鹤垒高危。智小者，不可以谋大；趣卑者，不可与谈高。信然矣。

贫贱骄人，虽涉虚骄，还有几分侠气；英雄欺世，纵似挥霍，全没半点真心。

糟糠不为豕肥，何事偏贪钩下饵；锦绮岂因牺贵，谁人能解笼中囮。

琴书诗画，达士以之养性灵，而庸夫徒赏其迹象；山川云物，高人以之助学识，而俗子徒玩其光华。可见事物无定品，随人识见以为高下。故读书穷理，要以识趣为先。

姜女不尚铅华，似疏梅之映淡月；禅师不落空寂，若碧沼之吐青莲。

廉官多无后，以其太清也；痴人每多福，以其近厚也。故君子虽重廉介，不可无含垢纳污之雅量；虽戒痴顽，亦不必有察渊洗垢之精明。

密则神气拘逼，疏则天真烂漫，此岂独诗文之工拙从此分哉！吾见周密之人纯用机巧，疏狂之士独任性真，人心之生死亦於此判也。

翠筱傲严霜，节纵孤高，无伤冲雅；红蕖媚秋水，色虽艳丽，何损清修。

贫贱所难，不难在砥节，而难在用情；富贵所难，不难在推恩，而难在好礼。

簪缨之士，常不及孤寒之子可以抗节致忠；庙堂之士，常不及山野之夫可以料事烛理。何也？彼以浓艳损志，此以淡泊全真也。

荣宠旁边辱等待，不必扬扬；困穷背后福跟随，何须戚戚。

古人闲适处，今人却忙过了一生；古人实受处，今人反虚度了一世。总是耽空逐妄，看个色身不破，认个法身不真耳。

芝草无根醴无源，志士当勇奋翼；彩云易散琉璃脆，达人当早回头。

少壮者，事事当用意而意反轻，徒泛泛作水中凫而已，何以振云霄之翮？衰老者，事事宜忘情而情反重，徒碌碌为辕下驹而已，何以脱缰锁之身？

帆只扬五分，船便安；水只注五分，器便稳。如韩信以勇略震主被擒，陆机以才名冠世见杀，霍光败于权势逼君，石崇死于财赋敌国，皆以十分取败者也。康节云："饮酒莫教成酩酊，看花慎勿至离披。"旨哉言乎！

附势者如寄生依木，木伐而寄生亦枯；窃利者如蟊虻盗人，人死而蟊虻亦灭。始以势利害人，终以势利自毙。势利之为害也，如是夫！

失血于杯中，堪笑猩猩之嗜酒；为巢于幕上，可怜燕燕之偷安。

鹤立鸡群，可谓超然无侣矣。然进而观于大海之鹏，则眇然自小。又进而求之九霄之凤，则巍乎莫及。所以至人常若无若虚，而盛德多不矜不伐也。

贪心胜者，逐兽而不见泰山在前，弹雀而不知深井在后；疑心胜者，见弓影而惊杯中之蛇，听人言而信市上之虎。人心一偏，遂视有为无，造无作有。如此，心可妄动乎哉！

蛾扑火，火焦蛾，莫谓祸生无本；果种花，花结果，须知福至有因。

车争险道，马骋先鞭，到败处未免噬脐；粟喜堆山，金夸过斗，临行时还是空手。

花逞春光，一番雨、一番风，催归尘土；竹坚雅操，几朝霜、几朝雪，傲就琅玕。

富贵是无情之物，看得它重，它害你越大；贫贱是耐久之交，处得它好，它益你反深。故贪商於而恋金谷者，竟被一时之显戮；乐箪瓢而甘敝缊者，终享千载之令名。

鸽恶铃而高飞，不知敛翼而铃自息；人恶影而疾走，不知处阴而影自灭。故愚夫徒疾走高飞，而平地反为苦海；达士知处阴敛翼，而巉岩亦是坦途。

秋虫春鸟,共畅天机,何必浪生悲喜;老树新花,同含生意,胡为妄别媸妍。

多栽桃李少栽荆,便是开条福路;不积诗书偏积货,还如筑个祸基。

万境一辙,原无地着个穷通;万物一体,原无处分个彼我。世人迷真逐妄,乃向坦途上自设一坷坎,从空洞中自筑一藩蓠。良足慨哉!

大聪明的人,小事必朦胧;大懵懂的人,小事必伺察。盖伺察乃懵懂之根,而朦胧正聪明之窟也。

大烈鸿猷,常出悠闲镇定之士,不必忙忙;休微景福,多集宽洪长厚之家,何须琐琐。

贫士肯济人,才是性天中惠泽;闹场能学道,方为心地上工夫。

人生只为“欲”字所累,便如马如牛,听人羁络;为鹰为犬,任物鞭笞。若果一念清明,淡然无欲,天地也不能转动我,鬼神也不能役使我,况一切区区事物乎!

贫得者身富而心贫,知足者身贫而心富;居高者形逸而神劳,处下者形劳而神逸。孰得孰失,孰幻孰真,达人当自辨之。

众人以顺境为乐,而君子乐自逆境中来;众人以拂意为忧,而君子忧从快意处起。盖众人忧乐以情,而君子忧乐以理也。

谢豹覆面,犹知自愧;唐鼠易肠,犹知自悔。盖“愧”、“悔”二字,乃吾人去恶迁善之门,起死回生之路也。人生若无此念头,便是既死之寒灰,已枯之槁木矣。何处讨些生理?

异宝奇琛,俱民必争之器;瑰节奇行,多冒不祥之名。总不若寻常历履,易简行藏,可以完天地浑噩之真,享民物和平之福。

福善不在杳冥,即在食息起居处牗其衷;祸淫不在幽渺,即在动静语默间夺其魄。可见人之精爽常通于天,天之威命即寓于人,天人岂相远哉!

闲适

昼闲人寂,听数声鸟语悠扬,不觉耳根尽彻;夜静天高,看一片云光舒卷,顿令眼界俱空。

世事如棋局,不着的才是高手;人生似瓦盆,打破了方见真空。

龙可豢,非真龙;虎可搏,非真虎。故爵禄,可饵荣进之辈,必不可笼淡然无欲之人;鼎镬,可及宠利之流,必不可加飘然远引之士。

一场闲富贵,狠狠争来,虽得还是失;百岁好光阴,忙忙过了,纵寿亦为夭。

高车嫌地僻,不如鱼鸟解亲人;驷马喜门高,怎似莺花能避俗。

红烛烧残,万念自然厌冷;黄粱梦破,一身亦似云浮。

千载奇逢,无如好书良友;一生清福,只在碗茗炉烟。

蓬茅下诵诗读书,日日与圣贤晤语,谁云贫是病?樽罍边幕天席地,时时共造化氤氲,孰谓醉非禅?

兴来醉倒落花前,天地即为衾枕;机息坐忘盘石上,古今尽属蜉蝣。

昂藏老鹤虽饥,饮啄犹闲,肯同鸡鹜之营营而竞食?偃蹇寒松纵老,丰标自在,岂似桃李之灼灼而争妍!

吾人适志于花柳烂漫之时,得趣于笙歌腾沸之处,乃是造花之幻境,人心之荡念也。须从木落草枯之后,向声希味淡之中,觅得一些消息,才是乾坤的橐籥,人物的根宗。

静处观人事,即伊、吕之勋庸,夷、齐之节义,无非大海浮沤;闲中玩物情,虽木石之偏枯,鹿豕之顽蠢,总是吾性真如。

花开花谢春不管,拂意事休对人言;水暖水寒鱼自知,会心处还期独赏。

闲观扑纸蝇,笑痴人自生障碍;静觇竞巢鹊,叹杰士空逞英雄。

看破有尽身躯,万境之尘缘自息;悟入无坏境界,一轮之心月独明。

木床石枕冷家风,拥衾时魂梦亦爽;麦饭豆羹淡滋味,放箸处齿颊犹香。

谈纷华而厌者,或见纷华而喜;语淡泊而欣者,或处淡泊而厌。须扫除浓淡之见,灭却欣厌之情,才可以忘纷华而甘淡泊也。

"鸟惊心"、"花溅泪",怀此热肝肠,如何领取得冷风月;"山写照"、"水传神",识吾真面目,方可摆脱得幻乾坤。

富贵的一世宠荣,到死时反增了一个"恋"字,如负重担;贫贱的一世清苦,到死时反脱了一个"厌"字,如释重枷。人诚想念到此,当急回贪恋之首,而猛舒愁苦之眉矣。

人之有生也,如太仓之粒米,如灼目之电光,如悬崖之朽木,如逝海之一波。知此者如何不悲,如何不乐?如何看他不破,而怀贪生之虑?如何看他不重,而贻虚生之羞?

鹬蚌相持,兔犬共毙,冷觑来令人猛气全消;鸥凫共浴,鹿豕同眠,闲观去使我机心顿息。

迷则乐境成苦海,如水凝为冰;悟则苦海为乐境,犹冰涣作水。可见苦乐无二境,迷悟非两心,只在一转念间耳。

遍阅人情,始识疏狂之足贵;备尝世味,方知淡泊之为真。

地宽天高,尚觉鹏程之窄小;云深松老,方知鹤梦之悠闲。

两个空拳握古今,握住了还当放手;一条竹杖挑风月,挑到时也要息肩。

阶下几点飞翠落红,收拾来无非诗料;窗前一片浮青映白,悟入处尽是禅机。

忽睹天际彩云,常疑好事皆虚事;再观山中古木,方信闲人是福人。

东海水,曾闻无定波,世事何须扼腕;北邙山,未省留闲地,人生且自舒眉。

天地尚无停息,日月且有盈亏,况区区人世,能事事圆满,而时时暇逸乎?只是向忙里偷闲,遇缺处知足,则操纵在我,作息自如,即造物不得与之论劳逸、较亏盈矣!

"霜天闻鹤唳,雪夜听鸡鸣",得乾坤清纯之气;"晴空看鸟飞,活水观鱼戏",识宇宙活泼之机。

闲烹山茗听瓶声,炉内识阴阳之理;漫履楸枰观局戏,手中悟生杀之机。

芳菲园林看蜂忙,觑破几般尘情世态;寂寞衡茅观燕寝,引起一种冷趣幽思。

会心不在远,得趣不在多。盆池拳石间,便居然有万里山川之势;片言只语内,便宛然见万古圣贤之心:才是高士的眼界,达人的胸襟。

心与竹俱空,问是非何处安脚?貌偕松共瘦,知忧喜无由上眉。

趋炎虽暖,暖后更觉寒威;食蔗能甘,甘余便生苦趣。何似养志于清修而炎凉不涉,栖心于淡泊而甘苦俱忘,其自得为更多也。

席拥飞花落絮,坐林中锦绣团裀;炉烹白雪清冰,熬天上玲珑液髓。

逸态闲情,惟期自尚,何事处修边幅;清标傲骨,不愿人怜,无劳多买胭脂。

天地景物,如山间之空翠,水上之涟漪,潭中之云影,草际之烟光,月下之花容,风中之柳态。若有若无,半真半幻,最足以悦人心目而豁人性灵。真天地间一妙境也。

"乐意相关禽对语,生香不断树交花",此是无彼无此的真机;"野色更无山隔断,天光常与水相连",此是彻上彻下的真意。吾人时时以此景象注之心目,何患心思不活泼,气象不宽平!

鹤唳、雪月、霜天,想见屈大夫醒时之激烈;鸥眠、春风、暖日,会知陶处士醉里之风流。

黄鸟情多,常向梦中呼醉客;白云意懒,偏来僻处媚幽人。

栖迟蓬户,耳目虽拘而神情自旷;结纳山翁,仪文虽略而意念常真。

满室清风满几月,坐中物物见天心;一溪流水一山云,行处时时观妙道。

炮凤烹龙,放箸时与菹盐无异;悬金佩玉,成灰处共瓦砾何殊?

"扫地白云来",才着工夫便起障;"凿池明月入",能空境界自生明。

造化唤作小儿,切莫受渠戏弄;天地原为大块,须要任我炉锤!

想到白骨黄泉,壮士之肝肠自冷;坐老清溪碧嶂,俗流之胸次亦开。

夜眠八尺,日啖二升,何须百般计较;书读五车,才分八斗,未闻一日清闲。

概论

君子之心事,天青日白,不可使人不知;君子之才华,玉韫珠藏,不可使人易知。

耳中常闻逆耳之言,心中常有拂心之事,才是进德修行的砥石。若言言悦耳,事事快心,便把此生埋在鸩毒中矣。

疾风怒雨,禽鸟戚戚;霁月光风,草木欣欣,可见天地不可一日无和气,人心不可一日无喜神。

酼肥辛甘非真味,真味只是淡;神奇卓异非至人,至人只是常。

夜深人静,独坐观心:始知妄穷而真独露,每于此中得大机趣;既觉真现而妄难逃,又于此中得大惭忸。

恩里由来生害,故快意时须早回头;败后或反成功,故拂心处切莫放手。

藜口苋肠者,多冰清玉洁;衮衣玉食者,甘婢膝奴颜。盖志以淡泊明,而节从肥甘丧矣。

面前的田地,要放得宽,使人无不平之叹;身后的惠泽,要流得长,使人有不匮之思。

路径窄处，留一步与人行；滋味浓的，减三分让人嗜。此是涉世一极乐法。

作人无甚高远的事业，摆脱得俗情，便入名流；为学无甚增益的工夫，减除得物累，便臻圣境。

宠利毋居人前，德业毋落人后，受享毋逾分外，修持毋减分中。

处世让一步为高，退步即进步的张本；待人宽一分是福，利人实利己的根基。

盖世的功劳，当不得一个"矜"字；弥天的罪过，当不得一个"悔"字。

完名美节，不宜独任，分些与人，可以远害全身；辱行污名，不宜全推，引些归己，可以韬光养德。

事事要留个有余不尽的意思，便造物不能忌我，鬼神不能损我。若业必求满，功必求盈者，不生内变，必招外忧。

家庭有个真佛，日用有种真道，人能诚心和气、愉色婉言，使父母兄弟间形体两释，意气交流，胜于调息观心万倍也。

攻人之恶毋太严，要思其堪受；教人以善毋过高，当使其可从。

粪虫至秽变为蝉，而饮露于秋风；腐草无光化为萤，而耀采于夏月。故知洁常自污出，明每从暗生也。

矜高倨傲，无非客气，降伏得客气下，而后正气伸；情欲意识，尽属妄心，消杀得妄心尽，而后真心现。

饱后思味，则浓淡之境都消；色后思淫，则男女之见尽绝。故人当以事后之悔，悟破临事之痴迷，则性定而动无不正。

居轩冕之中，不可无山林的气味；处林泉之下，须要怀廊庙的经纶。

处世不必邀功，无过便是功；与人不要感德，无怨便是德。

忧勤是美德，太苦则无以适性怡情；淡泊是高风，太枯则无以济人利物。

事穷势蹙之人，当原其初心；功成行满之士，要观其末路。

富贵家宜宽厚而反忌克，是富贵而贫贱其行，如何能享？聪明人宜敛藏而反炫耀，是聪明而愚懵其病，如何不败！

人情反覆，世路崎岖。行不去，须知退一步之法；行得去，务加让三分之功。

待小人不难于严，而难于不恶；待君子不难于恭，而难于有礼。

宁守浑噩而黜聪明，留些正气还天地；宁谢纷华而甘淡泊，遗个清名在乾坤。

降魔者先降其心，心伏则群魔退听；驭横者先驭其气，气平则外横不侵。

养弟子如养闺女，最要严出入，谨交游。若一接近匪人，是清净田中下一不净的种子，便终身难植嘉苗矣。

欲路上事，毋乐其便而姑为染指，一染指便深入万仞；理路上事，毋惮其难而稍为退步，一退步便远隔千山。

念头浓者，自待厚待人亦厚，处处皆厚；念头淡者，自待薄待人亦薄，事事皆薄。故君子居常嗜好，不可太浓艳，亦不宜太枯寂。

彼富我仁，彼爵我义，君子故不为君相所牢笼；人定胜天，志一动气，君子亦不受造化之陶铸。

立身不高一步立，如尘里振衣、泥中濯足，如何超达？处世不退一步处，如飞而蛾投烛、羝羊触藩，如何安乐？

学者要收拾精神，并归一处。如修德而留意于事功名誉，必无实诣；读书而寄兴于吟咏风雅，定不深心。

人人有个大慈悲，维摩屠刽无二心也；处处有种真趣味，金屋茅檐非两地也。只是欲闭情封，当面错过，便咫尺千里矣。

进德修行，要个木石的念头，若一有欣羡，便趋欲境；济世经邦，要段云水的趣味，若一有贪着，便堕危机。

肝受病则目不能视，肾受病则耳不能听。病受于人所不见，必发于人所共见。故君子欲无得罪于昭昭，先无得罪于冥冥。

福莫福于少事，祸莫祸于多心。惟少事者，方知少事之为福；惟平心者，始知多心之为祸。

处治世宜方，处乱世当圆，处叔季之世当方圆并用；待善人宜宽，待恶人当严，待庸众之人宜宽严互存。

我有功于人不可念，而过则不可不念；人有恩于我不可忘，而怨则不可不忘。

心地干净，方可读书学古。不然，见一善行，窃以济私；闻一善言，假以覆短。是又藉寇兵而赍盗粮矣。

奢者富而不足，何如俭者贫而有余；能者劳而俯怨，何如拙者逸而全真。

读书不见圣贤，如铅椠佣；居官不爱子民，如衣冠盗；讲学不尚躬行，如口头禅；立业不思种德，如眼前花。

人心有部真文章，都被残编断简封固了；有部真鼓吹，都被妖歌艳舞湮没了。学者须扫除外物，直觅本来，才有个真受用。

苦心中常得悦心之趣；得意时便生失意之悲。

富贵名誉，自道德来者，如山林中花，自是舒徐繁衍；自功业来者，如盆槛中花，便有迁徙废兴；若以权力得者，如瓶钵中花其根不植，其萎可立而待矣。

栖守道德者，寂寞一时；依阿权势者，凄凉万古。达人观物外之物，思身后之身，宁受一时之寂寞，毋取万古之凄凉。

春至时和，花尚铺一段好色，鸟且啭几句好音。士君子幸列头角，复遇温饱，不思立好言、行好事，虽是在世百年，恰似未生一日。

学者有段兢业的心思，又要有段潇洒的趣味。若一味敛束清苦，是有秋杀无春生，何以发育万物？

真廉无廉名，立名者正所以为贪；大巧无巧术，用术者乃所以为拙。

心体光明，暗室中有青天；念头暗昧，白日下有厉鬼。

人知名位为乐，不知无名无位之乐为最真；人知饥寒为忧，不知不饥不寒之忧为更甚。

为恶而畏人知，恶中犹有善路；为善而急人知，善处即是恶根。

天之机缄不测，抑而伸，伸而抑，皆是播弄英雄、颠倒豪杰处。君子只是逆来顺受，居安思危，天亦无所用其伎俩矣。

福不可徼，养喜神以为招福之本；祸不可避，去杀机以为远祸之方。

十语九中未必称奇，一语不中，则愆尤骈集；十谋九成未必归功，一谋不成，则訾议丛兴。君子所以宁默毋躁，宁拙毋巧。

天地之气，暖则生，寒则杀。故性气清冷者，受享亦凉薄。惟气和心暖之人，其福亦厚，其泽亦长。

天理路上甚宽，稍游心，胸中便觉广大宏朗；人欲路上甚窄，才寄迹，眼前俱是荆棘泥涂。

一苦一乐相磨练，练极而成福者，其福始久；一疑一信相参勘，勘极而成知者，其知始真。

地之秽者多生物，水之清者常无鱼，故君子当存含垢纳污之量，不可持好洁独行之操。

泛驾之马，可就驰驱；跃冶之金，终归型范。只一优游不振，便终身无个进步。白沙云："为人多病未足羞，一生无病是吾忧。"真确实之论也。

人只一念贪私，便销刚为柔，塞智为昏，变恩为惨，染洁为污，坏了一生人品。故古人以不贪为宝，所以度越一世。

耳目见闻为外贼，情欲意识为内贼。只是主人公惺惺不昧，独坐中堂，贼便化为家人矣。

图未就之功，不如保已成之业；悔既往之失，亦要防将来之非。

气象要高旷，而不可疏狂；心思要缜缱，而不可琐屑；趣味要冲淡，而不可偏枯；操守要严明，而不可激烈。

风来疏竹，风过而竹不留声；雁度寒潭，雁过而潭不留影。故君子事来而心始现，事去而心随空。

清能有容，仁能善断，明不伤察，直不过矫，是谓蜜饯不甜、海味不咸，才是懿德。

贫家净扫地，贫女净梳头，景色虽不艳丽，气度自是风雅。士君子当穷愁寥落，奈何辄自废弛哉！

闲中不放过，忙中有受用；静中不落空，动中有受用；暗中不欺隐，明中有受用。

念头起处，才觉向欲路上去，便挽从理路上来。一起便觉，一觉便转，此是转祸为福、起死回生的关头，切莫当面错过。

天薄我以福，吾厚吾德以迓之；天劳我以形，吾逸吾心以补之；天扼我以遇，吾亨吾道以通之。天且奈我何哉！

贞士无心徼福，天即就无心处牖其衷；憸人着意避祸，天即就着意中夺其魂。可见天之机权最神，人之智巧何益？

声妓晚景从良，一世之烟花无碍；贞妇白头失守，半生之清苦俱非。语云："看人只看后半截"，真名言也。

平民肯种德施惠，便是无位的卿相；士夫徒贪权市宠，竟成有爵的乞人。

问祖宗之德泽，吾身所享者是，当念其积累之难；问子孙之福祉，吾身所贻者是，要思其倾覆之易。

君子而诈善，无异小人之肆恶；君子而改节，不若小人之自新。

家人有过，不宜暴扬，不宜轻弃。此事难言，借他事而隐讽之；今日不悟，俟来日再警之。如春风之解冻、和气之消冰，才是家庭的型范。

此心常看得圆满，天下自无缺陷之世界；此心常放得宽平，天下自无险侧之人情。

淡薄之士，必为浓艳者所疑；检饬之人，多为放肆者所忌。君子处此，固不可少变其操履，亦不可太露其锋芒。

居逆境中，周身皆针砭药石，砥节砺行而不觉；处顺境内，满前尽兵刃戈矛，销膏靡骨而不知。

生长富贵丛中的，嗜欲如猛火，权势似烈焰。若不带些清冷气味，其火焰不至焚人，必将自焚。

人心一真，便霜可飞，城可陨，金石可贯。若伪妄之人，形骸徒具，真宰已亡，对人则面目可憎，独居则形影自愧。

文章做到极处，无有他奇，只是恰好；人品做到极处，无有他异，只是本然。

以幻迹言，无论功名富贵，即肢体亦属委形；以真境言，无论父母兄弟，即万物皆吾一体。人能看得破，认得真，才可以任天下之负担，亦可脱世间之缰锁。

爽口之味，皆烂肠腐骨之药，五分便无殃；快心之事，悉败身散德之媒，五分便无悔。

不责人小过，不发人阴私，不念人旧恶。三者可以养德，亦可以远害。

天地有万古，此身不再得；人生只百年，此日最易过。幸生其间者，不可不知有生之乐，亦不可不怀虚生之忧。

老来疾病，都是壮时招得；衰时罪业，都是盛时作得。故持盈履满，君子尤兢兢焉。

市私恩不如扶公议，结新知不如敦旧好，立荣名不如种阴德，尚奇节不如谨庸行。

公平正论，不可犯手，一犯手则遗羞万世；权门私窦，不可着脚，一着脚则玷污终身。

曲意而使人喜，不若直节而使人忌；无善而致人誉，不如无恶而致人毁。

处父兄骨肉之变，宜从容，不宜激烈；遇朋友交游之失，宜剀切，不宜优游。

小处不渗漏，暗处不欺隐，末路不怠荒，才是真正英雄。

惊奇喜异者，终无远大之识；苦节独行者，要有恒久之操。

当怒火欲水正腾沸时，明明知得，又明明犯着。知的是谁？犯着又是谁？此处能猛然转念，邪魔便为真君子矣。

毋偏信而为奸所欺，毋自任而为气所使，毋以己之长而形人之短，毋因己之拙而忌人之能。

人之短处，要曲为弥缝，如暴而扬之，是以短攻短；人有顽的，要善为化诲，如忿而嫉之，是以顽济顽。

遇沉沉不语之士，且莫输心；见悻悻自好之人，应须防口。

念头昏散处，要知提醒；念头吃紧时，要知放下。不然，恐去昏昏之病，又来憧憧之扰矣。

霁日青天，倏变为迅雷震电；疾风怒雨，倏转为朗月晴空。气机何尝一毫凝滞，太虚何尝一毫障蔽，人之心体亦当如是。

胜私制欲之功，有曰"识不早，力不易者"；有曰"识得破，忍不过者"。盖"识"是一颗照魔的明珠，"力"是一把斩魔的慧剑，两不可少也。

横逆困穷，是煅炼豪杰的一副炉锤。能受其煅炼者，则身心交益；不受其煅炼者，则身心交损。

"害人之心不可有，防人之心不可无"，此戒疏于虑者；"宁受人之欺，毋逆人之诈"，此警伤于察者。二语并存，精明浑厚矣。

毋因群疑而阻独见，毋任己意而废人言，毋私小惠而伤大体，毋借公论以快私情。

善人未能急亲，不宜预扬，恐来谗谮之奸；恶人未能轻去，不宜先发，恐招媒孽之祸。

青天白日的节义，自暗室屋漏中培来；旋乾转坤的经纶，从临深履薄中操出。

父慈子孝，兄友弟恭，纵做到极处，俱是合当如是，着不得一毫感激的念头。如施者任德，受者怀恩，便是路人，便成市道矣。

炎凉之态，富贵更甚于贫贱；妒忌之心，骨肉尤狠于外人。此处若不当以冷肠，御以平气，鲜不日坐烦恼障中矣！

功过不宜少混，混则人怀惰隳之心；恩仇不可太明，明则人起携贰之志。

恶忌阴，善忌阳。故恶之显者祸浅，而隐者祸深；善之显者功小，而隐者功大。

德者才之主，才者德之奴。有才无德，如家无主而奴用事矣，几何不魍魉猖狂。

锄奸杜倖，要放他一条去路。若使之一无所容，便如塞鼠穴者，一切去路都塞尽，则一切好物都咬破矣。

士君子贫不能济物者，遇人痴迷处，出一言提醒之；遇人急难处，出一言解救之，亦是无量功德矣。

处己者触事皆成药石，尤人者动念即是戈矛，一以辟众善之路，一以浚诸恶之源，相去霄壤矣。

事业文章随身销毁，而精神万古如新；功名富贵逐世转移，而气节千载一时。君子信不以彼易此也。

鱼网之设，鸿则罹其中；螳螂之贪，雀又乘其后。机里藏机，变外生变，智巧何足恃哉！

作人无一点真恳的念头，便成个花子，事事皆虚；涉世无一段圆活的机趣，便是个木人，处处有碍。

事有急之不白者，宽之或自明，毋躁急以速其忿；人有切之不从者，纵之或自化，毋操切以益其顽。

节义傲青云，文章高白雪，若不以德性陶镕之，终为血气之私、技能之末。

谢事，当谢于正盛之时；居身，宜居于独后之地；谨德，须谨于至微之事；施恩，务施于不报之人。

德者，事业之基，未有基不固而栋宇坚久者；心者，修行之根，未有根不植而枝叶荣茂者。

道是一件公众的物事，当随人而接引；学是一个寻常的家饭，当随事而警惕。

念头宽厚的，如春风煦育，万物遭之而生；念头忌克的，如朔雪阴凝，万物遭之而死。

"勤"者敏于德义，而世人借勤以济其贪；"俭"者淡于货利，而世人假俭以饰其吝。君子持身之符，反为小人营私之具矣，惜哉！

人之过误宜'恕'，而在己则不可恕；己之困辱宜'忍'，而在人则不可忍。

恩宜自淡而浓，先浓后淡者，人忘其惠；威宜自严而宽，先宽后严者，人怨其酷。

士君子处权门要路，操履要严明，心气要和易。毋少随而近腥膻之党，亦毋过激而犯蜂虿之毒。

遇欺诈的人，以诚心感动之；遇暴戾的人，以和气熏蒸之；遇倾邪私曲的人,以名义气节激励之。天下无不入我陶熔中矣。

一念慈祥,可以酝酿两间和气;寸心洁白,可以昭垂百代清芬。

阴谋怪习、异行奇能,俱是涉世的祸胎。只一个庸德庸行,便可以完混沌而招和平。

语云:"登山耐险路,踏雪耐危桥。"一'耐'字极有意味。如倾险之人情、坎坷之世道,若不得一'耐'字撑持过去,几何不堕入榛莽坑堑哉!

夸逞功业,炫耀文章,皆是靠外物做人。不识心体莹然,本来不失,即无寸功只字,亦自有堂堂正正做人处。

不昧己心,不拂人情,不竭物力,三者可以为天地立心,为生民立命,为子孙造福。

居官有二语,曰惟公则生明,惟廉则生威;居家有二语,曰惟恕则平情,惟俭则足用。

处富贵之地,要知贫贱的痛痒;当少壮之时,须念衰老的辛酸。

持身不可太皎洁,一切污辱垢秽,要茹纳得;与人不可太分明,一切善恶贤愚,要包容得。

休与小人仇雠,小人自有对头;休向君子谄媚,君子原无私惠。

磨砺当如百炼之金,急就者非邃养;施为宜似千钧之弩,轻发者无宏功。

建功立业者,多虚圆之士;偾事失机者,必执拗之人。

俭,美德也,过则为悭吝,为鄙啬,反伤雅道;让,懿行也,过则为足恭,为曲礼,多出机心。

毋忧拂意,毋喜快心,毋恃久安,毋惮初难。

饮宴之乐多,不是个好人家;声华之习胜,不是个好士子;名位之念重,不是个好臣工。

仁人心地宽舒,便福厚而庆长,事事成个宽舒气象;鄙夫念头迫促,便禄薄而泽短,事事成个迫促规模。

用人不宜刻,刻则思效者去;交友不宜滥,滥则贡谀者来。

大人不可不畏,畏大人则无放逸之心;小民亦不可不畏,畏小民则无豪横之名。

事稍拂逆,便思不如我的人,则怨尤自消;心稍怠荒,便思胜似我的人,则精神自奋。

不可乘喜而轻诺,不可因醉而生瞋,不可乘快而多事,不可因倦而鲜终。

钓水,逸事也,尚持生杀之柄;弈棋,清戏也,且动战争之心。可见喜事不如省事之为适,多能不如无能之全真。

听静夜之钟声,唤醒梦中之梦;观澄潭之月影,窥见身外之身。

鸟语虫声,总是传心之诀;花英草色,无非见道之文。学者要天机清彻,胸次玲珑,触物皆有会心处。

人解读有字书,不解读无字书;知弹有弦琴,不知弹无弦琴。以迹用不以神用,何以得琴书佳趣?

山河大地已属微尘,而况尘中之尘;血肉身驱且归泡影,而况影外之影! 非上上智,无了了心。

石火光中,争长竞短,几何光阴? 蜗牛角上,较雌论雄,许大世界?

有浮云富贵之风,而不必岩栖穴处;无膏盲泉石之癖,而常自醉酒耽诗。竞逐听人,而不嫌尽醉;恬愉适己,而不夸独醒。此释氏所谓不为法缠,不为空缠,身心两自在者。

延促由于一念,宽窄系之寸心。故机闲者一日遥于千古,意宽者斗室广于两间。

都来眼前事,知足者仙境,不知足者凡境;总出世上因,善用者生机,不善用者杀机。

趋炎附势之祸,甚惨亦甚速;栖恬守逸之味,最淡亦最长。

色欲火炽,而一念及病时,便兴似寒灰;名利饴甘,而一想到死地,便味如咀蜡。故人常忧死虑病,亦可消幻业而长道心。

争先的,径路窄,退后一步自宽平一步;浓艳的,滋味短,清淡一分自悠长一分。

隐逸林中无荣辱,道义路上泯炎凉。进步处便思退步,庶免触藩之祸;着手时先图放手,才脱骑虎之危。

贪得者,分金恨不得玉,封侯怨不授公,权豪自甘乞丐;知足者,藜羹旨于膏粱,布袍暖于狐貉,编民不让王公。

矜名不如逃名趣,练事何如省事闲。孤云出岫,去留一无所系;朗镜悬空,静躁两不相干。

山林是胜地,一营恋便成市朝;书画是雅事,一贪痴便成商贾。盖心无染着,俗境是仙都;心有系牵,乐境成悲地。

时当喧杂,则平日所记忆者,皆漫然忘去;境在清宁,则夙昔所遗忘者,又恍尔现前。可见静躁稍分,昏明顿异也。

芦花被下,卧雪眠云,保全得一窝夜气;竹叶杯中,吟风弄月,躲离了万丈红尘。

出世之道,即在涉世中,不必绝人以逃世;了心之功,即在尽心内,不必绝欲以灰心。

此身常放在闲处,荣辱得失,谁能差遣我?此心常安在静中,是非利害,谁能瞒昧我?

我不希荣,何忧乎利禄之香饵;我不竞进,何畏乎仕宦之危机。

多藏厚亡,故知富不如贫之无虑;高步疾颠,故知贵不如贱之常安。

世人只缘认得'我'字太真,故多种种嗜好,种种烦恼。前人云:"不复知有我,安知物为贵?"又云:"知身不是我,烦恼更何侵?"真破的之言也。

人情世态,倏忽万端,不宜认得太真。尧夫云:"昔日所云我,今朝却是伊;不知今日我,又属后来谁?"人常作是观,便可解却胸胃矣。

有一乐境界,就有一不乐的相对待;有一好光景,就有一不好的相乘除。只是寻常家饭,素位风光,才是个安乐窝巢。

知成之必败,则求成之心,不必太坚;知生之必死,则保生之道,不必过劳。

眼看西晋之荆榛,犹矜白刃;身属北邙之狐兔,尚惜黄金。语云:"猛兽易伏,人心难降;溪壑易填,人心难满。"信哉!

心地上无风涛,随在皆青山绿树;性天中有化育,触处都鱼跃鸢飞。

小 窗 自 纪

（明）吴从先　撰

敖堃　诸伟奇　校点

整理说明

《小窗自纪》,明吴从先撰。

吴从先,字宁野,号小窗,延陵(今江苏常州)人,一说新安(今安徽歙县)人。约万历、天启间在世。曾师事黄汝亨、冯梦桢,与焦竑、汤宾尹、陈继儒等名士有交游。为人慷慨脱俗,好读书,喜著述,时人称其"综览群籍"(焦竑语),"贯穿古今"(沈明龙语)。所撰《小窗自纪》四卷、《小窗艳纪》十四卷、《小窗清纪》五卷、《小窗别纪》四卷,颇为当时文坛所重,认为"《说苑》《新书》之后有《西京杂记》,《杂记》之后有宁野《自纪》"(俞恩烨《宁野〈自纪〉叙》),"其超然创获,则炼五色之石以补天,而召八方之风以扫雾"(吴逵《〈自纪〉序》)。

《小窗自纪》全书四卷,卷一为小品,其它三卷是诗文。本书虽名为《小窗自纪》,实际上是《自纪》的第一卷。本卷共收 590 则小品,除了其中 20 来则外,近 570 则都是清言小品。这些小品"或事琐而意玄,或语吟而趣远,风旨各殊,皆成兴托"(焦竑《书吴宁野〈自纪〉》),含英咀华,句镂篇铸,确实不负时人所誉。

《小窗自纪》,连同《艳纪》《清纪》《别纪》,共 27 卷,合称《小窗四纪》,有明代万历刻本。吴兴刘氏嘉业堂曾藏有该本,该本后归上海图书馆所藏,《续修四库全书》即据该本影印。本次整理,即据此影印本为校点底本。郭洁君参加了本书的录校工作。

诸伟奇

2012 年 7 月 31 日

客有耽枯寂者,余语之云:"瘦到梅花应有骨,幽同明月且留痕。"

雅乐所以禁淫,何如溪响、松声,使人清听自远;蕭韍所以御暴,何如竹冠、兰佩,使人物色俱闲。

"侠"之一字,昔以之加意气,今以之加挥霍,只在气魄、气骨之分。

风流无用,榆钱不会买宫腰;笔砚有灵,书带亦能邀翰墨。

志要豪华,趣要澹泊。

万事皆易满足,惟读书终身无尽。人何不以"不知足"一念加之书?

情态日变,取法亦觭。即如论六院人物,始观环佩俨然,继取操觚染翰,比则放旷挥霍,遂为女侠。夫求校书于女史,床头不无捉刀,乃论慷慨于青楼,侠何易言哉!

鄙吝一销,白云亦可赠客;渣滓尽化,明月自来照人。

存心有意无意之妙,"微云澹河汉";应世不即不离之法,"疏雨滴梧桐"。

以看世之青白眼,转而看书,则圣贤之真见识;以论人之雌黄口,转而论史,则左、狐之真是非。

骆宾王诗云:"书引藤为架,人将薜作衣。"如此境界,可以读而忘老。

眉公云:"闭户即是溪山。"嗟乎!应接稍略,遂来帝鬼之讥;剥啄无时,难下葳蕤之锁。言念及此,入山惟恐不深。

眉公曰:"多读一句书,少说一句话。"余曰:"读得一句书,说得一句话。"

赏花须结豪友,观妓须结淡友,登山须结逸友,泛水须结旷友,对月须结冷友,待雪须结艳友,饮酒须结韵友。

山上须泉,径中须竹。读史不可无酒,谈禅不可无美人。

夫处世至此时,笑啼俱不敢;论文于我辈,玄白总堪嘲。

举世嫉修眉,不特深宫见妒;随人矜寸舌,犹然列国争长。

贫贱骄人,傲骨生成难改;英雄欺世,浪语必多不经。

花看水影,竹看月影,美人看帘影。

一池荷叶衣无尽,翻骄锦绣纂组;数亩松花食有余,绝胜钟鸣鼎食。

论啜茗,则今人较胜昔人,不作凤饼、龙团,损自然之清味;至于饮,则今人大非凤昔,不解酒趣,但逐羽觞。吾思古人,实获我心。

幽居虽非绝世,而一切使令供具、交游晤对之事,似出世外:花为婢仆,鸟当笑谭,溪薇涧流代酒肴烹享,书史作师保,竹石资友朋。雨声云影,松风萝月,为一时豪兴之歌舞。情境固浓,然亦清华。

多方分别,是非之窦易开;一味圆融,人我之见不立。上可以陪玉皇大帝,下可以陪卑田院乞儿。

读书霞漪阁上,目之清享有六:溪云初起、山雨欲来、鸦影带帆、渔灯照岸、江飞匹练、村结千茅。远境不可象描,适意常如披画。

客问:"海棠无香,昔人何以致恨?"余曰:"《春秋》责备贤者之意。"客曰:"如此,是娇姿太艳,反惹牢骚,更恨海棠有色矣。"闻者谓余言为花中道学,谓客言为花中语录。

南山种豆,东陵种瓜,敛鼎俎于草野;渭滨秋钓,莘野春锄,托掌故于山川。

无竹令人俗,竹多令人野。一径数竿,亭立如画。要似倪云林罗罗清疏,莫比吴仲圭丛丛烟雨。

峨眉春雪,山头万玉生寒;洞庭秋波,风外千珠呈媚。语言风味,臻此佳境,当使闻者神往,见者意倾。

春鸟秋蛩,悲喜异调,实非变韵于宫商;古树新花,开落同情,却似争怜于脂粉。

问:何为应试之文?曰:早知不入时人眼,多买胭脂画牡丹。问:何为垂世之文?曰:不是一番寒彻骨,怎得梅花扑鼻香。

诗里落花,多少风人红泪,当使子规卷舌,鹎鶋失声。

东坡《颍川谢到任表》有云:"慈母爱子,但怜其无能;明君知臣,终护其所短。"读之三叹,臣子当知何如用情。

声之凄绝,无如衰树寒蝉,泣露凄风,如扣哀玉。回听高柳雄声,火云俱热,至此易响。时异势殊,大抵类是。

刘舍人云:贾生俊发,故文洁而体清;长卿任诞,故理侈而辞溢;子云沉寂,故志隐而味深;子政简易,故趣昭而事博;孟坚雅懿,故裁密而思靡;平子淹通,故虑周而藻密;仲宣躁锐,故颖出而才果;公干气褊,故言壮而情骇;嗣宗俶傥,故响逸而调远;叔夜俊侠,故兴高而采烈;安仁轻敏,故锋发而韵流;士衡矜重,故情繁而词隐。今之人文体性,正不相似。

谈锋焕发,虎皮靴可以冲座;倘支离无物,不如枯坐藏拙。

春云宜山，夏云宜树，秋云宜水，冬云宜野。着眼总是浮游，观化颇领幻趣。

一叶放春流，束缚人亦觉澹宕；孤尊听夜雨，豪华辈尚尔凄其。

清疏畅快，月色最称风光；潇洒风流，花情何如柳态。

木食草衣元本性，非关泉石膏肓；绿肥红瘦漫批评，总是风流罪过。

赵飞燕歌舞自赏，仙风留于绉裙；韩昭侯嚬笑不轻，俭德昭于敝袴。皆以一物著名，而局面相去甚远。

抱质见猜，平叔终疑傅粉；从中打混，不疑难白盗金。人苟心迹自明，何妨形骸相索。

万籁发声俱直入，惟出松间竹里，曲折抑扬，八音同奏。或如细浪轻吹，棹声远度；或如狂涛滂湃，蛟龙夜惊。妙韵异响，十倍天乐。

佞佛若可忏罪，则刑官无权；寻仙可以延年，则上帝无主。达人尽其在我，至诚贵于自然。

树散一庭之玉，草生千步之香。无问人物琳琅，气色已见蓊郁。

人如成心畏惧，则触处畏途。如满奋坐琉璃屏内，四布周密，犹有风意。

龙津一剑，尚作合于风雷；胸中数万甲兵，宁终老牖下？

一勺水具沧海味，世味无取尽尝，道味会有同嗜。

说法谭经，片石曾闻点头，山龙尚能出听。至言在耳，大道见前，各具慧心，可无领略。

以晋人之风流，维以宋人之道学，人品才情，才合世格。

良心在夜气清明之候，真情在箪食豆羹之间。故以我索人，不如使人自反；以我攻人，不如使人自露。

蓬窗夜启，月白于霜；渔火沙汀，寒星如聚。忘却客子作楚，但欣烟水留人。

诗云："芳草萋萋，王孙不归。"夫春草碧色，红香成泥，紫骝正蹀躞于芳尘，游思方飘忽于韶景。写忧行乐，宁赋归来？若夫木落霜飞，秋光冷落，风送捣衣之韵，柳衰系马之条，虽非思动寒纯，客兴于兹萧索。

投好太过，丑态毕呈；效颦自怜，真情反掩。试观广眉，争为半额，楚宫至今可憎。请从所安，毋为识者所鄙。庄周曰："人相忘于道术，鱼相忘于江湖。"

曹仓邺架，墨庄书巢，虽抉秘于琅嬛，实探星于东壁。人文固天文相映,拥书岂薄福所能。

数无终穷,运不长厄。士君子能旋乾转坤,则否泰为我转轴。何必青牛道士,延将尽之命;白鹿真人,生已枯之骨耶!

春夜小窗兀坐,月上木兰,有骨凌冰,怀人如玉,因想高季迪"雪满山中高士卧,月明林下美人来"二语,此际光景颇似,不独咏在梅花。

雅州有虞美人草,闻唱《虞美人》曲,按拍而舞。余曰:"物之声气,偶尔相应,岂英魂附物使然?"卓左车云:"虞美人草犹湘妃竹也,岂非游魂所托?"余曰:"但竹闻《湘妃怨》,未必无风自舞耳。"及读《吊虞姬诗》:"精魂夜逐剑光飞,英气化为原上草。"则草为虞姬所化,亦有据云。

闭门见拒,不如山鸟解呼人;屈意取怜,争似野花能傲客。

英风未畅,转生无聊;幽韵纵扬,终归寥落。是以热血有时成碧,雄心无日可灰。

色界难凭,情城难固。专宠则妆成七宝,弛爱则赋买千金。人生时势,俱不可恃如此。

御风而行,布帆无恙,赢他莲渡杯浮;戴星以往,衣装有泪,输却篮舆山屐。

"长安一片月,万户捣衣声。"足敌《秋声》一赋。

才怀济胜,虽布置竹石,具见经纶;骨带烟霞,即特达珪璋,意近丘壑。

仲宣才敏,藉中郎而表誉;正平颖悟,赖北海以腾声。风尘无物色之真,齿牙固声价之地。

无欲者其言清,无累者其言达。口耳巽人,灵窍忽启。故曰:不为俗情所染,方能说法度人。

柳宗元披韩退之诗,以蔷薇露洗手,古人爱护文才,诚为珍重。今多俟成以复瓿。何古今人之不相及!

积学苦无相知,恒致疑于天眼。不知六丁下视,太乙夜燃,勤苦从来动天。笔墨不灵,何与天事?

士人寸笺只字,一经得意,爱惜匪轻。况宝轴琅函,千秋鸿秘,安可造次从事。松雪藏书一法,诚当为律。

浩然苦吟落眉,裴佑深思穿袖。诗赋之工,岂云偶得。宁取十年两句,敢云顷刻千言。

人生顺境难得,独思从愿之汉珠;世间尤物易倾,谁执击人之如意?

花气当香，檀片可以不爇；露华作茗，云脚何用更煎。要知至香至味于何，采真则不嗅不咀，亦然得解。

临流晓坐，欸乃忽闻；山川之情，勃然不禁。

仙郎语吴允兆曰："凡花白日如睡，清夜明月之下，才见醒态。"允兆因欲颜其斋为"醒花"。余曰："只恐夜深花睡去。"

对人者我任他语言无味，面目可憎。

论游山水者，必先济胜之具。余谓情趣与山水相入，登涉自觉神王，不则健足善驰，亦奄然请息矣。

人谓胸中自具丘壑，方可作画。余曰："方可看山，方可作文。"

青山在门，白云当户，明月到窗，凉风拂座，胜地皆仙。五城十二楼，转觉拣择。

鉴赏自有真好，知遇岂缘溺情。倘所见既偏，则宋客以燕砾为宝珠，魏氏以夜光为怪石，二者同病。

生来气无烟火，不必吸露餐霞；运中际少风云，也会补天浴日。

《盗跖》篇曰："不耕而食，不织而衣，摇唇鼓舌，妄生是非。"故知无事之人，好为生事。

咳吐成珠玉，何妨旁若无人；挥翰走龙蛇，洵是腕中有鬼。

"兴酣落笔摇五岳，诗成笑傲凌沧洲"；"啸起白云飞七泽，歌吟秋水动三湘"。二联可称诗狂。

何地无尘？但能不染，则山河大地，尽为清净道场。如必离境求清，安能三千外更立法界？偈云：对色无色相，视欲无欲意。莲花不着水，清净超于彼。

秋鸟弄春声，音调未尝有异；今人具古貌，气色便尔不同。

斗草春风，才子愁销书带翠；采菱秋水，佳人疑动镜花香。

文何为声色俱清？曰：松风水月，未足比其清华。何为神情俱彻？曰：仙露明珠，讵能方其朗润。

邺侯满架，也须董子下帷；子云草《玄》，何如曼倩长楑。

张曲江词云："灵芝无根，醴泉无源。"丈夫克自崛起，岂皆由凤雏龙孙？

当厄之与，易于见德；及时之泽，谓之乘机。庾子山曰："舟楫无岸，海若为之反风；荠麦将枯，山灵为之出雨。"语极豁达。

三家村里，任教牛斗蚁鸣；一笑风前，不管水流花谢。

峻岭连云，嘉树蔽日，散襟闲往，万翠浮衣带间，顿令山阴道上减观，天台路中失致。

逸字是山林关目，用于情趣，则清远多致；用于事务，则散漫无功。

颜之推《勉学》一篇，危语动人，录置案头，当令神骨竦惕，无时敢离书卷。

赏识既缪，不知天下有真龙；学力一差，徒与世人讥画虎。要之体认得力，自然下手有方。

文章之妙：语快令人舞，语悲令人泣，语幽令人冷，语怜令人惜，语险令人危，语慎令人密，语怒令人按剑，语激令人投笔，语高令人入云，语低令人下石。是谓骇目洞心，不在修词琢句。故曰：鼓天下之动者在乎神。

云衲高僧，泛水登山，或可借以点缀；如必莲座说法，则诗酒之间，自有禅趣。不敢学苦行头陀，以作死灰槁木。

为园栽植之繁，非徒侈观，实备供具。如花可聚褥，叶可学书，竹可挂衣，茅可为藉，效用自真，颇领佳趣。至于裁菱荷以为衣，将薜荔以成服，纫兰为佩，拾箨为冠，检竹刻诗，倚杉完局，松花当饭，桃实充浆，犹见逸士之取裁，更得草木之知己。

则何益矣，茗战有如酒兵；试妄言之，谈空不若说鬼。

镜花水月，若使慧眼看透；剑光笔彩，肯教壮志销磨。

溪上清流梳石发，无妆亦整云鬟；阶前细雨洗苔衣，不舞常明翠袖。

烈士须一剑，则芙蓉赤精，不惜千金购之；士人惟此寸管，映日干云之气，那得不重值相索。

天下凡伴易结，独有野性寡谐。李青莲云："忽忆范野人"，杜工部云："闻君多道骨"，观此则知尘外之交，自昔不易。

叫月子规喉舌冷，宿花蝴蝶梦魂香，凄惨沉酣不动情，各极花月之致。

摭拾芳华，要有真际；引发隽永，贵于当行。不则烹土为羹，蒸沙为饭，何堪饮食？

遨游仙子，寒云几片束行装；高卧幽人，明月半床供枕簟。

海市蜃楼，奇观总属乌有。因知天下饱眼之物，色色空华。

小窗偃卧，月影到床，或逗留于梧桐，或摇乱于杨柳，翠华扑被，俗骨俱仙。及从竹里流来，如自苍云吐出，清送素娥之环佩，逸移幽士之羽裳。相思足慰于故人，清啸自纾于良夜。

秋时宾王师及社中兄弟来霞漪阁，欲信宿焉。同看落日远江，千艘如矢，帆影若流。宾王师曰："樯标远汉，昔时鲁氏之戈。"余随应曰："帆影寒沙，此夜姜家之被。"众鼓掌称叹。盖即景得情，非捷于才色。

清于骨，令见者形秽，如侧珠玉；清于态，令见者色沮，如坐针毡。

习俗以假遇假，真心相索，则面目辄移；语言以讹传讹，实论相参，则是非争起。

官样文章，贵有台阁气；时样文章，贵有山林气。岂台阁非山林不贵耶？

今之人品文章，俱操偏锋，王者之师总难取胜。故予欲得奇兵以卧鼓，不事刁斗以镇营。

豆花棚下嗅雨，清矣茗香；芦荻岸中御风，泠然挟纩。

落落者难合，一合便不可分；欣欣者易亲，乍亲忽然成怨。故君子之处世也，宁风霜自挟，无鱼鸟亲人。

语曰："文生于情。"宋广平铁石心肠，梅花一赋，从何处得来？因知情致之语，别有一副肝胆。

委形无寄，但教麋豕为群；壮志有怀，莫遣草木同朽。

春归何处？街头愁杀卖花；客落他乡，河畔生憎折柳。

姝有索赞者，赠之以短赋，内有"横钗玉燕，巫云共郢雪俱融；靥贴花钿，宝月与景星相贯"二句，客艳赏之为骆丞后身，谓其绝似《竞渡寻菊序》中巧语也。不知法门正〔不〕在此。

雅俗共倾，莫如音乐。琵琶叹于远道，箜篌引于渡河；羌笛弄于梅花，鹅笙鸣于彩凤；不动催花之羯鼓，则开拂云之素琴；不调哀响之银筝，则御繁丝之宝瑟；磬以云韶制曲，箫以天籁着闻：无不入耳会心，因激生感。今也冯驩之铗，弹者无鱼；荆轲之筑，击来有泪。岂独声韵之变，抑亦听者易情。

中流多载酒，曾无问字之船；绮席漫张灯，谁是窥书之火？

清斋幽闭，时时暮雨掩梨花；冷句忽来，字字秋风吹木叶。

"朝为行云，暮为行雨"，二句楚襄王公案；左手持螯，右手持酒，一幅毕吏部画图。

良缘易合，红叶亦可为媒；知己难投，白璧未能获主。

梦如蕉鹿，不探薪者之藏；癖拟蠹鱼，专食神仙之字。

清同王晋卿之碧香，十斛酴醾输味；奢叱何颖考之蒸饼，一时藜藿增悲。

可与人言无二三，鱼自知水寒水暖；不得意事常八九，春不管花落花开。

有咏"官清马骨高"而怜之者,曰:"物犹如此,人何以堪?"余曰:"人甘如此,物何以堪?"

天不爱宝,万象昭回;地不爱宝,万物绮错。锦字奇文,何独为人所秘?

高鸿振远音,天际真人之想;潜虬媚幽姿,竹林贤者之风。

王公插棘编篱,入幕之宾肆虐;大人投珠抵璧,窥室之鬼遁形。

王百谷云:"书生命薄还同妾,宰相怜才不为官。"何仙郎云:"憔悴似怜春恨妾,凄凉还泣夜啼乌。"予曰:"命薄千金空买赋,才高只眼冷窥人。"意偶相合,而生致各从所安。

沾泥带水之累,病根在一"恋"字;随方逐圆之妙,便宜在一"耐"字。

事到全美处,怨我者不能开指摘之端;行到至污处,爱我者不能施掩护之法。

四海和平之福,只在随缘;一生牵惹之劳,止因好事。

议论先辈,毕竟没学问之人;奖借后生,定然关世道之寄。

尘中物色,要加于人所至忽之辈,而鉴赏始玄;物外交游,当勘于心情易动之时,而根器始定。

博带褒衣,固吾儒风度,然或长袖曳地,得毋近于舞衫;大幅迎风,众方认为羽服。故裁置合式,大体所关,服奇志淫,昔人所戒。

文人才子之口,实多微词;听言参论之间,当解大意。

不为尘情所蔽,才称水镜之才;倘以气焰相高,终倚冰山之势。

古人敦旧好,遗簪遗履之事,悠然可思;今日重新欢,指天指日之盟,泛焉如戏。岂特愧夫乘车戴笠,亦且见笑于白犬丹鸡。

杜子美《八哀》,皮日休《七爱》,一样怜才之心;柳子厚《八愚》,东莱公《六悔》,总属自怜之念。

挥麈雄谈,必须言下即了,不则为嚄呓,为葛藤,口舌徒多,何能倾听?昔人谓二陆之谈,若春日之判薄冰,秋风之扫枯叶,良有以也。

甑中生尘釜生鱼,千载之下,不悲其穷而扬其清。故知淡泊之乡,芳洁所托;丑穷之士,后之声名。可知也。

市骏高台,黄金不悬天上,但非千里龙骧,未许忽腾声价。奈何欲策驽骀,而侥幸空群之顾乎?

贫富之交,可以情谅,鲍子所以让金;贵贱之间,易以势移,管宁所以割席。

物色有先机,曾报染衣之柳汁;文章有定数,豫传照镜之芙蓉。

铄金之口,策善火攻,不知入火不焦者,有火浣之布;溃川之手,势惯波及,不知入水不濡者,有利水之犀。

卖赋之金,多不为贪;连城之璧,售不为炫。盖千金可买一字,而一字关人荣辱,即千金不能酬;十五城可换一璧,而一璧系国重轻,即十五城不能抵。

得不偿失者,弹雀之隋珠;物重于人者,换马之爱妾。是皆颠倒于一念,遂难语以情之正也。

众醉独醒,固足自高,而十锦一褐,必为众厉。不观之饮狂泉者乎?举国之人皆狂,国王纵穿井以饮,不能无恙也。噫!吾深为振俗超类者危也。

客问:残春何如初秋?余曰:春残秾华方谢,初秋凄其乍来,情景俱有淡致。第秋来转寂转清,而春后忽生烦热,境自异也。安得四时皆秋,答我萧疏之怀,澹彼繁华之兴?

名世之语,政不在多;惊人之句,流声甚远。譬如"枫落吴江冷",千秋之赏,不过五字。作者何不炼侈口无尽之平常,而钟一二有限之奇论?犹之大海起一朝之蜃气,平山削十丈之芙蓉,山水之灵,便足骇目。

矫言移去阿堵,有钱之念未融;婉称非复阿蒙,无人之目易转。

经云:有能赞叹《法华》者,舌根生青莲花香。观此奇报,齿牙余慧,当自不惜。

取才者,但知望气,未经相骨,故其人多失之浮。《尸子》曰:"虎豹之驹,虽未成文,已有食牛之气。"误人法眼,此言作俑。

唐伯虎云:"满腹有文难骂鬼,措身无地反忧天。"英雄无已之怀,言言哽咽。昔谓悲歌可以当泣,此则读之堪泣不堪歌耳。

《幽明录》:贾弼见人曰:"爱君美貌,欲易君头。"许之。后能为半面笑,半面啼。尝读而异之,曰:"怪哉!鬼之能易人头也。"自今观之,似人之自为易也,于鬼何与?夫天下岂少美如冠玉者,忽为啼,忽为笑,忽为啼中之笑,忽为笑中之啼。半面之中,笑啼并举,本来面目,顷刻屡更。宁有此多端之鬼,尽人而易之,随时而弄之耶?吾且疑贾弼之以见人自托也。

征之内典,鹫头作岭,鸡足名山,孔雀为经,鹦鹉语偈,字中疑鹳,珠里认鹅,一切鸟禽皆具佛性。故放生说法,洞彻佛法真如。惜福清修,属第二义。

实境阅历，斯耳目之界真；世味备尝，斯口腹之嗜淡。向长安而空笑，过屠门而思嚼。实境真味，将何着落？

和冷香韵：幽人到处烟霞冷，仙子来时云雨香；霜封夜瓦鸳鸯冷，花拂春帘翡翠香；妆临水镜花俱冷，曲奏霓裳月亦香；雪胃层峦山骨冷，花随飞浪水痕香。

若问玄之又玄，不免梦中说梦；最是解所不解，有如杯后添杯。

论名节，则缓急之事小；较死生，则名节之论微。但知为饿夫以采南山之薇，不必为枯鱼以需西江之水。

儒有一亩之宫，自不妨草茅下贱；士无三寸之舌，何用此土木形骸。

贻冶城社长有云：琳琅触目，南方固多佳人；砥柱狂澜，中原幸有盟主。

天下非有至奇至怪、至诞至僻之事，则见闻不开；天下倘多至奇至怪、至诞至僻之人，则经常不正。故曰：不可无一，不能有二。

觉当烟水，则青眼顿开；听到是非，则白日欲寝。

岁时大水，南国悉忧之。余曰：“无虞。《图经》云：‘金陵者，洞虚之膏腴，句曲之地肺。’膏腴则无不登，地肺则水至即浮，不致为鱼鳖。”盖执经论也。客故难之，曰：“秦淮左右，独泛滥似沉者何故？”余不敢妄对，戏曰：“想地近秦淮，亦病肺耳。”客遂不敢难。

裘敝黑貂，客来时蕉衫换酒；歌惭《白雪》，兴到处竹籁代吟。

考《玉烛宝典》，见洛阳时俗，正旦造丝鸡蜡燕、粉荔枝；上元造火蛾儿，食玉梁糕；寒食妆万花舆，煮杨花粥；端午作术羹，以花丝楼阁插鬓，赠辟瘟扇；七夕使蜘蛛结万字，造明星酒，装同心脍；重九迎凉，脯羊肝饼，佩茱萸木符；冬至煎饧，彩珠，戴一阳巾；腊日造脂花餤；除夜铜刀刻门，埋小儿砚，点水盆灯。因时起事，各有风韵，今俗无一者。欲约里社仿而行之，然风景不殊，生今反古，难与俗人言也。

抱冲雅者，一经精凿，辄谓有伤神色。不知精凿之妙，不妨镂刻。譬之精凿美玉，雕磨百端，神色愈正。

鹭目成而受胎，鹤影接而怀卵，鸳鸯交颈，野鹊传枝，物固有然，人情为甚。乃或目挑心与，曾无月下之期；吊影怜形，徒有星前之拜。鸳鸯未堪结冢，野鹊无计填河。较之目成影接、交颈传枝者，当何如为情？

沈郎诗瘦，对翠竹同病相怜；东老书贫，借白云一家生活。

驰马不如观鱼，放鹰不如调鹤。

从牖窦窥大椿树，积阴如堑，寒涛若涌，郁然有不可测之势。仙郎曰："古之巢居得此，不减秘室。"余曰："如是幽深玄远，白日之下，风雨欲来，虬龙隐跃其上，直似穴处，不同巢居耳。"

"变态"二字难闻，独于山峦喜幻。然山态之变紫变青，不似世态之机心机事。风波千古未平，不知心险更恶。盖风色可冲可避，非若人情之多伏多藏。

大椿异姿处，全在木落之际。凡树以叶拂云，此则枯枝足以蔽日，如爪如擎，绝类牡丹花蒂。唐宜之常云："西海有桐树，开牡丹花，结石榴子。"想亦状有相类，未必竟是牡丹石榴也。

华歆、管宁、邴原游学相善，时号"三龙"：歆为龙头，宁为龙腹，原为龙尾。恨不生逢其时，精则为额下珠，粗则为鳞为甲耳。

侈汰出于无用，不特暴珍天物，亦且何与快事。不见羊琇之兽炭，石崇之蜡薪乎？欲极奢华，翻觉痴绝。

由少得壮，由壮得老，世路渐到分明；丝不如竹，竹不如肉，人情倍为亲切。

先儒从祀孔子庙庭，也只道学二字。今日讲道，明日讲学，何当从祀？何当配享？庙庭大矣，岂无虚位？真真道学，自然请他入座。

海内殷勤，但读《停云》之赋；目中寥廓，徒歌《明月》之诗。

不耕而获，不菑而畬，砚诚有岁；今日下城，明日倾国，舌岂无兵？

桃花流水，白云深山，混迹渔樵，兴颇不恶。

弄风嘲月，此曲只应天上有；茅斋草径，我辈岂是蓬篙人。

文人蕴藉，才子纵横。纵是绣口锦心，法门自有区别。

酒人有鬼，诗人有魔，想来极有主张，兴到任他愚弄。

戒酒便是逐鬼，祭诗未必祛魔。无鬼无魔，诗酒何用？

琵琶非昭君，胡笳非蔡琰，吹弹绝无风韵。然两君之韵，却未必在此。

李太白酒圣，蔡文姬书仙，置之一时，绝妙佳偶。

李聪闲居，有女妓百余人，皆殊色。时杜牧为御史分司，李尝宴之。妓出奉酒，牧瞪目注视曰："谁名紫云者，宜见惠。"李俯而笑，诸妓皆回。牧乃自饮三爵，朗吟而起，曰："华堂今日绮筵开，谁唤分司御史来。忽发狂言惊满座，两行红粉一时回。"风流绝唱，无如此际。常于岑寂时读之，亦便飞舞。因和而嘲之云："平地春生绵队开，紫云天上拥仙来。莫教未饮先狂杀,留取分司御史回。"

子猷之舟,乘兴而来,兴尽而返;吕安之驾,一时相忆,千里相从。

石上藤萝,墙头薜荔,小窗幽致,绝胜深山。加以明月照映,秋色相侵,物外之情,尽堪闲适。

居傍鸣珂之里,生憎肉眼相形;时登树帜之坛,最忌大言惊众。

词坛中之文将,云间陈征君;文场中之词臣,公安袁吏部。

王百谷《元宵词》云:"侯家灯火贫家月,一样元宵两样看。"旨味隽永,极可想见世情。

颜鲁公《座位帖》,古色在笔墨之外;米南宫《天马赋》,新意在笔墨之内。二帖合看,可得形神之全,生熟之法。

"世间好话佛说尽",妙法恐不可说,"尽"字有病;"天下名山僧偌多",高僧方许住得,"偌"字有趣。

一帘喜色,无如久雨初晴;四座愁颜,却为俗人深坐。陈眉公欲以村居耐俗汉,真无可奈何之计也!

论疏快之宜人,花辰不如月夕;倘从容以执麈,酒董可佐茶颠。

杜门之法,只是下帷;忘形之交,唯有识性。

松枝作谭柄,莫愁愤击珊瑚;柿叶托挥毫,争胜兴题白练。

窥主之德,莫如伯玉家使,恨无女子匹美。见陶谷有一妾,自党进家来者,一日雪下,谷命取雪水煎茶,问曰:"党家有此景否?"曰:"彼粗人,安识此景?但能于销金帐下,浅酌低唱,饮羊羔美酒耳。"亦可谓得主之神,恰好配此使。

听邻女之夜春,苦无辛勤家计;见征夫之晓发,幸有自在主人。

细雨湿衣看不见,任行潜以暗伤;闲花落地听无声,觉解纷为多事。

宇宙虽宽,世途渺于鸟道;征逐日甚,人情浮比鱼蛮。

和神国,地产大瓠,瓠中皆五谷,不种而实;水泉皆如美酒,饮多不醉;气候常如深春,树木皆彩丝,可为衣:真仙境也。世之不耕而食,不织而衣,不酿而饮者,或从此国中来。切莫语自懒人,误他饥寒大事。

随缘说法,自有大地众生;作戏逢场,元非我辈本分。

日月山河,不过剩影,何况块然一身;文采声名,方是真神,那得满焉终世。

凡天下可怜之人,皆不自怜之人,故曰无为人所怜;凡天下可爱之物,皆人所共爱之物,故曰不夺人所好。

坑石砚似端,仙郎常受人伪。予从市上获一真者,仙郎亦疑之。相与把玩,细润光洁,精神英异,始得真赝之辨。仙郎曰:"今而后,知燕石非宝,而荆玉终有相知也。"予铭之曰:"璞既光悦,羌泽玄雪,自非抱真,燕石易裂。"

以货财害子孙,不必操戈入室;以学术杀后世,有如按地伏兵。

慧心人专用眼语,浅衷者常以耳食。

臣既见放,作赋何以招魂;人实不祥,被禊焉能续魄。

汤若士《〈牡丹亭〉序》云:"夫人之情,生而不可死,死而不可生者,皆非情之至。"又云:"事之所必无,安知情之所必有?""情"之一字,遂足千古,宜为海内情至者惊服。

荀爽谒李膺,以得御为喜;曹嵩迎赵咨,以不得见为天下笑。识者鄙其声名之相取。夫声气相求,不妨附丽之迹。如必以孤立为高,德之有邻,不几虚语。顾其所御所见之人何如耳。

俗谓吾土之风,薄于自给,而丰于客享。不见何曾之无可下箸,公孙弘之宁逢恶宾乎?千载之下,不以彼为是,则不以此为非。韦陟香厨纷错,人人其中,多饱饫而归。孙承佑在浙右,馔客,指盘筵曰:"今日坐中,南之蝤蛑,北之红羊,东之虾鱼,西之枣栗,无不毕备,可谓富有小四海矣。"由此观之,丰客不独行于今日之吾土。

天下最易渐染者,莫如衣冠、言语之习。不惟贤者不免,贤者殆甚。盖贤者过之,一切新奇,正投所好耳。故晏子之卜居,孟氏之卜邻,未论唇齿可依,先在面目可对。宋季雅曰:"一百万买宅,千万买邻。"庶获予心。不则如诗所称"连林人不觉,独树众乃奇"。太自矜立矣。

问性何以习移?曰:"北人便马,南从便船。"岂山川之利,生有所偏,从境所安,因而成性。

客曰:山水花月之际看美人,更觉多韵,是美人借韵于山水花月也。余曰:山水花月,直借美人生韵耳。

多情者不可与定媸妍,多谊者不可与定取与,多气者不可与定雌雄,多兴者不可与定去住,多酣者不可与定是非。

世情熟,则人情易流;世情疏,则交情易阻。甚矣,处世之难。

必出世者方能入世,不则世缘易堕;必入世者方能出世,不则空趣难持。

赵州和尚提刀,达摩祖师面壁,总之一样法门,工夫各自下手。

漂母非妇人，张良若处子，史笔反语之妙，令读者生慧。

柳下舣舟，花间走马，观者之趣，倍于个中。

论到高华，但说黄金能结客；看来薄幸，非关红袖懒撩人。

同气之求，惟刺平原于锦绣；同声之应，徒铸子期以黄金。

鱼豕之讹，非独残断者难辨；校雠之苦，若非忍耐者不堪。

阶前草色时邀客，宁愁踏碎落花；庭下松阴自著书，但喜坐残明月。献酬固尔不废，应接亦不太烦。

名病太高，才忌太露。自古为然，于今为甚。

问调性之法，曰急则佩韦，缓则佩弦；问谐情之法，曰水则从舟，陆则从车。

读《山海经》，令人嵚崎；读《搜神记》，令人怪诞。然疗懒莫如此书。

鄱阳《泉志》，是第一博古图，博雅君子，不可不知。自鄱阳结撰以来，多秘枕中。今有吴下沈汝纳刻本，考核精细。

苏子美读《汉书》，以此下酒，百斗不足多。予读《南唐书》，一斗便醉。

座中谈名山者，若华岳及天下一切巨丽，侈为壮谈。余先之禹杭文武两山，客曰："两山渺乎小矣。" 余曰："不秘之文章，有备之武事，非取材于此，不成为天下，不成为古今，不成为人物。纵名山雄峙，何用此块然！"谈者让麈。

闽中荔枝，浙中杨梅，皆仙药。如玄光梨，圆丘紫奈，非人间滋味，既乏仙缘，不得生逢其地。奈何以蜜浸火熏，如烹哀家梨乎？予幸得入浙啖杨梅。荔枝恨无仙分。

天下极神奇、极壮丽、极鲜美文字，多在《道藏》。偶检一二，眼界遂异，运思运笔，率尔改常。世何高语佛藏？曾不及此。

李卓吾随口利牙，不顾天荒地老；屠纬真翻肠倒肚，哪管鬼哭神愁。

《胜果寺诗》："到江吴地尽，隔岸越山多。"两句为江山分限，此等诗句，关系不浅。

举世尽云，不愿拾人唾余，落人齿牙。夫独抒性灵，诚为英异。恐天地不独留不泄之秘，待我阐发，但随其唾余齿牙，焕发其精光，自已卓越一世矣。

坐沉红烛，即迩室若有远思；看遍青山，虽热肠觉多冷意。

王百谷云："余钱但买书。"若待余钱，则天下目枯久矣。予且移待之举火之钱,纳之书肆,尝曰:"移钱且买书。"

读书可以医俗,作诗可以遣怀。有多读书而莽然,多作诗而戚然者,将致疑于诗书,抑致疑于人。

文房供具,借以快目适玩,铺叠如市,颇损雅趣。其妆点之法,要如袁石公瓶花,罗罗清疏,方能得致。

嵇叔夜眼易青白。世人面孔,殆有甚焉。然名节义气之见于色也,不失本来面目。一至利争,匪兕匪虎,不顾当者立毙。故君子当以行云流水之澹衷,储为和风甘雨之气色。

真英雄炼性摄心,假豪杰任才使气。

绝好看的戏场,姊妹们变脸;最可笑的世事,朋友家结盟。

呜呼!世情尽如此也。作甚么假,认甚么真,甚么来由,作腔作套,为天下笑。看破了都是扯淡。

说不尽山水好景,但付沉吟;当不起世态炎凉,唯有痛哭。

胸中不平之气,说倩山禽;世上叵测之机,藏之烟柳。

《鹤林》云:"绘雪者不能会其清,绘月者不能绘其明,绘花者不能绘其馨,绘泉者不能绘其声,绘人者不能绘其情。"夫丹青图画,原依形似,而文字模拟,足传神情。即情之最隐最微,一经笔舌,描尽殆写。吾且试描之以笔舌。

看晓山,则青葱而玲珑,山如树也;看晚树,则盘郁而溟蒙,树如山也。景致在疑似之间,最为着趣。

生平愿无恙者四:一曰青山,一曰故人,一曰藏书,一曰名卉。

世人契少金兰,以故谗多贝锦。一德之求,自不妨千言之间。

前辈有云:"读诸葛武侯《出师表》而不堕泪者,其人必不忠;读李令伯《陈情表》而不堕泪者,其人必不孝;读韩退之《祭十二郎文》而不堕泪者,其人必不友。"夫如此才为真读书,今人非不日读可涕可泪之书,且看何人堕泪?固知忠孝友道之难。

祛长夜之恶魔,女郎说剑;销千秋之热血,学士谈禅。

效大用者不妨小试其才。百里奚饭牛而牛肥,卜式牧羊而羊息,其受知于秦穆公,受知于汉武帝,固皆以鄙事托基也。

琴以不鼓为妙,棋以不着为高。示朴藏拙,古之至人。

松竹之凌霄而不摧者,以其高而清也;桃李之艳阳而不耐者,以其丽而骄也。于此可以想见为人。

西方圣人演法，降尽龙虎狮象。一卷"怕婆经"，难伏河东狮子。噫！佛法于此穷矣。

杀得人者，方能得生；人有恩者，必然有怨。若使不阴不阳，随世披靡，肉菩萨出世，于世何补，此生何用？

闻暖语如挟纩，闻冷语如饮冰，闻重语如负山，闻危语如压卵，闻温语如佩玉，闻益语如赠金。口耳之际，倍为亲切。

范坚《石榴赋》云："红鬈内艳，颒牙外标，似华灯之映翠幕，若丹琼侧碧瑶。"写影传神，可谓酷肖。赋物如是，足以自赏。

蔡中郎以反舌为虾蟆，《淮南子》以蚤为蠛蠓，高诱以乾鹊为蟋蟀。文人误谬，自昔为然，何独于今以误谬相笑。

后梁为北魏影国，谓附庸也。予请以一切依附之人为影人。

摹仿人情态亦为影人。六朝以临摹为影。《南史》云："萧思话书，羊欣之影，风流趋好。"

《北史》："赵文深少学楷隶，雅有钟、王之则，周明帝令至江陵影覆寺碑是也。"

书法之妙，在用墨之得神。姜白石云：徐季海之渴笔，如绮筵之素馔，美人之淡妆。不则痴重淋漓，不免倪思墨猪之诮矣。

故人恩重，来燕子于雕梁；逸士情深，托凫雏于春水。

论声之韵者，曰溪声、涧声、竹声、松声、山禽声、幽壑声、芭蕉雨声、落花声、落叶声，皆天地之清籁，诗肠之鼓吹也。然销魂之听，当以卖花声为第一。

英雄未转之雄图，假糟丘为霸业；风流不尽之余韵，托花谷为深山。

生平卖不尽是痴，生平医不尽是癖。汤太史云："人不可无癖。"袁石公云："人不可无痴。"则痴正不必卖，癖亦不必医也。

声色货利，原以为人事成世界；清真淡泊，别以天道为法身。

夜集虎丘，随口作短赋，存有一联：石上酒花，几片湿云凝夜色；松间人语，数声宿鸟动朝喧。

法界甚宽，尽可容横逆之禽兽；吾心非隘，自足证忍辱之菩提。卫洗马云："人有不及，可以情恕；非义相干，可以理遣。"佩此二言，可以使我游于世，亦可以使世游我。

传神之语,贵于清远,着意摹拟,反致失真。王弇州曾集诸词人,赋绿牡丹,争写连篇累牍,总未极其风韵,一人忽投一绝,结云:"雨后卷帘看雾色,却疑苔影上花来。"众皆自失。此盖以清远敌摹拟也。

黄次山云:"得丧升沉,尽置十年陈迹;生死契阔,聊资一笑清欢。"可为达生。

老成安在?但以文字为典型;清赏谓何?必借鼎彝为供具。

昔人云:"清襟凝远,卷松江万顷之秋;妙笔纵横,挽昆仑一峰之秀。"读此可以遣烦郁之怀,润枯涩之笔。

先儒谓良心在夜气清明之候,予以真学问亦不越此时。

肝胆相照,欲与天下共分秋月;意气相许,欲与天下共坐春风。

问人情何似?曰:"野水多于地,春山半是云。"问世事何似?曰:"马上悬壶浆,刀头分顿肉。"

从议最宜宛转,但忌随波;发论定以主持,须戒偏执。

纵意之謔笑,成千古之忧;游口之春秋,中一生之毒。

破除烦恼,二更山寺木鱼声;见彻性灵,一点云堂优钵影。

山静昼亦夜,山淡春亦秋,山空暖亦寒,山深晴亦雨。

不作好,不作恶,随地是选佛之场;应似马,应似牛,到处有游仙之乐。

才人经世,能人取世,晓人逢世,名人垂世,高人出世,达人玩世。宁为随世之庸愚,无为欺世之豪杰。

浮贝使人寡,无以近妇人;萱草名宜男,佩之可得子。一物之微,或造命,或衡命,则天为无权,吾不信也。

阴壑积雨之奇险,可以想为文章,不可误为心术;华林映日之绮丽,可以想为才具,不可依为世情。

天下无不好谀之人,故诒之术不穷;世间尽是善毁之辈,故谗之路难塞。

"媚"字极韵,但出以清致,则窈窕具见风神;附以妖娆,则做作毕露丑态。如"芙蓉媚秋水","绿篠媚清涟",方不着迹。

任他极有见识,着得假,认不得真;随你极有聪明,卖得巧,藏不得拙。

大将不会行兵,空有十万犀甲;饱学不能运笔,徒烦两脚书厨。

伤心之事,即懦夫亦动怒发;快心之举,虽愁人亦开笑颜。

论官府不如论帝王,以佐史臣之不逮;谈闺阃不如谈艳丽,以补风人之见遗。

眉公以懒为清事，盖高闲不尘，无如一懒。尝读南唐野史，见吴合灵道士曰："人若要闲，即须懒；如勤，即不闲。"眉公深得此意。

知己分襟，惨于离别；神交作契，苦于相思。情之所钟，皆可以死，不独有痴情也。

才经文酒社，高尚者忽逞征之豪；一入风月场，老成人亦生游冶之态。

世岂群狙，奈何弄以朝三暮四之术；人犹一草，亦然望以五风十雨之期。

小屈大伸，张子房之拾履；微恩重报，韩王孙之致金。

是技皆可成名，天下唯无技之人最苦；片技即足自立，天下唯多技之人最劳。

千载奇逢，无如好书相遇；一生清福，无如幽事相仍。

有天外之片心，然后有惊人之奇句。

世路如此多歧，人情不甚相远。君子贵以同情齐世。

语云：调高和寡。夫调中疾徐抑扬之节，自足赓歌，何必求和，乃至云寡？况玄赏未已，高山流水之奏，不以子期死而绝响也。吁！可以慰矣。

怀多磊落，眉宇便是不同；性倘矜高，调笑得无太恶。

傲骨、侠骨、媚骨，即枯骨可致千金；冷语、隽语、韵语，即片语亦重九鼎。

三不朽：立德、立功、立言，今人操何术以行己？三大统：尚忠、尚文、尚质，今世遵何道以雄风？

贤人杂愚人而不惊，乃为真贤；愚人介贤人而不乱，乃为真愚。不则不致鸟之高飞，则致鸟之乱群矣。

姓字不详，通家犹漫灭之刺；神情异向，知己总未同而言。

求险中之幸者，必有幸中之险；希法外之恩者，不免恩外之法。

造物可弄愚人，必不能愚弄豪杰。

礼法中大辟，前倨而后恭；世路上重刑，貌陋而心险。

花关曲折，云来不认湾头；草径幽深，叶落但敲门扇。

议生草莽无轻重，论到家庭无是非。

尘情一破，便同鸡犬为仙；世法相拘，何异鹤鹅作阵。

李太白云："天生我才必有用，黄金散尽能复来。"又云："一生性僻耽佳句，语不惊人死不休。"豪杰不可不解此语。

善论人者，先勘心事，然后论行事。要如古圣贤求忠臣孝子之苦心，斯真人品不以迹蒙，伪人品不以事袭。

圣贤不白之忠，托之日月；天地不平之气，托之风雷。

支离狂悖，千古不醒之醉也；颠倒颇僻，一生不起之病也。

如使善必福，恶必祸，则天之报施太浅；如使贤必举，愚必措，则人之得失甚平。天人不可测如此。

武士无刀兵气，书生无寒酸气，女郎无脂粉气，山人无烟霞气，僧家无香火气：换出一番世界，便为世上不可少之人。

天下固有父兄不能囿之豪杰，必无师友不可化之愚蒙。

情词之娴美，《西厢》以后，无如《玉合》、《紫钗》、《牡丹亭》，三传置之案头，可以挽文思之枯涩，收神情之懒散。

爨余之桐，虽遇赏音已晚；道路之李，即遭捐弃非幸。

风流易荡，佯狂易颠。

买笑易，买心难。

清恐人知，奇足自赏。

红颜未老，早随桃李嫁东风；黄卷将残，莫向桑榆怜暮景。

鬼好揶揄，有影还须自爱；人丛睥睨，无情但听相尤。

"怜"之一字，吾不乐受，盖有才而徒受人怜，无用可知；"傲"之一字，吾不敢矜，盖有才而徒以资傲，无用可知。

郭璞《蜂赋》曰："纷纭雪乱，混沌云颓，景翳耀灵，响迅风雷。青松冠谷，赤萝绣岭，无花不缠，无陈不省。吮琼液于悬峰，吸霞津乎晨景。"可作游大人以成名昔赞。

贫气彻骨，即日贮辟寒香何用；炎情在面，即时饮清凉散如常。

今天下道之不行也，我知之矣，愚者过之，知者不及也；道之不明也，我知之矣，不肖者过之，贤者不及也。圣人复起，不易吾言矣。

潭诗空人心，不知人心空于潭影。空无所空，可以诗禅说法。

俊石贵有画意，老树贵有禅意，韵士贵有酒意，美人贵有诗意。

销魂之音，丝竹不如著肉。然如风月山水之间，别有清魂销于清响。即子晋之笙，湘灵之瑟，董双成之云璈，犹属下乘。娇歌艳曲，不益混乱耳根。

寥落者，遇浓艳而转悲；豪华者，当凄清而益侈。当境之感，最触真情。

朱草神龙，以不易见为贵；交梨火枣，以难得食为奇。

好梦难通，吹散巫山云气；仙缘未合，空探游女珠光。

经云："天地大劫将尽，则劫烧。"是天地无终劫之理。人可知矣。

生平有至愿：移酒泉傍玉笥山，便于浮白读奇书。然醴泉无源，不必酒郡；玉笥秘窟，安得一探宝箓，以慰生平。

谐友于于天伦之外，元章呼石为兄；劳奔走于世途之中，庄生喻尘以马。

莲社、兰社、菊社，何如燕子修社于春秋；诗兵、墨兵、酒兵，无用丈人称兵于边境。

挟来字句风霜，使我情魂洗濯；如有花姿冰玉，令人神骨萧疏。

想到非非想，茫然天际白云；明至无无明，浑矣台中明月。

崔儦以读书为务，大署其户曰："不读五千卷书者，无得入此室。"余为崔儦署其户曰："不读五千卷书，无得出此室。"

《幽人赋》曰："弹云冕以辞世，披宵褐而延伫，物外莫得窥其奥，举世不足扬其波，劲秋不能凋其叶，芳春不能发其华。"噫！此何人哉？生斯世也，为斯民也，既不知天地为何物，且不知己为何物，阅世而后为人也。辞世矣，而犹人乎哉？而况世焉，可辞也。

骨本孤高，讵缘绝俗；情苟澳涩，不复相亲。周弘让《山兰赋》曰："爱有奇特之草，产于空岩之地，挺自然之高介，岂众情之服媚，宁纫结之可求，垂延伫之能泊。"有味乎，宁独为兰咏哉！

逃暑深林，南风逗树，脱帽露顶，浮李沉瓜。火宅炎宫，莲花忽进。较之陶潜卧北窗下，自称羲皇上人，此乐过半矣。

几筵之际，多酿争端，醒人辄致遣于灌夫，不知邯郸之围，穆公之去，未可尽以军法行觞政也者。余唯寻欢伯之知己，聚红友之仙班，一石亦醉，千斗不多，无贻天厨羞而后快。所谓"忽逢小饮报花开"，斯韵绝也。何减安期神女，圆丘醋会乎！

风生水箽，于于奏彻桃笙；月到漪园，隐隐素开玉版。把臂共适，高卧独闲，幽趣甚微，清出世界之外。

冠拾落箨，带曳垂藤，鞋织游丝，衫裁寒叶，幽女之饰窃比野人；白玉搔头，紫牙剪裤，兰薰凝佩，膏泽贮颜，姣童之妆效颦靓女。

合升斗之微，以满仓廪；合疏缕之纬，以成帷幕。则片语只言，亦可收为一时腹笥；朝披夕揽，岂难蓄为两脚书厨。

彩笔缥缃，韵士纵横风景；大刀阔斧，壮夫驰逞英雄。

吾将谁欺乎，尽握照鬼之镜；与人无争也，常佩辟兵之符。

薔蔔具有禅性，广布妙香；丝萝惹得春思，牵缠翠带。

战士如云,谋臣如雨,难攻强辩之城;斩木为兵,揭竿为旗,直倒流言之穴。

嵇康以不喜作书,而人间多事,堆案盈几为不堪,尽谓嵇生懒也。生人至苦,此为独烦。献酬群心,手腕欲脱,百或失一,疏节谓何?矧附为聊城之矢,借作曹丘之誉,至楮尽笔枯,犹可叮咛三渎,即好为人作书者,曾何以堪,乃曰嵇懒。

刘孝标论五交,量交独难;白乐天善三友,诗友最契。五交:势交、贿交、谈交、穷交、量交也。三友:诗、琴、酒也,谓与之周旋如友然。

东坡谪居海南,有诗以志三适,曰:旦起理发,午窗坐睡,夜卧濯足,如作三时之课。余亦欲适其适而闲情略异:旦起理花;午窗或剪叶,或截草作字;夜卧忏罪,令一日风流潇散之过,不致堕落。

桃花水泛,晓妆宫里腻胭脂;杨柳风多,堕马髻中摇翡翠。

刘伯刍论水有七品:扬子江第一,惠山石泉第二,虎丘石井第三,丹阳寺井第四,扬州大明寺第五,松江水第六,淮水第七。余往来南国,无不备尝,昏暮之给,可谓暴殄。视之运水为业,惠山之泉,贵于若下之酒,余直受享如风月,不用钱买,真清福也。独异于扬子江上人,而复需惠泉如仙露,则扬子江又何以称第一?

立言贵有实际,驾空高论,影响自疑。焦太史云:"身居一室,而指顾寰海之图;家盖屡空,而侈谈崇高之奉。"有旨哉!

仙人好楼居,余亦好楼居。读书宜楼,其快有五:无剥啄之惊,一快也;可远眺,二快也;无湿气侵床,三快也;木末竹颠与鸟交语,四快也;云霞宿高檐,五快也。

不世之宝,尚有碧眼胡僧;经世之才,岂无轻身贤上主。

汉武帝曰:"倘得阿娇,当以金屋贮之。"后人爱护名姝者,以金屋为侈。夫帝室之金屋,特平常之诛茅。平常以金屋贮,或足酬阿娇耳。若汉武,必以珊瑚为棁,琉璃为墙壁,水精为柱础,如大秦国之屋宇,始无负掌上珠也,而金屋又何足重?

玉在山而木润,川生珠而岸不枯。名贤相比,阴致枯槁之士,转为光恍。以景从而起沉冥之色者,犹为粗矣。

风惊蟋蟀,闻织妇之鸣机;月满蟾蜍,见天河之弄杼。耳目尽感,授衣刀尺,岂私女事?

海国有馋灯焉,照织纺则昏,照宴赏则明。余欲于宴赏之会,而置纺者于座右,明灭相半,灯光不知何如? 可发一笑。

词之害意,昔有固然;字目相援,亦非无据。有作《从军行》,用"班马"者,读者谓行军何须班马才,不知从"齐师夜遁有班马之声",内抽用二字,马不相见,故鸣。班,别也。如《诗》中有"翠荇",而好异者翻为"紫荇",谓鱼也。盖天下用字,不知来历者颇多,若无恙,虫也;孟浪,草也。误用于虫草内,宁不为不知者讪笑。

卫玠出游,观者如堵;潘安载车,有果争掷。好色之情同也。面目可憎,何与人事? 乃张载每行,而小儿以瓦石掷也。小儿何仇也? 丑恶之见,恶可知也。夫人心之丑,有甚于面,益瓦石而戈兵,不必其仇也。噫! 亦危矣。

石曼卿善戏谑,尝出,马惊堕地,曰:"赖我是石学士,若瓦学士,岂不跌碎乎?"俊语自谑,可破世人虐浪。

快欲之事,无如饥食;适情之时,莫过甘寝。求多于情欲,即侈汰亦茫然也。

问:近日讲章孰佳? 余曰:坐一块蒲团自佳。问:吾侪严师孰尊? 余曰:对一枝红烛自尊。

窗前俊石泠然,可代高人把臂;槛外名花绰若,无烦美女分香。

唯天下无各尽之道,所以有交贵之势。譬如子尽孝,弟尽敬,各有当然,不必以慈爱招也。世尽认为交尽之理,所以相责而相托也。夫道,岂为相报设哉?

词人半肩行李,收拾秋水春云;深宫一世梳妆,恼乱晚花新柳。

去虚矫之气,望如斗鸡;用卤莽之力,终成画虎。美仅一胔,则嗜好之口皆穷;剥及全肤,则行潜之术已竭。

慨性僻之如仇,不若枭羹疗妒;闻调高而寡和,何当舞草知音。

竹实如累,梧桐不凋,凤凰有欣托之地;风雷作合,霖雨久待,蛟龙无终蛰之时。

高僧筒里送诗,突地天花坠落;韵妓扇头寄画,隔江山雨飞来。

无根器者,不可与谈道;无灵心者,不可处论文。故修慧是生人第一义。

树声如泣,全添哀毁之情;虫韵犹吟,半咽悲歌之调。

惟女子与小人为难养也。养身易养心难,以我心养彼心易,就彼心养彼心难。故就怨与不孙,反我调心之法;就所以以怨所以不孙,勘彼妥心之处:则臣妾亿兆,皆游于我之机。

客曰:"董太史以书法作画,以画法作书,所以为佳。"又曰:"书中有画意,画中有书意,所以为佳。"余曰:"书尽是画,画尽是书,所以为佳。"故看画者,可得书意,可得书法;看书者,可得画意,可得画法。犹其浅也,直须就书作画,就画作书。

与其藏名山,不若悬国门;如其结血成碧,不若呕心为字。

家徒四壁不为贫,知是诗书窘我;一掷千金浑是胆,不免英雄笑人。

人生领趣最难,雪月风花之外,别有玄妙;人生相遇最巧,趋承凑合之内,别有精神。

耳目口鼻,位置不正,尚来指视之纠弹;意志心知,常引多端,可无隐微之谴责。

《西游记》一部定性书,《水浒传》一部定情书。勘透方有分晓。

王粲有异闻望,人多敬之。蔡邕与为友,一日粲来访,邕慌忙倒履迎之。入户,粲笑曰:"履倒矣!"蔡对曰:"见客才高,下愚惟知敬礼,不知履之倒矣!"噫!今之以习近相狎,以交好掩才,何可胜道?粲不足多,若邕者,真可风也。

宋末有女姚玉京,家有双燕,一为鸷鸟所获,其一孤,不离庭户,秋风起,独啾啾翔集玉京之臂,如告别之状。玉京以红缕系足,明年红缕仍旧。凡六七岁,玉京遇疾终。及燕来窥室,讶无其人,周回累夕。姚氏族感而泣,语曰:"坟在南廊,可往。"燕遂悲鸣,至坟所,亦死。噫!物犹如此,人何以堪!为之拈出,以告有情。

天下事固有相须而成者,不妨消依人之鸟;天下事必无舍身而成者,何劳效叩头之虫。

极巧穷奇,宋人玉叶,将为用哉;注精凝神,庄生木鸡,彼有取尔。

瞬息而通千古,莫如微名;一方而流九州,无过只字。

客来花外茗烟低,共销白昼;酒到梁间歌雪竞,不负清尊。

良马比君子,不在奔逸绝尘;美玉喻佳人,讵独晶光异彩?

瓦枕石榻,得趣处,下界有仙;木食草衣,随缘时,西方无佛。

马渤牛溲,举世无终弃之物;龙文凤采,天地有或闲之时。

一粒而种成太仓,篇章而立博荣显。丹种之妙,锻炼自神。

当厄之施,甘于时雨;伤心之语,毒于阴兵。

点破无稽不根之论,只须冷语半言;看透阴阳颠倒之行,唯此冷眼一只。

宋纤有远操，太守马岌造焉，纤居高台重阁，拒不可见。岌叹曰："名可望而身不可见，德可仰而行不可睹，然后知先生人中之龙也。"铭诗石壁曰："丹崖千丈，青壁万寻，奇木郁郁，蔚若邓林。其人生玉，雄国之琛，宝通人远，实劳我心。"相见其人，贤于段干木远矣。

居绮城不如居陋巷，见闻虽鄙，耳目自清；赋长言不如赋短曲，口舌太烦，语言无味。

西伯泽及枯骼，而大老双归；燕昭价重死骨，而骏马三至。德之感人，深于招徕；士之相投，不在征召。

防细民之口易，防处士之口难；得丘民之心易，得游士之心难。七国所以惧横议，暴秦所以下逐客。然而，议固从惧起者也，乘其惧益纵其横，一听之于自然，则不攻而自消；客固从逐而生事者也，严其逐何处不可游？一与之为各适，则不逐而自安。

宏博者尚郁陆，尖巧者爱疏美，然文章期于官样，小家贻笑大方。白乐天云："量大厌甜酒，高才笑小诗。"盖有谓也。

君子之狂，出于神；小人之狂，纵于态。神则共游而不觉，态则触目而生厌。故箕子之披发，灌夫之骂座，祸福不同，皆狂所致。

得意不必人知，兴来书自圣；纵口何关世议，醉后语犹颠。

天下万事不及古人，独诌佞不多于小人，骄吝不多于君子，直道而行，可以慰夫子三代之思也。

异宝秘珍，总是必争之物；高人奇士，多遗不祥之名。不如相安于寻常，受天地清平之福。

凡物各嗜奇古，至于六书，厌其奇怪，曾不一订。曰：文章之妙，岂以字眼求奇？不知瓦盆土钵，村妇市儿皆能识之；夏鼎商彝，非好古者莫能赏。鉴士人究心博古，奈何甘同小学，但故拾怪字，骇以为奇，及读文象，全然无味。贻识者羞，则无谓也。

德能知报，何惭于黄雀白龟；劳无可施，甘让于木牛流马。

酒有难比之色，茶人独蕴之香。以此想红颜媚骨，便可得之格外。

新调初裁，歌儿持板待韵；闱题方启，佳人捧砚濡毫。绝世风流，当场豪举。

世路既如此，但有肝胆向人；清议可奈何，曾无口舌造业。

岩栖幽事

（明）陈继儒　撰

程美华　诸伟奇　校点

整理说明

《岩栖幽事》,一卷,明陈继儒撰。

陈继儒(1558—1639),字仲醇,号眉公、糜公,松江华亭(今属上海)人。自幼颖异,博学多通,尤工诗善文,短翰小词皆极风致,兼能书画。少与同郡董其昌齐名,深得当时名流徐阶、王世贞、王锡爵等人的器重,"三吴名下士争欲得为师友"。二十几岁时,绝意科举,隐居于小昆山,后筑室东佘山,杜门著述。然隐居后,名声愈显。因其周旋官绅间,后人亦颇为讥讽,谓之:"翩然一只云中鹤,飞来飞去宰相衙。"陈继儒一生涉猎甚广,著述宏富,有《陈眉公全集》传世。

书中所记虽皆"山居琐事",但却透露出作者对隐居生活的淡定,对朴素情怀的坚守,对回归自然的追求和对一切美好事物的礼赞。

该书除单行本外,又收入《广百川学海》、《宝颜堂祕笈》、《眉公十种藏书》、《说郛续》及《丛书集成初编》等丛书。

本次校点以《宝颜堂祕笈》本为底本。

诸伟奇

2012 年 9 月 20 日

自 序

吾家於陵及华山处士，世有隐德。余辈胶粘五浊，羁锁一生，每忆少年青松白石之盟，何止浩叹。丁酉始得筑婉娈草堂于二陆遗址，故有"长者为营栽竹地，中年方惬住山心"之句。然山中亦不能如道家保鍊吐纳，以啬余年，即佛藏六千卷，随读随辍。惟喜与邻翁院僧谈接花艺果、种秫剧荟之法，其余一味安稳本色而已。暇时集其语，为《岩栖幽事》，藏之土室。嘻，此非伊、吕、契、稷之业也，世有所谓大人先生者，其勿哂诸。

多读两句书，少说一句话。

香令人幽，酒令人远，石令人隽，琴令人寂，茶令人爽，竹令人冷，月令人孤，棋令人闲，杖令人轻，水令人空，雪令人旷，剑令人悲，蒲团令人枯，美人令人怜，僧人令人淡，花令人韵，金石彝鼎令人古。

粉砚令极细，以楮树汁调之，如校书时有误字，以此涂抹，则与纸无异。粉当用画家蒸粉，若无楮汁，止当用胶和面糊亦可。

雌黄银朱皆能损剥砚石，雌黄尤甚。

凡山具，设经籍机杼，以善族训家；备药饵方书，以辟邪卫疾；储佳笔名茧，以点绘赋诗；留清醪杂蔬，以供宾独酌；补破纳旧笠，以犯雪当风；畜绮石厅墨、古玉异书，以排闲永日；制柳絮枕、芦花被，以连床夜话；狎黄面老僧、白头渔父，以遣老忘机。

山谷诫弟子云：吉蠲笔墨，如澡身浴德；揩拭几砚，如改过迁善。败笔浣墨，旷子弟职。书几书砚，自黔其面。惟弟惟子，临深战战。

客过草堂，叩余岩栖之事，余倦于酬答，但拈古人诗句以应之。问：是何感慨而甘栖遁？曰：得闲多事外，知足少年中。问：是何功课而能遣日？曰：种花春扫雪，看篆夜焚香。问：是何利养而获终老？曰：砚田无恶岁，酒国有长春。问：是何往还而破寂寥？曰：有客来相访，通名是伏羲。

余喜赏雪,每戏云:古今二钝汉:袁安闭门,子猷返棹。底是避寒作许题目。

人有一字不识而多诗意,一偈不参而多禅意,一勺不濡而多酒意,一石不晓而多画意,淡宕故也。

《多少箴》,不知何人所作,其词云:少饮酒,多馈粥;多茹菜,少食肉;少开口,多闭目;多梳头,少洗浴;少群居,多独宿;多收书,少积玉;少取名,多忍辱;多行善,少干禄;便宜勿再往,好事不如无。

山居胜于城市,盖有八德:不责苛礼,不见生客,不混酒肉,不竞田宅,不问炎凉,不闹曲直,不征文逋,不谈仕籍。如反此者,是饭侩牛店贩马驿也。

陶弘景借人书,随误改定。米襄阳借书画,亲为临摹题跋,印记装潢,往往乱真,后并以真赝本同送归之。虽游戏翰墨,而雅有隐德。

《易》之妙处在画,王弼谈理,开宋人谈象数之门,《易》遂成一部有端有倪之书,可叹也。

山鸟每至五更,喧起五次,谓之报更。盖山中真率漏声也。余忆曩居小昆山下,时梅雨初霁,座客飞觞,适闻庭蛙,请以节饮。因题联云:"花枝送客蛙催鼓,竹籁喧林鸟报更。"可谓山史实录。

东坡《琴诗》云:"若言琴上有琴声,放在匣中何不鸣?若言声在指头上,何不于君指上听?"此一卷《楞严经》也。东坡可谓以琴说法。

昔之隐居者放言,今之隐居者宜孙言。然出于口,落于笔,皆言也。慎于口而不慎于笔,谓之孙言可乎!

衰访古帖,置之几上,其益有五:消永日,汰俗情,一益也;分别六书宗派,二益也;多识古文奇字,三益也;先贤风流韵态,如在笔端,且可以搜其遗行逸籍,交游宅墓,四益也;不必钩揭,日与聚首,如薰修法,自然得解,五益也。

徐孺子问以朝事,嘿然不答。有味乎斯言。

山谷赋苦笋云:"苦而有味,如忠谏之可活国;多而不害,如举士而能得贤。"可谓得蘖笋三昧。"泅泅乎如涧松之发清吹,浩浩乎如春空之行白云。"可谓得煎茶三昧。

医书中有《天地国脉图》,曰:"气趋东南,文章太盛。是亦天地一病。"真人面前莫弄假,痴人面前莫说梦。

寤言空谷，跫然客至，方相与计松桂，湎云烟，而负才之士，辄欲拈题阄韵，豪咏苦吟。幽人当此，真如清流之着落叶，深林之沸鸣蝉也。所谓诗人不在，大家省得三五十首唱酬，亦非细事。

苏子由每云："多疾病，刚学道宜；多忧患，则学佛宜。以肉食无公卿福，以血食无圣贤德。"然则何居而后可？曰："随常而已。"

古人画《史鱼尸谏》与《地狱变相图》，皆着劝戒，正与君平卖卜同。

余每欲藏万卷异书，袭以异锦，薰以异香，茅屋芦帘，纸窗土壁，而终身布衣啸咏其中。客笑曰：此亦天壤一异人。

石青不能研碎，以耳塞粟许弹入便成粉。墨多麻眼，亦用此法。

天台藤可劚为杖，然有数种：有含春藤，有石南藤，清风藤，者婆藤，天寿根藤。

翰林九生法：一生笔，纯毫为心，软而复健；二生纸，新出篋笥，润滑易书，即受其墨，若久露风日，枯燥难用；三生砚，用则贮水，毕则干之，不可浸润；四生水，义在新汲，不可久停，停不堪用；五生墨，随要随研，多则泥钝；六生手，携执劳腕则无准；七生神，凝神静思，不可烦燥；八生目，寐息适寤分明；九生景，天气清朗，人心舒悦，乃可言书。

洪崖跨白驴，驴名积雪。其诗云："下调无人采，高心又被嗔，不知时俗意，教我若为人。"黄山谷自题象云："前身寒山子，后身黄鲁直。颇遭人恼，思欲入石壁。"余谓有古语云："上士闭心，中士闭口，下士闭门。"我操中下法，庶几免乎？

瓶花置案头，亦各有相宜者。梅芬傲雪，偏绕吟魂；杏蕊娇春，最怜妆镜；梨花带雨，青闺断肠；荷气临风，红颜露齿；海棠桃李，争艳绮席；牡丹芍药，乍迎歌扇；芳桂一枝，足开笑语；幽兰盈把，堪赠伭俦。以此引类连情，境趣多合。

牡丹须着以翠楼金屋，玉砌雕廊，白鼻猧儿，紫丝步障，丹青团扇，绀绿鼎彝，才子书素练以飞觞，美人拭红绡而度曲。不然，乃措大赏花耳。

古隐者多躬耕，余筋骨薄，一不能；多钓弋，余禁杀，二不能；多有二顷田，八百桑，余贫瘠，三不能；多酌水带索，余不耐苦饥，四不能。乃可能者，唯嘿处淡饭著述而已。然著述家切弗批驳先贤，但当拈己之是，不必证人之非。

海味不咸，蜜饯不甜，处士不傲，高僧不禅，皆是至德。

有儿事足，一把茅遮屋。若使薄田不熟，添个新生黄犊。 闲来也教儿孙，读书不为功名。种竹浇花酿酒，世家闭户先生。 右调《清平乐》，余醉中付儿曹，以为家券。

《书》曰"炎上作苦"。凡人遇困苦，则怨尤易生，客气易动，正是火炎上时也。贫而隐者，不可不知。

东坡投荒时，答程天侔云："此间食无肉，病无药，居无室，出无友，冬无炭，夏无寒泉，大率皆无耳。"余拥山居，公所无者尽有之。不省何德而享此，唯日拈一瓣香，向古佛忏罪耳。

以蹊径之奇怪论，则画不如山水；以笔墨之精妙论，则山水决不如画。

小儿发愿云：愿明月长圆，终日如昼。余曰：善哉！虽然，使人终无息肩期矣！于邺诗不云乎：白日若不落，红尘应更深。

宣和时，酒店壁间有诗云：是非不到钓鱼处，荣辱常随骑马人。

李北海书，当时便多法之。北海笑云：学我者拙，似我者死。

黄山谷常云："士大夫三日不读书，自觉语言无味，对镜亦面目可憎。"米元章亦云："一日不读书，便觉思涩。"想古人未尝片时废书也。

四时之景，莫如初夏。余尝夜饮归，作《增字浣溪纱》云：梓树花香月半明，棹歌归去螟蛄鸣。曲曲柳弯茅屋矮，挂鱼罾。 笑指吾庐何处是，一池荷叶小桥横，灯火纸窗修竹里，读书声。

余尝爱《夷坚支〔志〕乙序》云："老矣不复观心，犹独爱奇，气习犹与壮等，耳力未减，客话尚能欣听，心力未歇，忆所闻不遗忘，笔力未遽衰，触事大略能述。"此洪适语也。

人无意，意便无穷。

陆平翁《燕居功课》云：以书史为园林，以歌咏为鼓吹，以理义为膏粱，以著述为文绣，以诵读为菑畬，以记问为居积，以前言往行为师友，以忠信笃敬为修持，以作善降祥为因果，以乐天知命为西方。

以金石鼎彝竹简之古文，可以正六书；以六书之字画，尚可正六经之讹字。

韩退之诗云："居间食不足，从官力难任，两事皆害性，一生常苦心。"子瞻诗云："家居妻儿号，出仕猿鹤怨。未能逐十一，安敢抟九万。"二公犹不免徘徊于进退之间。其后退之迷雪于衡山，子瞻望日于儋海，回视阛户拥衾，簟瓢藜藿，不在天上乎？故《考槃》诗云："独寐寤言，永矢弗谖。"

雪景莫若山，山雪莫若月下。余尝目击而赋四言诗云："夜启岩牖，淡而无风，月值松际，鸡鸣雪中。"盖实景也。

了心即了生死。余徵心二十年，觉眼前有历历者，以为心在是矣，而不知此正是生死之根。忽晚卧雷霆，主人公皆无措顿处，此时心路迸绝，难以言喻。其后读中峰"见无所见剩双眸，闻无所闻余两耳"，更觉痛切，遒知一切老禅，痛棒热喝，与余迅雷无异。赵清献五十九闻雷得道，自号知非子，世人不省，以为改过之辞。嗟乎！真摸象人也。

《太乙》《六壬》《奇门》，此三部书原本于《易》，但我辈知之不可习，习之想安静心。儿辈见之尤不当习，习之生务外损。惟稗官小说、山经地志，时留案头，可以广异闻，可以代老友。

辟谷咽津为上，咽气为次。咽津者，肾中之水上通舌底二窍，大有真味，如小儿咯乳，滚滚不止。故虽酬应交际，而终日忘饥。若咽气，则闭口住息，身心俱寂然后可，此正不可以岁月效也。

种树之法莫妙于东坡。曰："大者不能活，小者老夫又不能待，惟择中材而多带土磜者为佳。"

箕踞于斑竹林中，徙倚于青石几上，所有道笈梵书，或校雠四五字，或参讽一两章。茶不甚精，壶敢不燥；香不甚良，灰也不死。短琴无曲而有弦，长讴无腔而有音；激气发于林樾，好风送之水涯；若非羲皇以上，定亦嵇、阮兄弟之间。

李之彦云："尝玩钱字旁，上著一戈字，下著一戈字，真杀人之物而人不悟也。"然则而两戈争贝，岂非贱乎？

涤砚不宜用汤，有损于石。

采茶欲精，藏茶欲燥，烹茶欲洁。

装潢旧碑、石刻、法帖，篆额断不可去。不然，却似贤人不着冠耳。

眼生于墨池外曰高眼，生于墨池中曰低眼。高者尤贵，以其石不为墨渍也。

砚宜频易新水，去尘；墨宜频易故囊，去湿。

砚有积墨，乃见古旧。张仲素《墨池赋》曰："惟遍地而尽墨，知功积而艺成。"又曰："涅此黛色，涵乎碧虚。"形容积墨妙矣。

山谷云：相茶瓢与相邛竹同法，不欲肥而欲瘦，但须饱风霜耳。

吾子彦所述书室中修行法：心闲手懒，则观法帖，以其可逐字放置也；手闲心懒，则治迂事，以其可作可止也；心手俱闲，则写字作诗文，以其可兼济也；心手俱懒，则坐睡，以其不强役于神。心不定，宜看诗及杂短故事，以其易于见意，不滞于久也；心闲无事，宜看长篇文字，或经注，或史传，或古人文集，此又甚宜于风雨之际及寒夜也。又曰：手冗心闲，则思；心冗手闲，则卧；心手俱闲，则著书作字；心手俱冗，则思早毕其事，以宁吾神。

抄本书如古帖，不必全帙，皆是断璧残珪。

古鼎彝尊卣，不独饕餮示戒。凡赑鼎，防刖也；周舟，防溺也；奕车瓢，防覆也。

小儿辈不可以世事分读书，当令以读书通世事。

辛弃疾言："人生在勤，当以力田为先。"故以"稼轩"名轩。

名妓翻经，老僧酿酒，将军翔文章之府，书主践戎马之场，虽乏本色，故自有致。

山中人十月以薪草缚柑橘树上。余曰：此为木奴着裘。

"一兔横身当古路，苍鹰才见便生擒。后来猎犬无灵性，犹向枯桩旧处寻。"大阳玄禅师典客偈也。参禅之病，尽于此矣。岂惟禅门事？凡诗文书画，有狮子独行不求伴侣之意，便是到家汉。若寻声逐迹，乃问关吏过关者也。田舍翁多收十斛麦，尚能瞠胸露腮，作村杜撰，况大丈夫翰墨之事哉！

磨墨如病夫，把笔如壮夫。

朱紫阳答陈同父书：奉告老兄，早暮相撙掇，留取闲汉在山里咬菜根，了却几卷残书。

古人以书画为柔翰、弱翰，故开卷张册，从容为上。

经史子集，以辞相传，而碑刻则并古人手迹以存，故好古尚友之士，相与共访而传之。

着棋不若抄书，谈人过不若述古人佳言行。

画与字各有门庭，字可生，画不可不熟。字须熟后生，画须熟外熟。

读史要耐讹字，正如登山耐仄路，踏雪耐危桥，闲居耐俗汉，看花耐恶酒，此方得力。

僧要真,不要高。

洞庭张山人云:"山顶泉,轻而清;山下泉,清而重;石中泉,清而甘;沙中泉,清而冽;土中泉,清而厚。流动者良于安静,负阴者胜于向阳。山削者泉寡,山秀者有神。真源无味,真水无香。吾乡荇菜,烂煮之,其味如蜜,名曰'荇酥'。《郡志》不载,遂为渔人野夫所食。"此见于《农田余话》。俟秋明水清时,载菊泛泖,脍鲈擣橙,并试前法,同与莼丝荇酒。

余山中,徐德夫送一鹤至,已受所,张公复送一鹤配之,每欲作诗咏其事,偶读皇甫湜《鹤处群鸡赋》,遂为搁笔。其中有句云:"同李陵之入胡,满目异类;似屈原之在楚,众人皆醉。惨淡无色,低回不平,每戒比之匪人,常耻独为君子。"

与其结新知,不若敦旧好。与其施新恩,不若还旧债。

三月茶笋初肥,梅花未困;九月莼鲈正美,秫酒新香。胜客晴窗,出古人法书名画,焚香评赏,无过此时。门生包鸣甫云:"《淳化帖》,苍颉字,尚带卦体。"此言得字之本。

住山须一小舟,朱栏碧幄,明榻短帆,舟中杂置图史鼎彝,酒浆舟脯。近则峰泖而止,远则北至京口,南至钱塘而止。风利道便,移访故人,有见留者,不妨一夜话、十日饮。遇佳山水处,或高僧野人之庐,竹树蒙茸,草花映带,幅巾杖履,相对夷然。至于风光淡爽,水月空清,铁笛一声,素鸥欲舞。斯也避喧谢客之一策也。

邵尧夫云:但看花开落,不言人是非。

王辰玉《香山记》云:"大约西山之胜,仿佛武林之西湖,逶迤不如,而蒨润或过之。因与二三子作妄想,若斩荻芦,开陂隰,以尽田荷花,至山膝而止,使十五小儿,锦衣画舸,唱江南采莲词,出没于白鸥碧浪之间。所在室庐,必竹门板扉,与金碧相间出。而后结远道人,为香山社主;乞青莲居士,为玉泉酒家翁。吾老此可矣。

古云鹤笠鹭蓑,鹿裘鹊冠,鱼枕杯,猿臂笛,与画图之屋庐,诗意之山水,皆可遇而不可求,即可求而不可常。余唯纸窗竹屋,夏葛冬裘,饭后黑甜,日中白醉。

余寒斋焚香点茶之外,最喜以古瓶簪蜡梅、水仙。蜡梅,古人云本非梅类,以其与梅同时,香又相近,色酷似蜜脾也。又山谷谓京洛间,有一种香气如梅,类女工捻蜡所成,故以名之。有汤夷,华阴人,服水仙花八石,得为水仙。又拘楼国有水仙树,树腹中有水,谓之"仙浆",饮者七日醉。杨诚斋以千叶为真水仙,而余以为不如单叶者多风韵。蜡梅难题咏,山谷、简斋惟五言小诗而已。独水仙山谷极为推赏,曰:"何时持上紫宸殿,乞与宫梅定等差。"又考"蜡梅",原名"黄梅",故王安国熙宁间尚咏黄梅诗,至元祐间苏、黄命为"蜡梅"。而范石湖《梅谱》又云:"本非梅种,以其与梅同时,而香又近之;如鹦哥菊,亦以叶梗似菊而花又同时也。"张翊《花经》首云"一品九命",蜡梅亦在其中。洛阳亦有蜡梅,直九英耳。

闽有红茉莉,蜀有紫丝球,楚有红梨花,燕有黄石榴,天台有黄海棠、白海棠、白紫碧桂花、白玫瑰,洛阳有黄芍药,昌州有香海棠。

凡兰皆有一滴露珠在花蕊间,此谓兰膏,甘香不啻沆瀣,多取损花。

孟淑卿,苏州人,训导澄之女,工诗,号荆山居士,尝论宋朱淑真诗曰:"作诗贵脱胎化质,僧诗无香火气乃佳,铅粉亦然。朱生故有俗病,李易安可与语耳。"

读书能转音,能破句,是真能读书人。温故知新尽此矣。

汉高手敕子云:"每上疏,宜自书,勿使人也。"夫帝王且然,况士大夫子弟乎?今数行字,辄付侍史书之,岂非惰习?

养生家忌北首卧,忌北向食坐,以及冠带唾溺。盖北方壬癸,至阴所居,犯者魁罡神责之。

校书能阙疑者,其平生口无诳语可知也。

"碑石冰泐者具在,好奇之士乃专仿刻文刓剥之处,仅存字形,以为古意。"范石湖此语,为汉隶也,不知今学汉印者皆此类。古文亦然。

危太朴作《隶书歌》一篇,赠四明汪大雅,备括诸碑之所自,且历书之,亹亹千余言不休。

倪元镇寄松江府判官张德常诗,后题云:"阴阳冥鹭,宜少留意,闲居尚可为之,况身有职任而值饥者,易为食乎?仙官分置洞宫,亦如世间局任者矣。吾德常兄固知之也。"此皆盛德之言。

东坡云:"吾借王参军地种菜,不及半亩,而吾与子过终年饱饫。夜半饮醉,无以解酒,辄撷菜煮之,味含土膏,气饱霜露,虽粱肉不能及也。人生须底物,而乃更贪耶?乃作四句:秋来霜露满东园,芦菔生儿芥有孙。我与何曾同一饱,不知何苦食鸡豚?"余故题其庐曰"安蔬"。

品茶一人得神,二人得趣,三人得味,七八人是名施茶。

嵩山僧赠余木瘿炉，余铭之云："形固可使如槁木乎，心故可使如死灰乎？唯我与尔有是夫。"又有天台僧寄余藤杖，余答以诗云："僧寄天台杖，支余独上台。借他时点缀，不是老相催。打果惊黄鸟，疏泉破碧苔。秋声满松壑，并与夕阳来。"

余尝过一山邻，老而嗜花，红紫映户，弄孙负日，使人不复知有城居车马之闹，况京都滚滚尘邪？余赠以诗云：有个小门松下开，堂前名药绕畦栽。老翁抱孙不抱瓮，恰欲灌花山雨来。

嵇康、皇甫《高士传》，止七十二传，传不过数行而止，至使诸君子若灭若没，非阐幽发潜之意。余故从《二十一史》《隐逸》全传悉为采出，即《孝友》、《独行》、《方艺》中有比类高踪者，咸为著之；而又补胜国自郑思肖而下凡几十人，总得二十四卷，曰《陈氏逸民史》。

焚香倚枕，人事都尽，梦境未来，仆于此时，可名"卧隐"，便觉凿坏住山为烦。

余得古书，校过付抄，抄后复校；校过付刻，刻后复校；校过即印，印后复校：然鲁鱼帝虎百有二三。夫眼眼相对尚然，况以耳传耳，其是非毁誉宁有真乎？

吾山无薇蕨，然梅花可以点汤，蒼卜、玉兰可以蘸面，牡丹可以煎酥，玫瑰、蔷薇、茱萸可以酿酱，枸杞、蘼葱、紫荆、藤花可以佐馔，其余豆荚、瓜茄、菜苗、松粉又可以补笋脯之阙，此山癯食谱也。

白骨观法，想右脚大指肿烂流恶水，渐渐至胫、至膝、至腰，左脚亦如此，渐渐烂过腰，至腹、至胸，以至颈顶，尽皆烂了，惟有白骨。须分明历历观看，白骨一一尽见。静心观看良久，乃思：观白骨者是谁，白骨是谁？是知身体与我常为二物矣。又渐渐离白骨观看，先离一丈，以至五丈十丈，乃至百丈千丈，是知白骨与我了不相干也。常作此想，则我与形骸本为二物，我转寄于形骸中，岂真谓此形骸终久不坏，而我常住其中？如此，便可齐死生矣。

《素问》云：精神守内，病安从来？

掩户焚香，清福已具，如无福者定生他想，更有福者辅以读书。

孙真人云：凡遇山水坞中出泉者，不可久居，常食作瘿病；凡阴地冷水不可饮，饮必作痎疟。

世人但爱秋月，而不知秋日之妙，白云碧汉，大胜平时，桂落庭闲，乃契斯语。

打碑文上墨后，须融蜡揩之，则字画光润而墨不脱，否则漫漶不明。北方用骆驼油亦佳，或以酥融蜡用之。

临帖如骤见异人，不必相其耳目头面，当观其举止笑语，真精神流注处。此庄子所谓"目击而道存"者也。

仇山村诗云：艰危颇得文章力，嫁娶各随男女缘。又云：无求莫问朝廷事，有耻难交市井人。

吴人于十月采小春茶，此时不特逗漏花枝，而尚喜月光晴暖，从此蹉过霜凄雁冻，不可复堪。

东坡《与蒲传正书》云："千乘侄屡言大舅全不作活计，多买书画奇物，常典钱〔使〕。今退居之后，决不能食淡味粗，杜门绝客，贫亲知相干，决不能不应副。此数事，岂可无备？不可但言我有好儿子，不消与营产业也。书画奇物，老坡近年视之，不啻如粪土也。"此言中余膏肓，所谓真实语者，不诳语者，书而榜之壁间，为山居第一戒。

居山有四法：树无行次，石无位置，屋无宏肆，心无机事。

东坡有诗曰："论画以形似，见与儿童邻，作诗必此诗，定此非诗人。"余曰：此元画也。晁以道诗云："画写物外形，要物形不改。诗传画外意，贵有画中态。"余曰：此宋画也。

士人作画，当以草隶奇字之法为之。树如屈铁，山如画沙，绝去甜俗蹊径，乃为士气。不尔，纵俨然及格，已落画师魔界，不复可救药矣。

徽宗画，高宗字，至不能与苏、米诸臣争价。翰墨尚如此，况立德者乎？

白乐天自作生墓志云：外以儒行修其身，内以释教汰其心，旁以图史、山水、琴酒、咏歌乐其志。

《癸辛杂识》云："折梅花插盐中，花开酷有肥态。"试之良然。已与家仲乙未正月十四日舟过钟贾山，大雪，探梅僧院，僧出酒相饷，因论前事。僧言以腌豕滚汁热贮瓶梅，却能放叶结子。余始知古人盐梅和羹，故自同调。

斸竹根以辰日，捕鱼虾以亥日，栽种忌焦枯日。

不能卜居名山，即于岗阜回复及林水幽翳处辟地数亩，筑室数楹，插槿作篱，编茅为亭，以一亩荫竹树，一亩栽花果，二亩种瓜菜，四壁清旷，空诸所有。畜山童灌园薙草，置二三胡床，著林下，挟书砚以伴孤寂，携琴弈以迟良友，凌晨杖策，抵暮言旋。此亦可以娱老矣。

东坡《乙帖》云："仆行年五十始知作活，大要是悭耳。而文以美名，谓之俭素，然吾侪为之，则不类俗人。"真可谓淡而有味者。《诗》云："不戢不难，受福不那。"口体之欲，何穷之有，每加节俭，亦是惜延福寿之道，住京师宜用此策也。余以为山林人，此策尤不可少。

桐帽本蜀人作，以桐木作而漆之。棕鞋亦出蜀中，南丛林皆作，吴人不能制也。

郄超每闻欲高尚隐退者，辄为办百万赀，并为造立居宅，在剡为戴安道起宅，甚精整。康节庆历间过洛，爱其山川风俗之美，始有卜筑之意。嘉祐七年，王宣徽尹洛，就天宫寺西、天津桥南五代节度使安审珂宅故基，以郭崇废宅余材，为屋三十间，请康节迁居之。富韩公命其客孟约买对宅一园，又皆有水竹花木之胜。余秉尚不及前哲，陆平泉先生、包羽明、董玄宰辈各捐山赀，为余筑读书台于小昆山之阴，丘壑狎主，峰泖来宾，颇称胜概。余尝作《临江仙》一词云："婉娈北山松树下，石根结个岩阿。巧藏精舍恰无多，尚余檐隙地，种竹与栽梧。 高卧不须愁客至，客来野笋山蔬。一瓢浊酒尽能沽。倦时呼鹤舞，醉后倩僧扶。"

韵书字学啸旨，山居清暇，不可不习。

有客谓山居眷属难，山邻难，山友难，山仆难。余谓如此则山堂前草深一丈矣。不如救断家事，择二三童子自随，其强干者以备烹爨树艺，文弱者以备洒扫抄写。子孙能相体者，则送供养；宾朋能相念者，则通馈问。舍此以外，靡知其它。不然，东坡所谓"老稚纷纷口，众食贫孤寂"，未必不佳也。

傅大士云：宽著肚皮须忍辱，放开眉眼任从它。

田家月令，宜粘置茅堂左右，使修理墙屋不失向，调摄起居不失节，焘制物料不失常，种莳花木不失候。

戊戌春正三日夜大雪，余偶戏云：雪者，洗欲戒之龌龊，洒火坑之烦恼，填世路之坎坷，唤夜气之清晓。客曰：此便可作雪赞。

田衣，即山谷所谓"稻田衲"。王右丞亦有诗云"手巾花氎净，香粳稻畦成"是也。《雪霏录》谓袈裟者恐非。

读书当如斗草，遇一样采一样，多一样斗一样。

莫言婚嫁早，婚嫁后，事不少；莫言僧道好，僧道后，心不了。唯有知足人，鼾鼾直到晓；唯有偷闲人，憨憨直到老。

韦应物、欧阳修，皆作滁州太守，而应物游琅琊山，则曰："鸣驺响幽涧，前旌耀崇岗。"永叔《游石子涧》则曰："使君厌骑从，车马留山前，行歌招野叟，共步青林间。"山游如是，乃不犯李义山"松间喝道"也。

小窗幽记

(明)陈继儒 撰

敖堃 蔡艳嫣 校点

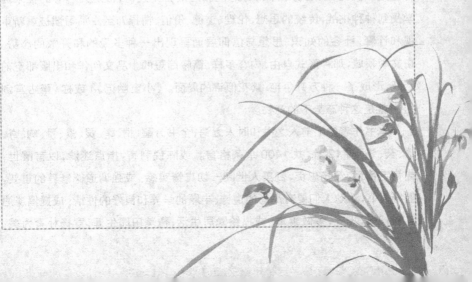

整理说明

《小窗幽记》，十二卷，明陈继儒撰。一说该书当名《醉古堂剑扫》，明陆绍珩辑纂。

先说陈继儒（1558-1639）。 继儒字仲醇，号眉公、麋公，松江华亭（今属上海）人。自幼颖异，博学多通，尤工诗善文，短翰小词皆极风致，兼能书画。少与同郡董其昌齐名，深得当时名流徐阶、王世贞、王锡爵等人的器重，"三吴名下士争欲得为师友"。二十几岁时，绝意科举，隐居于小昆山，后筑室东佘山，杜门著述。然隐居后，名声愈显。因其周旋官绅间，后人亦颇为讥讽，谓之："翩然一只云中鹤，飞来飞去宰相衙。"陈继儒一生涉猎甚广，著述宏富，有《陈眉公全集》传世。

再说陆绍珩。绍珩号湘客，明末松陵（今江苏吴江）人。相传为唐代诗人陆龟蒙之后。从《〈醉古堂剑扫〉自序》可知，其平生不趋名利，惟寄情山水，流览典籍。

明代万历以降，政治日益腐败，社会弊端丛生，朱明王朝已千疮百孔，颓势已成。同时，以阳明心学为标志的新思潮日见漫衍，被定为一尊的程朱理学受到种种挑战，传统的思想、伦理、道德、价值、情操乃至生活习惯被重新审视和诠释，社会的知识、思想与信仰层面呈现出一种多元的和开放的态势。在文学领域，那种形式自由、内容多样、篇幅简短的小品文创作和出版都空前活跃，形成了一种万卉争艳、繁花似锦的局面。《小窗幽记》（或称《醉古堂剑扫》）就是这种态势下的产物。

本书作者融汇前人之书和时人之语，全书分醒、情、峭、灵、素、景、韵、奇、绮、豪、法、倩 12 卷，共 1400 余条格言。或陈说利害，指点迷津，以言醒世；或肯定情爱，颂扬忠贞，赞美人世间一切真情实感；或强调道德修养的重要，倡导读书，劝勉人们要有高尚的道德、丰厚的学养和良好的性情；或提倡淡泊名利，严于操守，多做善事；或描绘隐居生活，赞美田园生涯，宣扬朴素为美；

或状物写景，以景悟情，回归自然；或强调静心，体味物韵，提升人生的境界；或评述奇人异物，阐言美文奇书，推崇高人奇士；或描绘物、景的和谐绮丽，赞美阳刚和阴柔之美；或称誉豪士，召唤英雄，使人意气风发；或以自身的体验和认知，阐述做人、处世应遵循的准则；或讨论美的形态、美的条件和美的境界。书中反程朱理学倾向比较明显，在《峭》卷中，作者高唱"宁为真丈夫，不为假道学"，振聋发聩；在《法》卷中，作者锋芒直指程朱理学："世多理所难必之事，莫执宋人道学。"短短两句，如石破天惊。全书涉猎较广，内容含量较大，不同的读者从中会有不同的取舍。从作者所提倡的、所扬弃的、所指斥的内容来看，与我们今天的主流价值观、审美观，基本上是相融的。书中关于道德修养和为人处世的论说，对今天的读者具有一定的教育和借鉴作用；对物欲横流中的昏昏之徒，更是一服清凉散。

据日本嘉永六年（1853）星文堂刻本《醉古堂剑扫》可知，该本 12 卷，4 册；单页 9 行，行 20 字；左右双边，白口，单黑尾。初版于明天启四年（1624）。扉页题"松陵陆绍珩湘客父选，兄陆绍琏宗玉父阅"。卷首有天启四年任大冶、倪点、徐履吉、陆绍琏、汝调鼎、何其孝、倪煌等序和陆绍珩自序及嘉永五年池内奉时序，后列采用书目及凡例。卷末有朱鸿跋和屠嘉庆、顾廷栻题记及嘉永六年赖醇后序。星文堂本或据天启本重刻。日本另有嘉永六年菱屋友五郎刊本、明治四十四年（1911）大阪嵩山堂刻本。

本次校点，以《国学珍本文库》本为底本。杨颖君参加了本书的录校工作。

诸伟奇

2012 年 9 月 22 日

卷一 醒

食中山之酒，一醉千日。今世之昏昏逐逐，无一日不醉，无一人不醉，趋名者醉于朝，趋利者醉于野，豪者醉于声色车马，而天下竟为昏迷不醒之天下矣，安得一服清凉散，人人解醒，集醒第一。

倚高才而玩世，背后须防射影之虫；饰厚貌以欺人，面前恐有照胆之镜。

怪小人之颠倒豪杰，不知惯颠倒方为小人；惜吾辈之受世折磨，不知惟折磨乃见吾辈。

花繁柳密处，拨得开，才是手段；风狂雨急时，立得定，方见脚根。

淡泊之守，须从秾艳场中试来；镇定之操，还向纷纭境上勘过。

市恩不如报德之为厚，要誉不如逃名之为适，矫情不如直节之为真。

使人有面前之誉，不若使人无背后之毁；使人有乍交之欢，不若使人无久处之厌。

攻人之恶毋太严，要思其堪受；教人以善莫过高，当原其可从。

不近人情，举世皆畏途；不察物情，一生俱梦境。

遇嘿嘿不语之士，切莫输心；见悻悻自好之徒，应须防口。

结缨整冠之态，勿以施之焦头烂额之时；绳趋尺步之规，勿以用之救死扶危之日。

议事者身在事外，宜悉利害之情；任事者身居事中，当忘利害之虑。

俭，美德也，过则为悭吝、为鄙啬，反伤雅道；让，懿行也，过则为足恭、为曲谨，多出机心。

藏巧于拙，用晦而明；寓清于浊，以屈为伸。

彼无望德，此无示恩，穷交所以能长；望不胜奢，欲不胜餍，利交所以必忤。

怨因德彰，故使人德我，不若德怨之两忘；仇因恩立，故使人知恩，不若恩仇之俱泯。

天薄我福,吾厚吾德以迓之;天劳我形,吾逸吾心以补之;天厄我遇,吾亨吾道以通之。

淡泊之士,必为秾艳者所疑;检饬之人,必为放肆者所忌。

事穷势蹙之人,当原其初心;功成行满之士,要观其末路。

好丑心太明,则物不契;贤愚心太明,则人不亲。须是内精明,而外浑厚,使好丑两得其平,贤愚共受其益,才是生成的德量。

好辩以招尤,不若讱默以怡性;广交以延誉,不若索居以自全;厚资以多营,不若省事以守俭;逞能以受妒,不若韬精以示拙。费千金而结纳贤豪,孰若倾半瓢之粟以济饥饿;构千楹而招徕宾客,孰若葺数椽之茅以庇孤寒。

恩不论多寡,当厄的壶浆,得死力之酬;怨不在浅深,伤心的杯羹,召亡国之祸。

仕途虽赫奕,常思林下的风味,则权势之念自轻;世途虽纷华,常思泉下的光景,则利欲之心自淡。

居盈满者,如水之将溢未溢,切忌再加一滴;处危急者,如木之将折未折,切忌再加一搦。

了心自了事,犹根拔而草不生;逃世不逃名,似膻存而蚋还集。

情最难久,故多情人必至寡情;性自有常,故任性人终不失性。

才子安心草舍者,足登玉堂;佳人适意蓬门者,堪贮金屋。

喜传语者,不可与语;好议事者,不可图事。

甘人之语,多不论其是非;激人之语,多不顾其利害。

真廉无廉名,立名者正所以为贪;大巧无巧术,用术者乃所以为拙。

为恶而畏人知,恶中犹有善念;为善而急人知,善处即是恶根。

谈山林之乐者,未必真得山林之趣;厌名利之谭者,未必尽忘名利之情。

从冷视热,然后知热处之奔驰无益;从冗入闲,然后觉闲中之滋味最长。

贫士肯济人,才是性天中惠泽;闹场能笃学,方为心地上工夫。

伏久者,飞必高;开先者,谢独早。

贪得者,身富而心贫;知足者,身贫而心富。居高者,形逸而神劳;处下者,形劳而神逸。

局量宽大,即住三家村里,光景不拘;智识卑微,纵居五都市中,神情亦促。

惜寸阴者,乃有凌铄千古之志;怜微才者,乃有驰驱豪杰之心。

天欲祸人,必先以微福骄之,要看他会受;天欲福人,必先以微祸儆之,要看他会救。

书画受俗子品题,三生浩劫;鼎彝与市人赏鉴,千古异冤。

脱颖之才,处囊而后见;绝尘之足,历块以方知。

结想奢华,则所见转多冷淡;实心清素,则所涉都厌尘氛。

多情者,不可与定妍媸;多谊者,不可与定取与。多气者,不可与定雌雄;多兴者,不可与定去住。

世人破绽处,多从周旋处见;指摘处,多从爱护处见;艰难处,多从贪恋处见。

凡情留不尽之意,则味深;凡兴留不尽之意,则趣多。

待富贵人,不难有礼,而难有体;待贫贱人,不难有恩,而难有礼。

山栖是胜事,稍一萦恋,则亦市朝;书画赏鉴是雅事,稍一贪痴,则亦商贾;诗酒是乐事,稍一徇人,则亦地狱;好客是豁达事,稍一为俗子所挠,则亦苦海。

多读两句书,少说一句话;读得两行书,说得几句话。

看中人,在大处不走作;看豪杰,在小处不渗漏。

留七分正经以度生,留三分痴呆以防死。

轻财足以聚人,律己足以服人,量宽足以得人,身先足以率人。

从极迷处识迷,则到处醒;将难放怀一放,则万境宽。

大事难事,看担当;逆境顺境,看襟度;临喜临怒,看涵养;群行群止,看识见。

安详是处事第一法,谦退是保身第一法,涵容是处人第一法,洒脱是养心第一法。

处事最当熟思缓处。熟思则得其情,缓处则得其当。

必能忍人不能忍之触忤,斯能为人不能为之事功。

轻与必滥取,易信必易疑。

积丘山之善,尚未为君子;贪丝毫之利,便陷于小人。

智者不与命斗,不与法斗,不与理斗,不与势斗。

良心在夜气清明之候,真情在箪食豆羹之间。故以我索人,不如使人自反；以我攻人，不如使人自露。

"侠"之一字，昔以之加义气，今以之加挥霍，只在气魄气骨之分。

不耕而食，不织而衣，摇唇鼓舌，妄生是非，故知无事之人好为生事。

才人经世，能人取世，晓人逢世，名人垂世，高人出世，达人玩世。

宁为随世之庸愚，无为欺世之豪杰。

沾泥带水之累，病根在一"恋"字；随方逐圆之妙，便宜在一"耐"字。

天下无不好谀之人，故谄之术不穷；世间尽是善毁之辈，故谗之路难塞。

进善言，受善言，如两来船，则相接耳。

清福，上帝所吝，而习忙可以销福；清名，上帝所忌，而得谤可以销名。造谤者甚忙，受谤者甚闲。

蒲柳之姿，望秋而零；松柏之质，经霜弥茂。

人之嗜名节，嗜文章，嗜游侠，如好酒然，易动客气，当以德消之。

好谈闺阃及好讥讽者，必为鬼神所忌，非有奇祸则必有奇穷。

神人之言微，圣人之言简，贤人之言明，众人之言多，小人之言妄。

士君子不能陶镕人，毕竟学问中工力未到。

有一言而伤天地之和、一事而折终身之福者，切须捡点。能受善言，如市人求利，寸积铢累，自成富翁。

金帛多，只是博得垂死时子孙眼泪少，不知其他，知有争而已；金帛少，只是博得垂死时子孙眼泪多，亦不知其他，知有哀而已。

景不和，无以破昏蒙之气；地不和，无以壮光华之色。

一念之善，吉神随之；一念之恶，厉鬼随之。知此可以役使鬼神。

出一个丧元气进士，不若出一个积阴德平民。

眉睫才交，梦里便不能张主；眼光落地，泉下又安得分明？

佛只是个了，仙也是个了，圣人了了不知了，不知了了是了了，若知了了便不了。

万事不如杯在手，一年几见月当空。

忧疑杯底弓蛇，双眉且展；得失梦中蕉鹿，两脚空忙。

名茶美酒，自有真味，好事者投香物佐之，反以为佳。此与高人韵士误堕尘网中何异？

花棚石磴，小坐微醺。歌欲独，尤欲细；茗欲频，尤欲苦。

善默即是能语，用晦即是处明，混俗即是藏身，安心即是适境。

虽无泉石膏肓，烟霞痼疾，要识山中宰相，天际真人。

气收自觉怒平，神敛自觉言简，容人自觉味和，守静自觉天宁。

处事不可不斩截，存心不可不宽舒，待己不可不严明，与人不可不和气。

居不必无恶邻，会不必无损友，惟在自持者两得之。

要知自家是君子小人，只于五更头检点，思想的是什么便见得。

以理听言，则中有主；以道窒欲，则心自清。

先淡后浓，先疏后亲，先远后近，交友道也。

苦恼世上，意气须温；嗜欲场中，肝肠欲冷。

形骸非亲，何况形骸外之长物；大地亦幻，何况大地内之微尘。

人当涸扰，则心中之境界何堪；人遇清宁，则眼前之气象自别。

寂而常惺，寂寂之境不扰；惺而常寂，惺惺之念不驰。

童子智少，愈少而愈完；成人智多，愈多而愈散。

无事便思有闲杂念头否，有事便思有粗浮意气否；得意便思有骄矜辞色否，失意便思有怨望情怀否。时时检点得到，从多入少，从有入无，才是学问的真消息。

笔之用以月计，墨之用以岁计，砚之用以世计。笔最锐，墨次之，砚钝者也，岂非钝者寿而锐者夭耶？笔最动，墨次之，砚静者也，岂非静者寿而动者夭乎？于是得养生焉，以钝为体，以静为用。唯其然，是以能永年。

贫贱之人，一无所有，及临命终时，脱一厌字；富贵之人，无所不有，及临命终时，带一恋字。脱一厌字，如释重负；带一恋字，如担枷锁。

透得名利关，方是小休歇；透得生死关，方是大休歇。

人欲求道，须于功名上闹一闹方心死，此是真实语。

病至，然后知无病之快；事来，然后知无事之乐。故御病不如却病，完事不如省事。

讳贫者死于贫，胜心使之也；讳病者死于病，畏心蔽之也；讳愚者死于愚，痴心覆之也。

古之人，如陈玉石于市肆，瑕瑜不掩；今之人，如货古玩于时贾，真伪难知。

士大夫损德处，多由立名心太急。

多躁者，必无沉潜之识；多畏者，必无卓越之见；多欲者，必无慷慨之节；多言者，必无笃实之心；多勇者，必无文学之雅。

剖去胸中荆棘,以便人我往来,是天下第一快活世界。

古来大圣大贤,寸针相对;世上闲言闲语,一笔勾销。

挥洒以怡情,与其应酬,何如兀坐?书礼以达情,与其工巧,何若直陈?棋局以适情,与其竞胜,何若促膝?笑谈以怡情,与其谑浪,何若狂歌?

"拙"之一字,免了无千罪过;"闲"之一字,讨了无万便宜。

斑竹半帘,惟我道心清似水;黄粱一梦,任他世事冷如冰。欲住世出世,须知机息机。

书画为柔翰,故开卷张册贵于从容;文酒为欢场,故对酒论文忌于寂寞。

荣利造化,特以戏人,一毫着意,便属桎梏。

士人不当以世事分读书,当以读书通世事。

天下之事,利害常相半。有全利而无小害者,惟书。

意在笔先,向庖羲细参《易》画;慧生牙后,恍颜氏冷坐书斋。

明识红楼为无冢之丘垄,迷来认作舍生岩;真知舞衣为暗动之兵戈,快去暂同试剑石。

调性之法,须当似养花天;居才之法,切莫如妒花雨。

事忌脱空,人怕落套。

烟云堆里,浪荡子逐日称仙;歌舞丛中,淫欲身几时得度?

山穷鸟道,纵藏花谷少流莺;路曲羊肠,虽覆柳荫难放马。

能于热地思冷,则一世不受凄凉;能于淡处求浓,则终身不落枯槁。

会心之语,当以不解解之;无稽之言,是在不听听耳。

佳思忽来,书能下酒;侠情一往,云可赠人。

蔼然可亲,乃自溢之冲和,妆不出温柔软款;翘然难下,乃生成之倨傲,假不得逊顺从容。

风流得意,则才鬼独胜顽仙;孽债为烦,则芳魂毒于虐祟。

极难处,是书生落魄;最可怜,是浪子白头。

世路如冥,青天障蚩尤之雾;人情若梦,白日蔽巫女之云。

密交定有凤缘,非以鸡犬盟也;中断知其缘尽,宁关姜芈间之。

堤防不筑,尚难支移壑之虞;操存不严,岂能塞横流之性?

发端无绪,归结还自支离;入门一差,进步终成恍惚。

打浑随时之妙法,休嫌终日昏昏;精明当事之祸机,却恨一生了了。

藏不得是拙,露不得是丑。

形同隽石,致胜冷云,决非凡士;语学娇莺,态摹媚柳,定是弄臣。

开口辄生雌黄月旦之言,吾恐微言将绝;捉笔便惊缤纷绮丽之饰,当是妙处不传。

风波肆险,以虚舟震撼,浪静风恬;矛盾相残,以柔指解分,兵销戈倒。

豪杰向简淡中求,神仙从忠孝上起。

人不得道,生死老病四字关,谁能透过?独美人名将老病之状,尤为可怜。

日月如惊丸,可谓浮生矣,惟静卧是小延年;人事如飞尘,可谓劳攘矣,惟静坐是小自在。

平生不作皱眉事,天下应无切齿人。

暗室之一灯,苦海之三老;截疑网之宝剑,抉盲眼之金针。

攻取之情化,鱼鸟亦来相亲;悖戾之气销,世途不见可畏。

吉人安祥,即梦寐神魂,无非和气;凶人狠戾,即声音笑语,浑是杀机。

天下无难处之事,只要两个如之何;天下无难处之人,只要三个必自反。

能脱俗便是奇,不合污便是清。处巧若拙,处明若晦,处动若静。

参玄借以见性,谈道借以修真。

世人皆醒时作浊事,安得睡时有清身;若欲睡时得清身,须于醒时有清意。

好读书非求身后之名,但异见异闻,心之所愿。是以孜孜搜讨,欲罢不能,岂为声名劳七尺也?

一间屋,六尺地,虽没庄严,却也精致;蒲作团,衣作被,日里可坐,夜间可睡;灯一盏,香一炷,石磬数声,木鱼几击;龛常关,门常闭,好人放来,恶人回避;发不除,荤不忌,道人心肠,儒者服制;不贪名,不图利,了清静缘,作解脱计;无挂碍,无拘系,闲便入来,忙便出去;省闲非,省闲气,也不游方,也不避世;在家出家,在世出世,佛何人,佛何处,此即上乘,此即三昧;日复日,岁复岁,毕我这生,任他后裔。

草色花香,游人赏其真趣;桃开梅谢,达士悟其无常。

招客留宾,为欢可喜,未断尘世之扳援;浇花种树,嗜好虽清,亦是道人之魔障。

人常想病时,则尘心便减;人常想死时,则道念自生。

入道场而随喜,则修行之念勃兴;登丘墓而徘徊,则名利之心顿尽。

铄金玷玉，从来不乏乎谗人；洗垢索瘢，尤好求多于佳士。止作秋风过耳，何妨尺雾障天。

真放肆不在饮酒高歌，假矜持偏于大庭卖弄。看明世事透，自然不重功名；认得当下真，是以常寻乐地。

富贵功名，荣枯得丧，人间惊见白头；风花雪月，诗酒琴书，世外喜逢青眼。

欲不除，似蛾扑灯，焚身乃止；贪无了，如猩嗜酒，鞭血方休。

涉江湖者，然后知波涛之汹涌；登山岳者，然后知蹊径之崎岖。

人生待足何时足，未老得闲始是闲。

谈空反被空迷，耽静多为静缚。

旧无陶令酒巾，新撇张颠书草，何妨与世昏昏，只问君心了了。

以书史为园林，以歌咏为鼓吹，以理义为膏梁，以著述为文绣，以诵读为菑畬，以记问为居积，以前言往行为师友，以忠信笃敬为修持，以作善降祥为因果，以乐天知命为西方。

云烟影里见真身，始悟形骸为桎梏；禽鸟声中闻自性，方知情识是戈矛。

事理因人言而悟者，有悟还有迷，总不如自悟之了了；意兴从外境而得者，有得还有失，总不如自得之休休。

白日欺人，难逃清夜之愧赧；红颜失志，空遗皓首之悲伤。

定云止水中，有鸢飞鱼跃的景象；风狂雨骤处，有波恬浪静的风光。

平地坦途，车岂无蹶；巨浪洪涛，舟亦可渡；料无事必有事，恐有事必无事。

富贵之家，常有穷亲戚来往，便是忠厚。

朝市山林俱有事，今人忙处古人闲。

人生有书可读，有暇得读，有资能读，又涵养之如不识字人，是谓善读书者。享世间清福，未有过于此也。

世上人事无穷，越干越做不了；我辈光阴有限，越闲越见清高。

两刃相迎俱伤，两强相敌俱败。

我不害人，人不我害；人之害我，由我害人。

商贾不可与言义，彼溺于利；农工不可与言学，彼偏于业；俗儒不可与言道，彼谬于词。

博览广识见，寡交少是非。

明霞可爱,瞬眼而辄空;流水堪听,过耳而不恋。人能以明霞视美色,则业障自轻;人能以流水听弦歌,则性灵何害?

休怨我不如人,不如我者常众;休夸我能胜人,胜如我者更多。

人心好胜,我以胜应必败;人情好谦,我以谦处反胜。

人言天不禁人富贵,而禁人清闲,人自不闲耳。若能随遇而安,不图将来,不追既往,不蔽目前,何不清闲之有?

暗室贞邪谁见,忽而万口喧传;自心善恶炯然,凛于四王考校。

寒山诗云:“有人来骂我,分明了了知,虽然不应对,却是得便宜。”此言宜深玩味。

恩爱,吾之仇也;富贵,身之累也。

冯驩之铗,弹老无鱼;荆轲之筑,击来有泪。

以患难心居安乐,以贫贱心居富贵,则无往不泰矣;以渊谷视康庄,以疾病视强健,则无往不安矣。

有誉于前,不若无毁于后;有乐于身,不若无忧于心。

富时不俭贫时悔,潜时不学用时悔,醉后狂言醒时悔,安不将息病时悔。

寒灰内半星之活火,浊流中一线之清泉。

攻玉于石,石尽而玉出;淘金于沙,沙尽而金露。

乍交不可倾倒,倾倒则交不终;久与不可隐匿,隐匿则心必险。

丹之所藏者赤,墨之所藏者黑。

懒可卧,不可风;静可坐,不可思;闷可对,不可独;劳可酒,不可食;醉可睡,不可淫。

书生薄命原同妾,丞相怜才不论官。

少年灵慧,知抱凤根;今生冥顽,可卜来世。

拨开世上尘氛,胸中自无火炎冰兢;消却心中鄙吝,眼前时有月到风来。

尘缘割断,烦恼从何处安身;世虑潜消,清虚向此中立脚。

市争利,朝争名,盖棺日何物可殉篙里;春赏花,秋赏月,荷锸时此身常醉蓬莱。

驷马难追,吾欲三缄其口;隙驹易过,人当寸惜乎阴。

万分廉洁,止是小善;一点贪污,便为大恶。

炫奇之疾,医以平易;英发之疾,医以深沉;阔大之疾,医以充实。

才舒放即当收敛,才言语便思简默。

贫不足羞，可羞是贫而无志；贱不足恶，可恶是贱而无能；老不足叹，可叹是老而虚生；死不足悲，可悲是死而无补。

身要严重，意要闲定；色要温雅，气要和平；语要简徐，心要光明；量要阔大，志要果毅；机要缜密，事要妥当。

富贵家宜学宽，聪明人宜学厚。

休委罪于气化，一切责之人事；休过望于世间，一切求之我身。

世人白昼寐语，苟能寐中作白昼语，可谓常惺惺矣。

观世态之极幻，则浮云转有常情；咀世味之皆空，则流水翻多浓旨。

大凡聪明之人，极是误事。何以故？惟聪明生意见，意见一生，便不忍舍割。往往溺于爱河欲海者，皆极聪明之人。

是非不到钓鱼处，荣辱常随骑马人。

名心未化，对妻孥亦自矜庄；隐衷释然，即梦寐皆成清楚。

观苏季子以贫穷得志，则负郭二顷田，误人实多；观苏季子以功名杀身，则武安六国印，害人不浅。

名利场中，难容伶俐；生死路上，正要糊涂。

一杯酒留万世名，不如生前一杯酒，自身行乐耳，遑恤其他；百年人做千年调，至今谁是百年人？一棺戢身，万事都已。

郊野非葬人之处，楼台是为丘墓；边塞非杀人之场，歌舞是为刀兵。试观罗绮纷纷，何异旌旗密密；听管弦冗冗，何异松柏萧萧。葬王侯之骨，能消几处楼台；落壮士之头，经得几番歌舞。达者统为一观，愚人指为两地。

节义傲青云，文章高白雪。若不以德性陶镕之，终为血气之私，技能之末。

我有功于人，不可念，而过则不可不念；人有恩于我，不可忘，而怨则不可不忘。

径路窄处，留一步与人行；滋味浓时，减三分让人嗜。此是涉世一极安乐法。

己情不可纵，当用逆之法制之，其道在一"忍"字；人情不可拂，当用顺之法调之，其道在一"恕"字。

昨日之非不可留，留之则根烬复萌，而尘情终累乎理趣；今日之是不可执，执之则渣滓未化，而理趣反转为欲根。

文章不疗山水癖，身心每被野云羁。

卷二　情

语云：当为情死，不当为情怨。明乎情者，原可死而不可怨者也。虽然，既云情矣，此身已为情有，又何忍死耶？然不死终不透彻耳。韩翃之柳，崔护之花，汉宫之流叶，蜀女之飘梧，令后世有情之人咨嗟想慕，讬之语言，寄之歌咏；而奴无昆仑，客无黄衫，知己无押衙，同志无虞侯，则虽盟在海棠，终是陌路萧郎耳。集情第二。

家胜阳台，为欢非梦；人惭萧史，相偶成仙。轻扇初开，忻看笑靥；长眉始画，愁对离妆。广摄金屏，莫令愁拥；恒开锦幔，速望人归。镜台新去，应余落粉；熏炉未徙，定有余烟。泪滴芳衾，锦花长湿；愁随玉轸，琴鹤恒惊。锦水丹鳞，素书稀远；玉山青鸟，仙使难通。彩笔试操，香笺遂满；行云可托，梦想还劳。九重千日，讵想倡家；单枕一宵，便如浪子。当令照影双来，一鸾羞镜；勿使推窗独坐，嫦娥笑人。

几条杨柳，沾来多少啼痕；三叠阳关，唱彻古今离恨。

世无花月美人，不愿生此世界。

荀令君至人家，坐处留香三日。

罄南山之竹，写意无穷；决东海之波，流情不尽。愁如云而长聚，泪若水以难干。

弄绿绮之琴，焉得文君之听；濡彩毫之笔，难描京兆之眉。

瞻云望月，无非凄怆之声；弄柳拈花，尽是销魂之处。

悲火常烧心曲，愁云频压眉尖。

五更三四点，点点生愁；一日十二时，时时寄恨。

燕约莺期，变作鸾悲凤泣；蜂媒蝶使，翻成绿惨红愁。

花柳深藏淑女居，何殊三千弱水；雨云不入襄王梦，空忆十二巫山。

枕边梦去心亦去，醒后梦还心不还。

万里关河，鸿雁来时悲信断；满腔愁绪，子规啼处忆人归。

千叠云山千叠愁，一天明月一天恨。

豆蔻不消心上恨，丁香空结雨中愁。

月色悬空，皎皎明明，偏自照人孤另；蛩声泣露，啾啾唧唧，都来助我愁思。

慈悲筏济人出相思海，恩爱梯接人下离恨天。

费长房缩不尽相思地，女娲氏补不完离恨天。

孤灯夜雨，空把青年误。楼外青山无数，隔不断新愁来路。

黄叶无风自落，秋云不雨长阴。天若有情天亦老，摇摇幽恨难禁。惆怅旧欢如梦，觉来无处追寻。

蛾眉未赎，谩劳桐叶寄相思；潮信难通，空向桃花寻往迹。

野花艳目，不必牡丹；村酒醂人，何须绿蚁。

琴罢辄举酒，酒罢辄吟诗，三友递相引，循环无已时。

阮籍邻家少妇有美色，当垆沽酒，籍尝诣饮，醉便卧其侧。隔帘闻坠钗声而不动念者，此人不痴则慧，我幸在不痴不慧中。

桃叶题情，柳丝牵恨。胡天胡帝，登徒于焉怡目；为云为雨，宋玉因而荡心。

轻泉刀若土壤，居然翠袖之朱家；重然诺如丘山，不忝红妆之季布。

蝴蝶长悬孤枕梦，凤凰不上断弦鸣。

吴妖小玉飞作烟，越艳西施化为土。

妙唱非关舌，多情岂在腰？

孤鸣翱翔以不去，浮云黯霮而荏苒。

楚王宫里，无不推其细腰；魏国佳人，俱言讶其纤手。

传鼓瑟于杨家，得吹萧于秦女。

春草碧色，春水绿波，送君南浦，伤如之何！

玉树以珊瑚作枝，珠帘以玳瑁为柙。

东邻巧笑，来侍寝于更衣；西子微颦，将横陈于甲帐。

骋纤腰于结风，奏新声于度曲；妆鸣蝉之薄鬓，照堕马之垂鬟。金星与婺女争华，麝月共嫦娥竞爽。惊鸾冶袖，时飘韩掾之香；飞燕长裾，宜结陈王之佩。轻身无力，怯南阳之捣衣；生长深宫，笑扶风之织锦。

青牛帐里，余曲既终；朱鸟窗前，新妆已竟。

山河绵邈，粉黛若新。椒华承彩，竟虚待月之帘；夸骨埋香，谁作双鸾之雾。

蜀纸麝煤添笔媚，越瓯犀液发茶香。风飘乱点更筹转，拍送繁弦曲破长。

教移兰烬频羞影,自拭香汤更怕深。初似染花难抑按,终忧沃雪不胜任。岂知侍女帘帏外,剩取君玉数饼金。

静中楼阁深春雨,远处帘拢半夜灯。

绿屏无睡秋分簟,红叶伤时月半楼。

但觉夜深花有露,不知人静月当楼。何郎烛暗谁能咏,韩寿香薰亦任偷。

阆苑有书多附鹤,女墙无树不栖鸾。星沉海底当窗见,雨过河源隔座看。

风阶拾叶,山人茶灶劳薪;月径聚花,素士吟坛绮席。

当场笑语,尽如形骸外之好人;背地风波,谁是意气中之烈士。

山翠扑帘,卷不起青葱一片;树阴流径,扫不开芳影几重。

珠帘蔽月,翻窥窈窕之花;绮幔藏云,恐碍扶疏之柳。

幽堂昼深,清风忽来好伴;虚窗夜朗,明月不减故人。

多恨赋花,风瓣乱侵笔墨;含情问柳,雨丝牵惹衣裾。

亭前杨柳,送尽到处游人;山下蘼芜,知是何时归路。

天涯浩渺,风飘四海之魂;尘士流离,灰染半生之劫。

蝶憩香风,尚多芳梦;鸟沾红雨,不任娇啼。

幽情化而石立,怨风结而冢青。千古空闺之感,顿令薄幸惊魂。

一片秋山,能疗病客;半声春鸟,偏唤愁人。

李太白酒圣,蔡文姬书仙,置之一时,绝妙佳偶。

华堂今日绮筵开,谁唤分司御史来。忽发狂言惊满座,两行红粉一时回。

缘之所寄,一往而深。故人恩重,来燕子于雕梁;逸士情深,托凫雏于春水。好梦难通,吹散巫山云气;仙缘未合,空探游女珠光。

桃花水泛,晓妆宫里腻胭脂;杨柳风多,堕马结中摇翡翠。

对妆则色殊,比兰则香越。泛明彩于宵波,飞澄华于晓月。

纷弱叶而凝照,竞新藻而抽英。

手巾还欲燥,愁眉即使开,逆想行人至,迎前含笑来。

逶迤洞房,半入宵梦;窈窕闲馆,方增客愁。

悬媚子于搔头,拭钗梁于粉絮。

临风弄笛,栏杆上桂影一轮;扫雪烹茶,篱落边梅花数点。

银烛轻弹,红妆笑倚,人堪惜,情更堪惜;困雨花心,垂阴柳耳,客堪怜,春亦堪怜。

肝胆谁怜,形影自为管鲍;唇齿相济,天涯孰是穷交。兴言及此,辄欲再广绝交之论,重作署门之句。

燕市之醉泣,楚帐之悲歌,岐路之涕零,穷途之恸哭。每一退念及此,虽在千载以后,亦感慨而兴嗟。

陌上繁华,两岸春风轻柳絮;闺中寂寞,一窗夜雨瘦梨花。芳草归迟,青骢别易;多情成恋,薄命何嗟。要亦人各有心,非关女德善怨。

山水花月之际,看美人更觉多韵。非美人借韵于山水花月也,山水花月直借美人生韵耳。

深花枝,浅花枝,深浅花枝相间时,花枝难似伊;巫山高,巫山低,暮雨潇潇郎不归,空房独守时。

青娥皓齿别吴倡,梅粉妆成半额黄;罗屏绣幔围寒玉,帐里吹笙学凤凰。

初弹如珠后如缕,一声两声落花雨,诉尽平生云水心,尽是春花秋月语。

春娇满眼睡红绡,掠削云鬟施妆束。飞上九天歌一声,二十五郎吹管逐。

琵琶新曲,无待石崇;箜篌杂引,非因曹植。

休文腰瘦,羞惊罗带之频宽;贾女容销,懒照蛾眉之常锁。

琉璃砚匣,终日随身;翡翠笔床,无时离手。

清文满箧,非惟芍药之花;新制连篇,宁止葡萄之树。

西蜀豪家,托情穷于鲁殿;东台甲馆,流咏止于洞箫。

醉把杯酒,可以吞江南吴越之清风;拂剑长啸,可以吸燕赵秦陇之劲气。

林花翻洒,乍飘飏于兰皋;山禽嗪响,时弄声于乔木。

长将姊妹丛中避,多爱湖山僻处行。

未知枕上曾逢女,可认眉尖与画郎。

苹风未冷催鸳别,沉檀合子留双结;千缕愁丝只数围,一片香痕才半节。

那忍重看娃鬓绿,终期一遇客衫黄。

金钱赐侍儿,暗嘱教休话。

薄雾几层推月出,好山无数渡江来;轮将秋动虫先觉,换得更深鸟越催。

花飞帘外凭笺讯,雨到窗前滴梦寒。

樯标远汉,昔时鲁氏之戈;帆影寒沙,此夜姜家之被。

填愁不满吴娃井,剪纸空题蜀女祠。

良缘易合,红叶亦可为媒;知己难投,白璧未能获主。

填平湘岸都栽竹,截住巫山不放云。

鸭为怜香死,鸳因泥睡痴。

红印山痕春色微,珊瑚枕上见花飞,烟鬟潦乱香云湿,疑向襄王梦里归。

零乱如珠为点妆,素辉乘月湿衣裳。只愁天酒倾如斗,醉却环姿傍玉床。

有魂落红叶,无骨锁青鬟。

书题蜀纸愁难浣,雨歇巴山话亦陈。

盈盈相隔愁追随,谁为解语来香帷。

斜看两鬟垂,俨似行云嫁。

欲与梅花斗宝妆,先开娇艳逼寒香。只愁冰骨藏珠屋,不似红衣待玉郎。

纵教弄酒春衫浣,别有风流上眼波。

听风声以兴思,闻鹤唳以动怀,企庄生之逍遥,慕尚子之清旷。

灯结细花成穗落,泪题愁字带痕红。

无端饮却相思水,不信相思想杀人。

渔舟唱晚,响穷彭蠡之滨;雁阵惊寒,声断衡阳之浦。

爽籁发而清风生,纤歌凝而白云遏。

杏子轻纱初脱暖,梨花深院自多风。

卷三　峭

今天下皆妇人矣!封疆缩其地,而中庭之歌舞犹喧;战血枯其人,而满座之貂蝉自若。我辈书生,既无诛贼讨乱之柄,而一片报国之忧,惟于寸楮尺字间见之,使天下之须眉而妇人者,亦耸然有起色。集峭第三。

忠孝吾家之宝,经史吾家之田。

闲到白头真是拙,醉逢青眼不知狂。

兴之所到,不妨呕出惊人心,故不然,也须随场作戏。

放得俗人心下,方可为丈夫;放得丈夫心下,方名为仙佛;放得仙佛心下,方名为得道。

吟诗劣于讲学,骂座恶于足恭。两而揆之,宁为薄行狂夫,不作厚颜君子。

观人题壁,便识文章。

宁为真士夫,不为假道学。宁为兰摧玉折,不作萧敷艾荣。

随口利牙,不顾天荒地老;翻肠倒肚,哪管鬼哭神愁。

身世浮名,余以梦蝶视之,断不受肉眼相看。

达人撒手悬崖,俗子沉身苦海。

销骨口中,生出莲花九品;铄金舌上,容他鹦鹉千言。

少言语以当贵,多著述以当富,载清名以当车,咀英华以当肉。

竹外窥莺,树外窥水,峰外窥云,难道我有意无意;鸟来窥人,月来窥酒,雪来窥书,却看他有情无情。

体裁如何,升月隐山;情景如何,落日映屿;气魄如何,收霞敛色;议论如何,回飙拂渚。

有大通必有大塞,无奇遇必无奇穷。

雾满杨溪,玄豹山间偕日月;云飞翰苑,紫龙天外借风雷。

西山霁雪,东岳含烟,驾凤桥以高飞,登雁塔而远眺。

一失脚为千古恨,再回头是百年人。

居轩冕之中,不可无山林的气味;处林泉之下,须常怀廊庙的经纶。

学者要有兢业的心思,又要有潇洒的趣味。

平民种德施惠,是无位之公卿;仕夫贪财好货,乃有爵的乞丐。

烦恼场空,身住清凉世界;营求念绝,心归自在乾坤。

觑破兴衰究竟,人我得失冰消;阅尽寂寞繁华,豪杰心肠灰冷。

名衲谈禅,必执经升座,便减三分禅理。

穷通之境未遭,主持之局已定;老病之势未催,生死之关先破。求之今世,谁堪语此?

一纸八行,不遇寒温之句;鱼腹雁足,空有往来之烦。是以嵇康不作,严光口传,豫章掷之水中,陈泰挂之壁上。

枝头秋叶,将落犹然恋树;檐前野鸟,除死方得离笼。人之处世,可怜如此。

士人有百折不回之真心,才有万变不穷之妙用。

立业建功,事事要从实地着脚,若少慕声闻,便成伪果;讲道修德,念念要从虚处立基,若稍计功效,便落尘情。

执拗者福轻,而圆融之人其禄必厚;操切者寿夭,而宽厚之士其年必长。故君子不言命,养性即所以立命;亦不言天,尽人自可以回天。

才智英敏者,宜以学问摄其躁;气节激昂者,当以德性融其偏。

苍蝇附骥,捷则捷矣,难辞处后之羞;茑萝依松,高则高矣,未免仰攀之耻。所以君子宁以风霜自挟,毋为鱼鸟亲人。

伺察以为明者,常因明而生暗,故君子以恬养智;奋迅以求速者,多因速而致迟,故君子以重持轻。

有面前之誉易,无背后之毁难;有乍交之欢易,无久处之厌难。

宇宙内事,要力担当,又要善摆脱。不担当,则无经世之事业;不摆脱,则无出世之襟期。

待人而留有余不尽之恩,可以维系无厌之人心;御事而留有余不尽之智,可以提防不测之事变。

无事如有事时提防,可以弭意外之变;有事如无事时镇定,可以销局中之危。

爱是万缘之根,当知割舍;识是众欲之本,要力扫除。

舌存常见齿亡,刚强终不胜柔弱;户朽未闻枢蠹,偏执岂及乎圆融?

荣宠旁边辱等待,不必扬扬;困穷背后福跟随,何须戚戚!看破有尽身躯,万境之尘缘自息;悟入无怀境界,一轮之心月独明。

霜天闻鹤唳,雪夜听鸡鸣,得乾坤清绝之气;晴空看鸟飞,活水观鱼戏,识宇宙活泼之机。

斜阳树下,闲随老衲清谈;深雪堂中,戏与骚人白战。

山月江烟,铁笛数声,便成清赏;天风海涛,扁舟一叶,大是奇观。

秋风闭户,夜雨挑灯,卧读《离骚》泪下;霁日寻芳,春宵载酒,闲歌《乐府》神怡。

云水中载酒,松篁里煎茶,岂必銮坡侍宴;山林下著书,花鸟间得句,何须凤沼挥毫。

人生不好古,象鼎牺樽变为瓦缶;世道不怜才,凤毛麟角化作灰尘。

要做男子,须负刚肠;欲学古人,当坚苦志。

风尘善病,伏枕处一片青山;岁月长吟,操觚时千篇《白雪》。

亲兄弟折箸,壁合翻作瓜分;士大夫爱钱,书香化为铜臭。

心为形役，尘世马牛；身被名牵，樊笼鸡鹜。

懒见俗人，权辞托病；怕逢尘事，诡迹逃禅。

人不通古今，襟裾马牛；士不晓廉耻，衣冠狗彘。

道院吹笙，松风袅袅；空门洗钵，花雨纷纷。

囊无阿堵物，岂便求人；盘有水晶盐，犹堪留客。

种两倾附郭田，量晴校雨；寻几个知心友，弄月嘲风。

着屐登山，翠微中独逢老衲；乘桴浮海，雪浪里群傍闲鸥。

才士不妨泛驾，辕下驹吾弗愿也；诤臣岂合模棱，殿上虎君无尤焉。

荷钱榆荚，飞来都作青蚨；柔玉温香，观想可成白骨。

旅馆题蕉，一路留来魂梦谱；客途惊雁，半天寄落别离书。

歌儿带烟霞之致，舞女具丘壑之资；生成世外风姿，不惯尘中物色。

今古文章，只在苏东坡鼻端定优劣；一时人品，却从阮嗣宗眼内别雌黄。

魑魅满前，笑看阮家《无鬼论》；炎嚣阅世，愁披刘氏《北风图》。气夺山川，色结烟霞。

诗思在灞凌桥上，微吟处，林岫便已浩然；野趣在镜湖曲边，独往时，山川自相映发。

至音不合众听，故伯牙绝弦；至宝不同众好，故卞和泣玉。

看文字，须如猛将用兵，直是鏖战一阵；亦如酷吏治狱，直是推勘到底，决不恕他。

名山乏侣，不解壁上芒鞋；好景无诗，虚携囊中锦字。

辽水无极，雁山参云，闺中风暖，陌上草薰。

秋露如珠，秋月如珪。明月白露，光阴往来。与子之别，思心徘徊。

声应气求之夫，决不在于寻行数墨之士；风行水上之文，决不在于一字一句之奇。

借他人之酒杯，浇自己之块垒。

春至不知湘水深，日暮忘却巴陵道。

奇曲雅乐，所以禁淫也；锦绣黼黻，所以御暴也。缛则太过，是以檀卿刺郑声、周人伤北里。

静若清夜之列宿，动若流彗之互奔。振骏气以摆雷，飞雄光以倒电。

停之如栖鹄，挥之如惊鸿，飘缨蕤于轩幌，发晖曜于群龙。始缘甍而冒栋，终开帘而入隙；初便娟于墀庑，末萦盈于帷席。

云气荫于丛菁,金精养于秋菊。落叶半床,狂花满屋。

雨送添砚之水,竹供扫榻之风。

血三年而藏碧,魂一变而成红。

举黄花而乘月艳,笼黛叶而卷云翘。

垂纶帘外,疑钩势之重悬;透影窗中,若镜光之开照。

叠轻蕊而矜暖,布重泥而讶湿。迹似连珠,形如聚粒。

霄光分晓,出虚窦以双飞;微阴合暝,舞低檐而并入。

任他极有见识,看得假认不得真;随你极有聪明,卖得巧藏不得拙。

伤心之事,即懦夫亦动怒发;快心之举,虽愁人亦开笑颜。

论官府不如论帝王,以佐史臣之不逮;谈闺阃不如谈艳丽,以补风人之见遗。

是技皆可成名天下,惟无技之人最苦;片技即足自立天下,唯多技之人最劳。

傲骨、侠骨、媚骨,即枯骨可致千金;冷语、隽语、韵语,即片语亦重九鼎。

议生草莽无轻重,论到家庭无是非。

圣贤不白之衷,托之日月;天地不平之气,托之风雷。

风流易荡,佯狂近颠。

书载茂先三十乘,便可移家;囊无子美一文钱,尽堪结客。

有作用者,器宇定是不凡;有受用者,才情决然不露。夫人有短,所以见长。

松枝自是幽人笔,竹叶常浮野客杯。且与少年饮美酒,往来射猎西山头。

瑶草与芳兰而并茂,苍松齐古柏以增龄。

好山当户天呈画,古寺为邻僧报钟。

群鸿戏海,野鹤游天。

卷四 灵

天下有一言之微而千古如新,一字之义而百世如见者,安可泯灭之?故风雷雨露,天之灵;山川名物,地之灵;语言文字,人之灵。毕三才之用,无非一灵以神其间,而又何可泯灭之?集灵第四。

投刺空劳，原非生计；曳裾自屈，岂是交游？

事遇快意处当转，言遇快意处当住。

俭为贤德，不可着意求贤；贫是美称，只是难居其美。

志要高华，趣要淡泊。

眼里无点灰尘，方可读书千卷；胸中没些渣滓，才能处世一番。

眉上几分愁，且去观棋酌酒；心中多少乐，只来种竹浇花。

茅屋竹窗，贫中之趣，何须脚到李侯门；草帖画谱，闲里所需，直凭心游杨子宅。

好香用以熏德，好纸用以垂世，好笔用以生花，好墨用以焕彩，好茶用以涤烦，好酒用以消忧。

声色娱情，何若净几明窗，一坐息顷；利荣驰念，何若名山胜景，一登临时。

竹篱茅舍，石屋花轩；松柏群吟，藤萝翳景；流水绕户，飞泉挂檐；烟霞欲栖，林壑将暝。中处野叟山翁四五，予以闲身作此中主人。坐沉红烛，看遍青山，消我情肠，任他冷眼。

问妇索酿，瓮有新刍；呼童煮茶，门临好客。

花前解佩，湖上停桡，弄月放歌，采莲高醉；晴云微衮，渔笛沧浪，华钩一垂，江山共峙。

胸中有灵丹一粒，方能点化俗情，摆脱世故。

独坐丹房，潇然无事，烹茶一壶，烧香一炷，看《达摩面壁图》。垂帘少顷，不觉心净神清，气柔息定，濛濛然如混沌境界，意者揖达摩与之乘槎而见麻姑也。

无端妖冶，终成泉下骷髅；有分功名，自是梦中蝴蝶。

累月独处，一室萧条，取云霞为伴侣，引青松为心知。或稚子老翁，闲中来过，浊酒一壶，蹲鸱一盂，相共开笑口，所谈浮生闲话，绝不及市朝。客去关门，了无报谢，如是毕余生足矣。

半坞白云耕不尽，一潭明月钓无痕。

茅檐外，忽闻犬吠鸡鸣，恍似云中世界；竹窗下，唯有蝉吟鹊噪，方知静里乾坤。

如今休去便休去，若觅了时无了时。若能行乐，即今便好快活。身上无病，心上无事，春鸟是笙歌，春花是粉黛。闲得一刻，即为一刻之乐，何必情欲乃为乐耶？

开眼便觉天地阔，挝鼓非狂；林卧不知寒暑更，上床空算。

惟俭可以助廉，惟恕可以成德。

山泽未必有异士，异士未必在山泽。

业净六根成慧眼，身无一物到茅庵。

人生莫如闲，太闲反生恶业；人生莫如清，太清反类俗情。

"不是一番寒彻骨，怎得梅花扑鼻香。"念头稍缓时，便宜庄诵一遍。

梦以昨日为前身，可以今夕为来世。

读史要耐讹字，正如登山耐仄路，踏雪耐危桥，闲居耐俗汉，看花耐恶酒，此方得力。

世外交情，惟山而已。须有大观眼，济胜具，久住缘，方许与之莫逆。

九山散樵，浪迹俗间，徜徉自肆。遇佳山水处，盘礴箕踞，四顾无人，则划然长啸，声振林木。有客造榻与语，对曰："余方游华胥，接羲皇，未暇理君语。"客之去留，萧然不以为意。

择池纳凉，不若先除热恼；执鞭求富，何如急遣穷愁。

万壑疏风清，两耳闻世语，急须敲玉磬三声；九天凉月净，初心诵其经，胜似撞金钟百下。

无事而忧，对景不乐，即自家亦不知是何缘故，这便是一座活地狱，更说甚么铜床铁柱、剑树刀山也。

烦恼之场，何种不有，以法眼照之，奚啻蝎蹈空花。

上高山，入深林，穷回溪，幽泉怪石，无远不到。到则拂草而坐，倾壶而醉，醉则更相枕藉以卧，意亦甚适，梦亦同趣。

闭门阅佛书，开门接佳客，出门寻山水，此人生三乐。

客散门局，风微日落，碧月皎皎当空，花阴徐徐满地。近檐鸟宿，远寺钟鸣，茶铛初熟，酒瓮乍开，不成八韵新诗，毕竟一团俗气。

不作风波于世上，自无冰炭到胸中。

秋月当天，纤云都净，露坐空阔去处，清光冷浸此身，如在水晶宫里，令人心胆澄澈。

遗子黄金满籝，不如教子一经。

凡醉各有所宜：醉花宜昼，袭其光也；醉雪宜夜，清其思也；醉得意宜唱，宜其和也；醉将离宜击钵，壮其神也；醉文人宜谨节奏，畏其侮也；醉俊人宜益觥盂加旗帜,助其烈也;醉楼宜暑,资其清也;醉水宜秋,泛其爽也。此皆审其宜,考其景,反此则失饮矣。

竹风一阵,飘飏茶灶疏烟;梅月半湾,掩映书窗残雪。

厨冷分山翠,楼空入水烟。

闲疏滞叶通邻水,拟典荒居作小山。

聪明而修洁,上帝固录清虚;文墨而贪残,冥官不受辞赋。

破除烦恼,二更山寺木鱼声;见彻性灵,一点云堂优钵影。

兴来醉倒落花前,天地即为衾枕;机息坐忘磐石上,古今尽属蜉蝣。

老树着花,更觉生机郁勃;秋禽弄舌,转令幽兴潇疏。

完得心上之本来,方可言了心;尽得世间之常道,才堪论出世。

雪后寻梅,霜前访菊,雨际护兰,风外听竹,固野客之闲情,实文人之深趣。

结一草堂,南洞庭月,北蛾眉雪,东泰岱松,西潇湘竹,中具晋高僧支法八尺沉香床。浴罢温泉,投床鼾睡,以此避暑,讵不乐也?

人有一字不识,而多诗意;一偈不参,而多禅意;一勺不濡,而多酒意;一石不晓,而多画意。淡宕故也。

以看世人青白眼转而看书,则圣贤之真见识;以议论人雌黄口转而论史,则左、狐之真是非。

事到全美处,怨我者不能开指摘之端;行到至污处,爱我者不能施掩护之法。

必出世者,方能入世,不则世缘易堕;必入世者,方能出世,不则空趣难持。

调性之法,急则佩韦,缓则佩弦;谐情之法,水则从舟,陆则从车。

才人之行多放,当以正敛之;正人之行多板,当以趣通之。

人有不及,可以情恕;非义相干,可以理遣。佩此两言,足以游世。

冬起欲迟,夏起欲早,春睡欲足,午睡欲少。

无事当学白乐天之嗒然,有客宜仿李建勋之击磬。

郊居,诛茅结屋,云霞栖梁栋之间,竹树在汀洲之外,与二三之同调,望衡对宇,联接巷陌,风天雪夜,买酒相呼,此时觉曲生气味,十倍市饮。

万事皆易满足,惟读书终身无尽,人何不以不知足一念加之书?又云:读书如服药,药多力自行。

醉后辄作草书十数行，便觉酒气拂拂从十指中出也。

书引藤为架，人将薜为衣。

从江干溪畔箕踞石上，听水声浩浩潺潺，粼粼冷冷，恰似一部天然之乐韵，疑有湘灵在水中鼓瑟也。

鸿中叠石，未论高下，但有木阴水气，便自超绝。

段由夫携瑟就松风涧响之间，曰三者皆自然之声，正合类聚。

高卧闲窗，绿阴清昼，天地何其寥廓也。

少学琴书，偶爱清净，开卷有得，便欣然忘食，见树木交映，时鸟变声，亦复欢然有喜。常言五六月，卧北窗下，遇凉风暂至，自谓羲皇上人。

空山听雨，是人生如意事。听雨必于空山破寺中，寒雨围炉，可以烧败叶，烹鲜笋。

鸟啼花落，欣然有会于心。遣小奴，挈癭樽，酤白酒，醲一梨花瓷盏，急取诗卷，快读一过以咽之，萧然不知其在尘埃间也。

闭门即是深山，读书随处净土。

千岩竞秀，万壑争流，草木蒙笼其上，若云兴霞蔚。

从山阴道上行，山川自相映发，使人应接不暇。若秋冬之际，犹难为怀。

欲见圣人气象，须于自己胸中洁净时观之。

执笔惟凭于手熟，为诗每事于口占。

箕踞于斑竹林中，徙倚于青矶石上，所有道笈梵书，或校雠四五字，或参讽一两章；茶不甚精，壶亦不燥，香不甚良，灰亦不死；短琴无曲而有弦，长讴无腔而有音；激气发于林樾，好风逆之水涯：若非羲皇以上，定亦嵇、阮之间。

闻人善则疑之，闻人恶则信之，此满腔杀机也。

士君子尽心利济，使海内少他不得，则天亦自然少他不得，即此便是立命。

读书不独变气质，且能养精神，盖理义收摄故也。

周旋人事后，当诵一部清静经；吊丧问疾后，当念一通扯淡歌。

卧石不嫌于斜，立石不嫌于细，倚石不嫌于薄，盆石不嫌于巧，山石不嫌于拙。

雨过生凉境闲情，适邻家笛韵，与晴云断雨逐听之，声声入肺肠。

不惜费，必至于空乏而求人；不受享，无怪乎守财而遗诮。

园亭若无一段山林景况,只以壮丽相炫,便觉俗气扑人。

餐霞吸露,聊驻红颜;弄月嘲风,开销白日。

清之品有五:睹标致发厌俗之心,见精洁动出尘之想,名曰清兴;知蓄书史,能亲笔砚,布景物有趣,种花木有方,名曰清致;纸裹中窥钱,瓦瓶中藏粟,困顿于荒野,摈弃乎血属,名曰清苦;指幽僻之耽,夸以为高,好言动之异,标以为放,名曰清狂;博极今古,适情泉石,文韵带烟霞,行事绝尘俗,名曰清奇。

对棋不若观棋,观棋不若弹瑟,弹瑟不若听琴。古云:"但识琴中趣,何劳弦上音。"斯言信然。

奕秋往矣,伯牙往矣,千百世之下,止存遗谱,似不能尽有益于人。唯诗文字画,足为传世之珍,垂名不朽。总之身后名,不若生前酒耳。

君子虽不过信人,君子断不过疑人。

人只把不如我者较量,则自知足。

折胶铄石,虽累变于岁时;热恼清凉,原只在于心境。所以佛国都无寒暑,仙都长似三春。

鸟栖高枝,弹射难加;鱼潜深渊,网钓不及;士隐岩穴,祸患焉至。

于射而得揖让,于棋而得征诛,于忙而得伊周,于闲而得巢许,于醉而得瞿昙,于病而得老庄,于饮食衣服、出作人息而得孔子。

前人云:"昼短苦夜长,何不秉烛游?"不当草草看过。

优人代古人语,代古人笑,代古人愤,今文人为文似之。优人登台肖古人,下台还优人,今文人为文又似之。假令古人见今文人,当何如愤,何如笑,何如语?

看书只要理路通透,不可拘泥旧说,更不可附会新说。

简傲不可谓高,诡谀不可谓谦,刻薄不可谓严明,阘茸不可谓宽大。

作诗能把眼前光景,胸中情趣,一笔写出,便是作手,不必说唐说宋。

少年休笑老年颠,及到老时颠一般。只怕不到颠时老,老年何暇笑少年。

饥寒困苦,福将至已;饱饫宴游,祸将生焉。

打透生死关,生来也罢,死来也罢;参破名利场,得了也好,失了也好。

混迹尘中,高视物外;陶情杯酒,寄兴篇咏;藏名一时,尚友千古。

痴矣狂客,酷好宾朋;贤哉细君,无违夫子。醉人盈座,簪裾半尽酒家;食客满堂,瓶瓮不离米肆。灯烛荧荧,且耽夜酌;爨烟寂寂,安问晨炊。生来不解攒眉,老去弥堪鼓腹。

皮囊速坏,神识常存,杀万命以养皮囊,罪卒归于神识;佛性无边,经书有限,穷万卷以求佛性,得不属于经书。

人胜我无害,彼无蓄怨之心;我胜人非福,恐有不测之祸。

书屋前,列曲槛栽花,凿方池浸月,引活水养鱼;小窗下,焚清香读书,设净几鼓琴,卷疏帘看鹤,登高楼饮酒。

人人爱睡,知其味者甚鲜,睡则双眼一合,百事俱忘,肢体皆适,尘劳尽消,即黄粱、南柯,特余事已耳。静修诗云:"书外论交睡最贤。"旨哉言也。

过份求福,适以速祸;安分远祸,将自得福。

倚势而凌人者,势败而人凌;恃财而侮人者,财散而人侮。此循环之道。我争者,人必争,虽极力争之,未必得;我让者,人必让,虽极力让之,未必失。

贫不能享客而好结客,老不能徇世而好维世,穷不能买书而好读奇书。

沧海日、赤城霞、蛾眉雪、巫峡云、洞庭月、潇湘雨、彭蠡烟、广陵涛、庐山瀑布,合宇宙奇观,绘吾斋壁;少陵诗、摩诘画、《左传》文、马迁史、薛涛笺、右军帖、《南华经》、相如赋、屈子《离骚》,收古今绝艺,置我山窗。

偶饭淮阴,定万古英雄之眼,自有一段真趣,纷扰不宁者何能得此;醉题便殿,生千秋风雅之光,自有一番奇特,踽踽牖下者岂易获诸!

清闲无事,坐卧随心,虽粗衣淡食,自有一段真趣;纷扰不宁,忧患缠身,虽锦衣厚味,只觉万状愁苦。

我如为善,虽一介寒士,有人服其德;我如为恶,虽位极人臣,有人议其过。

读理义书,学法帖字,澄心静坐,益友清谈,小酌半醺,浇花种竹,听琴玩鹤,焚香煮茶,泛舟观山,寓意奕棋。虽有他乐,吾不易矣。

成名每在穷苦日,败事多因得志时。

宠辱不惊,肝木自宁;动静以敬,心火自定;饮食有节,脾土不泄;调息寡言,肺金自全;怡神寡欲,肾水自足。

让利精于取利,逃名巧于邀名。

彩笔描空,笔不落色,而空亦不受染;利刀割水,刀不损锷,而水亦不留痕。

唾面自干,娄师德不失为雅量;睚眦必报,郭象玄未免为祸胎。

天下可爱的人,都是可怜人;天下可恶的人,都是可惜人。

事业文章,随身销毁,而精神万古如新;功名富贵,逐世转移,而气节千载一日。

读书到快目处,起一切沉沦之色;说话到洞心处,破一切暧昧之私。

谐臣媚子,极天下聪颖之人;秉正嫉邪,作世间忠直之气。

隐逸林中无荣辱,道义路上无炎凉。

名心未化,对妻孥亦自矜庄;隐衷释然,即梦寐会成清楚。

闻谤而怒者,谗之囮;见誉而喜者,佞之媒。

摊烛作画,正如隔帘看月,隔水看花,意在远近之间,亦文章法也。

藏锦于心,藏绣于口,藏珠玉于咳唾,藏珍奇于笔墨;得时则藏于册府,不得则藏于名山。

读一篇轩快之书,宛见山青水白;听几句伶俐之语,如看岳立川行。

读书如竹外溪流,洒然而往;咏诗如苹末风起,勃焉而扬。

子弟排场,有举止而谢飞扬,难博缠头之锦;主宾御席,务廉隅而少蕴藉,终成泥塑之人。

取凉于箑,不若清风之徐来;激水于槔,不若甘雨之时降。

有快捷之才而无所建用,势必乘愤激之处,一逞雄风;有纵横之论而无所发明,势必乘簧鼓之场,一恣余力。

月榭凭栏,飞凌缥缈;云房启户,坐看氤氲。

发端无绪,归结还自支离;入门一差,进步终成恍惚。

李纳性辨急,酷尚奕棋,每下子,安详极于宽缓。有时躁怒,家人辈则密以棋具陈于前,纳睹之便欣然改容,取子布算,都忘其患。

竹里登楼,远窥韵士,聆其谈名理于坐上,而人我之相可忘;花间扫石,时候棋师,观其应危劫于枰间,而胜负之机早决。

《六经》为庖厨,百家为异馔;《三坟》为瑚琏,诸子为鼓吹;自奉得无大奢,请客未必能享。

说得一句好言,此怀庶几才好;揽了一分闲事,此身永不得闲。

古人特爱松风,庭院皆植松,每闻其响,欣然往其下,曰:此可浣尽十年尘胃。

凡名易居,只有清名难居;凡福易享,只有清福难享。

贺兰山外虚兮怨,无定河边破镜愁。

有书癖而无剪裁,徒号书厨;推名饮而少酝藉,终非名饮。

飞泉数点雨非雨,空翠几重山又山。

夜者日之余,雨者月之余,冬者岁之余。当此三余,人事稍疏,正可一意问学。

树影横床,诗思平凌枕上;云华满纸,字意隐跃行间。

耳目宽则天地窄,争务短则日月长。

秋老洞庭,霜清彭泽。

听静夜之钟声,唤醒梦中之梦;观澄潭之月影,窥见身外之身。

事有急之不白者,宽之或自明,毋躁急以速其忿;人有操之不从者,纵之或自化,毋操切以益其顽。

士君子贫不能济物者,遇人痴迷处,出一言提醒之;遇人急难处,出一言解救之,亦是无量功德。

处父兄骨肉之变,宜从容,不宜激烈;遇朋友交游之失,宜剀切,不宜优游。

问祖宗之德泽,吾身所享者是,当念其积累之难;问子孙之福祉,吾身所贻者是,要思其倾覆之易。

韶光去矣,叹眼前岁月无多,可惜年华如疾马;长啸归与,知身外功名是假,好将姓字任呼牛。

意慕古,先存古,未敢反古;心持世,外厌世,未能离世。

苦恼世上,度不尽许多痴迷汉,人对之肠热,我对之心冷;嗜欲场中,唤不醒许多伶俐人,人对之心冷,我对之肠热。

自古及今,山之胜多妙于天成,每坏于人造。

画家之妙,皆在运笔之先,运思之际,一经点染便减机神。

长于笔者,文章即如言语;长于舌者,言语即成文章。昔人谓"丹青乃无言之诗,诗句乃有言之画",余则欲丹青似诗,诗句无言,方许各臻妙境。

舞蝶游蜂,忙中之闲,闲中之忙;落花飞絮,景中之情,情中之景。

五夜鸡鸣,唤起窗前明月;一觉睡起,看破梦里当年。

想到非非想,茫然天际白云;明至无无明,浑矣台中明月。

逃暑深林,南风逗树;脱帽露顶,沉李浮瓜;火宅炎宫,莲花忽迸;较之陶潜卧北窗下,自称羲皇上人,此乐过半矣。

霜飞空而漫雾,雁照月而猜弦。

既绵华而稠彩,亦密照而疏明;若春隰之扬花,似秋汉之含星。景澄则岩岫开镜,风生则芳树流芬。

类君子之有道,入暗室而不欺;同至人之无迹,怀明义以应时。

一翻一覆兮如掌,一死一生兮如轮。

卷五　素

袁石公云:"长安风雪夜,古庙冷铺中,乞儿丐僧,啁啁如雷吼,而白髭老贵人,拥锦下帷,求一合眼不得。"呜呼!松间明月,槛外青山,未尝拒人,而人人自拒者何哉?集素第五。

田园有真乐,不潇洒终为忙人;诵读有真趣,不玩味终为鄙夫;山水有真赏,不领会终为漫游;吟咏有真得,不解脱终为套语。

居处寄吾生,但得其地,不在高广;衣服被吾体,但顺其时,不在纨绮;饮食充吾腹,但适其可,不在膏粱;宴乐修吾好,但致其诚,不在浮靡。

披卷有余闲,留客坐残良夜月;襄帷无别务,呼童耕破远山云。

琴觞自对,鹿豕为群,任彼世态之炎凉,从他人情之反复。

家居苦事物之扰,惟田舍园亭,别是一番活计,焚香煮茗,把酒吟诗,不许胸中生冰炭;客寓多风雨之怀,独禅林道院,转添几种生机,染翰挥毫,翻经问偈,肯教眼底逐风尘。

茅斋独坐茶频煮,七碗后气爽神清;竹榻斜眠书漫抛,一枕余心闲梦稳。

带雨有时种竹,关门无事锄花;拈笔闲删旧句,汲泉几试新茶。

余尝净一室,置一几,陈几种快意书,放一本旧法帖,古鼎焚香,素麈挥尘,意思小倦,暂休竹榻。饷时而起,则啜苦茗,信手写汉书几行,随意观古画数幅,心目间觉洒洒灵空,面上俗尘当亦扑去三寸。

但看花开落,不言人是非。

莫恋浮名,梦幻泡影有限;且寻乐事,风花雪月无穷。

白云在天,明月在地,焚香煮茗,阅偈翻经,俗念都捐,尘心顿尽。

暑中尝默坐,澄心闭目,作水观久之,觉肌发洒洒,几阁间似有凉气飞来。

胸中只摆脱一恋字，便十分爽净，十分自在。人生最苦处，只是此心，沾泥带水，明是知得，不能割断耳。

无事以当贵，早寝以当富，安步以当车，晚食以当肉：此巧于处贫矣。

三月茶笋初肥，梅风未困；九月莼鲈正美，秋酒新香。胜友晴窗，出古人法书名画，焚香评赏，无过此时。

高枕丘中，逃名世外，耕稼以输王税，采樵以奉亲颜；新谷既升，田家大洽，肥牲烹以享神，枯鱼燔而召友；蓑笠在户，桔槔空悬，浊酒相命，击缶长歌，野人之乐足矣。

为市井草莽之臣，早输国课；作泉石烟霞之主，日远俗情。

覆雨翻云何险也，论人情只合杜门；吟风弄月忽颓然，全天真且须对酒。

春初玉树参差，冰花错落，琼台奇望，恍坐玄圃罗浮，若非黄昏月下，携琴吟赏，杯酒留连，则暗香浮动、疏影横斜之趣，何能真实际？

性不堪虚，天渊亦受鸢鱼之扰；心能会境，风尘还结烟霞之娱。

身外有身，捉麈尾矢口闲谈，真如画饼；窍中有窍，向蒲团回心究竟，方是力田。

山中有三乐：薜荔可衣，不羡绣裳；蕨薇可食，不贪粱肉；箕踞散发，可以逍遥。

终南当户，鸡峰如碧笋左簇，退食时秀色纷纷堕盘，山泉绕窗入厨，孤枕梦回，惊闻雨声也。

世上有一种痴人，所食闲茶冷饭，何名高致。

桑林麦垄，高下竞秀，风摇碧浪层层，雨过绿云绕绕。雊雏春阳，鸠呼朝雨，竹篱茅舍，闲以红桃白李，燕紫莺黄，寓目色相，自多村家闲逸之想，令人便忘艳俗。

云生满谷，月照长空，洗足收衣，正是宴安时节。

眉公居山中，有客问山中何景最奇，曰："雨后露前，花朝雪夜。"又问何事最奇，曰："钓因鹤守，果遣猿收。"

古今我爱陶元亮，乡里人称马少游。

嗜酒好睡，往往闭门；俯仰进趋，随意所在。

霜水澄定，凡悬崖峭壁，古木垂萝，与片云纤月，一山映在波中，策杖临之，心境俱清绝。

亲不抬饭，虽大宾不宰牲，匪直戒奢侈而可久，亦将免烦劳以安身。

饥生阳火炼阴精，食饱伤神气不升。

心苟无事，则息自调；念苟无欲，则中自守。

文章之妙：语快令人舞，语悲令人泣，语幽令人冷，语怜令人惜，语险令人危，语慎令人密，语怒令人按剑，语激令人投笔，语高令人入云，语低令人下石。

溪响松声，清听自远；竹冠兰佩，物色俱闲。

鄙吝一销，白云亦可赠客；渣滓尽化，明月自来照人。

存心有意无意之间，微云淡河汉；应世不即不离之法，疏雨滴梧桐。

肝胆相照，欲与天下共分秋月；意气相许，欲与天下共坐春风。

堂中设木榻四，素屏二，古琴一张，儒道佛书各数卷。乐天既来为主，仰观山，俯听水，傍睨竹树云石，自辰及酉，应接不暇。俄而物诱气和，外适内舒，一宿体宁，再宿心恬，三宿后颓然嗒然，不知其然而然。

偶坐蒲团，纸窗上月光渐满，树影参差，所见非空非色。此时虽名衲敲门，山童且勿报也。

会心处不必在远。翳然林水，便自有濠濮间想，不觉鸟兽禽鱼自来亲人。

茶欲白，墨欲黑；茶欲重，墨欲轻；茶欲新，墨欲陈。

馥喷五木之香，色冷冰蚕之锦。

筑凤台以思避，构仙阁而入圆。

客过草堂，问：“何感慨而甘栖遯？”余倦于对，但拈古句答曰：“得闲多事外，知足少年中。”问：“是何功课？”曰：“种花春扫雪，看箓夜焚香。”问：“是何利养？”曰：“砚田无恶岁，酒国有长春。”问：“是何还往？”曰：“有客来相访，通名是伏羲。”

山居胜于城市，盖有八德：不责苟礼，不见生客，不混酒肉，不竞田产，不闻炎凉，不闹曲直，不微文遣，不谈士籍。

采茶欲精，藏茶欲燥，烹茶欲洁。

茶见日而夺味，墨见日而色灰。

磨墨如病儿，把笔如壮夫。

园中不能辨奇花异石，惟一片树阴，半庭藓迹，差可会心。忘形友来，或促膝剧论，或鼓掌欢笑，或彼谈我听，或彼默我喧，而宾主两忘。

尘缘割断，烦恼从何处安身；世虑潜消，清虚向此中立脚。

檐前绿蕉黄葵，老少叶，鸡冠花，布满阶砌。移榻对之，或枕石高眠，或捉尘清话，门外车马之尘滚滚，了不相关。

夜寒坐小室中，拥炉闲话。渴则敲冰煮茗，饥则拨火煨芋。

阿衡五就，那如莘野躬耕；诸葛七擒，争似南阳抱膝。

饭后黑甜，日中薄醉，别是洞天；茶铛酒臼，轻案绳床，寻常福地。

翠竹碧梧，高僧对弈；苍苔红叶，童子煎茶。

久坐神疲，焚香仰卧，偶得佳句，即令毛颖君就枕掌记，不则展转失去。

和雪嚼梅花，羡道人之铁脚；烧丹染香履，称先生之醉吟。

灯下玩花，帘内看月，雨后观景，醉里题诗，梦中闻书声，皆有别趣。

王思远扫客坐留，不若杜门；孙仲益浮白俗谈，足当洗耳。

铁笛吹残，长啸数声，空山答响；胡麻饭罢，高眠一觉，茂树屯阴。

编茅为屋，叠石为阶，何处风尘可到；据梧而吟，烹茶而语，此中幽兴偏长。

皂囊白简，被人描尽半生；黄帽青鞋，任我逍遥一世。

清闲之人，不可惰其四肢，又须以闲人做闲事：临古人帖，温昔年书，拂几微尘，洗砚宿墨，灌园中花，扫林中叶。觉体少倦，放身匡床上，暂息半响可也。

待客当洁不当侈，无论不能继，亦非所以惜福。

葆真莫如少思，寡过莫如省事；善应莫如收心，解谬莫如澹志。

世味浓，不求忙而忙自至；世味淡，不偷闲而闲自来。

盘餐一菜，永绝腥膻，饭僧宴客，何烦六甲行厨；茅屋三楹，仅蔽风雨，扫地焚香，安用数童缚帚。

以俭胜贫，贫忘；以施代侈，侈化；以省去累，累消；以逆炼心，心定。

净几明窗，一轴画，一囊琴，一只鹤，一瓯茶，一炉香，一部法帖；小园幽径，几丛花，几群鸟，几区亭，几拳石，几池水，几片闲云。

花前无烛，松叶堪燃；石畔欲眠，琴囊可枕。

流年不复记，但见花开为春，花落为秋；终岁无所营，惟知日出而作，日入而息。

脱巾露项，斑文竹箨之冠；倚枕焚香，半臂华山之服。

谷雨前后，为和凝汤社，双井白茅，湖州紫笋，扫臼涤铛，征泉选火；以王濛为品司，卢仝为执权，李赞皇为博士，陆鸿渐为都统；聊消渴吻，敢讳水淫，差取婴汤，以供茗战。

窗前落月，户外垂萝，石畔草根，桥头树影，可立可卧，可坐可吟。

亵狎易契，日流于放荡；庄厉难亲，日进于规矩。

甜苦备尝好丢手，世味浑如嚼蜡；生死事大急回头，年光疾于跳丸。

若富贵由我力取，则造物无权；若毁誉随人脚根，则谗夫得志。

清事不可着迹，若衣冠必求奇古，器用必求精良，饮食必求异巧，此乃清中之浊，吾以为清事之一蠹。

吾之一身，尝有少不同壮，壮不同老；吾之身后，焉有子能肖父，孙能肖祖？如此期必，尽属妄想，所可尽者，惟留好样与儿孙而已。

若想钱而钱来，何故不想；若愁米而米至，人固当愁。晓起依旧贫穷，夜来徒多烦恼。

半窗一几，远兴闲思，天地何其寥阔也；清晨端起，亭午高眠，胸襟何其洗涤也。

行合道义，不卜自吉；行悖道义，纵卜亦凶。人当自卜，不必问卜。

奔走于权幸之门，自视不胜其荣，人窃以为辱；经营于利名之场，操心不胜其苦，己反以为乐。

宇宙以来，有治世法，有傲世法，有维世法，有出世法，有垂世法。唐虞垂衣，商周秉钺，是谓治世；巢父洗耳，裘公瞑目，是谓傲世；首阳轻周，桐江重汉，是谓维世；青牛度关，白鹤翔云，是谓出世；若乃鲁儒一人，邹传七篇，始谓垂世。

书室中修行法：心闲手懒，则观法帖，以其可逐字放置也；手闲心懒，则治迁事，以其可作可止也；心手俱闲，则写字作诗文，以其可以兼济也；心手俱懒，则坐睡，以其不强役于神也；心不甚定，宜看诗及杂短故事，以其易于见意，不滞于久也；心闲无事，宜看长篇文字，或经注，或史传，或古人文集，此又甚宜于风雨之际及寒夜也。又曰：手冗心闲则思，心冗手闲则卧，心手俱闲则著作书字，心手俱冗则思早毕其事，以宁吾神。

片时清畅，即享片时；半景幽雅，即娱半景：不必更起姑待之心。

一室经行，贤于九衢奔走；六时礼佛，清于五夜朝天。

会意不求多，数幅晴光摩诘画；知心能有几，百篇野趣少陵诗。

醇醪百斛，不如一味太和之汤；良药千包，不如一服清凉之散。

闲暇时，取古人快意文章，朗朗读之，则心神超逸，须眉开张。

修净土者,自净其心,方寸居然莲界;学禅坐者,达禅之理,大地尽作蒲团。

衡门之下,有琴有书。载弹载咏,爰得我娱。岂无他好,乐是幽居。朝为灌园,夕偃蓬庐。

因葺旧庐,疏渠引泉,周以花木,日哦其间;故人过逢,瀹茗奕棋,杯酒淋浪,殆非尘中物也。

逢人不说人间事,便是人间无事人。

闲居之趣,快活有五:不与交接,免拜送之礼,一也;终日可观书鼓琴,二也;睡起随意,无有拘碍,三也;不闻炎凉嚣杂,四也;能课子耕读,五也。

虽无丝竹管弦之盛,一觞一咏,亦足以畅叙幽情。

独卧林泉,旷然自适,无利无营,少思寡欲,修身出世法也。

茅屋三间,木榻一枕,烧高香,啜苦茗,读数行书,懒倦便高卧松梧之下,或科头行吟。日常以苦茗代肉食,以松石代珍奇,以琴书代益友,以著述代功业,此亦乐事。

挟怀朴素,不乐权荣,栖迟僻陋,忽略利名,葆守恬淡,希时安宁,晏然闲居,时抚瑶琴。

人生自古七十少,前除幼年后除老,中间光景不多时,又有阴晴与烦恼。到了中秋月倍明,到了清明花更好,花前月下得高歌,急须漫把金樽倒。世上财多赚不尽,朝里官多做不了,官大钱多身转劳,落得自家头白早。请君细看眼前人,年年一分埋青草,草里多多少少坟,一年一半无人扫。

饥乃加餐,菜食美于珍味;倦然后睡,草蓐胜似重裀。

流水相忘游鱼,游鱼相忘流水,即此便是天机;太空不碍浮云,浮云不碍太空,何处别有佛性?

丹山碧水之乡,月涧云龛之品,涤烦消渴,功诚不在芝术下。

颇怀古人之风,愧无素屏之赐,则青山白云,何在非我枕屏?

江山风月,本无常主,闲者便是主人。

入室许清风,对饮惟明月。

被衲持钵,作发僧行径,以鸡鸣当檀越,以枯管当筇杖,以饭颗当祇园,以岩云野鹤当伴侣,以背锦奚奴当行脚头陀,往探六六奇峰,三三曲水。

山房置一钟,每于清晨良宵之下,用以节歌,令人朝夕清心,动念和平。李秃谓："有杂想，一击遂忘；有愁思，一撞遂扫。"知音哉！

潭涧之间，清流注泻，千岩竞秀，万壑争流，却自胸无宿物，漱清流，令人濯濯清虚，日来非惟使人情开涤，可谓一往有深情。

林泉之浒，风飘万点，清露晨流，新桐初引，萧然无事，闲扫落花，足散人怀。

浮云出岫，绝壁天悬，日月清朗，不无微云点缀。看云飞轩轩霞举，踞胡床与友人咏谑，不复滓秽太清。

山房之磬，虽非绿玉沉明，轻清之韵尽可节清歌、洗俗耳。山居之乐，颇惬冷趣，煨落叶为红炉，况负暄于岩户。土鼓催梅，荻灰暖地，虽潜凛以萧索，见素柯之凌岁。同云不流，舞雪如醉，野因旷而冷舒，山以静而不晦。枯鱼在悬，浊酒已注，朋徒我从，寒盟可固，不惊岁暮于天涯，即是挟纩于孤屿。

步障锦千层，氍毹紫万叠，何似编叶成帏，聚茵为褥？绿阴流影清入神，香气氤氲彻人骨，坐来天地一时宽，闲放风流晓清福。

送春而血泪满腮，悲秋而红颜惨目。

翠羽欲流，碧云为飐。

郊中野坐，固可班荆；径里闲谈，最宜拂石。侵云烟而独冷，移开清啸胡床；藉草木以成幽，撒去庄严莲界。况乃枕琴夜奏，逸韵更扬；置局午敲，清声甚远。洵幽栖之胜事，野客之虚位也。

饮酒不可认真，认真则大醉，大醉则神魂昏乱。在《书》为"沉湎"，在《诗》为"童羖"，在《礼》为"豢豕"，在史为"狂药"。何如但取半酣，与风月为侣？

家鸳鸯湖滨，饶兼葭凫鹭、水月淡荡之观。客啸渔歌，风帆烟艇，虚无出没，半落几上，呼野衲而泛斜阳，无过此矣！

雨后卷帘看霁色，却疑苔影上花来。

月夜焚香，古桐三弄，便觉万虑都忘、妄想尽绝。试看香是何味，烟是何色，穿窗之白是何影，指下之余是何音，恬然乐之而悠然忘之者是何趣，不可思量处是何境？

贝叶之歌无碍，莲花之心不染。

河边共指星为客，花里空瞻月是卿。

人之交友，不出"趣味"两字，有以趣胜者，有以味胜者。然宁饶于味，而无饶于趣。

守恬淡以养道,处卑下以养德,去嗔怒以养性,薄滋味以养气。

吾本薄福人,宜行惜福事;吾本薄德人,宜行厚德事。

知天地皆逆旅,不必更求顺境;视众生皆眷属,所以转成冤家。

只宜于着意处写意,不可向真景处点景。

只愁名字有人知,涧边幽草;若问清盟谁可托,沙上闲鸥。

山童率草木之性,与鹤同眠;奚奴领歌咏之情,检韵而至。

闭户读书,绝胜入山修道;逢人说法,全输兀坐扪心。

砚田登大有,虽千仓珠粟,不输两税之征;文锦运机杼,纵万轴龙文,不犯九重之禁。

步明月于天衢,揽锦云于江阁。

幽人清课,讵但啜茗焚香;雅士高盟,不在题诗挥翰。

以养花之情自养,则风情日闲;以调鹤之性自调,则真性日美。

热汤如沸,茶不胜酒;幽韵如云,酒不胜茶。茶类隐,酒类侠;酒固道广,茶亦德素。

老去自觉万缘都尽,哪管人是人非;春来倘有一事关心,只在花开花谢。

是非场里,出人逍遥;顺逆境中,纵横自在。竹密何妨水过,山高不碍云飞。

口中不设雌黄,眉端不挂烦恼,可称烟火神仙;随意而栽花柳,适性以养禽鱼,此是山林经济。

午睡醒来,颓然自废,身世庶几浑忘;晚炊既收,寂然无营,烟火听其更举。

花开花落春不管,拂意事休对人言;水暖水寒鱼自知,会心处还期独赏。

心地上无风涛,随在皆青山绿水;性天中有化育,触处见鱼跃鸢飞。

宠辱不惊,闲看庭前花开花落;去留无意,漫随天外云卷云舒。

斗室中万虑都捐,说甚画栋飞云,珠帘卷雨;三杯后一真自得,谁知素弦横月,短笛吟风。

得趣不在多,盆池拳石间,烟霞具足;会景不在远,蓬窗竹屋下,风月自赊。

会得个中趣,五湖之烟月尽入寸裹;破得眼前机,千古之英雄都归掌握。

细雨闲开卷,微风独弄琴。

水流任意景常静,花落虽频心自闲。

残醺供白醉,傲他附热之蛾;一枕余黑甜,输却分香之蝶。闲为水竹云山主,静得风花雪月权。

半幅花笺入手,剪裁就腊雪春冰;一条竹杖随身,收拾尽燕云楚水。

心与竹俱空,问是非何处安脚;貌偕松共瘦,知忧喜无由上眉。

芳菲林圃看蜂忙,觑破几多尘情世态;寂寞衡茅观燕寝,发起一种冷趣幽思。

何地非真境,何物非真机?芳园半亩,便是旧金谷;流水一湾,便是小桃源。林中野鸟数声,便是一部清鼓吹;溪上闲云几片,便是一幅真画图。

人在病中,百念灰冷,虽有富贵,欲享不可,反羡贫贱而健者。是故人能于无事时常作病想,一切名利之心,自然扫去。

竹影入帘,蕉阴荫槛,取蒲团一卧,不知身在冰壶鲛室。

万壑松涛,乔柯飞颖,谡谡有秋江八月声,迢遥幽岩之下,披襟当之,不知是羲皇上人。

霜降木落时,入疏林深处,坐树根上,飘飘叶点衣袖,而野鸟从梢飞来窥人。荒凉之地,殊有清旷之致。

明窗之下,罗列图史琴尊以自娱。有兴则泛小舟,吟啸览古于江山之间。渚茶野酿,足以消忧;莼鲈稻蟹,足以适口。又多高僧隐士,佛庙绝胜,家有园林,珍花奇石,曲沼高台,鱼鸟流连,不觉日暮。

山中莳花种草,足以自娱,而地朴人荒,泉石都无,丝竹绝响,奇士雅客亦不复过,未免寂寞度日;然泉石以水竹代,丝竹以莺舌蛙吹代,奇士雅客以蠹简代,亦略相当。

闲中觅伴书为上,身外无求睡最安。

栽花种竹,未必果出闲人;对酒当歌,难道便称侠士?

虚堂留烛,抄书尚存老眼;有客到门,挥麈但说青山。

千人亦见,百人亦见,斯为拔萃出类之英雄;三日不举火,十年不制衣,殆是安贫乐道之贤士。

帝子之望巫阳,远山过雨;王孙之别南浦,芳草连天。

室距桃源,晨夕恒滋兰茝;门开杜径,往来惟有羊裘。

枕长林而披史,松子为餐;入丰草以投闲,蒲根可服。

一泓溪水柳分开,尽道清虚搅破;三月林光花带去,莫言香分消残。

荆扉昼掩，闲庭宴然，行云流水襟怀；隐不违亲，贞不绝俗，太山乔岳气象。

窗前独榻频移，为亲夜月；壁上一琴常挂，时拂天风。

萧斋香炉，书史酒器俱捐；北窗石枕，松风茶铛将沸。

明月可人，清风披坐，班荆问水，天涯韵士高人，下箸佐觞，品外涧毛溪蕨，主之荣也；高轩寒户，肥马嘶门，命酒呼茶，声势惊神震鬼；叠筵累几，珍奇罄地穷天，客之辱也。

贺函伯坐径山竹里，须眉皆碧；王长公龛杜鹃楼下，云母都红。

坐茂树以终日，濯清流以自洁。采于山，美可茹；钓于水，鲜可食。

年年落第，春风徒泣于迁莺；处处羁游，夜雨空悲于断雁。

金壶霡润，瑶管春容。

菜甲初长，过于酥酪。寒雨之夕，呼童摘取，佐酒夜谈，嗅其清馥之气，可涤胸中柴棘，何必纯灰三斛！

暖风春座酒，细雨夜窗棋。

秋冬之交，夜静独坐，每闻风雨潇潇，既凄然可愁，亦复悠然可喜，至酒醒灯昏之际，尤难为怀。

长亭烟柳，白发犹劳，奔走可怜名利客；野店溪云，红尘不到，逍遥时有牧樵人。天之赋命实同，人之自取则异。

富贵大是能俗人之物，使吾辈当之，自可不俗，然有此不俗胸襟，自可不富贵矣。

风起思莼，张季鹰之胸怀落落；春回到柳，陶渊明之兴致翩翩。然此二人，薄宦投簪，吾犹嗟其太晚。

黄花红树，春不如秋；白雪青松，冬亦胜夏。春夏园林，秋冬山谷，一心无累，四季良辰。

听牧唱樵歌，洗尽五年尘土肠胃；奏繁弦急管，何如一派山水清音？

孑然一身，萧然四壁，有识者当此，虽未免以冷淡成愁，断不以寂寞生悔。

从五更枕席上参看心体，心未动，情未萌，才见本来面目；向三时饮食中谙练世味，浓不欣，淡不厌，方为切实功夫。

瓦枕石榻，得趣处下界有仙，木食草衣，随缘时西方无佛。

当乐境而不能享者，毕竟是薄福之人；当苦境而反觉甘者，方才是真修之士。

半轮新月数竿竹,千卷藏书一盏茶。

偶向水村江郭,放不系之舟;还从沙岸草桥,吹无孔之笛。

物情以常无事为欢颜,世态以善托故为巧术。

善救时,若和风之消酷暑;能脱俗,似淡月之映轻云。

廉所以惩贪,我果不贪,何必标一廉名,以来贪夫之侧目;让所以息争,我果不争,又何必立一让名,以致暴客之弯弓。

曲高每生寡和之嫌,歌唱需求同调;眉修多取入宫之妒,梳洗切莫倾城。

随缘便是遣缘,似舞蝶与飞花共适;顺事自然无事,若满月偕盆水同圆。

耳根似飙谷投响,过而不留,则是非俱谢;心境如月池浸色,空而不着,则物我两忘。

心事无不可对人语,则梦寐俱清;行事无不可使人见,则饮食俱健。

卷六 景

结庐松竹之间,闲云封户;徙倚青林之下,花瓣沾衣。芳草盈阶,茶烟几缕;春光满眼,黄鸟一声。此时可以诗,可以画,而正恐诗不尽言,画不尽意。而高人韵士,能以片言数语尽之者,则谓之诗可,谓之画可,谓高人韵士之诗画亦无不可。集景第六。

花关曲折,云来不认湾头;草径幽深,落叶但敲门扇。

细草微风,两岸晚山迎短棹;垂杨残月,一江春水送行舟。

草色伴河桥,锦缆晓牵三竺雨;花阴连野寺,布帆晴挂六桥烟。

闲步畎亩间,垂柳飘风,新秧翻浪,耕夫荷农器,长歌相应;牧童稚子,倒骑牛背,短笛无腔,吹之不休,大有野趣。

夜阑人静,携一童立于清溪之畔,孤鹤忽唳,鱼跃有声,清入肌骨。

垂柳小桥,纸窗竹屋,焚香燕坐,手握道书一卷。客来则寻常茶具,本色清言,日暮乃归,不知马蹄为何物。

门内有径,径欲曲;径转有屏,屏欲小;屏进有阶,阶欲平;阶畔有花,花欲鲜;花外有墙,墙欲低;墙内有松,松欲古;松底有石,石欲怪;石面有亭,亭欲朴;亭后有竹,竹欲疏;竹尽有室,室欲幽;室旁有路,路欲分;

路合有桥,桥欲危;桥边有树,树欲高;树阴有草,草欲青;草上有渠,渠欲细;渠引有泉,泉欲瀑;泉去有山,山欲深;山下有屋,屋欲方;屋角有圃,圃欲宽;圃中有鹤,鹤欲舞;鹤报有客,客不俗;客至有酒,酒欲不却;酒行有醉,醉欲不归。

清晨林鸟争鸣,唤醒一枕春梦。独黄鹂百舌,抑扬高下,最可人意。

高峰入云,清流见底。两岸石壁,五色交辉,青林翠竹,四时俱备。晓雾将歇,猿鸟乱鸣,日夕欲颓,池鳞竞跃,实欲界之仙都。自康乐以来,未有能与其奇者。

曲径烟深,路接杏花酒舍;澄江日落,门通杨柳渔家。

长松怪石,去墟落不下一二十里。鸟径缘崖,涉水于草莽间。数四左右,两三家相望,鸡犬之声相闻。竹篱草舍,燕处其间,兰菊艺之,霜月春风,日有余思。临水时种桃梅,儿童婢仆皆布衣短褐,以给薪水,酿村酒而饮之。案有《诗》、《书》、《庄周》、《太玄》、《楚辞》、《黄庭》、《阴符》、《楞严》、《圆觉》……数十卷而已。杖藜蹑屐,往来穷谷大川,听流水,看激湍,鉴澄潭,步危桥,坐茂树,探幽壑,升高峰,不亦乐乎!

天气晴朗,步出南郊野寺,沽酒饮之。半醉半醒,携僧上雨花台,看长江一线,风帆摇曳,钟山紫气,掩映黄屋,景趣满前,应接不暇。

净扫一室,用博山炉爇沉水香,香烟缕缕,直透心窍,最令人精神凝聚。

每登高丘,步邃谷,延留燕坐,见悬崖瀑流,寿木垂萝,閴邃岑寂之处,终日忘返。

每遇胜日有好怀,袖手哦古人诗足矣。青山秀水,到眼即可舒啸,何必居篱落下,然后为己物。

柴门不扃,筠帘半卷,梁间紫燕,呢呢喃喃,飞出飞入。山人以啸咏佐之,皆各适其性。

风晨月夕,客去后,蒲团可以双跏;烟岛云林,兴来时,竹杖何妨独往。

三径竹间,日华澹澹,固野客之良辰;一编窗下,风雨潇潇,亦幽人之好景。

乔松十数株,修竹千余竿;青萝为墙垣,白石为鸟道;流水周于舍下,飞泉落于檐间;绿柳白莲,罗生池砌,时居其中,无不快心。

人冷因花寂,湖虚受雨喧。

有屋数间,有田数亩;用盆为池,以瓮为牖;墙高于肩,室大于斗。布被暖余，藜藿饱后，气吐胸中，充塞宇宙，笔落人间，辉映琼玖。人能知止，以退为茂；我自不出，何退之有？心无妄想，足无妄走，人无妄交，物无妄受。炎炎论之，甘处其陋；绰绰言之，无出其右。羲轩之书，未尝去手；尧舜之谈，未尝离口。谭中和天，同乐易友；吟自在诗，饮欢喜酒。百年升平，不为不偶；七十康强，不为不寿。

中庭蕙草销雪，小苑梨花梦云。

以江湖相期，烟霞相许；付同心之雅会，托意气之良游。或闭户读书，累月不出；或登山玩水，竟日忘归。斯贤达之素交，盖千秋之一遇。

荫映岩流之际，偃息琴书之侧。寄心松竹，取乐鱼鸟，则淡泊之愿，于是毕矣。

庭前幽花时发，披览既倦，每啜茗对之，香色撩人，吟思忽起，遂歌一古诗，以适清兴。

凡静室，须前栽碧梧，后种翠竹，前檐放步；北用暗窗，春冬闭之，以避风雨，夏秋可开，以通凉爽。然碧梧之趣，春冬落叶，以舒负暄融和之乐；夏秋交荫，以蔽炎烁蒸烈之气。四时得宜，莫此为胜。

家有三亩园，花木郁郁。客来煮茗，谈上都贵游、人间可喜事，或茗寒酒冷，宾主相忘。其居与山谷相望，暇则步草径相寻。

良辰美景，春暖秋凉。负杖蹑履，逍遥自乐。临池观鱼，披林听鸟，酌酒一杯，弹琴一曲，求数刻之乐，庶几居常以待终。

筑室数楹，编槿为篱，结茅为亭。以三亩荫竹树栽花果，二亩种蔬菜，四壁清旷，空诸所有。蓄山童灌园剃草，置二三胡床着亭下，挟书剑以伴孤寂，携琴奕以迟良友，此亦可以娱老。

一径阴开，势隐蛇蟺之致，云到成迷；半阁孤悬，影回缥缈之观，星临可摘。

几分春色，全凭狂花疏柳安排；一派秋容，总是红蓼白苹妆点。

南湖水落，妆台之明月犹悬；西郭烟销，绣榻之彩云不散。

秋竹沙中淡，寒山寺里深。

野旷天低树，江清月近人。

潭水寒生月，松风夜带秋。

春山艳冶如笑，夏山苍翠如滴，秋山明净如妆，冬山惨淡如睡。

眇眇乎春山，淡冶而欲笑；翔翔乎空丝，绰约而自飞。

盛暑持蒲，榻铺竹下，卧读《骚经》，树影筛风，浓阴蔽日，丛竹蝉声，远远相续，蘧然入梦。醒来命取桦栉发，汲石洞流泉，烹云芽一啜，觉两腋生风。徐步草玄亭，芰荷出水，风送清香，鱼戏冷泉，凌波跳掷。因陟东皋之上，四望溪山雯画，平野苍翠，激气发于林瀑，好风送之水涯。手挥麈尾，清兴洒然，不特法雨凉雪，使人火宅之念都冷。

山曲小房，入园窈窕幽径，绿玉万竿。中汇涧水为曲池，环池竹树云石，其后平冈透迤，古松鳞鬣，松下皆灌丛杂木，茑萝骈织，亭榭翼然。夜半鹤唳清远，恍如宿花坞间；间闻哀猿啼啸，嘹呖惊霜，初不辨其为城市为山林也。

一抹万家，烟横树色，翠树欲流，浅深间布，心目竞观，神情爽涤。

万里澄空，千峰开霁，山色如黛，风气如秋，浓阴如幕，烟光如缕。笛响如鹤唳，经呗如咿唔，温言如春絮，冷语如寒冰，此景不应虚掷。

山房置古琴一张，质虽非紫琼绿玉，响不在焦尾号钟，置之石床，快作数弄，深山无人，水流花开，清绝冷绝。

密竹轶云，长林蔽日，浅翠娇青，笼烟惹湿。构数椽其间，竹树为篱，不复葺垣。中有一泓流水，清可漱齿，曲可流觞，放歌其间，离披蒨郁，神涤意闲。

抱影寒窗，霜夜不寐，徘徊松竹下。四山月白，露坠冰柯，相与咏李白《静夜思》，便觉冷然。寒风就寝，复坐蒲团，从松端看月，煮茗佐谈，竟此夜乐。

云晴暧靆，石楚流滋，狂飙忽卷，珠雨淋滴。黄昏孤灯明灭，山房清旷，意自悠然。夜半松涛惊飔，蕉园鸣琅，窾坎之声，疏密间发，愁乐交集，足写幽怀。

四林皆雪，登眺时见絮起风中，千峰堆玉，鸦翻城角，万壑铺银。无树飘花，片片绘子瞻之壁；不妆散粉，点点糁原宪之羹。飞霰入林，回风折竹，徘徊凝览，以发奇思。画冒雪出云之势，呼松醪茗饮之景。拥炉煨芋，欣然一饱，随作雪景一幅，以寄僧赏。

孤帆落照中，见青山映带，征鸿回渚，争栖竞啄，宿水鸣云，声凄夜月，秋飙萧瑟，听之黯然，遂使一夜西风，寒生露白。

万山深处，一泓涧水，四周削壁，石磴崭岩，丛木蓊郁，老猿穴其中，古松屈曲，高拂云颠，鹤来时栖其顶。每晴初霜旦，林寒涧肃，高猿长啸，属引凄异,风声鹤唳,隙呖惊霜,闻之令人凄绝。

春雨初霁,园林如洗,开扉闲望,见绿畴麦浪层层,与湖头烟水相映带,一派苍翠之色,或从树杪流来,或自溪边吐出。支筇散步,觉数十年尘土肺肠,俱为洗净。

四月有新笋、新茶、新寒豆、新含桃,绿阴一片,黄鸟数声,乍晴乍雨,不暖不寒,坐间非雅非俗,半醉半醒,尔时如从鹤背飞下耳。

名从刻竹,源分渭亩之云;倦以据梧,清梦郁林之石。

夕阳林际,蕉叶堕而鹿眠;点雪炉头,茶烟飘而鹤避。

高堂客散,虚户风来,门设不关,帘钩欲下。横轩有狻猊之鼎,隐几皆龙马之文,流览云端,寓观濠上。

山经秋而转淡,秋入山而倍清。

山居有四法:树无行次,石无位置,屋无宏肆,心无机事。

花有喜怒、寤寐、晓夕,浴花者得其候,乃为膏雨。淡云薄日,夕阳佳月,花之晓也;狂号连雨,烈焰浓寒,花之夕也;檀唇烘日,媚体藏风,花之喜也;晕酣神敛,烟色迷离,花之愁也;欹枝困槛,如不胜风,花之梦也;嫣然流盼,光华溢目,花之醒也。

海山微茫而隐见,江山严厉而峭卓,溪山窈窕而幽深,塞山童赤而堆阜,桂林之山绵衍庞傅,江南之山峻峭巧丽,山之形色,不同如此。

杜门避影,出山一事,不到梦寐间。春昼花阴,猿鹤饱卧,亦五云之余荫。

白云徘徊,终日不去,岩泉一支,潺湲斋中。春之昼,秋之夕,既清且幽,大得隐者之乐,惟恐一日移去。

与衲子辈坐林石上,谈因果,说公案。久之,松际月来,振衣而起,踏树影而归,此日便是虚度。

结庐人径,植杖山阿,林壑地之所丰,烟霞性之所适,荫丹桂,藉白茅,浊酒一杯,清琴数弄,诚足乐也。

辋水沦涟,与月上下,寒山远火,明灭林外,深巷小犬,吠声如豹。村虚夜舂,复与疏钟相间,此时独坐,童仆静默。

东风开柳眼,黄鸟骂桃奴。

晴雪长松,开窗独坐,恍如身在冰壶;斜阳芳草,携杖闲吟,信是人行图画。

小窗下修篁萧瑟,野鸟悲啼;峭壁间醉墨淋漓,山灵呵护。

霜林之红树,秋水之白苹。

云收便悠然共游,雨滴便冷然俱清,鸟啼便欣然有会,花落便洒然有得。

千竿修竹,周遭半亩方塘;一片白云,遮蔽五株垂柳。

山馆秋深,野鹤唳残清夜月;江园春暮,杜鹃啼断落花风。

青山非僧不致,绿水无舟更幽;朱门有客方尊,缁衣绝粮益韵。

杏花疏雨,杨柳轻风,兴到欣然独往;村落烟横,沙滩月印,歌残倏尔言旋。

赏花酤酒,酒浮园菊方三盏;睡醒问月,月到庭梧第二枝。此时此兴,亦复不浅。

几点飞鸦,归来绿树;一行征雁,界破春天。

看山雨后,霁色一新,便觉青山倍秀;玩月江中,波光千顷,顿令明月增辉。

楼台落日,山川出云。

玉树之长廊半阴,金陵之倒景犹赤。

小窗偃卧,月影到床,或逗留于梧桐,或摇乱于杨柳,翠华扑被,神骨俱仙,及从竹里流来,如自苍云吐出。

清送素蛾之环佩,逸移幽士之羽裳。想思足慰于故人,清啸自纡于良夜。

绘雪者,不能绘其清;绘月者,不能绘其明;绘花者,不能绘其香;绘风者,不能绘其声;绘人者,不能绘其情。

读书宜楼,其快有五:无剥啄之惊,一快也;可远眺,二快也;无湿气浸床,三快也;木末竹颠,与鸟交语,四快也;云霞宿高檐,五快也。

山径幽深,十里长松引路,不借金张;俗态纠缠,一编残卷疗人,何须卢扁。

喜方外之浩荡,叹人间之窘束;逢阆苑之逸客,值蓬莱之故人。

忽据梧而策杖,亦披裘而负薪。

出芝田而计亩,入桃源而问津。菊花两岸,松声一丘,叶动猿来,花惊鸟去。阅丘壑之新趣,纵江湖之旧心。

篱边杖履送僧,花须列于巾角;石上壶觞坐客,松子落我衣裾。

远山宜秋,近山宜春,高山宜雪,平山宜月。

珠帘蔽月,翻窥窈窕之花;绮幔藏云,恐碍扶疏之柳。

松子为餐,蒲根可服。

烟霞润色,荃蕙结芳。出涧幽而泉冽,入山户而松凉。

旭日始暖,蕙草可织;园桃红点,流水碧色。

玩飞花之度窗,看春风之入柳;命丽人于玉席,陈宝器于纨罗。忽翔飞而暂隐,时凌空而更飏。竹依窗而弄影,兰因风而送香。风暂下而将飘,烟才高而不瞑。

悠扬绿柳,讶合浦之同归;缭绕青霄,环五星之一气。

褥绣起于缇纺,烟霞生于灌莽。

卷七　韵

人生斯世,不能读尽天下秘书灵笈。有目而昧,有口而哑,有耳而聋,而面上三斗俗尘,何时扫去?则"韵"之一字,其世人对症之药乎?虽然,今世且有焚香啜茗,清凉在口,尘俗在心,俨然自附于韵,亦何异三家村老妪,动口念阿弥,便云升天成佛也。集韵第七。

陈恺家蓄数姬,每日晚,藏花一枝,使诸姬射覆,中者留宿,时号"花媒"。

雪后寻梅,霜前访菊;雨际护兰,风外听竹。

清斋幽闭,时时暮雨打梨花:冷句忽来,字字秋风吹木叶。

多方分别,是非之窦易开;一味圆融,人我之见不立。

春云宜山,夏云宜树,秋云宜水,冬云宜野。

清疏畅快,月色最称风光;潇洒风流,花情何如柳态?

春夜小窗兀坐,月上木兰;有骨凌冰,怀人如玉。因想"雪满山中高士卧,月明林下美人来"语,此际光景颇似。

文房供具,借以快目适玩,铺叠如市,颇损雅趣。其点缀之法,罗罗清疏,方能得致。

香令人幽,酒令人远,茶令人爽,琴令人寂,棋令人闲,剑令人侠,杖令人轻,尘令人雅,月令人清,竹令人冷,花令人韵,石令人隽,雪令人旷,僧令人淡,蒲团令人野,美人令人怜,山水令人奇,书史令人博,金石鼎彝令人古。

吾斋之中,不尚虚礼,凡入此斋,均为知己。随分款留,忘形笑语,不言是非,不侈荣利,闲谈古今,静玩山水,清茶好酒,以适幽趣,臭味之交,如斯而已。

窗宜竹雨声,亭宜松风声,几宜洗砚声,榻宜翻书声,月宜琴声,雪宜茶声,春宜筝声,秋宜笛声,夜宜砧声。

鸡坛可以益学,鹤阵可以善兵。

翻经如壁观僧,饮酒如醉道士,横琴如黄葛野人,肃客如碧桃渔父。

竹径款扉,柳阴班席。每当雄才之处,明月停辉,浮云驻影,退而与诸俊髦西湖靓媚。赖此英雄,一洗粉泽。

云林性嗜茶,在惠山中,用核桃、松子肉和白糖,成小块如石子,置茶中,出以啖客,名曰"清泉白石"。

有花皆刺眼,无月便攒眉,当场得无妒我;花归三寸管,月代五更灯,此事何可语人?

求校书于女史,论慷慨于青搂。

填不满贪海,攻不破疑城。

机息便有月到风来,不必苦海人世;心远自无车尘马迹,何须痼疾丘山?

郊中野坐,固可班荆;径里闲谈,最宜拂石。

侵云烟而独冷,移开清笑胡床;借竹木以成幽,撤去庄严莲坐。

幽心人似梅花,韵心士同杨柳。

情因年少,酒因境多。

看书筑得村楼,空山曲抱;趺坐扫来花径,乱水斜穿。

倦时呼鹤舞,醉后倩僧扶。

笔床茶灶,不巾栉闭户潜夫;宝轴牙签,少须眉下帷董子。

鸟衔幽梦远,只在数尺窗纱;蛩递秋声悄,无言一龛灯火。

籍草班荆,安稳林泉之岁;披裘拾穗,逍遥草泽之曜。

万绿阴中,小亭避暑;八窗洞开,几簟皆绿。雨过蝉声来,花气令人醉。

抟犀截雁之舌锋,逐日追风之脚力。

瘦影疏而漏月,香阴气而堕风。

修竹到门云里寺,流泉入袖水中人。

诗题半作逃禅偈,酒价都为买药钱。

扫石月盈帚,滤泉花满筛。

流水有方能出世,名山如药可轻身。

与梅同瘦，与竹同清，与柳同眠，与桃李同笑，居然花里神仙；与莺同声，与燕同语，与鹤同唳，与鹦鹉同言，如此话中知己。

栽花种竹，全凭诗格取裁；听鸟观鱼，要在酒情打点。

登山遇厉瘴，放艇遇腥风，抹竹遇缪丝，修花遇醒雾，欢场遇害马，吟席遇伧夫，若斯不遇，甚于泥涂；偶集逢好花，踏歌逢明月，席地逢软草，攀磴逢疏藤，展卷逢静云，战茗逢新雨，如此相逢，逾于知己。

草色遍溪桥，醉得蜻蜓春翅软；花风通驿路，迷来蝴蝶晓魂香。

田舍儿强作馨语，博得俗因；风月场插入伧父，便成恶趣。

诗瘦到门邻病鹤，清影颇嘉；书贫经座并寒蝉，雄风顿挫。

梅花入夜影萧疏，顿令月瘦，柳絮当空晴恍忽，偏惹风狂。

花阴流影，散为半院舞衣；水响飞音，听来一溪歌板。

萍花香里风清，几度渔歌；杨柳影中月冷，数声牛笛。

谢将缥缈无归处，断浦沉云；行到纷纭不系时，空山挂雨。

浑如花醉，潦倒何妨；绝胜柳狂，风流自赏。

春光浓似酒，花故醉人；夜色澄如水，月来洗俗。

雨打梨花深闭门，怎生消遣；分忖梅花自主张，着甚牢骚。

对酒当歌，四座好风随月到；脱巾露顶，一楼新雨带云来。

浣花溪内，洗十年游子衣尘；修竹林中，定四海良朋交籍。

人语亦语，诋其昧于钳口；人默亦默，訾其短于雌黄。

艳阳天气，是花皆堪酿酒；绿阴深处，凡叶尽可题诗。

曲沼荇香侵月，未许鱼窥；幽关松冷巢云，不劳鹤伴。

篇诗斗酒，何殊太白之丹丘；扣舷吹箫，好继东坡之赤壁。

获佳文易，获文友难；获文友易，获文姬难。

茶中着料，碗中着果，譬如玉貌加脂，蛾眉着黛，翻累本色。煎茶非漫浪，要须人品与茶相得，故其法往往传于高流隐逸，有烟霞泉石磊落胸次者。

楼前桐叶，散为一院清阴；枕上鸟声，唤起半窗红日。

天然文锦，浪吹花港之鱼；自在笙簧，风戛园林之竹。

高士流连花木，添清疏之致：幽人剥啄莓苔，生黝冶之光。

松涧边携杖独往，立处云生破衲；竹窗下枕书高卧，觉时月浸寒毡。

散屦闲行，野鸟忘机时作伴；披襟兀坐，白云无语漫相留。

客到茶烟起竹下，何嫌展破苍苔；诗成笔影弄花间，且喜歌飞《白雪》。

月有意而入窗，云无心而出岫。

屏绝外慕，偃息长林，置理乱于不闻，托清闲而自佚。松轩竹坞，酒瓮茶铛，山月溪云，农蓑渔罟。

怪石为实友，名琴为和友，好书为益友，奇画为观友，法帖为范友，良砚为砺友，宝镜为明友，净几为方友，古磁为虚友，旧炉为熏友，纸帐为素友，拂麈为静友。

扫径迎清风，登台邀明月，琴筋之余，间以歌咏，止许鸟语花香，来吾几榻耳。

风波尘俗，不到意中；云水淡情，常来想外。

纸帐梅花，休惊他三春清梦；笔床茶灶，可了我半日浮生。

酒浇清苦月，诗慰寂寥花。

好梦乍回，沉心未烬，风雨如晦，竹响入床，此时兴复不浅。

山非高峻不佳，不远城市不佳，不近林木不佳，无流泉不佳，无寺观不佳，无云雾不佳，无樵牧不佳。

一室十圭，寒蛩声暗，折脚铛边，敲石无火；水月在轩，灯魂未灭，揽衣独坐，如游皇古；意思虚闲，世界清净，我身我心，了不可取，此一境界，名最第一。

花枝送客蛙催鼓，竹籁喧林鸟报更，谓山史实录。

遇月夜，露坐中庭，必蓺香一炷，可号"伴月香"。

襟韵洒落，如晴雪秋月，尘埃不可犯。

峰峦窈窕，一拳便是名山；花竹扶疏，半亩如同金谷。

观山水亦如读书，随其见趣高下。

名利场中羽客，人人输蔡泽一筹；烟花队里仙流，个个让焕之独步。

深山高居，炉香不可缺。取老松柏之根枝实叶共捣治之，研枫昉屬和之，每焚一丸，亦足助清苦。

白日羲皇世，青山绮皓心。

松声，涧声，山禽声，夜虫声，鹤声，琴声，棋子落声，雨滴阶声，雪洒窗声，煎茶声，皆声之至清，而读书声为最。

晓起入山，新流没岸，棋声未尽，石磬依然。

松声竹韵，不浓不淡。

何必丝与竹，山水有清音。

世路中人，或图功名，或治生产，尽自正经，争奈大地间好风月、好山水、好书籍，了不相涉，岂非枉却一生！

李岩老好睡。众人食罢下棋，岩老辄就枕，阅数局乃一展转，云："我始一局，君几局矣？"

晚登秀江亭，澄波古木，使人得意于尘埃之外，盖人闲景幽，两相奇绝耳。

笔砚精良，人生一乐，徒设只觉村妆；琴瑟在御，莫不静好，才陈便得天趣。

《蔡中郎传》，情思逶迤；《北西厢记》，兴致流丽。学他描神写景，必先细味沉吟，如曰寄趣本头，空博风流种子。

夜长无赖，徘徊蕉雨半窗；日永多闲，打叠桐阴一院。

雨穿寒砌，夜来滴破愁心；雪洒虚窗，晓去散开清影。

春夜宜苦吟，宜焚香读书，宜与老僧说法，以销艳思；夏夜宜闲谈，宜临水枯坐，宜听松声冷韵，以涤烦襟；秋夜宜豪游，宜访快士，宜谈兵说剑，以除萧瑟；冬夜宜茗战，宜酌酒说《三国》、《水浒》、《金瓶梅》诸集，宜箸竹肉，以破孤岑。

玉之在璞，追琢则珪璋；水之发源，疏浚则川沼。

山以虚而受，水以实而流，读书当作如是观。

古之君子，行无友，则友松竹；居无友，则友云山。余无友，则友古之友松竹、友云山者。

买舟载书，作无名钓徒。每当草蓑月冷，铁笛霜清，觉张志和、陆天随去人未远。

"今日鬓丝禅榻畔，茶烟轻飏落花风。"此趣惟白香山得之。

清姿如卧云餐雪，天地尽愧其尘污；雅致如蕴玉含珠，日月转嫌其泄露。

焚香啜茗，自是吴中习气，雨窗却不可少。

茶取色臭俱佳，行家偏嫌味苦；香须冲淡为雅，幽人最忌烟浓。

朱明之候，绿阴满林，科头散发，箕踞白眼，坐长松下，萧骚流觞，正是宜人疏散之场。

读书夜坐，钟声远闻，梵响相和，从林端来，洒洒窗几上，化作天籁虚无矣。

夏日蝉声太烦，则弄萧随其韵转；秋冬夜声寥飒，则操琴一曲咻之。

心清鉴底潇湘月，骨冷禅中太华秋。

语鸟名花，供四时之啸咏；清泉白石，成一世之幽怀。

扫石烹泉，舌底朝朝茶味；开窗染翰，眼前处处诗题。

权轻势去，何妨张雀罗于门前；位高金多，自当效蛇行于郊外。盖炎凉世态，本是常情，故人所浩叹，惟宜付之冷笑耳。

溪畔轻风，沙汀印月，独往闲行，尝喜见渔家笑傲；松花酿酒，春水煎茶，甘心藏拙，不复问人世兴衰。

手抚长松，仰视白云，庭空鸟语，悠然自欣。

或夕阳篱落，或明月帘栊，或雨夜联榻，或竹下传觞，或青山当户，或白云可庭。于斯时也，把臂促膝，相知几人，谐语雄谈，快心千古。

疏帘清簟，销白昼惟有棋声；幽径柴门，印苍苔只容屐齿。

落花慵扫，留衬苍苔；村酿新刍，取烧红叶。

幽径苍苔，杜门谢客；绿阴清昼，脱帽观诗。

烟萝挂月，静听猿啼；瀑布飞虹，闲观鹤浴。

帘卷八窗，面面云峰送碧；塘开半亩，潇潇烟水涵清。

云衲高僧，泛水登山，或可借以点缀。如必莲座说法，则诗酒之间，自有禅趣，不敢学苦行头陀，以作死灰。

遨游仙子，寒云几片束行妆；高卧幽人，明月半床供枕簟。

落落者难合，一合便不可分；欣欣者易亲，乍亲忽然成怨。故君子之处世也，宁风霜自挟，无鱼鸟亲人。

海内殷勤，但读《停云》之赋；目中寥廓，徒歌《明月》之诗。

生平愿无恙者四：一曰青山，一曰故人，一曰藏书，一曰名草。

闻暖语如挟纩，闻冷语如饮冰，闻重语如负山，闻危语如压卵，闻温语如佩玉，闻益语如赠金。

旦起理花，午窗剪叶，或截草作字，夜卧忏罪，令一日风流萧散之过，不致堕落。

快欲之事，无如饥餐；适情之时，莫过甘寝。求多于清欲，即侈汰亦茫然也。

客来花外茗烟低，共销白昼；酒到梁间歌雪绕，不负清尊。

云随羽客，在琼台双阙之间；鹤唳芝田，正桐阴灵虚之上。

卷八　奇

　　我辈寂处窗下，视一切人世，俱若蠛蠓婴丑，不堪寓目。而有一奇文怪说，目数行下，便狂呼叫绝，令人喜，令人怒，更令人悲。低徊数过，床头短剑亦呜呜作龙虎吟，便觉人世一切不平，俱付烟水。集奇第八。

　　吕圣公之不问朝士名，张师高之不发窃器奴，韩稚圭之不易持烛兵，不独雅量过人，正是用世高手。

　　花看水影，竹看月影，美人看帘影。

　　佞佛若可忏罪，则刑官无权；寻仙若可延年，则上帝无主。达士尽其在我，至诚贵于自然。

　　以货财害子孙，不必操戈入室；以学校杀后世，有如按剑伏兵。

　　君子不傲人以不如，不疑人以不肖。

　　读诸葛武侯《出师表》而不堕泪者，其人必不忠；读韩退之《祭十二郎文》而不堕泪者，其人必不友。

　　世味非不浓艳，可以淡然处之。独天下之伟人与奇物，幸一见之，自不觉魄动心惊。

　　道上红尘，江中白浪，饶他南面百城；花间明月，松下凉风，输我北窗一枕。

　　立言亦何容易，必有包天、包地、包千古、包来今之识；必有惊天、惊地、惊千古、惊来今之才；必有破天、破地、破千古、破来今之胆。

　　圣贤为骨，英雄为胆，日月为目，霹雳为舌。

　　瀑布天落，其喷也珠，其泻也练，其响也琴。

　　平易近人，会见神仙济度；瞒心昧己，便有邪祟出来。

　　佳人飞去还奔月，骚客狂来欲上天。

　　涯如沙聚，响若潮吞。

　　诗书乃圣贤之供案，妻妾乃屋漏之史官。

　　强项者未必为穷之路，屈膝者未必为通之媒。故铜头铁面，君子落得做个君子；奴颜婢膝，小人枉自做了小人。

有仙骨者,月亦能飞;无真气者,形终如槁。

一世穷根,种在一捻傲骨;千古笑端,伏于几个残牙。

石怪常疑虎,云闲却类僧。

大豪杰,舍己为人;小丈夫,因人利己。

一段世情,全凭冷眼觑破;几番幽趣,半从热肠换来。

识尽世间好人,读尽世间好书,看尽世间好山水。

舌头无骨,得言句之总持;眼里有筋,具游戏之三昧。

群居闭口,独坐防心。

当场傀儡,还我为之;大地众生,任渠笑骂。

三徙成名,笑范蠡碌碌浮生,纵扁舟忘却五湖风月;一朝解绶,羡渊明飘飘遗世,命巾车归来满室琴书。

人生不得行胸怀,虽寿百岁,犹夭也。

棋能避世,睡能忘世。棋类耦耕之沮溺,去一不可;睡同御风之列子,独往独来。

以一石一树与人者,非佳子弟。

一勺水,便具四海水味,世法不必尽尝;千江月,总是一轮月光,心珠宜当独朗。

面上扫开十层甲,眉目才无可憎;胸中涤去数斗尘,语言方觉有味。

愁非一种,春愁则天愁地愁;怨有千般,闺怨则人怨鬼怨。

天懒云沉,雨昏花蹙,法界岂少愁云;石颓山瘦,水枯木落,大地觉多窘况。

笋含禅味,喜坡仙玉版之参;石结清盟,受米颠袍笏之辱。

文如临画,曾致诮于昔人;诗类书抄,竟沿流于今日。

绁绎递满而改头换面,兹律既湮;缥帙动盈而活剥生吞,斯风亦坠。

先读经,后可读史;非作文,未可作诗。

俗气入骨,即吞刀刮肠,饮灰洗胃,觉俗态之益呈;正气效灵,即刀锯在前,鼎镬具后,见英风之益露。

于琴得道机,于棋得兵机,于卦得神机,于兰得仙机。

相禅遐思唐虞,战争大笑楚汉。梦中蕉鹿犹真,觉后莼鲈亦幻。

世界极于大千,不知大千之外更有何物;天宫极于非想,不知非想之上毕竟何穷。

千载奇逢，无如好书良友；一生清福，只在茗碗炉烟。

作梦则天地亦不醒，何论文章？为客则洪濛无主人，何有章句？

艳出浦之轻莲，丽穿波之半月。

云气恍堆窗里岫，绝胜看山；泉声疑泻竹间樽，贤于对酒。

杖底唯云，囊中唯月，不劳关市之讥；石笥藏书，池塘洗墨，岂供山泽之税？

有此世界，必不可无此传奇；有此传奇，乃可维此世界。则传奇所关非小，正可借《西厢》一卷，以为风流谈资。

非穷愁不能著书，当孤愤不宜说剑。

湖山之佳，无如清晓春时。当乘月至馆，景生残夜，水映岑楼，而翠黛临阶，吹流衣袂，莺声鸟韵，催起哄然。披衣步林中，则曙光薄户，明霞射几，轻风微散，海旭乍来。见沿堤春草霏霏，明媚如织，远岫朗润出林，长江浩渺无涯，岚光晴气，舒展不一，大是奇绝。

心无机事，案有好书，饱食晏眠，时清体健，此是上界真人。

读《春秋》，在人事上见天理；读《周易》，在天理上见人事。

则何益矣，茗战有如酒兵；试妄言之，谈空不若说鬼。

镜花水月，若使慧眼看透；笔彩剑光，肯教壮志销磨。

烈士须一剑，则芙蓉赤精，亦不惜千金购之；士人为寸管，映日干云之器，那得不重价相索。

委形无寄，但教鹿豕为群；壮志有怀，莫遣草木同朽。

烘日吐霞，吞河漱月；气开地震，声动天发。

议论先辈，毕竟没学问之人；奖惜后生，定然关世道之寄。

贫富之交，可以情谅，鲍子所以让金；贵贱之间，易以势移，管宁所以割席。

论名节，则缓急之事小；较生死，则名节之论微。但知为饿夫以采南山之薇，不必为枯鱼以需西江之水。

儒有一亩之宫，自不妨草茅下贱；士无三寸之舌，何用此土木形骸？

鹏为羽杰，鲲称介豪，翼遮半天，背负重霄。

"怜"之一字，吾不乐受，盖有才而徒受人怜，无用可知；"傲"之一字，吾不敢矜，盖有才而徒以资傲，无用可知。

问近日讲章孰佳，坐一块蒲团自佳；问吾侪严师孰尊，对一枝红烛自尊。

点破无稽不根之论,只须冷语半言;看透阴阳颠倒之行,惟此冷眼一只。

古之钓也,以圣贤为竿,道德为纶,仁义为钩,利禄为饵,四海为池,万民为鱼。钓道微矣,非圣人其孰能之?

既稍云于清汉,亦倒影于华池。

浮云回度,开月影而弯环;骤雨横飞,挟星精而摇动。

天台嶸起,绕之以赤霞;削城孤峙,覆之以莲花。

金河别雁,铜柱辞鸾,关山夭骨,霜木凋年。

翻飞倒影,擢菡萏于湖中;舒艳腾辉,攒蟠蜥于天畔。

照万象于晴初,散寥天于日余。

卷九 集绮

朱楼绿幕,笑语勾别座之春;越舞吴歌,巧舌吐莲花之艳。此身如在怨脸愁眉、红妆翠袖之间,若远若近,为之黯然。嗟乎!又何怪乎身当其际者,拥玉床之翠而心迷,听伶人之奏而陨涕乎?集绮第九。

天台花好,阮郎却无计再来;巫峡云深,宋玉只有情空赋。瞻碧云之黯黯,觅神女其何踪;睹明月之娟娟,问嫦娥而不应。

妆台正对书楼,隔池有影;绣户相通绮户,望眼多情。

莲开并蒂,影怜池上鸳鸯;缕结同心,日丽屏间孔雀。

堂上鸣《琴操》,久弹乎《孤凤》;邑中制锦纹,重织于双鸾。

镜想分鸾,琴悲《别鹤》。

春透水波明,寒峭花枝瘦。极目烟中百尺楼,人在楼中否?

明月当楼,高眠如避,惜哉夜光暗投;芳树交窗,把玩无主,嗟矣红颜薄命。

鸟语听其涩时,怜娇情之未啭;蝉声听已断处,愁孤节之渐消。

断雨断云,惊魄三春蝶梦;花开花落,悲歌一夜鹃啼。

衲子飞觞历乱,解脱于樽罍之间;钗行挥翰淋漓,风神在笔墨之外。

养纸芙蓉粉,薰衣豆蔻香。

流苏帐底,披之而夜月窥人;玉镜台前,讽之而朝烟萦树。

风流夸坠髻,时世斗啼眉。

新垒桃花红粉薄,隔楼芳草雪衣凉。

李后主宫人秋水,喜簪异花,芳草拂髻鬟,尝有粉蝶聚其间,扑之不去。

濯足清流,芹香飞涧;浣花新水,蝶粉迷波。

昔人有花中十友:桂为仙友,莲为净友,梅为清友,菊为逸友,海棠名友,荼蘼韵友,瑞香殊友,芝兰芳友,腊梅奇友,栀子禅友。昔人有禽中五客:鸥为闲客,鹤为仙客,鹭为雪客,孔雀南客,鹦鹉陇客。会花鸟之情,真是天趣活泼。

风笙龙管,蜀锦齐纨。

木香盛开,把杯独坐其下,遥令青奴吹笛,止留一小奚侍酒,才少斟酌,便退立迎春架后。花看半开,酒饮微醉。

夜来月下卧醒,花影零乱,满人襟袖,疑如濯魄于冰壶。

看花步,男子当作女人;寻花步,女子当作男人。

窗前俊石冷然,可代高人把臂;槛外名花绰约,无烦美女分香。

新调初裁,歌儿持板待的;阄题方启,佳人捧砚濡毫。绝世风流,当场豪举。

野花艳目,不必牡丹;村酒醉人,何须绿蚁?

石鼓池边,小单无名可斗;板桥柳外,飞花有阵堪题。

桃红李白,疏篱细雨初来;燕紫莺黄,老树斜风乍透。

窗外梅开,喜有骚人弄笛;石边雪积,还须小妓烹茶。

高搂对月,邻女秋砧;古寺闻钟,山僧晓梵。

佳人病怯,不耐春寒;豪客多情,犹怜夜饮。李太白之宝花宜障,光孟祖之狗窦堪呼。

古人养笔以硫黄酒,养纸以芙蓉粉,养砚以文绫盖,养墨以豹皮囊。小斋何暇及此?惟有时书以养笔,时磨以养墨,时洗以养砚,时舒卷以养纸。

芭蕉,近日则易枯,迎风则易破。小院背阴,半掩竹窗,分外青翠。

欧公香饼,吾其熟火无烟;颜氏隐囊,我则斗花以布。

梅额生香,已堪饮爵;草堂飞雪,更可题诗。七种之羹,呼起袁生之卧;六生之饼,敢迎王子之舟。豪饮竟日,赋诗而散。

佳人半醉,美女新妆。月下弹琴,石边侍酒。烹雪之茶,果然剩有寒香;争春之馆,自是堪来花叹。

黄鸟让其声歌,青山学其眉黛。

浅翠娇青,笼烟惹湿,清可漱齿,曲可流觞。

风开柳眼,露浥桃腮,黄鹂呼春,青鸟送雨,海棠嫩紫,芍药嫣红,宜其春也;碧荷铸钱,绿柳缫丝,龙孙脱壳,鸠妇唤晴,雨骤黄梅,日蒸绿李,宜其夏也;槐阴未断,雁信初来,秋英无言,晓露欲结,蓐收避席,青女办妆,宜其秋也;桂子风高,芦花月老,溪毛碧瘦,山骨苍寒,千岩见梅,一雪欲腊,宜其冬也。

风翻贝叶,绝胜北阙除书;水滴莲花,何似华清宫漏。

画屋曲房,拥炉列坐,鞭车行酒,分队征歌,一笑千金,樗蒲百万,名妓持笺,玉儿捧砚,淋漓挥洒,水月流虹,我醉欲眠,鼠奔鸟窜,罗襦轻解,鼻息如雷。此一境界,亦足赏心。

柳花燕子,贴地欲飞;画扇练裙,避人欲进:此春游第一风光也。

花颜缥缈,欺树里之春风;银焰荧煌,却城头之晓色。

乌纱帽挟红袖登山,前人自多风致。

笔阵生云,词锋卷雾。

楚江巫峡半云雨,清簟疏帘看弈棋。

美丰仪人,如三春新柳,濯濯风前。

涧险无平石,山深足细泉;短松犹百尺,少鹤已千年。

清文满筐,非惟芍药之花;新制连篇,宁止葡萄之树。

梅花舒两岁之装,柏叶泛三光之酒。飘飘余雪,入箫管以成歌;皎洁轻冰,对蟾光而写镜。

鹤有累心犹被斥,梅无高韵也遭删。

分果车中,毕竟借人家面孔;捉刀床侧,终须露自己心胸。

雪滚飞花,缭绕歌楼,飘扑僧舍,点点共酒旆悠扬,阵阵追燕莺飞舞。沾泥逐水,岂特可入诗料,要知色身幻影,是即风里杨花,浮生燕垒。

水绿霞红处,仙犬忽惊人,吠入桃花去。

九重仙诏,休教丹凤衔来;一片野心,已被白云留住。

香吹梅渚千峰雪,清映冰壶百尺帘。

避客偶然抛竹屦,邀僧时一上花船。

到来都是泪,过去即成尘。秋色生鸿雁,江声冷白蘋。

斗草春风,才子愁销书带翠;采菱秋水,佳人疑动镜花香。

竹粉映琅玕之碧,胜新妆流媚,曾无掩面于花宫;花珠凝翡翠之盘,虽什袭非珍,可免探颔于龙藏。

因花整帽,借柳维船。

绕梦落花消雨色,一尊芳草送晴曛。

争春开宴,罢来花有叹声;水国谈经,听去鱼多乐意。

无端泪下,三更山月老猿啼;蓦地娇来,一月泥香新燕语。

燕子刚来,春光惹恨;雁臣甫聚,秋思惨人。

韩嫣金弹,误了饥寒人多少奔驰;潘岳果车,增了少年人多少颜色。

微风醒酒,好雨催诗,生韵生情,怀颇不恶。

苎萝村里,对娇歌艳舞之山;若耶溪边,拂浓抹淡妆之水。

春归何处,街头愁杀卖花;客落他乡,河畔生憎折柳。

论到高华,但说黄金能结客;看来薄命,非关红袖懒撩人。

同气之求,惟刺平原于锦绣;同声之应,徒铸子期以黄金。

胸中不平之气,说倩山禽;世上叵测之心,藏之烟柳。

祛长夜之恶魔,女郎说剑;销千秋之热血,学士谈禅。

论声之韵者,曰溪声、涧声、竹声、松声、山禽声、幽壑声、芭蕉雨声、落花声,皆天地之清籁,诗坛之鼓吹也。然销魂之听,当以卖花声为第一。

石上酒花,几片湿云凝夜色;松间人语,数声宿鸟动朝喧。

媚字极韵,出以清致,则窈窕但见风神,附以妖娆,则做作毕露丑态。如芙蓉媚秋水,绿筱媚清涟,方不着迹。

武士无刀兵气,书生无寒酸气,女郎无脂粉气,山人无烟霞气,僧家无香火气,换出一番世界,便为世上不可少之人。

情词之娴美,《西厢》以后,无如《玉合》、《紫钗》、《牡丹亭》三传。置之案头,可以挽文思之枯涩,收神情之懒散。

俊石贵有画意,老树贵有禅意,韵士贵有酒意,美人贵有诗意。

红颜未老,早随桃李嫁春风;黄卷将残,莫向桑榆怜暮景。

销魂之音,丝竹不如著肉。然而风月山水间,别有清魂销于清响,即子晋之笙,湘灵之瑟,董双成之云璈,犹属下乘。娇歌艳曲,不尽混乱耳根。

风惊蟋蟀,闻织妇之鸣机;月满蟾蜍,见天河之弄杼。

高僧筒里送诗,突地天花坠落;韵妓扇头寄画,隔江山雨飞来。

酒有难悬之色,花有独蕴之香。以此想红颜媚骨,便可得之格外。

客斋使令,翔七宝妆,理茶具,响松风于蟹眼,浮雪花于兔毫。

每到日中重掠鬓,裋衣骑马绕宫廊。

绝世风流,当场豪举。世路既如此,但有肝胆向人;清议可奈何,曾无口舌造业。

花抽珠渐落,珠悬花更生。风来香转散,风度焰还轻。

莹以玉琇,饰以金英;绿芰悬插,红蕖倒生。

浮沧海兮气浑,映青山兮色乱。

纷黄庭之霹雳,隐重廊之窈窕,青陆至而莺啼,朱阳升而花笑。紫蒂红蕤,玉蕊苍枝。

视莲潭之变彩,见松院之生凉;引惊蝉于宝瑟,宿兰燕于瑶筐。

蒲团布衲,难于少时存老去之禅心;玉剑角弓,贵于老时任少年之侠气。

卷十　豪

今世矩视尺步之辈,与夫守株待兔之流,是不束缚而阱者也。宇宙寥寥,求一豪者,安得哉?家徒四壁,一掷千金,豪之胆;兴酣落笔,泼墨千言,豪之才;我才必用,黄金复来,豪之识。夫豪既不可得,而后世倜傥之士,或以一言一字写其不平,又安与沉沉故纸同为销没乎!集豪第十。

桃花马上春衫,少年侠气;贝叶斋中夜衲,老去禅心。

岳色江声,富煞胸中丘壑;松阴花影,争残局上山河。

骥虽伏枥,足能千里;鹄即垂翅,志在九霄。

个个题诗,写不尽千秋花月;人人作画,描不完大地江山。

慷慨之气,龙泉知我;忧煎之思,毛颖解人。

不能用世而故为玩世,只恐遇着真英雄;不能经世而故为欺世,只好对着假豪杰。

绿酒但倾,何妨易醉;黄金既散,何论复来?

诗酒兴将残,剩却楼头几明月;登临情不已,平分江上半青山。

闲行消白日,悬李贺呕字之囊;搔首问青天,携谢朓惊人之句。

假英雄专映不鸣之剑,若尔锋铓,遇真人而落胆;穷豪杰惯作无米之炊,此等作用,当大计而扬眉。

深居远俗,尚愁移山有文;纵饮达旦,犹笑醉乡无记。

风会日靡,试具宋广平之石肠;世道莫容,请收姜伯约之大胆。

藜床半穿,管宁真吾师乎;轩冕必顾,华歆洵非友也。

车尘马足之下,露出丑形;深山穷谷之中,剩些真影。

吐虹霓之气者,贵挟风霜之色;依日月之光者,毋怀雨露之私。

清襟凝远,卷秋江万顷之波;妙笔纵横,挽昆仑一峰之秀。

闻鸡起舞,刘琨其壮士之雄心乎!闻筝起舞,迦叶其开士之素心乎!

友遍天下英杰人士,读尽人间未见之书。

读书倦时须看剑,英发之气不磨;作文苦际可歌诗,郁结之怀随畅。

交友须带三分侠气,作人要存一点素心。

栖守道德者,寂寞一时;依阿权变者,凄凉万古。

深山穷谷,能老经济才猷;绝壑断崖,难隐灵文奇字。

王门之杂吹非竽,梦连魏阙;郢路之飞声无调,羞向楚囚。

献策金门苦未收,归心日夜水东流;扁舟载得愁千斛,闻说君王不税愁。

世事不堪评,掩卷神游千古上;尘氛应可却,闭门心在万山中。

负心满天地,辜他一片热肠;变态自古今,悬此两只冷眼。

龙津一剑,尚作合于风雷。胸中数万甲兵,宁终老于牖下。此中空洞原无物,何止容卿数百人。

英雄未转之雄图,假糟丘为霸业;风流不尽之余韵,托花谷为深山。

红润口脂,花蕊乍过微雨;翠匀眉黛,柳条徐拂轻风。

满腹有文难骂鬼,措身无地反忧天。

大丈夫居世,生当封侯,死当庙食。不然,闲居可以养志,诗书足以自娱。

不恨我不见古人,惟恨古人不见我。

荣枯得丧,天意安排,浮云过太虚也;用舍行藏,吾心镇定,砥柱在中流乎?

曹曾积石为仓以藏书,名曹氏石仓。

丈夫须有远图,眼孔如轮,可怪处堂燕雀;豪杰宁无壮志,风棱似铁,不忧当道豺狼。

云长香火,千载遍于华夷;坡老姓名,至今口于妇孺。意气精神,不可磨灭。

据床嗒尔，听豪士之谈锋；把盏惺然，看酒人之醉态。

登高远眺，吊古寻幽，广胸中之丘壑，游物外之文章。

雪霁清境，发于梦想。此间但有荒山大江，修竹古木。

每饮村酒后，曳杖放脚，不知远近，亦旷然天真。

须眉之士在世，宁使乡里小儿怒骂，不当使乡里小儿见怜。

胡宗宪读《汉书》，至终军请缨事，乃起拍案曰："男儿双脚当从此处插入，其他皆狼藉耳！"

宋海翁才高嗜酒，睥睨当世。忽乘醉泛舟海上，仰天大笑曰："吾七尺之躯，岂世间凡士所能贮？合以大海葬之耳！"遂按波而入。

王仲祖有好形仪，每览镜自照，曰："王文开哪生宁馨儿？"

毛澄七岁善属对，诸喜之者赠以金钱，归掷之曰："吾犹薄苏秦斗大，安事此邓通靡靡？"

梁公实荐一士于李于麟，士欲以谢梁，曰："吾有长生术，不惜为公授。"梁曰："吾名在天地间，只恐盛着不了，安用长生？"

吴正子穷居一室，门环流水，跨木而渡，渡毕即抽之。人问故，笑曰："土舟浅小，恐不胜富贵人来踏耳！"

吾有目有足，山川风月，吾所能到，我便是山川风月主人。

大丈夫当雄飞，安能雌伏？

青莲登华山落雁峰，曰："呼吸之气，想通帝座。恨不携谢朓惊人之句来，搔首问青天耳！"

志欲枭逆房，枕戈待旦，常恐祖生先我着鞭。

旨言不显，经济多托之工瞽乌兕；高踪不落，英雄常混之渔樵耕牧。

高言成啸虎之风，豪举破涌山之浪。

立言者，未必即成千古之业，吾取其有千古之心；好客者，未必即尽四海之交，吾取其有四海之愿。

管城子无食肉相，世人皮相何为？孔方兄有绝交书，今日盟交安在？

襟怀贵疏朗，不宜太逞豪华；文字要雄奇，不宜故求寂寞。

悬榻待贤士，岂曰交情已乎？投辖留好宾，不过酒兴而已。

才以气雄，品由心定。

为文而欲一世之人好，吾悲其为文；为人而欲一世之人好，吾悲其为人。

济笔海则为舟航，骋文囿则为羽翼。

胸中无三万卷书，眼中无天下奇山川，未必能文。纵能，亦无豪杰语耳。

山厨失斧，断之以剑；客至无枕，解琴自供；盥盆溃散，罄为注洗；盖不暖足，覆之以蓑。

孟宗少游学，其母制十二幅被，以招贤士共卧，庶得闻君子之言。

张烟雾于海际，耀光景于河渚；乘天梁而浩荡，叫帝阍而延伫。

声誉可尽，江天不可尽；丹青可穷，山色不可穷。

闻秋空鹤唳，令人逸骨仙仙；看海上龙腾，觉我壮心勃勃。

明月在天，秋声在树，珠箔卷啸倚高搂；苍苔在地，春酒在壶，玉山颓醉眠芳草。

胸中自是奇，乘风破浪，平吞万顷苍茫；脚底由来阔，历险穷幽，飞度千寻香霭。

松风涧雨，九霄外声闻环佩，清我吟魂；海市蜃楼，万水中一幅画图，供吾醉眼。

每从白门归，见江山逶迤，草木苍郁，人常言佳，我觉是别离人肠中一段酸楚气耳。

人每诶余腕中有鬼，余谓鬼自无端入吾腕中，吾腕中未尝有鬼也；人每责余目中无人，余谓人自不屑入吾目中，吾目中未尝无人也。

天下无不虚之山，惟虚故高而易峻；天下无不实之水，惟实故流而不竭。

放不出憎人面孔，落在酒杯；丢不下怜世心肠，寄之诗句。

春到十千美酒，为花洗妆；夜来一片名香，与月熏魄。

忍到熟处则忧患消，谈到真时则天地赘。

醺醺熟读《离骚》，孝伯外敢曰并皆名士；碌碌常承色笑，阿奴辈果然尽是佳儿。

剑雄万敌，笔扫千军。

飞禽铩翮，犹爱惜乎羽毛；志士捐生，终不忘乎老骥。

敢于世上放开眼，不向人间浪皱眉。

缥缈孤鸿，影来窗际，开户从之，明月入怀，花枝零乱，朗吟"枫落吴江"之句，令人凄绝。

云破月窥花好处，夜深花睡月明中。

三春花鸟犹堪赏，千古文章只自知。文章自是堪千古，花鸟三春只几时。

士大夫胸中无三斗墨，何以运管城？然恐酝酿宿陈，出之无光泽耳。

攫金于市者,见金而不见人;剖身藏珠者,爱珠而忘自爱。与夫决性命以饕富贵,纵嗜欲以损生者何异?

说不尽山水好景,但付沉吟;当不起世态炎凉,唯有闭户。

杀得人者,方能生人。有恩者,必然有怨。若使不阴不阳,随世波靡,肉菩萨出世,于世何补,此生何用?

李太白云:"天生我才必有用,黄金散尽还复来。"杜少陵云:"一生性僻耽佳句,语不惊人死不休。"豪杰不可不解此语。

天下固有父兄不能囿之豪杰,必无师友不可化之愚蒙。

谐友于天伦之外,元章呼石为兄;奔走于世途之中,庄生喻尘以马。

词人半肩行李,收拾秋水春云;深宫一世梳妆,恼乱晚花新柳。

得意不必人知,兴来书自圣;纵口何关世议,醉后语犹颠。

英雄尚不肯以一身受天公之颠倒,吾辈奈何以一身受世人之提掇?是堪指发,未可低眉。

能为世必不可少之人,能为人必不可及之事,则庶几此生不虚。

儿女情,英雄气,并行不悖;或柔肠,或侠骨,总是吾徒。

上马横槊,下马作赋,自是英雄本色;熟读《离骚》,痛饮浊酒,果然名士风流。

诗狂空古今,酒狂空天地。

处世当于热地思冷,出世当于冷地求热。

我辈腹中之气,亦不可少,要不必用耳。若蜜口,真妇人事哉!

办大事者,匪独以意气胜,盖亦其智略绝也。故负气雄行,力足以折公侯;出奇制算,事足以骇耳目。如此人者,俱千古矣。嗟嗟!今世徒虚语耳。

说剑谈兵,今生恨少封侯骨;登高对酒,此日休吟烈士歌。

身许为知己死,一剑夷门,到今侠骨香仍古;腰不为督邮折,五斗彭泽,从古高风清至今。

剑击秋风,四壁如闻鬼啸;琴弹夜月,空山引动猿号。

壮志愤懑难消,高人情深一往。

先达笑弹冠,休向侯门轻曳裾;相知犹按剑,莫从世路暗投珠。

卷十一　法

　　自方袍幅巾之态遍满天下,而超脱颖绝之士,遂以同污合流矫之,而世道不古矣。夫迂腐者既泥于法,而超脱者又越于法,然则士君子亦不偏不倚,期无所泥越则已矣,何必方袍幅巾,作此迂态耶!集法第十一。

　　世无乏才之世,以通天达地之精神,而辅之以拔十得五之眼法。
　　一心可以交万友,二心不可以交一友。
　　凡事,留不尽之意则机圆;凡物,留不尽之意则用裕;凡情,留不尽之意则味深;凡言,留不尽之意则致远;凡兴,留不尽之意则趣多;凡才,留不尽之意则神满。
　　有世法,有世缘,有世情。缘非情,则易断;情非法,则易流。
　　世多理所难必之事,莫执宋人道学;世多情所难通之事,莫说晋人风流。
　　与其以衣冠误国,不若以布衣关世;与其以林下而矜冠裳,不若以廊庙而标泉石。
　　眼界愈大,心肠愈小;地位愈高,举止愈卑。
　　少年人要心忙,忙则摄浮气;老年人要心闲,闲则乐余年。
　　晋人清谈,宋人理学;以晋人遗俗,以宋人视躬:合之双美,分之两伤也。
　　莫行心上过不去事,莫存事上行不去心。
　　忙处事为,常向闲中先检点;动时念想,预从静里密操持。
　　青天白日处节义,自暗室屋漏处培来;旋转乾坤的经纶,自临深履薄处操出。
　　以积货财之心积学问,以求功名之念求道德,以爱妻子之心爱父母,以保爵位之策保国家。
　　才智英敏者,宜以学问摄其躁;气节激昂者,当以德性融其偏。
　　何以下达,惟有饰非;何以上达,无如改过。
　　一点不忍的念头,是生民生物之根芽;一段不为的气象,是撑天撑地之柱石。
　　君子对青天而惧,闻雷霆而不惊;履平地而恐,涉风波而不疑。

不可乘喜而轻诺，不可因醉而生嗔，不可乘快而多事，不可因倦而鲜终。

意防虑如拨，口防言如遏，身防染如夺，行防过如割。

白沙在泥，与之俱黑，渐染之习久矣；他山之石，可以攻玉，切磋之力大焉。

后生辈胸中落"意气"两字，有以趣胜者，有以味胜者。然宁饶于味，而无饶于趣。

芳树不用买，韶光贫可支。

寡思虑以养神，剪欲色以养精，靖言语以养气。

立身高一步方超达，处世退一步方安乐。

救既败之事者，如驭临崖之马，休轻策一鞭；图垂成之功者，如挽上滩之舟，莫少停一棹。

是非邪正之交，少迁就则失从违之正；利害得失之会，太分明则起趋避之嫌。

事系幽隐，要思回护他，着不得一点攻讦的念头；人属寒微，要思矜礼他，着不得一毫傲睨的气象。

毋似小嫌而疏至戚，勿以新怨而忘旧恩。

礼义廉耻，可以律己，不可以绳人。律己则寡过，绳人则寡合。

凡事韬晦，不独益己，抑且益人；凡事表暴，不独损人，抑且损己。

觉人之诈，不形于言；受人之侮，不动于色。此中有无穷意味，亦有无穷受用。

爵位不宜太盛，太盛则危；能事不宜尽毕，尽毕则衰。

遇故旧之交，意气要愈新；处隐微之事，心迹宜愈显；待衰朽之人，恩礼要愈隆。

用人不宜刻，刻则思效者去；交友不宜滥，滥则贡谀者来。

忧勤是美德，太苦则无以适性怡情；淡泊是高风，太枯则无以济人利物。

作人要脱俗，不可存一矫俗之心；应世要随时，不可起一趋时之念。

从师延名士，鲜垂教之实益；为徒攀高第，少受诲之真心。

男子有德便是才，女子无才便是德。

病中之趣味，不可不尝；穷途之景界，不可不历。

才人国士，既负不群之才，定负不羁之行，是以才稍压众则忌心生，行稍违时则侧目至。

死后声名，空誉墓中之骸骨；穷途潦倒，谁怜宫外之蛾眉？

贵人之交贫士也，骄色易露；贫士之交贵人也，傲骨当存。

君子处身，宁人负己，己无负人；小人处事，宁己负人，无人负己。

砚神曰淬妃，墨神曰回氏，纸神曰尚卿，笔神曰昌化，又曰佩阿。

要治世，半部《论语》；要出世，一卷《南华》。

祸莫大于纵己之欲，恶莫大于言人之非。

求见知于人世易，求真知于自己难；求粉饰于耳目易，求无愧于隐微难。

圣人之言，须常将来眼头过，口头转，心头运。

与其巧持于末，不若拙戒于初。

君子有三惜：此生不学，一可惜；此日闻过，二可惜；此身一败，三可惜。

昼观诸妻子，夜卜诸梦寐，两者无愧，始可言学。

士大夫三日不读书，则礼义不交，便觉面目可憎，语言无味。

与其密面交，不若亲谅友；与其施新恩，不若还旧债。

士人当使王公闻名多而识面少，宁使王公讶其不来，毋使王公厌其不去。

见人有得意事，便当生忻喜心；见人有失意事，便当生怜悯心。皆自己真实受用处，忌成乐败，徒自坏心术耳。

恩重难酬，名高难称。

待客之礼，当存古意，止一鸡一黍，酒数行，食饭而罢。以此为法。

处心不可着，着则偏；作事不可尽，尽则穷。

士人所贵，节行为大。轩冕失之，有时而复来；节行失之，终身不可得矣。

势不可倚尽，言不可道尽，福不可享尽，事不可处尽，意味偏长。

静坐然后知平日之气浮，守默然后知平日之言躁，省事然后知平日之贵闲，闭户然后知平日之交滥，寡欲然后知平日之病多，近情然后知平日之念刻。

喜时之言多失信，怒时之言多失体。

泛交则多费，多费则多营，多营则多求，多求则多辱。

一字不可轻与人，一言不可轻语人，一笑不可轻假人。

正以处心，廉以律己，忠以事君，恭以事长，信以接物，宽以待下，敬以治事，此居官之七要也。

圣人成大事业者，从战战兢兢之小心来。

酒入舌出，舌出言失，言失身弃。余以为弃身不如弃酒。

青天白日,和风庆云,不特人多喜色,即鸟鹊且有好音。若暴风怒雨,疾雷幽电,鸟亦投林,人皆闭户。故君子以太和元气为主。

胸中落"意气"两字,则交游定不得力;落"骚雅"二字,则读书定不得深心。

交友之先宜察,交友之后宜信。

惟俭可以助廉,惟恕可以成德。

惟书不问贵贱贫富老少:观书一卷,则增一卷之益;观书一日,则有一日之益。

坦易其心胸,率真其笑语,疏野其礼数,简少其交游。

好丑不可太明,议论不可务尽,情势不可弹竭,好恶不可骤施。

不风之波,开眼之梦,皆能增进道心。

开口讥诮人,是轻薄第一件,不惟丧德,亦足丧身。

人之恩可念不可忘,人之仇可忘不可念。

不能受言者,不可轻与一言,此是善交法。

君子于人,当于有过中求无过,不当于无过中求有过。

我能容人,人在我范围,报之在我,不报在我;人若容我,我在人范围,不报不知,报之不知。自重者然后人重,人轻者由我自轻。

高明性多疏脱,须学精严;狷介常苦迂拘,当思圆转。

欲做精金美玉的人品,定从烈火锻来;思立揭地掀天的事功,须向薄冰履过。

性不可纵,怒不可留,语不可激,饮不可过。

能轻富贵,不能轻一轻富贵之心;能重名义,又复重一重名义之念。是事境之尘氛未扫,而心境之芥蒂未忘。此处拔除不净,恐石去而草复生矣。

纷扰固溺志之场,而枯寂亦槁心之地。故学者当栖心玄默,以宁吾真体;亦当适志恬愉,以养吾圆机。

昨日之非不可留,留之则根烬复萌,而尘情终累乎理趣;今日之是不可执,执之则渣滓未化,而理趣反转为欲根。

待小人不难于严,而难于不恶;待君子不难于恭,而难于有礼。

市私恩,不如扶公议;结新知,不如敦旧好;立荣名,不如种隐德;尚奇节,不如谨庸行。

有一念而犯鬼神之忌,一言而伤天地之和,一事而酿子孙之祸者,最宜切戒。

不实心，不成事；不虚心，不知事。

老成人受病，在作意步趋；少年人受病，在假意超脱。

为善有表里始终之异，不过假好人；为恶无表里始终之异，倒是硬汉子。

入心处咫尺玄门，得意时千古快事。

《水浒传》无所不有，却无破老一事，非关缺陷，恰是酒肉汉本色如此。益知作者之妙。

世间会讨便宜人，必是吃过亏者。

书是同人，每读一篇，自觉寝食有味；佛为老友，但窥半偈，转思前境真空。

衣垢不湔，器缺不补，对人犹有惭色；行垢不湔，德缺不补，对天岂无愧心！

天地俱不醒，落得昏沉醉梦；洪蒙率是客，枉寻寥廓主人。

老成人必典必则，半步可规；气闷人不吐不茹，一时难对。

重友者，交时极难，看得难，以故转重；轻友者，交时极易，看得易，以故转轻。

近以静事而约己，远以惜福而延生。

掩户焚香，清福已具。如无福者，定生他想；更有福者，辅以读书。

国家用人，犹农家积粟。粟积于丰年，乃可济饥；才储于平时，乃可济用。

考人品，要在五伦上见。此处得，则小过不足疵；此处失，则众长不足录。

国家尊名节，奖恬退，虽一时未见其效，然当患难仓卒之际，终赖其用。如禄山之乱，河北二十四郡皆望风奔溃，而抗节不挠者，止一颜真卿，明皇初不识其人。则所谓名节者，亦未尝不自恬退中得来也。故奖恬退者，乃所以励名节。

志不可一日坠，心不可一日放。

辩不如讷，语不如默，动不如静，忙不如闲。

以无累之神，合有道之器，宫商暂离，不可得已。

精神清旺，境境都有会心；志气昏愚，处处俱成梦幻。

酒能乱性，佛家戒之；酒能养气，仙家饮之。余于无酒时学佛，有酒时学仙。

烈士不馁，正气以饱其腹；清士不寒，青史以暖其躬；义士不死，天君以生其骸。总之心悬胸中之日月，以任世上之风波。

孟郊有句云："青山碾为尘，白日无闲人。"于邺云："白日若不落，红尘应更深。"又云："如逢幽隐处，似遇独醒人。"王维云："行到水穷处，坐看云起时。"又云："明月松间照，清泉石上流。"皎然云："少时不见山，便觉无奇趣。"每一吟讽，逸思翩翩。

卷十二　倩

倩不可多得，美人有其韵，名花有其致，青山绿水有其丰标。外则山臞韵士，当情景相会之时，偶出一语，亦莫不尽其韵，极其致，领略其丰标。可以启名花之笑，可以佐美人之歌，可以发山水之清音，而又何可多得！集倩第十二。

会心处，自有濠濮间想，无可亲人鱼鸟；偃卧时，便是羲皇上人，何必秋月凉风。

一轩明月，花影参差，席地便宜小酌；十里青山，鸟声断续，寻春几度长吟。

入山采药，临水捕鱼，绿树荫中鸟道；扫石弹琴，卷帘看鹤，白云深处人家。

沙村竹色，明月如霜，携幽人杖藜散步；石屋松阴，白云似雪，对孤鹤扫榻高眠。

焚香看书，人事都尽，隔帘花落，松梢月上，钟声忽度，推窗仰视，河汉流云，大胜昼时。非有洗心涤虑，得意爻象之表者，不可独契此语。

纸窗竹屋，夏葛冬裘，饭后黑甜，日中白醉，足矣。

收碣石之宿雾，敛苍梧之夕云。八月灵槎，泛寒光而静去；三山神阙，湛清影以遥连。

空三楚之暮天，楼中历历；满六朝之故地，草际悠悠。

秋水岸移新钓舫，藕花洲拂旧荷裳。心深不灭三年字，病浅难销寸步香。

赵飞燕歌舞自赏，仙风留于绡裙；韩昭侯颦笑不轻，俭德昭于敝裤。皆以一物著名，局面相去甚远。

翠微僧至，衲衣皆染松云；斗室残经，石磬半沉蕉雨。

黄鸟情多，常向梦中呼醉客；白云意懒，偏来僻处媚幽人。

乐意相关禽对语，生香不断树交花，是无彼无此真机；野色更无山隔断，天光常与水相连，此彻上彻下真境。

美女不尚铅华，似疏云之映淡月；禅师不落空寂，若碧沼之吐青莲。

书者喜谈画，定能以画法作书；酒人好论茶，定能以茶法饮酒。

诗用方言，岂是采风之子？谭邻徘语，恐贻拂麈之羞。

肥壤植梅，花茂而其韵不古；沃土种竹，枝盛而其质不坚。

竹径松篱，尽堪娱目，何非一段清闲；园亭池榭，仅可容身，便是半生受用。

南涧科头，可任半帘明月；北窗坦腹，还须一榻清风。

披帙横风榻，邀棋坐雨窗。

洛阳每遇梨花时，人多携酒树下，曰：为梨花洗妆。

绿染林皋，红销溪水。几声好鸟斜阳外，一簇春风小院中。

有客到柴门，清尊开江上之月；无人剪蒿径，孤榻对雨中之山。

恨留山鸟，啼百卉之春红；愁寄陇云，锁四天之暮碧。

涧口有泉常饮鹤，山头无地不栽花。

双杵茶烟，具载陆君之灶；半床松月，且窥扬子之书。

寻雪后之梅，几忙骚客；访霜前之菊，颇恹幽人。

帐中苏合，全消雀尾之炉；槛外游丝，半织龙须之席。

瘦竹如幽人，幽花如处女。

晨起推窗：红雨乱飞，闲花笑也；绿树有声，闲鸟啼也；烟岚灭没，闲云度也；藻荇可数，闲池静也；风细帘青，林空月印，闲庭峭也。

山扉昼扃，而剥啄每多闲侣；帖括因人，而几案每多闲编。绣佛长斋，禅心释谛，而念多闲想，语多闲词。闲中滋味，洵足乐也。

鄙吝一消，白云亦可赠客；渣滓尽化，明月亦来照人。

水流云在，想子美千载高标；月到风来，忆尧夫一时雅致。

何以消天下之清风朗月，酒盏诗筒；何以谢人间之覆雨翻云，闭门高卧。

高客留连，花木添清疏之致；幽人剥啄，莓苔生淡冶之容。

雨中连榻，花下飞觞。进艇长波，散发弄月，紫箫玉笛，飒起中流，白露可餐，天河在袖。

午夜箕踞松下，依依皎月，时来亲人，亦复快然自适。

香宜远焚，茶宜旋煮，山宜秋登。

中郎赏花云：茗赏上也，谈赏次也，酒赏下也。若夫崇酒越茶而及一切庸秽凡俗之语，此花神之深恶痛斥者。宁闭口枯坐，勿遭花恼可也。

赏花有地有时，不得其时而漫然命客，皆为唐突。寒花宜初雪，宜雨霁，宜新月，宜暖房；温花宜晴日，宜轻寒，宜华堂；暑花宜雨后，宜快风，宜佳木浓阴，宜竹下，宜水阁；凉花宜爽月，宜夕阳，宜空阶，宜苔径，宜古藤巉石边。若不论风日，不择佳地，神气散缓，了不相属，比于妓舍酒馆中花，何异哉？

云霞争变，风雨横天，终日静坐，清风洒然。

妙笛至山水佳处，马上临风，快作数弄。

心中事，眼中景，意中人。

园花按时开放，因即其佳称，待之以客：梅花索笑客，桃花销恨客，杏花倚云客，水仙凌波客，牡丹酣酒客，芍药占春客，萱草忘忧客，莲花禅社客，葵花丹心客，海棠昌州客，桂花青云客，菊花招隐客，兰花幽谷客，酴醾清叙客，腊梅远寄客。须是身闲，方可称为主人。

马蹄入树鸟梦坠，月色满桥人影来。

无事当看韵书，有酒当邀韵友。

红蓼滩头，青林古岸，西风扑面，风雪打头。披蓑顶笠，执竿烟水，俨然在米芾《寒江独钓图》中。

冯惟一以杯酒自娱，酒酣即弹琵琶，弹罢赋诗，诗成起舞，时人爱其俊逸。

风下松而合曲，泉萦石而生文。

秋风解缆，极目芦苇，白露横江，情景凄绝；孤雁惊飞，秋色远近，泊舟卧听，沽酒呼卢：一切尘事，都付秋水芦花。

设禅榻二，一自适，一待朋。朋若未至，则悬之。敢曰："陈蕃之榻，悬待孺子；长史之榻，专设休源。"亦惟禅榻之侧，不容着俗人膝耳。诗魔酒颠，赖此榻祛醒。

留连野水之烟，淡荡寒山之月。

春夏之交，散行麦野；秋冬之际，微醉稻场。欣看麦浪之翻银，积翠直侵衣带；快睹稻香之覆地，新醅欲溢尊罍。每来得趣于庄村，宁去置身于草野。

羁客在云村，蕉雨点点，如奏笙竽，声极可爱。山人读《易》、《礼》，斗后骑鹤以至，不减闻《韶》也。

阴茂树，濯寒泉，溯冷风，宁不爽然洒然？

韵言一展卷间，恍坐冰壶而观龙藏。

春来新笋，细可供茶；雨后奇花，肥堪待客。

赏花须结豪友，观妓须结淡友，登山须结逸友，泛舟须结旷友，对月须结冷友，待雪须结艳友，捉酒须结韵友。

问客写药方，非关多病；闭门听野史，只为偷闲。

岁行尽矣，风雨凄然，纸窗竹屋，灯火青荧，时于此间得小趣。

山鸟每夜五更喧起五次，谓之报更，盖山间率真漏声也。

分韵题诗，花前酒后；闭门放鹤，主去客来。

插花着瓶中，令俯仰高下，斜正疏密，皆存意态，得画家写生之趣方佳。

法饮宜舒，放饮宜雅，病饮宜小，愁饮宜醉；春饮宜郊，夏饮宜洞，秋饮宜舟，冬饮宜室，夜饮宜月。

甘酒以待病客，辣酒以待饮客，苦酒以待豪客，淡酒以待清客，浊酒以待俗客。

仙人好楼居，须岩峣轩敞，八面玲珑，舒目披襟，有物外之观，霞表之胜。

宜对山，宜临水；宜待月，宜观霞；宜夕阳，宜雪月。宜岸帻观书，宜倚栏吹笛；宜焚香静坐，宜挥麈清谈。江干宜帆影，山郁宜烟岚；院落宜杨柳，寺观宜松篁；溪边宜渔樵、宜鹭鸶，花前宜娉婷、宜鹦鹉。宜翠雾霏微，宜银河清浅。宜万里无云，长空如洗；宜千林雨过，叠嶂如新。宜高插江天，宜斜连城郭；宜开窗眺海日，宜露顶卧天风。宜啸，宜咏，宜终日敲棋；宜酒，宜诗，宜清宵对榻。

良夜风清，石床独坐，花香暗度，松影参差。黄鹤楼可以不登，张怀民可以不访，《满庭芳》可以不歌。

茅屋竹窗，一榻清风邀客；茶炉药灶，半帘明月窥人。

娟娟花露，晓湿芒鞋；瑟瑟松风，凉生枕簟。

绿叶斜披，桃叶渡头，一片弄残秋月；青帘高挂，杏花村里，几回典却春衣。

杨花飞入珠帘，脱巾洗砚；诗草吟成锦字，烧竹煎茶。良友相聚，或解衣盘礴，或分韵角险，顷之貌出青山，吟成丽句，从旁品题之，大是开心事。

木枕傲，石枕冷，瓦枕粗，竹枕鸣。以藤为骨，以漆为肤，其背圆而滑，其额方而通。此蒙庄之蝶庵，华阳之睡几。

小桥月上，仰盼星光，浮云往来，掩映于牛渚之间，别是一种晚眺。

医俗病莫如书，赠酒狂莫如月。

明窗净几，好香苦茗，有时与高衲谈禅；豆棚菜圃，暖日和风，无事听友人说鬼。

花事乍开乍落，月色乍阴乍晴，兴未阑，踌躇搔首；诗篇半拙半工，酒态半醒半醉，身方健，潦倒放怀。

湾月宜寒潭，宜绝壁，宜高阁，宜平台，宜窗纱，宜帘钩，宜苔阶，宜花砌，宜小酌，宜清谈，宜长啸，宜独往，宜搔首，宜促膝。春月宜尊罍，夏月宜枕簟，秋月宜砧杵，冬月宜图书。楼月宜萧，江月宜笛，寺院月宜笙，书斋月宜琴。闺闱月宜纱橱，勾栏月宜弦索，关山月宜帆樯，沙场月宜刁斗。花月宜佳人，松月宜道者，萝月宜隐逸，桂月宜俊英；山月宜老衲，湖月宜良朋，风月宜杨柳，雪月宜梅花。片月宜花梢，宜楼头，宜浅水，宜杖藜，宜幽人，宜孤鸿。满月宜江边，宜苑内，宜绮筵，宜华灯，宜醉客，宜妙妓。

佛经云："细烧沉水，毋令见火。"此烧香三昧语。

石上藤萝，墙头薜荔，小窗幽致，绝胜深山，加以明月清风，物外之情，尽堪闲适。

出世之法，无如闭关。计一园手掌大，草木蒙茸，禽鱼往来，矮屋临水，展书匡坐，几于避秦，与人世隔。

山上须泉，径中须竹。读史不可无酒，谈禅不可无美人。

幽居虽非绝世，而一切使令供具交游晤对之事，似出世外。花为婢仆，鸟为笑谈，溪漱涧流代酒肴烹炼，书史作师保，竹石质友朋，雨声云影，松风萝月，为一时豪兴之歌舞。情景固浓，然亦清趣。

蓬窗夜启，月白于霜，渔火沙汀，寒星如聚。忘却客于作楚，但欣烟水留人。

无欲者其言清，无累者其言达。口耳巽人，灵窍忽启。故曰：不为俗情所染，方能说法度人。

临流晓坐，欸乃忽闻，山川之情，勃然不禁。

舞罢缠头何所赠，折得松钗；饮余酒债莫能偿，拾来榆荚。

午夜无人知处,明月催诗;三春有客来时,香风散酒。

如何清色界,一泓碧水含空;那可断游踪,半砌青苔瓣雨。

村花路柳,游子衣上之尘;山雾江云,行李担头之色。

何处得真情,买笑不如买愁;谁人效死力,使功不如使过。

芒鞋甫挂,忽想翠微之色,两足复绕山云;兰掉方停,忽闻新涨之波,一叶仍飘烟水。

旨愈浓而情愈淡者,霜林之红树;臭愈近而神愈远者,秋水之白苹。

龙女濯冰绡,一带水痕寒不耐;姮娥携宝药,半囊月魄影犹香。

山馆秋深,野鹤唳残清夜月;江园春暮,杜鹃啼断落花风。

石洞寻真,绿玉嵌乌藤之杖;苔矶垂钓,红翎间白鹭之蓑。

晚村人语,远归白社之烟;晓市花声,惊破红楼之梦。

案头峰石,四壁冷浸烟云,何与胸中丘壑;枕边溪声,半榻寒生瀑布,争如舌底鸣泉。

扁舟空载,赢却关津不税愁;孤杖深穿,揽得烟云闲入梦。

幽堂昼密,清风忽来好伴;虚窗夜朗,明月不减故人。

晓入梁王之苑,雪满群山;夜登庾亮之楼,月明千里。

名妓翻经,老僧酿酒,书生借箸谈兵,介胄登高作赋,羡他雅致偏增;屠门食素,狙侩论文,厮养盛服领缘,方外束修怀刺,令我风流顿减。

高卧酒楼,红日不催诗梦醒;漫书花榭,白云恒带墨痕香。

相美人如相花,贵清艳而有若远若近之思;看高人如看竹,贵潇洒而有不密不疏之致。

梅称清绝,多却罗浮一段妖魂;竹本萧疏,不耐湘妃数点愁泪。

穷秀才生活,整日荒年;老山人出游,一派熟路。

眉端扬未得,庶几在山月吐时;眼界放开来,只好向水云深处。

刘伯伦携壶荷锸,死便埋我,真酒人哉!王武仲闭关护花,不许踏破,直花奴耳。

一声秋雨,一行秋雁,消不得一室清灯;一月春花,一池春草,绕乱却一生春梦。

夭桃红杏,一时分付东风;翠竹黄花,从此永为闲伴。

花影零乱,香魂夜发,辗然而喜。烛既尽,不能寐也。

花阴流影,散为半院舞衣;水响飞音,听来一溪歌板。

一片秋色，能疗病客；半声春鸟，偏唤愁人。

会心之语，当以不解解之；无稽之言，是在不听听耳。

云落寒潭，涤尘容于水镜；月流深谷，拭淡黛于山妆。

寻芳者追深径之兰，识韵者穷深山之竹。

花间雨过，蜂粘几片蔷薇；柳下童归，香散数茎檐葡。

幽人到处烟霞冷，仙子来时云雨香。

落红点苔，可当锦褥；草香花媚，可当娇姬。莫逆则山鹿溪鸥，鼓吹则水声鸟啭。毛褐为纨绮，山云作主宾。和根野菜，不酿侯鲭；带叶柴门，奚输甲第？

野筑郊居，绰有规制。茅亭草舍，棘垣竹篱，构列无方，淡宕如画，花间红白，树无行款，倘佯洒落，何异仙居？

墨池寒欲结，冰分笔上之花；炉篆气初浮，不散帘前之雾。

青山在门，白云当户，明月到窗，凉风拂座。胜地皆仙，五城十二楼，转觉多设。

何为声色俱清？曰：松风、水月，未足比其清华；何为神情俱彻？曰：仙露明珠，讵能方其朗润。

"逸"字是山林关目，用于情趣，则清远多致；用于事务，则散漫无功。

宇宙虽宽，世途眇于鸟道；征逐日甚，人情浮比鱼蛮。

柳下舣舟，花间走马，观者之趣，倍于个中。

问人情何似？曰：野水多于地，春山半是云。问世事何似？曰：马上悬壶浆，刀头分顿肉。

尘情一破，便同鸡犬为仙；世法相拘，何异鹤鹅作阵？

清恐人知，奇足自赏。

与客到金罍，醉来一榻，岂独客去为佳；有人知玉律，回车三调，何必相识乃再。笑元亮之逐客何迂，羡子猷之高情可赏。

高士岂尽无染，莲为君子，亦自出于污泥；丈夫但论操持，竹作正人，何妨犯以霜雪。

东郭先生之履，一贫从万古之清；山阴道士之经，片字收千金之重。

管辂请饮后言，名为酒胆；休文以吟致瘦，要是诗魔。

因花索句，胜他牍奏三千；为鹤谋粮，赢我田耕二顷。

至奇无惊，至美无艳。

瓶中插花，盆中养石，虽是寻常供具，实关幽人性情。若非得趣，个中布置，何能生致？

湖海上浮家泛宅，烟霞五色足资粮；乾坤内狂客逸人，花鸟四时供啸咏。

养花，瓶亦须精良，譬如玉环、飞燕，不可置之茅茨；嵇、阮、贺、李，不可请之店中。

才有力以胜蝶，本无心而引莺；半叶舒而岩暗，一花散而峰明。

玉槛连彩，粉壁迷明。动鲍昭之诗兴，销王粲之忧情。

急不急之辨，不如养默；处不切之事，不如养静；助不直之举，不如养正；恣不禁之费，不如养福；好不情之察，不如养度；走不实之名，不如养晦；近不祥之人，不如养愚。

诚实以启人之信我，乐易以使人之亲我，虚己以听人之教我，恭己以取人之敬我，奋发以破人之量我，洞彻以备人之疑我，尽心以报人之托我，坚持以杜人之鄙我。

附　录

《醉古堂剑扫》自序

池绍珩

　　余性懒，逢世一切炎热争逐之场，了不关情。惟是高山流水，任意所如，迂翠丛紫莽，竹林芳径，偕二三知己，抱膝长啸，恣然忘归，加以名姝凝盼，素月入怀，轻讴缓板，远韵孤箫，青山送黛，小鸟兴歌，侪侣忘机，茗酒随设，余心最欢乐不可极。若乃闭关却扫，图史杂陈，古人相对，百城往列，几榻之余，绝不闻户外事，则又如桃源人，尚不识汉世，又安论魏、晋哉？此其乐，更未易一二为俗人言也。遂如司马公案头，常置数薄，每遇嘉言格论，丽词醒语，不问古今，随手辄记，卷以部分，趣缘旨舍，用浇胸中傀儡，一扫世态俗情，致取自娱，积而成帙。今秋，落魄京邸，睹此寂寂，使邓禹笑人，未免有情，亦复谁能遣此？因共友人问雨花之址，寻采石之岩，江山历落，使我怀古之情更深，迺出所手录，快读一过，恍觉百年幻泡，世事棋枰，向来傀儡，一时俱化。虽断蛟刿笔之利，亦不过是。友人鼓掌叫绝曰：此真热闹场一剂清凉散矣！夫镆邪钝兮铅刀割，君有笔兮杀无血，可题《剑扫》，付之剞劂。

《醉古堂剑扫》序

池内奉时

　　余之所独，而世人之所不同。若夫读书之中，寓看剑之趣者，其惟《醉古堂剑扫》乎？其命名已奇，而分门更奇。盖衷古人名言快语以成帙，字字简淡，句句隽妙，可以焕发精神，可以开豁灵慧，亦犹看剑而星动龙飞，光彩陆离，其快意可胜舍哉？往年偶获誊本，欲刻之以当一部说剑，然鲁鱼颇多，因循未果。项者，借崇兰馆所藏原本，校订而开雕之。

《醉古堂剑扫》跋

赖醇

余顷得明陆湘客《剑扫》者读之，盖湘客亦一不平才子也，尝著此书，以排其郁闷。自序云：甲子秋，落魄京邸，乃出所手录，刻曰《剑扫》。甲子，即天启元年，魏珰横恣，举朝妇人之秋也，则湘客之寓不平于此书可知也。此书辑古人名言碎语，分部奇警，剪裁雅洁，人一翻恍，不能释手。自赞所谓"快读一过，恍觉百年幻泡，世事棋枰，向来傀儡，一时俱化者"，信矣。呜乎！湘客不平之人，而为快言之书，又使后世不平人读之，快意不止。何也？子长曰："古来著书，大抵圣贤君子发愤之所为。"盖作不平人无知不平之情，自解解人，皆得其要因，不足怪也。余因与池内士辰谋梓以行世。

《醉古堂剑扫》凡例

博采《史记》、《汉书》、《世说》等书，目所经见者靡不拣，入别调者便不滥摘。

集有批点，出韵人口，入韵人目，如磁遇铁，自然相投，不必点缀为工。兹虽无批点，而已入韵目。

名公姓氏，非敢妄书，但系同志，即书字号，正望奇文共欣赏，疑义相与析。

是编纵未令长安纸贵，倘蒙玄鉴，嗣有续刻。

板取梨木，精择佳纸，更觅刻手名家，笔笔真楷，雅致一段苦心，珍赏家原之。

木几冗谈

（明）彭汝让　撰
诸伟奇　敖堃　校点

整理说明

　　《木几冗谈》，一卷，明彭汝让撰。

　　彭汝让，字钦之，青浦（今属上海市）人。生平不详。明末陈继儒曾将该书收入《宝颜堂祕笈》，《广百川学海》、《说郛续》及《丛书集成初编》亦有收录。

　　本次校点以《宝颜堂祕笈》本为底本。系海内外首次标点面世。

诸伟奇

2012 年 9 月 18 日

半窗一几，远兴闲思，天地何其寥阔也；清晨端起，亭午高眠，胸襟何其洗涤也。

轩冕而敬，伪也；匿就而爱，私也。

清净内常近一团天理，闹热处便着千种尘嚣。

穷而穷者，穷于贪；穷而不穷者，不穷于义；不穷而穷者，穷于蠢；不穷而不穷者，不穷于礼。是故君子贫而知义，富而知礼。

行洁者，入市而阖户；浊行者，阖户而入市。

义则捉襟见肘，不妨为富；不义则高车驷马，不失为贫。

醉者不贵公卿，乃知醉之胜不醉也；风者不避王侯，乃知风之胜不风也。

非子卿之暴少卿，不得为知己；非蔡泽之说范雎，不得为知几。

天不满西北，地不满东南，天地犹恶盈，而况于人乎？

诺而寡信，宁无诺；予而喜夺，宁无予。

所不可忍者，分羹一杯之言；所不可诲者，为官为私之问；所不可信者，分香卖履之为；所不可释者，烛影斧声之事；所不可解者，狄梁之德武曌；所不可及者，诸葛之事刘禅。

天者，偶然也。休咎徵应若形影声响，画矣；休咎征应不若形影声响，谬矣。是故天之道，无有、无无、无无有、无无无，贫富夭寿，穷通得丧，天也，偶然也。偶然言天，至矣。

自多其名，其名不足；自多其富，其富不足；自多其能，其能不足。良贾深藏若虚，谅哉。

窗里投蝇，有得多少世界；隙中过骑，有得多少光阴。

鱼嗜饵而饵亡，猩猩嗜酒而酒亡，士嗜禄而禄亡，士卒嗜战而战亡。是故晋败于马，蜀败于山。

醉者堕车，神气不伤，真全也；婴儿入林，豺虎不食，无恐也。养吾之形，若醉、若婴儿，至人矣。

苏子瞻四十余年奔走瘴厉之乡，食芋饮水，其诗云"海南万里真吾乡"，只此亦宁常情易及。

事忙不及写大一字，人以为笑谈。今文章家一句可尽，而蔓延篇什，犹歉然若未达旨趣,何异此可笑也!

臭腐之物,蝇头曝之,穷境僻壤必到,气味投也。权要之门,奔走若市,其蝇头乎,其臭腐乎?

释云:放下屠刀,立地成佛。道云:常清常净,便见天尊。儒云:涂之人,皆可为尧舜,悟也。悟之义大矣!

唐文自八代以来,绮丽极矣,昌黎矫之,李翱诸人擅其声;唐诗自六代以来,孅弱极矣,子昂矫之,李白诸人擅其声。故朴者朴,雕者亦朴;雕者雕,朴者亦雕。

人之德我雠我,直至公待之,以德报怨,过矣;一饭必酬,睚眦必报,隘矣。唐睢曰:"公子有德于人,愿公子忘之;人有德于公子,愿公子勿忘。"盖勋与苏正和有隙,梁鸿欲杀正和,勋白之,正和得免,欲诣勋谢。勋曰:"吾为梁使君谋,不为正和也。"绝之如初。盖庶几哉!

桓谭称扬雄《太玄》可以准《易》,称蔡邕旷世逸才。使雄终其身无担石,邕为议郎奏曹程诸人不法,论弃市。当其时而死,岂不大快?

多富贵则易骄淫,多贫贱则易局促,多患难则易恐惧,多酬应则易机械,多交游则易浮泛,多言语则易差失,多读书则易感慨。

夫鹊之声,人情喜之;夫鸦之声,人情恶之;夫鸦为鹊声,人情愈恶之。猗与王莽藏金滕,自似周公旦,何异鸦之效鹊声也。

名利之场,虽千里外矣,争之如市。"伯夷死名于首阳之下,盗跖死利于东陵之上",真万古名言!

秦法连坐弃市,子房博浪一击,大索十日不获,大奇矣。良遇黄石公于圯上,班、马并以黄石公为鬼神,非也。苏子瞻曰:"黄石公,古之隐君子也。"

凡作文,须养得一块雄厚之气,下笔拈来自成一篇好议论。昔人谓李商隐为獭祭鱼,杨大年为祸被,果然。

蔡中郎入吴,得王充《论衡》,秘玩以为谈助,尝置帐中隐处。后王朗为会稽守,得其书亦秘玩之,其文不逮《南华》远甚,而《问孔》《刺孟》诸篇,更是迂诞。二子固非识士。

公孙弘布被脱粟,不免为曲学;郭汾阳声乐满座,寇莱公溷厕烛泪成堆,不失为名贤。

谤人者、受谤者,并倾危之士;谀人者、受谀者,俱侧媚之夫。

司马光生平无不可对人言者,只一语,了却一生。

有穴居野处,而后有宫室栋宇;有茹毛饮血,而后有滫瀡醴酏;有木叶树皮,而后有文绣罗绮;有六画结绳,而后有书契文字;有男女无别,而后有同牢合卺。凡物其有道乎,道其有大始乎?

造诣不尽者,天下之人品;读不尽者,天下之书。

夫人有志于功业者,有志于山林者。巢、许不能为管、晏,管、晏不能为巢、许,性也。故曰:凫胫续之则悲,鹤胫断之则忧。

责操觚以矛戟,何异游鱼于木也;责荷锄以俎豆,何异放獭于水也。

多躁者必无沉毅之识,多畏者必无踔越之见,多欲者必无慷慨之节,多言者必无质实之心,多勇者必无文学之雅。

以瓦注者巧,以钩注者惮,以黄金注者昏,名言也。老子曰:“甚爱则大费,多藏则厚亡。”旨哉!

行住坐卧,不离这个,这个是何物?佛谓舍利子也,道谓玄同也,儒谓道也,一言盖三教宗旨。

燎原之火星星也,干霄之木菁葱也。故曰:图大于微,知着于细。

知白守黑,知雄守雌,老氏法门也;坚磨不磷,白涅不缁,孔氏法门也。老氏履其险,孔氏行其易。

夫学者必有专默精诚之功,然后事事可做。位天地、育万物,亦自可做。夫艺亦然,百工而兼为,虽工倕无益。荀子曰:“行歧路者,不至。”诚然。

天地之道,盈者消,虚者息,然忘其为消息也;江河之道,高者与,卑者取,然忘其为与取也。彼沾沾之惠,察察之智,角角之能,隘矣。

土之积也则为丘,水之积也则为河,行之积也则为圣。

芝兰之在谷,不闻而自香;腥膻之在市,不闻而自臭。

班输作云梯,可以乘虚仰攻;墨子作木鸢,飞三日不集。孔明作木牛流马,能飞刍挽粟。皆古之异人。

杨太尉致大鸟之异;寇莱公感雷阳之竹,韩文公驯鳄鱼之暴,司马光隧碑毁磨、大风走石,皆正气之应。

古之所为文者在创造,今之所为文者在模拟;古之所为诗者在情致,今之所为诗者在声响。

徙木,非信也;姑息,非仁也;喑哑叱咤,非勇也;繁缛,非礼也;刲股非孝也。故田横，非义也；仲子，非廉也；豫让，非忠也。

嗜欲者，语之富贵利达则悦，语之贫贱忧戚则拂衣而去；好名者，语之夸大夸靡则悦，语之恬淡隐约则拂衣而去。故曰：鱼相忘乎江河，人相忘乎道术。

夫海，日以石激之弗怒，能容也；夫吕梁，其石嶙嶙，其水沸沸，不能容也。

不善谋者适其事，善谋者逆其机。善乎，孟轲之于齐宣王也。曰："王之好乐甚，则齐国其庶几乎？"善乎，惠盎之于宋康王也。曰："臣有道于此，使人虽有勇，刺之不入；虽有力，击之弗中也。"曰："臣有道于此，使人虽有勇弗敢刺，虽有力弗敢击也。"曰："臣有道于此，使人本无其志也。"曰："臣有道于此，使天下丈夫女子欢然，其欲爱利之也。"善乎，李斯之于秦王也。曰："四君者皆客之功，客何负于秦也？"善乎，左师触龙之于秦太后也。曰："甚于妇人也。"

贾生《吊屈原》一赋，其意悲，其辞激矣。令任之公卿，未必举炎汉而三代之，宜帝之谦让未遑也。

誉人者则欲升诸天，谮人者则欲坠诸壑，是以天下无信史。

好誉者，常谤人；市恩者，常夺人：其倾危一也。

执盈玉者弗失，以纵步失之；驰峻阪者弗失，以康衢失之。敬与不敬固如此。

大禹盗天地开辟之利，后稷盗天地树艺之利，周公盗天地制作之利，其盗善矣。后世若阡陌、缗钱、间架、榷酤、商车、两税、青苗，何异向氏之盗也？

廉颇善饭，马援矍铄。李靖虽老，犹堪一行，不几于钟鸣漏尽，而夜行不休乎？

韩非子与李斯，俱师事荀卿矣。韩非子曰："论其所爱，则以为借资；论其所恶，则以为尝己。"即荀卿 "致乱，而欲人之非己也；致不肖，而欲人之贤己也"。李斯曰："泰山不让土壤，故能成其大；河海不择细流，故能就其深。"即荀卿"不积跬步，无以致千里；不积细流，无以成江河"也。学问故有原委。

苏秦说秦王，书十上而说不行。去秦而归，嬴滕履跻，负书担囊至家。妻不下袵，嫂不为炊，父母不与言。至佩六国相印，兄弟妻嫂侧目不敢仰视。嗟乎！侈富贵而轻贫贱，自家人父子然矣！

屈原之沉汨罗,贾谊之徙长沙,扬雄之投阁,潘岳之取危,陆机之见杀,所谓兰煎以膏,翠拔以文。

涔蹄之水,必无掉尾之鱼;苛猛之朝,必无弦歌之俗。

自视之则见,借人视之则不见,自视明也,视于无形,至明也;自听之则闻,借人听之则不闻,自听聪也,听于无声,至聪也。

治治世而用重典,治乱世而用轻典,譬如拯溺而锤之以石,救焚而投之以薪。

衡无心,轻重自见;镜无心,妍媸自见。吾心之品骘鉴藻,如衡、镜,公矣。

太公少贫,卖浆值天凉,屠牛卖肉值天热,而肉败。士之未遇如此。

王莽藉口于周公,终南藉口于善卷,延年藉口于伊尹,新法藉口于《周官》。皆小人而无忌惮者。

因喜用赏,赏不必当;因怒用罚,罚不必当。故王者无私喜、无私怒,然后赏罚平。

晏子治阿三年,治之以治,景公不悦;复治阿三年,治之以不治,景公乃致赏。嗟乎!世所谓治者,以不治治之也;世所谓不治者,以治治之也。

贾生之见忌,以诸大臣不悦,而后绛侯之言入;晁错之见杀,以诸侯王不悦,而后袁盎之谮行。语云:众口销骨,三人成虎,不可弗辨也。

学问之道,惟虚乃有益,惟实乃有功。

爵禄可以荣其身,而不可以荣其心;文章可以文其身,而不可以文其行。

大道之世,上下无贰心,直道行也;无道之世,上下有携志,直道不行也。

偶　谭

（明）李鼎　撰
敖堃　李炜　校点

整理说明

《偶谭》,一卷,明李鼎撰。

李鼎,字长卿,豫章(今江西南昌)人。生平不详,据《偶谭》卷首识语可推知为晚明时期一隐士。

明末陈继儒曾将该书收入《宝颜堂祕笈》,《广百川学海》、《说郛续》及《丛书集成初编》亦有收录。本次校点以《宝颜堂祕笈》本为底本。

诸伟奇

2012 年 9 月 17 日

自 序

　　李生掩关山中，阒然无偶。既戒绮语，绝笔长篇，兴到辄成小诗，附以偶然之语，亦云无过三行。盖习气难除，聊用自宽耳。如其驴技长鸣，即犯虎溪严律。

　　豫章李鼎长卿识。

　　舍骨肉而决裂一朝，只为火坑非活计；殉面皮而应酬终日，翻从鬼窟作生涯。阎王遣使来勾，别人替我不得。

　　外护主人捐善地，何殊丛桂秋风；内修道侣授真诠，奚翅明珠夜月。如其玩时日而积愆尤，毕竟转轮回而趋堕落。

　　万壑疏风清两耳，闻世语，急须敲玉磬三声；九天凉月净初心，颂真经，胜似撞金钟百下。

　　应千二百四十年之佳会，猛着力只在九龄；超万亿兆尘沙劫之业根，急回头直须一瞬。

　　大道玄之又玄，人世客而又客；直至忘无可忘，乃是得无所得。

　　扫地焚香，愧作佛前之弟子；草衣木食，永为世外之闲人。

　　断弦而梦谢双飞，已脱周妻之累；奉斋而未捐五净，实余何肉之惭。欲附慈航，请敦慧剑。

　　三教大圣人，阐经世出世之真宗，心心相印；一身小天地，会不神而神之妙理，绵绵若存。

　　发杀机以销不尽之雄心，运生机以补既漓之元气。宇宙在手，谁曰不然。

　　意在笔先，向包羲细参《易》画；慧生牙后，恍颜氏冷坐心斋。

　　身外有身，捉麈尾矢口闲谈，真如画饼；窍中有窍，向蒲团回心究竟，方是力田。

　　定息不离几席，远性风疏；潜身独嶙岩，逸情云上。

　　文生于情，情生于文，问子荆直应卷舌；诗中有画，画中有诗，起摩诘只合点头。

操鬼神觑不破之机关，定是机关不立；会圣贤道不出之言句，必然言句都捐。

水流云在，想子美千载高标；月到风来，忆尧夫一时雅致。

身退日，便是功成名遂，犹龙老子神哉；心远时，自无马隘车填，五柳先生卓矣。

青牛西去，白马东来，万里间关，寸步不离孔矩；圆盖上浮，方舆下奠，四时往复，真机只在人心。

佞佛者，延街乞儿；理佛者，入门新妇；辟佛者，强解小儿；诃佛者，当场子弟。

开国元老，当须让圯上一翁；定策奇勋，谁得似商山四皓。达人撒手悬崖，俗子沉身苦海。

三徙成名，笑范蠡碌碌浮生，纵扁舟，负却五湖风月；一朝解绶，羡渊明飘飘遗世，命巾车，归来满架琴书。

先天而天弗违，后天而奉天时，孔子其大人也；得志与民由之，不得志独行其道，孟氏真丈夫哉！

人皆有不忍之心，充之足保四海；我善养浩然之气，究之可塞两间。

戒生定，定生慧，慧定而不用，是名大慧；精化气，气化神，神化则合虚，是名至神。

名利场中羽客，人人输蔡泽一筹；烟花队里仙流，个个让涣之独步。

善《易》者不论《易》，羲、文无地安身；体无者不言无，老、庄何处着脚？瞿昙不遭棒死，广长饶舌无休。

损之又损，栽花种竹，尽交还乌有先生；忘无可忘，焚香煮茗，总不问白衣童子。

与二氏作敌国，画水徒勤；引三教为一家，抟沙自苦。曲士强生分合，至人不立异同。

诗思在霸陵桥上微吟就，林岫便已浩然；野趣在镜湖曲边独往时，山川自相映发。

醺醺熟读《离骚》，孝伯外敢曰并皆名士；碌碌常承色笑，阿奴辈果然尽是佳儿。

月华淡荡，本自无形；风韵飘扬，何曾有质？达士澄怀意表，斯为得之；文人寄兴篇端，亦云劳矣。若乃娈童幼女，酒池糟丘，"吟风"直作"捕风"，"弄月"翻为"捉月"。

遣累辞家，而出家之累未免，信所患为吾有身；断想除根，而无根之想倏来，转更忆至人无已。

趣在阿堵中，终日营营而六根不倦；心在腔子里，经年兀兀而四大常安。

生生不生，谓迷却静里杀机；无无亦无，方许说个中妙有。

与造物游者能造，造物而不物于物；与造命游者能造，造命而不命于命。

六十四卦，无非逆数，龙虎经颇能窥豹；三百五篇，总曰无邪，灵均氏差可续貂。

乐旨藩文，合之斯成双美；广谈治笔，离之所以两伤。

鹿养精，龟养气，鹤养神。阿个先生传授？精为卫，气为舆，神为马，直由元始周流。

虚空当体粉碎，明眼汉何劳再举俊拳；阴阳原自调和，赤心人不必更烦妙手。

乾三当不可变化之际，故言君子而不言龙，日乾夕惕，犹妨触处危机；坤卦合顺天时行之宜，故象牝马而复象牛，引重致远，足了自家职业。

游鱼不解五音，鼓琴出听；顽石未深四谛，闻法点头。偶然而不必尽然，可信而无须深信。

微言绝于人亡，观者不知作者之意；绝技成于力到，巧者无过习者之门。

心声者酷似其貌，貌言者无关于心。故分果车中，毕竟借他人面孔；捉刀床侧，终须露自己精神。

执七处非心，舍七处无心，问世尊如何发付？沉三途是苦，厌三途亦苦，听吾侪各自营生。

过去心不可得，现在心不可得，未来心不可得，此之谓明镜止水；富贵不能淫，贫贱不能移，威武不能屈，此之谓泰山乔岳。以正治国，以奇用兵，以无事取天下，此之谓青天白日；老者安之，朋友信之，少者怀之，此之谓霁月光风。

身在江湖，心悬魏阙，身心两地奔波；手探月窟，足蹑天根，手足一齐顺适。

住世厌世，与浮云同一卷舒，稳把无根之基；前劫后劫，看虚空何曾朽坏,常悬不夜之灯。

捐百虑而定中生慧,纵齐寒山、拾得之肩,酷无裁制;破万卷而下笔有神,即接拾遗、供奉之武,终鲜性灵。

静处炼气,动处炼神。炼就时,动静何曾有实?内药了性,外药了命,了却后,内外尽是强名。

在天成象,而丽天者无形非象;在地成形,而丽地者无象非形。若不信拔宅升天,请试看殒星为石。

云者为雨乎,雨者为云乎?居无事而隆施于是,谁则尸之?性也有命焉,命也有性焉,操有主而堪酌其间,我之谓也。

凤羽来仪,而不可为仪,千载作天际真人之想;龙性难驯,而似乎易驯,一时传山中宰相之称。

茅檐外,忽闻犬吠鸡鸣,恍似云中世界;竹窗下,雅有蝉吟鹊噪,方知静里乾坤。

杏花疏雨,杨柳轻风,兴到忻然独往;村落浮烟,沙汀印月,歌残倏尔言旋。

擒白额,探丽珠,别有青蛇一剑;挽黄河,泻银汉,全凭赤水三车。

心生则性灭,心灭则性见,即尽心知性之谈;神行则气行,神住则气住,乃志一动气之说。

空不碍物,物不碍空,五浊恶,总是菩提;无心于事,无事于心,四威仪,浑皆般若。

修命而性宗弗彻,止作顽仙;修性而命宝不完,终为才鬼。故真才才而不鬼,大仙仙而不顽。

仁有恩而至诚无恩,故曰"肫肫其仁";渊有涯而至诚无涯,故曰"渊渊其渊";天有象而至诚无象,故曰"浩浩其天"。

鬼神手眼俱无,故能握造化之机关,而指视即为祸福;至人情意都泯,故能识鬼神之情状,而呼吸尽是风霆。

过也如日月之食,年年两炬慧灯;复其见天地之心,夜夜三杯玄酒。

浑沌窍,倏忽一朝凿破,还须令倏忽补完;人我山,众生蓦地移来,且着落众生伐去。

小盗者大盗之资,故盗小盗成大盗,而后三盗既宜;内贼者外贼之因,故贼内贼防外贼,而后六贼不起。

挥如意滚滚，天花乱坠，絮不沾泥；据蒲鞯轧轧，河车逆行，轮不展地。

在太极之先而不为高，在六极之下而不为深，长于上古而不为老，本体即是工夫；大泽焚而不能热，河汉沍而不能寒，疾雷破山、烈风振海而不能惊，工夫即是本体。

虚而实者天乎？故以实投地之虚，而往来不息；实而虚者地乎？故以虚受天之实，而生化无端。阳而阴者日乎？故能独照而不能纳形；阴而阳者月乎？故能纳形而不能独照。

五夜清霜收拾尽，许多生意；三春丽日放开来，无限杀机。

枕中鸿宝一编，应自有风霜之句；室中竹实数斛，定知作鸾凤之音。

洞庭野惊奏咸池大乐，女殆其然哉；木樨花散作满院秋香，吾无隐乎尔。

因天时兴地利，是农圃之参赞；损有余补不足，即商贾之裁成。倘其日用而知，其去圣人岂远。

感有心，而咸则无心之感也；诚有言，而咸则无言之诚也；悦有心，而兑则无心之悦也；说有言，而兑则无言之说也。盖举意举口，即属后天；可议可思，直为尘迹。

上九上六者，老阴老阳之极数；用九用六者，返老为少之神功。故能转亢龙而为元首，罢野战而为永贞。

群龙无首，包涵《遁甲》一书；思不出位，囊括西乾三藏。

春食苗，夏食叶，秋食华，冬食根，四时食其木，南阳鞠宜早种乎？酒不御，色不迩，财不贪，气不使，诸尘不能染，西方莲立时见矣。

天仙才子，万古庄周；才子天仙，千秋李白。风流放诞，苏子瞻艺海英英；放诞风流，王实甫词林楚楚。

为市井草莽之臣，蚤输国课；作泉石烟霞之主，日远俗情。

既修而悟，悟也豁焉；既悟而修，修也安焉。大修大证，悟在其中矣；大彻大悟，修在其中矣。

悦者独修独证之真机乎，乐者共修共证之真趣乎，不愠者常悦常乐之真境乎？

性体如如，上无覆，下无基，在在妖魔屏绝；鼻端栩栩，水不寒，火不热，人人鄙吝销融。

饘于是，粥于是，充口腹无羡大烹；寒不出，暑不出，庇风雨自安小筑。

不善饮而喜人善饮，苏长公深得酒仙三昧；虽得诗而忌人能诗，隋炀帝徒为词客修罗。

　　阳为不善者,不必尽罹官刑,感应有逾桴鼓;阴为不善者,不独尽归冥府,轮回不爽毫芒。

　　害生于恩,总为从无入有而顺去;恩生于害,都缘从有入无逆来。

　　天无二日,垂象之常;十日并出者,咎徵之应。请看日下赤光,既可二,亦应可十;试问钱塘万弩,将射日,不异射潮。

　　命者于穆之不已乎,性者人物之各具乎,理者性命之委绪乎?穷理者究极根源之谓也,尽性者充满分量之谓也,致命者毕事告成之谓也。

　　物者,物有本末之物;知者,知所先后之知。格物者本末混为一途,致知者先后融为觉照。先者离而不合,在者合而不离。

　　炼五石,断鳌足,聚芦灰,本玄宗之寓言;辨商羊,识萍实,契坟羊,乃儒风之慧日。

　　责难于君者,请先责难于天君;不亏其体者,要在不亏其大体。

　　热不可除,而热恼可除,秋在清凉台上;穷不可遣,而穷愁可遣,春生安乐窝中。

　　不淫不屈不移,持心所以养气;勿正勿忘勿助,养气亦以持心。

　　朱、陆之辨不休,自分宗教;蜀、洛之党顿起,强立町畦。

　　竹几当窗,拥万卷,列百城,南面王不与易此;蒲团藉地,结双趺,空万有,西方圣立证于兹。

　　禹可司空,稷可教稼,契可明人伦,与虞舜堪酌其间,已兆杏坛之化雨;以由治赋,以求为宰,以赤典宾客,共颜回揖让其际,再睹康衢之休风。

　　虚生气,气还虚,天地之终始乎?形神离,形神合,人物之始终乎?故始而终者,体受归全之实学;终而始者,循环不息之化工。

　　有物,则有天命之性乎;用之成路,率性之道乎;无行不与,修道之教乎?未发为中,即天命也;中节为和,即率性也;中和而致,即修道也。

　　自诚明者,率此天命之性乎;自明诚者,遵此修道之教乎?

　　寂寂惺惺者,性乎?心量本自广大,而隘者不能尽也;性地本自灵明,而迷者不能知也。存心者,存其操存舍亡之心;养性者,养其不增不减之性。

　　观天之道,执天之行,道母之精一乎?照见五蕴皆空,度一切苦阨,法王之精一乎?

　　遇桓而亦可管者太公乎,遇武而亦可姜者管仲乎,勉人事而听天命者孔明乎,识天命而修人事者谢安乎?

白云淼天外,美人正自可思;明月满楼中,老子兴复不浅。

杜少陵大海回波,无妨污垢;王摩诘澄潭浸月,妙在渊渟。

绮里辈或疑伪设,乃抗言于轻士善骂之主,谁则能之?太傅公即自矫情,而咏讽于伏甲觇宾之席,不可及也。

古人以文学语言为两科,故里歌巷吟,悉经藻饰而传之至今;宋儒以语录文章为一事,故家猷国宪,无非口占而行之不远。

湖海上浮家泛宅,烟霞五色足资粮;乾坤内狂客逸人,花鸟四时供啸咏。

良农擅百亩之饶,首资粪壤;达士竟半生之业,先聚法财。故高以下为基,浊者清之路。

万物出于机,入于机;众人生于利,死于利。

善理财者如运水火焉:身在水火之外,斯收既济之功;身在水火之中,则有焚溺之患。

《易》传之祖也,《说卦》说之祖也,《序卦》序之祖也,溯流者会须穷源;刘义庆清言之圣也,罗贯中小说之圣也,高东嘉、王实甫传奇之圣也,后发者终难方驾。

琼琚佩语

（清）魏裔介　撰

诸伟奇　刘健　校点

整理说明

《琼琚佩语》，一卷，清初魏裔介辑。

魏裔介（1916–1686），字石生，号贞庵，又号昆林，直隶柏乡（今属河北省）人。明崇祯十五年（1642）举人，清顺治三年（1646）进士，历任庶吉士、工部给事中、兵部都给事中、太常少卿、都察院左副都御史、左都御史、吏部尚书，官至保和殿大学士，加太子太保。因其入阁时年仅四十余，须发皆黑，人称"乌头宰相"。在清初政坛，与时任刑部尚书的魏象枢并称"二魏"。学宗朱子，倡"体用兼该"，撰有《兼济堂文集》、《圣学知统录》、《圣学知统翼录》、《希贤录》、《四书大全纂要》、《昆林小品》诸作。

《琼琚佩语》分"为学"、"修己"、"惇伦"、"政术"、"敬畏"、"勤俭"、"摄生"、"接物"、"出处"、"人品" 10 章，选辑历代名人名作语录 70 余家 2000 余条，就传统文化而言，确实当得起"琼琚"之称。全书虽述而不作，然从辑者所选内容，依然可以窥知其为学、为人、为官之要旨。

本书收入《畿辅丛书》、《丛书集成初编》。本次校点，即据《畿辅丛书》本为底本。系海内外首次标点面世。杨颖君参加了本书的录校工作。

诸伟奇

2012 年 9 月 27 日

为 学

一时劝人以口，百世劝人以书。韩退之

圣希天，贤希圣，士希贤。周濂溪

涵养须用敬，进学则在致知。程明道

《六经》须循环理会，义理无穷。程伊川

吾道自足，何事旁求。张横渠

学者于释氏之说，直须如淫声美色以远之。不尔，则骎骎然入于其中矣。程明道

心不清，则无以见道；志不确，则无以立功。林和靖

读书，吾得其要，天命之性是也。薛文清

读书不向自家身心做工夫，虽读尽天下书，无益也。薛文清

开卷即有与圣贤不相似处，可不勉乎？薛文清

为学只是学天理人伦，外此便非学。薛文清

造化无一息之间，人之存心亦当无一息之间。薛文清

论性是学问大本大原。薛文清

才收敛身心，便是居敬；才寻思义理，便是穷理。二者交资而不可缺一也。薛文清

自有文籍以来，汗牛充栋之书日益多，要当择其是而去其非，可也。薛文清

得圣学之真，则知异学之妄。薛文清

圣贤相传之道，尽性而已。薛文清

周子之几，超凡之梯；张子之豫，作圣之据；程朱之敬，立身之命。敬以立身，豫以作圣，几以超凡，吾计始定。蔡虚斋

赵文肃公曰："少年不学隳复隳，壮年不学亏复亏，老年不学衰复衰。一息不学谓之忘，一时不学谓之狂，一日不学谓之荒。"或问何谓学。曰：瞬有存，息有养，仁不可终食违，道不可须臾离，礼乐不可斯须去。《脉望》

观川流,则思道体之无穷;视日阴,则知天行之不息。《南牖日笺》

君子不能无非心之萌,而旋即去之,故日进于圣贤;小人不能无良心之萌,而旋自昧之,故日近于禽兽。赵梦白

此生不学,一可惜;此日闲过,二可惜;此身一败,三可惜。黄正夫

量思宽,犯思忍;劳思先,功思让;坐思下,行思后;名思悔,位思卑;守思终,退思早。《玉剑尊闻》

天地有万古,此身难再得。人生只百年,此日最易过。幸生其间者,不可不知有生之乐,亦不可不怀虚生之忧。《座右编》

太极之秘义,一洙泗之微言。孙钟元

读书不独变化气质,且能养人精神。盖义理收摄故也。《拈屏语》

孟子生而杨,墨熄,程朱出而佛,老衰。曹厚庵

为学全在精神,精神不足,未有能成者。精神者,二五之萃,人之本,德之舆也。爱养精神完固,其学易明易成。《研几录》

修 己

制水者必以堤防,制性者必以礼法。林和靖

为学大益,在自求变化气质。张横渠

阳明胜则德性用,阴浊胜则物欲行。张横渠

正心之始,当以己心为严师。张横渠

动以天为无妄。程伊川

蝉蜕人欲之私,春融天理之妙。张南轩

心本可静,事触则动。动之吉为君子,动之凶为小人。《遵生笺》

山势崇峻,则草木不茂;水势湍急,则鱼鳖不留。观山水可以观人矣。薛文清

气昏物诱者性之害,识明理胜者学之功。薛文清

知道则言自简。薛文清

慎言谨行,是修己第一事。薛文清

名节者,道之藩篱。藩篱不守,其中未有能独存者。陈白沙

不自重者取辱,不自畏者招祸,不自满者受益,不自是者博闻。《景行录》

人之精神，贵藏而用之。苟炫于外，鲜有不败者。《邵子》

象以牙而成擒，蚌以珠而见剖，翠以羽而招网，龟以壳而致亡，雉以尾而受羁，鹦以舌而取困，麝以脐而被获，犀以角而就烹，金铎以声自毁，膏烛以明自煎。故勇士死于锋镝，智士败于壅蔽，好水者溺于水，驰马者堕于马。君子慎勿以炫露而招损哉。《什类书》

寡言者可以杜忌，寡行者可以藏拙，寡智者可以习静，寡能者可以节劳。《省身集要》

器虚则注之，满则覆之；木小则培之，大则伐之。故虚可处，满不可处也；小可处，大不可处也。何大复

以简傲为高，以谄谀为礼，以刻薄为聪明，以阘茸为宽大，胥失之矣。《省身长语》

养得胸中无一物，其大浩然无涯。有欲则邪得而入，无欲则邪无自而入。且无欲则所行自简，又觉胸中宽平快乐，静中有无限妙理。薛文清

造化翁聚专一，则发育万物有力；人心凝静专一，则穷理作事有力。愈收敛愈充扩，愈细密愈广大，愈深妙愈高明。薛文清

人须是一切世味淡薄方好，不要有富贵相。常自激昂，便不得到坠堕。胡文定

凡人之心，存于有警，而佚于无制。《自警编》

君子事来而心始见，事去而心随空。《座右编》

言行拟古人则德进，功名付天命则心闲，报应念子孙则事平，受享虑疾病则用俭。《座右编》

容耐是忍事第一法，安详是处事第一法，谦退是保身第一法，涵容是处人第一法，置富贵贫贱、死生常变于度外是养心第一法。《座右编》

造命者天，立命者我。袁了凡

日日知非，日日改过。袁了凡

天下聪明俊秀不少，所以德不加修、业不加广者，只为"因循"二字担搁一生。袁了凡

善所当为，羞谭福报。《座右编》

颜曾希圣，四勿三省。《玉剑尊闻》

尽人伦，体天理。朱勉斋

提出良心，自作主宰，决不令为邪欲所胜，方是工夫。金伯玉

血气盛则克治难。欲养心者，先治其气。吴元汭

戒之为言，最为入道之首，而进德之先。吴元汭

念头起处，才觉向欲路上去，便挽从理路上来。一起便觉，一觉便转。《菜根谭》

节义傲青云，文章高白雪，若不以德性陶镕之，终为血气之私，技能之末。《菜根谭》

惇　伦

父善教子者，教于孩提；君善责臣者，责于冗贱。盖嗜欲可以夺孝，富贵可以夺忠。林和靖

以爱妻子之心事亲，则无往而不孝；以保富贵之心事君，则无往而不忠。林和靖

以忠孝遗子孙者昌。林和靖

尝思君臣、父子、夫妇、兄弟、朋友，有多少不尽分处。程明道

为家以正伦理、别内外为本，尊祖睦族为先，以勉学修身为要，树艺牧畜为常。守以节俭，行以慈让，足己而济人，习礼而畏法，可以寡过，可以静摄，可以成德。《遵生牋》

孝友，德行第一事，故曰"行仁之本"。张仲以孝友人佐天子，君陈以孝友出尹东都，大舜以孝友为天子。郑淡泉

凡为子孙计者，当戒以忿怒致争。忿怒致争，其初甚微，其祸甚大。语曰：一朝之忿，忘其身，以及其亲。此之谓也。性犹火也，方发之初，灭之甚易，既炎则焚山燎原，不可扑灭。若人屡相凌逼，当理遣之，逊避之。《王氏家训》

狄梁公以一身系唐宗社之重，贤者识其心自白云一念中来。故曰：求忠臣于孝子之门。陈白沙

《易》基《乾》《坤》，《诗》始《关雎》。夫妇之际，人道莫重焉。周太王、王季、文王、武王，有太姜、太妊、太姒、邑姜为配。周之子孙独盛于夏商，世祚亦最永。岂惟帝王，古今世家亦多繇母德之贤。故婚配不可不慎。《集语要》

常观孝弟之风，多敦于贫贱之族，而衰于富贵之家。盖贫贱之族，骨肉相爱之情真也；富贵之家，势利争夺之私胜也。《东谷赘言》

闻君子议论，如啜苦茗，森严之后，甘芳溢颊；闻小人谄笑，如嚼糖冰，爽美之后，寒沍凝腹。《樵谈》

家人有过，不宜暴扬，不宜轻弃。此事难言，借他事隐讽之；今日不悟，俟来日正警之。如春风解冻，如和气消寒，才是家庭的型范。《菜根谭》

政　术

亲履艰难者知下情，备经险易者达物伪。张衡

用不节，财何以丰；民不苏，国何以安？林和靖

邪正者，治乱之本；赏罚者，治乱之具。举正错邪，赏善罚恶，未有不治者；邪正相杂，赏罚不当，求治难矣。林和靖

论学便要明理，论治便须识体。程明道

有天德便可语王道，其要只在慎独。程明道

治天下以正风俗、得贤才为本。程明道

必有《关雎》、《麟趾》之意，然后可以行《周官》之法度。程明道

欲当大事，须是笃实。程明道

学者不可不通世务。程伊川

风俗，天下之大事；廉耻，士人之美节。为政者当以扶纲常、正名分、重道义为第一。司马温公

放亿万之羽毛，未若消兵以全赤子；饭无数之缁褐，不如散廪以活饥民。周宣歌泽雁，孟子讽野殍，言穷民之当恤也。苏东坡

夫宰相者，持心如水，以义理为权衡，而己无欤。刘伯温

处有事当如无事，处大事当如小事。夏忠靖

言忠信、行笃敬，天德也；不伤财、不害民，王道也。梁石门

三纲五常，礼乐之本，万世之原。薛文清

自古有天下者，观其所用之人，则政事可知矣。薛文清

为政以爱人为本。薛文清

圣人治天下，公而已。薛文清

法者,礼乐刑政是也。薛文清

天人一理,故致乖致和,无不感通。薛文清

举四海九州生民之气既和,则自足以感阴阳之和;举四海九州生民之气既乖,则亦足以感阴阳之异。此理之必然也。薛文清

《禹贡》纪山川而不纪风俗,纪物产而不纪人才。风俗人才,由乎上之教化也。《升庵璅语》

《平准书》讥横敛之臣,《货殖传》讥好贷之君,太史公之旨懿哉。《升庵璅语》

中才皆可用之才,不必求备;平易有近民之实,不必务奇。治有端绪,不必责效于旦夕之间;事可包荒,不必刻意于渊鱼之察。石文介

席地,古礼也,今也严;肉刑,古政也,今也仁。《弇州剳记》

图治之道,察于事,则愈察而愈细;研于理,则愈研而愈精。文丈起

国家之用才,犹农家之积粟。粟积于丰年,乃可以济饥;才储于平时,乃可以济事。《玉剑尊闻》

风俗奢侈,所关不小。如古今阶乱者,在太平富庶之后,其反治者,乃于国乱民贫得之。《憬然录》

兵贵精,不贵多,兵不用命,上无节制故也。毛伯温

为国欲致升平,必厚风俗;欲厚风俗,必正士习;欲正士习,必重师儒。此成周来已试之效也。《藤阴剳记》

教化衰,则风俗日坏;敛财急,则民生日困。《集语要》

成周六善,以廉为首。当官三事,厥重惟清。《谷贻录》

阴,小人也;阳,君子也。进君子而退小人,燮理之能事毕矣。魏环极《庸言》

敬　畏

恐惧者,修身之本。事前而恐惧,则畏,畏可以免祸;事后而恐惧,则悔,悔可以改过。夫知者以畏消悔,愚者无所畏而不知悔,故知者保身,愚者杀身。大哉! 所谓恐惧也。林和靖

坐密室如通衢,驭寸心如六马,可以免过。林和靖

敬胜百邪。程明道

敬，只是主一也。程伊川

学者常提醒此心，如日之升，群邪自息。朱文公

心存焉则谓之敬。吕东莱

善保家者戒兴讼，善保国者戒用兵。讼不可长，讼长，虽富家必敝；兵不可久，兵久，虽大国必诎。胡文定

罗竹谷著《畏说》，曰："天子且有所畏。"《诗》曰："我其夙夜，畏天之威。"孰谓士大夫而可不知所畏乎？圣人且有所畏。《鲁论》曰："畏天命，畏大人，畏圣人之言。"孰谓学者而可不知所畏乎？苟内不畏父兄之言，外不畏师友之议，仰不畏天，俯不畏人，猖狂妄行，恣其所欲，吾惧其入于小人之归也。《鹤林玉露》

君子之立身立言，不可不慎。称杨伯起者，以其辞暮夜之金也；薄扬子云者，以其献《美新》之文也。《东谷赘言》

欲为君子，非积行累善，莫之能致。一念私邪，立见为小人。故曰：终身为善不足，一日为恶有余。《宾退录》

圣贤成大事者，皆从战战兢兢之心来。薛文清

万事敬则吉，怠则凶。薛文清

易摇而难定、易昏而难明者，人心也。惟主敬则定而明。薛文清

在暗室屋漏中，常恐得罪天地鬼神。袁了凡

知天地神人顷刻不离，自然常存敬畏；知祖孙父子荣辱相关，自然爱惜身名。赵梦白《择言》

勤 俭

一年之计在于春，一日之计在于寅。《座右编》

民生在勤，勤则不匮。一夫不耕，必受其饥；一妇不蚕，必受其寒。是勤可免饥寒也。农民昼则力作，夜则颓然甘寝，非心淫念无从而生，是勤可远患也。户枢不蠹，流水不腐，周公论三宗文王之寿，必归之无逸，是勤可致寿考也。故大禹必惜寸阴。《鹤林玉露》

俭于听，可以养虚；俭于视，可以养神；俭于言，可以养气；俭于门闼，

可无盗贼；俭于嫔嫱，可保寿命；俭于心，可出生死。是知俭为万化之柄。《谭子》

有保一器毕生不璺者，有挂一裘十年不敝者，斯人也，可以司粟帛，可以亲百姓，可以掌符玺，可以即清静之道。《谭子》

生财不如节财，省用方能足用。王十朋《理财策》

不厚费者不多营，不妄用者不过取。《谷贻录》

走江湖不如乐田园，炼丹砂不如惜五谷，结权贵不如乐妻孥，奉仙佛不如歆祖考。《秋涛》

摄 生

水之有源，其流必远；木之有根，其叶必茂；屋之有基，其柱必正；人之有精，其命必长。《抱朴子》

多言则背道，多欲则伤生。林和靖

声色者，败德之具。林和靖

寡言省谤，寡欲保身。林和靖

广积聚者，遗子孙以祸害；多声色者，残性命以斧斤。林和靖

口腹不节，致疾之因；念虑不正，杀身之本。林和靖

吾尝夏葛而冬裘，饥食而渴饮，节嗜欲，定心气，如斯而已矣。程明道

天下同知畏有形之寇，而不知畏无形之寇。欲之寇人，甚于兵革；礼之卫人，甚于城郭。吕东莱

精神不运则愚，气血不运则病。陆象山

治身养性者，节寝处，适饮食，和喜怒，便动静。在已者得，而邪气无由人。辛文子

万般补养皆虚伪，惟有操心是要规。许鲁斋

人之将疾也，必先酒色之好；国之将亡也，必恶直谏之言。辛文子

耳目淫于声色，五脏动摇而不定，血气逸荡而不休，精神驰骋而不守，祸之来如丘山，无由识之矣。辛文子

持守正念之法，如执玉，如捧盈，战战兢兢，惟恐失坠。《脉望》

人身未尝有疾也，疾之生，必有致之之由。诚能预谨于饮食嗜欲之际，

而慎察于喜怒哀乐之间，以固其元气，而调其荣卫，使寒暑燥湿之毒不能奸其中，虽微药石，固不害其为寿。方逊志

形劳而不休则蔽，精用而不已则竭。《庄子》

摄生之道，大忌嗔怒。《百警世编》

勿以妄想戕真心，勿以客气伤元气。《康斋日记》

衰病多事，如着敝絮入荆棘中，触处挂阂；简豫习静，如排沙寻金，往往见宝。《集语要》

常沉静，则含蓄义理深，而应事有力。故厚重、静定、宽缓，乃进德之基，亦养寿之要。薛文清

只寡欲便无事，无事心便澄然矣。薛文清

迷于利欲者，如醉酒之人，人不堪其丑，而己不觉也。薛文清

生死路窄，只在寡欲与否。吴忠节公

绝饮酒，薄滋味，则气自清；寡思虑，屏嗜欲，则精自明；定心气，少眠睡，则神自澄。王阳明

夫天有元气焉，善养生者养此而已矣，善固国者固此而已矣。元气者何？仁也。《藤阴劄记》

安静可以养福。《座右编》

人常想病时，则尘心自灭；人常想死时，则道念自生。风流得意之事一过，辄生悲凉；清真寂寞之境愈久，转有滋味。《崇修指要》

人之精神有限，过用则竭。《座右编》

欲心一萌，当思礼义以胜之。《座右编》

地上有门曰祸门，而作恶者自投之；地下有门曰鬼门，而好色者自趋之。此二门者，皆一入而不出者也。《座右编》

服金石酷烈之药，必致损命。即坐功服气，往往损人。人能清心寡欲，自然血气和平，却疾多寿。申凫盟《荆园小语》

福者，备也。备者，百顺之名也。人惟起居饮食日顺其常，福莫大焉。《乐善录》

接 物

飞鸟以山为卑,而层巢其巅;鱼鳖以渊为浅,而穿穴其中。然所以得之者,饵也。君子苟能无以利害身,则辱安从生乎。曾子

处事速不如思,便不如当,用意不如平心。张无垢

人之于患难,只有一个处置:尽人谋之后,却须泰然处之。程伊川

凡为人言者,理胜则事明,气忿则招拂。程明道

惟正足以服人。薛文清

深以刻薄为戒,每事当存忠厚。薛文清

事来不问小大,即当揆之以义。薛文清

但当循理,不可使气。薛文清

木秀于林,风必摧之;堆出于岸,流必湍之;行高于人,众必非之。所以良田每败于邪径,黄金多铄于众口。投杼且疑于三疑,市虎亦成于三人。青蝇簧鼓,无世无之。是以君子贵先觉也。《谷贻录》

泛交不如寡交,多求不如慎守。《遵生笺》

虑事周密,处心泰然。《南牖日笺》

罪莫大于淫,祸莫大于贪,咎莫大于僭。此三者,祸之车。《南牖日笺》

石生玉,反相剥;木生虫,还自食;人生事,还自贼。好事者未尝不败,争利者未尝不穷。辛文子

万物不能碍天之大,万事不能碍心之虚。《南牖日笺》

道心只在人心,应感上磨练;天理只在人事,变态中体贴。《南牖日笺》

说人之短,乃护己之短;夸己之长,乃忌人之长。皆由存心不厚、识量太狭耳。能去此弊,可以进德,可以远怨。《省身集要》

君子不迫人于险。当人危急之时,操纵在我,宽一分则彼受一分之惠。若挖之不已,鸟穷则攫,兽穷则搏,反噬之祸,将不可救。《脉望》

觉人之诈,不形于言;受人之侮,不动于色。此中有无穷意味。《拙屏语》

市私恩不如挟公议,结新知不如敦旧好,立荣名不如种隐德,尚奇节不如谨庸言。《菜根谭》

君子不以己之长露人之短。天地间长短不齐,物之情也。必欲炫己

之长露人之短，跬步成雠矣。言人之短者，谓种祸。《笔畴》

出　处

圣人不畏多难，而畏无难。《容斋随笔》

讲学论政，当切切询人。若夫去就语默，如人饮食寒温，必自斟酌，不可询人，亦非人所能决也。胡安国

与其得罪于百姓，不如得罪于上官。吴其

与其进而负于君，不若退而合于道。李衡

圣贤处世，出有出的道理，处有处的道理，尽得道理，出也好，处也好。今人志于富贵功名，所以见的处不如出也。《座右编》

乱世之名，以少取为贵。《座右编》

自古豪杰之士，立业建功，定变弭难，以无所为而为者为高。若范蠡霸越，而扁舟五湖；鲁仲连下聊城，而辞千金之谢，却帝秦而逃上爵之封；张子房颠嬴蹶项，而飘然从赤松子游。皆高出秦汉人物之上。《鹤林玉露》

进将有为，退必自修。君子出处，惟此二事。薛文清

修德行义之外，当一听于天。若计较利达，日夜思虑万端，而所思虑者又未必遂，徒自劳扰，祇见其不知命也。薛文清

德业常看胜我者，则愧耻自增；爵禄常看不及我者，则怨尤自息。《人伦要鉴》

仕宦居乡，百凡炫耀，所谓众皆悦之，其为士者笑之也。《文雅社约》

人　品

外重者内轻，故保富贵而丧名节；内重者外轻，故守道德而乐贫贱。林和靖

忠信廉洁，立身之本，非钓名之具也。林和靖

君子所贵，世俗所羞；世俗所贵，君子所贱。程伊川

宁可忍饿而死，不可苟利而生。宋潜溪

取与是一大节，其义不可不明。薛文清

名节至大，不可妄交非类。薛文清

愿为真士夫，不愿为假道学。邵文庄

视屋漏如明廷，对妻孥如大宾。《玉剑尊闻》

财散可来，名辱不复。《玉剑尊闻》

居乡勿为乡愿，居官勿为鄙夫。《高子遗书》

名节之于人，不金帛而富，不轩冕而贵。士无名节，犹女不贞，虽有他美，亦不足赎。故前辈谓爵禄易得，名节难保。《官箴集要》

不学之谓贫，无成之谓贱，心死之谓夭，失身之谓无后。《弇州觕记》

为人如搆室，先须根基坚固，始可承载。忠诚敦厚，人之根基也。甯鸠子

只这主张形骸的一点良心，常然静定，便是超凡入圣。《集语要》

见人有得意事，便当生忻喜心；见人有失意事，便当生怜悯心：皆自己真实受用处。忌成乐败，何预人事？自坏心术耳。《座右编》

诗书乃圣人之供案，妻妾乃屋漏之史官。《座右编》

世人若不求利，即无害；若不求福，即无祸。《座右编》

人能不以衣食自累，而读书厚自堤防，则置身洁白，而与圣贤同归矣。《座右编》

荆园小语

（清）申涵光　撰

周挺启　敖堃　校点

整理说明

《荆园小语》，一卷；《荆园进语》，一卷，清初申涵光撰。

申涵光（1619–1677），字孚孟，一作符孟，号凫盟（取与"符孟"音近），又号聪山，晚称卧樗老人，室名怀忠堂，直隶永年（今属河北省）人。其父申佳胤曾任明崇祯朝吏部主事、太仆寺丞，明亡殉节。涵光自幼聪颖，博涉经史，诗以杜甫为宗，兼采众家之长，顿挫沉郁，震厉矫逸，与殷岳、张盖称"畿南三才子"，开河朔诗派。顺治中恩贡生，绝意仕进，累荐不就，风格高标。与弟涵煜、涵盼称"永年三申"，时人谓："当代论人物，三申洵伟人。"撰有《聪山集》、《荆园小语》、《荆园进语》、《说杜》、《性习图》诸作。

明清鼎革，国破亲亡，申涵光锥心泣血，遂闭门研读，并用心教育两个弟弟，其时大弟涵煜年十七，小弟涵盼才六岁。《荆园小语》一书就是在这种情境下写的，既用以教弟亦以之自勉，如其友人冀如锡所言："《荆园小语》一书，以之持身，以之教家，以之垂训天下后世，不越人伦日用之常，而备惩忿窒欲迁善改过之法。"文字朴实，用意深厚，情真意切。《荆园进语》系作者晚年所成，"《进语》者，进于《小语》也。"作者厚积薄发，将其数十年观察思考的感悟心得写成短语格言，看似平常，却发人深省，灼见真知，在在可见。从文中对阳明后学的质疑和对明末党争的反思，我们更能感觉到作者思想的深度。

《荆园小语》、《荆园进语》曾附于《聪山集》刊出，并被收入《借月山房汇钞》、《泽古斋重钞》、《昭代丛书》、《式古居汇钞》、《畿辅丛书》、《有诸己斋格言丛书》、《留余草堂丛书》及《丛书集成初编》；另外《小语》还被收入《花近楼丛书》、《葛园丛书》；清光绪年间葛元煦曾将"二语"合为《荆园语录》二卷收入《啸园丛书》。

本次校点，以《丛书集成》本为底本。杨颖君参加了本书的录校工作。

诸伟奇

2012 年 9 月 26 日

荆园小语序

《小语》者，申子凫盟之所著也。夫语岂有小大哉？语期于当理而已矣。理岂有小大哉？洒扫应对，即精义入神之事。《乡党》一篇，记圣人衣服、饮食、揖让、寝处，而圣人精神面目，合盘托出，即曾子所谓"江汉以濯，秋阳以暴"。子贡有若"自生民以来，未有夫子"，宰我"贤于尧、舜"，夫岂有加于此哉？理固无小大也。

凫盟生平极力自淑，以淑其两弟。今两弟皆自立，而凫盟之苦心积虑，阅历深而动忍熟。《荆园》一编，虽小语，实至语也。语不从自己心性中经涉历练，而徒为高远深微之论，以诳人听闻，此最学人之所当痛戒也，凫盟益矣。凫盟自言："真理学从五伦作起，大文章自《六经》得来。"噫，此《小语》云乎哉！

八十五叟孙奇逢偶识。

自序

先端愍公尽节时，舍弟煜年十七，盼方六龄耳。今幸皆成立，知读书循礼法。回思此十五年中，腐心渍血，敢望有今日哉！向闭门，不令关一事。渐长，不能概废酬接，恩怨是非，自此始矣。暇中为道，身所阅历，或耳目有触，书置座间，久之，不觉累累。虽老生长谈，粗亦有裨世故，量情酌理，务为得中，惟恭惟嘿，庶几寡过，予与两弟交勉之。若夫微而心性，大而伦纪，昔贤所已详者，不敢复赘。

聪山申涵光书于怀忠堂。

贫贱时，累心少，宜学道；富贵时，施予易，宜济人。若夫贫贱而存济人之心，富贵而坚学道之志，尤加人一等。

常有小不快事，是好消息。若事事称心，即有大不称心者在其后。知此理，可免怨尤。

得失有定数，求而不得者多矣。纵求而得，亦是命所应有，安然顺受，未必不得，自多营营耳。

勘一利字不破，更讲甚学问。

人生承祖、父之遗，衣食无缺，此大幸也。便可读书守志，不劳经营。若家道素贫，亦有何法？惟勤学立行，为乡里所敬重，自有为之地者。若丧心以求利，人人恶之，是自绝生路矣。

与其贪而豪举，不若吝而谨饬。

行客以大道为纡，别寻捷径，或陷泥淖，或入荆榛，或歧路不知所从，往往寻大道者，反行在前。故务小巧者多大拙，好小利者多大害。不如顺理直行，步步着实，得则不劳，失亦于心无愧。

好说人阴事及闺门丑恶者，必遭奇祸。

凡事只是正路正传，一好奇便种种不妥。

冠履服饰，不必为崖异，长短宽狭适中者可久。

子弟年少时，勿令事事自如。

责人无已，而每事自宽，是以圣贤望人而愚不肖自待也，弗思而已。

揖让周旋，虽是仪文，正以观人之敬忽。宋儒云："未有箕踞而不放肆者。"其在少年，尤当斤斤守礼，不得一味真率。

驰马思坠，挞人思毙，妄费思穷，滥交思累，先事预防之道也。凡为一事必如此，先思其究竟。

有聪明而不读书，有权力而不济人利物，辜负上天笃厚之意矣。既过而悔，何及耶？

有必不可行之事，不必妄作经营；有必不可劝之人，不必多费唇舌。

真理学从五伦作起，大文章自《六经》得来。

自谦则人愈服，自夸则人必疑我。恭可以平人之怒气，我贪必至启人之争端。是皆存乎我者也。

人于平旦未寐时，能不作一毫妄想，可谓智矣。

嗜欲正浓时，能斩断；怒气正盛时，能按纳。此见学问大得力处。

早起有无限好处，夏月尤宜。

冷暖无定，骤暖勿弃棉衣；贵贱何常，骤贵勿捐故友。

吊宜早，贺宜迟，矫时尚也。其实分有亲疏，交有厚薄，迟早各有所宜，难拘此例。

勿以人负我而隳为善之心，当其施德，自行吾心所不忍耳，未尝责报也。纵遇险徒，止付一笑。

不幸而有儿女之戚，此人生最难忍处。当先镇定此心，令有把握，不然所伤必多。当思自古贤哲，或不免此。

人有一事不妥，后来必受此事之累，如器有隙者，必漏也。试留心观之，知他人则知自己矣。

登俎豆之堂而肆，入饮博之群而庄者，未之有也。是以君子慎所入。

正人之言，明知其为我，感而未必悦；邪人之言，明知其佞我，笑而未必怒。此知从善之难。

凡事要安详妥帖，俗所云："消停作好事也。"若急遽苟且，但求早毕，以致物或不坚，事或不妥，从新再作，用力必多。是求省反费，求急反迟矣。

理之所非，即法之所禁，法所不逮，阴祸随之。故圣贤之经，帝王之律，鬼神之报，应相为表里。

面有点污，人人匿笑，而己不知，有告之者，无不忙忙拭去。若曰："点污在我，何与若事？"必无此人情。至告以过者，何独不然？

要自考品行高下，但看所亲者何如人；要预知子孙盛衰，但思所行者何等事。

《感应篇》《功过格》等书，常在案头，借以警惕，亦学者制心之一端。若全无实行而翻刻流布，自欺欺人，何益之有？

好为诳语者，不止所言不信，人并其事事皆疑之。

门庭闺阁之中，一有所溺所偏，则是非颠倒，家无宁晷。

吕新吾先生《呻吟语》，不可不常看。

人皆狎我，必我无骨；人皆畏我，必我无养。

服金石酷烈之药，必致殒命，即坐功服气，往往致瘀损目。人能清欲寡心，无暴怒，无过思，自然血平气和，却疾多寿，何为自速其死哉！

志不同者不必强合，凡勉强之事，必不能久。

轻诺者必寡信，与其不信，不如勿诺。

有一艺，便受一艺之累。如书画图章，初有人求甚喜，求者益多，渐生厌苦。故曰："道高日尊，技精日劳。"惟学书是正事，其余作无益害有益，皆所当戒，而画为甚。

有怨于人，小者含容之，果义不可忍，圣人自有以直报怨之道。若夫挑讼匿讦，虽公亦私，鬼神瞰之，必有阴谴。

将欲论人短长，先顾自己何若。

见人作不义事，须劝止之。知而不劝，劝而不力，使友过遂成，亦我之咎。

有必不可已之事，便须早作，日推一日，未必后日之能如今日。

出息称贷，往往致贫，不得已而有此，宁速卖田产、器物以偿之。若负累既久，出息愈多，前之田产、器物，惜不忍弃者，至此轻弃，亦不足矣。往见吾乡有家本丰富，故知时时借债以博贫名，而人卒不信，尤可笑也。若亲知挪借，尤当急偿。有出息者，且留在后。

卜居当在僻壤，繁富之地，人情必浇。

居心不净，动辄疑人，人自无心，我徒烦扰。

遇有疑难事，但据理直行，得失俱可无愧。凡问卜、讨签、乞梦，皆甚渺茫，验与不验参半，不可恃也。

人生学随时进，如春花秋实，自有节次。少年时志要果锐，气要发扬，但不越于礼足矣，不必收敛太早。如迂腐寂寞，譬如春行秋令，亦是不祥。

骤富贵而行事如常者，其福必远。举动乖张，喜怒失绪，其道不终日。

该作道学事，不必习道学腔。

贫贱时眼中不着富贵，他日得志必不骄；富贵时意中不忘贫贱，一旦退休必不怨。

静坐自无妄为，读书即是立德。

可以一出而振人之厄，一言而解人之纷，此亦不必过为退避。但因以为利，则市道矣。

绝荤是难事，亦自不必。不食牛马，不特杀，似为得中。

向人说贫，人必不信，徒增嗤笑。且人即我信，何救于贫，哓哓者可厌也。

少时郁郁不乐，自亦不解何故。以今思之，只是妄想为扰耳。富贵本无穷尽，登一级复有一级在前。随时安分，事事尽心尽力，便是安乐法。

遇修桥梁道路，可量力出资，我往来经此，何得坐享其成？即令徒便他人，亦是义举。

不服一人与逢人便服者，皆妄人也。

凡权要人声势赫然时，我不可犯其锋，亦不可与之狎，敬而远之，全身全名之道。

戏而不虐,诗人所称。终日正襟庄语,即圣贤亦未必然。风流善谑,可以解颐。切勿互相讥诮,因戏成嫌。

官粮必早输纳,每岁所入,先除此一项,余者乃以他用。

横逆之来,正以征平日涵养。若勃不可制,与不读书人何异。

语云:"闲居耐俗汉。"亦是无可奈何处。寻常亲故往来,安得皆胜侣。以礼进退,勿蹈浮薄。

人言某负恩,某不义气,某不平,则为援引一二嘉事,以为解曰:"据伊平日所为,尚在道理,今岂遂然耶? 或出无心,或有何事,正急不暇检点,或疾病醉饱,喜怒失常,寻自悔矣。"诉者虽怒必少平。若因其诉我,我遂述于我亦曾有负恩不义之事,则其人之过愈实,嫌隙遂成,谁使之欤?

闻人之善而疑,闻人之恶而信,其人生平必有恶而无善。故不知世间复有作善之人也。若夫造作傅会以诬善良,鬼神必殛之。

盛怒极喜时,性情改常。遇有所行,须一商之有识者,不然,悔随之矣。

说探头话,往往结果不来,不如作后再说。

貌相不论好丑,终日读书静坐,便有一种道气可亲。即一颦一笑,亦觉有致。若恣肆失学,行同市井,纵美如冠玉,但觉面目可憎耳。

仆辈搬弄是非,往往骨肉知交,致伤和气。有尝试者,直叱之,使勿言,后不复来矣。

不孝不悌人,不可与为友。少时一同学子,颇有才华,而门内无行,先君甚不悦曰:"彼至亲且薄,况他人乎?"未几果为所螫,几及于祸,可鉴也。

人有晚节不终者,非是两截,盖本色才露耳。故恭不诚则为大机械,和不诚则为真乡愿。

俭虽美德,然太俭则悭。自度所处之地,如应享用十分者,只享用七八分,留不尽之意以养福,可也。悭吝太甚,自是田舍翁举动,鄙而愚矣。

经一番挫折,长一番识见;多一分享用,减一分志气。

行天下而后知天下之大也,我不可以自恃;行天下而后知天下之小也,我亦不可以自馁。

滥用者必苟得。挥金如土而欲其一介不取,势必不能。

尊先王之训,必须守时王之法。夫子殷人,而曰:"吾从周。"生于周,则然也。生今反古,固有明戒。

邻有丧，家不可快饮高歌。对新丧人，不可剧谭大笑。

子弟僮仆与人相争，只可自行戒饬，不可加怒别人。

恭而无礼，遇君子固所深恶，即小人亦未尝不非笑之，枉自卑谄耳。

劝人息争者，君子也；激人起事者，小人也。

凡人气质，各有偏处，自知其偏而矫制之，久则自然。所以宋儒以变化气质为学问急务。

子弟考试，不必预为请托。战胜固自可喜，不售亦堪激发。常有代为作弊以求幸者，导之以不肖，欲其贤焉，难矣。

兄弟分居，是人生最不忍言之事，然亦多有势不得不然者。如食指渐繁，人事渐广，各有亲戚交游，各人好尚不一。统于一人，恐难称众意；各行其志，又事无条理。况妯娌和睦者少，米盐口语，易致参差。自度一家中人皆能守规矩同居，固是美事，如其不然，反不如分爨为妥。果能友爱，彼此休戚相关，有无时通，子侄互相教诫，亦可常保家风。若勉强联络，久必乖戾。倘分居而私刻妒忌，则必至全败。

神该敬，不该谄，谄则渎，是大不敬矣。定为正神所吐。

诡诈人，变化百端，不可测度。吾一以诚待之，彼术自穷。

巧人得福固多，得祸亦不少。拙者循理安分，似无大福，亦不至有大祸。

处怨易，处恩难。怨只包含便了，受人之恩，何时报称？是以君子不轻受恩。

作善岂非好事？然一有好名之心，即招谤招祸之道也。

好便宜者不可与共财，多狐疑者不可与共事。

凡应人接物，胸中要有分晓，外面须存浑厚。

君子三戒，亦就大概言之耳。若少而好得，钻营必力，百行俱败；老而好色，为害益烈，丑态更多。看来好斗之人甚少，即有斗者，非为色即为得，大约多是为得者。

言动文雅，须要自然。若过作身分，妄自矜庄，反不如本色家常，不招非笑。

有一善逢人卖弄，有一恶到处遮饰，此是良心不昧处。至于行事反之，何哉？

翻人书籍，涂人书案，折损人花木，皆极招厌之事。而私窥人筒箧中字迹，尤为不可。

隐恶扬善,于他人且然,自己子弟,稍稍失欢,便逢人告诉,又加增饰,使子弟遂成不肖之名,于心忍乎?

求福不如避祸,迁善不如改过。

凡慢神亵天之人必有祸,非果天神怒加之祸也。彼于天神且不敬,则无处不放恣,可知故有得祸之理。

人有轻于称贷,虽重息亦欣然者,非流荡不知事人,即预存不偿之心,断断勿予。

常有小病则慎疾,常亲小劳则身健。恃壮者一病必危,过懒者久闲愈懦。

闲中宜看医书,遇有病人,纵不敢立方制药,亦能定众说之是非,胜于茫然不知付诸庸医者。

人生不论贵贱,一日有一日合作之事。若饱食暖衣,无所事事,那得有好结果?

人品要兼文行。文人无行,固不足取,若村野农夫,尽有朴实者,遂谓之贤焉,可乎?夫子四教,行必兼文,教弟子亦曰"学文",盖以行为本,而文亦不可少也。

行一件好事,心中泰然;行一件歹事,衾影抱愧。即此是天堂地狱。

非望之福,祸必继之,急当恐惧修省,多行善事。若一骄,则不可救矣。

和睦勤俭者,家必隆;乖戾骄奢者,家必败。此理如操券,断断不爽,且验之甚速。

人言果属有因,深自悔责;返躬无愧,听之而已。古人云:何以止谤?曰无辩。辩愈力,则谤者愈巧。

小人当远之于始,一饮一啄,不可与作缘。非不我恨也,泛然若不相识,其恨浅;若爱其才能,或事势相借,一与亲密,后来必成大仇。

结盟是近日恶道。古人不轻交,故交必不负。今订盟若戏,原未深知,转眼路人,又何足怪?

交游太广,不止无益,往往多生是非。古人云:有一人知,可以不恨。以明知己之难也。逢人班荆,到处投辖,然则知己若是其多乎?不过声气浮慕,共为豪举耳。一事不如意,怨谤丛起,不如闭户择交,自然得力。

游大人之门,谄固可耻,傲亦非分,总不如萧然自远。

公门不可轻入。若世谊素交,益当自远。既属同心,必不疑我为疏傲。或事应面谒,亦不必屏人秘语,恐政有兴革,疑我与谋;又恐与我不合者适值有事，疑为下石。

故人仕宦者，贻书见招，以不赴为正。或久别怀想，抵署盘桓数日，款款道故，不及他事，切勿在外招摇，妄有关说。一贵一贱，交每不终，未必尽贵人之过也。

亲交中有显贵者，对人频言，必遭鄙诮。

亲故有困窘相求，量情量力，曲加周给，不必云借。借则或不能偿，在人为终身负欠，在己后或责望，反失初心。

亲友见访，忽有欲言不言之意，此必不得已事欲求我而难于启齿者，我便虚心先问之。力之所能，不可推诿。

奸人难处，迂人亦难处。奸人诈而好名，其行事有酷似君子处；迂人执而不化，其决裂有甚于小人时。我先别其为何如人，而处之之道得矣。

遇人轻我，必是我无可重处。置珠玉于粪土，此妄人耳，不足较。若本是瓦砾，谁肯珍藏？故君子必自反。

责我以过，皆当以虚心体察，不必论其人何如，局外之言，往往多中。每有高人过举不自觉，而寻常人皆知其非者，此大舜所以察迩言也。即诗文亦然，赞者未必皆当，若指我之失，即浅学所论，亦常有理，不可忽也。

交财一事最难，虽至亲好友，亦须明白。宁可后来相让，不可起初含糊。俗语云"先明后不争"，至言也。

寄放人家财物，是极无益事。恐万一失落、损坏，彼此作难。苟非义不可辞，断勿轻诺。

人有所求，如不能应，当直告以故，切莫含糊，致误乃事。

有告我曰："某谤汝。"此假我以泄其所愤，勿听也。若良友以人言相惕，意在规正，其词气自不同，要视其人何如。

远方来历不明，假托为术士、山人辈，往往大奸窜伏其中，勿与交往。即穷人欲投靠为仆婢者，亦不可收。

朋友即甚相得，未有事事如意者，一言一事之不合，且自含忍，少迟则冰消雾释，过而不留。不得遂轻嗤骂，亦不必逢人诉说，恐怒过虑回，无颜再对。又恐他友闻之，各自寒心。

我有冤苦事，他人问及，始陈颠末。若胸自不平，逢人絮絮不已，听者虽貌咨嗟，其实未尝入耳，言之何益。

有以作中、作证、代借债求我，及求吹嘘荐扬者，必婉辞之。若利人荐贤,与此不同,必明辨之。

顺吾意而言者,小人也,急远之。

人之性情,各有所偏,如躁急、迟缓、豪华、鄙吝之类。吾知而早避之,可以终身无忤。孔子不假盖于子夏,固是大圣人作用。

高年而无德,极贫而无所顾惜,两种人不可与较。

纵与人相争,只可就事论事,断不可揭其祖、父之短,扬其闺门之恶。此祸关杀身,非只有伤长厚已也。

本富而对人说贫,本秽而对人说清,以人为可欺耶?方唯唯时,其人已匿笑之,谁迫之而必为此自欺语?

觉人之诈而不说破,待其自愧可也。若夫不知愧之人,又何责焉?

仇人背后之诽论,皆足供我箴规。盖寻常亲友,当面言既不尽,背后亦多包荒。惟与我有嫌者,揭我之过,不遗余力,我乃得知一向所行之非,反躬自责,则仇者皆恩矣。

见人耳语,不可窃听。恐所言之事,其人避我;又恐正值议我短长,闻之未免动意,且使其人惭愧无地自容。

足恭者必中薄,面谀者必背非。

平时强项好直言者,即患难时不肯负我之人。软熟一辈,掉背去之,或且下石焉。

凡亲友借用车马器物,不可吝惜。然借者又须加意照管,勿令损坏。万一损坏,急与修制完好,切勿朦胧送还。

小人固当远,然亦不可显为仇敌;君子固当亲,然亦不可曲为附和。

受谏是难事,每见朋友以过失相规者,当面唯唯,转面即向人曰:"伊道我某事不是,伊不常亦作某事乎?"不思此友面净,自是好意,我奈何背讦其过以相抵?且既知其所未当矣,我便宜取以为鉴,反又效之,何耶?

久利之事勿为,众争之地勿往。物极则反,害将及矣。

畏友胜于严师,群游不如独坐。

谀人而使人不觉,此奸之尤者,所当急远。

读书有不解处,标出以问知者,慎勿轻自改窜。"银"、"根"之误,遗笑千古。

名胜之地,勿轻题咏,一有不当,远近传笑。如昔人所记"飞阁流丹"误为"舟"之类,可鉴也。

凡诗文成集，且勿梓行，一时所是，师友言之不服，久之自悟，未必不汗流浃背。俟一二年，朝夕改订，复取证于高明，然后授梓。若乘兴流布，遍赠亲知，及乎悔悟，安能尽人而追之耶？若能不刻，则更高。

古书自《六经》、《通鉴》、《性理》而外，如《左传》、《国策》、《离骚》、《庄子》、《史记》、《汉书》，陶、杜、王、孟、高岑诸诗，韩、柳、欧、苏诸集，终身读之不尽，不必别求隐僻。凡书之隐僻，皆非其至者。

作应酬诗文，其害非一。作之既久，流向熟俗一派，遂不可医。况委嘱纷纭，乌能尽应？应者不以为德，不应则谤毁百端，甚且尊贵人临之以势，违则惧祸，从则难堪。不如慎之于始，素无此名，庶几可免。

先人著述，必确可传者，始付剞劂，不然藏之于家，以存手泽可也。可传者，亦不得惜费，致令湮没。

借人书画，不可损污遗失，阅过即还。

借书中有讹字，随以别纸记出，置本条下。

每读一书，必将他书藏过，读完再换，心不专无所得也。

诗余不可置案头，常看使人骨靡，初学尤甚。

先辈云作诗有妨举业。吾见作举业人，闭户不关一事者常少，事事皆作，而独归咎于诗，所以少年多不服。只是以举业为正事，而余力及诗，诗必不工，反是举业有妨作诗矣。自忖不能却去举业者，诗且不作亦可。

《世说新语》多隽永有致，凡书札及作诗常引用，不可不知。若沉酣太过，诗文流向小品一派矣。

积书太盛，往往有水火诸厄，盖为造化所忌。五车万卷，富贵家侈为豪举。其实世间应有之书，亦自有限，不必定以多积求名。

书帖字画，可以寄兴，旧有者宝惜，随遇者收存。若设机心、费重贿以求之，则不必矣。或自己不解，勿强作雅人。

天文术数之书，律有明禁。然习之本亦无益，不精则可笑，精则可危，甚且不精而冒精之名，致祸生意外者多矣。

书有重本，以赠贫交之有志者。束诸高阁何用？

佛经道藏，未必不精，只是本等书读不尽，无暇及此。

学问以先入为主，故立志欲高，如文必秦汉，字必钟、王，诗必盛唐之类，骨气已成，然后顺流而下，自能成家。若入手便学近代，欲逆流而上，难矣。

凡宴会，宾客杂坐，非质疑问难之时，不可讲说诗文。自矜博雅，恐不知者愧而恨之。

造作歌谣及戏文、小说之类，讥讽时事，此大关阴骘，鬼神所不容。凡有所传闻，当缄口勿言。若惊为新奇，喜谈乐道，不止有伤忠厚，以讹传讹，或且疑为我作矣。

人以诗文质我，批驳过直，往往致嫌；若一概从谀，又非古道。嘉者极力赞扬，谬者指其疵病，瑕瑜不掩，常寓鼓舞之意。至诚待人，必不我怨，嘉者逢人称说，谬者绝口勿言。其人闻之，必自感奋。

世传作《水浒传》者，三世哑。近时淫秽之书如《金瓶梅》等，丧心败德，果报当不止此！每怪人有极赞此书，谓其摹画人情，有似《史记》，果尔，何不直读《史记》，反阅其似耶？家有幼学者，尤不可不慎。

斋名因以为号，如晦庵、致堂之类，自宋已然。今则无斋而名止不一其名者，总为多事。无已则取字义典古，用以自箴足矣。即图章采用成句，亦须雅正者，勿为大方所笑。

技艺中，惟弹琴可理性情，兼一人闭户，陶然已足。至围棋、陆博，必须两人对局，胜者色矜，负者气晦，本欲博欢，何苦反致忿忿。若夫佯负以媚尊显，设阱以赚财利，则人品随之矣。

花木禽鱼，皆足以陶情适趣，宜滞节劳。若贪恋太甚，反多一累。花木择土宜者。远方异种，费财费力而易坏，无庸也。

赌，真市井事，而士大夫多好之。近日马吊牌盛行，始于南中，渐延都下，穷日累夜，纷然若狂。问之，皆云："极有趣。"吾第见废时失事，劳神耗财。每一场毕，冒冒然目昏体惫，不知其趣安在。

幼时见先辈作生辰，多在壮年以后，今童稚而称觞矣。魏环溪云："是乃母之难日，宜斋心以报亲。"其说甚是。愚谓亲在宜贺，即如我初生时，亲喜而贺客满堂也。若父母既殁以后，是日愈增悲恸，何贺之有？

赴酌勿太迟。众宾皆至而独候我，则厌者不独主人。

良友书札，必须珍藏，暇中展玩，以当晤对。

物之不常见者皆妖，吾见产芝及并蒂莲者，俱随有凶事。不幸而有益，当恐惧自修，勿矜为瑞。

量窄者不必强虐以酒，或醉而留卧，须令老成人护视。袁梧坡所记：客醉误饮瓶中旱莲花水，因致毙。北方冬夜火炕，煤毒更烈，不可漫视。

如醉后欲归,亦遣人送付其家。

吾乡风俗朴陋,二十年前,宴会俱用碟子,后变而为碗为盘。今碗制日大,较碟子其费数十倍,暴殄天物,不祥莫大焉。饱后腥浊满前,恨不持去,而主人拘例,其来未已,皆举手略尝,放箸拱坐。求欢得苦,甚无谓也。近孙钟元先生定为六器,同志中颇有遵行者,除远客新亲,不在此例,寻常往来,醉饱而已。

风水之说有之乎? 曰:有之。兴隆之家,必据胜地,其初不必有所择也。常见人既富贵,广延地师,移居迁葬,而家道反不如前,盖福至则得吉壤,衰至则入凶地。人自修德以迓福。堪舆之权,乌能夺造化哉?

三姑六婆,勿令入门,古人戒之严矣。盖此辈或称募化,或卖簪珥,或为媒妁,或治疾病,专一传播各家新闻,以悦妇女。暗中盗哄财物,尚是小事,常有诱为不端,魔魅刁拐,种种非一,万勿令得往来。至于娼妓出入门内,尤为不可。

妇女台前看戏,车轿杂于众男子中,成何风俗? 且优人科诨,无所不至,可令闺中闻见耶?

梨园一辈,蠹俗耗财,法所宜禁。然相沿既久,富贵家大事吉筵,以此为重,亦难骤革。但万万不可自蓄,荡心败德,坏闺门,诱子弟,其弊无穷。况日所见者,总此数人,总此数剧,岂不厌耶?

优娼辈好嗤笑人,而敢为无礼,此自下贱本色。其趋奉不足喜,怠慢不足怒也。

宴饮招妓,岂以娱客? 醉后潦倒,更致参差。总不如雅集为善。

勾栏、北里之游,不但有关行止,此辈不洁者,十人而九。一染其毒,往往毁伤面目,或至丧生,即幸而无事,永绝生育。人人憎嫌,不与同坐共食,见之多矣,切以为戒。

凡轻薄少年,衣饰华美,语言诡谲者,不可收为僮仆。

仆婢初来宜严,若一纵则后必难管。

奴仆小过宜宽。若法应扑责,当即处分,不可愤愤作不了语,恐愚人危惧,致有他端。即或应责,亦须委人,自行鞭仆,易至过当,且暴怒时百脉奋张,先已自损,误伤肌腕,犹其小也。

他人僮仆遇我或不恭,如坐不起、骑不下、称谓不如礼,彼与我无主仆之分,不足较也。若自己僮仆,必时时戒饬之。

冶游之场,如放灯、迎春、赛神等,男女沓杂,瞻视宜庄。若指顾轻狂,易至招侮,子弟有欲往者,须觅良友偕之,或命妥实老仆相随。

愚人指仙佛募化,称说灵异,以诳乡俗,或起祠、造经、铸钟、施药。我既不信,远之而已,不必面斥其非,恐愚众党护,有时致辱。

如立神祠梵宇,勿为首事。凡首事,众怨所丛也。然众皆乐为,我即非所崇信,亦不必自异,于礼无伤,随俗而已。

北方神祠演戏,聚众酒食,派钱浪费,颓俗宜止。如有公款或众力共举,当立社仓义学,择诚信人经理。

用过术士、艺人以及梨园之属,量力酬给,切不可札荐他所。我之所苦,岂可及人? 欲令此辈感德,反不顾亲知见怨,可谓轻重失伦矣。

作人要吃苦,处人要吃亏。

作寄远人书札,与家书同,当于前夕成之。临发匆匆,必多遗漏。

附楹联自警语

贫非省事无奇策,老忌多思罢苦吟。

性爱幽闲,幸门外渐无剥啄;老期学道,愧人前依旧疏狂。

学古之志未衰,每日必拥书早起;干世之心久绝,无夕不把酒高吟。

并谢笔墨之缘,扪心更无别事;未遂烟霞之志,闭门聊作深山。

心戚戚以何为,勉效及时之乐;老冉冉其将至,常防在得之讥。

就筋力未衰,尚可读书而寡过;幸家门再振,敢望积德以承先。

到眼都是好人,说甚黄虞叔季;闭户居然净土,那分城郭山林。

年届知非,第恐童心未改;学期见道,莫言圣域难窥。

义利辨以小心,须严一介;是非起于多口,必谨三缄。

念于世何功,饱食暖衣,已叨造化深仁,敢云富贵未及;愧在家为长,读书学道,勿玷先人遗训,庶令弟侄可宗。

器大自有容,何必过分泾渭;语多则易失,总之勿涉雌黄。

荆园小语跋

《小语》本藏家塾，诸长者见之，以为有益幼学，遂为传布。近萧太翁又刻诸闽中，或亦持身接物之道，不无小补欤？因加订正，再付剞劂。人生晚节为尤难，予是年五十有五，头颅日老，德不加修，甚可愧也。是编朝夕自考，用佐警惕，庶几晚年寡过云尔，岂敢自负知途？俨然曰幼学指南哉！

康熙癸丑日长至涵光识。

荆园小语跋

《荆园小语》都百九十二则，楹联自警语十一则。永年申凫盟先生所著。先生之父端愍公，明崇祯末以太仆寺丞阅马近畿，闻流贼破居庸驰入都，为当道画战守策皆不省，及京师陷，跃井以殉。贻先生书，谓："天下事莫不坏于贪生畏死。死于疾，死于利，死于刑戮，于房帏、于斗战均死也。死数者，不死君父，亦不善用其死矣。今之死义也。"《明史》具载其语。揭日月，光天地，非真学养有素、勘破生死者，不能道也。

先生承其家学，入国朝后，隐居不出，而独以善诗鸣，《聪山》一集，既鲜传本。是册为朝邑阎文介公主讲解梁书院时所刊。卷端有孙夏峰及先生《自序》各一通，当系覆明刊本。《自序》谓皆身所阅历，耳目接触，书置座间与两弟交勉之语。沧桑遗民，几经忧患，愬近所以虑远，谨微可以致曲。故其所言，皆日用浅近，易知易行，而至理即寓乎其间。夏峰谓其虽小语实至语，盖笃论也。今者，世道交丧，先生父子之遗著不可再得，循览是篇，亦有觌然而悲、憬然而兴者乎？

岁在辛酉上巳日吴兴刘承幹跋。

荆园进语

（清）申涵光　撰
敖堃　周挺启　校点

整理说明

详见《荆园小语》之"整理说明"。

荆园进语序

冀如锡

《易》曰："天行健，君子以自强不息。"不息者，进进不已也。是以古贤豪之士，立言、立事、立节、立德，莫不各推其进进之功，以表见于当时，声施于后世，而道德多成于晚年。汉、隋、唐、宋、元、明诸儒，大略可考已。吾乃今读凫盟申先生《进语》而深有感也。申氏阀阅世家，先生端愍公冢嫡。方成童时，耻贵介之习，岸然以古人自期。长而为文制艺，以史注经，即事明理；古文溯韩、柳、欧、苏，而进追《史》《汉》之席；诗本诸性情，形为歌咏，出入晋、魏、唐、宋诸名家，直接《三百篇》之遗响，而超明七子之上，海内皆知先生之进于诗文也。及时变代更，端愍尽节，于是慨然有遗世弃物、高尚其事之志，是又进于清介自守、独洁其身者。迨世不可弃，物不可遗，乃本其身经心得之余，著为接物处事之则。《荆园小语》一书，以之持身，以之教家，以之垂训天下后世，不越人伦日用之常，而为惩忿、窒欲、迁善、改过之法。是虽未及于得位行道，而孝友施于有政，其进于功业者大矣。晚年超然觉名迹之累，憬然悟性命之真，笃意躬行实践之事，用力省察克治之功，发明至理，或因耳目睹记而发其真是，或因经史传闻而抒其新得，要以明其志之所期，摅其学之所至，日新又新，此《进语》之所以作也。《进语》者，进于《小语》也。顾自量精力尚强，期更有进，未遽问世而大限告终，使天复假数年之算，其进宁可量乎？若先生，庶几乎自强不息者矣。

呜呼！锡与先生生同地，少同游，长同社，老托婚姻。其文章、气节、功业之日进，固皆耳而目之。独宦游三十载，学业荒落，晚年归里，方期日侍左右，砥砺观感，不至老而废弛。而讵意先锡归一月前竟长逝耶！捧读《进语》，能不悲思乎！是为序。

同学冀如锡顿首拜撰。

素行难欺妻子,心事占诸梦寐。

道不过子臣弟友,寻常日用,如布帛菽粟,一日离他不得。有一种言之可听而无裨实用者,总无关于有无,故曰:"可离,非道也。"

士人要有岸然自命之气,又有歉然若不足之心。

君子与小人斗,小人必胜。在君子惟有守正以俟命而已,固不可惧祸而误入小人之党,亦不可恃为君子而有与小人角胜之心。

许鲁斋生于金章宗大安元年,河北没于金数代矣,后人过为苛论,何哉?

鲁斋云:"人之自立,当断于心。若实见得是,则决意为之,不可因人言,以前却而易其守。"此为游移者诫也。然先须明理,见得是非确然而后可。若误以为是而概拒人言,则是师心自用,未有不败者。

士人服饰,虽不可华美,然布衣草履,亦须洁净整饬。张子韶头上巾敝,以疏布渍墨裹之,致墨汁流面,不太甚乎!若有意为之,益怪矣。伊川曰:"孟厚不治一室,亦何益!学不在此。假使洒扫得洁净,莫更快人意否!"

张子韶以时尚严刻,奏言理官活几人者与减磨勘,意则厚矣,而制未善也。若欲刑法平恕,第择用长厚之人,自能平反无辜,刑无滥及。若拘以定数,必有故纵以趋时者,大非法之平也。

终日钞药方,而不能瘳一疾;终日写路程,而不能行一步。徒知无益,空言何补?

明哲保身,只是不使此身陷于不义,后人误以偷生远祸当之,遂为长乐老借口。

为人所狎与为人所恨,皆己过也。

学者最怕作怪。孔子一生平平常常,无一毫崖异,钓弋猎较,苟义理无害,不妨随俗。邵子不服深衣,祭礼用楮钱,亦是此意。若故为奇形怪状、不近人情之事,以骇人耳目,非僻则奸。

人若少知自爱,岂有营营逐利、甘为商贾之行?只心有所系便是欲,便当极力克治。不然,恐流弊无穷。

子路大勇在喜闻过,所谓自胜之谓勇也。

横渠乃二程表叔,讲《易》京邸,从者甚众。及闻二程至,彻座辍讲,曰:"向所与诸君语者,皆乱道。二程深明《易》理,吾不及也。"虚心服善,即此可观所学。时遂以横渠从学于二程,伊川力辨其妄,然受益处想亦不少。

天地闭藏,即为来年生物之本。闭藏不深,则生意不盛,是霜雪亦所以生物也。故学成而不露,德立而自晦,经贫苦患难而不忧虑,乃大用之器,皆有以养之故耳。

学则乐,君子无处非学,故无处非乐。造次颠沛、贫富患难皆学也。故曰无入而不自得焉。

王三原之在明,犹宋之有温公也。虽口不言学,而学者莫及焉。

吕仲木楠学行笃实,师道尊严,如久任以祭酒,成就人才必多。故祭酒一官,不徒以多才能文章者为之。

顾端文宪成讲学东林,因李道甫三才事致书都下,风波大起,尚是文人名士举动。林居者以默为正。

近世多呼迂阔者为道学。道学而至迂阔,非善学者,本自可厌。辟道学者诡词苦辨,反若可喜。然可厌者于人无害,而可喜者流弊无穷。此即马伏波刻鹄、画虎之说也。

《孝经》不以命题,故世人鲜有读者。因思《五经》《四书》,若非考试命题之故,束诸高阁矣。今虽自幼读之,总为名利之阶。其返诸身心者,旷世而不遇焉。教化不明,变理义为名利,可慨也夫!

《孟子》开卷便极言好利之弊,看定此一事乃千古病源,与仁义是正对头。此关不破,虽终日言仁义,总无实用,况置仁义于不讲乎?

正人用则风俗正,文体亦自正矣。今之谭治术者,动曰正文体,非探本之论也。

子路喜闻过,固是喜其得闻而改,亦是喜有直谅之友,又喜人敢以过告,必己平日未尝拒谏饰非故也。今试默自检点,终日所行,那得无过?然不闻逆耳之言,过在友欤,抑己不能受言耶? 真难以一朝安矣。

士君子所至,使人人因我而乐,勿使人人因我而不乐。因我而乐,则视我如景星庆云;因我而不乐,则视我如疾风苦雨。

五谷人人用之,终身不厌,以其味得中也。若味之稍奇者,此一人好之,彼一人未必好;一时虽好之,久亦必厌矣。道理正如五谷,不中者必不庸也。

憎我者祸,仇我者死,皆当生悲悯心。有一毫庆幸之意,便于心术有伤。

观心广体胖及睟面盎背语,知养生乃学门之余事。破得“利”字、“名”字,方能入门;破得“惰”字、“骄”字,方能深造。

纵然恶积终身，一悔便是回头；莫谓功成九仞，一骄即行堕地。

耕问奴，织问婢。但择能耕织之奴婢，付之委任而责成功，不必条分缕晰，一一为之告诫，曰如何耕、如何织也。朝廷用人亦如是。然知人得人，大非易易。

一国有一国元气，一家有一家元气，一身有一身元气。元气者，生气也。能养生气，则日趋于盛矣。

无事作有事时警惕，有事如无事时镇定。夏峰云："无事不可生事，有事不可怕事。"至言也。

好名者只是勉强暂时，久必败露。只能粉饰外面，背地便不及持。前贤谓与好利者相等。盖沽名，亦以为利也。

颜子箪食瓢饮，子路衣敝缊袍，圣门皆为学问之验，故取安饱无求，而恶夫恶衣恶食为耻。看得衣食二项，原非小事。世人营营终日，大概为此。若此处澹得去，才可一心向道。

语云：改过贵勇，既知有过，便当斩钢截铁，翻然改图，尚恐过根潜伏，见猎心喜。陆子答传子渊 "过则速改" 之语，以为微伤轻易，当虑其未能速改耳，非谓改过之忌速也。

纵是道成德立，小人终不可近。若自谓把柄在我，不妨兼举并包，必暗受其损而不觉。

古人云："择祸莫若轻。"愚谓择福亦莫若轻。功名富贵，无一件是我应得，故官宁居卑，财勿苟得，稍有遭际，常觉逾分不安。若已得视为固然，未得者日夕悬望，事事钻营谋算，终身无息肩之日，造物所忌，祸败随之矣。

一部律是《四书》《五经》注脚。

师道不立，最是末世之患。春秋若无孔子，三千弟子其能自立者几人哉？道之不明，前代容有异端驳杂，今并无此患。天下聪明才智之士，都被声色货利诱去，间有口中说道理者，究其心事，依旧在声色货利上，所以此道全然高阁。教化不兴，真不知所底止。

人遇逆境，无可奈何而安之若命，固是见识超卓。然君子用以力学，借困衡为砥砺，不但顺受而已。

创业垂统，为其可继。后世子孙贤不肖难以预必能继与不能继，是有命焉。君子行事，只斤斤在道理中，尽其在我而已。即不必念及子孙，亦应如此，乃身无贻谋之善，而责望后人，或预为意外之防，而多方设备，何其愚也。

治家之道，正身率下，威严为主。《易》云："家人有严君焉，父母之谓也。"言家长严正，则卑幼守法，凛然如治一国。"嘻嘻，终吝。"不必有甚大恶，只一家嘻嘻，便是必败之道。试想"嘻嘻"二字，是何规矩，是何气象。

秦观、李廌，皆风流文士，当时所谓苏门四君子中二人也。朱子斥其浮诞佻轻，盖亦憎苏氏而波及之。然少年才隽之士，早当纳诸绳墨，若风流自喜，其不陷于浮薄者寡矣。况不如秦、李万倍者乎！

智而多财，则损其智；愚而多财，则益其愚。是以财遗子孙者，皆所以害之也。呜呼！自古及今，知之者几人哉！

为善得福，为恶得祸，非鬼神因其善恶而报之以祸福，盖善者日趋于福之事，恶者日趋于祸之事，皆理所自致也。故曰："祸福无不自己求之者。"

伊尹不遇成汤，终身莘野；孔明不遇昭烈，终身南阳。彼呴呴求自表见者，其事业盖可知矣。

大概君子方严处多，至圆融变化，是德之成也。起处便学圆融不得。

经书所载，皆古人亲身经历之事，留示后人，如前人行过底路程，向人一一指点，免得东求西问。若一概不省，任意自行，未有不错者。纵使寻着正路，亦大费力。

凡事惟适中者可久。

好学则老而不衰，可免好得之患。

老来益当奋志，志为气之帅，有志则气不衰，故不觉其老。

好胜者必败，恃壮者易疾，渔利者害多，骛名者毁至。

才有过举，祸患随至，是天爱之也。若纵其所为，如无天道然者，后来为祸必烈，故曰："恶不积，不足以灭身。"

古来大儒，皆简易率真。凡好为崖岸者，学未至也。

古人一长足录，遂可不朽。试观柴愚、参鲁、师辟、由喭，何尝不是圣门高弟，瑕瑜不掩，愈见其真。今之为志传者，必备极美好，人并其真者疑之矣。

怒时光景难看，一发遂不可制。既过思之，殊亦不必，故制怒者当涵养于未怒之先。

七情惟怒难制，惟欲最深。理明则无此弊。

同艺相妒，百工皆然，而士大夫为尤甚。名将成，有物败之，亦天道然也。士君子所可恃者,惟自处于无过耳。

经为经,史为纬。经如医论,史如医案。论以明病之源,案以验药之效。儒者必贯串经史,方为有用之学,其余他书,皆可缓也。

《论语》古今至文,多不过数语,少或数字,而蕴义无穷。当时必出自孔圣手笔,门人裒集成书,非他人可代也。

只常常看得自己有不是处,学问便有进无退。

颜子陋巷之乐,从四勿来。

颜子在圣门,最为天资高迈。然观所记,"无伐善,无施劳"、"不迁怒,不贰过"、"择乎中庸,得一善,拳拳服膺"、"有不善未尝不知,知未尝复行"诸语,一味下学攻苦,并无一毫凌驾涉略之意,则后之为学可知矣。

昔人有仕而林居者,其一闭户不与外事,其一邑中利害必争焉,孰是?曰:皆是也。闭户者介,争利害者公,各成其志焉。若夫公事缄口,私事攘臂,则无为贵士大夫矣。

处难事如理乱丝,耐心缓图,自有入路。急则愈结,所伤必多。

皇甫谧《高士传》,大概是贫而能乐者,故世无持筹之高士,无逐膻之高士,无攒眉蹙额之高士,人亦可以自考矣。

有刻寒山、拾得《问答》一条,曰:"有人欺我、害我,当何以待之?"曰:"只是忍他、让他,多过几年看他。"愚谓末语有幸其灾祸意,非有道之言。君子于小人,悲悯之而已。俟其久而自报,是假手于鬼神也。君子岂其然?

凡弈棋,与胜己者对,则日进;与不如己者对,则日退。取友之道亦然。

由博文而约礼,由下学而上达,是孔门一定阶级。终身驰骛于语言文字,是为口耳之学,固属无用。若吐弃一切,返照观心,古今安有如是躐等欲速之法?徒自欺以欺人耳。

主顿悟之说者,尝举"欲仁,仁至"之语为证,不知此第言仁心不泯耳。若实实为仁,尚有无数阶级在。如人一想京师,京师便在眼前。若实实到京,必须束装策骑,早行夜宿,受许多辛苦而后能至也。

主静不如主敬,敬自静也。

良知,即性善也。阳明终日言良知,却云无善无恶,何故?

今人言天理,未有不知其为善者,性即理也,性善又何疑?

杨慈湖静坐返观,时时有得;象山鼓震窗棂,豁然有悟,皆非虚言也。人常瞑心静坐,自然别有一段光景。然于应人接物,却无实际,在深山老衲,未为不可。我辈五伦百行,事事不同,一处疏略,便有错误,如此虚光景,何能得力?

温公云:"性者,人之所受于天以生者也。善与恶必兼有之。是故虽圣人不能无恶,虽愚人不能无善,其所受多少之间,则殊矣。善多而恶少者为圣人,恶多而善少者为愚人,善恶相半者为中人。不学则善日消而恶日长,学焉则恶日消而善日滋。"此论以学为主,立意甚善,但云圣人亦有恶,则非也。圣人而有恶,何以云上智下愚不移乎?应云:有善而无恶者,圣人也;善多而恶少者,贤人也;善恶相半者,中人也;恶多而善少者,愚人也。语方无弊。

《四书》《五经》集注,颁诸学宫,世世遵守,如一代之令甲法律,虽有智者,不敢乱也。人品学术,古今如朱子者几人?竭一生之精力,经群贤之参订,始成此书。后之圣君贤相,又几经参酌,而后用以式多士。乃人情厌旧,突为新奇之说,鄙薄章句,视为糟粕,甚且谓《大学》本无经传,《格物》不必更补,即使其言果是,如国制何?生同文之世,守一王之法,奋其私智,变乱旧章,曰前者皆非,至我而正,则人人骇之矣。

从古无不读书之圣贤,自心学之说行,而《六经》可废矣;从古无不读书之诗人,自竟陵之派盛,而空肠寡腹者人人坛坫自命矣。

陆子之学,以究竟为入门。

答贺宣三书云:《六经》所以治心也,传、注所以明经也。相沿不察,习为训诂之学,于是《六经》真糟粕矣。陆子一番提醒,返本归源,自不可少,但立论太高,未免躐等。在己可以为学,而于人难以为教。上达以该下学,知至而后物格,工夫倒用,使后学无所持循。夏峰先生兼听并包,弥见其大,非有偏重姚江之意,祭文中尚宜斟酌也。

我辈于释子,第不溺其法足矣,其人果醇静有得,犹胜于对俗士。而以大颠之往还,为昌黎晚年诟病,何其甚矣。

屈原恸宗国之丧乱,义不苟生,此正善于处死者。而后儒每议其过当,岂以浮沉为正理耶?

于心无愧,此就明理者言之耳。若理有不明,固有应愧而不知愧者,不可谓心之所安,便无错误。

毕竟先知后行,至于纯熟,乃能合一。

朱子病革前四日,尚改"诚意"章《集注》,其虚心好学,至死不倦,而阳明以《集注》《或问》，乃中年未定之说，岂未之考耶？

李延平教人静中看喜怒哀乐未发以前气象，理学家奉为不传之秘。胡敬斋曰："既是未发，如何看得？只存养便是。"此说较有的据。

学不可偏，偏则虚实皆有弊。偏实之弊，执而不化，其究胶固迂阔；偏虚之弊，荡而失检，其究恣睢放肆。惟实以立基，虚以启悟，斯为善学耳。

人道非一途，或以诚，或以静，或以敬，或以穷理致知，皆学也。行之不息，久久皆能有得，所谓及其成功一也。如适长安者，齐、鲁、秦、晋，不必一途，期于必至耳。若执己为是，概以人为非，则隘而私矣。

近日孙夏峰先生之教，随人指点，未尝自立名目，未尝聚徒开讲，所以终身无伪学之祸。

良知即四端，致良知即扩而充之，其说本《孟子》，最为精确。但标为名目，无事不归于此，所以招世俗之议。

朱陆之辨，各以所见相质，正良友相成之谊。但气渐盛，语渐尖，初意渐失，便成水火。朱子曰："各尊所闻，行所知，足矣。无望其相同。"此言是也。

学者自然以朱子为主，至于后来子静一段议论，亦不可不知。若入手便学子静，则茫无把柄矣。

陆子好自赞，是一病。

赵大洲母梦二比丘牵衣求栖，遂生大洲及弟蒙吉。此事即真，亦不宜载诸传、志。盖浮屠家好尊其教，谓吾儒之贤且贵者，皆其徒再生，而儒家每引其事以为重，何也？

朱语有近陆者，阳明择出以为晚年定论；陆语亦有近朱者，但无人择出耳。

杨慈湖、王龙溪之学，竦动一时，不转瞬而议者蜂起。许鲁斋、薛文清，愈久而人愈服，学者可以知所从矣。

陆学有摆脱敬字之意，不善持之，则流于无忌惮。

程子解格物，谓一草一木须是察，此甚言处处留意耳。阳明幼时，格竹之理至于病，亦形容一草一木之言为过也。程子又曰："或读书讲明义理，或论古今人物别其是非，或应接事物而处其当，皆穷理也。"此为格物正论，而读书明理尤为要。

求放心只是敬。

　　朱子云："讲论义理,只是大家商量,寻个是处。"又云："义理,天下之公,人之所见,有未能尽同者,正当虚心平气,相与熟讲而精究之,以归于是。"观此,则与陆子辨论,本无成心。至云"去短集长,不随一边",则未尝不以己有所短,人有所长,折衷两家,以求一是也。若陆子所论,则自是为多耳。

　　朱子祭陆子静文,序始异终合之故甚详,服其降心以从善。而《别纪》云："闻子静卒,叹云:可惜死一告子。"何其相左也!

　　诛少正卯事,朱子疑为齐鲁陋儒所作。总之,经、传所不载,如《家语》之类,亦不可尽信。

　　《集注》未定之先,宋人取士,以《注疏》为主,而旁及诸家。如《易》则胡瑗、石介、欧阳修、王安石、邵雍、程颐、张载、吕大临、杨时;《书》则刘敞、王安石、苏轼、程颐、杨时、晁说之、叶梦得、吴栻、薛季宣、吕祖谦;《诗》则欧阳修、苏轼、程颐、张载、吕大临;《春秋》则啖助、赵匡、陆淳、孙明复、刘敞、程颐、胡安国。纷纷之说,安所适从? 酌群言而定一是,《集注》之功,真在万世也。

　　古不闻有避年号者,而姚元之因避开元,改名冲崇;明道乃宋仁宗年号,而当时竟以称程子。俱不可解。按,袁绍字本初,梁师亮字永徽,皆以本朝年号为字,古人不拘如此。

　　论性是学问大源头,然用工夫却须逆溯之法,候到者自明辨之,太早无益实事。故夫子之言,不可得而闻也。

　　张果中致书夏峰,谓不宜时时与士大夫相见。其说甚正,然惟先生无妨也。先生道统在身,以教为任,虽冠盖踵接于门,而澄之不清,挠之不浊,愈见其大耳。愚尝谓先生如沧海,无所不包涵。我辈学人第如池鱼盆草,若一清彻底,尚可把玩;稍杂泥滓,便难位置。盖教之与学,相去远也。

　　圣学天,天地自然之理,日在目前,但人不潜心耳。四时行焉,百物生焉,正是明明指人以学天。若此处略过,虽终日谆谆训戒,亦自不悟。欲无言者,所以深于教也。

　　《易》,卜筮之书也。有疑则占,乃占此一事之理应如何耳。占是非,非占吉凶,而吉凶即在是非之中也。

　　横渠拈一"礼"字为教,极为稳当。礼者,兼内外而言,即孔子之"不逾矩"也。彼徒言心学者，其流弊至于畸言诡行，以骇世俗，礼教荡然，岂小失哉？

杨慈湖其言狂肆而不知所定，且极诋程子为未明道，谓洗心、正心非孔子之言，言存心、存神孟子乃误认，此皆心学流弊之言也，而后人公然列之理学，何哉？

阳明云："发愤忘食，是圣人之志如此；乐以忘忧，圣人之道如此。恐不必云得不得也。"夏峰云："圣人原无不得之时。"愚按：周公其有不合者，正是圣人之不得；幸而得之，方是圣人之得。似不必讳言不得也。

君子终身是乐，虽贫贱患难时，中有自得，毕竟忧他不倒；小人终身是忧，纵富贵已极后，患得患失，究竟乐亦非真。

程子见人有訾议先辈者，辄叱曰："且学他长处。"此真长者之言。然辨论是非，与吹毛索瘢者，心术迥自不同。古人瑕瑜本不相掩，我虽素所服膺，岂可曲为附和。反复辨论，期当于理。若有意定将古人说坏，则刻矣。

阳明云："圣人心如明镜，只是一个明，则随感而应，无物不照。然学者须要有明的工夫。"此论本末完全。今之学者，但致详于所谓工夫，而一旦豁然，即明也。照物之能，俟其自至而已。

求静是初学收心之法。若只在静上用工，久之，习成骄惰，遇事便不可耐。孟子四十不动心，正是从人情物理、是非毁誉中磨炼出来，到得无动非静，乃真静矣。

知、仁、勇，皆从敬出。

吴草庐云："三十前好用工。"此追悔少年虚度之言。凡人道念，多在中年以后，然而精力渐衰，不及少年之果锐，故立志不可不早，非谓暮年可宽也。

士大夫讲学，只是随事省察，随人指点。若自标门户，自立党羽，附之者愈多，则嫉之者益甚。姚江之谤，至于掩功；东林、复社之祸，与国俱尽。呜呼！岂尽小人之过哉！

"学而不思则罔"，章句之弊也；"思而不学则殆"，心学之弊也。知此，则朱陆门人无事相讥矣。

责人者必自恕。

孔庙从祀，以德则不胜祀，徒以著述则马融、扬雄有汗颜矣，必也有德而有功于经学如程、朱焉。不然，宁慎也。

荆园进语跋

　　《荆园进语》百十九则,亦解梁刻本,附《小语》后。冀序谓"晚年笃意躬行,日新又新,进于《小语》之作也"。明自姚江以良知立教,使人人各返求自得,皆有作圣之路,百余年间,竿动流衍,至末季,而气节之昌,远迈前古,不可谓非圣教中兴之盛也。顾其门人递传,寝失本旨,遂有恣睢放荡,为世所诟病者。先生生于明季,服膺夏峰与姚江一脉,而于陆、王两家之说,间有所疑。是时当湖杨园之书未出,先生若已烛于几先,而独谓:"学不可偏,偏则虚实皆有弊,惟实以立基,虚立启悟,斯为善学。"由斯以观,先生其善学也哉。盖其所服膺者,返诸躬而有得也。其所致疑者,求诸心而未尽释然也。果能如先生之各尊所闻,各行所知,不必遽肆掊击,亦何至启门户倾轧之弊耶?冀氏谓设天假之年,其进讵可量,而惜乎先生之止于是也。然就其所诣,固亦足以自见矣。

　　辛酉岁展上巳吴兴刘承幹跋。

耐俗轩新乐府

（清）申颋　撰

诸伟奇　杨颖　校点

整理说明

《耐俗轩新乐府》，一卷，清申颋撰。

申颋，字敬立，直隶永年（今属河北省）人。申涵光之侄。清康熙十七年（1678）副贡生，官唐县教授。工书画；诗长五古，习苏轼、黄庭坚，有《耐俗轩诗集》。

作者在《耐俗轩新乐府》中，以"新乐府"的形式，将为人处世中的"言动应接"之事，逐条指点，以"忍"统其意，成《忍些好》八十章和《忍又忍》四章，用以教诲儿孙，亦用以自勉。其中既表达了作者在阅历世间百态、"人情万变"后的释然和宽恕，也反映了对当时现实的不满和无奈。该书显然不属于清言小品，但我们还是把它收进来了。有人说可以将它看成是句式整齐划一的清言小品，这好像也有点道理。

该书曾收入《留余草堂丛书》《畿辅丛书》及《丛书集成初编》。本次校点即据《丛书集成》本为底本。系海内外首次标点面世。

诸伟奇

2012 年 9 月 25 日

耐俗轩新乐府自序

乐府体不一制，汉魏四言外多长短句，唐多七言绝句。太白《宫中行乐词》纯乎五律，子美《新婚》、《丽人》等篇或五古或七古，不循旧制，即是名篇，是皆唐之新歌也。至乐天复自制诗，乃标"新乐府"名。而好古之士，如太白、昌黎辈，多拟古作。间尝论之，乐府歌辞有因声而作歌者，有因歌而造声者。因声作歌，古乐府是已，盖乐必有章，昔人审音按律，然后为辞，则后之拟之者亦当拟其声以为之辞。乃随意增损，与古不叶，此不可晓。因歌造声，新乐府是也，命意遣词，以写文心，虽有声韵，不辨宫商。故前辈谓其有辞无声，未必尽被金石。余以为声从辞出，其法虽不可考，然即《阳关三叠》推之，以七言四句则调无顿挫，无顿挫则韵不铿锵，故三叠以尽其变，所谓因歌造声也。故作者修辞不必善歌，歌者达音可以意造，诚知夫声之可造也。则诗即为乐，凡所吟咏，无不可被之金石管弦，不独乐府已也。然既命乐府矣，余将使调从词举，声与调谐，酌量古今，制为新体，三五七言相间而出，击节审音无敢纵也，言约事举无嫌拘也。纵，则志驰而音曼；拘，则性敛而味永。试取汉魏郊庙明堂等作观之，取汉魏里巷歌谣等作观之，无不简约，其或稍繁者则必逐解画段，如《三百篇》分章之意。夫后代声诗，惟乐府与六艺之旨为近：其里巷也者，风之属也；朝庙也者，雅颂体也。彼明堂郊庙，昭功象德，备一代制作，诚不必拟。而歌谣讽兴时事，或怨或愁，或悲或愤，或触事或寓意，无非感于所遇，情不容已。呜呼！古人之所感者，或在一时，或在一事，犹足兴怀千古，况今日之可感者多矣。生斯世也，群斯人也，惟一念静持，感随忍灭。古云忍含百善，谅哉斯语。因演之为歌诗焉，庶用自勉，以勉家人。倘观者赏其有切情事，不嫌俚鄙，播为声歌，互相敦勉，则此之有补，视哀乐感人者何如也。聪山申颋撰。

《忍些好》八十章

自非至圣,难言忠恕,勉思寡过,惟忍可图。吾夫子以一恕贯万理,我辈不可以一忍平众情乎?长夏课诲儿子,偶尔论及,随意拈示,再日得八十章。事经阅历,体出新裁,辞简意真,取便观览。儿辈列之座右,相与流连咏歌,津津乐道。张公艺型家惟忍,吾辄欲以此广之矣。儿辈进曰:"张书百忍。请更以百事实之。"余曰:"宁独百也?衍之可千,引之可万,凡意所及,何莫非忍。固有数之难罄指之莫名者,吾亦惟是兴会所及,随触成言,以俟三隅之反云尔。若必广搜博采,立志取盈,是又忍中一戒,吾何乐焉?杜子美诗云:'忍过事堪喜。'夫忍之为道,苦在当前,味深事后。欲收忍后之乐,勿惮入路之艰,玩一过字,力而行之,有余教矣。况余复伸之以多言乎?儿辈宜书之。因识诸篇首。"

处家庭宜忍一

家庭恩爱地,容默各相保。儿读妻纺织,衣暖饭又饱。一家和气乐陶陶,福非小。偶尔乖违忍过好。

处亲知宜忍二

结交遍天下,亲知相共老。礼节各称家,坦怀息机巧。偏是亲知责备多,交难保。但作痴愚不较好。

处僮仆宜忍三

使奴须使拙,主痴责奴巧。我心不自知,偏望僮仆晓。奴若有才岂作奴,供洒扫。力有不及忍些好。

处乡党宜忍四

乡党尊齿德,泛爱及卑小。谦让自家持,便宜随他讨。不使乡人厌儒冠,亦有道。言动相安耐俗好。

念我亲宜忍五

时时念我亲,守身如怀宝。一事招人言,即是亏子道。忍指亲名誓鬼神,情可恼。忍亲何如忍冤好。

念我身宜忍六

置身如置器,平处无倾倒。远忌休近名,防害莫怀宝。但使安宁无外虑,万钟小。懔懔冰渊忍处好。

念我心宜忍七

形骸非有知,言动谁颠倒。心是主人翁,莫使向外跑。主人在外客侵浚,自纷扰。一忍收回万虑好。

念我家宜忍八

四海忧非大,一家忧非小。四海不宁静,有人担去了。一家有事无人担,我受扰。一家齐忍忍方好。

遇公门宜忍九

下士无子游,公门迹宜扫。乡党羞卑曲,长吏厌纷扰。可利何如可耻多,请自考。还是养高远些好。

遇高门宜忍十

逐热无修士,高门迹宜扫。未登主人堂,先触阍者恼。自考生来无媚骨,性难矫。远辱先宜忍脚好。

遇恶人宜忍十一

恶人固难亲,远恶吾量小。但作平等缘,恶念自然扫。只因我念过防闲,翻触恼。忍到无心方见好。

遇戏谑宜忍十二

谑浪损威仪,言动关世道。宁使人惮严,勿逞风流巧。巧语相加恐渐深,逼成恼。涉趣何如尊重好。

气未动宜忍十三

忍气未动时,功多用力少。客气推出门,紧把"理"字抱。但将傀儡看横逆,凭他吵。浮云不碍碧天好。

气已动宜忍十四

气动不及持,燥急满怀抱。焰焰如火燃,扑灭计宜早。一念回时挽天河,即灭了。平气果然忍力好。

我有理宜忍十五

自持惟一是,恩怨难究讨。有理人自知,不知也罢了。有理翻成无理事,增悔恼。说着何如忍着好。

我无理宜忍十六

无理偏争气，越争越气恼。肯自忍不是，就是有理了。昧着良心反责人，谁不晓。强辩翻成大不好。

我为大宜忍十七

薄俗轻尊辈，闲言不恕老。放开宽肚肠，事多容受了。凭他无礼来相，只是小。争论无如尊重好。

我为小宜忍十八

礼为尊长屈，能屈方为小。卑幼论是非，名义已颠倒。总有过差是大人，都盖了。不逊何如忍着好。

我善言宜忍十九

言好还须慎，能慎言方好。好话岂能多，终日说不了。若使凤鸣常可闻，亦凡鸟。欲敛浮情忍些好。

我拙言宜忍二十

辞拙当广座，未言先自考。开口即伤人，一句不为少。何不移短作我长，默是宝。话在心中忍着好。

听言宜忍二十一

听言色须恭，肃坐恣论讨。唯唯毕其辞，是非默自考。虽有意见莫遽陈，恐搀搅。虚己方知受善好。

进言宜忍二十二

情急辞须忍，进言固有道。欲使人乐从，先莫触人恼。情理醉心如饮醇，自倾倒。盛气消时直亦好。

背后言宜忍二十三

面责不为嫌，背议伤怀抱。偶然一句话，须防增饰巧。传成是非我开端，伤雅道。躲避闲言忍些好。

不受言宜忍二十四

敢与礼义仇，自视忠言藐。海水不透石，时雨难苏槁。若能说转不良人，无此巧。失言何如忍言好。

有长宜忍二十五

有长莫自矜，矜长无精造。世间艺能多，说来翻愧少。倘使多才如周公，数不了。忍能且让人夸好。

有短宜忍二十六

恕己智常昏，责人言偏巧。日日说他人，反己试一考。灯不自照另有灯,君须晓。看看自家忍些好。

处贵宜忍二十七

骤贵遽忘贱,易满知器小。不止累身名,还恐辱祖考。快意不如笑骂多,晓不晓? 势可为时忍些好。

处富宜忍二十八

富亦何妨仁,人能处富少。宽使仇人恩,啬致亲知恼。如何敛怨较锱铢,真呆老! 保富还须积善好。

处贫宜忍二十九

圣贤重清修,屡空为士表。求人何益命,徒使身心扰。绿满窗前自读书,静悄悄。礼义悦心忍饿好。

处贱宜忍三十

狂夫抱经济,矫矫人中表。用则帝王师,舍则穷谷老。天爵无借外来荣,乐吾道。世俗何知忍垢好。

我有威宜忍三十一

临下莫作威,威重虑情少。父母称严君,慈爱满怀抱。用威亦如父母严,感福造。不忍心从忍出好。

我有恩宜忍三十二

莫怨恩成仇,反己试自考。施恩虑德色,奈何说不了。受恩易忘我不忘,成两恼。何如忍些成两好。

我有势宜忍三十三

有势不作福。势极祸机巧。得为尽力为。须防势去早。身死还愁及子孙。何时了。天道好还忍些好。

亲知势宜忍三十四

心痒亲知势,忍口莫论讨。他家吃好饭,偏是看的饱。时时卖弄在人前,说不了。不解人嗤只觉好。

我能为宜忍三十五

能为莫尽为,难了忍就了。良骥恐穷力,良工羞竭巧。才穷巧尽翻成拙,堪笑倒。世味无如不尽好。

不能为宜忍三十六

事有不能为,欲为忍住好。力大方举轻,器大方任小。若将重载加蹇驴,压个倒。志大还须力量好。

我真知宜忍三十七

举世少复真，一真百伪搅。你说你真知，真从何处考。欲变是非先乱真，毁誉巧。独知难争忍着好。

我不知宜忍三十八

世事难周知，学问那尽晓。切勿强解事，人说就搀搅。但能多读数行书，话自少。斯文原是阙疑好。

人疏我宜忍三十九

人疏我勿亲，亲疏各有道。相亲必有为，无求迹便扫。读书原是冷生涯，谁来讨？势利何多忍笑好。

人毁我宜忍四十

毁至心必动，忍过觉毁好。有过谁肯言，因毁得自考。反笑相知誉我多，受益少。虚己深知不辩好。

人避我宜忍四十一

事有避人知，远嫌我宜早。私书莫强看，秘语休究讨。恐有传闻我受疑，难分晓。闲言易播忍方好。

见人巧宜忍四十二

泛务妨专功，歧途迷正道。苟能精一艺，便是养身宝。凭尔多能随好迁，无两巧。弓人莫羡梓人好。

便宜事宜忍四十三

便宜事偶然，忍过无悔恼。人事讨便宜，必致亏天道。天若故意作机缘，多凑巧。巧到穷时悔不好。

情欲宜忍四十四

欲心安有极，天理在人道。外欲不可为，有儿勿娶小。偕老无猜乐有余，胜窈窕。忍些闲情家道好。

机巧宜忍四十五

智巧逼危机，相倾何日了。世人不患呆，呆是藏身宝。机心用尽不如呆，是谁巧？聪明难忍忍些好。

俗体面宜忍四十六

体面不须争，礼节称家道。要知真体面，不在费多少。卖却田园强支吾，架终倒。穷时方悟忍着好。

日用宜忍四十七

用度何穷极，费多愁入少。世风贪济奢，吾当以廉矫。澹澹儒风诒子孙，堪世保。教俭无如教忍好。

银钱事宜忍四十八

养生资财货，取与固有道。非分勿苟图，欠人休待讨。义利关头辨人禽，莫草草。洁白持躬穷亦好。

说公事宜忍四十九

位外不谋政，何堪多士扰。每事好倡先，是非恐颠倒。心各怀私强为公，满街跑。自守硁硁违众好。

世俗忙宜忍五十

忍些世俗忙，闲却身心好。忙因世味深，闲因俗念少。闲人自有义中忙，心不扰。世味消时忙亦好。

可恋处宜忍五十一

最是可恋处，达人须要晓。快意难久居，试看投林鸟。飞飞不肯恋一枝，见机早。情到浓时忍住好。

相形际宜忍五十二

人事怕相形，触动辄成恼。贫者厌闻富，拙人耻说巧。若把清修傲世污，意必矫。矜长无如远怒好。

功名际宜忍五十三

隐忍功名际，安卑羞枉道。命好拙亦得，不关为术巧。巧到人谋能夺命，造物恼。欲福先求免祸好。

是非际宜忍五十四

里党是非儿，口舌利于早。闲言忽中人，被之如山倒。我纵不言耳已尘，恨难扫。忍口兼之忍听好。

热闹场宜忍五十五

澹泊明志功，宁静致远道。岂有读书人，终日闲闹吵。傍观议论老亲忧，悔宜早。忍些静中滋味好。

名利场宜忍五十六

投足名利场，意气相倾倒。虎熟终难骑，市井无交道。戈矛即在笑谈中，休防恼。转眼冰山忍过好。

要人前宜忍五十七

拘促要人前，顿觉一躬藐。满座各争媚，无我也不少。窃恐错搔无痒处,翻触恼。何苦忍羞讨不好。

愁人前宜忍五十八

愁人多感伤,体情斯厚道。得意话休提,恐使愁肠搅。若使你愁人快意,恼不恼。痛痒相关忍些好。

众人前宜忍五十九

广座难周防,闲言少究讨。说东疑指西,打梨误及枣。筵间不是议论地,且吃饱。学问满胸忍些好。

有病时宜忍六十

调病先调性,切要开怀抱。生死有命定,卢扁无异道。多因愁病病转增,药宁保。调病无如忍病好。

无病时宜忍六十一

无病常慎病,澹泊益寿考。一身供百欲,强壮岂终保?人间可好事无涯,做不了。想到病时忍些好。

有事时宜忍六十二

有事如无事,应大如应小。谁不厌有事,应事怕纷扰。一心无主事偏多,如何了。欲济还须有忍好。

无事时宜忍六十三

慎享无事福,不乐利名扰。安饱无经营,睡到日出卯。亦知眼前恩怨多,任颠倒。但恐惹事忍着好。

事初来宜忍六十四

要知极大事,初来必甚藐。一念不能平,转弄转生扰。力穷意尽看收场,事仍小。悔不先时忍些好。

交厚时宜忍六十五

倾吐厚交多,肝肠可信少。私恩莫浪受,秘话休说了。隐微不是亲知播,人那晓。到是无交忍静好。

交疏时宜忍六十六

亲极难为疏,强忍存厚道。亲时夸不尽,疏时骂不了。是非转眼变恩仇,量太小。怒过何颜对旧好。

当食时宜忍六十七

当食莫咨嗟,口腹事终小。甘鲜谁不羡,粗粝也会饱。于世何功尔坐餐,试自考。敢生拣择说不好。

当进时宜忍六十八

当进无贤愚，奔竞争迟早。一齐往前挤，定然挤个倒。让人向前后何妨，争多少？忍过方知安步好。

年幼宜忍六十九

修途方苦长，少壮难常保。努力在少壮，正以防衰老。学成多艺晚收功，宜及早。老健尤知忍欲好。

年老时宜忍七十

但愁家道薄，不知来日少。越老越不足，一家成怨恼。儿孙不谅马牛心，好痴老！扯淡偏图身后好。

好胜心宜忍七十一

能忍好胜心，忧患自然扫。我胜人必屈，谁依我占了。甘将胜着让与人，屈到老。对奕无如局外好。

怠惰心宜忍七十二

骄心生怠惰，当以忍力矫。举杯莫累夜，爱眠无失晓。一事懒为靠后时，更多了。振起精神强志好。

奢望心宜忍七十三

无名何损真，有官何益老。家和贫也足，不义富多扰。儿孙贤可继家声，莫说少。忍些奢心随遇好。

虚妄心宜忍七十四

君子不愿外，素位固吾道。有生天已定，妄念胡纷扰。夜里千般计算成，待天晓：起来依旧忍着好。

不如意宜忍七十五

衣食称其用，过此何萦抱。事事求如意，请君看饿殍。天心自厚人不知，错怨了。百虑总归知足好。

如意时宜忍七十六

如意意何如，君子忧如捣。福过惧灾生，受奢愁器小。同为齐民我独丰，察天道。何以持盈忍自好。

事已过宜忍七十七

事过如梦觉，利钝迹全扫。过去放不下，定惹将来扰。若把将来更豫谋，忧无了。放过且论眼下好。

事未了宜忍七十八

事了莫留思,难了莫求了。未了事无涯,越做越不了。了与不了且凭他,就了了。了不了时忍了好。

居盛名宜忍七十九

盛名难久居,畏名常悄悄。众指积高贤,奇穷中大巧。问君何以平物情,心欲小。才能忍用才方好。

意所忽宜忍八十

人亦恒言忍,忍大不忍小。明是屈于势,却以忍自表。吾心畏大兼恕微,乐天道。忍及昆虫吾量好。

《忍又忍》四章

余拈"忍"字,于寻常言动应接之间得八十事。意以言理不如言事,逐事指点,而后是非较著。然为类至广,不可以尽,因复拈四章,以统其义,更名曰《忍又忍》,理既举全,功益加密,先儒有言曰:贤哲立言,宁粗勿精,宁近勿远,使人人可守而行之。夫可守而行者,忍其要矣。既作世间人,不得不涉世间事,人情万变,吾以一身一心应之,开口动步,便生触碍。坚持一忍,念念不忘,要从刻苦谨默中,充吾本心廓然之体。当前不扰,事过无悔,宽裕雍容,全吾性量,亦惟在乎熟之而已。若勉强一时,或矫持一时,徒尝其苦,何有济哉!

忍又忍,忍来好。身忍无艰危,心忍无烦恼。日日但向忍中过,忍到老,忍与心忘好又好。一

忍又忍,忍来好。入路虽苦艰,放步平如道。我是忍中过来人,趣深晓,把臂同来度世好。二

忍又忍,忍来好。天下事难言,一忍都默了。古今成败多少人,细寻讨,那个能忍那个好。三

忍又忍,忍来好。圣人称强恕,忍是求仁道。不忍乱谋忍济事,经可考,问道先从忍入好。四

幽 梦 影

（清）张潮　撰

周挺启　程静之　校点

整理说明

《幽梦影》,一卷或作二卷,清张潮撰;《幽梦续影》,一卷,清朱锡绶撰。

张潮(1650-?),字山来,号心斋,又号三在道人,原籍新安(今安徽歙县),侨寓扬州。其父张习孔,曾任山东督学佥事,撰有《诒清堂集》。清康熙初年,张潮曾以岁贡担任翰林院孔目,后因事牵累入狱,获释后遂绝迹仕途,以刻书为业。他学识广博,多才多艺,一生著述甚丰,撰有《心斋诗集》《心斋复聊集》《心斋杂俎》《诗幻》《花鸟春秋》等,辑有《虞初新志》,参编《檀几丛书》,主编《昭代丛书》。

使张潮得以影响扩大、声名久远的是他的这本小书《幽梦影》。《幽梦影》的酝酿和写作过程将近十五年。该书收入清言语录219则,内容涉及文学艺术、生活情趣、人生哲理等诸多方面,作者想象奇特,构思精妙,文笔瑰丽,情感丰沛,正如明清之际著名文士余怀所言,读《幽梦影》,如同饮玉帝的仙露,听天上的音乐,不知身在尘世了。确实,读《幽梦影》这样的美文,让人回味无穷,得到美的享乐、美的升华。

《幽梦影》尚未出版时,就已名声大噪,有120余位文人为之撰写了500多则评语,其中不乏黄周星、程邃、孙枝蔚、冒襄、尤侗、杜濬、曹溶、龚贤、吴肃公、吴嘉纪、戴名世、施闰章、曾灿、查士标、梅文鼎、张竹坡等名家。这些评语皆非空泛虚美之辞,或评点原作之精妙,或自言创获之卓越,风格奇特,异彩纷呈。在短短的一部小书中,集中了如许精萃,一时将晚明评点文学风貌推到了极致,堪称空前绝后。该书除以单行本流传外,先后收入《昭代丛书》、《啸园丛书》、《翠琅玕馆丛书》、《古今说部丛书》、《晨风阁丛书》、《艺术丛书》、《芋园丛书》、《国学珍本文库》等多种丛书。这些年更为多家出版社一版再版。早在20世纪30年代末,林语堂就将《幽梦影》译为英文,题名"Sweet Dream Shadows"。就笔者所知,该书至少有两个外文全译本,一个是日译本,一个是题名"L'ombre d'unrêve"的法译本。

《幽梦续影》作者朱锡绶(1819-1869),字小云,一作筱云、啸筠,号弇山草衣,镇洋(今江苏太仓)人。清道光二十六年(1864)举人,官湖北枝江知县。工诗善画,有《疏兰馆诗集》传世。《幽梦续影》效仿《幽梦影》意旨、笔法,内容涉及花鸟园林、金石书画、人情世态等等,语言尚称雅洁。该书于光绪四年刊出,后收入《滂喜斋丛书》、《啸园丛书》、《古今说部丛书》及《丛书集成初编》。

本次校点,《幽梦影》以《昭代丛书》本为底本,《幽梦续影》以《丛书集成》本为底本。杨颖君参加了本书的录校工作。

诸伟奇

2012 年 9 月 27 日

幽梦影序一

余穷经读史之余,好览稗官小说,自唐以来不下数百种。不但可以备考遗志,亦可以增长意识。如游名山大川者,必探断崖绝壑;玩乔松古柏者,必采秀草幽花。使耳目一新,襟情怡宕。此非头巾襦褵、章句腐儒之所知也。

故余于咏诗撰文之暇,笔录古轶事、今新闻,自少至老,杂著数十种。如《说史》、《说诗》、《党鉴》、《盈鉴》、《东山谈苑》、《汗青余语》、《砚林》、《不妄语述》、《茶史补》、《四莲花斋杂录》、《曼翁漫录》、《禅林漫录》、《读史浮白集》、《古今书字辨讹》、《秋雪丛谈》、《金陵野抄》之类。虽未雕版问世,而友人借抄,几遍东南诸郡,直可傲子云而睨君山矣。

天都张仲子心斋,家积缥缃,胸罗星宿,笔花缭绕,墨沈淋漓。其所著述,与余旗鼓相当,争奇斗富,如孙伯符与太史子义相遇于神亭,又如石崇、王恺击碎珊瑚时也。

其《幽梦影》一书,尤多格言妙论,言人之所不能言,道人之所未经道。展味低徊,似餐帝浆沆瀣,听钧天广乐,不知此身之在下方尘世矣。至如"律己宜带秋气,处世宜带春气"、"婢可以当奴,奴不可以当婢"、"无损于世谓之善人,有害于世谓之恶人"、"寻乐境乃学仙,避苦境乃学佛",超超玄著,绝胜支许清谈。人当镂心铭肺,岂止佩韦书绅而已哉!

鬘持老人余怀广霞制。

幽梦影序二

心斋所著书满家,皆含经咀史,自出机杼,卓然可传。是编是其一脔片羽,然三才之理、万物之情、古今人事之变,皆在是矣。顾题之以"梦"且"影"云者,吾闻海外有国焉,夜长而昼短,以昼之所为为幻,以梦之所遇为真。又闻人有恶其影而欲逃之者。然则梦也者,乃其所以为觉;影也者,乃其所以为形也耶? 庾辞隐语,言无罪而闻足戒,是则心斋所为尽心焉者也。读是编也,其可以闻破梦之钟,而就阴以息影也夫!

江东同学弟孙致弥题。

幽梦影序三

张心斋先生家自黄山,才奔陆海。枬榴赋就,锦月投怀;芍药辞成,繁花作馔。苏子瞻"十三楼外",景物犹然;杜枚之"廿四桥头",流风仍在。静能见性,泂哉人我不间,而喜瞋不形;弱仅胜衣,或者清虚日来,而滓秽日去。怜才惜玉,心是灵犀;绣腹锦胸,身同丹凤。花间选句,尽来珠玉之音;月下题词,已满珊瑚之笥。岂如兰台作赋,仅别东西;漆园著书,徒分内外而已哉!

然而繁文艳语,止才子余能;而卓识奇思,诚词人本色。若夫舒性情而为著述,缘阅历以作篇章,清如梵室之钟,令人猛省;响若尼山之铎,别有深思。则《幽梦影》一书,余诚不能已于手舞足蹈、心旷神怡也! 其云"益人谓善,害物谓恶",咸仿佛乎外王内圣之言;又谓"律己宜秋,处世宜春",亦陶溶乎诚意正心之旨。他如片花寸草,均有会心;遥水近山,不遗玄想。息机物外,古人之糟粕不论;信手拈时,造化之精微入悟。湖山乘兴,尽可投囊;风月维潭,兼供挥麈。金绳觉路,宏开入梦之毫;宝筏迷津,直渡广长之舌。以风流为道学,寓教化于诙谐。为色为空,知犹有这个在;如梦如影,且应作如是观。

湖上晦村学人石庞序。

幽梦影序四

记曰:"和顺积于中,英华发于外。"凡文人之立言,皆英华之发于外者也。无不本乎中之积,而适与其人肖焉。是故其人贤者,其言雅;其人哲者,其言快;其人高者,其言爽;其人达者,其言旷;其人奇者,其言创;

其人韵者,其言多情思。张子所云:"对渊博友如读异书,对风雅友如读名人诗文,对谨饬友如读圣贤经传,对滑稽友如阅传奇小说。"正此意也。

彼在昔立言之人,到今传者,岂徒传其言哉!传其人而已矣。今举集中之言,有快若并州之剪,有爽若哀家之梨,有雅若钧天之奏,有旷若空谷之音。创者则如新锦出机,多情则如游丝袅树。以为贤人可也,以为达人、奇人可也,以为哲人可也。譬之瀛洲之木,日中视之,一叶百形。张子以一人而兼众妙,其殆瀛木之影欤!然则阅乎此一编,不啻与张子晤对,罄彼我之怀!又奚俟梦中相寻,以致迷不知路,中道而返哉!

同学弟松溪王□拜题。

读经宜冬,其神专也;读史宜夏,其时久也;读诸子宜秋,其致别也;读诸集宜春,其机畅也。

　　曹秋岳曰:可想见其南面百城时。

　　庞笔奴曰:读《幽梦影》,则春夏秋冬,无时不宜。

经传宜独坐读,史鉴宜与友共读。

　　孙恺似曰:深得此中真趣,固难为不知者道。

　　王景州曰:如无好友,即红友亦可。

无善无恶是圣人,如帝力何有于我;杀之而不怨,利之而不庸;以直报怨,以德报德;一介不与,一介不取之类。善多恶少是贤者,如颜子不贰过,有不善未尝不知;子路人告有过则喜之类。善少恶多是庸人。有恶无善是小人,其偶为善处,亦必有所为。有善无恶是仙佛。其所谓善,亦非吾儒之所谓善也。

　　黄九烟曰:今人一介不与者甚多,普天之下,皆半边圣人也。利之不庸者,亦复不少。

　　江含徵曰:先恶后善,是回头人;先善后恶,是两截人。

　　殷日戒曰:貌善而心恶者,是奸人,亦当分别。

　　冒青若曰:昔人云:"善可为而不可为。"唐解元诗云:"善亦懒为何况恶。"当于有无多少中,更进一层。

天下有一人知己,可以不恨。不独人也,物亦有之。如菊以渊明为知己,梅以和靖为知己,竹以子猷为知己,莲以濂溪为知己,桃以避秦人为知己,杏以董奉为知己,石以米颠为知己,荔枝以太真为知己,茶以卢仝、陆羽为知己,香草以灵均为知己,莼鲈以季鹰为知己,蕉以怀素为知己,瓜以邵平为知己,鸡以处宗为知己,鹅以右军为知己,鼓以祢衡为知己,琵琶以明妃为知己:一与之订,千秋不移。若松之于秦始,鹤之于卫懿,正所谓不可与作缘者也。

查二瞻曰:此非松、鹤有求于秦始、卫懿,不幸为其所近,欲避之而不能耳。

殷日戒曰:二君究非知松、鹤者,然亦无损其为松、鹤。

周星远曰:鹤于卫懿,犹当感恩。至吕政五大夫之爵,直是唐突十八公耳。

王名友曰:松遇封,鹤乘轩,还是知己。世间尚有劚松煮鹤者,此又秦、卫之罪人也。

张竹坡曰:人中无知己,而下求于物,是物幸而人不幸矣;物不遇知己而滥用于人,是人快而物不快矣。可见知己之难,知其难,方能知其乐。

为月忧云,为书忧蠹,为花忧风雨,为才子佳人忧命薄,真是菩萨心肠。

余淡心曰:洵如君言,亦安有乐时耶!

孙松坪曰:所谓君子有终身之忧者耶!

黄交三曰:"为才子佳人忧命薄"一语,真令人泪湿青衫。

张竹坡曰:第四忧,恐命薄者消受不起。

江含徵曰:我读此书时,不免为蟹忧雾。

竹坡又曰:江子此言,直是为自己忧蟹耳。

尤悔庵曰:杞人忧天,嫠妇忧国,无乃类是。

花不可以无蝶,山不可以无泉,石不可以无苔,水不可以无藻,乔木不可以无藤萝,人不可以无癖。

黄石闾曰:事到可传皆具癖,正谓此耳。

孙松坪曰:和长舆却未许藉口。

春听鸟声,夏听蝉声,秋听虫声,冬听雪声;白昼听棋声,月下听箫声,山中听松声,水际听欸乃声,方不虚生此耳。若恶少斥辱,悍妻诟谇,真不若耳聋也。

　　黄仙裳曰:此诸种声颇易得,在人能领略耳。

　　朱菊山曰:山老所居,乃城市山林,故其言如此。若我辈日在广陵城市中,求一鸟声,不啻如凤凰之鸣,顾可易言耶!

　　释中洲曰:昔文殊选二十五位圆通,以普门耳根为第一。今心斋居士耳根不减普门,吾他日选圆通,自当以心斋为第一矣。

　　张竹坡曰:久客者,欲听儿辈读书声,了不可得。

　　张迂庵曰:可见对恶少、悍妻,尚不若日与禽虫周旋也。　又曰:读此,方知先生耳聋之妙。

上元须酌豪友,端午须酌丽友,七夕须酌韵友,中秋须酌淡友,重九须酌逸友。

　　朱菊山曰:我于诸友中,当何所属耶?

　　王武征曰:君当在豪与韵之间耳。

　　王名友曰:维扬丽友多,豪友少,韵友更少;至于淡友、逸友,则削迹矣。

　　张竹坡曰:诸友易得,发心酌之者为难能耳。

　　顾天石曰:除夕须酌不得意之友。

　　徐砚谷曰:惟我则无时不可酌耳。

　　尤谨庸曰:上元酌灯,端午酌采丝,七夕酌双星,中秋酌月,重九酌菊,则吾友俱备矣。

鳞虫中金鱼,羽虫中紫燕,可云物类神仙。正如东方曼倩避世金马门,人不得而害之。

　　江含徵曰:金鱼之所以免汤镬者,以其色胜而味苦耳。昔人有以重价觅奇特者,以馈邑侯,邑侯他日谓之曰:"贤所赠花鱼,殊无味。"盖已烹之矣。世岂少削圆方竹杖者哉!

入世须学东方曼倩,出世须学佛印了元。

　　江含徵曰:武帝高明喜杀,而曼倩能免于死者,亦全赖吃了长生酒耳。

殷日戒曰：曼倩诗有云："依隐玩世，诡时不逢。"此其所以免死也。

石天外曰：入得世，然后出得世。入世、出世打成一片，方有得心应手处。

赏花宜对佳人，醉月宜对韵人，映雪宜对高人。

余淡心曰：花即佳人，月即韵人，雪即高人。既已赏花、醉月、映雪，即与对佳人、韵人、高人无异也。

江含徵曰：若对此君仍大嚼，世间那有扬州鹤！

张竹坡曰：聚花、月、雪于一时，合佳、韵、高为一人，吾当不赏而心醉矣。

对渊博友，如读异书；对风雅友，如读名人诗文；对谨饬友，如读圣贤经传；对滑稽友，如阅传奇小说。

李圣许曰：读这几种书，亦如对这几种友。

张竹坡曰：善于读书、取友之言。

楷书须如文人，草书须如名将，行书介乎二者之间。如羊叔子缓带轻裘，正是佳处。

程桦老曰：心斋不工书法，乃解作此语耶？

张竹坡曰：所以羲之必做右将军。

人须求可入诗，物须求可入画。

龚半千曰：物之不可入画者，猪也，阿堵物也，恶少年也。

张竹坡曰：诗亦求可见得人，画亦求可像个物。

石天外曰：人须求可入画，物须求可入诗，亦妙。

少年人须有老成之识见，老成人须有少年之襟怀。

江含徵曰：今之钟鸣漏尽、白发盈头者，若多收几斛麦，便欲置侧室，岂非有少年襟怀耶？独是少年老成者少耳。

张竹坡曰：十七八岁便有妾，亦居然少年老成。

李若金曰：老而腐板，定非豪杰。

王司直曰：如此方不使岁月弄人。

春者天之本怀，秋者天之别调。

石天外曰：此是透彻性命关头语。

袁江中曰：得春气者，人之本怀；得秋气者，人之别调。

尤悔庵曰：夏者，天之客气；冬者，天之素风。

陆云士曰：和神当春，清节为秋，天在人中矣。

昔人云："若无花月美人，不愿生此世界。"予益一语云："若无翰墨棋酒，不必定作人身。"

殷日戒曰：枉为人身生在世界者，急宜猛省。

顾天石曰：海外诸国，决无翰、墨、棋、酒。即有，亦不与吾同。一般有人，何也？

胡会来曰：若无豪杰文人，亦不须要此世界。

愿在木而为樗，不才，终其天年。愿在草而为蓍，前知。愿在鸟而为鸥，忘机。愿在兽而为麇，触邪。愿在虫而为蝶，花间栩栩。愿在鱼而为鲲，逍遥游。

吴园次曰：较之《闲情》一赋，所愿更自不同。

郑破水曰：我愿生生世世为顽石。

尤悔庵曰：第一大愿。又曰：愿在人而为梦。

尤慧珠曰：我亦有大愿，愿在梦而为影。

弟木山曰：前四愿皆是相反。盖前知则必多才，忘机则不能触邪也。

黄九烟先生云："古今人必有其偶双。千古而无偶者，其惟盘古乎！"予谓盘古亦未尝无偶，但我辈不及见耳。其人为谁？即此劫尽时最后一人是也。

孙松坪曰：如此眼光，何曾出牛背上耶？

洪秋士曰：偶亦不必定是两人，有三人为偶者，有四人为偶者，有五、六、七、八人为偶者，是又不可不知。

古人以冬为三余。予谓当以夏为三余：晨起者，夜之余；夜坐者，昼之余；午睡者，应酬人事之余。古人诗云"我爱夏日长"，洵不诬也。

张竹坡曰：眼前问冬夏皆有余者，能几人乎？

张迂庵曰：此当是先生辛未年以前语。

庄周梦为蝴蝶，庄周之幸也；蝴蝶梦为庄周，蝴蝶之不幸也。

黄九烟曰：惟庄周乃能梦为蝴蝶，惟蝴蝶乃能梦为庄周耳。若世之扰扰红尘者，其能有此等梦乎？

孙恺似曰：君于梦之中，又占其梦耶！

江含徵曰：周之喜梦为蝴蝶者，以其入花深也。若梦甫酣而乍醒，则又如嗜酒者梦赴席，而为妻惊醒，不得不痛加诟谇矣。

张竹坡曰：我何不幸而为蝴蝶之梦者！

艺花可以邀蝶，累石可以邀云，栽松可以邀风，贮水可以邀萍，筑台可以邀月，种蕉可以邀雨，植柳可以邀蝉。

曹秋岳曰：藏书可以邀友。

崔莲峰曰：酿酒可以邀我。

尤艮斋曰：安得此贤主人？

尤慧珠曰：贤主人非心斋而谁乎？

倪永清曰：选诗可以邀谤。

陆云士曰：积德可以邀天，力耕可以邀地，乃无意相邀。而若邀之者，与邀名邀利者迥异。

庞天池曰：不仁可以邀富。

景有言之极幽而实萧索者，烟雨也；境有言之极雅而实难堪者，贫病也；声有言之极韵而实粗鄙者，卖花声也。

谢海翁曰：物有言之极俗而实可爱者，阿堵物也。

张竹坡曰：我幸得极雅之境。

才子而富贵，定从福慧双修得来。

冒青若曰：才子富贵难兼。若能运用富贵，才是才子，才是福慧双修。世岂无才子而富贵者乎？徒自贪著，无济于人，仍是有福无慧。

陈鹤山曰：释氏云："修福不修慧，象身挂璎珞；修慧不修福，罗汉供应薄。"正以其难兼耳。山翁发为此论，直是夫子自道。

江含徵曰：宁可拼一副菜园肚皮，不可有一副酒肉面孔。

新月恨其易沉，缺月恨其迟上。

孔东塘曰：我唯以月之迟早为睡之迟早耳。

孙松坪曰：第勿使浮云点缀尘滓太清，足矣。

冒青若曰：天道忌盈。沉与迟，请君勿恨。

张竹坡曰：易沉迟上，可以卜君子之进退。

躬耕，吾所不能，学灌园而已矣；樵薪，吾所不能，学薙草而已矣。

汪扶晨曰：不为老农，而为老圃，可云半个樊迟。

释菌人曰：以灌园、薙草自任自待，可谓不薄。然笔端隐隐有"非其种者，锄而去之"之意。

王司直曰：予自名为识字农夫，得毋妄甚！

一恨书囊易蛀，二恨夏夜有蚊，三恨月台易漏，四恨菊叶多焦，五恨松多大蚁，六恨竹多落叶，七恨桂荷易谢，八恨薜萝藏虺，九恨架花生刺，十恨河豚多毒。

江药庵曰：黄山松并无大蚁，可以不恨。

张竹坡曰：安得诸恨物尽有黄山乎？

石天外曰：予另有二恨：一曰才人无行，二曰佳人薄命。

楼上看山，城头看雪，灯前看月，舟中看霞，月下看美人，另是一番情境。

江允凝曰：黄山看云，更佳。

倪永清曰：做官时看进士，分金处看文人。

毕右万曰：予每于雨后看柳，觉尘襟俱涤。

尤谨庸曰：山上看雪，雪中看花，花中看美人，亦可。

山之光，水之声，月之色，花之香，文人之韵致，美人之姿态，皆无可名状,无可执着,真足以摄召魂梦,颠倒情思。

　　吴街南曰:以极有韵致之文人,与极有姿态之美人,共坐于山水花月间,不知此时魂梦何如,情思何如!

　　假使梦能自主,虽千里无难命驾,可不羡长房之缩地;死者可以晤对,可不需少君之招魂;五岳可以卧游,可不俟婚嫁之尽毕。

　　黄九烟曰:予尝谓鬼有时胜于人,正以其能自主耳。

　　江含徵曰:吾恐"上穷碧落下黄泉,两地茫茫皆不见"也。

　　张竹坡曰:梦魂能自主,则可一生死,通人鬼。真见道之言矣。

　　昭君以和亲而显,刘贲以下第而传;可谓之不幸,不可谓之缺陷。

　　江含徵曰:若故折黄雀腿而后医之,亦不可。

　　尤悔庵曰:不然,一老宫人、一低进士耳。

　　以爱花之心爱美人,则领略自饶别趣;以爱美人之心爱花,则护惜倍有深情。

　　冒辟疆曰:能如此,方是真领略、真护惜也。

　　张竹坡曰:花与美人何幸,遇此东君!

　　美人之胜于花者,解语也;花之胜于美人者,生香也。二者不可得兼,舍生香而取解语者也。

　　王勿翦曰:飞燕吹气若兰,合德体自生香,薛瑶英肌肉皆香。则美人又何尝不生香也。

　　窗内人于窗纸上作字,吾于窗外观之,极佳。

　　江含徵曰:若索债人于窗外纸上画,吾且望之却走矣。

　　少年读书,如隙中窥月;中年读书,如庭中望月;老年读书,如台上玩月。皆以阅历之浅深,为所得之浅深耳。

　　黄交三曰:真能知读书痛痒者也。

　　张竹坡曰:吾叔此论,直置身广寒宫里,下视大千世界,皆清光似水矣。

毕右万曰：吾以为学道亦有浅深之别。

吾欲致书雨师：春雨宜始于上元节后，观灯已毕。至清明十日前之内，雨止桃开。及谷雨节中；夏雨宜于每月上弦之前及下弦之后；免碍于月。秋雨宜于孟秋、季秋之上下二旬；八月为玩月胜境。至若三冬，正可不必雨也。

孔东塘曰：君若果有此牍，吾愿作致书邮也。

余生生曰：使天而雨粟，虽自元旦雨至除夕，亦未为不可。

张竹坡曰：此书独不可致于巫山雨师。

为浊富，不若为清贫；以忧生，不若以乐死。

李圣许曰：顺理而生，虽忧不忧；逆理而死，虽乐不乐。

吴野人曰：我宁愿为浊富。

张竹坡曰：我愿太奢，欲为清富，焉能遂愿！

天下唯鬼最富，生前囊无一文，死后每饶楮镪；天下唯鬼最尊，生前或受欺凌，死后必多跪拜。

吴野人曰：世于贫士，辄目为穷鬼，则又何也？

陈康畴曰：穷鬼若死，即并称尊矣。

蝶为才子之化身，花乃美人之别号。

张竹坡曰："蝶入花房香满衣"，是反以金屋贮才子矣。

因雪想高士，因花想美人，因酒想侠客，因月想好友，因山水想得意诗文。

弟木山曰：余每见人一长一技，即思效之；虽至琐屑，亦不厌也。大约是爱博而情不专。

张竹坡曰：多情语令人泣下。

尤谨庸曰：因得意诗文，想心斋矣。

李季子曰：此善于设想者。

陆云士曰：临川谓"想内成，因中见"，与此相发。

闻鹅声，如在白门；闻橹声，如在三吴；闻滩声，如在浙江；闻骡马项下铃铎声,如在长安道上。

> 聂晋人曰:南无观世音菩萨摩诃萨。

> 倪永清曰:众音寂灭时,又作么生话会?

一岁诸节,以上元为第一,中秋次之,五日、九日又次之。

原评:

> 张竹坡曰:一岁当以我畅意日为佳节。

> 顾天石曰:跻上元于中秋之上,未免尚耽绮习。

雨之为物,能令昼短,能令夜长。

> 张竹坡曰:雨之为物,能令天闭眼,能令地生毛,能为水国广封疆。

古之不传于今者,啸也,剑术也,弹棋也,打球也。

> 黄九烟曰:古之绝胜于今者,官妓、女道士也。

> 张竹坡曰:今之绝胜于古者,能吏也,猾棍也,无耻也。

> 庞天池曰:今之必不能传于后者,八股也。

诗僧时复有之,若道士之能诗,不啻空谷足音,何也?

> 毕右万曰:僧、道能诗,亦非难事。但惜僧、道不知禅玄耳。

> 顾天石曰:道于三教中,原属第三,应是根器最钝人做,那得会诗! 轩辕弥明,昌黎寓言耳。

> 尤谨庸曰:僧家势利第一,能诗次之。

> 倪永清曰:我所恨者,辟谷之法不传。

当为花中之萱草,毋为鸟中之杜鹃。

> 袁翔甫补评曰:萱草忘忧,杜鹃啼血。悲欢哀乐,何去何从!

物之稚者皆不可厌,为驴独否。

> 黄略似曰:物之老者皆可厌,惟松与梅则否。

> 倪永清曰:惟癖于驴者,则不厌之。

女子自十四五岁,至二十四五岁,此十年中,无论燕、秦、吴、越,其音大都娇媚动人;一睹其貌,则美恶判然矣。耳闻不如目见,于此益信。

吴听翁曰：我向以耳根之有余，补目力之不足。今读此，乃知卿言亦复佳也。

江含徵曰：帘为妓衣，亦殊有见。

张竹坡曰：家有少年丑婢者，当令隔屏私语，灭烛侍寝，何如？

倪永清曰：若逢美貌而声恶者，又当何如？

寻乐境乃学仙，避苦趣乃学佛。佛家所谓极乐世界者，盖谓众苦之所不到也。

江含徵曰：着败絮行荆棘中，固是苦事；彼披忍辱铠者，亦未得优游自到也。

陆云士曰：空诸所有，受即是空，其为苦乐，不足言矣。故学佛优于学仙。

富贵而劳悴，不若安闲之贫贱；贫贱而骄傲，不若谦恭之富贵。

曹实庵曰：富贵而又安闲，自能谦恭也。

许师六曰：富贵而又谦恭，乃能安闲耳。

张竹坡曰：谦恭安闲，乃能长富贵也。

张迁庵曰：安闲乃能骄傲，劳悴则必谦恭。

目不能自见，鼻不能自嗅，舌不能自舐，手不能自握，惟耳能自闻其声。

弟木山曰：岂不闻心不在焉，听而不闻乎？兄其诳我哉！

张竹坡曰：心能自信。

释师昂曰：古德云：眉与目不相识，只为太近。

凡声皆宜远听，惟听琴则远近皆宜。

王名友曰：松涛声、瀑布声、箫笛声、潮声、读书声、钟声、梵声，皆宜远听；惟琴声、度曲声、雪声，非至近不能得其离合抑扬之妙。

庞天池曰：凡色皆宜近看，惟山色远近皆宜。

目不能识字，其阿尤过于盲；手不能执管，其苦更甚于哑。

陈鹤山曰：君独未知今之不识字、不握管者，其乐尤过于不盲、不哑者也。

并头联句、交颈论文、宫中应制、历使属国，皆极人间乐事。

狄立人曰：既已并头、交颈，即欲联句、论文，恐亦有所不暇。

汪舟次曰：历使属国，殊不易易。

孙松坪曰：邯郸旧梦，对此惘然。

张竹坡曰：并头、交颈，乐事也；联句、论文，亦乐事也。是以两乐并为一乐者，则当以两夜并一夜方妙。然其乐一刻，胜于一日矣。

沈契掌曰：恐天亦见妒。

《水浒传》，武松诘蒋门神云：为何不姓李？此语殊妙。盖姓实有佳有劣，如华、如柳、如云、如苏、如乔，皆极风韵；若夫毛也、赖也、焦也、牛也，则皆尘于目而棘于耳者也。

先渭求曰：然则君为何不姓李耶？

张竹坡曰：止闻今张昔李，不闻今李昔张也。

花之宜于目而复宜于鼻者，梅也，菊也，兰也，水仙也，珠兰也，莲也；止宜于鼻者，橡也，桂也，瑞香也，栀子也，茉莉也，木香也，玫瑰也，蜡梅也。余则皆宜于目者也。花与叶俱可观者，秋海棠为最，荷次之，海棠、酴醿、虞美人、水仙又次之；叶胜于花者，止雁来红、美人蕉而已；花与叶俱不足观者，紫薇也、辛夷也。

周星远曰：山老可当花阵一面。

张竹坡曰：以一叶而能胜诸花者，此君也。

高语山林者，辄不善谈市朝事。审若此，则当并废《史》《汉》诸书而不读矣。盖诸书所载者，皆古之市朝也。

张竹坡曰：高语者，必是虚声处士；真入山者，方能经纶市朝。

云之为物：或崔巍如山，或激瀮如水，或如人，或如兽，或如鸟氄，或如鱼鳞。故天下万物皆可入画，惟云不能画。世所画云，亦强名耳。

何蔚宗曰：天下百官皆可做，惟教官不可做。做教官者，皆谪戍耳。

张竹坡曰：云有反面、正面，有阴阳、向背，有层次、内外。细观其与日相映，则知其明处乃一面，暗处又一面。尝谓古今无一画云手，不谓《幽梦影》中先得我心。

值太平世，生湖山郡，官长廉静，家道优裕，娶妇贤淑，生子聪慧。人生如此，可云全福。

许筱林曰：若以粗笨愚蠢之人当之，则负却造物。

江含徵曰：此是黑面老子要思量做鬼处。

吴岱观曰：过屠门而大嚼，虽不得肉，亦且快意。

李荔园曰：贤淑聪慧，尤贵永年，否则福不全。

天下器玩之类，其制日工，其价日贱，毋惑乎民之贫也。

张竹坡曰：由于民贫，故益工而益贱。若不贫，如何肯贱？

养花胆瓶，其式之高低大小，须与花相称；而色之浅深浓淡，又须与花相反。

程穆倩曰：足补袁中郎《瓶史》所未逮。

张竹坡曰：夫如此，有不甘去南枝而生香于几案之右者乎？名花心足矣。

王宓草曰：须知相反者，正欲其相称也。

春雨如恩诏，夏雨如赦书，秋雨如挽歌。

张谐石曰：我辈居恒苦饥，但愿夏雨如馒头耳。

张竹坡曰：赦书太多，亦不甚妙。

十岁为神童，二十三十为才子，四十五十为名臣，六十为神仙，可谓全人矣。

江含徵曰：此却不可知，盖神童原有仙骨故也。只恐中间做名臣时，堕落名利场中耳。

杨圣藻曰：人孰不想？难得有此全福。

张竹坡曰：神童、才子由于己，可能也；名臣由于君，仙由于天，不可必也。

　　顾天石曰：六十神仙，似乎太早。

武人不苟战，是为武中之文；文人不迂腐，是为文中之武。

　　梅定九曰：近日文人不迂腐者颇多，心斋亦其一也。

　　顾天石曰：然则心斋直谓之武夫可乎？笑笑。

　　王司直曰：是真文人，必不迂腐。

文人讲武事，大都纸上谈兵；武将论文章，半属道听途说。

　　吴街南曰：今之武将讲武事，亦属纸上谈兵；今之文人论文章，大都道听途说。

斗方止三种可存：佳诗文，一也；新题目，二也；精款式，三也。

　　闵宾连曰：近年斗方名士甚多，不知能入吾心斋觳中否也？

情，必近于痴而始真；才，必兼乎趣而始化。

　　陆云士曰：真情种、真才子，能为此言。

　　顾天石曰：才兼乎趣，非心斋不足当之。

　　尤慧珠曰：余情而痴则有之，才而趣则未能也。

凡花色之娇媚者，多不甚香；瓣之千层者，多不结实。甚矣，全才之难也！兼之者，其惟莲乎？

　　殷日戒曰：花、叶、根、实，无所不空，亦无不适于用，莲则全有其德者也。

　　贯玉曰：莲花易谢，所谓有全才而无全福也。

　　王丹麓曰：我欲荔枝有好花，牡丹有佳实，方妙。

　　尤谨庸曰：全才必为人所忌，莲花故名君子。

著得一部新书，便是千秋大业；注得一部古书，允为万世宏功。

　　黄交三曰：世间难事，注书第一。大要于极寻常书，要看出作者苦心。

张竹坡曰：注书无难，天使人得安居无累，有可以注书之时与地为难耳。

延名师训子弟，入名山习举业，丐名士代捉刀，三者都无是处。

陈康畴曰：大抵名而已矣，好歹原未必着意。

殷日戒曰：况今之所谓名乎？

积画以成字，积字以成句，积句以成篇，谓之文。文体日增，至八股而遂止。如古文，如诗，如赋，如词，如曲，如说部，如传奇小说，皆自无而有。方其未有之时，固不料后来之有此一体也。逮既有此一体之后，又若天造地设，为世必应有之物。然自明以来，未见有创一体裁新人耳目者。遥计百年之后，必有其人，惜乎不及见耳。

陈康畴曰：天下事，从意起。山来今日既作此想，安知其来生不即为此辈翻新之士乎？惜乎今人不及知耳。

陈鹤山曰：此是先生应以创体身得度者，即现创体身而为设法。

孙恺似曰：读《心斋别集》，拈四子书题，以五七言韵体行之，无不入妙，叹其独绝。此则直可当先生自序也。

张竹坡曰：见及于此，是必能创之者，吾拭目以待新裁。

云映日而成霞，泉挂岩而成瀑，所托者异，而名亦因之。此友道之所以可贵也。

张竹坡曰：非日而云不映，非岩而泉不挂。此友道之所以当择也。

大家之文，吾爱之慕之，吾愿学之；名家之文，吾爱之慕之，吾不敢学之。学大家而不得，所谓刻鹄不成尚类鹜也；学名家而不得，则是画虎不成反类狗矣。

黄旧樵曰：我则异于是，最恶世之貌为大家者。

殷日戒曰：彼不曾闯其藩篱，乌能窥其阃奥？只说得隔壁话耳。

张竹坡曰：今人读得一两句名家，便自称大家矣。

由戒得定，由定得慧，勉强渐近自然；炼精化气，炼气化神，清虚有何渣滓!

　　袁中江曰：此二氏之学也，吾儒何独不然？

　　陆云士曰：《楞严经》《参同契》精义尽涵在内。

　　尤悔庵曰：极平常语，然道在是矣。

南北东西，一定之位也；前后左右，无定之位也。

　　张竹坡曰：闻天地昼夜旋转，则此东西南北，亦无定之位也。或者天地外贮此天地者，当有一定耳。

　　予尝谓二氏不可废，非袭夫大养济院之陈言也。盖名山胜境，我辈每思褰裳就之。使非琳宫梵刹，则倦时无可驻足，饥时谁与授餐？忽有疾风暴雨，五大夫果真足恃乎？又或丘壑深邃，非一日可了，岂能露宿以待明日乎？虎豹蛇虺，能保其不患人乎？又或为士大夫所有，果能不问主人，任我之登陟凭吊，而莫之禁乎？不特此也，甲之所有，乙思起而夺之，是启争端也。祖父之所创建，子孙贫，力不能修葺，其倾颓之状，反足令山川减色矣。

　　然此特就名山胜景言之耳。即城市之内，与夫四达之衢，亦不可少此一种。客游可作居停，一也；长途可以稍憩，二也；夏之茗，冬之姜汤，复可以济役夫负戴之困，三也。凡此皆就事理言之，非二氏福报之说也。

　　释中洲曰：此论一出，量无悭檀越矣。

　　张竹坡曰：如此处置此辈甚妥。但不得令其于人家丧事诵经，吉事拜忏；装金为像，铸铜作身；房如宫殿，器御钟鼓，动说因果。虽饮酒食肉，娶妻生子，总无不可。

　　石天外曰：天地生气，大抵五十年一聚。生气一聚，必有刀兵、饥馑、瘟疫以收其生气。此古今一治一乱，必然之数也。自佛入中国，用剃度出家法绝其后嗣，天地盖欲以佛节古今之生气也。所以，唐、宋、元、明以来，剃度者多，而刀兵去刀数稍减于春秋、战国、秦、汉诸时也。然则佛氏且未必无功于天地，宁特人类已哉？

虽不善书，而笔砚不可不精；虽不业医，而验方不可不存；虽不工弈，而楸枰不可不备。

　　江含徵曰：虽不善饮，而良酝不可不藏。此坡仙之所以为坡仙也。

顾天石曰：虽不好色，而美女妖童不可不蓄。

毕右万曰：虽不习武，而弓矢不可不张。

方外不必戒酒，但须戒俗；红裙不必通文，但须得趣。

朱其恭曰：以不戒酒之方外，遇不通文之红裙，必有可观。

陈定九曰：我不善饮，而方外不饮酒者誓不与之语；红裙若不识趣，亦不乐与近。

释浮村曰：得居士此论，我辈可放心豪饮矣。

弟东圃曰：方外并戒了化缘方妙。

梅边之石宜古，松下之石宜拙，竹傍之石宜瘦，盆内之石宜巧。

周星远曰：论石至此，直可作九品中正。

释中洲曰：位置相当，足见胸次。

律己宜带秋气，处事宜带春气。

孙松揪曰：君子所以有矜群而无争党也。

胡静夫曰：合夷、惠为一人，吾愿亲炙之。

尤悔庵曰：皮里春秋。

厌催租之败意，亟宜早早完粮；喜老衲之谈禅，难免常常布施。

释中洲曰：居士辈之实情，吾僧家之私冀，直被一笔写出矣。

瞎尊者曰：我不会谈禅，亦不敢妄求布施，惟闲写青山卖耳。

松下听琴，月下听箫，涧边听瀑布，山中听梵呗，觉耳中别有不同。

张竹坡曰：其不同处，有难于向不知者道。

倪永清曰：识得"不同"二字，方许享此清听。

月下听禅，旨趣益远；月下说剑，肝胆益真；月下论诗，风致益幽；月下对美人，情意益笃。

袁士旦曰：溽暑中赴华筵，冰雪中应考试，阴雨中对道学先生，与此况味何如？

有地上之山水，有画上之山水，有梦中之山水，有胸中之山水。地上者，妙在丘壑深邃；画上者，妙在笔墨淋漓；梦中者，妙在景象变幻；胸中者，妙在位置自如。

周星远曰：心斋《幽梦影》中文字，其妙亦在景象变幻。

殷日戒曰：若诗文中之山水，其幽深变幻，更不可以名状。

江含徵曰：但不可有面上之山水。

余香祖曰：余境况不佳，水穷山尽矣。

一日之计，种蕉；一岁之计，种竹；十年之计，种柳；百年之计，种松。

周星远曰：千秋之计，其著书乎？

张竹坡曰：百世之计，种德。

春雨宜读书，夏雨宜弈棋，秋雨宜检藏，冬雨宜饮酒。

周星远曰：四时惟秋雨最难听。然予谓无分今雨、旧雨，听之要皆宜于饮也。

诗文之体，得秋气为佳；词曲之体，得春气为佳。

江含徵曰：调有惨淡悲伤者，亦须相称。

殷日戒曰：陶诗、欧文，亦似以春气胜。

抄写之笔墨，不必过求其佳，若施之缣素，则不可不求其佳；诵读之书籍，不必过求其备，若以供稽考，则不可不求其备；游历之山水，不必过求其妙，若因之卜居，则不可不求其妙。

冒辟疆曰：外遇之女色，不必过求其美；若以作姬妾，则不可不求其美。

倪永清曰：观其区处条理所在，经济可知。

王司直曰：求其所当求，而不求其所不必求。

人非圣贤，安能无所不知？只知其一，惟恐不止其一，复求知其二者，上也；止知其一，因人言始知有其二者，次也；止知其一，人言有其二而莫之信者，又其次也；止知其一，恶人言有其二者，斯下之下矣。

周星远曰：兼听则聪，心斋所以深于知也。

倪永清曰：圣贤大学问，不意于清语得之。

史官所纪者，直世界也；职方所载者，横世界也。

袁中江曰：众宰官所治者，斜世界也。

尤悔庵曰：普天下所行者，混沌世界也。

顾天石曰：吾尝思天上之天堂，何处筑基？地下之地狱，何处出气？世界固有不可思议者。

先天八卦，竖看者也；后天八卦，横看者也。

吴街南曰：横看竖看，皆看不着。

钱目天曰：何如袖手旁观！

藏书不难，能看为难；看书不难，能读为难；读书不难，能用为难；能用不难，能记为难。

洪去芜曰：心斋以"能记"次于"能用"之后，想亦苦记性不如耳。世固有能记而不能用者。

王端人曰：能记、能用，方是真藏书人。

张竹坡曰：能记固难，能行尤难。

求知己于朋友，易；求知己于妻妾，难；求知己于君臣，则尤难之难。

王名友曰：求知己于妾，易；求知己于妻，难；求知己于有妾之妻，尤难。

张竹坡曰：求知己于兄弟，亦难。

江含徵曰：求知己于鬼神，则反易耳。

何谓善人？无损于世者，则谓之善人；何谓恶人？有害于世者，则谓之恶人。

江含徵曰：尚有有害于世，而反邀善人之誉，此实为好利而显为名高者，则又恶人之尤。

有工夫读书,谓之福;有力量济人,谓之福;有学问著述,谓之福;无是非到耳,谓之福;有多闻、直、谅之友,谓之福。

殷日戒曰:我本薄福人,宜行求福事,在随时儆醒而已。

杨圣藻曰:在我者可必,在人者不能必。

王丹麓曰:备此福者,惟我心斋。

李水樵曰:五福骈臻固佳,苟得其半者,亦不得谓之无福。

倪永清曰:直谅之友,富贵人久拒之矣,何心斋反求之也?

人莫乐于闲,非无所事事之谓也。闲则能读书,闲则能游名胜,闲则能交益友,闲则能饮酒,闲则能著书。天下之乐,孰大于是?

陈鹤山曰:然则正是极忙处。

黄交三曰:闲字前有止敬功夫,方能到此。

尤悔庵曰:昔人云"忙里偷闲",闲而可偷,盗亦有道矣。

李若金曰:闲固难得,有此五者,方不负闲字。

文章是案头之山水,山水是地上之文章。

李圣许曰:文章必明秀,方可作案头山水;山水必曲折,乃可名地上文章。

平上去入,乃一定之至理。然入声之为字也少,不得谓凡字皆有四声也。世之调平仄者,于入声之无其字者,往往以不相合之音隶于其下。为所隶者,苟无平上去之三声,则是以寡妇配鳏夫,犹之可也。若所隶之字自有其平上去之三声,而欲强以从我,则是干有夫之妇矣,其可乎?

姑就诗韵言之,如东、冬韵,无入声者也,今人尽调之以东、董、冻、督。夫督之为音,当附于都、睹、妒之下;若属之于东、董、冻,又何以处夫都、睹、妒乎?若东、都二字,俱以督字为入声,则是一妇而两夫矣。三江无入声者也,今人尽调之以江、讲、绛、觉,殊不知觉之为音,当附于交、绞、教之下者也。诸如此类,不胜其举。

然则如之何而后可?曰:鳏者听其鳏,寡者听其寡,夫妇全者安其全,各不相干而已矣。东、冬、欢、桓、寒、山、真、文、元、渊、先、天、庚、青、侵、盐、咸诸部,皆无入声者也。屋、沃内如秃、独、鹄、束等字,乃鱼、虞韵内都、图等字之入声;卜、木、六、仆等字,乃五歌部之入声;玉、菊、狱、育等字,乃尤部之入声。三觉、十药,当属于萧、肴、豪;质、锡、职、缉,当属于支、微、齐。质内之橘、卒,物内之郁、屈,当属于虞、鱼;物内之勿、物等音,无平上去者也;讫、乞等,四支之入声也。陌部乃佳、灰之半、开、来等字之入声也。月部之月、厥、阙、谒等,及屑、叶二部,古无平上去,而今则为中州韵内车、遮诸字之入声也。伐、发等字,及曷部之括、适,及八黠全部,又十五合内诸字,又十七洽全部,皆六麻之入声也。曷内之撮、阔等字,合部之合、盒数字,皆无平上去者也。若以缉、合、叶、洽为闭口韵,则止当谓之无平上去之寡妇,而不当调之以侵、寝、缉、咸、喊、陷、洽也。

　　石天外曰:中州韵无入声,是有夫无妇,天下皆成旷夫世界矣!

《水浒传》是一部怒书,《西游记》是一部悟书,《金瓶梅》是一部哀书。

　　江含徵曰:不会看《金瓶梅》,而只学其淫,是爱东坡者,但喜吃东坡肉耳。

　　殷日戒曰:《幽梦影》是一部快书。

　　朱其恭曰:余谓《幽梦影》是一部趣书。

读书最乐,若读史书,则喜少怒多。究之,怒处亦乐处也。

　　张竹坡曰:读到喜怒俱忘,是大乐境。

　　陆云士曰:余尝有句云:"读《三国志》,无人不为刘;读南宋书,无人不冤岳。"第人不知怒处亦乐处耳。怒而能乐,惟善读史者知之。

发前人未发之论,方是奇书;言妻子难言之情,乃为密友。

　　孙恺似曰:前二语是心斋著书本领。

　　毕右万曰:奇书我却有数种,如人不肯看何?

　　陆云士曰:《幽梦影》一书所发者,皆未发之论;所言者,皆难言之情。欲语羞雷同,可以题赠。

一介之士,必有密友。密友,不必定是刎颈之交。大率虽千里之遥,皆可相信,而不为浮言所动;闻有谤之者,即多方为之辩析而后已;事之宜行宜止者,代为筹画决断;或事当利害关头,有所需而后济者,即不必与闻,亦不虑其负我与否,竟为力承其事。此皆所谓密友也。

　　殷日戒曰:后段更见恳切周详,可以想见其为人矣。

　　石天外曰:如此密友,人生能得几个?仆愿心斋先生当之。

风流自赏，只容花鸟趋陪；真率谁知？合受烟霞供养。

> 江含徵曰：东坡有云："当此之时，若有所思，而无所思。"

万事可忘，难忘者名心一段；千般易淡，未淡者美酒三杯。

> 张竹坡曰：是闻鸡起舞、酒后耳热气象。
>
> 王丹麓曰：予性不耐饮，美酒亦易淡。所最难忘者，名耳。
>
> 陆云士曰：惟恐不好名。丹麓此言，具见真处。

芰荷可食，而亦可衣；金石可器，而亦可服。

> 张竹坡曰：然后知濂溪不过为衣食计耳。
>
> 王司直曰：今之为衣食计者，果似濂溪否？

宜于耳复宜于目者，弹琴也，吹箫也；宜于耳不宜于目者，吹笙也，摩管也。

> 李圣许曰：宜于目不宜于耳者，狮子吼之美妇人也；不宜于目并不宜于耳者，面目可憎、语言无味之纨袴子也。
>
> 庞天池曰：宜于耳复宜于目者，巧言令色也。

看晓妆，宜于傅粉之后。

> 余淡心曰：看晚妆，不知心斋以为宜于何时？
>
> 周冰持曰：不可说，不可说！
>
> 黄交三曰："水晶帘下看梳头"，不知尔时曾傅粉否？
>
> 庞天池曰：看残妆，宜于微醉后，然眼花撩乱矣。

我不知我之生前，当春秋之季，曾一识西施否？当典午之时，曾一看卫玠否？当义熙之世，曾一醉渊明否？当天宝之代，曾一睹太真否？当元丰之朝，曾一晤东坡否？千古之上，相思者不止此数人，而此数人则其尤甚者，故姑举之以概其余也。

> 杨圣藻曰：君前生曾与诸君周旋，亦未可知，但今生忘之耳。
>
> 纪伯紫曰：君之前生，或竟是渊明、东坡诸人，亦未可知。
>
> 王名友曰：不特此也。心斋自云：愿来生为绝代佳人！又安知西

施、太真不即为其前生耶？

郑破水曰：赞叹爱慕，千古一情。美人不必为妻妾，名士不必为朋友，又何必问之前生也耶？心斋真情痴也。

陆云士曰：余尝有诗曰："自昔闻佛言，人有轮回事。前生为古人，不知何姓氏！或览青史中，若与他人遇。"竟与心斋同情，然大逊其奇快。

我又不知在隆、万时，曾于旧院中交几名妓；眉公、伯虎、若士、赤水诸君，曾共我谈笑几回。茫茫宇宙，我今当向谁问之耶？

江含徵曰：死者有知，则良晤匪遥。如各化为异物，吾未如之何也已。

顾天石曰：具此襟情，百年后当有恨不与心斋周旋者，则吾幸矣。

文章是有字句之锦绣，锦绣是无字句之文章，两者同出于一原。姑即粗迹论之，如金陵，如武林，如姑苏，书林之所在，即机杼之所在也。

袁翔甫补评曰：若兰回文，是有字句之锦绣也；落花水面，是无字句之文章也。

予尝集诸法帖字为诗。字之不复而多者，莫善于《千字文》。然诗家目前常用之字，犹苦其未备。如天文之烟、霞、风、雪，地理之江、山、塘、岸，时令之春、宵、晓、暮，人物之翁、僧、渔、樵，花木之花、柳、苔、萍，鸟兽之蜂、蝶、莺、燕，宫室之台、槛、轩、窗，器用之舟、船、壶、杖，人事之梦、忆、愁、恨，衣服之裙、袖、锦、绮，饮食之茶、浆、饮、酌，身体之须、眉、韵、态，声色之红、绿、香、艳，文史之骚、赋、题、吟，数目之一、三、双、半，皆无其字。《千字文》且然，况其它乎？

黄仙裳曰：山来此种诗，竟似为我而设。

顾天石曰：使其皆备，则《千字文》不为奇矣。吾尝于千字之外，另集千字，而已不可复得，更奇。

花不可见其落，月不可见其沉，美人不可见其夭。

朱其恭曰：君言谬矣。洵如所云，则美人必见其发白齿豁，而后快耶？

种花须见其开，待月须见其满，著书须见其成，美人须见其畅适，方有实际。否则皆为虚设。

王璞庵曰：此条与上条互相发明。盖曰花不可见其落耳，必须见其开也。

惠施多方，其书五车，虞卿以穷愁著书，今皆不传。不知书中果作何语？我不见古人，安得不恨！

王仔园曰：想亦与《幽梦影》相类耳。

顾天石曰：古人所读之书、所著之书，若不被秦人所烧尽，则奇奇怪怪，可供今人刻画者，知复何限！然如《幽梦影》等书出，不必思古人矣。

倪永清曰：有著书之名，而不见书，省人多少指摘！

庞天池曰：我独恨古人不见心斋！

以松花为粮，以松实为香，以松枝为麈尾，以松阴为步障，以松涛为鼓吹。山居得乔松百余章，真乃受用不尽。

施愚山曰：君独不记曾有松多大蚁之恨耶？

江含徵曰：松多大蚁，不妨便为蚁王。

石天外曰：坐乔松下，如在水晶宫中，见万顷波涛总在头上，真仙境也。

玩月之法，皎洁则仰观，朦胧则宜俯视。

孔东塘曰：深得玩月三昧。

孩提之童，一无所知：目不能辨美恶，耳不能判清浊，鼻不能别香臭。至若味之甘苦，则不第知之，且能取之弃之。告子以甘食、悦色为性，殆指此类耳。

凡事不宜刻,若读书则不可不刻;凡事不宜贪,若买书则不可不贪;凡事不宜痴,若行善则不可不痴。

余淡心曰:"读书不可不刻",请去一"读"字,移以赠我,何如?

张竹坡曰:我为刻书累,请并去一"不"字。

杨圣藻曰:行善不痴,是邀名矣。

酒可好,不可骂座;色可好,不可伤生;财可好,不可昧心;气可好,不可越理。

袁中江曰:如灌夫使酒,文园病肺,昨夜南塘一出,马上挟章台柳归,亦自无妨,觉愈见英雄本色也。

文名,可以当科第;俭德,可以当货财;清闲,可以当寿考。

聂晋人曰:若名人而登甲第,富翁而不骄奢,寿翁而又清闲,便是蓬壶三岛中人也。

范汝受曰:此亦是贫贱文人无所事事,自为慰藉云耳,恐亦无实在受用处也。

曾青藜曰:"无事此静坐,一日似两日。若活七十年,便是百四十。"此是清闲当寿考注脚。

石天外曰:得老子退一步法。

顾天石曰:予生平喜游,每逢佳山水辄留连不去,亦自谓可当园亭之乐。质之心斋,以为然否?

不独诵其诗、读其书,是尚友古人;即观其字画,亦是尚友古人处。

张竹坡曰:能友字画中之古人,则九原皆为之感泣矣!

无益之施舍,莫过于斋僧;无益之诗文,莫甚于祝寿。

张竹坡曰:无益之心思,莫过于忧贫;无益之学问,莫过于务名。

殷简堂曰:若诗文有笔资,亦未尝不可。

庞天池曰:有益之施舍,莫过于多送我《幽梦影》几册。

妾美,不如妻贤;钱多,不如境顺。

张竹坡曰：此所谓"竿头欲进步"者。然妻不贤，安用妾美？钱不多，那得境顺？

张迂庵曰：此盖谓二者不可得兼，舍一而取一者也。又曰：世固有钱多而境不顺者。

创新庵，不若修古庙；读生书，不若温旧业。

张竹坡曰：是真会读书者，是真读过万卷书者，是真一书曾读过数遍者。

顾天石曰：惟《左传》、《楚词》、马、班、杜、韩之诗文，及《水浒》、《西厢》、《还魂》等书，虽读百遍不厌。此外皆不耐温者矣，奈何！

王安节曰：今世建生祠，又不若创茅庵。

字与画同出一源，观六书始于象形，则可知矣。

江含徵曰：有不可画之字，不得不用六法也。

张竹坡曰：千古人未经道破，却一口拈出。

忙人园亭，宜与住宅相连；闲人园亭，不妨与住宅相远。

张竹坡曰：真闲人，必以园亭为住宅。

酒可以当茶，茶不可以当酒；诗可以当文，文不可以当诗；曲可以当词，词不可以当曲；月可以当灯，灯不可以当月；笔可以当口，口不可以当笔；婢可以当奴，奴不可以当婢。

江含徵曰：婢当奴则太亲，吾恐忽闻河东狮子吼耳！

周星远曰：奴亦有可以当婢处，但未免稍逊耳。又曰：近时士大夫往往耽此癖。吾辈驰骛之流，盗此虚名，亦欲效颦相尚。滔滔者天下皆是也，心斋岂未识其故乎？

张竹坡曰：婢可以当奴者，有奴之所有者也；奴不可以当婢者，有婢之所同有，无婢之所独有者也。

弟木山曰：兄于饮食之顷，恐月不可以当灯。

余湘客曰：以奴当婢，小姐权时落后也。

宗子发曰：惟帝王家不妨以奴当婢，盖以有阉割法也。每见人家奴子出入主母卧房，亦殊可虑。

胸中小不平，可以酒消之；世间大不平，非剑不能消也。

> 周星远曰："看剑引杯长"，一切不平皆破除矣。

> 张竹坡曰：此平世的剑术，非隐娘辈所知。

> 张迂庵曰：苍苍者未必肯以太阿假人，似不能代作空空儿也。

> 尤悔庵曰：龙泉、太阿，汝知我者，岂止苏子美以一斗读《汉书》耶？

不得以而诔之者，宁以口，毋以笔；不可耐而骂之者，亦宁以口，毋以笔。

> 孙豹人曰：但恐未必能自主耳。

> 张竹坡曰：上句立品，下句立德。

> 张迂庵曰：匪惟立德，亦以免祸。

> 顾天石曰：今人笔不诔人，更无用笔之处矣。心斋不知此苦，还是唐、宋以上人耳。

> 陆云士曰：古笔铭曰："毫毛茂茂，陷水可脱，陷文不活。"正此谓也。亦有诔以笔而实讥之者，亦有骂以笔而若誉之者。总以不笔为高。

多情者必好色，而好色者未必尽属多情；红颜者必薄命，而薄命者未必尽属红颜；能诗者必好酒，而好酒者未必尽属能诗。

> 张竹坡曰：情起于色者，则好色也，非情也；祸起于颜色者，则薄命在红颜，否则亦止曰命而已矣！

> 洪秋士曰：世亦有能诗而不好酒者。

梅令人高，兰令人幽，菊令人野，莲令人淡，春海棠令人艳，牡丹令人豪，蕉与竹令人韵，秋海棠令人媚，松令人逸，桐令人清，柳令人感。

> 张竹坡曰：美人令众卉皆香；名士令群芳俱舞。

> 尤谨庸曰：读之惊才绝艳，堪采入《群芳谱》中。

物之能感人者，在天莫如月，在乐莫如琴，在动物莫如鹃，在植物莫如柳。

妻子颇足累人，羡和靖梅妻鹤子；奴婢亦能供职，喜志和樵婢渔奴。

> 尤悔庵曰：梅妻鹤子，樵婢渔童，可称绝对。人生眷属，得此足矣！

涉猎虽曰无用，犹胜于不通古今；清高固然可嘉，莫流于不识时务。

黄交三曰：南阳抱膝时，原非清高者可比。

江含徵曰：此是心斋经济语。

张竹坡曰：不合时宜，则可；不达时务，奚其可？

尤悔庵曰：名言，名言！

所谓美人者，以花为貌，以鸟为声，以月为神，以柳为态，以玉为骨，以冰雪为肤，以秋水为姿，以诗词为心。吾无间然矣。

冒辟疆曰：合古今灵秀之气，庶几铸此一人。

江含徵曰：还要有松蘖之操才好。

黄交三曰：论美人而曰以诗词为心，真是闻所未闻！

蝇集人面，蚊嘬人肤，不知以人为何物。

陈康畴曰：应是头陀转世，意中但求布施也。

释菌人曰：不堪道破。

张竹坡曰：此《南华》精髓也。

尤悔庵曰：正以人之血肉，只堪供蝇蚊咀嚼耳。以我视之，人也；自蝇蚊视之，何异腥膻臭腐乎？

陆云士曰：集人面者，非蝇而蝇；嘬人肤者，非蚊而蚊。明知其为人也，而集之、嘬之，更不知其以人为何物。

有山林隐逸之乐，而不知享者，渔樵也，农圃也，缁黄也；有园亭姬妾之乐，而不能享、不善享者，富商也，大僚也。

弟木山曰：有山珍海错而不能享者，庖人也；有牙签玉轴而不能读者，蠹鱼也，书贾也。

黎举云："欲令梅聘海棠，枨子想是橙。臣樱桃，以芥嫁笋，但时不同耳。"予谓物各有偶，拟必于伦，今之嫁娶，殊觉未当。如梅之为物，品最清高；棠之为物，姿极妖艳。即使同时，亦不可为夫妇。不若梅聘梨花，海棠嫁杏，橼臣佛手，荔枝臣樱桃，秋海棠嫁雁来红，庶几相称耳。至若以芥嫁笋，笋如有知，必受河东狮子之累矣。

弟木山曰：余尝以芍药为牡丹后，因作贺表一通。兄曾云："但恐芍药未必肯耳。"

石天外曰：花神有知，当以花果数升谢寒修矣。

姜学在曰：雁来红做新郎，真个是老少年也。

五色有太过，有不及，惟黑与白无太过。

杜茶村曰：君独不闻唐有李太白乎？

江含徵曰：又不闻玄之又玄乎？

尤悔庵曰：知此道者，其惟弈乎？老子曰："知其白，守其黑。"

许氏《说文》分部，有止有其部而无所属之字者，下必注云："凡某之属，皆从某。"赘句殊觉可笑，何不省此一句乎？

谭公子曰：此独民县到任告示耳。

王司直曰：此亦古史之遗。

阅《水浒传》，至鲁达打镇关西，武松打虎，因思人生必有一桩极快意事，方不枉在生一场。即不能有其事，亦须著得一种得意之书，庶几无憾耳。如李太白有贵妃捧砚事，司马相如有文君当炉事，严子陵有足加帝腹事，王之涣、王昌龄有旗亭画壁事，王子安有顺风过江作《滕王阁序》事之类。

张竹坡曰：此等事，必须无意中方做得来。

陆云士曰：心斋所著得意之书颇多，不止一打快活林、一打景阳冈称快意矣。

弟木山曰：兄若打中山狼，更极快意。

春风如酒，夏风如茗，秋风如烟，如姜芥。

许筠庵曰：所以秋风客气味狠辣。

张竹坡曰：安得东风夜夜来！

冰裂纹极雅，然宜细，不宜肥。若以之作窗栏，殊不耐观也。冰裂纹须分大小，先作大冰裂，再于每大块之中作小冰裂，方佳。

江含徵曰：此便是哥窑纹也。

靳熊封曰："一片冰心在玉壶"，可以移赠。

鸟声之最佳者：画眉第一，黄鹂、百舌次之。然黄鹂、百舌，世未有笼而畜之者，其殆高士之俦，可闻而不可屈者耶？

江含徵曰：又有"打起黄莺儿"者，然则亦有时用他不着。

陆云士曰："黄鹂住久浑相识，欲别频啼四五声。"来去有情，正不必笼而畜之也。

不治生产，其后必致累人；专务交游，其后必致累己。

杨圣藻曰：晨钟夕磬，发人深省。

冒巢民曰：若在我，虽累己、累人，亦所不悔。

宗子发曰：累己犹可，若累人则不可矣。

江含徵曰：今之人未必肯受你累，还是自家稳些的好。

昔人云："妇人识字，多致诲淫。"予谓此非识字之过也。盖识字则非无闻之人，其淫也，人易得而知耳。

张竹坡曰：此名士持身，不可不加谨也。

李若金曰：贞者识字愈贞，淫者不识字亦淫。

善读书者，无之而非书：山水亦书也，棋酒亦书也，花月亦书也。善游山水者，无之而非山水：书史亦山水也，诗酒亦山水也，花月亦山水也。

陈鹤山曰：此方是真善读书人，善游山水人。

黄交三曰：善于领会者，应作如是观。

江含徵曰：五更卧被时，有无数山水、书籍在眼前、胸中。

尤悔庵曰：山耶，水耶，书耶？一而二，二而三，三而一者也。

陆云士曰：妙舌如环，真慧业文人之语。

园亭之妙，在丘壑布置，不在雕绘琐屑。往往见人家园亭，屋脊墙头，雕砖镂瓦，非不穷极工巧，然未久即坏，坏后极难修葺。是何如朴素之为佳乎？

江含徵曰：世间最令人神怆者，莫如名园雅墅，一经颓废，风台月榭，埋没荆棘。故昔之贤达有不欲置别业者。予尝过琴虞，留题名园，有句云："而今绮砌雕栏在，剩与园丁作业钱。"盖伤之也。

  弟木山曰：予尝悟作园亭与作光棍二法：园亭之善，在多回廊；光棍之恶，在能结讼。

清宵独坐，邀月言愁；良夜孤眠，呼蛩语恨。

  袁士旦曰：令我百端交集。

  黄孔植曰：此逆旅无聊之况，心斋亦知之乎？

官声采于舆论，豪右之口与寒乞之口俱不得其真；花案定于成心，艳媚之评与寝陋之评概恐失其实。

  黄九烟曰：先师有言："不如乡人之善者，好之；其不善者，恶之。"

  李若金曰：豪右而不讲分上，寒乞而不望推恩者，亦未尝无公论。

  倪永清曰：我谓众人唾骂者，其人必有可观。

胸藏丘壑，城市不异山林；兴寄烟霞，阎浮有如蓬岛。

梧桐为植物中清品，而形家独忌之，甚且谓"梧桐大如斗，主人往外走"，若竟视为不祥之物也者。夫剪桐封弟，其为宫中之桐可知。而卜世最久者，莫过于周。俗言之不足据，类如此夫！

  江含徵曰：爱碧梧者，遂艰于白镪。造物盖忌之，故靳之也。有何吉凶休咎之可关？只是打秋风时，光棍样可厌耳。

  尤悔庵曰："梧桐生矣，于彼朝阳"，《诗》言之矣。

  倪永清曰：心斋为梧桐雪千古之奇冤，百卉俱当九顿。

多情者，不以生死易心；好饮者，不以寒暑改量；喜读书者，不以忙闲作辍。

  朱其恭曰：此三言者，皆是心斋自为写照。

  王司直曰：我愿饮酒、读《离骚》，至死方辍，何如？

蛛为蝶之敌国,驴为马之附庸。

周星远曰:妙论解颐,不数晋人危语、隐语。

黄交三曰:自开辟以来,未闻有此奇论。

立品,须发乎宋人之道学;涉世,须参以晋代之风流。

方宝臣曰:真道学未有不风流者。

张竹坡曰:夫子自道也。

胡静夫曰:予赠金陵前辈赵容庵句云:"文章鼎立《庄》、《骚》外,杖履风流晋宋间。"今当移赠山老。

倪永清曰:等闲地位,却是个双料圣人。

陆云士曰:有不风流之道学,有风流之道学;有不道学之风流,有道学之风流,毫厘千里。

古谓禽兽亦知人伦。予谓匪独禽兽也,即草木亦复有之:牡丹为王,芍药为相,其君臣也;南山之乔,北山之梓,其父子也;荆之闻分而枯,闻不分而活,其兄弟也;莲之并蒂,其夫妇也;兰之同心,其朋友也。

江含徵曰:纲常伦理,今日几于扫地,合向花木鸟兽中求之。又曰:心斋不喜迂腐,此却有腐气。

豪杰易于圣贤,文人多于才子。

张竹坡曰:豪杰不能为圣贤,圣贤未有不豪杰。文人才子亦然。牛与马,一仕而一隐也;鹿与豕,一仙而一凡也。

杜茶村曰:田单之火牛,亦曾效力疆场;至马之隐者,则绝无之矣。若武王归马于华山之阳,所谓勒令致仕者也。

张竹坡曰:莫与儿孙作牛马,盖为后人审出处语也。

古今至文,皆以血泪所成。

吴晴岩曰:山老《清泪痕》一书,细看皆是血泪。

江含徵曰:古今恶文,亦纯是血。

"情"之一字,所以维持世界;"才"之一字,所以粉饰乾坤。

吴雨若曰：世界原从情字生出。有夫妇，然后有父子；有父子，然后有兄弟；有兄弟，然后有朋友；有朋友，然后有君臣。

释中洲曰：情与才，缺一不可。

孔子生于东鲁，东者生方，故礼乐文章，其道皆自无而有；释迦生于西方，西者死地，故受想行识，其教皆自有而无。

吴街南曰：佛游东土，佛入生方；人望西天，岂知是寻死地。呜呼！西方之人兮，之死靡他。

殷日戒曰：孔子只勉人生时用功，佛氏只教人死时作主，各自一意。

倪永清曰：盘古生于天心，故其人在不有不无之间。

有青山方有绿水，水惟借色于山；有美酒便有佳诗，诗亦乞灵于酒。

李圣许曰：有青山绿水，乃可酌美酒而咏佳诗。是诗酒又发端于山水也。

严君平，以卜讲学者也；孙思邈，以医讲学者也；诸葛武侯，以出师讲学者也。

殷日戒曰：心斋殆又以《幽梦影》讲学者耶？

戴田友曰：如此讲学，才可称道学先生。

人，则女美于男；禽，则雄华于雌；兽，则牝牡无分者也。

杜于皇曰：人亦有男美于女者，此尚非确论。

徐松之曰：此是茶村兴到之言，亦非定论。

镜不幸而遇嫫母，砚不幸而遇俗子，剑不幸而遇庸将，皆无可奈何之事。

杨圣藻曰：凡不幸者，皆可以此概之。

闵宾连曰：心斋案头无一佳砚，然诗、文绝无一点尘俗气。此又砚之大幸也。

曹冲谷曰：最无可奈何者，佳人定随痴汉。

天下无书则已,有则必当读;无酒则已,有则必当饮;无名山则已,有则必当游;无花月则已,有则必当赏玩;无才子佳人则已,有则必当爱慕怜惜。

> 弟木山曰:谈何容易!即吾家黄山,几能得一到耶?

秋虫春鸟,尚能调声弄舌,时吐好音;我辈搦管拈毫,岂可甘作鸦鸣牛喘?

> 吴园次曰:牛若不喘,宰相安肯问之?
>
> 张竹坡曰:宰相不问科律而问牛喘,真是文章司命!
>
> 倪永清曰:世皆以鸦鸣牛喘为凤歌鸾唱,奈何!

媸颜陋质,不与镜为仇者,亦以镜为无知之死物耳。使镜而有知,必遭扑破矣。

> 江含徵曰:镜而有知,遇若辈早已回避矣。
>
> 张竹坡曰:镜而有知,必当化媸为妍。

吾家公艺,恃百忍以同居,千古传为美谈。殊不知忍而至于百,则其家庭乖戾暌隔之处,正未易更仆数也。

> 江含徵曰:然除了一忍,更无别法。
>
> 顾天石曰:心斋此论,先得我心。忍以治家,可耳,奈何进之高宗,使忍以养成武氏之祸哉?
>
> 倪永清曰:若用忍字,则百犹嫌少;若则以剑字处之,足矣。或曰:出家二字,足以处之。
>
> 王安节曰:惟其乖戾暌隔,是以要忍。

九世同居,诚为盛事,然止当与割股、庐墓者作一例看,可以为难矣,不可以为法也,以其非中庸之道也。

> 洪去芜曰:古人原有父子异官之说。
>
> 沈契掌曰:必居天下广居而后可。

作文之法:意之曲折者,宜写之以显浅之词;理之显浅者,宜运之以曲折之笔;题之熟者,参之以新奇之想;题之庸者,深之以关系之论。至于窘者舒之使长,缛者删之使简,俚者文之使雅,闹者摄之使静。皆所谓裁制也。

> 陈康畴曰:深得作文三昧语。

> 张竹坡曰:所谓节制之师。

> 王丹麓曰:文家秘旨,和盘托出,有功作者不浅。

笋为蔬中尤物,荔枝为果中尤物,蟹为水族中尤物,酒为饮食中尤物,月为天文中尤物,西湖为山水中尤物,词曲为文字中尤物。

> 张南村曰:《幽梦影》可为书中尤物。

> 陈鹤山曰:此一则又为《幽梦影》中尤物。

买得一本好花,犹且爱护而怜惜之,矧其为解语花乎?

> 周星远曰:性至之语,自是君身有仙骨,世人那得知其故耶!

> 石天外曰:此一副心,令我念佛数声。

> 李若金曰:花能解语,而落于粗恶武夫,或遭狮吼戕贼,虽欲爱护,何可得?

> 王司直曰:此言是恻隐之心,即是是非之心。

观手中便面,足以知其人之雅俗,足以识其人之交游。

> 李圣许曰:今人以笔资丐名人书画,名人何尝与之交游!吾知其手中便面虽雅,而其人则俗甚也。心斋此条,犹非定论。

> 毕嵋谷曰:人苟有以笔资丐名人书画,则其人犹有雅道存焉。世固有并不爱此道者。

> 钱目天曰:二说皆然。

水为至污之所会归,火为至污之所不到。若变不洁为至洁,则水火皆然。

> 江含徵曰:世间之物,宜投诸水火者不少,盖喜其变也。

貌有丑而可观者,有虽不丑而不足观者;文有不通而可爱者,有虽通而极可厌者。此未易与浅人道也。

> 陈康畴曰:相马于牝牡骊黄之外者,得之矣。

李若金曰：究竟可观者，必有奇怪处；可爱者，必无大不通。

梅雪坪曰：虽通而可厌，便可谓之不通。

游玩山水亦复有缘，苟机缘未至，则虽近在数十里之内，亦无暇到也。

张南村曰：予晤心斋时，询其曾游黄山否，心斋对以未游，当是机缘未至耳。

陆云士曰：余慕心斋者十年，今戊寅之冬，始得一面。身到黄山恨其晚，而正未晚也。

"贫而无谄，富而无骄"，古人之所贤也；贫而无骄，富而无谄，今人之所少也。足以知世风之降矣。

许朱庵曰：战国时已有贫贱骄人之说矣。

张竹坡曰：有一人一时而对此谄对彼骄者更难。

昔人欲以十年读书，十年游山，十年检藏。予谓检藏尽可不必十年，只二三载足矣。若读书与游山，虽或相倍蓰，恐亦不足以偿所愿也。必也如黄九烟前辈之所云，人生必三百岁而后可乎！

江含徵曰：昔贤原谓尽则安能，但身到处莫放过耳。

孙松坪曰：吾乡李长蘅先生，爱湖上诸山，有"每个峰头住一年"之句，然则黄九烟先生所云犹恨其少。

张竹坡曰：今日想来，彭祖反不如马迁。

宁为小人之所骂，毋为君子之所鄙；宁为盲主司之所摈弃，毋为诸名宿之所不知。

陈康畴曰：世之人自今以后，慎毋骂心斋也。

江含徵曰：不独骂也，即打亦无妨，但恐鸡肋不足以安尊拳耳。

张竹坡曰：后二句足少平吾恨。

李若金曰：不为小人所骂，便是乡愿；若为君子所鄙，断非佳士。

傲骨不可无，傲心不可有。无傲骨则近于鄙夫，有傲心不得为君子。

吴街南曰：立君子之侧，骨亦不可傲；当鄙夫之前，心亦不可不傲。

　　石天外曰：道学之言，才人之笔。

　　庞笔奴曰：现身说法，真实妙谛。

蝉为虫中之夷、齐，蜂为虫中之管、晏。

　　崔青峤曰：心斋可谓虫中之董狐。

　　吴镜秋曰：蚊是虫中酷吏，蝇是虫中游客。

曰痴、曰愚、曰拙、曰狂，皆非好字面，而人每乐居之；曰奸、曰黠、曰强、曰佞，反是，而人每不乐居之。何也？

　　江含徵曰：有其名者无其实，有其实者避其名。

唐虞之际，音乐可感鸟兽。此盖唐虞之鸟兽，故可感耳。若后世之鸟兽，恐未必然。

　　洪去芜曰：然则鸟兽亦随道为升降耶？

　　陈康畴曰：后世鸟兽，应是后世之人所化身，即不无升降，正未可知。

　　石天外曰：鸟兽自是可感，但无唐虞音乐耳。

　　毕右万曰：后世之鸟兽，与唐虞无异，但后世之人迥不同耳。

痛可忍，而痒不可忍；苦可耐，而酸不可耐。

　　陈康畴曰：余见酸子偏不耐苦。

　　张竹坡曰：是痛痒关心语。

　　余香祖曰：痒不可忍，须倩麻姑搔背。

　　释牡堂曰：若知痛痒，辨苦酸，便是居士悟处。

镜中之影，着色人物也；月下之影，写意人物也；镜中之影，钩边画也；月下之影，没骨画也。月中山河之影，天文中地理也；水中星月之象，地理中天文也。

　　恽叔子曰：绘空镂影之笔。

　　石天外曰：此种着色写意，能令古今善画人一齐搁笔。

　　沈契掌曰：好影子俱被心斋先生画着。

能读无字之书,方可得惊人妙句;能会难通之解,方可参最上禅机。

黄交三曰:山老之学,从悟而入,故常有彻天彻地之言。

释牧堂曰:惊人之句,从外而得者;最上之禅,从内而悟者。山翁再来人,内外合一耳。

胡会来曰:从无字处著书,已得惊人;于难通处着解,既参最上,其《幽梦影》乎!

若无诗酒,则山水为具文;若无佳丽,则花月皆虚设。

卓子任曰:诗人酒客,以及佳丽,乃山川灵秀之气孕毓而成者。

才子而美姿容,佳人而工著作,断不能永年者,匪独为造物之所忌。盖此种原不独为一时之宝,乃古今万世之宝,故不欲久留人世以取亵耳。

郑破水曰:千古伤心,同声一哭。

王司直曰:千古伤心者,读此可以不哭矣。

陈平封曲逆侯,《史》《汉》注皆云“音去遇”。予谓此是北人土音耳。若南人四音俱全,似仍当读作本音为是。北人于唱曲之“曲”,亦读如“去”字。

孙松坪曰:曲逆,今完县也。众水潆洄,势曲而流逆。予尝为土人订之。心斋重发吾覆矣。

古人四声俱备,如“六”、“国”二字,皆入声也。今梨园演苏秦剧,必读“六”为“溜”,读“国”为“鬼”,从无读入声者。然考之《诗经》,如“良马六之”、“无衣六兮”之类,皆不与去声叶,而叶祝、告、燠;“国”字皆不与上声叶,而叶入、陌、质韵。则是古人似亦有入声,未必尽读“六”为“溜”、读“国”为“鬼”也。

弟木山曰:梨园演苏秦,原不尽读“六国”为“溜鬼”,大抵以曲调为别。若曲是南调,则仍读入声也。

闲人之砚,固欲其佳,而忙人之砚,尤不可不佳;娱情之妾,固欲其美,而广嗣之妾,亦不可不美。

江含徵曰:砚美下墨,可也;妾美招妒,奈何?

张竹坡曰：妒在妾，不在美。

如何是独乐乐？曰鼓琴；如何是与人乐乐？曰弈棋；如何是与众乐乐？曰马吊。

蔡铉升曰：独乐乐，与人乐乐，孰乐？曰："不若与人。"与少乐乐，与众乐乐，孰乐？曰："不若与少。"

王丹麓曰：我与蔡君异，独畏人为鬼阵，见则必乱其局而后已。

不待教而为善为恶者，胎生也；必待教而后为善为恶者，卵生也；偶因一事之感触而突然为善为恶者，湿生也；如周处、戴渊之改过，李怀光反叛之类。前后判若两截，究非一日之故者，化生也。如唐玄宗、卫武公之类。

王宓草曰：有教亦不善者，又在胎、卵、湿、化之外。

庞天池曰：不教而为恶，教之而不为善者，畜生也。

王勿斋曰：一教即善者，顺生也，所谓人之生也直是也。若横生逆产，徒费稳婆气力耳。

凡物皆以形用，其以神用者，则镜也，符印也，日晷也，指南针也。

袁中江曰：凡人皆以形用，其以神用者，圣贤也，仙也，佛也。

黄虞外士曰：凡物之用皆形，而其所以然者，神也。镜凸凹而易其肥瘦，符印以专一而主其神机，日晷以恰当而定准则，指南以灵动而活其针缝。是皆神而明之，存乎人矣。

才子遇才子，每有怜才之心；美人遇美人，必无惜美之意。我愿来世托生为绝代佳人，一反其局而后快。

陈鹤山曰：谚云："鲍老当筵笑郭郎，笑他舞袖大郎当。若教鲍老当筵舞，转更郎当舞袖长。"则为之奈何？

郑蕃修曰：俟心斋来世为佳人时再议。

余湘客曰：古亦有"我见犹怜"者。

倪永清曰：再来时，不可忘却。

予尝欲建一无遮大会，一祭历代才子，一祭历代佳人。俟遇有真正高僧,即当为之。

顾天石曰:君若果有此盛举,请迟至二三十年之后,则我亦可拜领盛情也。

释中洲曰:我是真正高僧,请即为之,何如?不然,则此二种沉魂滞魄,何日而得解脱耶?

江含徵曰:折柬虽具,而未有定期,则才子佳人亦复怨声载道。又曰:我恐非才子而冒为才子,非佳人而冒为佳人,虽有十万八千母陀罗臂,亦不能具香厨法膳也。心斋以为然否?

释远峰曰:中洲和尚,不得夺我施主。

圣贤者,天地之替身。

石天外曰:此语大有功名教,敢不伏地拜倒!

张竹坡曰:圣贤者,乾坤之帮手也。

天极不难做,只须生仁人、君子、有才德者,二三十人足矣。君一、相一、冢宰一,及诸路总制、抚军是也。

黄九烟曰:吴歌有云"做天切莫做四月天",可见天亦有难做之时。

江含徵曰:天若好做,不须女娲氏补之。

尤谨庸曰:天不做天,只是做梦,奈何,奈何!

倪永清曰:天若都生善人,君相皆当袖手,便可无为而治。

陆云士曰:极诞极奇之话,极真极确之话。

掷升官图,所重在德,所忌在赃。何一登仕版,辄与之相反耶?

江含徵曰:所重在德,不过是要赢几文钱耳。

沈契掌曰:仕版原与纸版不同。

动物中有三教焉:蛟、龙、麟、凤之属,近于儒者也;猿、狐、鹤、鹿之属,近于仙者也;狮子、牯牛之属,近于释者也。植物中有三教焉:竹、梧、兰、蕙之属,近于儒者也;蟠桃、老桂之属,近于仙者也;莲花、蒨葡之属,近于释者也。

顾天石曰:请高唱《西厢》一句:"一个通彻三教九流。"

石天外曰：众人碌碌，动物中蜉蝣而已；世人峥嵘，植物中荆棘而已。

佛氏云："日月在须弥山腰。"果尔，则日月必是绕山横行而后可。苟有升有降，必为山巅所碍矣。又云："地上有阿耨达池，其水四出，流入诸印度。"又云："地轮之下为水轮，水轮之下为风轮，风轮之下为空轮。"余谓此皆喻言人身也：须弥山喻人首，日月喻两目，池水四出喻血脉流动，地轮喻此身，水为便溺，风为泄气，此下则无物矣。

释远峰曰：却被此公道破。

毕右万曰：乾坤交后，有三股大气：一呼吸，二盘旋，三升降。呼吸之气，在八卦为震巽，在天地为风雷、为海潮，在人身为鼻息；盘旋之气，在八卦为坎离，在天地为日月，在人身为两目，为指尖、发顶、罗纹，在草木为树节、蕉心；升降之气，在八卦为艮兑，在天地为山泽，在人身为髓液、便溺，为头颅、肚腹，在草木为花叶之萌涸，为树梢之向天、树根之入地。知此，而寓言之出于二氏者，皆可类推而悟。

苏东坡《和陶诗》尚遗数十首，予尝欲集坡句以补之，苦于韵之弗备而止。如《责子》诗中"不识六与七"，"但觅梨与栗"，七字、栗字，皆无其韵也。

王司直曰：余亦常有此想，每以为平生憾事，不谓竟有同心。今彼可以无憾，但憾苏老耳。

庞天池曰：心斋有炼石补天手段，乃以七、栗无韵缺陶诗，甚矣，文法之困人也。

予尝偶得句，亦殊可喜，惜无佳对，遂未成诗。其一为"枯叶带虫飞"，其一为"乡月大于城"，姑存之，以俟异日。

王司直曰：古人全诗每因一句、两句而传者，后人诵之不已。既有此一句、两句，何必复增。

"空山无人，水流花开"二句，极琴心之妙境；"胜固欣然，败亦可喜"

二句,极手谈之妙境;"帆随湘转,望衡九面"二句,极泛舟之妙境;"胡然而天,胡然而帝"二句,极美人之妙境。

　　曹冲谷曰:一味妙悟。

　　王司直曰:登山、泛舟、望美,此语妙境之妙。

　　镜与水之影,所受者也;日与灯之影,所施者也。月之有影,则在天者为受,而在地者为施也。

　　郑破水曰:"受"、"施"二字,深得阴阳之理。

　　庞天池曰:幽梦之影,在心斋为施,在笔奴为受。

　　水之为声有四:有瀑布声,有流泉声,有滩声,有沟浍声。风之为声有三:有松涛声,有秋叶声,有波浪声。雨之为声有二:有梧叶、荷叶上声,有承檐溜竹筒中声。

　　弟木山曰:数声之中,惟水声最为可厌,以其无已时,甚聒人耳也。

　　文人每好鄙薄富人,然于诗文之佳者,又往往以金玉、珠玑、锦绣誉之,则又何也?

　　陈鹤山曰:犹之富贵家张山臞野老、落木荒村之画耳。

　　江含徵曰:富人嫌其悭且俗耳,非嫌其珠玉文绣也。

　　张竹坡曰:不文,虽富可鄙;能文,虽穷可敬。

　　陆云士曰:竹坡之言,是真公道说话。

　　李若金曰:富人之可鄙者在吝,或不好史书,或畏交游,或趋炎热而轻忽寒士。若非然者,则富翁大有裨益人处,何可少之?

　　能闲世人之所忙者,方能忙世人之所闲。

　　先读经,后读史,则论事不谬于圣贤;既读史,复读经,则观书不徒为章句。

　　黄交三曰:宋儒语录中不可多得之句。

　　陆云士曰:先儒著书法,累牍连章,不若心斋数言道尽。

　　王宓草曰:妄论经史者,还宜退而读经。

居城市中，当以画幅当山水，以盆景当苑囿，以书籍当朋友。

　　周星远曰：究是心斋偏重独乐乐。

　　王司直曰：心斋先生置身于画中矣。

　　乡居须得良朋始佳。若田夫樵子，仅能辨五谷而测晴雨，久且数，未免生厌矣。而友之中，又当以能诗为第一，能谈次之，能画次之，能歌又次之，解觞政者又次之。

　　江含徵曰：说鬼话者又次之。

　　殷日戒曰：奔走于富贵之门者，自应以能说鬼语为第一，而诸客次之。

　　倪永清曰：能诗者必能说鬼话。

　　陆云士曰：三说递进，愈转愈妙，滑稽之雄。

　　玉兰，花中之伯夷也；高而且洁。葵，花中之伊尹也；倾心向日。莲，花中之柳下惠也；污泥不染。鹤，鸟中之伯夷也；仙品。鸡，鸟中之伊尹也；司晨。莺，鸟中之柳下惠也。求友。

　　无其罪而虚受恶名者，蠹鱼也；蛀书之虫另是一种，其形如蚕蛹而差小。有其罪而恒逃清议者，蜘蛛也。

　　张竹坡曰：自是老吏断狱。

　　李若金曰：予尝有除蛛网说，则讨之未尝无人。

　　臭腐化为神奇，酱也、腐乳也、金汁也；至神奇化为臭腐，则是物皆然。

　　袁中江曰：神奇不化臭腐者，黄金也，真诗文也。

　　王司直曰：曹操、王安石文字，亦是神奇出于臭腐。

　　黑与白交，黑能污白，白不能掩黑；香与臭混，臭能胜香，香不能敌臭。此君子小人相攻之大势也。

　　弟木山曰：人必喜白而恶黑，黜臭而取香。此又君子必胜小人之理也。理在，又乌论乎势。

　　石天外曰：余尝言于黑处着一些白，人必惊心骇目，皆知黑处有白；于白处着一些黑，人亦必惊心骇目，以为白处有黑。甚矣！君子之易于形短,小人之易于见长。此不虞之誉、求全之毁所由来也。读此慨然。

倪永清曰:当今以臭攻臭者不少。

"耻"之一字,所以治君子;"痛"之一字,所以治小人。

张竹坡曰:若使君子以耻治小人,则有耻且格;小人以痛报君子,则尽忠报国。

镜不能自照,衡不能自权,剑不能自击。

倪永清曰:诗不能自传,文不能自誉。

庞天池曰:美不能自见,恶不能自掩。

古人云:"诗必穷而后工。"盖穷则与多感慨,易于见长耳。若富贵中人,既不可忧贫叹贱,所谈者不过风云月露而已,诗安得佳?苟思所变,计惟有出游一法。即以所见之山川、风土、物产、人情,或当疮痍兵燹之余,或值旱潦灾祲之后,无一不可寓之诗中。借他人之穷愁,以供我之咏叹,则诗亦不必待穷而后工也。

张竹坡曰:所以郑监门《流民图》,独步千古。

倪永清曰:得意之游,不暇作诗;失意之游,不能作诗。苟能以无意游之,则眼光识力,定是不同。

尤悔庵曰:世之穷者多而工诗者少,诗亦不忍受过也。

跋一

昔人云:"梅花之影,妙于梅花。"窃意影子何能妙于花?惟花妙,则影亦妙。枝干扶疏,自尔天然生动。凡一切文字语言,总是才人影子。人妙,则影自妙。此册一行一句,非名言即韵语,皆从胸次体验而出,故能发警省。片玉碎金,俱可宝贵。幽人梦境,读者勿作影响观可矣!

南村张惣识。

跋二

抱异疾者多奇梦，梦所未到之境，梦所未见之事。以心为君主之官，邪干之，故如此。此则病也，非梦也。至若梦木撑天，梦河无水，则休咎应之；梦牛尾，梦蕉鹿，则得失应之。此则梦也，非病也。

心斋之《幽梦影》，非病也，非梦也，影也。影者维何？石火之一敲、电光之一瞥也，东坡所谓"一掉头时生老病，一弹指顷去来今"也。昔人云"芥子纳须弥"，而心斋则于倏忽备古今也。此因其心闲手闲，故弄墨如此之闲适也。心斋盖长于勘梦者也，然而未可向痾人说也。

寓东淘香雪斋江之兰草。

跋三

昔人著书，间附评语。若以评语参错书中，则《幽梦影》创格也。清言隽旨，前於后喝，令读者如入真长座中，与诸客同旋，聆其謦欬，不禁色舞眉飞，洵翰墨中奇观也！书名曰"梦"、曰"影"，盖取"六如"之义。饶广长舌，散天女花，心灯意蕊，一印印空，可以悟矣。

乙未夏日震泽杨复吉识。

跋四

余习闻《幽梦影》一书，着墨不多，措词极隽，每以未获一读为恨事。客秋南沙顾耐圃茂才示以钞本，展玩之余，爱不释手。所惜尚有残阙，不无余憾。今从同里袁翔甫大令处，见有刘君式亭所赠原刊之本，一无遗漏，且有同学诸君评语，尤足令人寻绎。间有未评数条，经大令一一补之，功媲娲皇，允称全璧。爰乞重付手民，冀可流传久远。大令欣然曰诺。故略志巅末云。

光绪五年岁次已卯冬十月仁和葛元煦理斋氏识。

幽梦续影

（清）朱锡绶　撰

程静之　周挺启　校点

整理说明

详见《幽梦影》之"整理说明"。

幽梦续影序

　　吾师镇洋朱先生，名锡绶，字撷筠，盛君大士高足弟子也。著作甚富，屡困名场。后作令湖北，不为上官所知，郁郁以殁。祖荫裳轺之年，奉手受教，每当岸帻奋麈，陈说古今，诲童发蒙，使人不倦。自咸丰甲寅，先生作吏南行，遂成契阔。先生诗集已刊版，毁于火，他著述亦不存。仅从亲知传写，得此一编，大率皆阅世观物、涉笔排闷之语。元题曰《幽梦续影》，略如屠赤水、陈糜公所为小品诸书，虽绮语小言，而时多名理。祖荫不忍使先生语言文字无一二存于世间，辄为镂版，以贻胜流。屋乌储胥，聊存遗爱。然流传止此，益用感伤。昔宋明儒门弟子，刊行其师语录，虽琐言鄙语，皆为搜存，不加芟饰。此编之刊，犹斯志也。

　　光绪戊寅四月门人潘祖荫记。

　　真嗜酒者气雄，真嗜茶者神清，真嗜笋者骨臞，真嗜菜根者志远。

　　　粟隐师云：余拟赠啸筠楹帖曰：神清半为编茶录，志远真能嗜菜根。

　　鹤令人逸，马令人俊，兰令人幽，松令人古。

　　　华山词客云：蛩令人愁，鱼令人闲，梅令人癯，竹令人峭。

　　善贾无市井气，善文无迂腐气。

　　　张石顽云：善兵无豪迈气。

　　学导引是眼前地狱，得科第是当世轮回。

　　　陆眉生云：昵倡优是眼下恶道。

　　求忠臣必于孝子，余为下一转语云：求孝子必于情人。

熊襄愍云：情人又安所求之？

王问莱云：必也其在动心忍性中。

造化，善杀风景者也。其尤甚者：使高僧迎显宦，使循吏困下僚，使绝世之姝习弦索，使不羁之士累米盐。

补桐生云：和尚四大皆空，虽迎显宦，无有显宦。

日间多静坐，则夜梦不惊；一月多静坐，则文思便逸。

黄鹤笙云：甘苦自得。

观虹销雨霁时，是何等气象；观风回海立时，是何等声势。

陆又珊云：我师意殆谓改过宜勇，迁善宜速。

贪人之前莫炫宝，才人之前莫炫文，险人之前莫炫识。

悼秋云：妒妇之前莫炫色。

忏绮生云：妾人之前莫炫才。

文人富贵，起居便带市井；富贵能诗，吐属便带寒酸。

华山词客云：不顾俗眼惊。

王寅叔云：黄白是市井家物，风月是寒酸家物。

花是美人后身：梅，贞女也；梨，才女也；菊，才女之善文章者也；水仙，善诗词者也；荼䕷，善谈禅者也；牡丹，大家中妇也；芍药，名士之妇也；莲，名士之女也；海棠，妖姬也；秋海棠，制于悍妇之艳妾也；茉莉，解事雏鬟也；木芙蓉，中年侍婢也；惟兰为绝代美人，生长名阀，耽于词画，寄心清旷，结想琴筑，然而闺中待字，不无迟暮之感。优此则绌彼，理有固然，无足怪者。

眉影词人云：桂，富贵家才女也；剪秋罗，名士之婢妾也。

省缘师云：普愿天下勿栽秋海棠。

能食淡饭者，方许尝异味；能涧市嚣者，方许游名山；能受折磨者，方许处功名。

郑盒云：然则夫子何以不豫色然？

非真空不宜谈禅，非真旷不宜谈酒。

莲衣云：居士奈何自信真空。

香祖主人云：始知吾辈大半假托空旷。

雨窗作画，笔端便染烟云；雪夜吟诗，纸上如洒冰霰。是谓善得天趣。

诗盦云：君师盛兰雪先生云：冰雪窖中对人语，更于何处着尘埃。冷况仿佛。

凶年闻爆竹，愁眼见灯花，客途得家书，病后友人邀听弹琴，俱可破涕为笑。

沈石生云：客中病后，凶年愁眼，奈何？

观门径可以知品，观轩馆可以知学，观位置可以知经济，观花卉可以知旨趣，观楹帖可以知吐属，观图画可以知胸次，观童仆可以知器宇，访友人不待亲接言笑也。

香祖主人云：此君随地用心，吾甚畏之。

余亦有三恨：一恨山僧多俗，二恨盛暑多蝇，三恨时文多套。

赵享帚云：第三恨务请释之。

蝶使之俊，蜂使之艳，月使之温，庭中花斡旋造化者也；使名士增情，使美人增态，使香炉茗碗增奇光，使图画书籍增活色，室中花附益造化者也。

星农云：啸筠之画庭中花，啸筠之诗室中花。

无风雨不知花之可惜，故风雨者，真惜花者也；无患难不知才之可爱，故患难者，真爱才也。风雨不能因惜花而止，患难不能因爱才而止。

仙洲云：晴日则花之发泄太甚，富贵则才之剥削太甚。故花养于轻阴，才醇于微晦。

琴不可不学，能平才士之骄矜；剑不可不学，能化书生之懦怯。

香轮词客云：中散善琴，去不得"骄矜"二字。

毕雄伯云：气静则骄矜自化，何必学琴；气充则懦怯自除，何必学剑。

美味以大嚼尽之，奇境以粗游了之，深情以浅语传之，良辰以酒食度之，富贵以骄奢处之，俱失造化本怀。

张企崖云：黄白以悭客守之，翻似曲体造化。

楼之收远景者，宜游观不宜居住；室之无重门者，便启闭不便储藏。庭广则爽，冬累于风；树密则幽，夏累于蝉。水近可以涤暑，蚊集中宵；屋小可以御寒，客窘炎午。君子观居身无两全，知处境无两得。

少郭云：诚如君言，天下何者为安宅。

忧时勿纵酒，怒时勿作札。

粟隐师云：非杜康何以解忧？

不静坐，不知忙之耗神者速，不泛应，不知闲之养神者真。

钱云在曰：不阅历不知《幽梦续影》之说理者精。

笔苍者学为古，笔隽者学为词，笔丽者学为赋，笔肆者学为文。

篯舲云：笔高浑者学为诗。

读古碑宜迟，迟则古藻徐呈；读古画宜速，速则古香顿溢；读古诗宜先迟后速，古韵以抑而后扬；读古文宜先速后迟，古气以挹而愈永。

梅亭云：若得摩诘辋川真本，肯使其古香顿溢乎？

物随息生，故数息可以致寿；物随气灭，故任气可以致夭。欲长生，只在呼吸求之；欲长乐，只在和平求之。

澹然翁云：信数息而不信导引，何耶？

雪之妙,在能积;云之妙,在不留;月之妙,在有圆有缺。

二如云:月妙在缺,天下更无恨事。

香轮云:山之妙在峰回路转,水之妙在风起波生。

为雪朱阑,为花粉墙,为鸟疏枝,为鱼广池,为素心开三径。

梅华翁云:一二句画理,三四句天机,第五句古人风。

筑园必因石,筑楼必因树,筑榭必因池,筑室必因花。

春山云:园亭之妙,一字尽之,曰借,即因之类耳。

梅绕平台,竹藏曲院,柳护朱楼,海棠依阁,木犀匝庭,牡丹对书斋,藤花蔽绣闼,绣球傍厅,绯桃照池,香草漫山,梧桐覆井,酴醾隐竹屏,秋色依阑干,百合仰拳石,秋萝亚曲阶,芭蕉障文窗,蔷薇窥疏帘,合欢俯锦帏,桂花媚纱槅。

鄂生云:红杏出墙,黄菊缀篱,紫藤掩桥,素兰藏室,翠竹碍户。

花底填词,香边制曲,醉后作草,狂来放歌,是谓遣笔四称。

师白云:月下舞剑,亦一绝也。

怡云云:绝塞谈兵,空江泛月,亦觉雄旷。

谈禅不是好佛,只以空我天怀;谈玄不是羡《老》,只以贞我内养。

稚兰云:谈诗不是美李杜,只以写我性情。

路之奇者,人不宜深,深则来踪易失;山之奇者,人不宜浅,浅则异境不呈。

警甫云:知此方可陟历。

木以动折,金以动缺,火以动焚,水以动溺,惟土宜动。然而思虑伤脾,燔炙生冷皆伤胃,则动中仍须静耳。

粟隐云:藏府精微,隔垣洞见。

习静觉日长,逐忙觉日短,读书觉日可惜。

桐生云：客途日长，欢场日短，侍亲日可惜。

少年处不得顺境，老年处不得逆境，中年处不得闲境。

涧雨云：中年闲境，最是无憀。

素食则气不浊，独宿则神不浊，默坐则心不浊，读书则口不浊。

华潭云：焚香则魂不浊，说士则齿不浊。

空山瀑走，绝壑松鸣，是有琴意；危楼雁度，孤艇风来，是有笛意；幽涧花落，疏林鸟坠，是有筑意；画帘波漾，平台月横，是有箫意；清溪絮扑，丛竹雪洒，是有筝意；芭蕉雨粗，莲花漏续，是有鼓意；碧瓯茶沸，绿沼鱼行，是有阮意；玉虫妥烛，金莺坐枝，是有歌意。

卧梅子云：阮字疑琵琶之误。

雪蕉云：海棠倚风，粉箨洒雨，是有舞意。

琴医心，花医肝，香医脾，石医肾，泉医肺，剑医胆。

蝶隐云：琴味甘平，花辛温，香辛平而燥，石苦寒，泉甘平微寒，剑辛烈有小毒。

对酒不能歌，盲于口；登山不能赋，盲于笔；古碑不能橅，盲于手；名山水不能游，盲于足；奇才不能交，盲于胸；庸众不能容，盲于腹；危词不能受，盲于耳；心香不能嗅，盲于鼻。

伯寅云：由此观之，不盲者鲜矣。

静一分，慧一分；忙一分，惯一分。

憩云居士曰：静中参动是大般若，忙里偷闲是三菩提。

至人无梦，下愚亦无梦，然而文王梦熊，郑人梦鹿；圣人无泪，强悍亦无泪，然而孔子泣麟，项王泣骓。

梅生云：漆园梦蝶，不过中材。

感逝酸鼻,感恩酸心,感情酸手足。

　　无隐生曰:有友患手足酸麻,医不能立方,惜未以《幽梦续影》示之也。

水仙以玛瑙为根,翡翠为叶,白玉为花,琥珀为心,而又以西子为色,以合德为香,以飞燕为态,以宓妃为名,花中无第二品矣。

　　退省先生云:莫清于水,莫灵于仙,此花可谓名称其实。

　　梅花翁云:虽谓陈思一赋,为此花写照,犹恐唐突。

小园玩景,各有所宜:风宜环松杰阁,雨宜俯涧轩窗,月宜临水平台,雪宜半山楼槛,花宜曲廊洞房,烟宜绕竹孤亭,初日宜峰顶飞楼,晚霞宜池边小杓。雷者天之盛怒,宜危坐佛龛;雾者天之肃气,宜屏居邃闼。

　　云在曰:是十幅界画画。

　　二如曰:雷景鲜有能玩之者。

富贵作牢骚语,其人必有隐忧;贫贱作意气语,其人必有异能。

　　梅亭云:意气最害事,贫贱时有之,即他日骄侈之根。

高柳宜蝉,低花宜蝶,曲径宜竹,浅滩宜芦,此天与人之善顺物理,而不忍颠倒之者也;胜境属僧,奇境属商,别院属美人,穷途属名士,此天与人之善逆物理,而必欲颠倒之者也。

　　忏绮生云:庭树宜月。

　　蝶缘云:非颠倒则造化不奇。

名山镇俗,步水涤妄,僧舍避烦,莲花证趣。

　　莲衣云:坐莲舫中,遂使四美具。

　　少郭云:余每过莲舫,见其舆盖阗塞,未知能避烦否也。

　　稚兰云:为下一转语曰:老僧于此避烦。

星象要按星实测,拘不得成图;河道要按河实浚,拘不得成说;民情要按民实求,拘不得成法;药性要按药实咀,拘不得成方。

退省子云：隐然赅天地人物。

奇山大水，笑之境也；霜晨月夕，笑之时也；浊酒清琴，笑之资也；闲僧侠客，笑之侣也；抑郁磊落，笑之胸也；长歌中令，笑之宣也；鹃叫猿啼，笑之和也；棕鞋桐帽，笑之人也。

玉涂生云：可作一则笑谱读。

医花十剂：壅以补之，水以润之，露以和之，摘以宣之，火以泄之，日以涩之，雨以滑之，风以燥之，祛蠹以养之，纱笼纸帐以护之。

梅花翁云：瓶供钗簪，非惜花者也。

小清闷阁主人云：石以镇之，香以表之。

朦字不能尽梅，淡字不能尽梨，韵字不能尽水仙，艳字不能尽海棠。

退省云：幽字不能尽兰，逸字不能尽菊。

兰丹云：襄于武原陈氏园池，见退红莲花数茎，实兼朦、淡、韵、艳、幽、逸六字之胜。

樱桃以红胜，金柑以黄胜，梅子以翠胜，葡萄以紫胜，此果之艳于花者也；银杏之黄，乌桕之红，古柏之苍，篁竿之绿，此叶之艳于花者也。

亨帚生云：果之妙至荔枝而极，枝之妙至杨柳而极，叶之妙至贝多而极，花之妙至兰蕙而极。枝叶并妙者，莫如松柏；花叶并妙者，莫如水仙；花果并妙者，莫如梅花；叶茎果无一不妙者，莫如莲。

脂粉长丑，锦绣长俗，金珠长悍。

香祖云：与富而丑，宁贫而美；与美而俗，宁丑而才；与才而悍，宁俗而淑。

雨生绿萌，风生绿情，露生绿精。

省缘云：烟生绿魂，月生绿神。

竹侬云：香生绿心。

村树宜诗,山树宜画,园树宜词。

　　云在曰:密树宜风,古树宜雪,远树宜云。

抟土成金无不满之欲,画笔成人无不偿之愿,缩地成胜无不扩之胸,感香成梦无不证之因。

　　冶水云:炼香为心无不艳之笔。

鸟宣情声,花写情态,香传情韵,山水开情窟,天地辟情源。

　　月舟云:雨濯情苗,月生情蒂。

　　萝月主人云:镫证情禅。

　　忏绮生云:诗孕情因,画契情缘,琴圆情趣。

将营精舍先种梅,将起画楼先种柳。

　　箬溪云:将架曲廊先种竹,将辟水窗先种莲。

词章满壁,所嗜不同;花卉满圃,所指不同;粉黛满座,所视不同。

　　莲生云:江湖满地,所寄不同。

爱则知可憎,憎则知可怜。

　　紫蕙云:怜则知可节取。

云何出尘?闭户是;云何享福?读书是。

　　澧荪云:闭户读书,尘中无此福也。

厚施与,即是备急难;俭婚嫁,自然无怨旷;教节省,胜于裕留贻。

　　印青居士云:施与也要观人,婚嫁也要称家。

利字从禾,利莫甚于禾,劝勤耕也;从刀,害莫甚于刀,戒贪得也。

　　春山云:酒从水,言易溺也;从酉,酉属金,亦是兵象。

乍得勿与,乍失勿取,乍怒勿责,乍喜勿诺。

戒定生云:乍责勿任,乍诺勿疑。

素深沉,一事坦率便能贻误;素和平,一事愤激便足取祸。故接人不可猝然改容,持己不可以偶尔改度。

无碍云:深沉人要光明,和平人要严肃。

有深谋者不轻言,有奇勇者不轻斗,有远志者不轻干进。

心白云:有侠肠者不轻施报。

孤洁以骇俗,不如和平以谐俗;啸傲以玩世,不如恭敬以陶世;高峻以拒物,不如宽厚以容物。

心逸云:能和平方许孤洁,能恭敬方许啸傲,能宽厚方许高峻。

冬室密,宜焚香;夏室敞,宜垂帘。焚香宜供梅,垂帘宜供兰。

证泪生云:焚香供梅,宜读陶诗;垂帘供兰,宜读楚些。

楼无重檐则蓄鹦鹉,池无杂影则蓄鹭鸶。园有山始蓄鹿,水有藻始蓄鱼。蓄鹤则临沼围栏,蓄燕则沿梁承板,蓄狸奴则墩必装褥,蓄玉猧则户必垂花。微波菡萏多蓄彩鸯,浅渚菰蒲多蓄文蛤。蓄雉则镜悬不障,蓄兔则草长不除。得美人始蓄画眉,得侠客始蓄骏马。

梅朦云:有曲廊洞房、药炉茶臼,始蓄丽妹;有名花美酒、象板凤笙,始蓄歌伎。

任气语少一句,任足路让一步,任笔文检一番。

问渔云:少一句气恬,让一步路宽,检一番文完。

以任怨为报德则真切,以罪己为劝人则沉痛。

华山词客云:任怨忌有德色,罪己不作劝词。

偏是市侩喜通文,偏是俗吏喜勒碑,偏是恶妪喜诵佛,偏是书生喜谈兵。

信甫云:偏是枯僧喜见女色。

子镜云：偏是贫士喜挥霍。

真好色者必不淫，真爱色者必不滥。

仲鱼云：拈花以微笑而止，饮酒以微醺而止。

侠士勿轻结，美人勿轻盟，恐其为我轻死也。

心白云：猛将勿轻谒，豪贵勿轻依，恐其轻任我以死也。

宁受呼蹴之惠，勿受敬礼之恩。

问渔云：呼蹴不报而亦安，敬礼虽报而犹歉。

贫贱时少一攀援，他时少一掣肘；患难时少一请乞，他日少一疚心。

仙洲云：富贵时少一威福，他日少一后悔。

舞弊之人能防弊，谋利之人能兴利。

沈箬溪云：利无小弊，虽兴不广；弊有小利，虽除不尽。

善诈者借我疑，善欺者借我察。

安航云：故疑召诈，察召欺。

过施弗谢，自反必太倨；过求弗怒，自反必太卑。

梁叔云：自反非倨，彼其人必系畸士；自反非卑，彼其人必为重臣。

英雄割爱，奸雄割恩。

兰舟云：爱根不断，终为儿女累。

天地自然之利，私之则争；天地自然之害，治之无益。

箬溪钓师云：因所欲而与之，其利溥矣；若其性而导之，其功伟矣。

汉魏诗象春，唐诗象夏，宋元诗象秋，有明诗象冬；包含四时，生化万物,其国初诸老之诗乎?

　　蕙侬云:六朝诗象残春,晚唐诗象残暑。

　　鬼谷子方可游说,庄子方可诙谐,屈子方可牢骚,董子方可议论。

　　玉淦云:留侯方可持筹,淮阴方可推毂。

　　无碍云:老子是兵家之祖,鬼谷是法家之祖,庄子是词章家之祖。

　　唐人之诗多类名花:少陵似春兰,幽芳独秀;摩诘似秋菊,冷艳独高;青莲似绿萼梅,仙风骀荡;玉谿似红萼梅,绮思婵娟;韦、柳似海红,古媚在骨;沈、宋似紫薇,矜贵有情;昌黎似丹桂,天葩洒落;香山似芙蕖,慧相清奇;冬郎似铁梗垂丝;阆仙似檀心磬口;长吉似优钵昙,彩云拥护;飞卿似曼陀罗,琼月玲珑。

　　啸琴云:微之似水外绯桃,牧之似雨中红杏。

幽梦续影跋

　　余重刊《幽梦影》,既蕆,吴门潘椒坡明府,远自临湘任所寄示以《幽梦续影》,谓为镇洋朱撷筠大令所著,其弟伯寅尚书所刊,曷不并入,以成合璧。余受而读之,觉词句隽永,与前书颉颃,一新耳目。爰体明府之意趣,付手民。愿与阅是书者,共探其奥而索其旨焉。

　　光绪七年季春月仁和葛元煦理斋识。

见吾随笔

（清）齐学培　撰

诸伟奇　校点

整理说明

《见吾随笔》，一卷，清齐学培撰。

齐学培，字兰畹，号见吾，室名日新草堂，清徽州婺源（今属江西）人。其生平不详，然从其《〈见吾随笔〉序》及杨棨、方维城等人序中可略有推知。齐氏自序作于清道光十二年（1832），序中说"觉五十年前之事，如梦初醒"，五十年前即乾隆四十七年，亦即 1782 年，当然此处"五十年"未必是确数；方维城序作于道光三十年（1850），序中说："今春，吴门聚首，出是编见示。先生年逾古稀，精神倍于少壮。""年逾古稀"，当已过七十岁，七十年前即1780 年；杨棨序亦作于道光三十年，他序中称"同年齐兰畹先生"，而自称"愚弟"，杨棨生于乾隆五十二年（1787），则齐氏生年当早于是年，此处"愚弟"即使是谦称，相差恐亦不会太大。如此，可推定齐学培生于乾隆四十五年即1780 年前后，而卒年当在 1850 年之后。

齐学培是当时名士，但科举不显。"科举之学早已名重一时，世之登巍科掇高弟者多奉为模楷"，方维城的这段赞扬，不是说他科举考试多么成功，而是说他考试文章曾经做得多，熟悉科举考试的套路，如同《儒林外史》中的马二先生。这从他无仕宦经历和清代艺文对其记载甚少似可推知。

从《见吾随笔》看，齐学培读过不少书，他留意心性之学，而心性之学中又添了些禅味。该书的意旨效法明代学者吕坤的《呻吟语》，形式上也同《呻吟语》，还有《菜根谭》，讲的是他在历经人世沧桑后的感悟。书中谈性理、谈向善，话题是多少代人讲过、多少代人听腻的话题，但他能结合自己几十年的切身体会，能渗透古往今来的成败悲欢，讲得真诚，文字又好，所以人们愿意听、愿意看。作者身处清代中晚期，大厦崩溃之势已成，作者似有所预感，或亦有匡救的冀盼，总之，读此书给人一种悲天悯人的感觉。笔者曾与友人戏言，这是一部比《菜根谭》还"菜根谭"的书。

该书刻于清道光三十年，光绪四年（1878）重刻。本次校点，即据光绪本为底本，系海内外首次标点面世。杨颖、胡芳二君参加了本书的录校工作。

诸伟奇

2012 年 9 月 28 日

杨棨序

余生平所遇多阻，居恒郁郁，自遭夷难，家室荡然。避地归来，栖身无所，赁屋数椽，偪仄复偪仄，老幼男女，杂处其中。重以舌耕糊口，父子聚徒一室，咿唔声与童稚笑啼声喧然迭起，而索诗文债者、谈琐屑事者，复日至于门，剥啄不绝，嚣无可避，真觉毯有针，壁有衷甲，书空咄咄，此心愈益不平。

一昨，同年齐兰畹先生枉顾，出所著《见吾随笔》见示，展读一过，不觉心为之静，气为之和，容膝之地俯仰甚宽，拂意之事恬适无迕。盖其言，皆从人情物理推勘而出，眼前指点，动自警心，故感人之速如此。先生风尘溷迹，而其荣粹然，其言蔼如，知其味道者深，曾抱疴四载，是编多病中所述，尤为见道之言。趣付剞劂，足以正人心，维世俗，不独能移我情已也。庚戌夏五年，愚弟杨棨顿首拜序。

方维城序

近世之学者，务为科举之学，或长于诗古文词，或工于正草隶篆，遂居然以名士自命，于是放浪形骸，奔走势利，其于穷理尽性之功，概置不讲，见有谈及性理者，反笑其为迂阔，此士品所以日卑，世风所以日下也。吾乡兰畹先生，真名士也。科举之学早已名重一时，世之登巍科掇高弟者多奉为模楷，而尤留意于心性之学。常读其所著《感应篇诗集》及《二十四孝诗集》，已见其立心之正，制行之善。今春，吴门聚首，出是编见示。先生年逾古稀，精神倍于少壮，及三复是编，始知《诗》之所谓"自求多福"，洵不诬也。是编也，理似玄而实精，论似创而实确，固从读书会悟而得，半由处世阅历而来，可以治心，可以保身，可以觉世，可以警世，非淹通经史、博览群书者不能作，亦不能读。古人读书，有恍然吾亦见真吾之乐，先生得其乐矣。或曰兰畹之先君静泉公制举艺之余，亦尝讲求于心性之学，其渊源盖有所自云。道光三十年春三月望前一日，世愚侄方维城拜题。

王炳题词

敬读是集，精理名言，曾见叠出，惟其阅历深、涵养邃，故能头头是道，语语透宗。请急付刊，以为斯世之晨钟暮鼓。问业门人王炳百拜谨注。

自 序

尝读袁子凡先生《四训立命》篇云：以前种种，譬如昨日死；以后种种，譬如今日生。此二语，实为迁善改过之要诀，开人以自新之门也。余自丙戌至己丑，抱痾四载，批阅善书格言，颇有所得，觉五十年前之事，如梦初醒，始恍然於人生在世生可带来、死可带去者，惟一善耳。凡富贵贫贱，得失寿夭，俱有数存，俱有命定，而惟善可以修造，惟善可以挽回。历观古往今来，感应因果，毫发不爽。因于觉悟之余，随其见之所到，意之所存，援笔书之，凡若干条，法吕新吾先儒"呻吟"二字之意，自病自医。明知病入膏肓，偷生旦夕，万不能如先儒之自视其身，常若病中，时时呻吟，事事呻吟，察之严而防之密，犹冀不至复蹈前此之种种，自速其死，去吾故吾，全吾今吾，而"见吾"之名所由命也，爰自题曰《见吾随笔》。道光十二年岁在壬辰上巳日，婺源齐学培见吾氏识于日新草堂。

重镌见吾随笔序

齐兰畹先生所著《见吾随笔》一书，洵入世之梯航，济人之药石也。虽随笔而书，寔随在皆道，亦即随人可学；人能随时体玩，随事遵行，不惟气日平，性日淑，即学问经济可以烝烝而日上。以故桑梓先辈，罔不奉作箴铭，而乡愚无知者流，因感悟而自化者亦复不少。慨自粤逆蹂躏，板付劫灰,抚斯编者,欲重刊而力有未逮。忆丁卯夏,予从戎来归,见患难之后,俗渐归真,人多返朴,若得此书随在提撕,其于世道人心大有裨益。因晤齐世兄南芗茂才,遍搜书籍,得一旧本,欲问手民,又以公私孔总,拨冗未遑。今幸稍暇用,是勉力捐赀,重付剞劂,盖不敢没先生善与人同之意,而先生之品行学问,亦于此觇其崖略云。光绪戊寅嘉平月,婺源俞藻华绣章氏重镌谨志。

人生富贵福泽,贫贱困苦,皆堕地时所定,所谓命也。然命中所应无者,天忽予之,皆由力行善事,广积阴功,自然转祸为福。观袁子凡先生《立命》篇自悟;命中所应有者,天忽夺之,皆由作恶日久,造业日深,以致转福为祸。观《敬信录》唐李登事自见。人可不必怨天,不必尤人,不必求神,不必问卜,荣枯利钝,只凭此心之善不善决之。《孟子》云:“祸福无不自己求之者。”《太上》篇云:“祸福无门,惟人自召。”此一定不易之理。人当时时感发,时时猛省。

少年登科,谓之不幸。伊川夫子为少年轻躁者,痛下针砭。如果登科后,去其骄张之气,归于沉潜,消其浅露之胸,加以培养,上则建功立名,次则著书立说,虽早亦何不可,朱文公十九登科,罗一峰亦早年登第,一为名贤,一为名宦。总要在身心性命上做工夫,虽早亦好,迟亦好;不然,早固不幸,迟亦不幸也。

人之五官百骸,俱听一心号令。心为尧、舜,五官百骸便是禹、皋、稷、契;心为桀、纣,五官百骸便是飞廉、恶来。甚矣!天君之不可不尊也。

力能驭六马,而不能制一心;才能障百川,而不能谨一口。故防意如城,守口如瓶,二语宜书座右。

将心放在当中,任他鬼怪妖魔,揶揄难入;若身甘居流下,即使世尊大士,呵护无从。

照貌用镜,照心用书;磨墨用砚,磨心用友;洗衣以灰,洗心以理;正物以绳,正心以礼。多读善书,则心愈光明;遍交直友,则心愈激发;依礼而行,则心不染于物欲;秉礼自守,则心不入于偏邪。

心无渣滓,好如出水芙蕖;意有牵缠,便似沾泥柳絮。

蔓草荒榛,尽是昔年歌舞之地;腴田华屋,多启后人争讼之场。念此,则营营无厌之心,可以少息。

满腔只藏着一善念，而凡贪念、嗔念、痴念、妒忌念、褊急念，一概驱逐在外。如铜墙铁壁，不使丝毫杂入此中，何等洁净，何等宽泰！

舍伦常，无品行；舍经史，无文章；舍气节，无功名；舍心性，无学问。

平旦鸡鸣，悟人生而静之始；深宵蝶梦，疑混沌未开之初。

花开正满，便藏一段飒机；子落初收，已含一番生意。鬼神变化之道，天地循环之理，于此可见。

名者，忌之根，当思所以消忌；利者，怨之薮，当思所以解怨。

三公之贵，当不得一骄字；万金之产，当不得一懒字。

人以节气为第一，宁使人忌，毋受人怜；人以忍辱为最先，宁受人欺，毋使人恨。

"炎凉"二字，人谓世情浇薄。不知，我果卓然自立，人虽轻我贱我，于我何辱？我不卓然自立，人即重我尊我，于我何荣？炎凉在人，而不使其炎凉者在我，人亦求其在我者而已。

石激湍头，悟气量之浅迫；珠藏海底，识性分之渊涵。

嗜欲为伐性斧斤，名利为缠身缰锁。非具只眼者，不能看破；非具大力者，不能脱开。

"精气"二字从米，知五谷之养人；"忿忍"二字有刀，悟七情之害性。

能守拙，自不为人所役；能寡言，自不为人所厌；能敛才，自不为人所忌；能慎行，自不为人所疑。

不与好辩者争是非，其辩自穷；不与好斗者争强弱，其斗自息；不与好智者争巧拙，其智自困。

兰本香草，而当门者必锄；樗本散材，而居岩者多寿。人无论巧拙，不可不择地而处也。

作事全在精神。精神散，则一事无成；精神聚，则万事皆理。试观远视近视者，利用镜，神聚故也。匠人眈而视之，亦得聚字诀。

灯光不如日光，而暗室藉以烛物；水力不及雨力，而旱天赖以滋苗。故用人不必求全，而应务当知救急。

治家之道，宜法公子荆一"苟"字；修身之要，当佩程夫子"四勿"箴。

说话千般，不如躬行一件；操持片念，便可受用终身。

己有过，检点不尽，何暇道人之过；人之长，追赶不上，何敢诮己之长。

五官惟目最重：圣门"四勿"、"九思"，以视为先；释家六根，以眼为首；

《太上感应篇》，连说见字。盖目为为善之引路，亦为为恶之先锋。故治心者，先治目。

反己自修，谤毁皆成药石；逢人自炫，誉闻何啻戈矛？

欲文过者愈文愈彰，善补过者愈补愈少。

千里之程：一日百里者，十日可到；一日五十里者，二十日可到；一日十里者，百日可到；甚至一日一里者，千日亦可到。惟忽作忽辍者，终无到期。

自知不通，便是通处；自谓无过，便是过处。自喜受用，正有不受用处；自甘困苦，终有不困苦处。

人不可无道学心，不宜有道学气。人不可少利济事，不必居利济名。

循谨之人，纵无美报，亦少奇祸；放诞之人，虽逃文网，必有天刑。

兵刃之盗贼，有限；衣冠之盗贼，无穷。兵刃之盗贼，易防；衣冠之盗贼，难制。

人不列四民之中，是谓闲民；事不列四教之中，是谓邪教。闲民无恒产，邪教无恒心，风俗所由败也。

恃财傲人者，其祸小；恃才傲人者，其祸大。以言教人者，其效浅；以身教人者，其效深。

贫者多谄；谄无所用，必傲。是可鄙而又可憎也。富者多骄；骄无所施，必吝。是取怒而又取怨也。

太上化人，其次容人，又其次让人；其下者，与人校；其最下者，与人争。

胸中有一求字，便消却多少志气；胸中存一耻字，便振起多少精神。

至人之喜怒，因人而生，可喜则喜，可怒则怒，喜怒所以无偏；常人之喜怒，由己而发，非喜而喜，非怒而怒，喜怒所以不当。

圣人照物，如日月然，彻表彻里，彻始彻终；贤人照物，如悬镜然，妍媸毕露，无所逃遁；常人照物，如秉烛然，照一件，见一件，照一时，见一时，烛明则见，烛灭则昏矣。

第一等人畏义理，第二等人畏清议，第三等人畏祸福，第四等人畏刑罚，最下者无所畏。无所畏，不可救药。

以少年而享老年之福，福必不长；以小才而负大才之名，名其立败。

磨墨偏斜，为顺手也；食物致病，为顺口也；行路由径，为顺足也。一"顺"字，最宜留心。

钱从两戈，利用实伤人之物；酒名三酉，夜饮为昏性之缘。

廊庙经纶，俱从屋漏做出；圣贤学问，皆由赤子参来。

人之所以赶不上圣贤者，只无恒二字，便了却一生。孔子云：得见有恒者，斯可以。恒者，作圣之基。

人情本厚，己自薄之，毋怪人之薄我也。古语云：无求自觉人情厚。此真破的之言。

金不炼，不精；玉不琢，不美；树不历冰雪，不坚；果不经风霜，不熟；人不耐艰苦，不能有成。

善念初生，如入光明地界；恶念乍起，如登危险矶头。

家不入三姑六婆，则闺门常肃；家不藏淫书艳曲，则子弟多贤。

欲知曾点之狂，非耽风浴；要寻颜子之乐，岂在箪瓢？

赵中令，以《鲁论》致太平；王介甫，以《周礼》误国事。同是书也，亦视其用之何如耳。

临患难，为召忽莫效夷吾；遇邪缘，为鲁男莫效柳下。

"分我杯羹"，汉高丧心至此，又何论走狗当烹；"分痛灼艾"，宋祖友爱如斯，何至疑摇红烛影？

博浪椎事虽不成，而留侯终遂报韩之志；鸿门宴计纵能用，而项羽终非得鹿之人。

学谨厚者，不过失为拘迂；学高旷者，恐易流于纵肆；学质直者，不过失为粗疏；学精明者，恐易流于酷刻。故原壤登木，庄子鼓盆，伦纪因之败坏；商鞅弃灰，申子置镊，民物遂以疮痍。

夏日水冷，冬日水热，观此可悟阴阳起伏之理。

天地之仁，但观雨露；天地之义，但观雷霆；天地之礼，但观山泽；天地之智，但观万物；天地之信，但观四时。

人日戴天，而不知天之所以为天也。夫天，即理也。人能循理，则合乎天矣；人不循理，则拂乎天矣。人不能一日不戴天，即不能一日不循理；人不能一息在天之外，即不能一息越理之中。木离土则枯，鱼离水则死，人离天理，独可常存乎？

身上有垢，数日不浣，便难忍耐；心中有垢，经年不浣，竟可自安。何也？弗思甚也。

心静，虽入朝市，亦静；心乱，虽居山林，亦乱。静乱之分，在心不在境也。

内照反观，随处皆形缺陷；瞒心昧己，无刻不犯宪刑。

静坐非全无思虑,惟从义理上想去,正是主静工夫。若一味枯坐,清净寂灭,便入禅教矣。

着意操存,虽险极人情,明如止水;无心检点,纵眼前物件,杳隔重山。

和而不同,慑服多少奸雄之辈;约则鲜失,保全多少才智之人。

世间无难处之事,只要忍得气,忍一时气,减一时忧;世间无难处之人,只要吃的亏,吃一分亏,享一分福。

行事须行九分,留有余步;用功当用百倍,发自强心。

路险反少踬蹶,路平多致颠倾,宜小心不宜大意;树短毋虑动摇,树高易形摧折,可藏拙不可逞才。

临事固贵果断,然果断工夫,全在平日格物致知,审时度势。事到手,自有一定不易道理,应之裕如。否则如持衡者,平日分两未曾认清,临时焉能称物。

处家之道,喜怒不可轻发,轻发则亵。雨主滋物,绵绵数日,人反怨之;雷主震物,号号终宵,人反忽之。

人只从一条正路走,何等宽平顺适。彼走小路者,或被棘棘钩缠,或被污泥陷溺,或被崎岖倾跌,歧之又歧,悔何及已!

绳紧缚必断,刀急下必伤,门重闭必坏:事着忙必错。

《易》曰:"言有物,而行有恒。"物字宜玩,凡言之无关于伦常日用人心风化者,皆为无物之言。文贵有内心,内心即物也;诗贵有寄托,寄托即物也。古来之以诗文名世者,大都借题发挥,寄托遥深,字字俱从血性中流出,所以不朽。

文以载道,非阐道之文,名为书蠹;字贵入神,非有神之字,名为墨猪。

文肖乎人。其人诚笃,文必庄重不佻;其人高洁,文必清矫不群;其人豪迈,文必洒脱不羁;其人温和,文必从容不迫。阅文者,虽未面其人,而其人之性情品谊学问,皆流露行间,阅其文如见其人也。

好攻人短者,必护己短;好夸己长者,必忌人长。

与人同事,宜让功,不宜争功;与人共劳,宜任怨,不宜推怨。

待人不可藏假,藏假必倾;处世莫太认真,认真则破。为人谋事,当具热肠;与人共名,当着冷眼。

与小人处,不宜与辨。辨则其计可售,不辨则其法自穷。观孔子待阳货,孟子待王驩,可见。

明知人欺而受其欺，明知人谤而受其谤，是谓有量。见人之贤不让其贤，见人之才不让其才，是谓有志。

人或毁我，有则改之，无则加勉，何啻药石之投；人或誉我，如恐不及，如患弗胜，益懔冰渊之坠。

撄人怒者，取祸之道；使人怒而不敢言者，其祸尤大。动人感者，积德所致；使人感而不能忘者，其德愈深。

见贫贱人，不可生厌恶心，尤当加以怜悯；见富贵人，不可生妒忌心，尤当加以尊敬。人失意时，不可存淡漠心，尤宜加以劝慰；人得意时，不可存诮诮心，尤宜加以规谏。如此，方可谓存心忠厚。

分外无求，何怕炎凉世界；心中有主，不愁危险人情。

嫉人不宜太深，防激生变；誉人不宜过当，恐纵多骄。

恶人者，宜知其好处，不可一味抹煞；爱人者，宜知其病处，不可一味称扬。

凡稠人广众之中，说话更宜加谨。倘高谈阔论，有暗中人心病者，在己虽出无心，而在彼视为有意：怀恨取祸，端在于此。

凡人誉我必喜，毁我必怒。要知誉我者，当，受之无愧；不当，愧且不遑。何喜之有？毁我者，当，反之宜惧；不当，惧益加修。何怒之有？

人一身，耳、目、手、足、口、鼻、四肢、百骸、五脏、六腑、指甲、头发，皆有用处，惟眉无用处；然非此，便不成相矣。故人知有用之为用，而不知无用之为用，其用更微。

挑肩贸易者，切不可占便宜。我多用数钱，不见欠缺；彼多入数钱，便觉盈余。世有千百金，可以浪费；而一二钱，必要较量苛刻。何不思之甚也。

良心未丧，盗贼亦有悔罪之时；吝念不除，富贵终无济人之事。火动，则散；水动，则浊；人动，则昏。程夫子所以教人用绳系足之法。静则生明也。

以水投石，石不能受；以石投水，水能受之。柔，克刚也。

论世知人，须要设身处地；持躬接物，切莫举念瞒天。

小人，好利；君子，好名。好利者，无论矣；好名之心重，亦是一大病。为善好名，则心不诚；为学好名，则志不笃；为事好名，则意不专。故民无能名，方为至圣；民无得称，方为至德。

为善，不望报，是为真善；读书，不求名，方谓知书。

万事纷乘,总归一理;万物沓至,不外一情。得其理,顺其情,而天不治。

家人有严君,亲而又尊也。元后作父母,尊而又亲也。一家尊亲,则家齐;一国尊亲,则国治;天下尊亲,则天下平。

任人,贵有专司。有专司,则有责成。唐虞命官,禹、皋、稷、契,何事不可任,而水火工虞,各专一司,亦责成之意也。以孔子之圣,犹谦言执御,余可知已。世之自诩为通才,而实无一长足录者,盖鉴此。

规矩准绳,法也。不平之以心,则偏矣。故治法,不如治心。发好布令,言也。不示之以身,则悖矣。故言教,不如身教。

锄大奸,不宜轻动;除积弊,不宜太急;立新法,不宜过严;用旧人,不宜屡易。

人生罪孽,贪、嗔、痴三字不能脱开;居官箴铭,清、慎、勤三言可以长守。

为治者,非大利害不可更张,即令更张,亦必先除害,而后与利,则人心服,而事易成。不然,未施信于民,而求民信,难矣。

事上司,固宜敬谨,然事关重大,亦不可轻易顺从;驭下吏,务要严明,倘事属细微,亦不可作难苛察。

雷惊物,风散物,惊所当惊,惊之功与散同;霜杀物,露滋物,杀所当杀,杀之功与滋同。故圣王之世,以生道杀民,而民不怨。

为治之道,勿以苛察为能,勿以鲁莽从事,勿以模棱两可、自示忧容,勿以执拗一偏、自矜果断。

居官贵廉,然廉必须省用,欲省用必须减人。人冗则用繁,虽欲廉不能廉,而弊窦开矣。

凡开宗族伦常闺阃之件,务宜极力保全,使两造勿伤和气,勿玷名节,阴骘匪轻。

为官者,不外“知仁勇”三字。民无遁情,知也;狱无冤囚,仁也;案不留牍,勇也。具此三者,方不愧为民父母。

审案,重在初堂,再三穷问,易得真情。至后覆讯,未免讼师教供,胥吏舞弊,随认随翻,案难结矣。

居官者,不可窥上司意旨,曲为逢迎;不可徇同寅私情,自贻牵累;不可靠幕友腹心,受其贿卖;不可听胥吏语言,任其蒙蔽。四者,居官之大要也。

出仕后,不可忘却初心;致仕后,尤当保全晚节。

人有才而无德,譬彼漏卮,虽文采可观,终归废物。人有德而无才,值同古鼎，纵时俗不合，的是奇珍。

交刚暴之人易，交阴柔之人难。教愚蠢之子易，教才智之子难。处贫贱，须退一步想；希圣贤，当进一步观。

圣人负生知之质，而常抱冲虚；愚人擅一艺之长，而辄相夸耀。是故，圣益圣，愚益愚。

圣人之心，浑然天理。浑字最妙。浑则无圭角，浑则无欠缺，浑则无太过不及。

圣人教人，毫不强人所难。如"克复"二字，是圣门传心要诀。然人欲是后来的，天理是生来的，人欲净尽，天理流行，亦不过克其所本无，复其所固有而已。

世人攘攘扰扰，谁打破名利关头？君子战战兢兢，方立定圣贤根脚。

心如青天白日，貌如霁月光风，非入圣贤之门者，未易臻此。

天下所最难对者，一己耳。能对得己住，则对朋友，对君父，对天地鬼神，无不可矣。

解人一难，胜读几卷阿弥；让人片言，当吃半年斋素。

患难之来，须识大诫小惩，天之垂爱无尽；宠荣忽至，要如临深负重，我方坐享能长。

人有辱于我者，当思所以取辱之由；人有谤于我者，当思所以得谤之故。究其由，察其故，而反躬刻责，则辱自泯，谤自息矣。

古人有《得半歌》，唤醒一切人。一生覆危蹈险，至死不顾者，皆求全之心中之也，事不求全，而得半自足，何晏如也。余因《半字歌》，又进一说，曰惟学不可半途而废。

一日无拂意事，学问便无增长处；一日无惬意时，学问便无实获处。

为学者，最患不知自已病痛。譬如患毒麻木，不知痛痒，虽针灸而亦无所用，毒便难治。

以众闻众见之心，用于不闻不见之地，则学进；以不闻不见之功，验于众闻众见之地，则学成。

处世不可无知足心，不知足，有苦日而无乐日；读书不可存自足心，一自足，有退境而无进境。

君子敬在居常，虽临患难而不变；小人肆在平日，故当危险而辄惊。

一味见人不是，虽鸡犬亦觉可憎；一味见已不善，即豺狼亦堪共处。

步步踏着实地,眼前虽似迂阔,后来自有收成;事事务箇虚名,口头虽博声称,异日终难掩饰。

得意则喜,失意则悲,由无涵养;责人则明,知己则暗,端为偏私。人不可无所长,百工技艺,有见长之处,未有不得力于此者。故君子不尚泛务,而贵专家。

不善用人者,我,为人用;善用人者,人,为我用。

人一身所服者,冬一裘,夏一葛而已;一日所食者,饭一盂,菜一盘而已。其余,皆非所急需,而必拼命抵死,朝朝暮暮,营营扰扰,常作无厌之求,抑亦愚矣。

安分,以当贵;俭用,以当富;无忧,以当福;立德,以当寿;守拙,以当智;秉直,以当勇;居闲,以当仙;忍辱,以当佛。

种树,悟修身之法;芟草,悟除恶之法;防川,悟谨言之法;掘井,悟勤学之法;舞剑,悟写字之法;嚼果,悟读书之法;观涛,悟行文之法;斩丝,悟理事之法;堕甑,悟应变之法;食蔗,悟处境之法;量材,悟用人之法;弹棋,悟行兵之法;烹宰,悟治国之法;絜矩,悟平天下之法。

谋生之计,不可无;趋利之心,不可有。

人当睡去时,即日中有用之物,所积之财,所置之产,所爱之人,所恋之事,尽行抛去;迨至醒来,便不能舍。人能时时作睡去想,又将睡去时作死去想,世味便如嚼蜡矣。

人不戒杀而放生,徒增罪业;为好施而妄取,专博虚名。

人至盖棺始定,一息尚存,谁是恶人,谁是西子?物以得用为佳,百器具在,何论百砾,何论珍珠!

物之成败有数,若因败而生嗔,于物何补?反多一番气恼;遇之穷达无常,若因穷而生怨,于遇何加?反增一番愤闷。知此,凡拂逆之来,自可怡然顺受。

山中有五趣:鸟语花香,助幽隐趣;松涛岩瀑,助豪壮趣;磬声梵音,助清淡趣;丹崖翠壁,助超远趣;石泉水月,助雅洁趣。

即事论事,自无羡谈;因人用人,自无废事;随境处境,自无越思。

人当暑天,每谓炎热,不堪忍耐。试在家中,忽想路上行人,便凉快矣;在路上,忽想峻岭挑担人,便凉快矣;在峻岭上,忽想狱中披枷带锁人,便凉快矣。天下事,退一步想,自有许多受用处。若一味向前想去,虽位极三公,富至百万,亦如苦海中过日矣。

花开花落,可知富贵无常;春去春来,堪叹光阴有限。

语挚情真,怒骂皆成功德,神清气静,梦寐亦见工夫。

常履平地,竟忘平地之宽,必至乘危陟险,方见;安居无事,谁解无事之乐,必待时穷势迫,方知。

言不可说尽,力不可用尽,势不可行尽,福不可享尽,便宜休要占尽,机关切莫使尽,为人只求自尽。凡事,当留有余不尽。

月晕而风,础润而雨,几使然也。人不知几,未有不罹其祸。翔而后集,鸟知几也;悠然而逝,鱼知几也。可以人而不如鸟鱼乎?《易》曰:"君子见几而作,不俟终日。"言其断也。

守一恕字,处世良方;进百忍图,齐家要诀。

见道未明,真如梦中过日;逢人自是,何异井底观天。

世言本分二字最难:稍太过,便溢乎本分之外;稍不及,便歉乎本分之中。必如君子之素位而行,思不出位,方可。

有义理之性,有食色之性。义理之性,在一"养"字;食色之性,在一"制"字。制外,所以养中也。

人不能离"造化"二字。造者,自无而之有;化者,自有而之无。

得名须要保名,名可保自可大;享福尤当惜福,福愈惜则愈增。

阴阳燮理,见丙吉之问牛;祸福循环,悟塞翁之失马。

看花只看半开时,何等风流,何等蕴藉。

善念以渐而充,恶念以渐而积,学问以渐而进,祸患以渐而成。一"渐"字,是上达下达关头。

顺口之物少吃,逆耳之言多听,益我之友宜亲,损人之事莫做。

掩之诚是,方为孝子之心,必谓择地可以求荣,郭璞应无杀身之祸;讳疾忌医,诚非保身之道,必谓服药可以救命,秦缓当除而竖之灾。

无过便是功,何事如天手段;居功便是过,须知若谷胸怀。

人一生,无邪缘相凑,无讼事牵累,无蠢妻逆子气恼,无五官百骸病痛,便是一大快活人。

"让"字大佳,用之为学,则不佳;"贪"字大病,用于为善,则非病。

处小事不疏忽,处大事不矜持,处常事不懒惰,处变事不张皇。非涵养到者,不能。

人用智，我以拙守之；人用刚，我以柔全之；人用诈，我以诚通之；人用动，我以静镇之。守以拙，则无机械之心；全以柔，则鲜暴戾之气；通以诚，则戢诪张之念；镇以静，则免憧扰之形。

听言轻发，必至招尤；应事着忙，定多贻误。

处事不可模糊，然亦不宜过于苛察；持身不可污鄙，然亦不宜过于清高。

恐贻后悔，不如慎之于先；既失先机，尤当补之于后。故蛊事之坏，取诸甲；巽事之权，取诸庚。圣人慎始终之意也。

处事，论是非，不论利害。若论利害，则畏首畏尾，事难行去。然是非明，而利害随之。有目前见为利，而事后受其害者，有目前见为害，而事后受其利者。总于是非别之也。

事两可者，必择一可者应之；然可之中，又有轻重精粗缓急疏密之处，是可之中又有可焉。应事者，不可不审也。

应天下事，无论巨细，只要一"真"字。若能认真，虽细微事，亦极费精神。若不认真，虽临大事，亦含糊过去。惟真则诚，诚能动物。不诚，未有能动者也。

一日所行之事，现在者，宜着精神，不可苟且忽略；事已过者，不留；事未至者，不想。得此法以应务，第一安闲，第一快乐。

思不出位，妄念私念皆除；事能原情，公道恕道皆备。

世间争端未息，与人恋恋不休，冤冤相报者，皆由胜心所致。然吾谓天下之存胜心者多，而真能胜人者实少，如人辱我，我亦辱之，彼此均耳，何胜之有？惟人辱我，我容之，人仍辱我，我更力容之，人非禽兽，断无不省矣。此所谓制胜在我，能容人者，是真能胜人者也。

不必入寺烧香，父母便是活佛；何须记言书动，妻孥可作史官。

爱及发肤者为孝，临大节而能捐躯殒身者，更孝；不辞鼎镬者为忠，当大难而能托孤寄命者，更忠。

定省晨昏，生前不能爱日；擗踊哭泣，死后何必呼天？

不孝顺自家父母，反谓他人父，谓他人母；不友爱自家兄弟，反谓他人昆，谓他人弟：背亲向疏，可耻之甚！

广交不如寡交，寡交不如善交。广交者滥，寡交者陋，惟善交者，可以取益，可以远祸。

古人教子，自胎教始，由孩提以至成人，皆由小学以入大学，故人才奋兴，而风俗醇美。今人教子，稍知言语，便教以嬉笑怒骂，稍开知识，便教以机变巧诈，鲜衣美食以恣其欲，奴婢仆从以纵其性；间有父教颇严，而母为之护短，母教颇严，而祖父为之溺爱，骄傲成性，渐成忤逆。至年纪长大，教之不从，禁之不可，听之不能，必至流于匪僻而后止。噫！是谁之过与？

善为子孙计者，以笔砚为良田，以诗书为至宝，以仁义礼智为广居，以孝弟忠信为布帛菽粟。世世子孙，保守勿失，是为清白传家。

刑罚政令，是君治民之大权。居官者，惟知一一受之于君，非己所得而私：用刑时，自不敢率意妄断；出令时，自不敢任意妄行。

为师之道，所关阴骘匪浅。人家些小器物，授之百工，尚且叮咛嘱托，必欲其造作工致，况以子弟从师，一生之成败系之，即一家之隆替系之，并祖宗之荣辱系之。为师者，当严加约束，养其德性，启其知识，充其才质，必使学问有成而后止。为子弟者，虽一时畏惮，而终身受益无穷。迨至显亲扬名，不但一身感之，其父兄亦感之，其祖宗亦感之。否，或任其嬉游，听其纵放，甚至蒙蔽主人，代为掩饰，日流于匪僻，而靡所底止。为弟子者，虽一时快乐，而终身坑误不浅，迨至败家丧身，始知悔悟，噬脐无及矣。师与天地君亲并列，而误人子弟，其伤阴骘何如哉？余授徒四十余年，常书此以自警。

事长上，须知下有儿孙；待奴婢，要知彼亦人子。

谈天文，说地理，伦纪上不究心，终成虚架子；求高第，望巍科，阴骘中多抱疚，必属落魄人。

富贵家，有穷亲戚常相往来，有寒宗族时相欢叙，有旧朋友长相过从：定是忠厚人家，享富贵必能久远。

治病莫如养心，心安则病自减；禳灾必须改过，过寡则灾渐消。

龟蛇服气而得年，调补之言可废；犬马劳形而早毙，驰逐之念应消。

饭后毋多言，多言伤气；病后毋多言，多言损神；醉后毋多言，多言惹祸。

少应酬，则多闲；少言语，则寡过；少驰逐，则免祸；少嗜欲，则减病。

惜谷，为养命之源；惜字，为读书之本；惜财，为持家之要；惜福，为延寿之方。

从外入者，病易除；从内出者，病难除。故除身病者，十有八九；除心病者，十仅一二。

身稍劳动，则病少生；口甘淡泊，则病少入；心极平和，则病少缠。惟好懒、好味、好气之人，时常多病，如小儿谨闭房中，不见风日，病尤易中。病虽气运所关，然病寻人者少，人寻病者多耳。

种树，不必枝枝叶叶培之，只顾根本；治病，不必上上下下察之，只顾元气。

人之病也，大半由于自致。郭开符曰：三十以前，不知爱惜精神，我去寻疾病；四十以后，才知爱惜精神，疾病又来寻我。旨哉言也。

天地节，而四时成。不节，则冬行春令，春行夏令，夏行秋令，秋行冬令。而况人乎？饮食不节则脾滞，筋力不节则体疲，嗜欲不节则精竭，言语不节则气伤，起居不节则神倦，日用不节则财匮。节之时义，大矣哉！

能知内重外轻，则德日进；能知先难后易，则业日崇；能知开来继往，则道日宏；能知谨小慎微，则学日邃。

学澹泊，先去贪念；学和平，先去妒念；学忍辱，先去嗔念；学静默，先去妄念；学公正，先去私念；学诚笃，先去欺念。

人谓天资高者多不用心，不知不用心者，便是资不高。如资果高，穷一理，必穷至极处，自然由表彻里，由粗入精，必致义理融会贯通而后止。其不用心者，正由资质庸弱，得其糟粕，自谓道在是矣，有何进境。

天下祸患之来，大半由于自取。自取者何，不能忍也。忍有二义：人来犯我，忍而不发，是谓忍气；物来诱我，忍而不入，是谓忍性。语云：忍字敌灾星。至言也。

敬、恕二字，是彻上彻下功夫。

元旦日，自有一番新气象，人能自新其德。苟日新，日日新，又日新，岂非第一日为第一等事乎！有志者，请以此日为始。

震无咎者存乎悔，悔字为改过大关头。悔而不改者，非真悔也。真悔，则能改必矣。

能全人骨肉，是天下第一阴功，居官者尤宜留意；能息人纷争，是天下第一方便，居乡者尤宜存心。

耐烦二字，最难。不耐烦，必至进锐退速，始勤终怠，此便是无恒病根。

处贫，见守力；处逆，见忍力；处难，见定力；处变，见识力。

人莫不乐为君子，而为善者卒少；人莫不恶为小人，而为恶者卒多。其故何哉？善者主敬，一动一静，恪遵礼法，不容妄为，是以难也；恶者常肆，一动一静，任其放纵，无所拘束，故易溺也。独不思为善不已，福自随之,片念操持,一生受用;为恶不已,祸必及之,片刻欢娱,一生潦倒。一则多少便宜,一则多少失算。所谓君子落得为君子,小人枉自为小人也。可不勉哉!可不惧哉!

积德故是美事,能积阴德更美:不求人知,不求人见,皆诚念所结;作恶固属凶事,若作隐恶更凶:无人指摘无人攻发,其患害尤深。

《易》曰:"吉、凶、悔、吝生乎动。"吉居其一,而凶、悔、吝居其三。人身一动,百为交集,万感纷乘,非如临深履薄,战战兢兢,有不动辄得咎乎?况敢无忌惮心,肆意妄行,宜其堕入苦海者多矣。

修身之法,宜动静交养。有动无静,失于憧扰;有静无动,流于虚寂。动而不乱,动中有静也;默而能识,静中有动也。一动一静,互相省察,则私意自无所容,而心德全矣。

火气二字,为害最大。接人有火气,必惹是非;应事有火气,必至错乱;居家有火气,必见乖离;立朝有火气,必相倾轧。昔立之从明道先生三十年,未尝见其忿厉之容。薛文清曰:"某二十年,治一'怒'字,尚不能消磨殆尽,方信克己之难。"吕东莱性卞急。一日,诵孔子"躬自厚,而薄责于人"语,忽发深省,而忿懥涣然,后与人言,未尝有疾辞遽色。

少年英锐之气,自不可少,然不济以沉潜,加以韬晦,则锋芒太露,必遭伤折。观唐四杰,可悟矣。

勤俭,美德也。勤而无度必劳,劳反少功;俭不中礼必吝,吝则生怨。

无论士农工商,吃一日饭,做一日事,便是世间良民。若游手嬉闲,浪度岁月,未有不流入匪僻者。

处人时要体贴,治己时要提撕,应务时要谨慎,用功时要勇猛。能体贴则情平,能提撕则心聚,能谨慎则事成,能勇猛则学进。

果报之说,世有信者,有不信者。其不信者,因见世人为善者多遭磨折,为恶者每获荣昌,以致疑惑顿生,谓天道无知,不足凭者。殊不知为善者磨折,即贫贱忧戚、玉汝于成之意也;为恶者荣昌,即恶不积、不足以灭身之谓也。且安知为善者非外袭善迹,而内无善心;为恶者虽偶被恶名,而实无恶意。天之祸福人,如圣人褒贬人一般,非寻常耳目所能悉者。又安知本人为善,非因祖宗之余殃,而责偿前债;本人为恶,非因祖宗之余泽,而得庇后昆。且安知为善恶者,未曾到头,此宗案卷,天公尚未通盘结算,故有速报,有迟报,有速在目前报者,有迟至数年及数十年始报者。速报祸小,迟报祸大,速报福轻,迟报福重,报应之理,毫发不爽。奈世之不信者,为善不坚,为恶不改,将昧昧以终其身也。哀哉!

言行二字,圣人谆谆垂戒,而最发人深省者,莫如"机枢之发、荣辱之主"二言。人纵不求荣,独不思远辱乎?奈何妄言妄动,而甘受辱也。

十二时中,将一时静坐,此收心第一法。

人之一身,一小天地也。仁、义、礼、智、体四德也;视、听、言、动、法五行也;阴、阳、血、气顺时令也;明、动、晦、休通昼夜也。故天地与人,谓之三才。

积德者天不能贫,安分者天不能灾,乐道者天不能苦。

天地生物,原以给生人之用,而未形其不足。其不足者,病在一奢字。富家一饭,足供穷人数月之粮;贵家一衣,足给贫民半年之产。以致暴殄日深,物力日竭,繁华太甚,饥馑荐臻。此亦天运循环之理。主持风化者,宜力挽之。

吃饭,便思农人之苦;穿衣,便思蚕妇之苦;用器,便思百工之苦。如此,庶不至暴殄天物。

刀之利者,易摧;衣之美者,易敝;笔之佳者,易秃;名之盛者,易倾。凡物以本质为贵。纸,以素为本,而后加以绚采;味,以淡为本,而后调以酸咸;衣,以布为本,而后饰以絺绣;人,以诚为本,而后发以才华。

仁义礼智四端,不独人有之,物亦有之。乌反哺,羊跪乳,仁也;鸠有别,雁从一,义也;豺祭兽,獭祭鱼;礼也;兔营窟,狐听冰,智也。可以人而不如物乎?

先上船者后登岸,先开花者早结子。一先字最令人喜,尤令人怕。

理、欲不容并立。纯是理为君子,纯是欲为小人,人所易知也。惟理欲混杂,谓为君子不得,谓为小人亦不得。阳为君子阴为小人,名为君子实为小人,仍不如专为小人者,猛省回头犹可望其为君子也。

今人之所谓狂,即昔人之所谓傲也。象之恶只一傲字,丹朱之不肖。亦只一个傲字,傲之为祸最烈。欲治傲病,惟谦字是对症妙药。

七情中惟一怒字难去,然亦不可少。不当怒而怒者暴,当怒而不怒者馁。天有祥云甘雨,亦不可无烈风迅雷。

估物价,宜多说些;问人年,宜少说些。亦是曲体人情之处。

癰疽,大毒也,始起于一缕;野火,盛焰也,始起于一星。故君子慎微。

水母目虾,全赖旁人照顾;璞蛣腹蟹,居然任己横行:物尚如此,人何以堪?

或谓处贫贱者境逆,逆则多苦;处富贵者境顺,顺则多乐。予谓不然。苦乐在心不在境。使贫贱不安于贫贱,苦则真苦;富贵能安于富贵,乐则真乐。使贫贱而安于贫贱,苦亦何尝不乐;富贵不安于富贵,乐亦何尝不苦。如此,则易贫贱而富贵,处富贵不忘贫贱之苦,则能保富贵也;易富贵而贫贱,处贫贱不慕富贵之乐,则能守贫贱也。古人云:知足不辱,知止不殆。

或谓富贵之家,行善者易;贫贱之家,行善者难。不知行善,无分富贵贫贱,亦随其人之力量而为之。一念之善,上格苍穹;一事之善,克增福寿。惟问此心之诚不诚耳。

苏东坡云:宁可食无肉,不可居无竹;无肉令人瘦,无竹令人俗。一俗字,实不可医,然有一方医之曰读书。

世不能有善人而无恶人,如有善而无恶,则天只生麒麟凤凰,不必复生豺狼枭獍矣。惟在人勿入其类,勿撄其锋,避之得其法耳。

恩不可忘,虽一饭亦当知感;怨不可念,即片语切莫长留。

天道福善祸淫,不曰恶而曰淫,万恶淫为首也。且淫字,所包甚广,凡一切溺于利欲者皆是。

人之逾防检,败名节,无所不至,无所不为者,多为一贫字起见。不畏贫者,便是杰士;能安贫者,便是君子。

火炽隆盛,过夜便灰;怒气蒸腾,需时自熄。故挑事者为拨火棒,人不为其所拨,则免祸矣。

目着点尘,则眩;耳藏微块,则聋;齿沾寸丝,则碍;鼻匿织秒,则塞;心怀满腔私欲,如何不昏?

心不虚,不能容物;心不灵,不能应物;心不公,不能平物;心不正,不能绳物;心不诚,不能动物。惟虚灵公正,而归本于诚,则处世接事,胥统之矣。

凡事必有对待。有富贵,必有贫贱;有安乐,必有忧患。人每从一面想,不肯从对面想,以致陷溺于富贵安乐,而渐入于贫贱患忧者,往往然矣。惟智者能明之。

一年可过得去,便是一年富足;一日可过得去,便是一日富足。若虑到终身，便如春蚕作茧，自寻烦恼矣。

置身宜高，气宜下；立志宜大，心宜小；待人宜宽，己宜严；晰理宜详，事宜简。

日复一日，年复一年，问此身于世何补；诵先王言，服先王服，对古人觉已多惭。

得意时，宜防失足；败意时，切莫灰心。

毋说过头话，毋饮过量酒，毋挂满顶帆，毋登满载车。

世间惟阴骘、阴德最好。除此，"阴"字最忌。

器量大小，固属生来的，然亦可学而至。如今日忍一事，明日又忍一事，今日容一件，明日又容一件，渐学渐充，器小者未始不可成大。如皮囊盛物，始而易满，如用力安放，亦渐添渐宽。学即用力也。朱子教人变化气质，若气质限定，则无所用其变化矣。

性刚者，为人正直；性健者，虑事周详。乾，所以无咎。斗败者，辱在一身；斗胜者，害殆后代。讼，所以终凶。

以义交者久，以利交者暂。

进退二字，观人之大目也。难进易退者，君子；易进难退者，小人。未有易退而不由于难进者，亦未有难退而不由于易进者。操鉴衡者，宜察之于先。

自矜者，由器量浅狭。如器量宏大，万物皆备于我，天下事皆我所当尽之事，极掀天揭地之功，皆分内事也。何矜之有？

富贵熏心，如灯蛾之赴火；腥膻萦念，似黠鼠之投机。

思患预防，是人生要着。积谷防饥，积钱防老，积水防火，积善防殃。

莫谓千里为远，寸步为近，千里者寸步之积也。故差以毫厘，失之千里。莫谓百年甚宽，片刻甚促，百年者片刻所致也。故禹惜寸阴，陶惜分阴。

人生百年，日夜平分，那有几许光阴，任而蹉跎荒废；世间万事，内外交扰，若非本此道理，安能应接周详。

聚蚊成雷，聚米成山，知人力大有可恃；变田为海，变台为沼，叹世事原无足凭。

善谏人者，用刺不如用讽；精处事者，能发尤贵能收。

有求足之心，终无足日；无偷闲之念，自有闲时。

境遇窘极，寻出一线生机，全神皆振；嗜欲浓时，想起一个死字，百念俱灰。

目明者，不能反视其背；力大者，不能自举其身：必得人相助为理。移山者，志决而险可平；筑室者，道谋而用不集：惟在己自审其机。

眼界放得宽，大地山河，无非粒粟；心情收得紧，康庄坦道，如履春冰。

清风明月，取之无禁，用之不竭，人多不知享受；利薮名场，求之有道，得之有命，人偏苦于贪求。

吃小亏者，得大便宜；占小利者，受大苦恼。

喜人难，怒人易，怒人而迁怒于人尤易；报恩易，抱怨难，抱怨而当怨于人尤难。

以势力傲人，人有受屈之时，其祸小；以学问傲人，人存忌刻之心，其祸大。

粪可肥田，知天下无弃物；盗可举用，知天下无弃人。

自起善念，谁人赞成？自其恶念，谁人阻扰？惟在一己决之。凡当行之事，属善一边，便宜尽力做去，成败利钝在所不计，必要做到圆满方止；不当行之事，属恶一边，便宜尽力除去，纤毫丝忽，在所不容，必要除到净尽方休：所谓勇也。

为大事，切不宜惜小费。如惜小费，必至耽迟，事反无济；不惜小费，必能紧速，事终有成。

进一步想，烦恼便生；退一步想，翛闲自得。

初入暗室，茫无所见，稍坐片刻，便知处向。即此，可悟静则生明之理。

先儒云：世上人，大都认不得几个字。予初阅之，骇然；继见注云：人惟孝子，方算认得一"孝"字；人惟忠臣，方算认得一"忠"字。必如此，世上认得字的人能有几何？反己自思，通身汗下。

人之怨天尤人者，由不知反己自问耳。己必有获罪于天下处，天始降之以祸；人必有开罪于人之处，人始责之以言。惟当天人交迫之时，自怨自艾之不暇，何怨天尤人之有。

围炉夜话

（清）王永彬　撰

杨颖　王伟丽　校点

整理说明

《围炉夜话》，不分卷，清王永彬撰。

王永彬（1792–1869），字宜山，室名一经堂，湖北枝江人。自幼好学，然不喜科举，屡试不中，后以岁贡生为修职郎，候选教谕。曾参编《（同治）枝江县志》。其学涉猎颇广，经史诸子书法医道皆有所研习，勤于著述，所撰《历代帝统年表》、《孝经衬解》、《先正格言集句》、《朱子治家格言》、《六经辨略》、《音义辨略》、《禊帖集字楹联》、《围炉夜话》合称《桥西山馆杂著八种》。

《围炉夜话》是以儒家教化为意旨、以"安身立命"为话题、以亲友晚辈为接受对象、以语录格言为形式的一部畅谈人生的著作。全书分221则，涉及修身养性、为人处世、读书励志、持家教育、为官任事等诸多方面，文辞简晰，情真意切，娓娓道来，如冬夜围炉，闲话家常，使人倍感温暖，倍受启迪。

据作者自序可知，《围炉夜话》成于清咸丰四年，曾收入《桥西山馆杂著八种》。其后江南战乱，该书刊刻及流传情况皆不甚清楚。它的声名鹊起，似乎与"《菜根谭》热"有关，应该是近三十年的事了。

本次校点，以该书的清刻本为底本。

诸伟奇

2012 年 9 月 27 日

序

寒夜围炉，田家妇子之乐也。顾篝灯坐对，或默默然无一言，或嘻嘻然言非所宜言，皆无所谓乐，不将虚此良夜乎？余识字农人也，岁晚务闲，家人聚处，相与烧煨山芋，心有所得，辄述诸口，命儿辈缮写存之，题曰《围炉夜话》。但其中皆随得随录，语无伦次，且意浅辞芜，多非信心之论，特以课家人消永夜耳，不足为外人道也。倘蒙有道君子惠而正之，则幸甚。

咸丰甲寅二月既望，王永彬书于桥西馆之一经堂。

教子弟于幼时，便当有正大光明气象；检身心于平日，不可无忧勤惕厉工夫。

与朋友交游，须将他好处留心学来，方能受益；对圣贤言语，必要我平时照样行去，才算读书。

贫无可奈惟求俭；拙亦何妨只要勤。

稳当话，却是平常话，所以听稳当话者不多；本分人，即是快活人，无奈做本分人者甚少。

处事要代人作想，读书须切己用功。

一"信"字是立身之本，所以人不可无也；一"恕"字是接物之要，所以终身可行也。

人皆欲会说话，苏秦乃因会说话而杀身；人皆欲多积财，石崇乃因多积财而丧命。

教小儿宜严，严气足以平躁气；待小人宜敬，敬心可以化邪心。

善谋生者，但令长幼内外，勤修恒业，而不必富其家；善处事者，但就是非可否，审定章程，而不必利于己。

名利之不宜得者竟得之，福终为祸；困穷之最难耐者能耐之，苦定回甘。生资之高在忠信，非关机巧；学业之美在德行，不仅文章。

风俗日趋于奢淫，靡所底止，安得有敦古朴之君子，力挽江河；人心日丧其廉耻,渐至消亡,安得有讲名节之大人,光争日月。

人心统耳目官骸,而于百体为君,必随处见神明之宰;人面合眉眼鼻口,以成一字曰苦,两眉为草,眼横鼻直而下承口,乃"苦"字也。知终身无安逸之时。

伍子胥报父兄之仇而郢都灭,申包胥救君上之难而楚国存,可知人心之恃也;秦始皇灭东周之岁而刘季生,梁武帝灭南齐之年而侯景降,可知天道好还也。

有才必韬藏,如浑金璞玉,暗然而日章也;为学无间断,如流水行云,日进而不已也。

积善之家,必有余庆;积不善之家,必有余殃。可知积善以遗子孙,其谋甚远也。贤而多财,则损其志;昧而多财,则益其过。可知积财以遗子孙,其害无穷也。

每见待子弟严厉者易至成德,姑息者多有败行,则父兄之教育所系也;又见有子弟聪颖者忽入下流,庸愚者转为上达,则父兄之培植所关也。人品之不高,总为一"利"字看不破;学业之不进,总为一"懒"字丢不开。德足以感人,而以有德当大权,其感尤速;财足以累己,而以有财处乱世,其累尤深。

读书无论资性高低,但能勤学好问,凡事思一个所以然,自有义理贯通之日;立身不嫌家世贫贱,但能忠厚老成,所行无一毫苟且处,便为乡党仰望之人。

孔子何以恶乡愿,只为他似忠似廉,无非假面孔;孔子何以弃鄙夫,只因他患得患失,尽是俗人心肠。

打算精明,自谓得计,然败祖父之家声者,必此人也;朴实浑厚,初无甚奇,然培子孙之元气者,必此人也。

心能辨是非,处事方能决断;人不忘廉耻,立身自不卑污。

忠有愚忠,孝有愚孝,可知"忠孝"二字不是伶俐人做得来;仁有假仁,义有假义,可知仁义两途,不无奸险人藏其内。

权势之徒,虽至亲亦作威福,岂知烟云过眼,已立见其消亡;奸邪之辈,即平地亦起风波,岂知鬼神有灵,不肯听其颠倒。

自家富贵,不着意里;人家富贵,不着眼里,此是何等胸襟!古人忠孝,不离心头;今人忠孝,不离口头,此是何等志量!

王者不令人放生,而无故却不杀生,则物命可惜也;圣人不责人无过,惟多方诱之改过,庶人心可回也。

大丈夫处事,论是非,不论祸福;士君子立言,贵平正,尤贵精详。

存科名之心者,未必有琴书之乐;讲性命之学者,不可无经济之才。

泼妇之啼哭怒骂,伎俩要亦无多,惟静而镇之,则自止矣;谗人之簸弄挑唆,情形虽若甚迫,苟淡然置之,是自消矣。

肯救人坑坎中,便是活菩萨;能脱身牢笼外,便是大英雄。

气性乖张,多是夭亡之子;语言深刻,终为薄福之人。

志不可不高,志不高,则同流合污,无足有为矣;心不可太大,心太大,则舍近图远,难期有成矣。

贫贱非辱,贫贱而谄求于人者为辱;富贵非荣,富贵而利济于世者为荣。讲大经纶,只是实实落落;有真学问,决不怪怪奇奇。

古人比父子为桥梓,比兄弟为花萼,比朋友为芝兰,敦伦者,当即物穷理也;今人称诸生曰秀才,称贡生曰明经,称举人曰孝廉,为士者,当顾名思义也。

父兄有善行,子弟学之或不肖;父兄有恶行,子弟学之则无不肖。可知父兄教子弟,必正其身以率之,无庸徒事言词也。君子有过行,小人嫉之不能容;君子无过行,小人嫉之亦不能容。可知君子处小人,必平其气以待之,不可稍形激切也。

守身不敢妄为,恐贻羞于父母;创业还须深虑,恐贻害于子孙。

无论做何等人,总不可有势利气;无论习何等业,总不可有粗浮心。

知道自家是何等身分,则不敢虚骄矣;想到他日是那样下场,则可以发愤矣。

常人突遭祸患,可决其再兴,心动于警励也;大家渐及消亡,难期其复振,势成于因循也。

天地无穷期,生命则有穷期,去一日便少一日;富贵有定数,学问则无定数,求一分便得一分。

处事有何定凭?但求此心过得去;立业无论大小,总要此身做得来。

气性不和平,则文章事功俱无足取;语言多矫饰,则人品心术尽属可疑。

误用聪明,何若一生守拙;滥交朋友,不如终日读书。

看书须放开眼孔,做人要立定脚根。

严近乎矜，然严是正气，矜是乖气，故持身贵严，而不可矜；谦似乎谄，然谦是虚心，谄是媚心，故处世贵谦，而不可谄。

财不患其不得，患财得而不能善用其财；禄不患其不来，患禄来而不能无愧其禄。

交朋友增体面，不如交朋友益身心；教子弟求显荣，不如教子弟立品行。

君子存心，但凭忠信，而妇孺皆敬之如神，所以君子落得为君子；小人处世，尽设机关，而乡党皆避之若鬼，所以小人枉做了小人。

求个良心管我，留些余地处人。

一言足以召大祸，故古人守口如瓶，惟恐其覆坠也；一行足以玷终身，故古人饬躬若璧，惟恐有瑕疵也。

颜子之不较，孟子之自反，是贤人处横逆之方；子贡之无谄，原思之坐弦，是贤人守贫穷之法。

观朱霞，悟其明丽；观白云，悟其卷舒；观山岳，悟其灵奇；观河海，悟其浩瀚，则俯仰间皆文章也。对绿竹，得其虚心；对黄华，得其晚节；对松柏，得其本性；对芝兰，得其幽芳，则游览处皆师友也。

行善济人，人遂得以安全，即在我亦为快意；逞奸谋事，事难必其稳便，可惜他徒自坏心。

不镜于水，而镜于人，则吉凶可鉴也；不蹶于山，而蹶于垤，则细微宜防也。

凡事谨守规模，必不大错；一生但足衣食，便称小康。

十分不耐烦，乃为人之大病；一味学吃亏，是处事之良方。

习读书之业，便当知读书之乐；存为善之心，不必邀为善之名。

知往日所行之非，则学日进矣；见世人可取者多，则德日进矣。

敬他人，即是敬自己；靠自己，胜于靠他人。

见人善行，多方赞成；见人过举，多方提醒，此长者待人之道也。闻人誉言，加意奋勉；闻人谤语，加意警惕，此君子修己之功也。

奢侈足以败家，悭吝亦足以败家，奢侈之败家，犹出常情，而悭吝之败家，必遭奇祸；庸愚足以覆事，精明亦足以覆事，庸愚之覆事，犹为小咎，而精明之覆事，必见大凶。

种田人，改习尘市生涯，定为败路；读书人，干与衙门词讼，便入下流。

常思某人境界不及我，某人命运不及我，则可以自足矣；常思某人德业胜于我，某人学问胜于我，则可以自惭矣。

读《论语》公子荆一章，富者可以为法；读《论语》齐景公一章，贫者可以自兴。舍不得钱，不能为义士；舍不得命，不能为忠臣。

富贵易生祸端，必忠厚谦恭，才无大患；衣禄原有定数，必节俭简省，乃可久延。

作善降祥，不善降殃，可见尘世之间已分天堂地狱；人同此心，心同此理，可知庸愚之辈不隔圣域贤关。

和平处事，勿矫俗以为高；正直居心，勿设机以为智。

君子以名教为乐，岂如嵇、阮之逾闲；圣人以悲悯为心，不取沮、溺之忘世。

纵容子孙偷安，其后必至耽酒色而败门庭；专教子孙谋利，其后必至争赀财而伤骨肉。

谨守父兄教条，沉实谦恭，便是醇潜子弟；不改祖宗成法，忠厚勤俭，定为悠久人家。

莲朝开而暮合，至不能合，则将落矣，富贵而无收敛意者，尚其鉴之；草春荣而冬枯，至于极枯，则又生矣，困穷而有振兴志者，亦如是也。

伐字从戈，矜字从矛，自伐自矜者，可为大戒；仁字从人，义字从我，讲仁讲义者，不必远求。

家纵贫寒，也须留读书种子；人虽富贵，不可忘稼穑艰辛。

俭可养廉，觉茅舍竹篱，自饶清趣；静能生悟，即鸟啼花落，都是化机。一生快活皆庸福，万种艰辛出伟人。

济世虽乏资财，而存心方便，即称长者；生资虽少智慧，而虑事精详，即是能人。

一室闲居，必常怀振卓心，才有生气；同人聚处，须多说切直话，方见古风。

观周公之不骄不吝，有才何可自矜；观颜子之若无若虚，为学岂容自足。门户之衰，总由于子孙之骄惰；风俗之坏，多起于富贵之奢淫。

孝子忠臣，是天地正气所钟，鬼神亦为之呵护；圣经贤传，乃古今命脉所系，人物悉赖以裁成。

饱暖人所共羡。然使享一生饱暖，而气昏志惰，岂足有为？饥寒人所不甘。然必带几分饥寒，则神紧骨坚，乃能任事。

愁烦中具潇洒襟怀,满抱皆春风和气;暗昧处见光明世界,此心即白日青天。

势利人装腔做调,都只在体面上铺张,可知其百为皆假;虚浮人指东画西,全不问身心内打算,定卜其一事无成。

不忮不求,可想见光明境界;勿忘勿助,是形容涵养工夫。

数虽有定,而君子但求其理,理既得,数亦难违;变固宜防,而君子但守其常,常无失,变亦能御。

和为祥气,骄为衰气,相人者不难以一望而知;善是吉星,恶是凶星,推命者岂必因五行而定?

人生不可安闲,有恒业,才足收放心;日用必须简省,杜奢端,即以昭俭德。

成大事功,全仗着秤心斗胆;有真气节,才算得铁面铜头。

但责己,不责人,此远怨之道也;但信己,不信人,此取败之由也。

无执滞心,才是通方士;有做作气,便非本色人。

耳目口鼻,皆无知识之辈,全靠着心作主人;身体发肤,总有毁坏之时,要留个名称后世。

有生资,不加学力,气质究难化也;慎大德,不矜细行,形迹终可疑也。

世风之狡诈多端,到底忠厚人颠扑不破;末俗以繁华相尚,终觉冷淡处趣味弥长。

能结交直道朋友,其人必有令名;肯亲近耆德老成,其家必多善事。

为乡邻解纷争,使得和好如初,即化人之事也;为世俗谈因果,使知报应不爽,亦劝善之方也。

发达虽命定,亦由肯做工夫;福寿虽天生,还是多积阴德。

常存仁孝心,则天下凡不可为者皆不忍为, 所以孝居百行之先;一起邪淫念,则生平极不欲为者皆不难为,所以淫是万恶之首。

自奉必减几分方好,处世能退一步为高。

守分安贫,何等清闲,而好事者偏自寻烦恼;持盈保泰,总须忍让,而恃强者乃自取灭亡。

人生境遇无常,须自谋吃饭之本领;人生光阴易逝,要早定成器之日期。

川学海而至海,故谋道者不可有止心;莠非苗而似苗,故穷理者不可无真见。

守身必谨严，凡足以戕吾身者宜戒之；养心须淡泊，凡足以累吾心者勿为也。

人之足传，在有德，不在有位；世所相信，在能行，不在能言。

与其使乡党有誉言，不如令乡党无怨言；与其为子孙谋产业，不如教子孙习恒业。

多记先正格言，胸中方有主宰；闲看他人行事，眼前即是规箴。

陶侃运甓官斋，其精勤可企而及也；谢安围棋别墅，其镇定非学而能也。

但患我不肯济人，休患我不能济人；须使人不忍欺我，勿使人不敢欺我。

何谓享福之人？能读书者便是；何谓创家之人？能教子者便是。

子弟天性未漓，教易行也，则体孔子之言以劳之，勿溺爱以长其自肆之心；子弟习气已坏，教难行也，则守孟子之言以养之，勿轻弃以绝其自新之路。

忠实而无才，尚可立功，心志专一也；忠实而无识，必至偾事，意见多偏也。

人虽无艰难之时，却不可忘艰难之境；世虽有侥幸之事，断不可存侥幸之心。

心静则明，水止乃能照物；品超斯远，云飞而不碍空。

清贫乃读书人顺境，节俭即种田人丰年。

正而过则迂，直而过则拙，故迂拙之人，犹不失为正直；高或入于虚，华或入于浮，而虚浮之士，究难指为高华。

人知佛、老为异端，不知凡背乎经常者，皆异端也；人知杨、墨为邪说，不知凡涉于虚诞者，皆邪说也。

图功未晚，亡羊尚可补牢；浮慕无成，羡鱼何如结网。

道本足于身，切实求来，则常若不足矣；境难足于心，尽行放下，则未有不足矣。

读书不下苦功，妄想显荣，岂有此理？为人全无好处，欲邀福庆，从何得来？

才觉己有不是，便决意改图，此立志为君子也；明知人议其非，偏肆行无忌，此甘心为小人也。

淡中交耐久，静里寿延长。

凡遇事物突来，必熟思审处，恐贻后悔；不幸家庭衅起，须忍让曲全，勿失旧欢。

聪明勿使外散，古人有纩以塞耳，旒以蔽目者矣；耕读何妨兼营，古人有出而负耒，入而横经者矣。

身不饥寒，天未曾负我；学无长进，我何以对天！

不与人争得失，惟求己有知能。

为人循矩度，而不见精神，则登场之傀儡也；做事守章程，而不知权变，则依样之葫芦也。

文章是山水化境，富贵乃烟云幻形。

郭林宗为人伦之鉴，多在细微处留心；王彦方化乡里之风，是从德义中立脚。

天下无憨人，岂可妄行欺诈；世上皆苦人，何能独享安闲。

甘受人欺，定非懦弱；自谓予智，终是糊涂。

谩夸富贵显荣，功德文章要可传诸后世；任教声名煊赫，人品心术不能瞒过史官。

神传于目，而目则有胞，闭之可以养神也；祸出于口，而口则有唇，阖之可以防祸也。

富家惯习骄奢，最难教子；寒士欲谋生活，还是读书。

人犯一“苟”字，便不能振；人犯一“俗”字，便不可医。

有不可及之志，必有不可及之功；有不忍言之心，必有不忍言之祸。

事当难处之时，只让退一步，便容易处矣；功到将成之候，若放松一着，便不能成矣。

无财非贫，无学乃为贫；无位非贱，无耻乃为贱；无年非夭，无述乃为夭；无子非孤，无德乃为孤。

知过能改，便是圣人之徒；恶恶太严，终为君子之病。

士必以诗书为性命，人须从孝悌立根基。

德泽太薄，家有好事，未必是好事，得意者何可自矜？天道最公，人能苦心，断不负苦心，为善者须当自信。

把自己太看高了，便不能长进；把自己太看低了，便不能振兴。

古今有为之士，皆不轻为之士；乡党好事之人，必非晓事之人。

偶缘为善受累，遂无意为善，是因噎废食也；明识有过当规，却讳言有过，是讳疾忌医也。

宾入幕中，皆沥胆披肝之士；客登座上，无焦头烂额之人。

地无余利，人无余力，是种田两句要言；心不外驰，气不外浮，是读书两句真诀。

成就人才，即是栽培子弟；暴殄天物，自应折磨儿孙。

和气迎人，平情应物；抗心希古，藏器待时。

矮板凳，且坐着；好光阴，莫错过。

天地生人，都有一个良心，苟丧此良心，则其去禽兽不远矣；圣贤教人，总是一条正路，若舍此正路，则常行荆棘之中矣。

世之言乐者，但曰读书乐、田家乐，可知务本业者，其境常安；古之言忧者，必曰天下忧、廊庙忧，可知当大任者，其心良苦。

天虽好生，亦难救求死之人；人能造福，即可邀悔祸之天。

薄族者，必无好儿孙，薄师者，必无佳子弟，吾所见亦多矣；恃力者，忽逢真敌手，恃势者，忽逢大对头，人所料不及也。

为学不外"静"、"敬"二字，教人先去"骄"、"惰"二字。

人得一知己，须对知己而无惭；士既多读书，必求读书而有用。

以直道教人，人即不从，而自反无愧，切勿曲以求荣也；以诚心待人，人或不谅，而历久自明，不必急于求白也。

粗粝能甘，必是有为之士；纷华不染，方称杰出之人。

性情执拗之人，不可与谋事也；机趣流通之士，始可与言文也。

不必于世事件件皆能，惟求与古人心心相印。

夙夜所为，得无抱惭于衾影；光阴已逝，尚期收效于桑榆。

念祖考创家基，不知栉风沐雨，受多少苦辛，才能足食足衣，以贻后世；为子孙计长久，除却读书耕田，恐别无生活，总期克勤克俭，毋负先人。

但做里中不可少之人，便为于世有济；必使身后有可传之事，方为此生不虚。

齐家先修身，言行不可不慎；读书在明理，识见不可不高。

桃实之肉暴于外，不自吝惜，人得取而食之，食之而种其核，犹饶生气焉，此可见积善者有余庆也；栗实之肉秘于内，深自防护，人乃破而食之，食之而弃其壳，绝无生理矣，此可知多藏者必厚亡也。

求备之心，可用之以修身，不可用之以接物；知足之心，可用之以处境，不可用之以读书。

有守虽无所展布,而其节不挠,故与有猷有为而并重;立言即未经起行,而于人有益,故与立功立德而并传。

遇老成人,便肯殷殷求教,则向善必笃也;听切实话,觉得津津有味,则进德可期也。

有真性情,须有真涵养;有大识见,乃有大文章。

为善之端无尽,只讲一"让"字,便人人可行;立身之道何穷,只得一"敬"字,便事事皆整。

自己所行之是非,尚不能知,安望知人;古人以往之得失,且不必论,但须论己。

治术本乎儒术者,念念皆仁厚也;今人不及古人者,事事皆虚浮也。

莫大之祸,起于须臾之不忍,不可不谨。

家之长幼,皆倚赖于我,我亦尝体其情否也;士之衣食,皆取资于人,人亦曾受其益否也。

富不肯读书,贵不肯积德,错过可惜也;少不肯事长,愚不肯亲贤,不祥莫大焉。

自虞廷立五伦为教,然后天下有大经;自紫阳集四子成书,然后天下有正学。

意趣清高,利禄不能动也;志量远大,富贵不能淫也。

最不幸者,为势家女作翁姑;最难处者,为富家儿作师友。

钱能福人,亦能祸人,有钱者不可不知;药能生人,亦能杀人,用药者不可不慎。

凡事勿徒委于人,必身体力行,方能有济;凡事不可执于己,必广思集益,乃罔后艰。

耕读固是良谋,必工课无荒,乃能成其业;仕宦虽称显贵,若官箴有玷,亦未见其荣。

儒者多文为富,其文非时文也;君子疾名不称,其名非科名也。

"博学笃志,切问近思",此八字,是收放心的工夫;"神闲气静,智深勇沉",此八字,是干大事的本领。

何者为益友?凡事肯规我之过者是也;何者为小人?凡事必徇己之私者是也。

待人宜宽,惟待子孙不可宽;行礼宜厚,惟行嫁娶不必厚。

事但观其已然，便可知其未然；人必尽其当然，乃可听其自然。

观规模之大小，可以知事业之高卑；察德泽之浅深，可以知门祚之久暂。

义之中有利，而尚义之君子，初非计及于利也；利之中有害，而趋利之小人，并不顾其为害也。

小心谨慎者，必善其后，惕则无咎也；高自位置者，难保其终，亢则有悔也。

耕所以养生，读所以明道，此耕读之本原也，而后世乃假以谋富贵矣；衣取其蔽体，食取其充饥，此衣食之实用也，而时人乃藉以逞豪奢矣。

人皆欲贵也，请问一官到手，怎样施行？人皆欲富也，且问万贯缠腰，如何布置？

文行、忠信、孝悌、恭敬，孔子立教之目也，今惟教以文而已；志道、据德、依仁、游艺，孔门为学之序也，今但学其艺而已。

隐微之衍，即干宪典，所以君子怀刑也；技艺之末，无益身心，所以君子务本也。

士既知学，还恐学而无恒；人不患贫，只要贫而有志。

用功于内者，必于外无所求；饰美于外者，必其中无所有。

盛衰之机，虽关气运，而有心者必贵诸人谋；性命之理，固极精微，而讲学者必求其实用。

鲁如曾子，于道独得其传，可知资性不足限人也；贫如颜子，其乐不因以改，可知境遇不足困人也。

敦厚之人，始可托大事，故安刘氏者，必绛侯也；谨慎之人，方能成大功，故兴汉室者，必武侯也。

以汉高祖之英明，知吕后必杀戚姬，而不能救止，盖其祸已成也；以陶朱公之智计，知长男必杀仲子，而不能保全，殆其罪难宥乎？

处世以忠厚人为法，传家得勤俭意便佳。

紫阳补《大学·格致》之章，恐人误入虚无，而必使之即物穷理，所以维正教也；阳明取孟子良知之说，恐人徒事记诵，而必使之反己省心，所以救末流也。

人称我善良，则喜，称我凶恶，则怒，此可见凶恶非美名也，即当立志为善良；我见人醇谨，则爱，见人浮躁，则恶，此可见浮躁非佳士也，何不反身为醇谨。

处事要宽平，而不可有松散之弊；持身贵严厉，而不可有激切之形。

天有风雨，人以宫室蔽之；地有山川，人以舟车通之。是人能补天地之阙也，而可无为乎？人有性理，天以五常赋之；人有形质，地以六谷养之。是天地且厚人之生也，而可自薄乎？

人之生也直，人苟欲生，必全其直；贫者士之常，士不安贫，乃反其常。进食需箸，而箸亦只悉随其操纵所使，于此可悟用人之方；作书需笔，而笔不能必其字画之工，于此可悟求己之理。

家之富厚者，积田产以遗子孙，子孙未必能保，不如广积阴功，使天眷其德，或可少延；家之贫穷者，谋奔走以给衣食，衣食未必能充，何若自谋本业，知民生在勤，定当有济。

言不可尽信，必揆诸理；事未可遽行，必问诸心。

兄弟相师友，天伦之乐莫大焉；闺门若朝廷，家法之严可知也。

友以成德也，人而无友，则孤陋寡闻，德不能成矣；学以愈愚也，人而不学，则昏昧无知，愚不能愈矣。

明犯国法，罪累岂能幸逃？白得人财，赔偿还要加倍。

浪子回头，仍不惭为君子；贵人失足，便贻笑于庸人。

饮食男女，人之大欲存焉，然人欲既胜，天理或亡。故有道之士，必使饮食有节，男女有别。

东坡《志林》有云："人生耐贫贱易，耐富贵难；安勤苦易，安闲散难；忍疼易，忍痒难；能耐富贵、安闲散、忍痒者，必有道之士也。"余谓如此精爽之论，足以发人深省，正可于朋友聚会时，述之以助清谈。

余最爱《草庐日录》有句云："淡如秋水贫中味，和若春风静后功。"读之觉矜平躁释，意味深长。

敌加于己，不得已而应之，谓之应兵，兵应者胜；利人土地，谓之贪兵，兵贪者败。此魏相论兵语也。然岂独用兵为然哉？凡人事之成败，皆当作如是观。

凡人世险奇之事，决不可为，或为之而幸获其利，特偶然耳，不可视为常然也。可以为常者，必其平淡无奇，如耕田读书之类是也。

"忧先于事故能无忧，事至而忧无救于事。"此《唐史》李绛语也。其警人之意深矣，可书以揭诸座右。

尧、舜大圣，而生朱、均；瞽、鲧之愚，而生舜、禹。揆以余庆余殃之理，似觉难凭。然尧、舜之圣,初未尝因朱、均而灭;瞽、鲧之愚,亦不能因舜、禹而掩。所以人贵自立也。

程子教人以静,朱子教人以敬。静者,心不妄动之谓也;敬者,心常惺惺之谓也。又况静能延寿,敬则日强,为学之功在是,养生之道亦在是,静敬之益人大矣哉,学者可不务乎?

卜筮以龟筮为重,故必龟从筮从乃可言吉。若二者有一不从,或二者俱不从,则宜其有凶无吉矣。乃《洪范》稽疑之篇,则于龟从筮逆者,仍曰作内吉。于龟筮共违于人者,仍曰用静吉,是知吉凶在人,圣人之垂戒深矣。人诚能作内而不作外,用静而不用作,循分守常,斯亦安往而不吉哉!

每见勤苦之人绝无痨疾,显达之士多出寒门,此亦盈虚消长之机,自然之理也。

欲利己,便是害己;肯下人,终能上人。

古之克孝者多矣,独称虞舜为大孝,盖能为其难也;古之有才者众矣,独称周公为美才,盖能本于德也。

不能缩头者,且休缩头;可以放手者,便须放手。

居易俟命,见危授命,言命者,总不外顺受其正;木讷近仁,巧令鲜仁,求仁者,即可知从入之方。

见小利,不能立大功;存私心,不能谋公事。

正己为率人之本,守成念创业之艰。

在世无过百年,总要作好人、存好心,留个后代榜样;谋生各有恒业,那得管闲事、说闲话,荒我正经工夫。

一代风骚多寄托
十分沉实见精神

海天出版社"中国古典文学名著名篇"丛书已出书目

喻世明言
定价：21.00元

警世通言
定价：22.00元

醒世恒言
定价：29.00元

拍案惊奇
定价：22.00元

二刻拍案惊奇
定价：24.00元

中国古典文学名著名篇

中国古典文学名著名篇

说岳全传
定价：24.00元

封神演义
定价：29.00元

聊斋志异
定价：26.00元

儒林外史
定价：21.00元

红楼梦
定价：27.00元

西游记
定价：23.00元

三国演义
定价：22.00元

水浒全传
定价：28.00元

清言小品菁华
定价：35.00元

隋唐演义
定价：35.00元

中国古典文学名著名篇